FOLIO SCIENCE-FICTION

Né en 1950 en Californie, David Brin, éminent astrophysicien, a enseigné la physique et la littérature, donné de nombreuses conférences scientifiques et a été consultant pour la NASA. Il a commencé à écrire en 1980 et son premier roman, *Jusqu'au cœur du Soleil*, a aussitôt rencontré le succès. Il a publié à ce jour une cinquantaine de romans, essais et nouvelles. Écrivain engagé, il a pris position sur des sujets aussi divers que le clonage ou le nucléaire.

Son œuvre a été récompensée par les prestigieux prix Hugo, Nebula et Locus.

À mes propres ancêtres.

Prologue

EXTRAIT DU JOURNAL DE GILLIAN BASKIN

Le Streaker *se traîne comme un chien sur trois pattes.*

Hier, nous avons pris le risque d'effectuer un bond en surmultipliée afin de mettre une certaine distance entre nous et les Galactiques lancés à notre poursuite. L'unique bobine de probabilité qui ait survécu à la bataille de Morgran n'a cessé de gémir et de râler mais elle a finalement consenti à nous relâcher ici, dans le puits de basse gravité d'une naine de population II nommée Kthsemenee.

En orbite autour de cette étoile, la Bibliothèque ne mentionne qu'un seul monde habitable, la planète Kithrup.

Et je suis indulgente en la qualifiant d'habitable... Tom, Hikahi et moi sommes restés plusieurs heures à discuter avec le commandant pour chercher une solution de rechange mais, en fin de compte, Creideiki n'a pu faire autrement que de nous y conduire.

En tant que médecin, je ne suis pas sans redouter les insidieux périls que recèle cette planète mais Kithrup est un monde aquatique, et notre équipage presque entièrement composé de dauphins a besoin d'eau pour être en mesure de se mouvoir autour du vaisseau afin de le réparer. Par ailleurs, la richesse de ce monde en métaux lourds devrait nous permettre d'y trouver les matières premières qui nous sont nécessaires.

Kithrup a également le mérite d'être à l'écart des voies interstellaires fréquentées. La Bibliothèque précise même qu'elle est en jachère depuis un temps considérable. Peut-être les Galactiques n'auront-ils pas l'idée d'y venir nous chercher.

C'est précisément ce que je disais à Tom hier au soir alors qu'au travers d'un hublot du salon nous regardions grossir le disque de cette planète à la beauté trompeuse, sphère bleutée enrubannée de blancs nuages et dont la face nocturne se révélait par endroits dans la lueur rougeâtre des volcans et dans le flamboiement des éclairs.

J'exprimais donc à Tom ma certitude que nous ne serions pas suivis et, dans le même temps que je formulais avec assurance cette prédiction, j'étais persuadée de n'abuser personne. Avec une infinie tolérance pour mon accès d'optimisme, Tom s'est contenté de sourire en silence.

Car, bien sûr, ils ne manqueront pas de venir. Il n'existe pas trente-six voies spatiales que le Streaker *ait pu emprunter sans s'être servi d'un point de transfert. Le seul problème est de savoir si les réparations du vaisseau seront terminées à temps pour que nous puissions repartir d'ici avant que les Galactiques ne nous tombent dessus.*

Comme nous disposions, Tom et moi, de quelques heures à nous consacrer — les premières depuis des jours et des jours —, nous sommes retournés dans notre cabine pour y faire l'amour.

Il dort à présent, et j'en profite pour prendre ces quelques notes. Je ne sais pas si l'occasion s'en représentera de sitôt.

Le capitaine Creideiki vient justement de nous appeler. Il désire que nous soyons tous deux présents sur la passerelle, vraisemblablement pour que les fen puissent nous voir et savoir ainsi que leurs patrons humains sont à leurs côtés. Même un spationaute émérite tel que Creideiki éprouve de temps à autre le besoin d'être ainsi rassuré.

Si seulement nous autres, les hommes, nous avions la possibilité de nous réfugier dans un giron psychologique similaire !

Il est temps pour moi d'abandonner ce Journal et de tirer mon compagnon d'un sommeil réparateur. Mais auparavant, je tiens à jeter sur le papier ce que Tom m'a dit hier soir alors que nous contemplions les océans tumultueux de Kithrup.

Il s'est tourné vers moi et il m'a souri avec cette expression étrange qu'il a lorsqu'une pensée ironique lui traverse l'esprit. Puis il m'a siffloté un petit haïkaï en delphinien ternaire.

Orages d'étoiles
Sur le tonnerre des flots
Crois-tu que ça mouille ?

Il m'a bien fallu rire. Parfois, je me dis que Tom est un demi-dauphin.

PREMIÈRE PARTIE

ALLANT

Les meilleurs de vos actes seront inscrits sur l'onde…

FRANCIS BEAUMONT
ET JOHN FLETCHER

Toshio

Chez les fen, l'habitude de sortir des astuces à propos des hommes remontait à des millénaires. De tout temps ils les avaient trouvés d'une drôlerie irrésistible et l'humanité avait eu beau mettre son grain de sel dans leurs gènes, leur ouvrir les voies de la technique, cela n'avait pratiquement rien modifié dans leur attitude.

Foncièrement, les fen étaient restés de petits malins.

Toshio riva son regard sur l'étroit tableau de bord de son traîneau de mer, affectant d'en consulter le bathymètre. L'engin évoluait en ronronnant à une profondeur constante de dix mètres et, bien qu'il ne fût pas nécessaire d'effectuer le moindre réglage, Toshio n'en continua pas moins de se concentrer sur le cadran tandis que Keepiru remontait sur sa gauche dans l'intention manifeste de réitérer ses taquineries.

— Allez, P'tites Mains ! Sssiffle-nous quelque chose ! (Et le cétacé lisse et gris fit un tonneau pour se transférer sur la droite du garçon puis il se rapprocha et l'observa d'un œil faussement indifférent.) Sssiffle-nous donc un petit air sur les nefs, sur l'espace et sur la douceur du retour au pays !

La voix de Keepiru, répercutée dans le complexe agencement de chambres d'écho de sa boîte crânienne, évoquait le timbre plaintif et sourd d'un basson. Elle aurait aussi bien pu imiter celui d'un hautbois ou d'un saxophone ténor.

— Alors, P'tites Mains ? Cette chanson ?

Keepiru s'arrangeait pour être entendu de tous, et les autres fen avaient beau continuer de nager en silence, Toshio les sentait aux écoutes. Il s'estimait d'ailleurs heureux qu'Hikahi, qui commandait le détachement, fût partie loin devant en éclaireur. Eût-elle été présente que c'eût été bien pire car elle n'aurait pas manqué d'ordonner à Keepiru de le laisser tranquille. Or, ce que pouvait dire le dauphin n'était rien auprès de la honte qu'il eût ressentie à être protégé comme un gosse incapable de se défendre.

Keepiru roula nonchalamment sur le dos contre le traîneau et se maintint avec aisance à sa hauteur par de lents battements de queue. Dans les flots cristallins de Kithrup, tout paraissait étrangement réfracté. Les sommets simili-coralliens des tertres de métal miroitaient comme des montagnes au travers d'une brume de chaleur s'élevant du fond d'une longue vallée, tandis que les vrilles jaunes d'algues flottantes se balançaient mollement depuis la surface.

Des reflets phosphorescents couraient sur la peau grise de Keepiru et, dans son étroite et longue bouche en V, des dents pointues comme des aiguilles brillaient avec une expression moqueuse et cruelle qui devait être exagérée… si ce n'est par l'eau, du moins par l'imagination de Toshio.

Était-il concevable qu'un fin fût si méchant ?

— Tu ne vas pas chanter pour nous, P'tites Mains ? Allez, sors-nous une chanson qui nous vaudra une tournée générale de bière de poisson lorsque nous finirons par nous arracher à cette soi-disant planète pour trouver un port hospitalier ! Siffle-nous donc un truc qui fasse rêver les Rêveurs de la terre ferme !

Par-dessus le gémissement ténu de son recycleur d'air, Toshio sentit ses oreilles bourdonner tant il devait être rouge de confusion. Sous peu, à coup sûr, Keepiru allait cesser de l'appeler P'tites Mains pour inaugurer le dernier sobriquet qu'il lui avait trouvé : « Grand Rêveur ».

Ce n'était déjà pas très drôle d'être en butte aux sarcasmes pour avoir commis l'erreur de siffloter alors qu'il s'était joint à un groupe d'exploration exclusivement composé de fen — ils avaient accueilli son lyrisme distrait par un concert de brocards et de pépiements moqueurs —, mais se voir ironiquement décerné un titre auquel n'avaient pratiquement jamais droit que les baleines à bosse et les musiciens accomplis… c'était presque au-delà de ce qu'il pouvait endurer.

— Pour l'instant, Keepiru, je ne me sens vraiment pas d'humeur à chanter. Pourquoi ne t'acharnes-tu pas sur quelqu'un d'autre ? (Et Toshio éprouva une vague sensation de triomphe pour être parvenu à contenir le tremblement de sa voix.)

À son grand soulagement, Keepiru se contenta de lancer une brève exclamation en ternaire argotique, presque en delphinien primal — ce qui, en soi, était une forme d'insulte —, puis il se cambra et bondit vers la surface pour refaire de l'air.

Dans l'omniprésent éclat bleuté de l'eau, de chatoyants poissons kithrupiens scintillaient, les écailles de leur dos accrochant la lumière qui s'y décomposait comme sur le givre des feuilles mortes soulevées par la bise. Partout, c'était le règne du métal dans la variété de ses nuances et de ses textures, et le soleil matinal pénétrait cette mer limpide et tranquille pour enluminer les formes de vies particulières de ce monde étrange inéluctablement mortel.

Toshio n'accordait pas le moindre regard à l'aquatique beauté de Kithrup. N'éprouvant que haine pour cette planète, pour la nef estropiée qui les y avait amenés, lui et les fen, ses compagnons d'infortune, il s'abandonnait au poignant et jouissant peaufinage des cinglantes reparties qu'il aurait dû lancer à Keepiru.

« Si tu es si fort, Keepiru, pourquoi ne nous siffles-tu pas quelques pépites de vanadium ? » Ou bien : « Je ne vois vraiment pas la nécessité de gâcher une chanson humaine pour un public delphinien. »

En tant que vues de l'esprit, ces réponses étaient d'une efficacité satisfaisante mais Toshio savait très bien qu'il n'aurait jamais rien pu formuler de tel dans le monde réel.

Tout d'abord, dans un bon quart des spatioports de la galaxie, c'étaient les chants des cétacés qui avaient cours et non ceux des anthropoïdes. Et même si la faveur réelle allait aux mélancoliques ballades de leurs massives cousines les baleines, les congénères de Keepiru se faisaient payer à boire sur une douzaine de mondes, rien qu'en lançant des vocalises.

De toute manière, tenter de se prévaloir de son appartenance à l'humanité pour en imposer à n'importe quel membre de l'équipage eût constitué une erreur fatale. Le vieil Hannes Suessi, l'un des six autres humains qui étaient à bord, l'en avait averti au début du voyage, juste après leur départ de Neptune.

— Essaye et tu verras ce qui se passera, lui avait suggéré le mécanicien. Ils vont se tordre de rire, et moi, je ferai pareil si j'ai la chance d'être là quand tu feras la boulette. Tout à parier même que, pour faire bonne mesure, l'un d'entre eux te pincera un peu fort. S'il est une chose pour laquelle les fen n'ont aucun respect, c'est de voir un homme se donner des airs de patron sans avoir rien fait pour en être digne.

— Mais le Protocole… tenta de se récrier Toshio.

— Le Protocole, mon genou ! Ces règles n'ont d'autre utilité que de permettre aux hommes, aux chimps et aux fen de savoir se tenir lorsque des Galactiques sont dans les parages. Si le *Streaker* est arrêté par une patrouille soro ou si, quelque part, nous sommes obligés de consulter un Bibliothécaire pila pour obtenir des données, alors, le professeur Metz ou monsieur Orley — ou même toi ou moi — nous aurons à faire semblant d'être les maîtres sur ce vaisseau… car pas une seule de ces vieilles badernes d'Eatees ne consentirait à donner ne serait-ce que l'heure à quelqu'un d'une race aussi jeune que celle des fen. Mais, le reste du temps, nous n'avons d'ordres à recevoir que du capitaine Creideiki. Merde ! C'est déjà assez pénible de se voir piétiné par un Soro et de faire semblant d'aimer ça parce que ce fichu E.T. vous fait la grâce d'admettre que les humains, au moins, sont légèrement au-dessus du niveau des mouches. Tu t'imagines comme ce serait dur si nous devions réellement commander ce vaisseau ? Qu'est-ce qui se serait passé si nous avions essayé de faire des dauphins une race cliente servile qui sache rester à sa place ? Tu aurais aimé ça, toi ?

Sur le moment, Toshio avait vigoureusement fait non de la tête. La simple idée de traiter les fen comme les clients l'étaient ordinairement dans toute la galaxie lui avait paru répugnante. Akki, son meilleur ami, était un fin.

Et cependant, en de tels moments, Toshio aurait bien aimé qu'il existât des compensations pour le fait d'être un jeune adolescent humain isolé sur un vaisseau dont l'équipage se composait essentiellement de dauphins adultes.

Un vaisseau qui, pour l'heure, ne se rendait plus nulle part, se remémora Toshio, et le vif ressentiment qu'il éprouvait à l'égard de Keepiru et de ses agaceries se vit remplacé par une sourde angoisse autrement plus tenace, celle de ne plus jamais pouvoir redécoller de la planète-océan Kithrup, celle de ne plus jamais revoir son monde natal.

Modère ta course — humain garçon
Plus loin, le banc — fait sa jonction
Hikahi vient — nous l'attendons

Toshio leva les yeux. Broodika, le vieux dauphin métallurgiste, était remonté sur la gauche du traîneau et se maintenait à sa hauteur. Toshio lui siffla une réponse en ternaire.

Hikahi vient — donc je m'arrête

Et il relâcha la commande des gaz.

Sur son écran sonar, il remarqua la convergence d'infimes échos en provenance de l'avant et des régions latérales. Les éclaireurs étaient de retour. Son regard se porta vers la surface et il y vit batifoler Hist-t et Keepiru.

Broodika reprit la parole en anglique. Si bégayante et stridente que fût son élocution, elle n'en était pas moins plus claire que le ternaire de Toshio. Après tout, c'étaient des dauphins qui, sur plusieurs générations de manipulations génétiques, avaient été modifiés pour acquérir des fonctions humaines, pas le contraire.

— As-tu repéré des t-traces de ces matières qui nous sont nécessaires, T-Toshio ?

Le garçon jeta un œil sur le crible moléculaire.

— Non, monsieur. Rien jusqu'à présent. Cette eau est d'une pureté à peine croyable si l'on considère la richesse métallifère de l'écorce planétaire. Sa teneur en sels de métaux lourds est pratiquement nulle.

— Qu-que donne le balayage à longue portée ?

— Pas le moindre effet de résonance sur aucune des bandes que j'ai consultées quoique la friture soit atroce. J'ignore si je serai même capable de distinguer du nickel saturé monopolaire, sans parler des autres trucs que nous recherchons. C'est comme d'essayer de trouver une aiguille dans une meule de foin.

Cela tenait du paradoxe. Cette planète regorgeait de

métal, et c'était une raison pour laquelle le capitaine Creideiki avait choisi d'y chercher asile. Cependant, l'eau était relativement pure… assez, du moins, pour permettre aux dauphins d'y nager en toute liberté quoique certains eussent à se plaindre de démangeaisons et que tous fussent astreints à des cures de chélation dès leur retour au vaisseau.

L'explication résidait autour d'eux, dans les plantes et dans les poissons.

L'ossature des formes de vies kithrupiennes n'était pas constituée de calcium mais d'autres métaux prélevés dans le milieu liquide ambiant par l'entremise de filtres biologiques. Il en résultait que cette mer offrait aux regards l'étincelante gamme de coloris des métaux et de leurs oxydes. Ainsi, la rutilance des nageoires dorsales des poissons, les inflorescences argentées des zostères y contrastaient avec le vert chlorophyllien plus banal des frondes et de la végétation aérienne.

Mais l'élément dominant du décor restait les tertres de métal, vastes îles spongieuses élaborées sur des millions de générations par des créatures simili-coralliennes dont les exosquelettes métallo-organiques accumulés avaient fini par former d'énormes montagnes au sommet aplati surplombant de quelques mètres le niveau moyen des eaux.

De telles îles étaient le domaine des arbres foreurs qui vrillaient les extrémités métalliques de leurs racines dans l'épaisseur de chaque monticule pour y puiser les silicates et les micro-organismes nécessaires à leur croissance, créant ainsi de larges cavités dans un sol qu'ils recouvraient par ailleurs d'une couche d'humus exempte de métal. Il s'agissait là d'une étrange structure botanique sur laquelle la Bibliothèque de bord du *Streaker* était restée muette.

Quant aux instruments de Toshio, s'ils avaient détecté des blocs d'étain natif, de fortes concentrations de chrome sous forme de frai de poisson, des colonies coralliennes entièrement constituées d'une sorte de bronze, ils n'avaient pas jusqu'alors révélé la présence de vanadium commode à ramasser ni du plus petit échantillon de ce nickel spécial qu'ils recherchaient.

Ce dont ils avaient besoin, en fait, c'était d'un miracle... de ce genre de miracle qui permettrait à un équipage de dauphins aidés par sept humains et par un chimpanzé de réparer leur vaisseau pour décamper au plus vite de ce secteur de la galaxie avant que leurs poursuivants ne les aient rejoints.

Au mieux, ils disposaient de quelques semaines pour repartir sous peine de tomber aux mains de l'une ou l'autre d'une douzaine de races extraterrestres loin d'être entièrement rationnelles. Au pire, ils risquaient simplement de déclencher une guerre interstellaire sur une échelle jamais vue depuis des millions d'années.

Et Toshio en retirait le sentiment d'être tout petit, parfaitement impuissant et terriblement jeune.

Faiblement, le garçon commençait à percevoir les échos sonar suraigus des éclaireurs qui rentraient, chaque couinement lointain suscitant son minuscule contrepoint coloré sur l'écran du traîneau.

Puis deux formes grises parurent à l'est et remontèrent en chandelle vers le rassemblement de la surface pour s'y livrer à des cabrioles et à de badins assauts de mâchoires.

Au bout d'un moment, l'un des dauphins s'arqua et plongea droit sur Toshio.

— Hikahi revient. Elle veut que le traîneau s-soit en s-surface, caqueta Keepiru en écorchant les mots jusqu'à rendre sa phrase presque incompréhensible. Et t-tâche de ne pas te perdre pendant la remontée.

Toshio lâcha du lest non sans faire la grimace. Keepiru aurait pu se passer d'en rajouter ; même en parlant normalement l'anglique, les fen donnaient toujours l'impression de débiter à leur interlocuteur des chapelets de quolibets méprisants.

Le traîneau s'éleva dans un nuage de petites bulles et, lorsqu'il eut crevé la surface, l'eau continua de dégouliner sur ses flancs dans un gargouillis de longs ruisselets. Toshio coupa les gaz, se renversa sur le dos et ôta son masque.

Le soudain silence fut un soulagement. Le bourdon geignard du traîneau, le staccato du sonar, les couinements des fen, tout s'était évanoui. Une brise fraîche courait dans ses cheveux noirs et trempés, calmant un peu la sensation de chaleur qu'il avait dans les oreilles. Elle lui apportait les parfums d'une planète étrangère — l'âcre senteur du regain venue d'une île de formation plus ancienne ; la puissante et huileuse fragrance d'un arbre foreur en pleine activité.

Et, nuançant l'ensemble de cette palette olfactive, la pointe acide du métal.

Ils ne couraient pas le moindre danger, leur répéterait-on lorsqu'ils seraient de retour au vaisseau. Et Toshio moins que quiconque puisqu'il avait sa combinaison étanche. La chélation ferait disparaître de leur organisme tous les éléments lourds qu'ils auraient été raisonnablement susceptibles d'absorber au cours d'une simple mission de reconnaissance… quoique, en fait, personne ne sût avec exactitude quelle dose d'imprévisible ce monde leur réservait.

Mais s'ils étaient forcés d'y rester pendant des mois ? pendant des années ?

Dans cette éventualité, les installations médicales du vaisseau ne seraient plus en mesure de lutter contre la lente accumulation des métaux. En temps voulu, les naufragés commenceraient à prier pour qu'un croiseur jophur, thennanin ou soro vînt les chercher, même si c'était pour les soumettre à un interrogatoire ou pour leur faire subir un sort plus terrible… qu'importe s'ils pouvaient ainsi quitter cette belle planète qui les tuait à petit feu.

De telles pensées n'étaient guère agréables à ruminer, aussi Toshio fut-il content de voir Broodika se laisser dériver jusqu'au flanc du traîneau.

— Pourquoi Hikahi m'a-t-elle fait monter en surface ? demanda-t-il au vieux dauphin. N'étais-je pas censé rester à couvert sous l'eau pour le cas où des satellites espions seraient déjà en orbite ?

Broodika soupira.

— Elle a dû estimer que tu avais besoin d'une pause. Et puis, comment veux-tu qu'on repère un engin minuscule comme ton traîneau dans toute cette masse de métal ?

— Bon, fit Toshio en haussant les épaules. De toute façon, c'est gentil de sa part. Ce temps de repos n'est pas du luxe.

Broodika se dressa dans l'eau et se maintint en équilibre par une série de mouvements tournants de sa caudale.

— J'entends Hikahi, annonça-t-il. Et la voilà.

Deux dauphins venaient d'apparaître sur l'horizon nord et approchaient à grande vitesse, l'un d'un gris très clair et l'autre presque noir avec une robe tachetée. Dans son casque, Toshio reconnut la voix de celle qui était à leur tête.

Je vous appelle — moi, Hikahi
Dorsale écoute — ventrale agit
Oui, riez — mais obéissez
Tous au traîneau — pour m'écouter !

Hikahi et Ssattatta firent une fois le tour du groupe puis s'immobilisèrent devant les fen rassemblés.

Au nombre des dons que les néo-dauphins avaient reçus de l'humanité se trouvait un répertoire accru d'expressions faciales. Certes, cinq malheureux siècles de manipulations génétiques n'avaient pu apporter aux cétacés ce qui, pour l'homme, était le résultat d'une évolution sur plusieurs millions d'années et les fen continuaient d'exprimer la plupart de leurs sentiments par des mouvements ou par des cris ; mais ils n'étaient plus figés dans ce que les humains avaient longtemps pris (sans être totalement dans l'erreur) pour une hilarité perpétuelle. Les fen étaient à présent capables d'avoir une mine soucieuse et l'expression actuelle d'Hikahi aurait pu être choisie par Toshio pour illustrer ce que pouvait être un chagrin delphinien.

— Phip-pit a disparu, annonça Hikahi. Je l'ai entendu crier au sud de l'endroit où j'étais... puis plus rien. Il venait de partir à la recherche de Ssassia qui avait précédemment disparu dans la même direction. Nous allons abandonner les relevés cartographiques et la prospection de matières premières afin de faire l'impossible pour les retrouver. Que l'on procède à la distribution des armes !

Cet ordre fut accueilli par un murmure de mécontentement général car il impliquait que les fen allaient devoir réendosser le harnais qu'ils avaient eu tant de plaisir à quitter au sortir du vaisseau. Néanmoins, Keepiru lui-même reconnut qu'il s'agissait là d'un cas d'urgence.

L'espace d'un moment, Toshio déploya une activité intense pour sortir les harnais et les jeter dans l'eau. Ces derniers étaient conçus pour prendre d'eux-mêmes une forme dans laquelle un fin pouvait aisément se glisser mais, inévitablement, il y en avait toujours un ou deux qui avait besoin d'aide pour connecter son équipement au petit amplificateur neural implanté juste au-dessus de son œil gauche.

Toshio s'acquitta rapidement de cette tâche qu'une longue pratique lui permettait d'exécuter par pur automatisme. Il était très inquiet pour Ssassia, une gentille fine qui s'était toujours montrée aimable et qui lui parlait avec douceur.

— Hikahi, dit-il lorsque le chef du détachement passa près de lui, voulez-vous que j'appelle le vaisseau ?

— Négatif, Grimpeur d'échelles. Nous respectons les

ordres. Peut-être y a-t-il déjà des sat-esps là-haut. Branchez votre véloce engin sur le retour automatique pour le cas où la rencontre avec ce qui se trouve au sud-est se solderait par notre mort à tous.

— Mais personne n'a jamais vu d'animaux de grande taille…

— Ce n'est là qu'une éventualité parmi d'autres. Mais, quel que soit le sort qui nous attend, je veux que l'on sache ce qui s'est passé… quand bien même nous aurions tous été frappés par la fièvre des secours.

Toshio se sentit parcouru d'un frisson à l'évocation de cette « fièvre des secours ». C'était un phénomène dont il n'avait nul désir d'être témoin.

Ils mirent le cap sur le sud-est en formation dispersée. Tour à tour, les dauphins progressaient en rasant la surface ou plongeaient pour nager aux côtés de Toshio. Le lit de l'océan évoquait des traces de serpents prolongées à l'infini et trouées de temps à autre de sombres alvéoles pareils à des cratères tout aussi menaçants qu'insondables. Mais, dans l'ensemble, Toshio n'avait aucun mal à distinguer le fond de ces vallées dont il dominait d'une centaine de mètres le lugubre tapis d'algues bleu nuit.

Quant aux crêtes qui les bordaient, elles étaient coiffées, à intervalles réguliers, par la masse brillante des tertres de métal, telles de gigantesques forteresses blindées d'une matière spongieuse et chatoyante. La plupart disparaissaient à demi sous une épaisse végétation proche du lierre dans laquelle nichaient et frayaient les poissons kithrupiens. L'un des tertres se révéla même être en équilibre instable sur le bord d'un véritable précipice, la caverne creusée par son propre arbre foreur et qui s'apprêtait à l'engloutir dès que serait achevé le travail de sape des racines.

Le moteur du traîneau engendrant par son ronron monotone une sorte d'hypnose, et la surveillance des instruments n'étant pas une tâche assez complexe pour lui tenir l'esprit occupé, Toshio se retrouva, sans l'avoir réellement voulu, perdu dans ses pensées, dans ses souvenirs.

Un banal parfum d'aventure, voilà ce qu'il avait senti lorsqu'ils lui avaient proposé de les accompagner pour un voyage dans l'espace. Comme il avait d'ores et déjà prononcé le Serment du Bondisseur, ils l'avaient su prêt à laisser derrière lui son passé… et, à bord de ce nouveau vaisseau delphin, la présence d'un midship naturellement doté d'habileté manuelle et visuelle leur était nécessaire.

Le *Streaker* était une petite nef d'exploration unique en son genre. Les races pourvues de nageoires et respirant de l'oxygène n'étaient en effet guère nombreuses, et ces rares exceptions se bornaient à rester des passagers, recourant, pour leur confort, à la gravité artificielle, et laissant aux membres d'espèces clientes le soin de piloter les nefs et d'effectuer les manœuvres.

Mais le premier vaisseau spatial à équipage delphinien se devait d'être différent. Sa conception même relevait d'un principe qui n'avait cessé de guider les Terriens depuis deux siècles : Rester simple, autant que faire se peut, et ne pas utiliser la science des Galactiques lorsqu'elle vous dépasse.

Deux cent cinquante années après le contact avec la civilisation galactique, l'humanité continuait à se démener pour rattraper son retard. Les races extraterrestres qui se servaient de l'immémoriale Bibliothèque depuis des temps bien antérieurs à l'apparition des premiers mammifères sur terre — manifestant d'ailleurs une lenteur toute glaciaire pour mettre à jour cet universel compendium du savoir — avaient presque fait figure de dieux aux yeux des Terriens primitifs qui se traînaient à bord des pesants mastodontes qu'étaient leurs premiers astronefs. Puis la Terre s'était vu accorder une antenne de la Bibliothèque censée lui donner accès à toutes les connaissances accumulées au cours de l'Histoire galactique, mais il avait fallu attendre une date récente pour que celle-ci cessât d'être une source de perplexité pour devenir d'une aide quelconque.

Avec son complexe agencement de bassins tenus par centrifugation et d'ateliers en apesanteur, le *Streaker* devait avoir donné une impression incroyable d'archaïsme aux étrangers venus l'inspecter juste avant son lancement. Il n'en était pas moins un grand sujet de fierté pour les communautés néo-delphiniennes de la Terre.

À l'issue de sa croisière d'essai, le vaisseau avait fait escale sur la petite colonie humano-delphinienne de Calafia pour y recruter l'élite des diplômés de sa minuscule Académie. Ce devait être la première et, peut-être, la dernière visite de Toshio à « cette chère vieille Terre ».

« Cette chère vieille Terre » était encore le domicile de quatre-vingt-dix pour cent de l'humanité, sans parler des autres espèces terrestres douées de sapience. Les touristes galactiques y venaient encore en foule béer d'admiration devant le monde de ces enfants terribles qui avaient tant défrayé la chronique dans le bref espace de quelques siècles, mais ils ne se gênaient pas pour prendre des paris sur le temps que mettrait l'humanité à disparaître si elle ne se plaçait pas sous la protection d'un patron.

Car, bien sûr, toutes les espèces avaient un patron. Nulle n'accédait au niveau d'évolution exigé par l'astronautique sans l'intervention d'une autre race ayant auparavant atteint ce stade. Ce rôle, les hommes ne l'avaient-ils pas tenu pour les chimpanzés et pour les dauphins ? Tout au long des millions de millénaires qui s'étaient écoulés depuis l'époque des Progéniteurs — la mythique race des origines — chaque espèce douée de parole et apte à voyager dans l'espace avait reçu l'éducation d'un prédécesseur. Les races de ces temps reculés s'étaient toutes éteintes mais, grâce à son encyclopédique Bibliothèque, la civilisation fondée par les Progéniteurs restait toujours vivante.

Quant au destin des Progéniteurs eux-mêmes, il était à l'origine de nombreuses légendes et même de religions violemment contradictoires.

Toshio se demandait, comme tout un chacun depuis trois cents ans, à quoi pouvaient avoir ressemblé les patrons de l'homme… en admettant qu'ils aient jamais existé. Le comble eût été que ce fût l'une des espèces fanatiques qui avaient tendu l'embuscade dans laquelle le *Streaker* s'était précipité sans méfiance et qui, présentement, couraient sur sa piste comme une meute derrière sa proie.

Ce fil de pensées n'était guère agréable à suivre si l'on considérait ce que le *Streaker* avait découvert.

Le Conseil de la Terragens l'avait envoyé en renfort d'une flotte d'exploration dispersée sur toute la galaxie et qui avait pour mission de vérifier l'exactitude des données fournies par la Bibliothèque. Jusqu'alors, le sérieux de cette dernière n'avait été pris en défaut que sur d'infimes détails. Une erreur dans les coordonnées d'une étoile par-ci, une espèce mal répertoriée par-là. C'était, à vrai dire, comme de revoir le travail de quelqu'un qui a fait une description exhaustive des grains de sable d'une plage ; même en y consacrant l'existence de mille générations, on ne pouvait espérer vérifier l'ensemble de la liste mais il était toujours possible d'en contrôler des points pris au hasard.

Et le *Streaker* venait précisément de porter son choix sur une petite bâche gravitionnelle située à cinquante mille parsecs du plan de la galaxie lorsqu'il avait découvert la Flotte.

Toshio soupira en repensant au tour pendable que le hasard leur avait joué. Cent cinquante dauphins, sept humains et un chimpanzé… comment aurions-nous pu nous douter de ce que nous allions trouver ?

Pourquoi a-t-il fallu que ce soit nous qui le trouvions ?

Cinquante mille vaisseaux, tous de la taille d'une lune. Voilà sur quoi ils étaient tombés. Les dauphins avaient été enthousiasmés par cette découverte... le plus gigantesque cimetière d'épaves jamais rencontré... et, selon toute apparence, d'une incroyable ancienneté. Le capitaine Creideiki avait alors télépsié à la Terre pour demander les consignes.

Pourquoi diable avait-il appelé la Terre ? N'aurait-il pu attendre leur retour pour faire son rapport ? Pourquoi claironner dans les oreilles indiscrètes de toute la galaxie qu'un échouage de très vieux tas de ferraille avait été découvert dans le milieu de nulle part ?

Le Conseil de la Terragens avait immédiatement répondu en code : « Cachez-vous. Instructions suivront. Ne répondez pas. »

Creideiki avait obéi, bien sûr, mais pas avant que la moitié des races patronnes de la galaxie n'eussent lancé leur flotte de guerre aux trousses du *Streaker*.

Toshio cligna des yeux.

Quelque chose. Une résonance, enfin ? Oui. Le détecteur de minerai indiquait un faible écho vers le sud. Il se concentra sur le récepteur, soulagé d'avoir enfin quelque chose à faire. Ça devenait assommant de s'apitoyer sur son sort.

Oui, et ça prenait même l'allure d'être un gisement d'importance. Devait-il prévenir Hikahi ? Certes, la recherche des fen d'équipage disparus était prioritaire, mais...

Une ombre l'enveloppa. L'expédition longeait à présent un énorme tertre de métal dont les parois couleur de cuivre étaient tapissées par les rameaux verts et charnus de quelque plante retombante.

— Ne passe pas si près, P'tites Mains, siffla Keepiru sur sa gauche. (Ils étaient les seuls à s'être tant approchés du monticule. Les autres fen avaient fait un large détour.) Nous ignorons tout de cette flore, poursuivit le dauphin, et c'est par ici que Phip-pit a été vu pour la dernière fois. Tu serais plus en sécurité avec le gros de la troupe.

Keepiru roula nonchalamment devant Toshio et se maintint à sa hauteur par de languides coups de caudale. Les bras proprement croisés de son harnais accrochaient les reflets cuivrés du tertre de métal.

— Alors, il n'en est que plus important de faire des prélèvements ! lança Toshio, rageur. Et, de toute façon, c'est pour ça que nous sommes là !

Puis, sans laisser à Keepiru le temps de réagir, il vira de bord et dirigea le traîneau vers le tertre.

Il pénétra de ce fait dans une région de ténèbres où les rayons du soleil d'après-midi étaient occultés par la masse de l'île. Alors qu'il abordait de biais l'épaisse et fibreuse végétation sous-marine, un banc de poissons à dos argenté parut exploser devant lui.

Dans son dos, il entendit Keepiru couiner en primal un juron parfaitement révélateur de la surprise angoissée du dauphin. Il sourit.

Le tertre se dressait à présent, telle une falaise, juste à la droite du traîneau dont le ronronnement paraissait encourager Toshio. Il amorça son virage inverse et saisit le plus proche éclair de verdure. Avec une intense satisfaction, il éprouva dans sa main la résistance puis l'arrachement de la plante qui se libérait de son support. Pas un fin n'aurait pu faire ça ! Et il fléchit les doigts dans un geste appréciateur avant de se retourner pour fourrer la touffe dans un sac à échantillons.

Ce fut alors qu'il s'aperçut que la masse verte, au lieu de s'éloigner, semblait s'être rapprochée. Keepiru, lui, poussait des cris de plus en plus perçants.

Espèce de pleurnichard ! pensa Toshio. Je vais même me payer le luxe de lâcher un instant les commandes et je n'en serai pas moins de retour dans ton fichu gros de la troupe avant que tu n'aies fini de composer ton poème d'insultes.

Tout en accentuant sa bande sur la gauche, il régla les volets de profondeur avant sur la remontée mais, en un quart de seconde, il comprit qu'il venait de commettre une erreur tactique ; la chute de vitesse du traîneau fut en effet suffisante pour que le faisceau de lianes à sa poursuite pût le rattraper.

Il devait exister sur Kithrup des créatures marines de taille plus importante que celles rencontrées jusqu'alors par l'expédition, car les tentacules qui s'abattirent autour de Toshio étaient manifestement adaptés à la capture de grosses proies.

— Koino-Anti ! Ça y est ! J'ai décroché le pompon !

Il poussa les gaz à fond et se plaqua sur son engin pour résister à l'accélération brutale qui allait inévitablement suivre ce passage au régime maximum. L'augmentation de régime se produisit… mais elle n'entraîna pas d'accélération. Le traîneau gémit. Les longues tiges fibreuses se distendirent mais n'en continuèrent pas moins d'interdire tout mouvement vers l'avant. Le moteur finit par caler. Toshio sentit une reptation autour de ses jambes, puis une autre. Les lianes commencèrent à se rétracter et à tirer.

Haletant, il réussit à se mettre sur le dos et, à tâtons, chercha sur sa cuisse la gaine de son couteau. Les tiges serpentines étaient couvertes de renflements qui s'accrochaient à tout ce qu'ils touchaient et, lorsque l'un de ces nœuds entra en contact avec la main nue de Toshio, le garçon ne put réprimer un cri de douleur.

Les fen se lançaient à présent des appels suraigus et, à courte distance, Toshio perçut les remous d'une violente agitation. Mais, hormis son souhait fugitif d'être la seule victime de la plante, il n'eut guère le loisir de penser à autre chose qu'au combat qu'il avait à livrer.

La lame jaillit de sa gaine et jeta une lueur d'espoir. Espoir qui fut porteur d'effet car deux minces tiges se virent tranchées sous les premiers coups de taille du garçon. Il lui fallut en revanche un certain temps pour venir à bout d'une troisième, plus épaisse, qui fut aussitôt remplacée par deux autres.

Il vit alors le lieu vers lequel la végétation l'entraînait. Une profonde crevasse verticale s'ouvrait dans la paroi du tertre. À l'intérieur, une masse de filaments attendaient en se contorsionnant. Tout au fond, une douzaine de mètres plus haut, quelque chose de lisse et de gris était déjà entortillé dans une forêt de ramures qui oscillaient avec une trompeuse nonchalance.

Sur la vitre de son masque, Toshio vit l'haleine émanant de sa bouche béante voiler le reflet de ses propres yeux écarquillés d'horreur en superposition sur la silhouette inerte de Ssassia. Avec la douceur qui avait caractérisé sa vie, sinon sa mort, les flots la berçaient.

Dans un cri de rage, Toshio reprit son charcutage. Il aurait voulu appeler Hikahi pour l'informer du sort de Ssassia mais les seuls sons qui se formèrent sur ses lèvres furent des rugissements de haine à l'égard du monstre végétal kithrupien. De menus morceaux de rameaux et de feuillage s'éparpillaient au gré des tourbillons à mesure que la colère du garçon s'assouvissait en violents coups de tranchant qui n'empêchaient pas les lianes de s'abattre autour de lui en nombre croissant pour le tirer vers la faille.

Grimpeur d'échelles — faiseur de vers
Lance un appel — qu'on te repère
Trille en sonar — dans l'écran vert

C'était Hikahi.

Derrière le tohu-bohu de sa lutte sauvage et le sifflement rauque de sa respiration, Toshio perçut les échos de la bataille que livrait le reste du détachement. Aux trilles accélérés d'un ternaire qui, à l'exception de l'ordre bref qu'il venait de recevoir, n'avait nul besoin d'être ralenti pour une oreille humaine, se mêlait le crissement des harnais.

— Là ! Je suis là !

Il sabra un tentacule qui menaçait son tuyau d'air et fut à deux doigts de le trancher du même coup. Il s'humecta les lèvres et tenta de siffler en ternaire :

Contre la pieuvre — je peux tenir
Mais comme Ssassia — piètre avenir
Sous ses ventouses — crains de périr

La métrique était peut-être bancale mais les fen comprendraient ça mieux qu'un appel en anglique. Quarante générations de contact avec la pensée logique n'empêchaient pas leur esprit de fonctionner tout de même plus vite en cas d'urgence lorsqu'on leur parlait en vers sifflés.

Toshio entendit se rapprocher le combat que ses camarades livraient à la plante mais, comme pressés par cette menace, les tentacules n'en ramenaient que plus vite leur proie vers la crevasse. Soudain, une liane couverte de ventouses s'enroula autour de son bras et, avant qu'il n'ait pu changer son arme de main, cette dernière fut effleurée par l'une des ventouses brûlantes. Avec un hurlement de douleur, le garçon parvint à se débarrasser de son assaillant mais le couteau avait déjà disparu dans l'eau noire.

D'autres appendices végétaux continuaient de pleuvoir autour de lui lorsqu'il prit conscience que quelqu'un lui parlait, lentement, et en anglique.

— ... dit qu'il y a des vaisseaux là-haut ! Le lieutenant Takkata-Jim aimerait savoir pourquoi Hikahi n'a pas transmis de monopulsion confirmant... (C'était la voix d'Akki ; il appelait du vaisseau ! Mais Toshio était dans l'impossibilité de répondre à son ami. Quand bien même n'aurait-il pas eu des préoccupations plus sérieuses, il se trouvait que le bouton de la radio était hors de sa portée.) Ne te fatigue pas pour me répondre oralement, poursuivit Akki. (Et Toshio accueillit par un gémissement cette involontaire pointe d'ironie car, en cet instant précis, il s'efforçait de décoller un tentacule de son masque en veillant à ne pas se laisser de nouveau blesser les mains.) Contente-toi d'émettre une monopulsion et dépêche-toi de rentrer... rentrez tous. On pense qu'une bataille spatiale est sur le point de se déclencher au-dessus de Kithrup. Ces dingues d'extraterrestres nous ont probablement suivis jusqu'ici et ils vont se disputer comme à Morgran le privilège de notre capture. Maintenant, je suis obligé de te quitter. Black-out total sur les liaisons radio. Reviens dès que possible. Akki. Terminé.

Toshio sentit que la plante s'agrippait à son tuyau d'air. Solidement cette fois.

— Bien sûr, vieux frère, grogna-t-il en tentant de faire lâcher prise à la liane. Je serai de retour dès que l'univers y consentira.

Broyé, le tuyau d'air s'obstrua... et il n'y avait rien que Toshio pût faire. Son masque s'emplit de brouillard. Et, tandis que lui-même se sentait dériver dans les ténèbres, il crut apercevoir les fen qui venaient à sa rescousse, mais il n'avait aucun moyen de savoir si c'était réel ou s'il s'agissait d'une hallucination. Il ne se serait jamais attendu par exemple à ce que ce fût Keepiru qui menât la charge ni à ce que ce fin-là manifestât une telle ardeur combative et un tel mépris de la douleur provoquée par les ventouses venimeuses.

En fin de compte, il opta pour la thèse du rêve. Les éclairs des lasers étaient trop vifs, le timbre des sasers trop clair... et le détachement s'avançait vers lui avec des drapeaux flottant dans son sillage, à l'instar de cette cavalerie que cinq siècles de civilisation humaine de langue anglique avaient appris à associer à l'image des sauveteurs.

Galactiques

Sur un vaisseau, au centre d'une flotte entière de vaisseaux, se déroulait un processus négateur.

De gigantesques croiseurs se répandaient par une déchirure de l'espace et se laissaient choir vers la minuscule brillance d'un soleil rouge non répertorié. Un par un, ils sourdaient de la lumineuse larme et, avec eux, s'immisçait la lumière diffractée d'étoiles assistant à leur départ, à des centaines de parsecs de là.

Il existait des lois qui auraient dû interdire de telles choses. Ce tunnel constituait un moyen anormal de passer d'un lieu à un autre. Nier l'ordre naturel et appeler à l'existence pareille brèche dans l'espace réclamait une volonté extraordinairement puissante.

L'Épisiarche, dans son radical rejet de Ce Qui Est, *avait suscité pour ses maîtres tandus ce passage qui restait ouvert par l'indéfectible pouvoir de son ego — par son refus de faire la moindre concession à la Réalité.*

Après le passage du dernier astronef, l'Épisiarche fut distrait à dessein, et le trou s'affaissa sur lui-même dans la violence d'un fracas inaudible. En l'espace de quelques secondes, il devint impossible en l'absence d'instrument précis de détecter qu'il avait jamais existé. L'outrage aux lois de la physique avait été gommé.

L'Épisiarche venait pourtant de permettre aux Tandus de transférer leur armada aux abords de l'étoile constituant leur objectif, avec une nette longueur d'avance sur les autres flottes qui se disputaient le droit de capturer le vaisseau terrien. Des impulsions de louange furent émises vers les centres du plaisir de l'Épisiarche, et la créature hurla de gratitude en faisant onduler l'épaisse fourrure de sa grosse tête.

Pour les Tandus, un obscur et périlleux mode de voyage dans l'espace venait encore une fois de se révéler payant.

C'était une bonne chose que d'arriver sur le champ de bataille avant l'ennemi. Ce temps gagné leur donnerait un avantage tactique.

L'Épisiarche, lui, désirait seulement avoir quelque chose à nier. Sa tâche accomplie, il ne restait plus qu'à le ramener dans la chambre des illusions où il altérerait une interminable chaîne de pseudo-réalités en attendant que sa révolte redevînt utile aux Maîtres. Sa masse amorphe roula au bas de la toile sensorielle et il sortit d'un pas traînant, sous une escorte vigilante.

Lorsque la voie fut libre, l'Accepteur fit son entrée. Juché au sommet de ses longues jambes fusiformes, il gagna sa place dans la toile.

Un long moment, il jaugea la réalité, l'embrassa. De ses vastes sens, il sonda, toucha, caressa cette nouvelle région de l'espace qui leur était offerte et en bêla de plaisir.

— Que de fuites ! annonça joyeusement l'Accepteur. À peine ont-ils lentement figé la périphérie de leurs écrans psychiques pour me dissimuler leur emplacement exact. Qui furent les maîtres de ces dauphins pour leur avoir appris à constituer de si bonnes proies ?

— Leurs maîtres sont humains, race elle-même inachevée, répondit le Grand Traqueur tandu. (Il s'exprimait en rapides séquences rythmées de clacs et de tacs produits par les jointures à rochet de ses pattes de mante.) Les habitants de la Terre sont rongés par la tare des fausses croyances et la honte de s'être eux-mêmes laissés à l'abandon. Trois siècles de tapage seront enfin du passé lorsqu'ils seront mangés. Alors, notre jubilation de grands chasseurs sera l'égale de ce que tu ressens devant un lieu ou un objet nouveau.

— Oui, quelle jubilation ! approuva l'Accepteur.

— À présent, dépêche-toi d'obtenir des détails, ordonna le Grand Traqueur. Nous allons bientôt livrer bataille aux hérétiques et je dois distribuer leurs tâches à tes confrères clients.

L'Accepteur *se replongea dans la toile tandis que le Traqueur quittait la salle, puis il rouvrit ses sens à ce fragment de réalité tout neuf. Il était intégralement bon. La créature transmit le compte rendu de ce qu'elle découvrait et les maîtres disposèrent leurs vaisseaux en conséquence mais la majeure partie de sa conscience resta absorbée dans l'appréciation…* l'acceptation *de ce minuscule soleil rougeâtre, de chacune des petites planètes qui tournaient autour, de la délicieuse expectative d'un lieu qui allait se transformer en champ de bataille.*

Et, bientôt, elle sentit que, chacune à sa manière, les autres flottes de guerre pénétraient dans ce système et prenaient position sur des secteurs stratégiques légèrement moins propices en raison de l'arrivée antérieure des Tandus.

L'Accepteur *perçut la soif de combat des guerriers clients et les froids calculs de leurs aînés plus sereins. Il caressa le poli des écrans psychiques raidis contre ses investigations et se demanda ce qu'ils dissimulaient. Il apprécia la franchise d'autres combattants qui projetaient dédaigneusement leurs pensées vers l'extérieur, défiant qui les écoutait de se retrouver dans ce torrent de mépris.*

Il fit aussi le tour de féroces projets qui avaient trait à sa propre suppression tandis que les gigantesques flottes se précipitaient les unes vers les autres et que de brillantes explosions commençaient à déchirer la nuit de l'espace.

L'Accepteur *prenait tout avec une égale jouissance. Comment retirer de l'univers un sentiment différent lorsqu'il renfermait de telles merveilles ?*

Takkata-Jim

À bord du *Streaker*, dans les hauteurs de la section bâbord de la vaste salle de commande sphérique, une psiopératrice commença de s'agiter dans son harnais. Sa caudale baratta furieusement l'eau et elle s'écria en ternaire :

Les octopus nous ont trouvés !
Essaims entiers qui se déchirent !

Le rapport de l'opératrice ne faisait que confirmer la découverte des détecteurs neutriniens quelques minutes auparavant. À présent, c'était une litanie de mauvaises nouvelles dans leur version sibylline.

Rage de vaincre —
De capturer…

D'un autre poste, parvint un bulletin moins hystérique dans un anglique au fort accent delphinien.

— Nous enregistrons un t-trafic gravitonique accru, lieutenant. De t-telles perturbations confirment que les abords de la planèt-te sont le t-théâtre d'hostilités massives.

Le second du *Streaker* écouta le rapport sans rien dire en se laissant légèrement dériver dans les courants de circulation du centre de contrôle. Un filet de bulles s'échappa de son évent tandis qu'il inhalait une rasade du liquide spécial qui emplissait la passerelle.

— Reçu, finit-il par dire. (Sous l'eau, sa voix n'était plus qu'un vrombissement sourd dans lequel les consonnes étaient complètement brouillées.) À quelle distance se trouve le plus proche affrontement ?

— C-cinq unités astronomiques, lieutenant. Il leur est impossible d'atteindre la planèt-te en moins d'une heure, même en fonçant à t-tombeau ouvert.

— Ah bon… D'accord. Restez en phase jaune et poursuivez vos observations, Akéakémaï.

Le lieutenant de vaisseau Takkata-Jim était d'une taille peu commune pour un néo-dauphin. Bâti en force et en muscles alors que les fen se distinguaient plutôt par leur finesse, il présentait les caractéristiques de la sous-espèce *Steno* : un épiderme tacheté de plusieurs nuances de gris et une denture triangulaire, ce qui le plaçait, comme un certain nombre de ses congénères à bord, en marge de la majorité *Tursiops*.

L'humain qui se tenait à ses côtés n'avait pas eu la moindre réaction à l'annonce de mauvaises nouvelles qui ne faisaient que confirmer ses appréhensions.

— Nous ferions mieux de prévenir le commandant, dit Ignacio Metz dont la voix, dans l'eau effervescente, était amplifiée par le masque, tandis que de la chevelure grise et clairsemée qui couronnait sa haute silhouette émanaient des filets de bulles. Je lui avais pourtant dit qu'en voulant fausser compagnie aux Galactiques nous en arriverions là. J'espère seulement qu'il va se décider à être raisonnable maintenant que nous ne pouvons plus fuir.

Takkata-Jim ouvrit et referma la bouche en diagonale, ce qui était une manière emphatique de montrer son accord.

— Cccertes, professeur Metzss. À présent, Creideiki lui-même est forcé d'admettre que vous aviez raison. Nous sssommes au pied du mur et le commandant n'a plus d'autre alternative que de vous écout-ter.

Metz hocha la tête d'un air satisfait.

— Et l'expédition conduite par Hikahi ? Sont-ils au courant ?

— J'ai fait transmettre au groupe de prospection l'ordre de rentrer. Sssortir le t-traîneau était un gros risque. Sssi les Eatees sssont en orbite, ils peuvent le détect-ter.

— Les extraterrestres, rectifia Metz avec un automatisme tout professoral. Le terme « Eatee » est à la limite de l'impolitesse.

Takkata-Jim conserva un visage impassible. Il avait beau assurer le commandement du vaisseau lorsque le capitaine Creideiki n'était pas de service, cet humain avait la manie de le traiter comme un petit fin qui rentre à la maternelle. C'était particulièrement irritant, mais il prenait pourtant soin de ne jamais laisser soupçonner au professeur Metz à quel point celui-ci l'agaçait.

— Oui, professeur Metz, dit-il.

Et l'homme reprit :

— Ce détachement n'aurait jamais dû quitter le vaisseau. J'ai pourtant prévenu Tom Orley qu'un événement de ce genre pouvait se produire. Le jeune Toshio qui est là-bas… et tous ces fen d'équipage. Ce serait une catastrophe s'il leur arrivait quelque chose.

Takkata-Jim avait le sentiment de savoir ce que Metz avait derrière la tête en disant ça ; l'homme pensait probablement à la catastrophe que ce serait si des membres de l'équipage du *Streaker* se faisaient tuer hors de sa vue… sans qu'il fût en mesure d'observer leur comportement devant la mort et de le mettre en relation avec ses théories psychogénétiques.

— Si seulement Creideiki vous avait écouté, professeur, insista-t-il. Vous qui n'êtes jamais à court de bons conseils.

Là, il y était peut-être allé un peu fort. Mais si l'homme perça l'écorce respectueuse de Takkata-Jim pour atteindre le noyau de sarcasme, il n'en laissa rien paraître.

— C'est gentil de me dire ça, Takkata-Jim. Et cela montre votre perspicacité. Maintenant, je sais que votre emploi du temps est chargé, aussi vais-je me trouver une ligne qui ne soit pas occupée afin de réveiller Creideiki à votre place. Je vais lui annoncer en douceur que nos poursuivants ont retrouvé notre trace.

Avec déférence, Takkata-Jim salua l'homme d'un hochement de tête exécuté dans une impeccable posture verticale.

— Vous êtes fort aimable, professeur Metz. Ccc'est une réelle faveur que vous me faites.

Metz tapota le flanc rêche du second comme s'il voulait le rassurer. Le fin supporta ce geste patronal avec un calme apparent tout en gardant les yeux fixés sur l'humain qui lui tourna le dos et s'éloigna à la nage.

La passerelle était une sphère remplie de liquide, saillant légèrement au-dessus de la proue du vaisseau cylindrique ; les principaux hublots du poste de commande donnaient sur un glauque paysage de chaînes et de sédiments peuplé de créatures sous-marines.

Bien que chaque poste de manœuvre fût éclairé par un spot, la salle restait plongée dans la pénombre pendant que son personnel d'élite vaquait à ses tâches avec célérité et dans un silence presque absolu. Hormis le chuintement du recycleur d'eau, on ne percevait d'autres bruits que l'intermittente pulsation du sonar ou les commentaires techniques concis qu'échangeaient à l'occasion deux opérateurs.

Il faut rendre à Creideiki ce qui lui est dû, pensa Takkata-Jim. L'état-major qu'il a rassemblé est une machine finement réglée.

Bien sûr, les dauphins n'avaient pas la même solidité que les humains et on ne pouvait jamais prévoir ce qui risquait de leur faire perdre la boule tant qu'on ne les avait pas vus travailler sous stress, mais cette équipe de commande se débrouillait aussi bien que toutes celles qu'il lui avait été donné de connaître. Seulement… serait-ce suffisant ?

Les E.T. auraient-ils l'occasion de surprendre la moindre liaison radio, la plus mince fuite psi qu'ils seraient sur eux plus vite qu'une bande d'épaulards sur des phoques au mouillage.

Là-bas, les fen du groupe de protection sont plus en sécurité que leurs camarades restés au vaisseau, songea Takkata-Jim non sans amertume. Metz était idiot de s'inquiéter pour eux. Ils se donnaient probablement du bon temps.

Il tenta de se remémorer ce que c'était que de nager

librement dans l'océan, sans harnais, en respirant de l'air réel. Il essaya de se revoir sondant toujours plus bas dans ces eaux profondes des *Steno* où ces petits malins de *Tursiops* avec leur grande bouche et leur attachement au rivage étaient aussi rares que des dugons.

— Akki, demanda-t-il au radio-opérateur E.L.F.[1], le jeune midship originaire de Calafia, avez-vous reçu confirmation d'Hikahi ? L'ordre de rappel lui est-il parvenu ?

Le colon était un petit fin d'une variante *Tursiops* au teint gris-jaune qui marqua une certaine hésitation avant de répondre. Il n'était guère accoutumé à respirer et à parler dans l'oxyeau, pratique qui réclamait l'emploi d'un dialecte fort étrange d'anglique subaquatique.

— Désolé, lieutenant, je n'ai pas obtenu deréponch-se. J'ai fait d-toutes les bandes à la rechers-che d'une monopulch-sion. Rien.

Takkata-Jim secoua la tête avec humeur. Hikahi avait dû estimer qu'une monopulsion même leur aurait fait courir un trop grand risque. Pourtant, pareille confirmation aurait déchargé le second d'une décision fort déplaisante à prendre.

— Euh, lieutenant, fit Akki en piquant du bec, la queue respectueusement baissée.

— Oui ?

— Ne devrions-nous pas répéd-ter le mech… le message ? La première fois, ils ont pu avoir un moment de dich-straction et ne pas l'entendre.

Comme tous les dauphins de Calafia, Akki tirait fierté de son anglique à l'accent cultivé. Avoir des problèmes avec des phrases aussi simples le mettait apparemment à la torture.

Ce qui n'était pas pour déplaire à Takkata-Jim. S'il y avait un terme anglique qui se traduisait à la perfection en ternaire, c'était bien celui de poseur. Takkata-Jim

1. *Extremly low frequency*, « fréquence ultrabasse ». *(N.d.T.)*

n'avait pas la moindre pitié pour un petit poseur de midship.

— Non, radio. Nous avons des ordres ssstricts. Si le commandant désire faire une nouvelle tentative lorsqu'il sssera là, libre à lui. En attendant, restez à votre poste.

— Bien, lieutenant, fit le jeune dauphin en effectuant un demi-tour pour regagner son bureau dont le dôme d'air lui permettrait de respirer normalement au lieu d'ingurgiter de l'eau comme un poisson. (Là, au moins, il pourrait parler comme tout le monde en attendant d'avoir des nouvelles de son meilleur ami, le midship humain qui nageait quelque part dans cet immense océan étranger.)

Takkata-Jim aurait bien voulu que le commandant se dépêchât de reprendre son service. La vaste salle de commande lui donnait une mortelle impression d'étouffement. Respirer l'effervescente oxyeau le laissait toujours dans un terrible état de lassitude à l'issue de son quart. Ce fluide ne semblait jamais lui fournir assez d'oxygène et — revanche de la nature bafouée — ces branchies dont on l'avait doté le démangeaient atrocement. Quant aux pilules qu'il lui fallait absorber pour faire pénétrer l'oxygène dans son sang au travers de la paroi intestinale, elles lui causaient des brûlures d'estomac.

Une fois de plus, son regard tomba sur Ignacio Metz. Le savant aux cheveux gris, accroché à une épontille et la tête fourrée dans une manche à air, était en train d'appeler Creideiki. À peine aurait-il fini qu'il reviendrait probablement traîner par ici. L'homme ne cessait de rôder, d'observer, et, en sa présence, le second du *Streaker* avait toujours l'impression d'être un cobaye.

Pourtant, se remit-il en mémoire, il me faut un allié chez les hommes. C'étaient des dauphins qui commandaient le vaisseau mais l'équipage semblait manifester plus d'empressement à obéir lorsque l'officier qui leur donnait un ordre avait la confiance d'un membre de la race patronne. Creideiki s'appuyait ainsi sur Tom Orley, Hikahi sur Gillian Baskin, et le compagnon humain de Broodika était le chef-mécanicien Suessi.

Il fallait que Metz devînt l'homme de Takkata-Jim. Par bonheur, il était aisément manipulable.

Les rapports sur la bataille spatiale tombaient maintenant en succession rapide. Elle semblait en passe d'embraser l'entière périphérie de la planète. Au minimum, cinq flottes géantes y étaient engagées.

Takkata-Jim réprima une soudaine envie de mordre autour de lui, de faucher l'adversaire à violents coups de caudale. Il aurait voulu avoir quelque chose de palpable contre quoi se battre au lieu de sentir cette chape de terreur au-dessus d'eux.

Après des semaines de fuite, le *Streaker* avait fini par se faire prendre. Quel nouveau tour Creideiki et Orley allaient-ils pouvoir inventer pour s'en tirer, cette fois ?

Que se passerait-il s'ils n'arrivaient pas à mettre un plan sur pied ? Ou, pire, s'ils en concoctaient un si échevelé qu'il les amènerait tous à se faire tuer ? Que lui resterait-il à faire en ce cas ?

Takkata-Jim retourna le problème sur toutes ses coutures afin de tenir son esprit en éveil dans l'attente que le commandant vînt prendre sa relève.

Creideiki

C'était le premier sommeil réparateur qu'il prenait depuis des semaines et, naturellement, il avait fallu qu'on l'interrompe.

D'habitude, Creideiki se reposait en gravité zéro, suspendu dans de l'air humide, mais, aussi longtemps qu'ils se tiendraient à couvert, il ne serait pas question d'utiliser des lits anti-grav. Aussi ne restait-il pas d'autre solution, pour un dauphin, que de dormir entre deux eaux.

Cela faisait une semaine qu'il s'entraînait à respirer de l'oxyeau pendant son sommeil sans autre résultat que des cauchemars et une épuisante sensation d'étouffement teintant ses rêves.

Makanee, le médecin de bord, lui avait alors suggéré de dormir à l'ancienne mode, en se laissant dériver à la surface d'un bassin. Et il s'était décidé à tenter l'expérience.

Il s'assura d'abord qu'il y avait une confortable couche d'air sous le plafond de sa cabine puis vérifia trois fois le fonctionnement du contrôle par redondance du taux d'oxygène. Alors, seulement, il s'extirpa de son harnais, ferma la lumière, monta en surface et expulsa l'oxyeau de ses branchies.

Et ça, ce fut un véritable soulagement.

Pourtant, à peine fut-il allongé là-haut que ses pensées se mirent à tourner à toute vitesse et que l'absence du harnais se fit sentir par des picotements. C'était parfaitement irrationnel, il en avait conscience. Les humains d'avant le vol dans l'espace, dans leurs sociétés primitives et névrotiques, devaient avoir eu les mêmes sensations quand ils étaient nus.

Pauvre *Homo sapiens* ! L'histoire de l'humanité révélait de telles souffrances au cours de ces millénaires de gauche adolescence d'avant le Contact, alors qu'ils n'étaient que des ignorants coupés de la société galactique.

Et, dans le même temps, les dauphins, eux, avaient presque vécu en état de grâce, dérivant dans leur petit coin du Songe Cétacé. Puis, lorsque les hommes avaient fini par se stabiliser dans un âge adulte et avaient commencé à *élever* les créatures les plus évoluées de la Terre pour se les adjoindre, les dauphins de la veine *amicus* avaient fait sans difficulté l'échange d'une condition honorable contre une autre.

Mais nous aussi, nous avons nos problèmes, se remit-il en mémoire. Il avait une sacrée envie de se gratter la base de sa prise neurale, juste au-dessus de l'œil, mais il ne voyait pas comment l'atteindre sans harnais.

Il se laissa donc flotter à la surface, dans le noir, et attendit le sommeil. En soi, c'était déjà reposant de sentir les vaguelettes lui lécher la peau au-dessus des yeux. Et l'air réel était assurément plus relaxant à respirer que l'oxyeau.

Mais il ne pouvait échapper à la vague angoisse de couler… comme si ça pouvait lui faire un mal quelconque de couler dans l'oxyeau… comme si des millions d'autres dauphins n'avaient pas dormi de cette manière toute leur vie.

Déconcertante aussi était cette manie de spationaute qu'il avait de regarder en l'air. Chaque fois, il voyait le dôme du plafond à quelques dizaines de centimètres au-dessus de sa dorsale. Même les yeux fermés, il continuait de savoir à quelle distance se fermait son espace vital car il ne lui était pas plus possible de ne pas émettre des clicks d'écholocation pendant son sommeil qu'à un chimpanzé de piquer une petite sieste sans se gratter.

Creideiki s'adressa un reniflement de mépris. *Plutôt s'échouer que de laisser les nécessités du bord lui donner des insomnies !* Il souffla vigoureusement et commença de compter ses clicks sonar. Il démarra sur un rythme ténor puis élabora lentement une fugue à mesure qu'il intégrait des éléments plus profonds à son chant de sommeil.

Des échos, émanant de sa bosse frontale, se diffractaient sur les cloisons de la cabine. Les notes glissaient les unes vers les autres, se chevauchaient avec douceur, gémissements étouffés ou grondements de basson. Elles créaient une structure sonique, un gabarit d'altérité. Leur combinaison correcte, il le savait, aurait le pouvoir de faire apparemment disparaître les murs.

Délibérément, il se dépouilla de la rigueur et du sens du devoir inhérents au Keneenk et accueillit en lui un fragment du Songe Cétacé.

Quand les figures —
Du cycloïde
Font remonter —
Le souvenir
Et le murmure —
Des chants de l'aube
Et de la lune —
Chérie des eaux
Quand les figures —
Du cycloïde…

Le bureau, les placards, les murs s'étaient à présent couverts de fausses ombres soniques. Et sur ses propres accords, le chant de Creideiki commença de s'ouvrir sur un riche et palpable poème d'habiles reflets.

Des choses flottèrent autour de lui, d'infimes frétillements de caudale, des bancs de créatures oniriques. L'écho renversa les murs de l'espace, et ce fut comme si les flots s'étendaient à l'infini.

Et l'éternelle
Mer du Rêve
Fait remonter
Le souvenir

Bien vite, il sentit toute proche une présence qui peu à peu prenait corps des sons réfléchis.

Puis, avec lenteur, elle acheva de se constituer, tout contre lui, tandis que son cerveau de technicien lâchait prise… l'ombre d'une déesse. Alors, Nukapaï se laissa dériver sous le regard de Creideiki… fantôme d'ondoiements frangés de poussières sonores. Et le noir poli de son corps replongea dans l'ombre sans que vienne l'entraver une cloison qui semblait avoir disparu.

La vision s'estompa. L'eau s'assombrit autour de Creideiki, et Nukapaï devint plus qu'une ombre, plus que la simple et passive destinataire de son chant. Il vit briller les pointes fines de ses dents et l'entendit reprendre ses propres notes pour lui chanter sa réponse.

Avec les flots —
Pour voisinage
Au sein d'un Rêve —
Illimité
Telle notre sœur —
Baleine à bosse
Allant chantant —
Pour les poissons
Même au travers —
D'un rythme humain
Tu m'as trouvée —
Frère qui erres
Là où les hommes —
Et tout marcheur
Font s'esclaffer —
Jusqu'aux étoiles…

Une sorte de félicité s'empara de lui tandis que se ralentissait son rythme cardiaque. Creideiki sommeillait avec, à ses côtés, la douce déesse de rêve qui ne lui reprochait que par taquinerie de l'avoir évoquée dans la versification précise et rigide du ternaire, plutôt que dans le chaotique primal de ses ancêtres.

Elle l'introduisit dans la Mer du Seuil où le ternaire suffisait, où il ne perçut que sur un mode étouffé le tumulte du Songe Cétacé et des immémoriales divinités dont c'était la demeure. Du moins était-ce de l'océan ce qu'en peut accepter le cerveau d'un ingénieur en astronautique.

Pourtant, qu'il lui semblait rigide, parfois, ce ternaire avec ses figures de tons superposés, avec ses symboles d'une précision quasi humaine… d'une minutie quasi humaine !

Et il avait été formé à voir en cela des qualités. Une large part de son cerveau avait été génétiquement conçue suivant des critères humains. Cependant, de temps à autre, des sons-images chaotiques se glissaient dans sa conscience et y faisaient miroiter d'antiques mélopées.

Nukapaï émit un click compréhensif. Puis elle lui sourit…

Non ! Comment aurait-elle ainsi pu faire le singe ? De tous les cétacés, seul le néo-dauphin souriait avec sa bouche.

Et Nukapaï fit autre chose. Elle, noble entre les déesses, vint se frotter contre le flanc de Creideiki. Puis elle lui dit ·

Lors sois en paix
Ce qui est est…
Loin d'une mer
Un ingénieur
L'entend encore

La tension de plusieurs semaines finit par atteindre son point de rupture et il s'endormit. Sa respiration déposa sur le plafond une brillante pellicule de condensation dont un courant d'air venu d'une conduite voisine détachait des gouttelettes qui oscillaient un instant avant de pleuvoir sur la surface de l'eau en une douce averse.

Lorsque l'image d'Ignacio Metz se dessina sur sa droite, Creideiki n'en prit que lentement conscience.

— Commandant, dit l'image, je vous appelle depuis la passerelle. Je crains que les Galactiques ne nous aient retrouvés plus tôt que nous ne l'espérions..

Creideiki fit son possible pour ne pas entendre cette petite voix qui tentait de le ramener à l'action et au combat. Il s'attarda dans une ondulante forêt de varech à écouter les longues sonorités de la nuit. Finalement, ce fut Nukapaï elle-même qui dut le tirer de son rêve. Tout en s'effaçant, elle lui rappela gentiment :

Devoir, devoir — honneur est, est
Honneur, Creideiki — toujours être
Alerte — Honneur

Nukapaï seule pouvait ainsi parler impunément primal à Creideiki. Dans son incapacité d'ignorer tant l'injonction de la déesse que la voix de sa propre conscience, il finit par fixer un œil sur l'hologramme insistant de l'humain dont les paroles cessèrent de piétiner aux portes de son esprit.

— Je vous remercie, professeur Metz, soupira-t-il. Dites à Takkata-Jim que j'arrive tout de suite. Et vous seriez bien aimable de prévenir Tom Orley. J'aimerais le voir sur la passerelle. Creideiki. Terminé.

Il s'accorda encore quelques profondes inspirations pendant que la cabine reprenait forme autour de lui puis il s'arqua et plongea pour réendosser son harnais.

Tom Orley

Un homme de haute taille aux cheveux noirs se balançait, suspendu par une main au pied d'un lit — lit boulonné au plancher d'une cabine sens dessus dessous et plancher qui partait en oblique au-dessus de la tête de l'homme dont le pied droit reposait de manière tout à fait précaire sur le fond du tiroir ouvert d'un des placards ménagés dans les cloisons inversées.

Lorsque le système d'alarme lança son éclair jaune, Tom Orley pivota sur lui-même et sa main libre se porta vers son holster. Il en sortit plus qu'à moitié le pistolet à aiguilles avant de comprendre l'origine de la perturbation et, avec un juron qui s'éternisa, rengaina son arme. Qu'est-ce que ça va être, cette fois, l'urgence ? Au pied levé, il pouvait imaginer une bonne douzaine de réponses à sa question et toutes le trouvaient suspendu par un bras dans la plus bizarre partie du vaisseau.

— J'établis le contact, Thomas Orley.

La voix lui paraissant provenir d'un point situé audessus de son oreille droite, Tom s'accrocha autrement au pied du lit pour être à même de se retourner et vit tournoyer à un mètre de son visage une figure tri-dimensionnelle évoquant des atomes de poussière multicolores pris dans une tornade.

— Vous désirez, je suppose, connaître le motif de l'alarme ?

— Ouais ! beugla-t-il. C'est cela même ! Serions-nous attaqués ?

— Non, répondirent les formes en se modifiant. Le vaisseau n'est encore soumis à aucun assaut mais le lieutenant Takkata-Jim a déclaré l'état d'alerte. Cinq flottes pour le moins ont fait irruption dans le voisinage de Kithrup, et elles semblent à présent se livrer bataille tout près d'ici.

Orley soupira.

— Raison de plus pour faire ces réparations en vitesse et se tirer d'ici. (Tom n'avait jamais vraiment cru à la possibilité d'échapper à leurs poursuivants. Lorsqu'il s'était esquivé, profitant de la confusion du guet-apens de Morgran, le *Streaker* avarié avait laissé derrière lui un trop bruyant sillage.)

Tom avait aidé les fen de la salle des machines à réparer le générateur de stase. Il venait juste de s'acquitter de la partie manuelle et visuelle qui était de son ressort et le moment lui avait paru propice pour s'éclipser vers les régions désertes de la roue sèche où avait été cachée la Machine Niss.

La roue sèche était une couronne d'ateliers et de cabines qui pivotait librement sur son axe lorsque le vaisseau était dans l'espace, procurant ainsi aux humains une pseudo-gravité. Actuellement, elle était immobile, et toute cette section de pièces et de couloirs chamboulés s'était vue abandonnée devant l'incommode gravité de la planète.

Tom en appréciait l'intimité quoique la disposition du mobilier fût passablement ingrate.

— Tu n'es pas censée t'annoncer si je ne t'ai pas allumée de ma main, dit-il. Tu dois attendre mes empreintes et mon identification vocale avant de laisser croire que tu es autre chose qu'un organe de transmission standard.

Les tourbillons prirent un style cubiste mais la voix de la machine ne marqua pas le moindre trouble.

— En raison des circonstances, j'ai pris cette liberté. Si je me suis trompée, je suis prête à en supporter des conséquences disciplinaires jusqu'au niveau trois. Tout châtiment de niveau supérieur serait injustifié, donc rejeté d'office.

Tom se permit un sourire ironique. Cette machine allait le faire tourner en bourrique s'il la laissait faire et il ne gagnerait rien à faire valoir sa maîtrise en titre sur elle. L'espion tymbrimi qui lui avait prêté la Niss avait bien insisté sur le fait que son efficacité provenait en grande partie de sa flexibilité ainsi que de son esprit d'initiative, si agaçant fût-il.

— Je prends note du niveau d'erreur toléré sous réserve d'examen, dit-il à la Niss. Maintenant, que peux-tu m'apprendre sur la situation présente ?

— Question vague. Je puis avoir accès pour vous à

l'ordinateur de combat du vaisseau, mais cela comporte certains risques.

— Non, pour le moment, il vaut mieux que tu ne fasses pas ça. (Si la Niss tentait de s'immiscer dans l'ordinateur de combat au cours d'une alerte, l'état-major de Creideiki pourrait s'en apercevoir. Tom présumait que Creideiki était au courant de la présence de cette machine à bord — tout comme il savait que Gillian Baskin poursuivait un projet secret — mais le capitaine s'était toujours abstenu d'y faire la moindre allusion et laissait les deux humains mener leur travail comme ils l'entendaient.) Alors, peux-tu faire une correction de programme et me passer Gillian ?

L'hologramme se mit à danser en projetant des étincelles bleues.

— Elle est seule dans son bureau. Je place l'appel.

Les poussières s'évanouirent brutalement et furent remplacées par la représentation d'une femme blonde de trente ans environ. Elle parut tout d'abord perplexe, puis un large sourire éclaira son visage et elle rit.

— Ah ! Tu as été rendre visite à ta petite amie électronique, à ce que je vois. Dis-moi, Tom, qu'est-ce que cette sarcastique machine étrangère a de plus que moi ? Jamais tu n'as été si littéralement retourné par ma présence.

— Très drôle ! (Toutefois, la boutade de Gillian le soulageait d'une angoisse qui le rongeait depuis qu'il savait le vaisseau en état d'alerte. Il avait craint qu'ils ne fussent forcés de se battre dans les heures qui allaient suivre. D'ici une semaine, le *Streaker* serait en mesure de vendre chèrement sa peau, quand bien même il finirait par être détruit ou capturé. Mais, pour l'heure, il avait autant de punch qu'un lapin drogué.) Apparemment, les Galactiques ne sont pas encore sur la planète.

— Non, lui répondit-elle en secouant la tête. Quoique Makanee et moi soyons de garde à l'infirmerie, à tout hasard. Les fen de l'état-major disent qu'au minimum trois armadas ont surgi dans l'espace non loin d'ici. Elles se sont immédiatement affrontées comme à Morgran. Reste à espérer qu'elles s'anéantiront mutuellement.

— Mieux vaut ne pas trop se faire d'illusions là-dessus.

— Bon. C'est toi le tacticien de la famille, après tout. Pourtant, il pourrait s'écouler des semaines avant qu'un vainqueur ne descende s'occuper de nous. Il va y avoir des tractations, des alliances de dernière minute, et cela va nous donner le temps de trouver quelque chose.

Tom aurait aimé pouvoir partager son optimisme. En tant que « tacticien de la famille », c'était à lui qu'allait échoir la corvée de « trouver quelque chose ».

— O.K. ! Si la situation n'est pas trop urgente…

— Je ne pense pas qu'elle le soit. Tu peux encore passer un petit moment avec ma rivale cybernétique et je vais te rendre la pareille en cultivant des relations plus intimes avec Herbie.

Tom secoua la tête sans se donner la peine de relever la plaisanterie. Herbie était un cadavre — le seul butin tangible qu'ils eussent retiré de la flotte abandonnée. Gillian avait déterminé que la momie extraterrestre était vieille de plus de deux milliards d'années, mais la mini-Bibliothèque de bord semblait être frappée d'apoplexie chaque fois qu'on lui demandait à quelle race elle avait jadis appartenu.

— Fort bien. Dis à Creideiki que je passerai directement le voir en rentrant.

— D'accord, Tom. On est justement en train de le réveiller. Je lui dirai que tu n'avais pas les pieds sur terre la dernière fois que je t'ai vu.

Sur ce, elle lui fit un clin d'œil et coupa la communication.

Tom contempla un moment l'endroit où s'était tenue l'image de Gillian et se demanda une fois de plus ce qu'il avait fait pour mériter une femme pareille.

— Toute curiosité mise à part, Thomas Orley, certaines nuances de la conversation que vous venez d'avoir avec le docteur Baskin suscitent mon intérêt. Suis-je dans le vrai en présumant que ces paroles modérément insultantes qu'elle vous adressait entrent dans la catégorie des taquineries affectueuses ? Certes, mes constructeurs tymbrimis sont des êtres fondamentalement télempathiques, mais ils semblent apprécier eux aussi ce type de distraction. Fait-il partie du processus d'accouplement ? Ou est-ce une forme particulière de test d'amitié ?

— Un peu des deux, je crois. Mais vraiment ? Les Tymbrimis ont aussi le même genre... (Il se mordit la langue.) Ça ne fait rien. Mon bras commence à fatiguer et je vais bientôt devoir redescendre. As-tu autre chose à m'apprendre ?

— Rien qui soit d'une importance majeure pour votre survie ou pour votre mission.

— J'en conclus que tu n'as pas réussi à soutirer à la mini-Bibliothèque du vaisseau le moindre renseignement sur Herbie ou sur la flotte abandonnée.

L'hologramme se changea en nettes figures géométriques.

— C'est là le problème essentiel, n'est-ce pas ? Le docteur Baskin m'a posé la même question la dernière fois qu'elle a eu recours à mes services, il y a treize heures.

— Et lui as-tu donné une réponse plus directe qu'à moi ?

— Trouver les moyens de contourner la programmation d'accès sur cette mini-Bibliothèque de bord est la raison première de ma présence ici. Je vous aurais prévenu si j'avais réussi. (La voix désincarnée de la machine était sèche à en racornir des pastèques.) Cela fait longtemps que les Tymbrimis soupçonnent l'Institut de la Bibliothèque de n'être pas d'une absolue neutralité... de vendre des antennes de Bibliothèque programmées pour se montrer subtilement incomplètes ou fautives afin de placer certaines races gênantes en position désavantageuse. Les Tymbrimis travaillaient déjà sur la question quand vos ancêtres allaient encore vêtus de peaux de bêtes, Thomas Orley. Aussi n'a-t-on jamais attendu de ce voyage d'exploration d'autre résultat qu'un petit nombre de données fragmentaires nouvelles et, à la rigueur, l'élimination de quelques menus obstacles.

Orley comprenait que la machine, avec sa longue durée de vie, pût adopter une perspective si patiente. Il s'aperçut pourtant qu'il lui en voulait de considérer les choses ainsi. Il eût été bon de penser que le *Streaker* et son équipage ne vivaient pas un tel calvaire en vain.

— Avec ces imprévus, suggéra-t-il, ce voyage doit avoir servi à autre chose qu'à te mettre quelques bits sous la dent.

— La propension des Terriens à se fourrer dans des guêpiers pour en tirer leçon par la suite a d'abord été le motif pour lequel mes propriétaires ont donné leur accord à cette folle entreprise — quoique personne ne se soit jamais attendu à une cascade de tuiles telle que celle qui s'est abattue sur ce vaisseau. Vos talents en ce domaine ont été nettement sous-estimés.

Il n'y avait rien à répondre à cela, et Tom avait maintenant vraiment mal au bras.

— Bon, je ferais mieux de rentrer. En cas d'urgence, je peux toujours te joindre par le circuit du vaisseau.

— Bien sûr.

Orley se lâcha et atterrit accroupi à proximité de la porte fermée, un rectangle situé à bonne hauteur sur un mur en pente raide.

— Le docteur Baskin vient juste de me transmettre que Takkata-Jim a donné au groupe de reconnaissance l'ordre de rentrer, reprit brusquement la Niss. Elle pensait que vous aimeriez le savoir.

Orley étouffa un juron. Metz avait probablement quelque chose à voir là-dedans. Comment allaient-ils pouvoir réparer l'astronef si l'équipage n'avait plus le droit d'aller chercher les matières premières dont ils avaient besoin ? Le principal motif qui avait poussé Creideiki à se poser sur Kithrup avait été l'abondance de métaux natifs dans un milieu océanique aisément accessible aux dauphins. Si l'on en venait à faire rentrer les prospecteurs d'Hikahi, le danger devait être sérieux... ou alors quelqu'un cédait à la panique.

Il s'apprêtait à sortir lorsqu'il interrompit son geste et se retourna pour regarder en l'air.

— Niss, il nous faut absolument savoir ce que les Galactiques pensent que nous avons trouvé.

Les étincelles se firent moins vives.

— J'ai effectué un minutieux dépouillage des archives accessibles dans cette micro-antenne de la Bibliothèque qui est à bord à la recherche de tout ce qui pourrait jeter un peu de lumière sur le mystère de la flotte abandonnée, Thomas Orley. Hormis quelques vagues similitudes entre les motifs que nous avons relevés sur ces gigantesques carcasses et certains symboles religieux très anciens, je n'ai rien trouvé qui puisse étayer l'hypothèse que ces vaisseaux sont de quelque manière liés aux légendaires Progéniteurs.

— Mais tu n'as rien trouvé non plus qui l'infirme ?

— Exact. Ces épaves peuvent être ou ne pas être en relation avec le seul mythe qui soit commun à toutes les races respirant de l'oxygène dans les Cinq Galaxies.

— Il se pourrait donc que nous soyons tombés sur un énorme tas de ferraille pratiquement dénué de toute valeur historique ?

— Juste. Mais à l'extrême opposé, vous pourriez bien avoir fait la plus grande découverte actuelle en matière d'archéologie et d'histoire des religions. Cette pure éventualité tendrait d'ailleurs à expliquer l'ampleur du combat qui s'amorce dans ce système solaire. Le refus d'entrer dans les détails de la mini-Bibliothèque du vaisseau est révélateur de l'attitude qu'ont beaucoup de cultures galactiques à l'égard des événements de ce passé reculé. Tant que le vaisseau d'exploration *Streaker* restera le seul dépositaire d'informations concernant la flotte abandonnée, sa capture sera d'une importance vitale pour les fanatiques de tout poil.

Orley avait eu l'espoir que la Niss pût trouver des preuves que leur découverte était des plus banales. Celles-ci auraient pu être utilisées pour convaincre les E.T. de les laisser tranquilles. Mais si la flotte abandonnée avait réellement la valeur qu'elle semblait avoir, le *Streaker* allait devoir trouver un moyen de transmettre ses informations à la Terre et de laisser les têtes pensantes se débrouiller avec ce brûlot.

— Bon, continue donc à considérer la question, dit-il à la Niss. Moi, pendant ce temps, je vais faire mon possible pour que les Galactiques ne nous tombent pas dessus. Maintenant, peux-tu me dire…

— Bien sûr que je peux, fit la Niss en lui coupant une fois de plus la parole. Le couloir est désert. Ne croyez-vous pas que je vous aurais prévenu si la voie n'avait pas été libre ?

Tom fit non de la tête, persuadé que la machine avait été programmée pour agir ainsi de temps à autre. C'eût été typique des Tymbrimis. Les meilleurs alliés de la Terre étaient aussi de mauvais plaisantins. Sitôt qu'il aurait paré à une douzaine de calamités prioritaires, il avait la ferme intention de flanquer un bon coup de clé à molette à la machine et de présenter la chose à ses amis tymbrimis comme un « malencontreux accident ».

Alors que la porte s'effaçait à l'intérieur de la cloison, Tom s'accrocha au linteau et fit un rétablissement pour retomber ensuite sur le plafond du couloir faiblement éclairé. Le panneau se referma automatiquement derrière lui. À intervalles réguliers le long de la courbe douce de la coursive, il voyait flamboyer les feux rouges de l'alerte.

Parfait, songea-t-il. Nos espoirs de repartir en vitesse viennent de s'effondrer, mais j'ai déjà imaginé quelques plans de rechange.

Certains allaient faire l'objet d'une discussion avec le capitaine mais il en garderait un ou deux par-devers lui.

Je vais avoir à démarrer parallèlement plusieurs de ces projets, se dit-il, sachant par expérience que nulle combinaison ne résistait aux déviations du hasard. Selon toute vraisemblance, notre salut viendra de là où nous l'espérions le moins.

Galactiques

La phase initiale de la bataille fut une mêlée générale. Une vingtaine de factions guerrières se livrèrent un combat d'escarmouches, tâtant les défenses de l'adversaire, sondant ses points faibles. Déjà, bon nombre d'épaves dérivaient en orbite, éventrées, tordues, dans un halo de lumière sinistre. De rougeoyants nuages de plasma se diffusaient dans le sillage des affrontements, tandis que des fragments de métal déchiqueté tournoyaient en jetant des gerbes d'étincelles.

À bord de son vaisseau-amiral, une reine à la peau épaisse comme du cuir suivait sur ses moniteurs le déroulement de la bataille. Étendue sur un vaste et moelleux coussin, elle caressait, méditative, les écailles brunes de son ventre.

Les écrans qui environnaient la couche de Krat révélaient l'existence d'innombrables périls. L'un d'eux, offrant une superposition de lignes frisottées, indiquait des zones de probabilité anormale. D'autres marquaient l'emplacement de mouvances dues aux armes parapsychiques et présentant encore un certain danger.

Les essaims de points lumineux correspondaient aux diverses flottes qui se regroupaient maintenant que la première phase du combat tirait à sa fin mais, sur la périphérie des écrans, on assistait encore à de violents accrochages.

Krat modifia sa position sur le coussin de peau de vletoor afin de soulager la pression qu'elle sentait dans son troisième abdomen. Au cours d'une bataille, les sécrétions hormonales accéléraient toujours ses processus internes, désagrément qui, jadis, avait obligé les Soros de son sexe à rester au nid et à laisser à la stupide gent masculine le soin de faire la guerre.

Mais les temps avaient changé.

Une petite créature avienne s'approcha et Krat prit une prune de bruyère sur le plateau qu'elle lui tendait. Elle croqua le fruit et savoura les sucs qui coulaient sur sa langue et sur ses moustaches. Puis le petit Forski posa le plateau et entonna une langoureuse ballade sur les plaisirs de la bataille.

Bien sûr, on avait élevé les Forskis à un plein degré de sapience. Faire moins pour une race cliente eût été contraire au Code de l'Élévation. Mais alors qu'ils pouvaient parler et même, au besoin, piloter un appareil spatial, on avait génétiquement extirpé de l'espèce toute liberté de choix quant à leurs ambitions. Ils étaient trop utiles comme domestiques et comme ménestrels pour qu'on les laissât se vouer à d'autres tâches. Une plus grande adaptabilité aurait risqué d'altérer la grâce et l'intelligence avec lesquelles ils s'acquittaient de leurs fonctions.

L'un des petits écrans s'éteignit. Un destroyer de l'arrière-garde soro venait d'être anéanti. Ce fut à peine si Krat le remarqua. Jusqu'alors, elle avait consolidé sa position sans faire de trop grosses pertes.

Depuis sa couche de commande, au centre de la passerelle que des cloisons rayonnantes découpaient en secteurs, Krat pouvait observer l'ensemble de son état-major dont chaque membre, appartenant à l'une ou l'autre des races clientes des Soros, s'empressait d'exécuter ses volontés dans sa propre sous-spécialité.

La fièvre qui avait régné dans les secteurs de navigation, de combat et de détection se calmait enfin mais, à la planification des opérations, Krat constatait un net sursaut d'activité tandis que les stratèges examinaient les développements potentiels de la bataille en incluant le paramètre de cette alliance de dernière minute entre les Abdicateurs et les Transcendeurs.

Un sous-officier paha pointa soudain la tête hors du secteur de détection et Krat, les yeux mi-clos, le vit se précipiter vers un bloc de restauration, s'emparer d'un gobelet d'amoklah fumant puis se dépêcher de retourner à son poste.

On avait laissé les Pahas prendre une diversité raciale supérieure à celle des Forskis afin d'accroître leur valeur de guerriers rituels. Cela les avait rendus moins dociles que Krat ne l'aurait souhaité mais c'était le prix qu'il fallait payer pour avoir de bons soldats. Elle résolut d'ignorer l'incident et reporta son attention sur le petit Forski dont le chant évoquait à présent la victoire future et la gloire qui serait celle de Krat lorsque les Terriens seraient en son pouvoir et qu'elle leur arracherait leurs secrets.

Des avertisseurs hurlèrent. Le Forski, affolé, bondit en l'air et s'enfuit à tire-d'aile vers son abri. La passerelle fut soudain pleine de Pahas qui se ruaient en tous sens.

— Croiseur tandu ! cria l'officier tactique. Vaisseaux deux à douze, il vient d'apparaître au centre de votre formation ! Manœuvres d'esquive ! Vite !

Le vaisseau-amiral se cabra tandis que, lui aussi, virait lof pour lof afin d'éviter un tir dispersé de missiles. Sur ses écrans, Krat voyait palpiter un point marqué de la couleur bleue du danger — l'audacieuse nef tandue qui avait surgi du néant au beau milieu de sa flotte et qui, à présent, ouvrait le feu sur les vaisseaux soros.

Maudits soient-ils avec leur saleté de propulsion probabiliste ! *Elle savait très bien que nul ne pouvait rivaliser de vitesse avec les Tandus car aucune autre espèce n'acceptait de prendre de tels risques.*

Des élancements de colère traversèrent son ergot nuptial. Occupée comme elle l'était à éviter les missiles, l'armada soro en oubliait de répondre au feu de l'adversaire.

— Imbéciles ! siffla Krat dans son communicateur. Bâtiments six et dix, tenez votre position et concentrez le tir sur cette obscénité !

Mais, avant que son ordre n'eût été transmis à ses commodores — avant que le moindre missile n'ait jailli du flanc d'un vaisseau soro —, la terrible nef tandue commença de se dissoudre d'elle-même ! Une seconde auparavant, le mince et long destroyer était là, féroce et meurtrier, bousculant sous un tir nourri un ennemi sans défense bien que supérieur en nombre, et, la minute suivante, il s'était vu entouré d'un scintillant halo de pâles étincelles, ses écrans s'étaient ployés et il avait fini par s'affaisser sur lui-même tel un château de cartes.

Dans une brillante déflagration, le Tandu disparut, laissant derrière lui un nuage de vapeurs repoussantes. Au travers des écrans de son propre vaisseau, Krat put sentir un effroyable rugissement mental.

Nous avons eu de la chance, *s'avoua-t-elle tandis que s'estompait le vacarme parapsychique. Ce n'était pas sans raison que les autres races évitaient de recourir aux méthodes des Tandus. Mais si cette nef avait tenu quelques instants de plus…*

Ils s'en étaient tirés sans pertes, et Krat prit bonne note de ce que son état-major avait correctement exécuté ses tâches. Toutefois, certains s'étaient montrés un peu lents, et il allait falloir sévir…

Elle convoqua le tacticien-chef, un grand Paha solidement bâti. Le guerrier s'approcha d'elle en s'efforçant de conserver une attitude fière mais l'irrépressible tendance à choir de ses cils montrait assez qu'il savait à quoi s'attendre. Krat fit rouler un grondement au fond de sa gorge.

Elle prononça quelques mots mais sentit à l'intérieur d'elle-même la pression s'accentuer, inévitable consé-

quence des instants de tension qu'elle venait de vivre. L'amirale des forces soros gémit et se tordit sur son coussin de vletoor cependant que l'officier paha s'empressait de disparaître. Elle finit par pousser un cri et ce fut la délivrance. Un moment s'écoula puis elle se pencha pour ramasser l'œuf qu'elle venait de pondre.

Alors, toute idée de combat ou de châtiment bannie de sa conscience, elle le saisit avec une infinie délicatesse et — comportement instinctif qui remontait bien au-delà de l'Élévation de son espèce par les timides Huls, deux millions d'années auparavant — elle répondit aux stimuli olfactifs des phéromones en léchant l'humeur visqueuse qui obturait encore les minuscules fissures d'aération ménagées dans le cuir de la coquille.

Par pur plaisir, Krat lécha l'œuf une ou deux fois de plus qu'il n'était nécessaire puis elle le berça dans un mouvement maternel qui avait traversé intact l'océan des millénaires.

Toshio

Il y avait une embarcation, bien sûr, dans son rêve. Depuis l'âge de neuf ans, ses songes en étaient nourris. Voiliers de plastacier et de texgomme, d'abord, sillonnant les archipels et les détroits de Calafia et, plus tard, vaisseaux de l'espace. Toshio avait rêvé de toutes sortes de nefs, y compris de celles des puissantes races patronnes galactiques, nefs qu'il avait espéré pouvoir un jour contempler.

Mais pour l'heure, il rêvait d'un youyou.

La minuscule colonie humano-delphinienne de son monde natal l'avait envoyé en compagnie d'Akki faire un tour d'essai à bord du frêle esquif. À sa boutonnière, l'insigne de l'Académie brillait sous les chauds rayons d'Alph et la journée s'annonçait radieuse.

Mais, bientôt, le temps se gâta et le ciel prit la couleur de l'eau. La mer se fit jaunâtre, puis noire, puis se changea en vide et, soudain, il y eut des étoiles partout.

Il s'inquiéta pour l'air. Pas plus Akki que lui n'avaient de scaphandre. C'était si dur d'essayer de respirer le vide !

Il s'apprêtait à virer de bord pour rentrer lorsqu'il les vit à sa poursuite. Des Galactiques avec des crânes de toutes formes, de toutes couleurs — avec de longs bras sinueux ou de petites serres avides ou pire encore — progressaient vers lui à une allure régulière et en formation serrée. Il émanait des proues lisses de leurs nefs une clarté blafarde comme celle des étoiles.

— Que me voulez-vous ? leur cria-t-il en ramant de plus belle. (Le canot n'avait-il pas un moteur au début ?)

— Qui est ton maître ? lui hurlèrent-ils en une centaine de langues différentes. Est-ce Lui qui est avec toi ?

— Akki est un fin ! Et les fen sont nos clients ! Nous les avons élevés puis nous les avons affranchis.

— Ils sont libres, alors, répondirent les Galactiques qui gagnaient du terrain. Mais vous, qui vous a élevés ? Qui vous a affranchis ?

— Je ne sais pas ! Peut-être l'avons-nous fait nous-mêmes ! (Et, sous les rires des Galactiques, il redoubla de vigueur, nagea et lutta pour faire pénétrer dans ses poumons le froid mordant du vide.) Laissez-moi tranquille ! Laissez-moi retourner chez moi !

Et, brutalement, la Flotte surgit devant lui. Les vaisseaux paraissaient plus immenses que des lunes… plus immenses que des soleils. Ils étaient sombres, silencieux, et les Galactiques eux-mêmes semblaient intimidés par leur aspect.

Puis la plus proche de ces sphères très anciennes commença de s'ouvrir. Toshio prit conscience qu'Akki n'était plus là, que son youyou n'était plus là, que les E.T. n'étaient plus là.

Il aurait voulu crier, mais l'air était si précieux…

Un sifflement perçant le fit revenir à une réalité qui, l'espace d'un instant, fut tissée de trouble et de souffrance. Il se redressa en position assise et sentit le traîneau tanguer en réponse à ce malencontreux mouvement. Tandis que son regard lui donnait un aperçu brumeux de l'horizon, il sentit une forte brise lui fouetter le visage. La senteur de Kithrup salua ses narines.

— Pas trop tôt, Grimpeur d'échelles. Vous nous avez donné une sacrée frousse. (Toshio répondit à tout hasard par un vague geste du bras avant d'apercevoir Hikahi qui flottait non loin de lui et l'inspectait d'un œil.) Ça va, jeune Yeux-Vifs ?

— Euh… oui, je crois.

— En ce cas, vous feriez bien de vous occuper tout de suite de votre tuyau. Nous avons dû l'ouvrir d'un coup de dents pour vous insuffler de l'air.

Il tâta le rebord tranchant de la déchirure et remarqua du même coup qu'il avait les mains bandées.

— Quelqu'un d'autre a-t-il été blessé ? demanda-t-il en vérifiant au travers de la poche de sa cuisse la présence de sa trousse à outils.

— Des brûlures sans gravité, c'est tout. Dès que nous vous avons su hors de danger, nous avons pris grand plaisir à nous battre. Merci de nous avoir permis de retrouver Ssassia. N'auriez-vous pas été capturé par la plante et ne nous auriez-vous pas dit ce que vous aviez découvert que nous n'aurions jamais songé à la chercher là. Pour l'instant, on s'occupe de dégager son corps.

Toshio avait conscience de devoir des remerciements à Hikahi pour la perspective dans laquelle elle plaçait sa mésaventure. En réalité, il aurait mérité une bonne engueulade pour avoir imprudemment quitté la formation et risqué de perdre la vie. Mais il était encore trop abasourdi pour se permettre ne fût-ce qu'un sentiment de gratitude envers sa supérieure delphinienne.

— Je suppose qu'on n'a pas retrouvé Phip-pit ?

— De lui, nous n'avons relevé nulle trace.

La lente rotation de Kithrup avait déporté le Soleil un peu au-delà de ce qui, sur terre, aurait correspondu à quatre heures. Des nuages bas s'amoncelaient sur l'horizon est et la mer, auparavant si calme, était agitée de remous.

— Tout à l'heure, nous allons peut-être essuyer un petit grain, dit Hikahi. Il se peut qu'il soit imprudent de se fier à ses instincts terrestres sur un autre monde mais je ne crois pas que nous ayons grand-chose à craindre…

Toshio regarda le ciel. Il y avait quelque chose vers le sud… Il plissa les yeux.

Et ça recommençait, un éclair, puis un autre. Deux minuscules explosions suivirent en succession rapide, pratiquement invisibles contre le miroitement de la mer.

— Depuis combien de temps ça dure ? fit-il en montrant du doigt l'horizon méridional.

— De quoi parlez-vous, Toshio ?

— Ces éclairs. Est-ce un orage ?

Les yeux de la fine s'écarquillèrent, sa bouche s'incurva légèrement puis, barattant l'eau de sa caudale, elle se dressa à la verticale et tourna son œil droit puis son œil gauche vers le sud.

— Je ne remarque rien, Yeux-Vifs. Dites-moi ce que vous voyez.

— Des éclairs multicolores. De brusques sautes de lumière. Des tas de… (Toshio s'arrêta de bander son tuyau d'air et, le regard fixe, fouilla dans sa mémoire.) Hikahi, reprit-il avec lenteur, pendant que je me battais avec la plante, il me semble avoir reçu un appel d'Akki. Avez-vous capté quelque chose sur votre poste ?

— Non, Toshio, rien. Mais n'oubliez pas que les fen ne sssont toujours pas très doués pour penser de manière abstraite lorsqu'ils sont en train de se battre. Tâchez de vous souvenir de ce qu'il a dit, s'il vous plaît.

Toshio se passa la main sur le front. La rencontre avec la plante était une chose à laquelle il n'avait guère envie de repenser maintenant. Tout cela se mêlait trop avec son cauchemar en un tohu-bohu de couleurs, de bruits et de confusion.

— Je crois... je crois que c'était quelque chose comme ne pas se servir de la radio et rentrer tout de suite... quelque chose à propos d'une bataille spatiale qui avait commencé, peut-être ?

Hikahi émit un gémissement sifflé puis s'élança hors de l'eau pour y replonger à la renverse, revenir immédiatement à la verticale et s'y maintenir par de vigoureux moulinets de caudale.

Coincés
Bloqués
Plus qu'à se laisser — couler !

Plutôt relâché, ce ternaire. Il comportait en fait des nuances en delphinien primal que Toshio, bien sûr, ne pouvait saisir mais qui lui faisaient courir des frissons dans le dos. De tous les fen, Hikahi était la dernière qu'il aurait jamais cru pouvoir entendre s'exprimer de manière vulgaire. Alors qu'il achevait de fixer la bande autour du tuyau, il prit douloureusement conscience des conséquences que pourrait avoir pour eux tous le fait de n'avoir pas transmis plus tôt à Hikahi les ordres du vaisseau.

Il claqua la visière de son masque dont il consulta du coin de l'œil les voyants latéraux tout en s'aplatissant sur le traîneau pour enfoncer la valve de flottaison. Puis il passa en revue les contrôles de pré-plongée avec une célérité que seul pouvait atteindre un colon calafiain de la quatrième génération.

Le nez du traîneau s'enfonça rapidement tandis que,

sur sa droite, la mer entrait en éruption. Sept dauphins crevèrent la surface dans une gerbe d'écume et exhalèrent leur souffle.

— Nous t-t'avons accroché S-Ssassia en remorque, Toshio, lui lança Keepiru. Est-ce que tu as encore la plac-ce de tricoter des gambettes car il n'est plus t-temps de flâner en sssifflotant ?

Toshio fit la grimace. Comment Keepiru pouvait-il s'être battu avec une telle énergie pour sauver la vie de quelqu'un qu'il passait son temps à couvrir de ridicule ?

Il se remémora la façon dont Keepiru s'était lancé à l'assaut de la plante, la lueur de désespoir qu'il avait d'abord vue dans l'œil du fin puis la flamme vengeresse qui y était apparue. Maintenant, pourtant, ce même œil n'exprimait plus qu'un mépris cruel et railleur.

Une aveuglante explosion de lumière à l'est jeta sur le ciel autour d'eux un voile blafard. Les fen couinèrent presque à l'unisson et sondèrent aussitôt — sauf Keepiru qui resta près de Toshio —, tandis que, sur l'horizon oriental, la barrière de nuages crachait un incendie dans le clair ciel d'après-midi.

Le traîneau acheva de s'immerger mais, au dernier moment, Toshio et Keepiru entrevirent un fantastique combat de titans.

Un gigantesque vaisseau en pointe de flèche tombait vers eux. Il était la proie des flammes et une fumée violacée s'échappait en lourdes volutes de sa coque éventrée avant d'être rabattue dans l'étroit profil de choc de son vol supersonique. L'onde allait même jusqu'à dévoyer le miroitement des vastes écrans défensifs, des conques de gravité ainsi que du plasma qui étincelait sous l'effet d'une surcharge malsaine.

Deux destroyers en forme de grappin le talonnaient à guère plus de quatre longueurs de vaisseau. Des rayons d'antimatière accélérée fusaient de ces triples crochets et, par deux fois, ils atteignirent leur cible en une effroyable déflagration.

Cinq mètres séparaient déjà Toshio de la surface lorsque le raz de marée sonique le rattrapa. Il déporta le traîneau et le plongea dans un fracas pareil à celui d'une maison qui s'effondre Les flots se transformèrent en un tournoyant maelström de bulles et de corps désemparés.

Tout en luttant avec son engin, Toshio remercia l'Infinité de n'avoir pas été en surface lorsque la bataille était passée au-dessus d'eux. À Morgran, il avait assisté à la mort de vaisseaux, mais jamais d'aussi près.

Le vacarme finit par se réduire à un mugissement sourd et Toshio put maintenir son traîneau dans une course rectiligne.

Il traînait toujours en remorque la dépouille mortelle de Ssassia et quelques fen — qui, par prudence ou pusillanimité, s'abstenaient de nager en tête — commençaient à utiliser à tour de rôle les petits dômes d'air qui bordaient le fond de l'engin. Toshio se sentait donc obligé d'empêcher l'appareil de tanguer et, bien que ce fût une tâche ardue, il s'en acquittait avec cette perfection que donne l'automatisme d'une longue habitude.

Ils longeaient à présent le versant occidental d'un énorme tertre de métal grisâtre. Par endroits, on y voyait pousser des plantes marines qui ne ressemblaient en rien à l'herbe étrangleuse mais n'en suscitaient pas moins leur méfiance.

Toshio en venait à maudire de plus en plus leur séjour sur cette planète. Il aurait voulu être chez lui, dans un monde où les dangers étaient simples, aisément affrontables — varechs accrocheurs, îles-tortues ou autres bagatelles similaires — et où, surtout, il n'y avait pas d'extraterrestres.

— Ça va ? lui demanda Hikahi en passant près de lui.

Le lieutenant delphinien rayonnait de sérénité.

— Mouais, grogna-t-il. Heureusement que je n'ai pas attendu plus longtemps pour vous délivrer le message d'Akki. Vous auriez toutes les raisons du monde d'être furieuse contre moi.

— Ne dites pas de bêtises. De toute façon, nous sommes sur le chemin du retour, maintenant. Comme Broodika était fatigué, je l'ai amarré sous un dôme d'air. Vous allez foncer rejoindre les éclaireurs et nous vous suivrons. Allez-y !

— Bien, lieutenant.

Toshio fit le point, puis poussa les gaz. Alors que le traîneau prenait de la vitesse, les impulseurs se mirent à bourdonner. Quelques fen parmi les meilleurs nageurs se maintinrent à sa hauteur tandis que, lentement, la masse de tertre reculait sur leur droite.

Il leur avait fallu cinq minutes environ pour se mettre en branle. À peine furent-ils en route que le tsunami les frappa.

Ce n'eut rien d'une vague énorme. Simplement la première d'une série de rides concentriques émanant du point où un caillou s'était abattu dans la mer. Ce caillou se trouvait avoir été un vaisseau spatial long d'un demi-kilomètre. Et il s'était abattu à une vitesse supersonique à guère plus d'une cinquantaine de kilomètres.

La vague déporta brutalement le traîneau vers le haut et par le côté, désarçonnant presque le garçon. Un nuage de sédiments, de plantes arrachées, de poissons morts et vivants tourbillonna autour de lui comme des mottes de terre dans un cyclone. Le vacarme était assourdissant.

Toshio s'accrocha désespérément aux commandes de son engin et, en dépit d'une vitesse acquise violemment contraire, réussit à mener la proue du traîneau par-dessus le front d'onde. Juste à temps, il s'arracha au flux descendant du rouleau et jeta son minuscule appareil dans la direction dictée par le courant. Vers l'est.

Une forme d'un gris cendré passa sur sa gauche et, dans une brusque illumination, il reconnut Keepiru qui luttait pour n'être pas emporté par les tourbillons. Le fin couina quelques paroles indéchiffrables en ternaire puis disparut.

Quelque instinct guidait Toshio, ou peut-être était-ce le sonar dont l'écran, bien que brouillé par la neige, portait encore de vagues traces du relevé topographique effectué quelques instants auparavant. Il força le traîneau à se rabattre autant que possible sur la gauche.

Le rugissement des moteurs en puissance de réserve se transforma en hurlement tandis qu'il virait désespérément sur bâbord devant la soudaine apparition en travers de sa route d'un énorme tertre de métal sombre. Déjà, le ressac était sensible alors que la vague commençait à se muer en brisants sur sa droite et que le cycloïde escaladait les pentes escarpées de l'île.

Toshio aurait voulu crier mais la lutte avec les flots l'avait laissé hors d'haleine. Il serra les dents et compta les terribles secondes qui s'écoulaient.

Le traîneau doubla la pointe septentrionale de l'île dans un nuage de bulles. Bien qu'il fût toujours sous l'eau, Toshio distinguait, à une douzaine de mètres sur sa droite, la végétation basse d'une plage engloutie. Il était porté au centre d'un immense paquet de mer.

Puis, cette mauvaise passe franchie, la visibilité revint et Toshio s'aperçut qu'il surplombait l'un des sillons océaniques, une fissure noire apparemment insondable. Il bascula ses volets de profondeur et déchargea ses caissons. Le traîneau s'enfonça par le cul plus vite qu'il ne l'avait jamais fait auparavant.

Alors, montèrent vers lui l'ombre et le froid, ces eaux glaciales dans lesquelles il cherchait à présent refuge.

Lorsqu'il parvint au niveau des crêtes enserrant la vallée, les eaux se firent plus calmes bien qu'il sentît toujours rouler au-dessus de lui le tsunami. Tout autour, la végétation sous-marine était agitée d'oscillations visiblement anormales et une lente averse de débris dérivait de tous côtés. Mais au moins la mer ne tentait-elle plus de le laisser pour mort sous ses coups. Il rectifia son polygone de sustentation et mit le cap sur le centre de la vallée, vierge de toute turbulence. Puis il s'affala sur le traîneau, s'abandonnant à la douleur de ses muscles meurtris et aux réactions de ses glandes surrénales.

Il bénit alors les minuscules symbiotes artificiellement implantés dans son organisme qui, en cet instant précis, lui débarrassaient le sang d'un azote excédentaire, le protégeant ainsi de l'ivresse des profondeurs.

Toshio ramena les moteurs au quart de leur puissance et ils parurent émettre un soupir de soulagement. Sur le tableau de bord, presque tous les écrans brillaient encore d'une lumière verte, ce qui était passablement surprenant après les épreuves que le traîneau avait subies.

Un des voyants retint son regard — il correspondait à un des dômes d'air dont il indiquait le fonctionnement. Toshio prit alors conscience d'un trille étouffé, tout de patience et de pieux respect.

L'Océan c'est comme c'est comme c'est —
L'infini soupir lorsqu'on rêve —
Ces autres mers qui ont qui ont —
aussi d'autres mers dans leur rêve —

Il se pencha pour brancher les hydrophones.

— Broodika ! Ça va ? Pas de problème avec l'air ?

Un soupir las et chevrotant lui parvint.

— Ohé ! Doigts-Agiles. Je te remercie de m'avoir sauvé la vie. Tu te débrouilles aussi bien dans l'eau que n'importe quel *Tursiops*.

— Ce vaisseau que nous avons vu a dû s'écraser ! Si c'est bien ça, il y a fort à parier que cette vague n'était que la première. Peut-être ferions-nous mieux de rester ici encore un moment. Je vais brancher le sonar de sorte que les autres puissent nous trouver et venir respirer sous les dômes pendant la durée du tsunami.

Sur ce, il pressa une touche de son tableau de bord et,

aussitôt, une lente séquence de clicks se diffusa dans les eaux environnantes. Broodika émit un sifflement plaintif.

— Ils ne viendront pas, Toshio. Tu ne les entends donc pas ? Ils ne répondront pas à ton appel.

Toshio fronça les sourcils.

— Il le faut, pourtant ! Hikahi doit savoir que d'autres vagues suivront. À l'heure actuelle, ils sont certainement à notre recherche ! Peut-être ferais-je mieux de rebrousser chemin…

Et il joignit le geste à la parole en lâchant du lest. Broodika finissait par lui donner des inquiétudes.

— N'y va pas, Toshio ! À quoi pourrait servir que tu meures aussi ! Attends donc que les vagues sssoient passées ! Il te faut rester en vie pour faire t-ton rapport à Creideiki.

— Mais pourquoi dites-vous ça ?

— Écoute bien, Yeux-Vifs. Écoute.

Toshio secoua la tête, poussa un juron et relâcha la manette des gaz si bien que le moteur s'arrêta. Puis il monta le son des hydrophones.

— Entends-tu ? lui demanda Broodika.

Toshio tendit l'oreille. La mer était une indescriptible pagaille de sons. Le rugissement de la vague qui s'éloignait lui parvenait déformé par l'effet Doppler. Des bancs de poissons émettaient des bruits de panique. Et de partout, il recevait l'écho de glissements de terrains et de lames qui déferlaient sur le rivage des îles.

Puis il entendit.

C'était une série répétitive de couinements suraigus en primal. Nul dauphin ne parlait ainsi lorsqu'il avait un minimum de maîtrise sur lui-même.

Et cela, en soi, était inquiétant.

L'un des cris était parfaitement clair. Toshio n'avait aucun mal à y reconnaître un appel de détresse des plus élémentaires. Il s'agissait même du premier signal delphinien que les savants eussent déchiffré.

Mais cet autre bruit… trois voix pour le moins concouraient à le former. Un son étrange, poignant, particulièrement sinistre !

— C'est la fièvre des secours, gémit Broodika. Hikahi s'est échouée, et elle est blessée. Normalement, elle aurait dû faire cesser ça mais, dans son délire, elle ne fait qu'accroître les problèmes !

— Hikahi…

— Oui. Pourtant, comme Creideiki, c'est une adepte du Keneenk, la voie de la discipline logique. Elle aurait dû être capable de forcer les autres à ne pas faire attention aux cris de ceux qui avaient été jetés sur le rivage, de les forcer à plonger pour se mettre en sécurité.

— Ne se rendent-ils donc pas compte que d'autres vagues vont suivre ?

— Çça n'a aucune espèce d'importance, Yeux-Vifs ! s'écria Broodika. Ils sont tout à fait capables de sss'échouer sans l'aide des vagues ! Tu es un Calafiain, pourtant. Comment peux-tu ignorer cela de nous ? Moi-même, je suis à la torture de ne pouvoir répondre à cet appel !

Toshio gémit. Bien sûr qu'il savait ce qu'était la fièvre des secours au cours de laquelle peur et panique dissolvaient tout vernis de civilisation, laissant le cétacé en proie à une idée fixe : sauver ses camarades quel que fût le risque personnel qu'il courût. Il ne sc passait pas deux ou trois ans d'affilée sans qu'un tel drame frappât même les fen hautement évolués de Calafia. Un jour, Akki lui avait expliqué que, parfois, la mer elle-même semblait appeler à l'aide. Certains humains prétendaient avoir également fait l'expérience de ce délire — et tout particulièrement ceux qui prenaient de l'A.R.N. delphinien au cours des cérémonies du Culte du Rêveur.

En un temps, le *Tursiops*, ou dauphin souffleur, avait été l'un des cétacés les moins susceptibles de s'échouer de son propre chef. Mais, quelque part, un équilibre avait dû être rompu par les manipulations génétiques.

À mesure que les gènes d'autres espèces avaient été rapportés sur le modèle de base *Tursiops*, certaines choses s'étaient probablement trouvées en porte à faux. Depuis trois générations, les généticiens travaillaient à résoudre ce problème mais, jusqu'à ce jour, les fen n'en nageaient pas moins sur le fil d'un rasoir, en perpétuel danger de verser dans l'irrationalité.

Toshio se mordilla la lèvre.

— Ils ont quand même les harnais, fit-il sans conviction.

— Ce ssserait un espoir si on pouvait les imaginer s'en ssservant correctement alors qu'ils en sont à parler en primal.

Toshio martela le traîneau du poing. Déjà, l'eau glacée commençait à lui engourdir les doigts.

— Je remonte, annonça-t-il.

— Non ! Il ne faut pas ! T-tu dois veiller à ta sécurit-té !

Toshio crispa les mâchoires.

Toujours en train de me materner. Soit ils me maternent, soit ils me taquinent. Ces fen me traitent comme un gamin et j'en ai plus qu'assez !

Il régla les gaz sur un et quart puis releva ses volets de profondeur avant.

— Je vais vous détacher, Broodika. Vous sentez-vous capable de nager correctement ?

— Oui. Mais…

Toshio regarda le sonar. Une ligne frisottée se formait à l'est.

— Je vous demande si vous en êtes capable !

— Oui. Je puis me débrouiller pour nager. Mais ne me libère pas si près d'une fièvre des secours ! Et toi, ne te jette pas dans ces vagues !

— J'en vois justement une qui arrive. Elles vont se succéder à plusieurs minutes d'intervalle et leur force va aller en diminuant. Je vais m'arranger pour que nous montions en surface juste après le passage de celle-ci. Vous, vous allez retourner au vaisseau ! Dites-leur ce qui se passe et demandez-leur d'envoyer une équipe de secours.

— Ça, Toshio, c'est toi qui devrais le faire.

— Peu importe ! Allez-vous faire ce que je vous demande ou dois-je vous laisser attaché ?

Il y eut un silence à peine sensible qui fut suivi par un changement de ton chez Broodika.

— Je ferai scrupuleusement ce que tu me demandes, Toshio. Je ramènerai du secours.

Le garçon vérifia si tout était en ordre puis se laissa glisser sur le flanc du traîneau en se retenant d'une main à la rambarde. Au travers de la transparente coupole du dôme d'air dans laquelle était insérée sa tête, Broodika le regarda trancher presque toutes les cordes qui le maintenaient en place.

— Vous savez, fit Toshio, vous allez devoir mettre un appareil.

Broodika soupira tandis que le garçon abaissait un levier à proximité du dôme. Un tuyau descendit et l'embout que formait l'une de ses extrémités vint coiffer l'évent du fin pendant que les trois mètres restants s'enroulaient autour de son torse. Les appareils respiratoires étaient loin d'être confortables et, de plus, ils gênaient l'élocution, mais, en en portant un, Broodika n'aurait pas à remonter en surface pour respirer. En outre, ce constant et embarrassant rappel de son appartenance à une culture technologique aiderait le vieux métallurgiste à ne pas prêter attention aux cris qu'il percevrait dans l'eau.

Toshio laissa le dauphin amarré au traîneau par une seule corde et remonta sur le plateau supérieur de l'engin. À cet instant précis, la vague roula au-dessus de leur tête.

Le traîneau se cabra mais, cette fois, le garçon s'y était préparé. À cette profondeur, d'ailleurs, le tsunami parut passer à une vitesse surprenante.

— O.K., on y va.

Il poussa les gaz au maximum et lâcha du lest.

Très vite, l'île métallique apparut sur sa gauche. Sur le sonar, les cris de ses camarades étaient de plus en plus distincts, de plus en plus forts, et l'appel de détresse dominait à présent nettement la réponse de la fièvre des secours.

Toshio dépassa le tertre et mit cap sur le nord. Il tenait à bien avancer Broodika sur sa route.

Ce fut alors qu'une forme luisante et grise passa juste au-dessus de lui. Tout de suite, il la reconnut, et sut vers où elle allait.

Il coupa la dernière amarre.

— Allez-y, Broodika ! Si je vous revois traîner du côté de cette île, je vous arrache votre harnais et je vous tranche la queue en deux à coups de dent !

Sans prendre le temps de se retourner pour voir s'éloigner le vieux métallurgiste, Toshio effectua un virage en épingle à cheveux puis, passant en réserve de puissance, tenta de rattraper Keepiru. Le plus rapide nageur de tout l'équipage du *Streaker* fonçait droit sur la rive occidentale de l'île. Et les cris qu'il poussait n'étaient rien d'autre que du pur delphinien primal.

— Bon sang, Keepiru ! Arrête-toi !

Le traîneau filait à pleine vitesse juste au-dessous de la surface et, bien que l'après-midi tirant à sa fin teintât déjà les nuages de nuances rougeâtres, Toshio voyait distinctement Keepiru rebondir devant lui de vaguelette en vaguelette. Indifférent à ses appels, le dauphin continuait de se précipiter vers l'île où ses camarades gisaient échoués et délirants.

Toshio se sentait impuissant. D'ici trois minutes, une nouvelle vague allait survenir et, quand bien même ne dût-elle pas jeter le fin sur la grève, ce résultat serait le fruit des propres efforts de ce dernier. Keepiru venait d'Atlast, une planète de colonisation récente à forte majorité rurale. Il était douteux qu'il y eût reçu quelque teinture de cette discipline mentale dont Creideiki et Hikahi étaient de fervents adeptes.

— Arrête-toi ! En faisant équipe avec un minutage correct, nous pouvons éviter les vagues. Vas-tu me laisser te rattraper ?

Il hurlait en vain. Le fin avait trop d'avance.

De cette poursuite futile, Toshio retirait un sentiment de frustration. Comment avoir une aussi piètre connaissance des dauphins après avoir si longtemps vécu et travaillé à leurs côtés ! Dire que le Conseil de la Terragens l'avait choisi pour cette mission en raison de sa grande expérience des fen ! Comique !

Car son expérience, c'était surtout celle des quolibets qu'il n'avait jamais cessé d'essuyer de leur part. Tous les enfants humains étaient en butte aux railleries des fen qui, par ailleurs, les protégeaient férocement. En signant son engagement à bord du *Streaker*, Toshio avait espéré y être traité en adulte et en officier. Certes, il s'était attendu à ce pétillant échange de reparties spirituelles qui était de coutume entre hommes et fen dans son monde natal, mais dans un climat de respect mutuel. Or, les choses s'étaient déroulées tout autrement.

Sans conteste, le pire de tous avait été Keepiru. Dès le début du voyage, il l'avait accablé de lourds sarcasmes et pas un seul instant sa pression ne s'était relâchée depuis.

Le courage avec lequel Keepiru l'avait sauvé de l'herbe étrangleuse lui revint en mémoire. Il n'y avait pas eu de fièvre des secours alors. Le fin avait eu le plein contrôle de son harnais.

C'est donc qu'il ne voit en moi qu'un gosse, se dit Toshio avec amertume. Pas étonnant qu'il soit à présent sourd à mes cris !

Mais en ce cas… une possibilité se présentait. Toshio se mordit la lèvre et souhaita vainement qu'il existât une alternative. Pour sauver Keepiru, il allait devoir s'humilier atrocement. C'était une décision difficile à prendre tant son orgueil avait déjà subi de coups.

Malgré tout, avec un juron farouche, il ralentit et régla ses volets pour la descente. Puis il monta les hydrophones au maximum, déglutit et cria en pidgin ternaire :

Enfant se noie — gosse en danger !
Enfant se noie — gosse en détresse !
Petit d'homme — n'ayez de cesse
Petit d'homme — de le sauver

Il répéta l'appel encore et encore, le sifflant entre des lèvres que desséchait la honte. On apprenait cette comptine à tous les enfants de Calafia mais quiconque en usait au-delà de ses neuf ans implorait habituellement son transfert sur une autre île afin d'échapper aux railleries dont il était devenu l'objet. Pour un adulte, il existait des façons plus dignes d'appeler à l'aide.

Mais en l'occurrence aucune que Keepiru aurait pu entendre !

Le rouge au front, il répéta l'appel.

Tous les enfants de Calafia n'avaient pas la même habitude des fen, bien sûr. Seul un quart de la population humaine de la planète travaillait en étroite relation avec la mer. Mais ces gens-là étaient à coup sûr ceux qui avaient appris les meilleures manières de procéder avec les dauphins. Et Toshio avait toujours jugé qu'il en faisait partie.

Maintenant, c'était bien fini. S'il retournait à bord du *Streaker*, il ne lui resterait plus qu'à s'enfermer dans sa cabine… du moins pendant les quelques jours ou les quelques semaines que mettraient les vainqueurs de la bataille qui faisait rage au-dessus de Kithrup à descendre réclamer leur dû.

Sur l'écran du sonar, une nouvelle ligne de parasites monta en secteur ouest. Bien que ses préoccupations fussent tout autres, il laissa le traîneau prendre un peu de profondeur tandis qu'au bord des larmes il continuait de siffler.

où — où — où est l'enfant — où est l'enfant ? où

Du delphinien primal ! Tout près ! Toshio en oublia presque sa honte. Sans cesser de siffler, il referma ses doigts sur un reste des cordes qui avaient servi d'amarres pour Broodika.

Un trait de reflets gris fusa au-dessus de lui et il prit la corde à deux mains tout en ramassant les genoux sous son menton. Il savait que Keepiru allait faire demi-tour en plongeant et remonter de l'autre côté du traîneau. À la première pointe de gris qu'il vit réapparaître, ses jambes se détendirent et il bondit de son engin.

Dans un violent réflexe de panique, le corps fuselé du dauphin s'arqua pour tenter d'éviter la collision et Toshio poussa un cri lorsque la queue du cétacé lui heurta la poitrine. Mais c'était plus un cri de joie que de souffrance. Il avait parfaitement bien calculé son coup !

Alors que le dauphin s'arquait en sens inverse, Toshio se rejeta en arrière afin de laisser le fin passer dans le cerceau que formaient la corde et ses bras puis il noua ses jambes autour de la queue de Keepiru et tira sur la corde.

— Je t'ai eu ! s'écria-t-il.

Et, à cet instant, la vague frappa.

Mais cette fois, alors que le cycloïde l'emportait et que les remous, en apparente alliance avec le dauphin fou de rage, le ballottaient en tous sens, Toshio restait inaccessible à la peur. L'ardeur sauvage du combat le remplissait tout entier. L'adrénaline se déversait en lui tel un flot brûlant. Il ne lui déplaisait pas de rosser Keepiru, tout en lui sauvant la vie, pour le punir de ces semaines de vexations incessantes.

Paniqué, le dauphin se tortillait comme un diable. Alors que la vague les dépassait, il exprima son besoin de respirer par un cri élémentaire puis, comme un fou, remonta vers la surface.

Ils émergèrent et, de justesse, Toshio évita d'être soufflé par l'écume qui jaillit de l'évent du cétacé. Ensuite, Keepiru se lança dans une série de bonds et de cabrioles dans la nette intention de désarçonner son indésirable cavalier.

Chaque fois qu'ils replongeaient sous l'eau, Toshio tentait de lui faire entendre raison.

— Bon sang, Keepiru ! N'es-tu pas une créature cognitive ? hoquetait-il. Tu es même... tu es un pilote de vaisseau spatial ! (Certes, il eût été préférable de parler au fin en ternaire, mais, n'ayant déjà que trop à faire pour s'accrocher à la vie, il jugeait condamnée d'avance toute tentative de versifier.) Espèce... espèce de symbole phallique débile ! hurlait-il tandis que les flots le fouettaient avec violence. Poisson surestimé ! Tu te rends compte que tu essayes de me tuer ? Si Calafia est aux mains des Eatees, à présent, c'est parce que vous, les fen, vous n'êtes pas fichus de tenir votre langue ! On n'aurait jamais dû faire la bêtise de vous emmener dans l'espace !

Ces paroles haineuses, méprisantes, semblèrent pénétrer la conscience de Keepiru qui se cabra hors de l'eau tel un étalon enragé. Toshio sentit sa prise se relâcher puis il fut précipité en l'air comme une poupée de chiffon avant de retomber à la mer dans une gerbe d'éclaboussures.

Sur une période de quarante générations d'Élévation delphinienne, on n'enregistrait que dix-huit cas d'agression d'un homme par un fin dans une intention meurtrière. Chaque fois, tous les fen apparentés au criminel avaient été stérilisés. Néanmoins, Toshio s'attendait à être écrasé à tout instant. Mais il s'en fichait. Il avait fini par comprendre la raison profonde de son découragement ; et celle-ci lui était apparue au cours de sa lutte avec Keepiru.

Ce n'était pas la possibilité ou non de revoir son monde natal qui l'avait tracassé ces dernières semaines mais plutôt un autre fait auquel il ne s'était pas même permis de penser une seule fois depuis la bataille de Morgran.

Les E.T... les extraterrestres... les Galactiques de tout poil et de toute obédience qui étaient à la poursuite du *Streaker*... n'allaient pas renoncer à traquer le vaisseau delphinien.

Une race extraterrestre pour le moins devait avoir veillé à ce que le *Streaker* réussît à se cacher. Ou alors, ils s'étaient tous imaginé à tort que son équipage était parvenu à transmettre ses informations à la Terre. De toute manière, l'étape suivante qu'allait aborder en toute logique l'une ou l'autre des plus vicieuses, des plus amorales races galactiques ne pouvait être que la coercition.

La Terre serait vraisemblablement capable d'assurer elle-même sa défense. Et peut-être en serait-il de même pour Omnivarium et pour Hermès. Quant aux colonies Caanaines, on pouvait être sûr que les Tymbrimis ne les laisseraient pas tomber.

Mais pour les planètes telles que Calafia ou Atlast, le siège devait être déjà terminé. Des otages avaient dû être pris... sa famille et tous les gens qu'il avait connus. Et Toshio se rendait compte qu'il en faisait porter le blâme aux fen.

Une autre vague allait survenir dans quelques minutes, et Toshio continuait à ne pas s'en soucier.

Tout autour, il voyait flotter des épaves et, à moins d'un kilomètre, la masse du tertre lui apparut. Du moins supposait-il qu'il s'agissait du même tertre ; il n'aurait pu affirmer s'il y avait ou non des dauphins échoués sur le rivage.

Une épave plus importante que les autres dériva non loin de lui. Il lui fallut un certain temps pour reconnaître Keepiru.

Il se dressa et ouvrit son masque.

— Tu es fier de toi, je suppose ? dit-il au fin.

Keepiru se tourna légèrement sur le flanc et leva un œil vers le garçon. Au sommet de son crâne, le renflement où l'ingérence humaine avait modifié l'évent pour y implanter un appareil vocal émit un long murmure mélodieux.

Toshio n'était pas certain que ce fût juste un soupir. Ce pouvait avoir été une excuse en delphinien primal. Et cette simple éventualité eut pour effet de le faire sortir de ses gonds.

— Ça suffit, les conneries ! Je veux seulement savoir une chose : dois-je te renvoyer au vaisseau ou penses-tu pouvoir rester civilisé assez longtemps pour me prêter assistance ? Réponds-moi en anglique… et tu as intérêt à ce que ta syntaxe soit correcte !

Cette fois, ce fut un pur gémissement d'angoisse qui s'échappa de l'évent de Keepiru. Un long moment, il continua de respirer lourdement puis il répondit au garçon en détachant ses mots.

— Ne me renvoie pas ! Je les entends toujours appeler au s-secours ! Mais je promets de faire t-tout ce que tu me demanderas !

— Très bien, fit Toshio après un instant d'hésitation. Retrouve le traîneau et prends un appareil. Je ne veux pas te voir sans cesse remonter en surface pour respirer et, par ailleurs, tu as besoin d'un pense-bête qui te rappelle à l'ordre ! Puis tu amèneras le traîneau à proximité de l'île… mais pas trop près !

Keepiru hocha la tête avec véhémence pour marquer son accord.

— Bien ! dit-il et, dans un claquement de nageoires, il plongea. Il semblait s'en remettre totalement au garçon.

En fait, il se serait certainement regimbé s'il avait connu les intentions exactes de Toshio.

Un kilomètre le séparait de l'île et il n'existait qu'un moyen de l'aborder rapidement en évitant de se déchirer genoux et mains dans l'escalade des simili-coraux de sa rive escarpée. Il fit encore une fois le point puis un coup d'œil sur son indicateur de niveau le prévint de l'arrivée de la quatrième vague.

Celle-ci lui parut être la moins forte de toutes celles qu'il avait essuyées jusqu'alors mais il se méfiait de cette impression trompeuse. Il était en eau assez profonde pour que la vague montât vers lui sous l'aspect d'un doux renflement sur l'océan plutôt que sous celui d'un brisant à la crête écumante. Il plongea dans l'énorme masse d'eau avec l'intention de nager quelque temps contre le sens du rouleau avant de refaire surface.

Il lui fallait apprécier correctement la distance. Retournerait-il trop en arrière de la vague qu'il n'aurait plus le temps d'atteindre l'île avant d'être happé par le creux et ramené vers le large. Resterait-il trop en avant qu'il risquait en revanche d'aborder le rivage dans les vicieux remous des brisants et du ressac.

Tout allait trop vite. Il avait beau nager de toutes ses forces, il lui était impossible de dire s'il avait ou non dépassé le sommet de la vague. Puis il s'aperçut qu'il était trop tard pour rectifier quoi que ce fût. Il fit la culbute et se retrouva face à la masse terriblement proche du tertre couronné de feuillage.

Une centaine de mètres le séparaient encore de la ligne des brisants mais la remontée rapide du fond marin sapait la base du rouleau et le transformait déjà en un monstrueux serpent crénelé d'écume. Alors même que la vague se lançait à l'assaut de l'île, Toshio vit son sommet refluer vers lui.

Lorsqu'il se sentit soulevé, le garçon s'arma de tout son courage. Il se prépara à plonger ses regards dans un précipice puis à ne plus rien voir du tout.

Mais en fait, il vit la blanche cataracte d'une lame mourante. Il hurla pour ne pas laisser l'eau obstruer ses conduits auditifs et se mit à nager avec fureur pour rester à la surface du tourbillonnant déferlement d'écume et d'épaves.

Soudain, il fut entouré de verdure. Arbres et buissons

qui avaient résisté aux assauts précédents se courbèrent en tous sens sous cette nouvelle ruée des flots. Alors même que Toshio semblait voler au travers de leurs ramures, certains furent déracinés. D'autres qui soutenaient le choc le fouettèrent au passage.

Mais nulle branche éclatée ne vint l'empaler. Nulle liane solidement cramponnée au sol ne l'étrangla. À l'issue d'une ultime et vertigineuse impression de chute, il se retrouva à l'arrêt, les bras noués autour du tronc d'un arbre immense tandis que la vague se dissolvait en tourbillons et commençait à refluer.

Miraculeusement debout sur ses deux pieds, il était le premier homme à fouler le sol de Kithrup. Il promena un regard hébété sur les alentours, momentanément incapable de croire en sa survie.

Puis il se dépêcha d'ouvrir la vitre de son masque et devint le premier homme à vomir son déjeuner sur le sol de Kithrup.

Galactiques

— Pas de quartier ! exigea le grand prêtre jophur. Que l'on abatte ces croiseurs de combat thennanin isolés sur notre sixième octant !

Le major général jophur courba les douze anneaux de son torse devant le grand prêtre.

— Mais les Thennanins sont nos alliés-du-moment ! Comment concevoir que nous puissions nous retourner contre eux sans avoir au préalable célébré les rituels secrets de traîtrise ? Nous nous exposerions au courroux de leurs ancêtres !

Le grand prêtre déploya ses six anneaux à sève externes et prit de la hauteur à l'aplomb de la tribune occupant le fond de la salle de commande.

— L'heure n'est pas à la célébration des rites ! Mainte-

nant que notre alliance achève de nettoyer ce secteur, que notre alliance occupe les positions de force ! Maintenant, alors que cette phase du combat continue de faire rage. Maintenant, alors que ces imbéciles de Thennanins nous ont découvert leurs flancs ! C'est maintenant qu'il nous est permis de leur infliger les plus lourdes pertes !

Le major général palpitait de nervosité, ses anneaux à sève externes décolorés par l'émotion.

— Il nous est loisible de modifier à notre convenance les alliances, d'accord. Nous avons le droit de trahir nos alliés, d'accord. Tout est permis pour remporter la victoire, toujours d'accord. Mais nous ne pouvons rien faire sans avoir auparavant célébré les rituels ! Ce sont eux qui font de nous le réceptacle approprié de la volonté des anciens ! Oseriez-vous nous rabaisser au rang des hérétiques ?

Sous la colère du grand prêtre, la tribune se mit à vibrer.

— Mes anneaux ont tout pouvoir de décision ! Mes anneaux sont ceux de la prêtrise ! Mes anneaux…

Au sommet du corps pyramidal du grand prêtre, le cône oratoire entra en éruption dans un geyser de sève brûlante et moirée. Des flots d'une poisseuse humeur ambrée s'abattirent sur la passerelle du vaisseau-amiral jophur.

— Poursuivez le combat, dit le major général qui fit osciller son bras latéral pour exhorter le personnel de commande à se remettre au travail. Prévenez le Quartier-Maître de la Religiosité. Qu'il nous fasse monter des anneaux pour former un nouveau grand prêtre. Et qu'il n'y ait pas d'interruption dans le combat pendant que nous nous préparons à célébrer les rituels de traîtrise. (Le major général s'inclina vers les chefs de secteur attentifs.) Avant de nous retourner contre les Thennanins, nous allons apaiser leurs ancêtres… mais prenez toutes les mesures nécessaires pour que les Thennanins eux-mêmes ne sentent rien de nos intentions.

Extrait du Journal de Gillian Baskin

Voilà déjà quelque temps que je suis dans l'incapacité de tenir correctement ce Journal personnel. Depuis les Syrtes, il semble que notre existence soit une bousculade perpétuelle... d'abord cette découverte du millénaire, puis l'embuscade à Morgran, et depuis, un combat de tous les instants pour rester en vie. C'est à peine s'il m'arrive encore de voir Tom. Il est tout le temps en bas, aux machines ou aux postes de combat, alors que je ne quitte pratiquement jamais le labo sauf pour aider à l'infirmerie.

Le médecin de bord, Makanee, a des problèmes à ne plus savoir par où les mordre. Les fen ont toujours été particulièrement doués pour l'hypocondrie. Un bon cinquième de l'équipage se présente systématiquement à chaque visite médicale pour se plaindre de troubles psychosomatiques. Comme il est impossible de se borner à leur dire que tout est dans leur tête, nous les dorlotons en leur répétant qu'ils sont des types extra et que tout va bientôt s'arranger.

Je crois que, sans le capitaine Creideiki, la moitié de cet équipage aurait déjà sombré dans l'hystérie. Un grand nombre d'entre eux voient presque en lui un héros sorti du Songe Cétacé. Il est tout le temps dans l'une ou l'autre section du vaisseau, assistant aux réparations ou donnant des conférences sur la logique keneenk. Pour peu qu'il soit à proximité, les fen semblent reprendre courage.

Pourtant, les rapports qui continuent d'affluer au sujet de cette bataille spatiale ne laissent guère place à l'optimisme. Là-haut, les choses n'ont pas l'air de se calmer, loin de là !

Et nous commençons tous à nous faire plus que vaguement du souci pour le détachement d'exploration d'Hikahi.

Gillian reposa son stylo. Vu de l'étroit cercle éclairé par sa lampe de bureau, le restant du laboratoire paraissait plongé dans les ténèbres. La seule autre lumière provenait de l'extrémité opposée de la pièce où, se découpant sur le faisceau des spots, une forme quelque peu humanoïde, une ombre mystérieuse gisait sur une table de stase.

— Hikahi, soupira-t-elle. Où peux-tu bien être, par Ifni ?

Le fait que le groupe de prospection n'eût pas même confirmé par simple monopulsion la bonne réception de l'ordre de rappel était à présent un sujet de grande inquiétude. Le *Streaker* ne pouvait se permettre de perdre de tels fen d'équipage. En dépit de fréquents écarts de conduite hors de la passerelle, Keepiru restait leur meilleur pilote. Et le jeune Toshio Iwashika lui-même promettait d'être un élément des plus brillants.

Mais, par-dessus tout, c'était l'éventuelle disparition d'Hikahi qui faisait figure de catastrophe. Comment concevoir que Creideiki pût se débrouiller sans elle ?

Hikahi était la meilleure amie delphinienne de Gillian. Leurs relations étaient pour le moins aussi étroites que celles de Tom avec Creideiki ou avec Tsh't. Gillian se demandait vraiment pourquoi c'était Takkata-Jim qui avait été nommé second et non pas Hikahi. C'était absurde. Derrière ce choix, elle ne pouvait qu'imaginer des motivations politiques. Takkata-Jim était un *Steno*. Peut-être Ignacio Metz avait-il eu voix au chapitre lors de la constitution de l'effectif ? Metz était le défenseur acharné de certains types ethniques delphiniens de la Terre.

Ces dernières pensées, Gillian ne les coucha pas sur le papier. Il s'agissait de vaines conjectures et Gillian n'avait pas de temps à perdre en conjectures.

D'ailleurs, c'était le moment d'aller retrouver Herbie.

Elle referma son Journal, se leva et gagna la table de stase où, derrière un lourd écran de protection, une silhouette desséchée, déshydratée, flottait dans un champ de temps suspendu.

Au travers de l'épaisseur du verre, le très vieux cadavre lui rendit son sourire.

Il n'était pas humain. Les créatures multicellulaires n'étaient même pas encore apparues sur la Terre lorsque cet être avait vécu, respiré et traversé l'espace à bord de vaisseaux. Et pourtant, il ressemblait étrangement à un humanoïde. Il en avait les jambes et les bras sur le même plan que le reste du corps, la tête et le cou évoquaient à s'y méprendre les mêmes parties chez un homme et, bien qu'il y eût quelque chose de bizarre dans le dessin des mâchoires et le creusement des orbites, il avait un sourire identique à celui d'un crâne humain.

Quel âge as-tu, Herbie ? demanda-t-elle dans son for intérieur. Un milliard d'années ? Deux ?

Comment l'existence de ta flotte d'anciens vaisseaux a-t-elle pu rester si longtemps ignorée de la civilisation galactique, comme si c'était nous qu'elle avait attendus... nous, une bande de jeunes-loups humains et de dauphins récemment élevés à la sapience ? Pourquoi a-t-il fallu que ce soit nous qui te trouvions ?

Et pourquoi ce malheureux petit hologramme de toi que nous avons transmis à la Terre a-t-il semé une telle panique chez plus de la moitié des races patronnes de la galaxie ?

La micro-Bibliothèque du *Streaker* n'était d'aucune utilité. Elle se refusait purement et simplement à identifier Herbie. Peut-être gardait-elle l'information secrète ? Ou peut-être ses archives étaient-elles sincèrement trop restreintes pour conserver le souvenir d'une race obscure éteinte depuis si longtemps.

Tom avait chargé la Niss d'aller aux renseignements mais, jusqu'à présent, la sarcastique machine tymbrimie avait été dans l'incapacité de soutirer à la Bibliothèque la moindre réponse.

Parallèlement, entre l'infirmerie et les autres impératifs de son service, Gillian avait à se débrouiller pour trouver quelques heures afin d'examiner la relique sans porter atteinte à son état de conservation et finir éventuellement par découvrir ce qui troublait à ce point les Eatees. C'était une tâche dont personne n'aurait pu s'acquitter à sa place.

Et, en l'occurrence, elle allait s'y atteler jusqu'au soir.

Pauvre Tom ! se dit Gillian avec un sourire. Il va rentrer de ses machines complètement crevé alors que moi je vais être d'humeur amoureuse. C'est quand même rudement bien que ce soit un chic type.

Elle prit une microsonde pionique.

Bon, Herbie, voyons voir si nous pouvons nous faire une idée du genre de cerveau que tu as.

Metz

— Je suis désolé, professeur Metz. Le commandant se trouve avec Thomasss Orley dans la section des armes. Mais si je puis vous être utile en quelque chose… ?

Comme à son habitude, le lieutenant Takkata-Jim était d'une politesse inaltérable. Sa diction anglique — alors même qu'il respirait de l'oxyeau — était presque parfaite. Ignacio Metz ne put s'empêcher de sourire d'un air approbateur. Il portait un intérêt particulier à Takkata-Jim.

— Non, lieutenant. J'ai simplement fait un détour par la passerelle pour voir si le groupe de prospection était rentré.

— Nous sommes toujours sans nouvelles. On ne peut qu'attendre.

Metz émit un claquement de langue dubitatif. Pour sa part, il comptait déjà le détachement d'Hikahi au nombre des disparus.

— Euh… Nous n'avons pas encore reçu la moindre

offre de négociation de la part des Galactiques, je suppose ?

Takkata-Jim secoua sa grosse tête gris pommelé de gauche à droite.

— Hélas non, professeur ! Ils semblent avant tout préoccupés de se massacrer l'un l'autre. Toutes les quelques heures, apparemment, une nouvelle flotte de guerre pénètre dans le système de Kthsemenee pour se joindre à la mêlée. Il est vraisemblable que nul ne prendra l'initiative de parlementer avant un certain temps.

Le professeur Metz plissa le front devant l'illogisme d'une telle situation. Les Galactiques seraient-ils des êtres rationnels qu'ils laisseraient le *Streaker* communiquer sa découverte à l'Institut de la Bibliothèque et la question serait réglée ! Tout le monde serait alors sur un pied d'égalité.

Mais l'unité de la civilisation galactique était plus théorique que réelle. Et trop de races irritables possédaient de gros vaisseaux et des canons.

Et nous sommes là, se dit-il, au beau milieu, avec une chose qui les fait tous baver de convoitise.

Ça ne peut être le simple fait que nous ayons vu cette flotte géante. Ils ont dû se mettre en branle pour un autre motif. Baskin et Tom Orley ont dû ramasser quelque chose là-bas, dans les Syrtes. Je me demande ce que c'est.

— Accepterez-vous ma compagnie pour le dîner, professeur Metz ?

Metz cligna des paupières. Quel jour étions-nous ? Ah oui. Mercredi.

— Certes, lieutenant, j'aurai comme toujours grand plaisir à jouir de votre conversation. Pouvons-nous dire vers les six heures ?

— Dix-neuf zéro zéro serait peut-être préférable, professeur. C'est l'heure à laquelle je quitte mon service.

— Fort bien. À plus tard, donc.

Takkata-Jim hocha la tête puis se tourna pour regagner son poste de quart.

Metz le contempla d'un air satisfait.

C'est le meilleur de mes *Steno*. Il ignore que je suis son parrain… son père par les gènes. Mais je n'en suis pas moins fier.

Tous les dauphins qui se trouvaient à bord étaient de souche *Tursiops amicus* mais la structure génétique de certains comportait des greffons de *Steno Bredanensis*, le dauphin des eaux profondes qui avait toujours été le plus proche du souffleur sous le rapport de l'intelligence.

À l'état sauvage, le *Bredanensis* avait une réputation de curiosité insatiable et de total mépris du danger. Metz avait été le chef de file de ceux qui réclamaient l'addition d'A.D.N. prélevé sur cette espèce au pool génétique des néo-dauphins. Sur la Terre, bon nombre de ces nouveaux *Steno* avaient été de remarquables réussites, combinant l'esprit d'initiative à un haut degré de discernement.

Mais, ces derniers temps, leur rudesse de caractère n'avait pas été sans provoquer certaines frictions au sein des communautés littorales de la Terre et Metz avait dû se battre pour faire admettre au Conseil que la nomination de quelques *Steno* à des postes clés du premier vaisseau spatial à équipage delphinien serait un geste des plus significatifs.

Takkata-Jim était la justification de ses efforts. D'une froide logique, d'une correction guindée, le fin se servait de l'anglique presque à l'exclusion du ternaire et paraissait imperméable au Songe Cétacé qui exerçait un si grand charme sur des sujets plus âgés tels que Creideiki. Takkata-Jim était le dauphin le plus proche de l'homme que Metz eût jamais connu.

Il observa la manière dont le second orchestrait les tâches de l'état-major sans jamais recourir à ces petites paraboles keneenks que Creideiki insérait constamment dans son discours. Ses ordres avaient au contraire la précision concise de l'anglique. Pas un seul mot inutile.

— Oui, se dit-il. Pour notre retour, je tiens là le sujet d'une excellente monographie.

— Profess-sseur Metsss ?

Metz se retourna et eut un mouvement de recul devant les dimensions du dauphin qui s'était approché sans bruit derrière lui.

— Que… ? Ah, c'est vous, K'tha-Jon. Je ne vous avais pas entendu venir. Que puis-je pour vous ?

Un dauphin vraiment très gros lui souriait. Son rostre aplati, sa robe contrastée ainsi que ses yeux globuleux auraient intégralement renseigné Metz sur ce qu'il était… si celui-ci ne l'avait déjà su.

Feresa attenuata, songea l'homme en savourant cette pensée. Si beau, si sauvage. Mon projet le plus secret, car personne ne sait, pas même toi, K'tha-Jon, que tu es plus qu'un simple *Steno*.

— Esscusez l'interruption, professeur Metzss, mais le sssavant chimp, Charless Dart-t, demande à vous parler. M'est avis que le petit sssinge a encore quelqu'un contre qui râler.

Metz s'assombrit. Certes, K'tha-Jon n'était qu'un simple bosco et on ne pouvait exiger de lui le raffinement d'un Takkata-Jim, mais il y avait des limites… quand bien même on aurait pris en considération les antécédents invisibles du géant.

Il va falloir que j'aie une petite explication avec ce gars-là, se promit-il. Ce genre d'attitude est inadmissible.

— Veuillez informer le professeur Dart que je passe tout de suite le voir, dit-il au fin. J'ai terminé ce que j'avais à faire ici.

Creideiki et Orley

— Nous sommes donc de nouveau armés pour nous défendre, dit Creideiki. (Puis il soupira.) Enfin, si l'on veut.

Thomas Orley se détourna des lance-missiles qui venaient d'être réparés puis hocha la tête.

— Ce sera presque aussi efficace que ce que nous avions avant, Creideiki. Nous ne nous attendions pas à rencontrer le moindre ennui lorsque nous avons emprunté le point de transfert de Morgran et que nous sommes tombés en pleine bataille. Nous avons eu de la chance de nous en tirer sans trop de dégâts.

Creideiki acquiesça.

— Si ssseulement j'avais réagi plus vite, soupira-t-il avec mélancolie.

Orley prit conscience de l'humeur de son ami. Ses lèvres s'arrondirent et il se mit à siffler. Le masque respiratoire amplifia le dessin d'ombres-sons qu'il modulait en sourdine et, tel un elfe saisi par la démence, le petit écho se mit à bondir d'un angle à l'autre de la pièce remplie d'oxyeau. Les mécaniciens qui travaillaient dans ce poste de combat levèrent leurs étroites mâchoires phonosensibles pour suivre la dansante et invisible image sonar qui folâtrait en pépiant avec une sympathie railleuse :

Lorsqu'on tient les rênes,
On est envié par le peuple —
Mais que de problèmes !

Le son-fantôme s'évanouit mais le rire demeura. Un concert de reparties bégayées ou couinées montait des fen d'équipage.

Creideiki attendit que l'hilarité se fût un peu calmée puis, de son front, surgit une séquence de clicks dont le traitement en chambre d'écho mimait l'amoncellement de nuages d'orage. Dans l'espace restreint du poste de combat, ceux qui étaient présents perçurent le crépitement d'une averse poussée par le vent. Tom ferma les yeux et laissa l'image-son d'un grain s'emparer de lui.

Me barrent la route
D'obscènes folies d'antan.
« Oust ! » leur dis-je. « Ou gare ! »

Orley baissa la tête, conscient de sa défaite. Personne n'avait jamais surpassé Creideiki dans la composition de haïkaïs ternaires. Les soupirs admiratifs des fen ne faisaient que confirmer cet état de fait.

Mais au fond, rien n'avait changé. Alors qu'ils quittaient le poste, Orley et Creideiki étaient tous deux conscients qu'il ne suffirait pas de braver l'adversité pour permettre à cet équipage de surmonter la crise. Il fallait aussi l'espoir.

Or, l'espoir était rare. Tom savait que Creideiki se faisait un souci de tous les diables au sujet d'Hikahi bien qu'il n'en laissât rien paraître.

Lorsqu'ils furent loin de toute oreille indiscrète, le commandant demanda :

— Gillian a-t-elle fait quelques progrès dans l'étude de ce que nous avons trouvé… et qui est la cause de tous nos ennuis ?

— C'est à peine si j'ai passé une heure avec elle en deux jours de temps… je ne puis donc répondre. Mais la dernière fois que je l'ai consultée, la micro-Bibliothèque du vaisseau continuait de prétendre que rien n'avait jamais existé qui eût quelque ressemblance avec Herbie.

Encore une fois, Creideiki soupira.

— Dommage, c'eût été une bonne chose de savoir ce que les Galactiques pensent que nous avons trouvé. Enfin…

Un sifflement derrière eux les fit s'arrêter net. Dans un nuage de bulles, ils virent Tsh't, le quatrième officier du *Streaker*, qui s'efforçait de les rattraper

— Creideiki ! Tom ! Le sssonar fait état d'un dauphin en secteur essst. Il est encore très loin mais il sssemble se rapprocher à grande vitesse !

Creideiki et Orley échangèrent un regard puis Tom fit

un signe de tête pour marquer son accord avec l'ordre muet du commandant.

— Puis-je prendre avec moi Tsh't et une vingtaine de fen ?

— Affirmatif. Rassemblez donc une équipe et tenez-vous prêts. Mais ne partez pas avant que nous ne sachions précisément ce qu'il en est. Il se peut que vous ayez besoin d'être plus de vingt. Pas la peine de risquer une sortie inutile.

Tom vit la souffrance qui se lisait dans les yeux du capitaine. L'heure et quelque d'attente qui allait suivre allait être particulièrement pénible pour le fin.

Il fit signe au lieutenant Tsh't de le suivre puis rebroussa chemin le long du couloir immergé pour nager au plus vite vers le sas.

Galactiques

Toute à la joie du patronat et de l'autorité militaire suprême, Krat, l'amirale soro, contemplait les créatures gellos, pahas et pilas… ses créatures qui, derechef, menaient au combat la flotte de guerre soro.

— Maîtresse, vint lui annoncer l'officier gello du secteur de détection, conformément à vos instructions, nous cinglons vers le monde aquatique par un quart de la vitesse de la lumière.

Pour toute réponse, Krat se contenta d'onduler la langue mais, au fond d'elle-même, elle nageait dans le bonheur. Son œuf était parfaitement sain. Lorsqu'ils auraient remporté cette victoire elle pourrait rentrer chez elle et procéder une fois de plus aux rituels nuptiaux. En outre, l'état-major de son vaisseau-amiral œuvrait avec l'efficacité d'une machine parfaitement réglée.

— Notre flotte a un paktaar d'avance sur les tables temporelles, Maîtresse, lui apprit l'officier gello.

Entre toutes les espèces clientes inféodées aux Soros, les Gellos étaient particulièrement chers à Krat. Longtemps auparavant, ils avaient été les premiers clients élevés par sa propre espèce. Puis, à leur tour, les Gellos étaient devenus patrons, grossissant ainsi le clan de deux nouvelles races clientes. Ils faisaient l'orgueil des Soros. Grâce à eux, la chaîne de l'Élévation ne s'était pas rompue.

Dans la nuit des temps, il y avait eu les Progéniteurs qui avaient institué les Lois Galactiques. Depuis, chaque race avait aidé d'autres races à grimper dans l'échelle des êtres cognitifs en échange de services rendus sous contrat.

Dans un passé vieux de plusieurs millions d'années, les antiques Lubers avaient élevé les Pubers, si, du moins, il fallait en croire la Bibliothèque. Les Lubers étaient éteints depuis longtemps et les Pubers, quoique toujours de ce monde, étaient à présent dégénérés et décadents.

Mais avant d'entrer en décadence, les Pubers avaient élevé les Huls qui, à leur tour, avaient fait des ancêtres de Krat — les Soros de l'âge de la pierre — leurs clients. Peu après, les Huls s'étaient retirés sur leur planète d'origine pour se consacrer à la philosophie.

À présent, les Soros eux-mêmes avaient de nombreux clients. Leurs surgeons les plus réussis se nommaient Gellos, Pahas et Pilas.

Krat pouvait entendre le tacticien pila, Cubber-cabub, qui, de sa voix haut perchée, haranguait ses subordonnés dans le secteur de planification des opérations. Il les exhortait à se démener un peu plus pour obtenir de la mini-Bibliothèque du vaisseau l'information qu'elle avait requise. Il y avait une once de frayeur dans cette voix. Parfait. Cubber-cabub ne l'en servirait que mieux s'il la craignait.

Seuls de toutes les races qui se trouvaient à bord, les Pilas étaient des mammifères, bipèdes trapus originaires d'un monde à la pesanteur écrasante. Ils avaient fini par acquérir d'immenses pouvoirs dans la plupart des organisations bureaucratiques de dimension galactique, y compris dans l'important Institut de la Bibliothèque. Les Pilas avaient également accru l'influence du clan en se dotant de leurs propres espèces clientes.

Il était toutefois dommage que les Pilas ne fussent plus sous contrat car il eût été bon de pouvoir de nouveau s'immiscer dans leurs gènes. Ces petits sophontes à fourrure muaient en permanence et leur odeur était passablement incommodante.

Nulle race cliente n'était parfaite. Seulement deux siècles auparavant, les Pilas avaient eu de graves ennuis avec les humains de la Terre. Compte tenu de sa complexité, l'affaire n'avait pu être étouffée qu'à grands frais. Krat n'était pas au courant des détails mais le problème soulevé avait eu à voir avec le soleil des Terriens. Depuis, les Pilas vouaient une haine acharnée aux humains.

À la pensée des Terriens, Krat sentit son ergot nuptial l'élancer. En seulement trois cents de leurs années, ils étaient devenus un fléau presque aussi grand que les mielleux Kantens ou que ces diaboliques escrocs de Tymbrimis !

Patiemment, les Soros attendaient le moment propice pour effacer cette souillure à l'honneur de leur clan. Fort heureusement, les humains étaient ignares et vulnérables aux limites du pitoyable et l'occasion était peut-être enfin venue.

*Quel délice ce serait de voir l'*Homo sapiens *placé sous tutelle soro comme client contractuel ! C'était dans le domaine du possible ! Et, modelables comme l'étaient ces humains, que de changements pourraient être alors accomplis !*

Krat contempla son équipage et regretta de n'être pas libre de manipuler, modifier, reformer à sa guise jusqu'à ces races adultes. Tant d'améliorations pouvaient être encore apportées ! Mais pour ce faire, il aurait fallu changer les lois !

Or, si ces parvenus de mammifères aquatiques terrestres avaient effectivement découvert ce qu'elle pensait, les lois pourraient *être changées. oui, si les Progéniteurs étaient vraiment de retour. Quelle ironie que ce fût justement la toute dernière race à voyager dans l'espace qui eût trouvé la flotte abandonnée ! Elle leur pardonnait presque d'exister et d'avoir permis à ces humains d'acquérir le statut de patrons.*

— Maîtresse, lui annonça le Gello, l'alliance jophuro-thennanin a été rompue. Ils sont en train de se battre. Leur suprématie ne saurait donc se maintenir !

— Restez vigilants, soupira Krat.

Le Gello avait tort de surestimer la portée d'une simple violation de pacte, chose somme toute banale. Des alliances ne cesseraient de se former et de se dissoudre jusqu'à l'émergence d'une force incontestablement supérieure. Krat comptait bien que cette force fût soro et qu'une fois la bataille terminée ce fût elle qui en ramassât l'enjeu.

Ces dauphins ne pouvaient qu'être ici ! Sitôt remporté la victoire, elle irait débusquer ces créatures sans mains de leur retraite sous-marine et leur ferait tout avouer !

D'un geste nonchalant de sa griffe gauche, elle convoqua le Bibliothécaire pila qui se précipita hors de son alcôve.

— Que l'on consulte les archives à propos de ces créatures marines que nous poursuivons, lui dit-elle. Je veux tout savoir de leurs habitudes, ce qu'elles aiment et ce qu'elles détestent. On dit que les liens qui les unissent à leurs patrons humains sont faibles et entachés de vénalité. Que l'on me donne un biais pour corrompre ces… dauphins.

Cubber-cabub s'inclina et se retira dans le secteur de la Bibliothèque, reconnaissable au glyphe spiralé qui s'inscrivait au-dessus de son entrée.

Krat sentait autour d'elle la présence du Destin. Ce point de l'espace était un centre de puissance. Elle n'avait nullement besoin d'instruments pour en être certaine.

— Je les aurai ! Et les lois seront changées !

Toshio trouva Ssattatta au pied d'un gigantesque arbre foreur. Portée par les flots, la fine s'était écrasée contre le tronc monstrueux. Sous la violence du choc, son harnais avait littéralement volé en éclats.

Toshio se traînait au milieu de broussailles dévastées, sifflant de temps à autre un appel en ternaire lorsqu'il s'en sentait la force. L'essentiel de son énergie restait néanmoins consacré à la simple prouesse de se tenir debout car, depuis qu'il avait quitté la Terre, il avait pratiquement perdu l'habitude de marcher. Contusions et nausées n'arrangeaient d'ailleurs guère les choses.

Il découvrit K'Hith étendu sur le lit moelleux d'une végétation ressemblant à de l'herbe. Son harnais était intact mais les trois profondes blessures qu'il portait au ventre avaient complètement vidé le planétologiste delphinien de son sang. Toshio se grava les lieux en mémoire et poursuivit son chemin.

Plus près du rivage, il trouva Satima. La petite fine baignait dans son sang ; elle était en pleine crise nerveuse, mais vivante. Toshio soigna ses plaies avec de la mousse chirurgicale et des bandes puis fit basculer un rocher sur les bras manipulateurs du harnais. C'était le mieux qu'il pût faire pour que la cinquième vague ne l'emportât pas.

Ce fut plus une marée soudaine qu'une vague. Accroché contre un arbre, Toshio se vit entouré par les flots qui lui montèrent presque jusqu'au menton. À peine le courant se fut-il inversé qu'il lâcha le tronc et pataugea vers Satima. À tâtons, il réussit à trouver une prise sur le harnais et dégagea la fine pour qu'elle fût remportée vers la mer par le reflux. Puis, pataugeant de plus belle, il s'efforça de ne pas rester à la traîne.

Alors qu'il luttait contre la traction croissante des eaux

pour dévier Satima d'un groupe de buissons, son attention fut attirée, dans le feuillage qui le surplombait, par un mouvement qui ne cadrait pas dans l'oscillation généralisée animant le paysage. Levant la tête, il croisa le regard de deux yeux noirs.

À peine eut-il le temps, dans sa surprise, d'y jeter un nouveau coup d'œil que le courant l'entraînait déjà droit au travers de l'obstacle vers un petit marais de formation récente. Toshio fut soudain trop occupé pour songer à regarder ailleurs que devant lui.

Sur les derniers mètres de lente progression sur un fond tapissé de visqueuses plantes aquatiques, il lui fallut tirer Satima en prenant soin de ne pas faire rouvrir ses plaies. Depuis quelques instants, elle semblait redevenir plus lucide et ses cris inarticulés commençaient à ressembler à des mots ternaires.

Un sifflement lui fit redresser la tête. À guère plus d'une quarantaine de mètres au large, Keepiru s'approchait aux commandes du traîneau. Le fin avait beau porter un appareil respiratoire, il était encore capable d'émettre un signal.

— Satima ! cria Toshio à la fine blessée. Nage vers le traîneau ! Va rejoindre Keepiru ! Amarre-la sous un dôme d'air ! hurla-t-il ensuite à l'intention du pilote. Et garde un œil sur le sonar ! Écarte-toi d'ici dès que tu vois une vague arriver !

Keepiru rejeta la tête en arrière pour montrer qu'il avait compris puis, dès que la fine fut à trente mètres du rivage, il se servit du traîneau pour l'aider à gagner la haute mer.

Cinq fen étaient retrouvés ; restaient Hist-t et Hikahi.

Toshio reprit pied sur la rive glissante puis, de nouveau et d'un pas toujours aussi chancelant, s'enfonça dans les broussailles. La dévastation du paysage alentour lui semblait être l'exact reflet de sa propre conscience. Dans le bref espace d'une journée, il avait vu trop de cadavres… trop d'amis morts.

À présent, il se rendait compte qu'il n'avait pas cessé d'être injuste envers les fen.

Il était absurde de leur en vouloir parce qu'ils se moquaient de lui. Ils étaient constitués ainsi et n'y pouvaient rien. Toute la science génétique mise en œuvre au cours du processus d'Élévation n'avait pu qu'estomper — et certes pas éliminer — l'image pitoyable et dérisoire qui s'était formée dans la mémoire atavique delphinienne la première fois qu'un homme s'était aventuré sur la mer à bord d'une pirogue.

Et pourquoi aurait-il fallu l'éliminer, cette image ? Toshio savait à présent de quoi était constituée la personnalité tout à fait particulière de ces hommes de Calafia qui obtenaient les meilleurs résultats avec les dauphins : d'une extrême fermeté alliée à la capacité d'ironiser sur les autres et sur soi-même. Personne ne travaillait longtemps avec les fen s'il ne se donnait la peine de mériter leur respect.

Il se rua vers une forme grise qu'il venait d'entrevoir sous un buisson. Non. C'était encore Ssattatta dont le corps avait été déplacé par la vague. Il reprit sa pénible progression.

Les dauphins étaient parfaitement conscients de ce que l'humanité avait fait pour eux. L'Élévation avait beau être un processus douloureux, pas un seul ne serait retourné au Songe Cétacé du moment qu'il pouvait faire autrement.

Les fen savaient également que les codes flexibles qui régissaient les comportements au sein des races galactiques — normes qui, depuis la nuit des temps, trouvaient leur fondement dans la Bibliothèque — auraient autorisé l'humanité à exiger cent mille ans de servitude de ses clients. Les hommes avaient collectivement frissonné à cette pensée. L'*Homo sapiens* lui-même n'atteignait pas cet âge. Et si, quelque part, le genre humain avait effectivement un patron — un, du moins, qui fût assez puissant pour faire valoir ses droits au titre —, cette espèce n'irait certainement pas prendre en prime le *Tursiops amicus*.

En fait, il n'existait pas un fin au monde qui ne fût conscient du caractère exceptionnel de l'attitude terrestre. Des dauphins siégeaient au Conseil de la Terragens, tout comme des chimpanzés.

Enfin, Toshio mesurait à quel point il avait dû blesser Keepiru par ses paroles au cours de leur lutte en mer. Par-dessus tout il regrettait ce qu'il avait dit sur Calafia. Keepiru aurait accepté de mourir mille fois pour sauver les humains du monde natal de Toshio. Que ma langue se dessèche si je suis jamais sur le point de redire de telles horreurs !

Et sa démarche trébuchante le fit déboucher dans une clairière. Là, au centre d'une mare peu profonde, gisait un *Tursiops*.

— Hikahi !

La fine était couverte d'égratignures et de bleus. De minuscules filets de sang zébraient ses flancs. Mais elle était consciente et, lorsque Toshio fit mine de s'approcher, elle lui cria :

— Restez où vous êtes, Yeux-Vifs ! Ne bougez pas ! Nous ne sommes pas seuls ici !

Toshio s'immobilisa net. L'ordre d'Hikahi était des plus explicites. Néanmoins, il lui semblait urgent de s'approcher. Les égratignures de la dauphine n'avaient pas belle apparence. Si des échardes métalliques s'étaient logées sous la peau, il allait falloir les retirer au plus vite avant que ne s'installât la septicémie. Et la ramener à la mer promettait d'être une tâche ardue.

— Hikahi, il va bientôt y avoir une autre vague. Il se peut qu'elle atteigne cette hauteur. Nous devons être prêts.

— Reste là-bas, Toshio. La vague ne viendra pas jusssqu'ici. Et puis, regarde autour de toi. Vois comme ceci est autrement plus important.

Pour la première fois, Toshio fit réellement attention

à la clairière. La mare était située sur l'un de ses bords et les arêtes nettes de ses rives montraient qu'elle était de creusement récent. Ce fut alors qu'il s'aperçut que le harnais d'Hikahi n'avait plus ses bras manipulateurs.

Qui donc… ? Puis la perception qu'il avait des choses se modifia. À l'autre bout de la clairière, dans les débris tordus jonchant le sous-bois, il reconnut les ruines d'un village.

Dans le chatoiement permanent de la forêt kithrupienne, il distingua des fragments déchiquetés de filets primitifs, des pans de toit de chaume crevés et dispersés ainsi que des bouts de métal pointus grossièrement assujettis à l'extrémité de bâtons.

Et, dans les branches des arbres, il perçut des mouvements fugitifs. Puis, une à une, il vit paraître des mains aux doigts palmés suivies par le scintillement de petits yeux noirs qui dardaient sur lui leurs regards sous des fronts bas et verdâtres.

— Des aborigènes ! fit-il en un souffle. J'en ai vu un tout à l'heure mais ça m'était complètement sorti de la tête. Ils ont l'air pré-cognitifs !

— Oui, lui répondit Hikahi sur le même ton. Et notre discrétion n'en est que plus vitale. Vite, Yeux-Vifs ! Dites-moi ce qui s'est passé !

Toshio lui relata ce qu'il avait fait depuis le moment où la première vague avait frappé en ne passant sous silence que les détails de sa lutte avec Keepiru. Il lui était difficile de se concentrer avec, tout autour dans les arbres, ces yeux fixés sur lui qui, craintivement, disparaissaient à couvert dès qu'il regardait dans leur direction. À peine eut-il terminé son récit que la sixième vague arriva.

On pouvait en voir les brisants s'élancer à l'assaut du rivage escarpé dans un puissant rugissement qui s'accompagnait de gerbes d'écume blanche. Mais, de toute évidence, Hikahi ne s'était pas trompée. Les flots ne monteraient pas jusqu'à cette hauteur.

— Toshio ! siffla Hikahi. Vous avez agi à la

perfection. Il se peut que vous ayez sauvé ce petit peuple en même temps que nous. Broodika va réussir. Il ramènera de l'aide. Donc, le plus important n'est pas de me secourir. Votre devoir est de faire ce que je dis ! Keepiru doit replonger tout de suite ! Qu'il reste à couvert sous l'eau et continue ses recherches en observant le plus grand silence possible ! Quant à vous, enterrez Ssattatta et K'Hith puis rassemblez les débris de leurs harnais. Lorsque l'équipe de secours arrivera, nous devons être en mesure de quitter l'île au plus vite !

— Êtes-vous certaine que ça ira pour vous ? Vos plaies…

— Ne vous en faites pas ! Mes amis veillent à ce que je ne manque pas d'eau. Le feuillage des arbres me dissimule. Surveillez bien les cieux, Yeux-Vifs ! T-tâchez d'être invisible ! Pendant que vous serez parti, j'esssppère persuader nos amis de nous faire confiance.

Elle avait l'air exténuée. Toshio était en plein dilemme. Avec un soupir, il finit par se renfoncer dans la forêt. Il s'obligea à courir au travers des broussailles déchiquetées à la suite des eaux qui refluaient vers le rivage.

Il y parvint juste pour voir émerger Keepiru. Le fin avait ôté son appareil respiratoire et s'était branché sur un dôme d'air. Il lui rapporta qu'il avait trouvé le corps de Phip-pit, le dauphin que l'on supposait avoir été précédemment victime de l'herbe étrangleuse. Son cadavre portait encore les marques des ventouses auxquelles le tsunami l'avait probablement arraché.

— As-tu relevé des traces d'Hist-t ? lui cria Toshio.

Keepiru répondit par la négative et Toshio lui transmit les ordres d'Hikahi puis il regarda le traîneau disparaître sous la surface.

Au bout d'un moment, son regard se reporta vers l'ouest.

Le soleil rougeâtre de Kithrup se couchait. Quelques étoiles perçaient de leurs rayons les lambeaux de brume qui s'étiraient à l'aplomb du garçon. À l'est, la barrière de nuages prenait un aspect menaçant. Il allait certainement pleuvoir cette nuit. Toshio repoussa la tentation d'ôter sa combinaison de plongée et adopta un compromis : il en retira seulement la cagoule de caoutchouc. En dépit du vent glacial, ce fut un soulagement énorme.

Il jeta un rapide coup d'œil vers le sud. Si la bataille spatiale se poursuivait, il n'en décelait plus le moindre signe. La rotation de Kithrup avait entraîné ses naufragés loin du brillant globe de plasma et de débris qui devait à présent dériver en orbite.

Toshio n'avait plus assez d'énergie pour brandir son poing vers le ciel austral mais il lui décocha une grimace en espérant que les Galactiques s'étaient exterminés jusqu'au dernier.

Hélas, c'était peu vraisemblable. Il allait rester des vainqueurs et, un jour prochain, ceux-ci allaient descendre ici chercher les dauphins et les hommes.

Au mépris de sa fatigue, Toshio redressa les épaules et, d'un pas décidé, il retourna sous le couvert protecteur des arbres.

Peu de temps après avoir abordé l'île, ils trouvèrent le jeune homme et la dauphine pelotonnés l'un contre l'autre sous un abri de fortune au bas duquel la pluie tiède s'écoulait en longs ruisselets. Les éclairs déchirant la nuit semblaient noyer dans leur lumière crue le halo jaunâtre des lampes dont étaient équipés les sauveteurs. Au premier de ces éclairs, Thomas Orley crut voir une demi-douzaine de silhouettes trapues attroupées autour de la Terrienne et du Calafiain mais, dans le temps qu'il leur fallut à lui et à son coéquipier pour se frayer un chemin dans les broussailles et gagner un point d'où ils eussent une meilleure vue, les animaux — ou quoi que c'eût été — avaient disparu.

Sa première crainte à l'idée qu'il pût s'agir de charognards s'évanouit lorsqu'il vit Toshio bouger. Néanmoins, sa main droite resta sur la crosse du pistolet à aiguilles tandis qu'il levait haut la lanterne pour laisser passer Hannes Suessi. Puis il promena soigneusement son regard sur la clairière, enregistra les odeurs et les sons qui flottaient sur la surface vivante du tertre de métal et mémorisa chaque détail.

— Comment vont-ils ? s'enquit-il au bout de quelques secondes.

— T'inquiète pas, Toshio, ce n'est que moi, Hannes. (Il y avait quelque chose de carrément maternel dans le marmonnement du mécanicien qui reprit à voix haute :) Bien, monsieur Orley. Ils sont tous les deux conscients mais pas trop en état de parler.

Thomas Orley pénétra dans la clairière et posa la lampe à côté de Suessi.

— Ces éclairs sont la meilleure des couvertures, dit-il. Je vais tout de suite faire venir les véhicules de sorte que nous puissions emmener ces deux-là d'ici au plus vite.

Il effleura un bouton sur le rebord de son masque et, dans un ternaire impeccable, siffla un message qui ne dura pas plus de dix secondes. On prétendait même que Thomas Orley pouvait aussi parler primal quoique nul humain n'en eût jamais été témoin.

— Ils seront là dans quelques minutes, annonça-t-il. Il leur faut effacer leurs traces.

Puis il s'accroupit près de Toshio qui s'était assis lorsque Suessi était venu s'occuper d'Hikahi.

— Bonsoir, monsieur Orley, dit le garçon. Je suis désolé de vous avoir arraché à votre travail.

— Ce n'est rien, mon gars. De toute manière, j'avais l'intention de venir jeter un coup d'œil par ici. Tu as simplement fourni au commandant un prétexte pour m'y envoyer. Une fois que nous vous saurons en route vers le vaisseau, Hannes, Tsh't et moi irons faire un tour à l'endroit où la nef galactique est tombée. Dans l'immédiat, te sens-tu capable de nous mener jusqu'aux corps de Ssattatta et de K'Hith ? Nous aimerions profiter de l'orage pour passer l'île au peigne fin.

— Oui, monsieur. Je dois encore être capable de me traîner quelque temps. Je suppose que l'on n'a pas retrouvé Hist-t ?

— Non. Et cela nous cause bien du souci, quoique ce ne soit en rien comparable à l'inquiétude dans laquelle nous étions lorsque Broodika est rentré. Keepiru nous a raconté l'essentiel de l'histoire. Sais-tu que ce fin te tient en haute estime ? Il faut dire qu'ici tu as fait un sacré boulot.

Toshio se détourna, comme honteux de recevoir des compliments.

Avec curiosité, Orley le contempla. Jusqu'à présent, le jeune midship n'avait guère tenu de place dans ses pensées. Pendant la première partie du voyage, ce garçon lui avait paru brillant mais quelque peu irresponsable. Plus tard, après la découverte de la flotte abandonnée, il avait sombré dans la morosité à mesure que diminuaient leurs chances de revoir le pays.

Maintenant, les choses allaient prendre un autre tour. Il était encore trop tôt pour prévoir quels seraient les effets à long terme de cette aventure mais, manifestement, elle avait constitué pour Toshio un rite de passage.

Des bourdonnements montèrent du rivage et, bientôt, deux véhicules d'aspect arachnéen se profilèrent sous les arbres. Chacun d'eux était conduit par un dauphin en harnais installé dans le hamac de pilotage.

Toshio poussa un soupir quelque peu saccadé lorsque Orley l'aida à se relever. Puis, soudain, ce dernier se baissa pour ramasser un objet par terre. Il le montra au jeune homme.

— Un grattoir, n'est-ce pas ? Fait de morceaux de métal prélevés sur des arêtes de poisson et collés sur un manche en bois…

— Oui. Ce doit être ça.

— Ont-ils déjà un langage ?

— Non, monsieur. Enfin, si… mais rudimentaire. Ils semblent être en stagnation. Des chasseurs-cueilleurs au sens le plus étroit. Hikahi pense qu'ils n'ont pas évolué depuis un bon demi-million d'années.

Orley hocha la tête. À première vue, cette espèce indigène semblait mûre. Une race au stade de pré-cognitivité idéal pour l'Élévation. C'était un miracle que nul patron galactique ne leur eût déjà sauté dessus pour leur coller un statut de client et mille siècles de servitude.

Hommes et fen du *Streaker* venaient de se doter d'une responsabilité supplémentaire et, plus que jamais, la discrétion était à l'ordre du jour.

Il enfouit l'objet dans sa poche et posa la main sur l'épaule de Toshio.

— Bon, tu pourras nous raconter tout ça quand nous serons de retour au vaisseau, mon gars. Entre-temps, tu vas avoir à te creuser la cervelle.

— Pardon ? fit Toshio, interloqué.

— Eh bien, ce n'est pas tout le monde qui a la charge de baptiser une future race de voyageurs de l'espace. Tu sais, les fen vont probablement s'attendre à ce que tu composes un chant sur le sujet.

Toshio leva les yeux vers son aîné. Plaisantait-il ou non ? Mais Thomas Orley avait toujours sa coutumière expression énigmatique.

Orley porta son regard vers les nuages d'orage. Alors que les véhicules pénétraient dans la clairière pour venir prendre Hikahi, il s'écarta de leur route et sourit au rideau qui, temporairement, était tombé sur le théâtre du ciel.

DEUXIÈME PARTIE

COURANTS

Car le ciel et la mer,
Et la mer et le ciel,
Sur mes yeux las, si lourd pesaient,
Et ces morts à mes pieds gisaient.

S.T. COLERIDGE

Dennie

Charles Dart s'arracha de son microscope à polarisation, grommela un juron puis, suivant une habitude qu'il avait passé la moitié de sa vie à s'efforcer de perdre, se posa distraitement les avant-bras sur la tête et commença de se tirailler les oreilles. Eût-il pris conscience de cette contorsion simiesque pratiquement inimitable par tous ses compagnons de bord qu'il eût arrêté net.

Sur un effectif de cent cinquante, ils n'étaient à vrai dire que huit à posséder ne fût-ce que des bras… ou des oreilles externes. Et l'une de ces créatures privilégiées partageait avec lui le laboratoire sec.

La pensée de faire des commentaires sur le comportement physique de Charles Dart ne pouvait venir à l'esprit de Dennie Sudman. Elle avait depuis longtemps cessé de remarquer des choses telles que sa démarche traînante et chaloupée, son rire criard de chimpanzé ou le poil qui lui couvrait presque entièrement le corps.

— Qu'est-ce qui se passe ? demanda-t-elle. Encore ces problèmes avec les carottes ?

Charlie hocha la tête sans cesser de fixer son écran.

— Ouais. (Il parlait d'une voix grave et rocailleuse qui, parfois, lorsqu'il éprouvait des difficultés à traduire sa pensée, s'accompagnait de gestes inconscients des mains, le langage par signes de sa jeunesse.) Je n'arrive pas à trouver le moindre sens à ces concentrations d'isotopes, grogna-t-il. Et tous ces minéraux qui ne sont pas à la bonne place… des sidérophyllites en l'absence de tout métal, des cristaux complexes à des profondeurs où les structures simples sont la norme… sans compter qu'avec ses contraintes stupides le capitaine Creideiki me sabote le travail ! J'aimerais qu'il me laisse faire quelques sondages sismiques ou pratiquer un examen radar en profondeur.

Il pivota sur son siège et posa sur Dennie un regard insistant, comme pour quémander son approbation.

Sous ses pommettes saillantes, Dennie avait le visage fendu par un large sourire et ses yeux en amande n'étaient plus que deux fentes amusées.

— Bien sûr, Charlie. Pourquoi pas ? Nous sommes à bord d'un vaisseau avarié, faisant notre possible pour rester dissimulés sous les flots de ce monde mortel tandis que les armadas d'une douzaine de races patronnes pleines de morgue et de puissance se disputent au-dessus de nos têtes le droit de nous capturer et c'est maintenant que tu veux nous entourer d'un cercle d'explosions et balancer des ondes gravitationnelles tous azimuts. C'est une riche idée ! Mais je crois que j'en ai une meilleure encore. Pourquoi ne remonterions-nous pas en surface agiter une grande pancarte sur laquelle serait écrit : « Hé, ho, les monstres ! On est là ! Venez donc nous bouffer ! » Hein ?

Charlie lui jeta un regard en coulisse, l'une des rares grimaces qui, chez lui, pût faire douter de ses facultés mentales.

— C'est qu'il ne serait pas nécessaire de donner à ce sondage des proportions gigantesques. J'ai simplement besoin d'explosions minuscules comme celles que l'on pratique ordinairement en sismographie. Les E.T. ne devraient même pas s'en apercevoir, tu ne crois pas ?

Elle éclata de rire. Ce qu'en fait Charlie avait en tête, c'était de faire résonner la planète comme une cloche afin de relever les schémas d'ondes sismiques qui se répercuteraient dans sa masse. De minuscules explosions... mais oui ! Des détonations de l'ordre de la kilotonne, plus vraisemblablement. De temps à autre, le planétologiste obsessionnel qu'était Charlie lui tapait sur les nerfs mais, cette fois, il faisait manifestement de l'humour sur son propre compte.

Et, à son tour, il éclata de rire en poussant des cris de joie qui résonnèrent entre les murs nus et blancs du labo sec. Puis il se mit à tambouriner sur sa table.

Toujours souriante, Dennie rangea des papiers dans un porte-documents.

— Tu sais, Charlie, à quelques degrés d'arc d'ici se trouve une zone de fracture. Avec un peu de chance, tu finiras bien par avoir un volcan à domicile.

Une lueur d'espoir apparut sur le visage de Charlie.

— Super ! Tu crois vraiment ça possible ?

— Bien sûr. Et puis, si les E.T. se mettent à bombarder la planète pour nous débusquer, tu ne sauras plus que faire des données que te fourniront les missiles qui s'abattront près de nous — à moins, toutefois, que leur pilonnage ne soit pas intense au point de remettre en question toute analyse géophysique de Kithrup. Déjà, je crève de jalousie en pensant aux distinctions honorifiques qui t'attendent. Cela dit, dans l'intervalle, plutôt que de me morfondre en comparant le brillant avenir de tes recherches aux frustrations que me donnent les miennes, je préfère aller casser la croûte. Tu m'accompagnes ?

— Non. Mais je te remercie quand même. J'ai apporté mon repas ; aussi vais-je encore rester un moment ici à travailler.

— À ta guise. Cependant j'estime que tu devrais faire un effort pour élargir ta connaissance de ce vaisseau un peu au-delà de ta cabine et de ce laboratoire.

— Pourquoi ? Je suis en liaison vidéo avec Metz et avec Broodika et n'ai nul besoin d'aller traîner ma carcasse dans cette espèce de machin baroque qui n'est même plus fichu de voler.

— Et d'ailleurs… lui souffla-t-elle.

— Et d'ailleurs, reprit Charlie avec un grand sourire, j'ai horreur de me mouiller. Je continue de penser que vous autres, les hommes, vous auriez mieux fait de travailler en second lieu sur les chiens après avoir prononcé sur nous vos formules magiques. Les dauphins sont très bien… je compte des fen parmi mes meilleurs amis… mais c'est quand même un drôle de lot à vouloir transformer en race de voyageurs de l'espace !

Et il secoua la tête avec une expression de sagesse résignée. Manifestement, il considérait que, sur la Terre, tout le processus de l'Élévation eût été en de bien meilleures mains si son peuple s'en était chargé.

— Enfin, tu ne peux pas nier qu'ils font d'extraordinaires pilotes d'astronef, lui fit remarquer Dennie. Regarde un peu l'as qu'est Keepiru lorsqu'il s'agit de viser une étoile.

— Ouais, et regarde un peu la catastrophe ambulante qu'est ce même fin lorsqu'il ne pilote plus. Sincèrement, Dennie, ce voyage me fait douter que les fen aient été réellement prêts pour le vol spatial. As-tu remarqué le comportement de certains d'entre eux depuis que nous avons des ennuis ? Dans ce climat de tension, il en est qui sont carrément à deux doigts de perdre la boule… et tout spécialement parmi les gros *Steno* de Metz.

— Tu n'es pas très charitable, lui reprocha Dennie. Personne ne s'est jamais attendu à ce que cette mission fût une telle source de stress. J'estime que la plupart des fen se débrouillent à merveille. Regarde un peu la façon dont Creideiki nous a tirés du piège où nous nous étions fourrés à Morgran.

— Je ne sais pas, fit Charlie en secouant de nouveau

la tête. Je continue de regretter qu'il n'y ait pas plus d'hommes et de chimps à bord.

Un siècle. Il ne s'était pas écoulé plus de temps entre l'accession des chimps à l'espace et celle des fen. Dennie pouvait néanmoins s'imaginer que, dans un million d'années, les congénères de Charlie montreraient toujours la même condescendance à l'égard des fen.

— Bon, si tu ne viens pas, moi j'y vais, conclut Dennie. (Elle prit son porte-documents et posa la main sur la plaque palmaire située près de la porte.) À plus tard, Charlie.

Le chimp la rappela juste avant que la porte ne se refermât en sifflant derrière elle.

— Au fait ! Si tu tombes sur Tkaat ou sur Sah'ot, dis-leur de m'appeler, hein ? Je me demande si ces anomalies de subduction ne sont pas d'origine paléotechnique ! Ça doit sûrement intéresser un archéologue !

Sans répondre, Dennie laissa la porte achever sa course dans les glissières. Si elle ne transmettait pas la commission de Charlie, elle pourrait toujours prétendre n'avoir rien entendu. En aucun cas, de toute manière, elle n'eût fait un détour pour parler à Sah'ot, quelle que fût l'importance de la trouvaille faite par Charlie.

Elle ne perdait déjà que trop de temps à éviter ce dauphin-là.

Les secteurs secs du *Streaker* couvraient une vaste superficie quoique seulement huit membres de l'équipage en eussent l'usage. Les cent cinquante dauphins — effectif qui, depuis le départ de la Terre, s'était réduit à cent quarante-deux — ne pouvaient qu'être de passage dans la roue sèche et devaient pour ce faire monter sur des véhicules marcheurs, les « araignées ».

Il y avait là des pièces qui n'avaient pas à être remplies d'eau hyper-oxygénée ni abandonnées aux fluctuations gravitationnelles de la partie centrale lorsque le vaisseau était dans l'espace. On y trouvait les magasins pour ce qui avait besoin d'être gardé au sec et les ateliers où les machines travaillaient à chaud en pesanteur constante. Et c'était également là que se situaient les quartiers des hommes et du chimp.

Dennie fit halte à l'intersection de deux couloirs et jeta un œil dans celui qui desservait les cabines de la plupart de ses congénères. Un instant, elle envisagea d'aller frapper à une ou deux portes. Si Tom Orley était chez lui, peut-être était-ce le moment de lui demander son avis sur un problème qui, de jour en jour, devenait plus gênant : comment faire face aux... « attentions » pour le moins inhabituelles de Sah'ot.

Peu de personnes étaient mieux qualifiées pour l'éclairer sur un comportement non humain que Thomas Orley. Son titre officiel était celui d'Expert-Conseil en Technologies Étrangères mais, de toute évidence, il faisait aussi fonction de psychologue en aidant le professeur Metz et le docteur Baskin à mesurer l'efficacité d'un équipage delphinien. Il connaissait bien les cétacés et serait sans nul doute en mesure de lui dire ce que Sah'ot attendait d'elle.

Oui, Tom saurait ce qu'il fallait faire, mais...

Son indécision coutumière reprit le dessus. Il existait toutes sortes de raisons pour ne pas déranger Tom en cet instant précis, entre autres le fait qu'il consacrait intégralement son temps de veille à chercher un moyen de les sauver. Bien sûr, on pouvait en dire autant de la plupart des membres de l'équipage mais réputation et constatation s'unissaient pour suggérer qu'Orley pourrait bien être le seul à pouvoir faire redécoller le *Streaker* avant l'arrivée des E.T. sur Kithrup.

Dennie soupira. Un dernier motif de renoncer prenait source dans sa propre gêne. Il n'était guère facile pour une jeune femme de demander conseil à un mel tel qu'Orley. Surtout quand le conseil portait sur la façon de réagir devant des assiduités amoureuses.

Si compréhensif que Tom pût être, il ne manquerait pas d'éclater de rire — ou, du moins, de n'en pouvoir dissimuler l'envie. Dennie était bien forcée d'admettre que la situation était du plus haut comique pour quiconque n'était précisément l'objet de ces manœuvres de séduction.

Elle pressa le pas le long du couloir faiblement incurvé qui menait aux ascenseurs. De toute façon, se demanda-t-elle, pourquoi ai-je voulu aller dans l'espace ? Bien sûr, il me fallait saisir cette chance de progresser dans ma carrière. Et sur terre, il y avait une telle pagaille dans ma vie privée. Mais à quoi cela m'a-t-il menée ? Mon analyse de la biologie kithrupienne est dans une impasse. Un millier de monstres aux yeux globuleux se bousculent au-dessus de la planète pour descendre s'emparer de moi et une espèce de dauphin obsédé ne cesse de me poursuivre en me susurrant des propositions qui auraient fait rougir la Grande Catherine.

C'était injuste, bien sûr, mais l'existence avait-elle jamais eu le bon goût d'être juste ?

Le *Streaker* avait été construit sur les plans modifiés d'un vaisseau d'exploration de type *Snarkhunter.* Il n'y avait plus guère de *Snarks* en service. À mesure que les Terriens s'étaient familiarisés avec les technologies raffinées décrites dans la Bibliothèque, ils avaient appris à combiner l'ancien et le nouveau — les immémoriales conceptions structurelles galactiques et les techniques indigènes de la Terre. Mais ce processus en était encore à ses premiers pas maladroits lorsque les *Snarks* étaient sortis des chantiers.

La nef était un cylindre arrondi aux extrémités d'où saillaient des ailerons de réalité disposés en cinq rangées de cinq le long de la coque. Dans l'espace, ces ailerons ancraient le vaisseau dans une sphère de stase protectrice. À présent, ils servaient de train d'atterrissage alors que le *Streaker* blessé gisait, le flanc dans la vase d'une vallée à quatre-vingts mètres sous la surface d'une mer étrangère.

Entre la troisième et la quatrième couronne d'ailerons, la coque présentait un léger renflement qui correspondait à l'emplacement de la roue sèche. Dans l'espace, cette roue fournissait en pivotant sur son axe une forme primitive de gravité artificielle. Les humains et leurs clients savaient maintenant comment générer des champs de gravité mais presque toutes les nefs terriennes n'en continuaient pas moins d'être équipées de roues centrifugeuses. Certains y voyaient une marque de fabrique, l'insolent affichage de ce que des espèces amies des Terriens leur avaient pourtant recommandé de ne pas crier sur les toits : que les trois races de Sol étaient différentes de toutes celles que l'on rencontrait dans l'espace… qu'ils étaient les « orphelins » de la Terre.

La roue du *Streaker* était assez spacieuse pour loger quarante humains quoique, en l'occurrence, elle n'en abritât que sept plus un chimpanzé. Elle comportait aussi des installations récréatives pour les fen d'équipage, des piscines où ceux-ci pouvaient bondir hors de l'eau, s'éclabousser et se livrer à des jeux sexuels pendant leurs heures de repos.

Mais à la surface d'une planète, la roue ne tournait plus. La plupart de ses pièces étaient chamboulées et inaccessibles. Et le vaste entrepont de la nef était plein d'eau.

Dennie prit un ascenseur dont la cage était l'un des rayons joignant la roue sèche à l'axe fixe du vaisseau. Lorsqu'elle en sortit, ce fut pour déboucher dans un hall hexagonal à chaque angle duquel s'ouvraient des portes et des panneaux d'accès. Puis elle s'achemina vers le sas principal, à une cinquantaine de mètres en avant des rayons vers la proue.

En apesanteur, elle aurait glissé le long de cet interminable couloir au lieu d'avoir à marcher. La gravité en faisait quelque chose d'étrangement inhabituel.

Dans l'antichambre du sas, un placard mural transparent contenait des combinaisons spatiales et des tenues de plongée. De celui qui lui était réservé, Dennie sortit un bikini ainsi qu'un masque et des palmes. En des circonstances « normales », elle aurait pris un survêtement, une petite ceinture de propulsion et, peut-être, une paire d'ailes de large envergure. Ainsi vêtue, elle se serait directement lancée dans l'entrepont où elle aurait évolué dans l'air humide vers l'endroit de son choix sans avoir à se préoccuper d'autre chose que d'éviter au passage le mouvement rotatif des rayons de la roue sèche.

À présent, bien sûr, ces derniers étaient immobiles et l'entrepont contenait un élément nettement plus humide que l'air.

Elle eut vite fait de se déshabiller et de passer le maillot de bain. Ensuite, elle marqua un temps d'arrêt devant une glace pour tirer sur les cordons du bikini afin de s'y sentir à l'aise. Dennie savait qu'elle était bien faite. Du moins les mels qu'elle avait connus le lui avaient souvent dit. Toutefois, des épaules légèrement trop larges lui fournissaient un prétexte pour s'adresser à elle-même ces reproches dont elle semblait avide.

Elle mit le miroir à l'épreuve par un sourire. Immédiatement, le reflet se transforma pour souligner le contraste équilibré entre de saines dents blanches et des yeux d'un marron presque noir.

Puis elle abandonna cette expression avenante. Les fossettes la rajeunissaient encore plus, effet qu'il lui fallait éviter à tout prix. Elle poussa un soupir et arrangea soigneusement sa chevelure d'ébène sous le caoutchouc de la cagoule de plongée.

Ensuite, après avoir vérifié l'étanchéité de son porte-documents, elle pénétra dans le sas. Sitôt qu'elle en eut refermé le panneau interne, l'eau saline fusa dans la pièce exiguë par des orifices ménagés au bas des parois.

Tout en évitant de regarder vers le sol, Dennie plaça devant son visage le masque dont la membrane transparente donnait une impression de rigidité bien qu'elle laissât librement passer l'air dans les deux sens alors que la jeune femme l'amorçait par un halètement saccadé. Les nombreuses lamelles flexibles insérées dans ses bords avaient pour effet de puiser dans l'oxyeau la quantité d'air respirable nécessaire. Aux limites du champ de vision, le masque était également équipé de petits voyants sonar qui étaient censés suppléer la surdité quasi totale des humains en milieu subaquatique.

Un bouillonnement tiède commença de grimper le long de ses jambes. À plusieurs reprises, Dennie réajusta son masque tout en continuant de serrer du coude le porte-documents contre son flanc. Lorsqu'elle eut de l'eau presque au niveau des épaules, elle y plongea la tête et, fermant les yeux, inspira profondément.

Le masque fonctionna. Comme toujours, d'ailleurs. C'était un peu comme de respirer une épaisse brume océanique mais l'air fourni était largement suffisant. Vaguement penaude d'avoir une fois de plus procédé à ce rituel craintif, elle se redressa et attendit que l'élément liquide la submergeât entièrement.

Enfin, le panneau extérieur s'ouvrit et Dennie fit ses premières brasses dans une vaste pièce où les araignées et autres engins à usage delphinien étaient soigneusement repliés dans des niches. Dans un souci d'ordre tout aussi net, on pouvait voir sur des étagères les propulseurs à eau dont les dauphins se servaient pour se mouvoir en apesanteur. Ceux-ci permettaient toutes sortes d'évolutions acrobatiques en chute libre mais, à la surface d'une planète, alors que le vaisseau était presque entièrement inondé, ils étaient parfaitement inutiles.

D'ordinaire, il y avait toujours dans ce vestiaire un ou deux fen en train de se tortiller pour revêtir ou ôter leur équipement. En l'occurrence, il était désert et, surprise, Dennie nagea jusqu'à l'écoutille qui s'ouvrait à l'autre bout de la salle et plongea son regard dans l'entrepont.

Une vingtaine de mètres tout au plus la séparaient de

la paroi cylindrique et la vue n'était pas aussi impressionnante que celle qui vous était révélée depuis le moyeu d'une cité spatiale de la ceinture d'astéroïdes de Sol. Néanmoins, quiconque pénétrait dans l'entrepont ne pouvait se défendre d'une sensation d'immensité fourmillant d'activité. De longues poutrelles rayonnaient à partir de l'axe, soutenant la coque et acheminant l'énergie vers les ailerons de stase. Entre ces colonnes étaient tendus des filets aux mailles élastiques servant de postes de manœuvres aux fen d'équipage.

Les dauphins, même du genre *Tursiops amicus*, n'appréciaient pas d'être plus entassés qu'il n'était nécessaire. Dans l'espace, l'équipage travaillait en apesanteur, se propulsant librement dans l'air humide. Mais Creideiki avait dû poser son vaisseau avarié sur le fond d'un océan et, de ce fait, il lui avait bien fallu inonder l'intérieur de la nef pour que chaque partie en restât accessible en dépit de la gravité.

Tout ici miroitait d'une effervescence à peine contenue. Çà et là, de minces filets de bulles montaient vers la voûte du plafond. Soigneusement filtrées, les eaux de Kithrup se voyaient adjoindre des solvants qui fixaient la surcharge d'oxygène nécessaire à leur transformation en oxyeau. Génétiquement modifiés, les néo-dauphins pouvaient respirer ce liquide quoique ce n'eût rien d'une partie de plaisir.

Dennie promena autour d'elle un regard éberlué. Où était passé tout le monde ?

Un mouvement retint néanmoins son attention. Au-dessus de la barre large de cinq mètres de l'axe central, deux fen et deux hommes nageaient à grande vitesse vers la proue du vaisseau.

— Hé ! leur cria-t-elle. Attendez-moi !

Bien que le masque fût censé concentrer et amplifier le son de sa voix, Dennie eut l'impression que l'eau absorbait son cri.

Toutefois, les fen s'arrêtèrent net et, dans un parfait ensemble, piquèrent droit sur elle. Les deux humains continuèrent de nager pendant un moment puis ils marquèrent une pause pour regarder autour d'eux en agitant lentement les bras. Lorsqu'ils aperçurent Dennie, l'un d'eux fit un grand signe.

— Pressons, pressons, très honorée biologissste !

Porté par son élan, un gros dauphin gris anthracite en lourd harnais de travail passa près d'elle tandis que son compagnon traçait des cercles impatients.

Dennie nagea de toutes ses forces.

— Qu'est-ce qui se passe ? La bataille est-elle terminée ? Avons-nous été repérés ?

À son approche, l'un des deux humains, un Noir râblé, lui sourit. L'autre, une grande femme blonde au port majestueux, reprit sa progression dès que Dennie les eut rejoints.

— Enfin, tu ne crois pas qu'on aurait sonné l'alarme si les E.T. avaient débarqué ? lui répondit le Noir lorsqu'ils nagèrent tous de concert le long de l'axe. (Comment se faisait-il qu'avec son teint sombre Emerson d'Anite eût de temps à autre la lubie de rouler les r en parlant ? C'était un secret que Dennie n'avait pas encore réussi à lui extorquer.)

Elle fut soulagée d'apprendre que le moment n'était pas encore venu de soutenir un assaut en règle. Mais alors, s'il ne s'agissait pas de l'arrivée des Galactiques, quel pouvait être le motif d'une telle précipitation ?

— Le groupe de prospection ! (Supplanté par des problèmes d'ordre plus personnel, le sort du détachement perdu lui était complètement sorti de la tête.) Sont-ils rentrés, Gillian ? Est-ce qu'Hikahi et Toshio sont là ?

Cette femme — pourtant plus âgée qu'elle — nageait avec une grâce que Dennie lui enviait. Pour une raison quelconque, sa riche voix d'alto portait bien dans l'eau. Son visage ne se départait pas d'une expression austère.

— Oui, Dennie, ils sont rentrés. Mais pour le moins quatre d'entre eux sont morts.

Dennie ne put réprimer un hoquet de surprise horrifiée. Puis elle dut prendre sur elle-même pour avoir la force de demander :

— Morts ? Comment… ? Qui… ?

Sans ralentir son allure, Gillian Baskin lui lança pardessus son épaule :

— On ne sait pas encore très bien comment… Lorsque Broodika est revenu, il a parlé de Phip-pit et de Ssassia… en avertissant l'équipe de sauvetage qu'ils allaient probablement trouver d'autres fen échoués ou victimes de mort violente.

— Broodika… ?

Emerson la poussa du coude.

— Il y a de quoi se demander ce que tu faisais. Dès son retour — il y a déjà quelques heures — on a fait une annonce générale. Monsieur Orley a pris avec lui Hannes et vingt fen d'équipage pour partir à leur recherche.

— Je… je devais être en train de dormir. (Dennie savoura le projet de prendre entre quatre yeux un certain chimpanzé de sa connaissance. Pourquoi Charlie ne lui avait-il rien dit lorsqu'elle avait repris le travail ? Ça lui était probablement complètement sorti de la tête. Un de ces jours, monomaniaque comme il était, ce chimp allait bien finir par se faire étrangler !)

Le docteur Baskin avait déjà rejoint les deux dauphins à l'avant. Elle nageait presque aussi vite que Tom Orley et pas un seul des cinq autres humains qui étaient à bord n'aurait pu rester à sa hauteur lorsqu'elle était pressée.

Dennie se tourna vers D'Anite.

— Alors, raconte !

Emerson lui brossa un bref résumé du récit fait par Broodika : l'herbe assassine, le croiseur en flammes qui s'était abattu dans la mer tel un météore, provoquant des vagues gigantesques qui avaient mis en branle le processus de la fièvre des secours.

Dennie n'en revenait pas de cette histoire, tout particulièrement du rôle qu'y avait tenu le jeune Toshio. En fait, ça ne ressemblait même pas du tout à Toshio Iwashika. S'il y avait une personne à bord du *Streaker* qui donnait l'impression d'être plus immature et plus esseulée qu'elle, c'était bien ce Toshio. Mais elle aimait bien le petit midship, et elle espérait que sa tentative de se conduire en héros ne lui avait pas coûté la vie.

Emerson lui fit ensuite part des rumeurs les plus récentes, celles ayant trait à un sauvetage sur une île au cours d'une nuit d'orage et à des créatures aborigènes déjà parvenues au stade de la fabrication d'outils.

Cette fois, Dennie s'immobilisa en plein milieu d'une brasse.

— Quoi ? Des aborigènes ? Tu es sûr ?

Elle restait à pédaler dans l'eau, le regard fixé sur le mécanicien noir. Ils n'étaient plus qu'à une douzaine de mètres de la grande écoutille située du côté proue de l'entrepont. Au travers du panneau, on pouvait déjà percevoir une cacophonie de couinements et de pépiements.

Emerson haussa les épaules et ce geste en détacha, ainsi que des ailettes de son masque, une pellicule de bulles.

— Écoute, Dennie, le mieux, c'est d'y aller, tu ne crois pas ? Jusque-là, nous avons dû nous contenter de ragots mais, à présent, ils doivent être sortis de la chambre de décontamination.

Soudain, la plainte suraiguë de moteurs explosa devant eux et, du sas extérieur principal, ils virent surgir en file indienne trois traîneaux blancs. Avant que Dennie et D'Anite aient eu le temps d'esquisser le moindre geste, les appareils virèrent un par un autour d'eux dans un effervescent sillage de bulles.

À l'arrière de chaque engin, maintenu par des courroies sous une tente de plastique semi-rigide, se trouvait un dauphin blessé. Deux d'entre eux portaient aux flancs d'inquiétantes blessures sommairement pansées.

Dennie cligna des paupières sous le coup de la surprise en reconnaissant sous l'une des tentes Hikahi, le troisième officier dans la hiérarchie du *Streaker*.

Les ambulances obliquèrent par-dessous l'axe central et se dirigèrent vers une ouverture ménagée dans la paroi circulaire interne du vaste cylindre. Au passage, la belle blonde s'accrocha à la rambarde du traîneau de queue et, de sa main libre, posa un moniteur de diagnostic sur le flanc du dauphin blessé.

— Pas étonnant que Gillian ait été si pressée. C'est vraiment idiot de ma part de l'avoir retardée ainsi.

— Oh, ne t'en fais pas trop, lui dit Emerson en la prenant par le bras. Ces blessures n'ont pas l'air d'être de celles qui nécessitent l'intervention d'un chirurgien humain. Les compétences de Makanee et des autodocs seront vraisemblablement largement suffisantes, tu sais.

— Mais il se peut qu'il y ait des séquelles d'ordre biochimique... des poisons... je pourrais éventuellement être utile.

Elle s'apprêtait à rejoindre les traîneaux mais le mécanicien la retint.

— S'il y avait un problème que Makanee et monsieur-fem Baskin n'arrivaient pas à régler, on t'appellerait. Et je ne pense pas que tu veuilles rater des nouvelles fraîches concernant ta spécialité ?

Dennie accompagna un moment du regard les ambulances puis hocha la tête. Emerson avait raison. Si on avait besoin d'elle, on pourrait la joindre n'importe où par le circuit de transmission interne du vaisseau et un traîneau viendrait la chercher pour l'emmener à destination plus vite qu'elle n'aurait pu le faire à la nage. Ils poursuivirent donc leur route vers l'essaim de cétacés excités qui se pressaient à l'entrée du grand sas et pénétrèrent dans son antichambre au milieu d'un tourbillon de formes grises et de bulles d'effervescence.

Le grand sas de la proue du *Streaker* était le principal lien du vaisseau avec l'extérieur. Sa vaste paroi cylindrique disparaissait sous les casiers où l'on rangeait les araignées, les traîneaux ou tout autre engin dont l'équipage pouvait avoir besoin lors des sorties.

Les parties bâbord et tribord de cette immense salle étaient respectivement occupées par le canot et par la chaloupe, le nez de chacun de ces petits astronefs touchant presque le diaphragme qui leur livrait passage, selon les circonstances, vers le vide, vers l'air ou vers l'eau.

La poupe du canot s'arrêtait net devant la cloison postérieure de ce sas long de vingt mètres mais toute la partie arrière de la chaloupe — beaucoup plus longue — disparaissait dans une sorte de manchon qui plongeait au sein du labyrinthe de pièces et de coursives ménagé dans l'épaisse coque cylindrique de la nef.

Dans la partie supérieure du sas, une troisième rampe de mouillage était vide. Quelques semaines auparavant, dans cette région de l'espace que le capitaine Creideiki avait baptisée les Syrtes, un étrange accident s'était soldé non seulement par la perte du youyou mais aussi par celle de huit membres de l'équipage. Les circonstances précises de ce malheur, survenu pendant l'exploration de la flotte abandonnée, constituaient un sujet de conversation pratiquement tabou.

Alors qu'un dernier traîneau passait auprès d'eux — quoique à moins grande vitesse que les ambulances de l'infirmerie —, Dennie s'agrippa soudain au bras d'Emerson. L'engin traînait en remorque des sacs verts, hermétiquement fermés, dont il n'était guère sorcier de deviner le contenu au rétrécissement en forme de bouteille qui marquait l'une de leurs extrémités tandis que l'autre s'évasait tout en s'aplatissant.

Il n'y a pas de sac plus petit, pensa Dennie. Fallait-il en déduire que Toshio était encore en vie ? Puis elle aperçut, près du sas de décontamination, un jeune humain vêtu d'une combinaison de plongée au milieu d'une foule de dauphins.

— Toshio est là ! s'écria-t-elle, vaguement surprise par l'ampleur de son soulagement. (Elle fit un effort pour contrôler sa voix.) Et n'est-ce pas Keepiru près de lui ?

— Ouais, fit D'Anite en hochant la tête. Ils ont même l'air assez en forme. Mais si je sais encore compter, je crois bien qu'Hist-t s'est accroché à un courant céleste. Pourriture d'existence ! Allez, on y va. (Son accent affecté avait complètement disparu dans le chagrin que lui causait la perte d'un ami. Il sonda du regard l'épaisseur de la foule.) Pourrais-tu nous trouver une raison officielle de nous frayer passage là-dedans ? La plupart des fen s'écarteraient de notre chemin par pure habitude mais, avec Creideiki, c'est une autre paire de manches. Patrons ou pas, il nous foutra dehors à grands coups de mâchoire dans le cul s'il estime notre présence inutile et gênante.

Dennie venait juste d'y penser.

— Laisse-moi faire.

Elle précéda son compagnon dans la bousculade, exerçant une pression là sur une dorsale, là sur une caudale, pour demander qu'on les laissât gagner le premier rang. Spontanément, bon nombre de fen se rangeaient sur le côté dès qu'ils apercevaient les deux humains.

Elle promena son regard sur la masse couinante et cliquetante. Tom Orley n'aurait-il pas dû être là ? N'était-ce pas lui qui, avec Hannes et Tsh't, avait organisé les secours ? Alors, comment se faisait-il qu'elle ne le vît nulle part ? Il fallait pourtant qu'elle lui parlât au plus vite !

Toshio donnait l'impression d'être un jeune homme au bord de l'évanouissement. À peine sorti de la décontamination, il se dépouilla lentement de sa combinaison de plongée tout en parlant avec Creideiki. Il ne garda que le masque et se laissa porter dans l'oxyeau, nu à moins qu'il ne fallût considérer comme un vêtement la mince couche de peau synthétique qui lui couvrait le visage, la gorge et les mains. Keepiru dérivait à ses côtés. Le dauphin, visiblement exténué lui aussi, portait un appareil respiratoire, probablement sur ordre du médecin.

Soudain, Dennie vit les spectateurs qui obstruaient encore son champ de vision faire volte-face et s'éparpiller dans toutes les directions.

... qu'un banc de bons à rien
s'obstine à nous épier,
Iki remplira bien
ses rets à désœuvrés !

Bousculés dans la débandade, Emerson et Dennie virent la foule s'éclaircir en quelques secondes.

— Et que je n'aie pas à le répéter ! continua Creideiki dont la voix semblait poursuivre les matelots en fuite. Il n'y a plus rien à voir ici. Tâchez d'avoir des pensées claires et de faire votre travail !

Une douzaine de fen étaient restés, le personnel du sas et les ordonnances du capitaine. Creideiki se tourna vers Toshio.

— Allez, petit fléau des requins, achevez votre histoire.

— Euh... je crois que c'est tout, commandant. Je vous ai scrupuleusement répété ce que monsieur Orley et Tsh't m'ont révélé de leurs projets. Si l'épave extraterrestre leur paraît exploitable, ils dépêcheront un traîneau avec un rapport détaillé. Dans le cas contraire, ils seront de retour au plus vite avec ce qu'ils auront pu en sauver.

La mâchoire inférieure de Creideiki traça lentement de petits cercles dans l'eau.

— Un pari bien hasardeux, conclut-il. Il leur faudra un jour au moins pour atteindre l'épave. Et d'autres journées s'écouleront sans que nous puissions entrer en contact… (Un filet de bulles monta de son évent.) Bon, vous allez vous reposer puis vous me rejoindrez pour le dîner. Je crains fort que votre récompense pour avoir sauvé Hikahi — et, peut-être, pour nous avoir tous sauvés — ne soit l'un de ces interrogatoires poussés auxquels l'ennemi même n'irait vraisemblablement pas vous soumettre.

Toshio eut un sourire las.

— Je comprends, commandant. Ce sera un plaisir pour moi de vous laisser m'extorquer toutes sortes de renseignements si je me suis auparavant rempli l'estomac… et mis au sec pendant quelque temps.

— Terminé, donc. À plus tard.

Le capitaine hocha la tête et se tourna pour partir.

Dennie était sur le point d'appeler Creideiki lorsqu'elle s'entendit devancer.

— Commandant, s'il vous plaît ! Puis-je vous dire un mot ?

C'était une voix mélodieuse et son propriétaire était un grand dauphin au teint gris pommelé caractéristique de l'un des sous-croisements *Steno*. Il portait un harnais civil dépourvu des encombrants râteliers et bras manipulateurs qui alourdissaient ceux des fen d'équipage. Dennie éprouva soudain la nécessité de se cacher derrière Emerson d'Anite. Jusqu'à ce qu'il eût parlé, elle n'avait pas remarqué Sah'ot au sein de la foule.

— Avant que vous ne partiez, commandant, commença le dauphin d'une voix flûtée mais sur un ton des plus anodins, je voudrais vous demander la permission de me rendre sur cette île où Hikahi s'est échouée.

Dans un bref battement de caudale, Creideiki se redressa pour jeter un œil sceptique sur le requérant.

— Voyons, Parleur-à-toute-race, ce n'est pas un bar à bière de poisson que cette île. Quelques vers bien tournés n'y sauraient racheter une erreur. D'où vous vient ce désir d'y risquer un courage dont vous n'avez jamais su faire preuve auparavant ?

Sah'ot en resta le bec cloué et, en dépit des motifs qu'elle avait de détester le linguiste, Dennie ne put réprimer un mouvement de sympathie intérieure à son égard.

Certes, l'attitude de Sah'ot refusant de se joindre au détachement qui devait explorer la flotte abandonnée n'avait pas été le moins du monde admirable. Il s'était même comporté comme une prima donna. Mais les faits lui avaient donné raison. Le youyou du capitaine avait été perdu, ainsi que huit des meilleurs éléments de l'équipage au nombre desquels l'ex-second du *Streaker*.

Et tout ce sacrifice pour récolter un tube de trois mètres de long fait d'un étrange métal rongé par des milliers de millénaires de pluies micrométéoriques. Orley s'était lui-même chargé de récupérer la relique qu'il avait ensuite confiée à Gillian Baskin et, depuis, personne, à la connaissance de Dennie, ne l'avait plus jamais revue. Quelle que fût sa valeur, elle semblait difficilement compenser la perte qu'ils avaient subie.

— Commandant, reprit Sah'ot, j'estime que, faute de temps, Thomas Orley n'a pu examiner les choses en détail. Cette île qu'il a dû rapidement quitter pour aller explorer l'épave extraterrestre n'en reste pas moins d'un grand intérêt pour nous.

Ce n'était pas juste ! Dennie avait été sur le point de présenter la même requête. C'eût été pour elle un acte de professionnalisme… un mode d'affirmation de ses droits…

— En toute honnêteté, commandant, poursuivit Sah'ot, hormis notre devoir d'échapper à ce piège et de servir le clan des espèces terrestres, quelle est la plus importante responsabilité qui nous soit échue dans les circonstances présentes ?

Creideiki paraissait déchiré par des pulsions contradictoires. De toute évidence, il avait une furieuse envie de mordre la dorsale de ce civil qui se permettait de l'asticoter ainsi. Mais, tout aussi clairement, Sah'ot le tenait au bout d'un harpon double... la notion de « devoir » et le tour énigmatique de la question posée. Le capitaine battit nerveusement de la queue tout en émettant une lente série de clicks sonar à large bande évoquant le tic-tac d'un réveil. Ses yeux se firent plus sombres et se renfoncèrent.

Dennie n'eut pas la patience d'attendre que le capitaine eût débrouillé l'énigme ou pris la décision de mettre Sah'ot aux fers.

— Les aborigènes ! s'écria-t-elle.

Creideiki se tourna vers Dennie qui rougit en sentant le champ sonore analytique du fin la balayer. Elle savait que ces ondes pénétraient jusqu'à l'intérieur de ses viscères et renseignaient même leur émetteur sur la composition de son petit déjeuner. Creideiki lui faisait peur. Elle était loin de se sentir patronne face au puissant et complexe cerveau qui se cachait derrière ce large front.

Puis le commandant fit un brusque demi-tour pour se rapprocher de Toshio.

— Vous avez gardé ces objets que Thomas Orley a ramassés sur l'île, jeune chasseur ?

— Oui, commandant, je...

— Avant de vous retirer dans vos quartiers, vous aurez l'obligeance de les confier à la Biologiste Sudman et à l'Interprète Sah'ot. Après votre temps de repos, passez donc les reprendre avec le rapport que m'auront préparé ces spécialistes. J'aimerais les examiner moi-même au cours du dîner.

Toshio fit un signe de tête affirmatif et Creideiki vira de nouveau face à Dennie.

— Avant que je ne vous accorde cette permission, vous allez devoir me présenter un projet précis. Je vous préviens que mon assistance technique sera des plus réduites et que vous serez rappelés au vaisseau à la moindre alerte. Ces conditions vous semblent-elles acceptables ?

— Euh… oui… Nous aurons seulement besoin d'une liaison unilatérale par câble avec l'ordinateur du vaisseau et de…

— Parlez-en à Keepiru avant qu'il aille se reposer. Il vous sera d'un grand secours pour définir ce qui peut être compatible avec les impératifs d'ordre militaire.

— Keepiru ? Mais je croyais… (Et, levant les yeux vers le jeune dauphin, Dennie se mordit la langue pour ravaler in extremis les paroles dénuées de tact qu'elle avait été sur le point de prononcer. Plus ou moins volontairement taciturne sous l'appareil respiratoire, le pilote avait l'air plus malheureux que jamais.)

— J'ai mes raisons, monsieurfem. Tant que nous sommes immobilisés, Keepiru ne nous est guère utile comme pilote. Je puis donc en faire votre agent de liaison… à condition, bien sûr, que je donne mon accord à votre projet.

Devant l'attention dont il était l'objet de la part du capitaine, Keepiru bombait le dos en regardant ailleurs. Toshio tendit la main vers lui pour le flatter. Cela aussi était un changement. Jamais auparavant Dennie n'avait pu surprendre entre eux le moindre geste d'amitié.

Dans la lumière qui baignait le sas, on vit briller les dents de Creideiki.

— Quelqu'un a-t-il d'autres observations à faire ?

Tout le monde garda le silence.

Creideiki battit de la caudale puis siffla la formule consacrée pour clore un entretien. Ensuite, il s'arqua puis s'éloigna d'une nage vigoureuse avec ses ordonnances dans son sillage.

Keepiru attendit que son commandant fût hors de vue pour dire à Dennie et à Sah'ot :

Dans mes quartiers, vous attendrai —
Respirant l'air, flottant sur l'eau —
Dès que j'aurai bordé Toshio…

Toshio sourit lorsque Dennie s'approcha pour lui donner une brève accolade puis s'éloigna, le bras passé autour du dos de Keepiru, modérant son allure pour rester à la hauteur du fin exténué.

À cet instant précis, la porte de l'un des ascenseurs ménagés dans l'épaisseur de la coque s'ouvrit et une forme bleue et jaune en jaillit. Un joyeux tintamarre résonna contre les parois de la salle tandis que le second midship du vaisseau passait en rase-mottes au-dessus de Keepiru et du jeune homme avant de tracer autour d'eux des cercles de plus en plus restreints sans cesser d'émettre des pépiements excités.

— Crois-tu vraiment que Toshio ait une chance de fermer l'œil ? demanda Emerson à Dennie.

— Certainement pas si Akki veut connaître toute l'histoire avant que ce ne soit l'heure d'aller dîner avec le capitaine.

Dennie enviait l'amitié qui unissait Akki et Toshio, cette camaraderie intense et constante comme la lumière d'une étoile. Elle regarda le garçon rire aux éclats tout en s'efforçant de tenir son ami à distance et les vit disparaître dans l'ascenseur.

— Eh bien, petite sœur ! lui dit Emerson d'Anite avec un grand sourire. Il semble que tu sois chargée d'une mission scientifique. Toutes mes félicitations.

— Rien n'est encore vraiment sûr, lui répondit-elle. Et, de toute façon, c'est Keepiru qui en sera chargé.

— Non, Keepiru n'aura que la responsabilité militaire de l'expédition. Ça me laisse d'ailleurs perplexe. Je me demande quel but poursuit Creideiki en le désignant pour cette mission après la façon dont j'ai ouï dire qu'il s'est comporté lors de la précédente. M'est avis que c'est une manière de le caresser à rebrousse-poi… peau.

Dennie ne put qu'acquiescer quoiqu'elle jugeât ce commentaire quelque peu cruel.

Elle sentit soudain un attouchement lisse et plat sur la face interne de sa cuisse. Dans un cri de panique, elle se retourna et poussa un soupir de soulagement en prenant conscience qu'il s'agissait seulement de l'ethnologue néodelphinien Sah'ot qui venait de lui mettre la nageoire au panier. Présentement, d'ailleurs, le *Steno* lui souriait de toutes ses dents triangulaires.

— Haleine de requin ! hurla-t-elle, le cœur battant à tout rompre. Versificateur à la noix ! Allez donc vous envoyer en l'air avec une éprouvette mal lavée !

Sah'ot fit un bond en arrière et, l'espace d'un instant, ses yeux se cernèrent de blanc. De toute évidence, il ne s'était pas attendu à une réaction aussi vive de la part de Dennie.

— Oh, Dennie, soupira-t-il. Je voulais juste vous remercier d'avoir intercédé auprès de Creideiki. Manifestement, vos charmes ont plus de puissance que tous les arguments que j'aurais pu soulever. Je suis vraiment désolé de vous avoir fait sursauter.

Dennie accueillit par un reniflement les excuses à double tranchant de Sah'ot. Il se pouvait néanmoins que sa réaction eût été exagérée. Peu à peu, ses palpitations se calmèrent.

— Allez... ce n'est rien mais, une fois pour toutes, cessez de me frôler ainsi !

Sans même avoir besoin de se retourner, elle sentait Emerson d'Anite en train de pouffer derrière sa main. Ces mels, se dit-elle, grandiront-ils jamais ?

— Dennie ? fit Sah'ot sur le timbre bêlant d'un trio à cordes. Il est encore un point de détail sur lequel il nous faut discuter si nous devons nous rendre ensemble sur cette île. Comptez-vous avoir l'impudence de le laisser décider sur la base d'un préjugé qui doit être le responsable scientifique de l'expédition ? Ou me laisserez-vous quelque chance ? À moins, bien sûr, que vous ne vous estimiez en mesure de soutenir la compétition.

D'Anite se mit à tousser et se détourna pour s'éclaircir plus librement la gorge. Encore une fois, Dennie se sentit rougir.

— C'est au capitaine de décider. D'ailleurs... je ne suis pas certaine que notre présence à tous deux soit nécessaire. Charlie m'a dit que les carottes prélevées sur l'écorce planétaire pourraient présenter quelque intérêt pour vous... il semble que les couches récentes recèlent des vestiges paléotechniques. Vous devriez aller le voir tout de suite.

Les pupilles de Sah'ot s'étrécirent.

— Certes, c'est fort intéressant. J'avais t-toujours pensé que cette planète était en jachère depuis sssi longtemps qu'on ne pouvait espérer y trouver des restes paléotechniques. (Toutefois, douchant les espérances de Dennie, il poursuivit :) Mais fouiller dans les poubelles du passé kithrupien n'est tout de même pas aussi important que d'entrer en contact avec des créatures pré-cognitives et de poser en bonne et due forme le droit patronal que les hommes ont sur elles. Il se peut que nous autres fen ayons des cousins clients bien avant l'achèvement des néo-chiens ! Le Ciel préserve ces pauvres bougres de tomber sous la patte des Tandus, des Soros ou d'autres races du même acabit ! Par ailleurs, poursuivit-il sur un ton caressant, ce sera pour nous l'occasion de mieux nous connaître... et d'échanger, bien sûr, des points de vue professionnels.

Emerson d'Anite fut de nouveau pris d'une quinte de toux.

— Ça commence à faire un peu trop longtemps que mon travail de réparation est en plan, dit-il avec un retour en force des r roulés. Je crois que je vais retourner à mes machines, les enfants, et vous laisser discuter de vos projets.

Cette fois, il ne se donnait même plus la peine de masquer son sourire. Dennie se jura d'avoir sa revanche.

— Dis, Emerson ?

Il tourna des yeux innocents vers la jeune fille qui le foudroyait du regard.

— Oui, lass ?

— Oh… je suis bien certaine que tu n'as pas une goutte de sang celte dans les veines !

— Qu'est-ce qui te fait croire ça, bairn ? Tous les Écossais sont mécaniciens et tous les mécaniciens sont écossais.

Sur ce, il fit un petit signe de la main et s'éloigna si vite que Dennie n'eut pas le temps de trouver une réplique. Coincée, se dit-elle. Et par un cliché !

À peine D'Anite fut-il hors de portée de voix que Sah'ot se glissa tout contre Dennie.

— Alors, commençons donc à préparer cette expédition, lui susurra-t-il, l'évent pratiquement collé sur son oreille.

Dennie sursauta. Elle s'aperçut soudain que tout le monde était parti. Son cœur se mit à battre plus vite et elle eut l'impression que le masque ne lui donnait plus assez d'air.

— Pas ici, en tout cas ! (S'écartant brutalement du fin, elle se remit à nager.) Allons donc au carré des officiers. Là-bas, il y a des tables traçantes… et des dômes d'air ! Un homme peut y respirer correctement.

Sah'ot la suivit, de trop près pour qu'elle se sentît à l'aise.

— Oh, Dennie… fit-il mais, au lieu de forcer l'allure, il se mit à chanter en sourdine une mélopée atonale et hybride en un complexe et hermétique dialecte ternaire.

À son corps défendant, Dennie se sentit soulevée par ce chant si étrange, si beau… et il lui fallut plusieurs minutes pour prendre conscience du caractère purement grivois des paroles.

Steno

Moki, Sreekah-pol et Hakukka-jo consacraient leur temps de pause à cette occupation qui, depuis des semaines, les absorbait dès qu'ils avaient quartier libre : se plaindre.

— Aujourd'hui, ronchonna Sreekah-pol, il est encore descendu dans ma ssection fourrer sa mâchoire dans le boulot de t-tout le monde. Et i'sss'croit discret, en plus, mais, chaque fois, il remplit le paysage sssonore d'échos keneenk-ks !

Moki marqua son accord d'un signe de tête. L'identité de « il » n'avait pas besoin d'être précisée.

Qu'on pleure — qu'on rie
C'est avec rythme.
Et l'on remue la queue
D'entendre sa Logique !

Hakukka-jo frémit. Moki n'employait pratiquement plus jamais l'anglique et son ternaire même était quelque peu trop teinté de primal pour être correct.

Sreekah-pol, en revanche, partageait le point de vue de Moki.

— Tous les *Tursiopsss* vénèrent Creideiki. Ils l'imittent et font tout pour se comporter en adept-tes du Keneenk-k ! Et une bonne moitié de nos *Steno* ssemblent également sous le charme !

— Tout de même, hasarda Hakukka-jo, s'il arrive à nous t-tirer vivants d'ici, je lui pardonnerai volontiers ses gênantes t-tournées d'inspection.

Moki rejeta la tête en arrière.

Vivants ! Vivants !
Vers les fonds du grand large
Suivons, Suivons
Un chef aux dents plus larges !

— Vous allez vous taire ? fit Hakukka-jo en basculant sur le flanc pour écouter les échos qui remplissaient l'aire de repos. (Quelques fen d'équipage étaient massés autour des distributeurs de nourriture mais ils ne donnaient pas le moindre signe d'avoir entendu.) N'avez-vous déjà pas assez d'ennuis pour vouloir vous en attirer d'autres par des cliquetis sonar aussi subversifs ? J'ai ouï dire que le professeur Metz avait été voir Takkata-Jim pour lui poser des questions à votre sujet !

Moki eut un petit sourire de défi et Sreekah-pol marqua son accord avec le commentaire silencieux de son congénère.

— Metz ne fera rien contre nous, dit-il. Il est de nottoriété publique que la moitié des *Steno* qui sssont à bord ont été choisis par lui. Nous sommes ses chouchous. (Son ton de voix se fit exultant.) Avec Orley et Tsh't en mission, et Hikahi bloquée dans l'infirmerie, le ssseul dont nous ayons à nous méfier, c'est le petit malin qui nous commande !

Hakukka-jo jeta autour de lui des regards désespérés.

— Toi aussi, tu t'y mets ? Allez-vous donc vous t-taire ! Voilà K'tha-Jon qui arrive !

Les deux autres se retournèrent dans la direction qu'il leur montrait et ils virent un énorme néo-dauphin qui sortait d'un ascenseur de la coque et s'approchait d'eux. Des fen deux fois moins gros que lui s'empressaient de s'écarter de son chemin.

— Et alors ? Il est des nôtres ! fit Sreekah-pol avec néanmoins quelque incertitude dans la voix.

— Mais c'est aussi un quartier-maître ! rétorqua Hakukka-jo.

— Il ne peut pas encadrer ces morveux de *Tursiopsss* ! trancha Moki en anglique.

— Peut-être, mais si c'est le cas, il se garde de le montrer ! Il connaît le sentiment des hommes à l'égard du racisme !

Moki détourna les yeux. Comme bon nombre de fen, le *Steno* tacheté de gris sombre vouait à la race patronne une sorte de crainte superstitieuse. Il contra faiblement en ternaire :

Questionne l'homme —
Qu'il soit noir, jaune ou brun,
Et la baleine —
Sur le racisme humain !

— C'était il y a longtemps ! s'écria Hakukka-jo, vaguement choqué. Et les humains n'avaient pas de patrons pour les guider !

— Jussstement… fit Sreekah-pol, mais il n'avait pas l'air sûr de lui.

En fait, ils firent tous silence à l'approche de K'tha-Jon. Hakukka-jo se sentit parcouru d'un frisson opiniâtre.

K'tha-Jon était un géant dépassant les trois mètres de long et deux hommes n'auraient pu joindre leurs mains autour de lui. Il avait un rostre aplati et, à la différence des autres soi-disant *Steno*, sa peau n'était pas tachetée mais de deux coloris violemment contrastés. La rumeur prétendait que K'tha-Jon était l'un des cas « spéciaux » de Metz.

— J'ai cru comprendre qu'il y avait eu d'autres bagarres… gronda K'tha-Jon dans les graves d'un anglique immergé. Par chance, j'ai pu soudoyer le maître de manœuvre S'thata avec une cassette senséo des plus rares et il a été d'accord pour n'en rien dire au capitaine. J'ose essspérer que cette cassette me sera remboursée par quelqu'un, avec les intérêts…

Moki parut sur le point de parler mais K'tha-Jon l'en empêcha en reprenant :

— Inutile de te justifier ! Ton tempérament coléreux est un fardeau dont je pourrais me passer. S'thata aurait même été en droit de commencer après tous les coups de dents que tu lui as portés par-derrière.

Ose donc ! Ose !
Tursiops couard !
Ose…

À peine Moki eut-il le temps d'esquisser cette réponse que K'tha-Jon, d'un coup de sa puissante caudale, le projeta par le travers de la salle. Il lui fallut plusieurs mètres pour finir par être ralenti par la résistance du liquide ambiant et, lorsqu'il s'immobilisa, son sifflement n'était plus que de pure souffrance. K'tha-Jon s'approcha pour lui murmurer :

— Toi aussi, tu es un *Tursiops* ! C'est le nom sous lequel notre espèce entière est enregistrée dans la Bibliothèque ! *Tursiopsss amicusss*… « souffleur amical » ! Demande donc au professeur Metz si tu ne me crois pas ! Et avise-toi encore une fois de placer en situation gênante ceux d'entre nous qui, à bord, ont des greffons *Steno* dans leurs gènes — le lieutenant Takkata-Jim et moi-même, par exemple — par des comportements bestiaux, et je te montrerai comment on devient un souffleur amical ! Même si je dois t'attacher avec tes propres boyaux !

Tremblant, Moki se détourna, les dents serrées.

K'tha-Jon balaya le fin penaud d'un train d'ondes sonar méprisantes puis se retourna vers les autres. Hakukka-jo et Sreekah-pol feignaient d'être absorbés dans la contemplation des brillants poissons décoratifs que l'on laissait impunément évoluer dans l'entrepont. Hakukka-jo parvenait même à siffloter d'un air presque dégagé.

— La pause est pratiquement terminée, reprit le bosco d'une voix cinglante. Retournez au boulot ! Et tâchez de garder vos débordements de haine pour les moments où vous êtes seuls !

Puis il leur tourna la queue et s'éloigna si vite que les remous provoqués par sa nage puissante déséquilibrèrent presque les deux fen.

Hakukka-jo le regarda partir puis siffla un long soupir en sourdine.

Ça devrait suffire, songeait K'tha-Jon alors qu'il se dépêchait d'aller reprendre son service dans la soute. Moki, en particulier, sera calmé pour un temps. Et il a intérêt à l'être.

S'il existe quelque chose dont nous n'ayons nul besoin, Takkata-Jim et moi, c'est d'une recrudescence de rumeurs racistes et d'un climat de suspicion. Rien ne saurait mieux unir les humains dans une réaction défensive au bord de la démence.

Et aussi, attirer l'attention de Creideiki. Takkata-Jim tient à ce que nous laissions encore une chance au commandant de nous tirer de ce mauvais pas et de nous faire rentrer vivants au port.

Très bien, donc, je puis attendre.

Mais que se passera-t-il s'il n'y arrive pas ? S'il continue à exiger que se sacrifie un équipage qui n'a jamais été volontaire pour jouer les héros ?

En ce cas, quelqu'un devra être là pour offrir aux fen une alternative à suivre. Takkata-Jim est encore réticent mais ça ne saurait durer.

Si, néanmoins, le second persistait dans son indécision, ils auraient alors besoin d'une assistance humaine dont les menées racistes d'un Moki ne pouvaient que compromettre l'obtention. K'tha-Jon était fermement décidé à surveiller de près ce *Steno* et à le maintenir dans une docilité de bon aloi.

Même si, de temps à autre, il était bien agréable de se mâchonner la queue d'un de ces maudits petits morveux de *Tursiops* indécrochables du rivage.

Galactiques

— Réjouissons-nous, *susurra le quatrième Frère des Ombres d'Ébène.* Réjouissons-nous de ce que la cinquième lune de cette petite planète poussiéreuse ait été conquise !

Les Frères de la Nuit venaient de livrer un combat acharné pour accéder à cette position stratégique à partir de laquelle ils développeraient bientôt une puissance irrésistible qui balayerait des cieux hérétiques et blasphémateurs. Cette lune allait être la garantie que l'enjeu de la bataille serait pour eux, et pour eux seuls.

Nulle autre lune du système de Kthsemenee ne possédait cette caractéristique unique : un noyau dans la composition duquel entrait près d'un pour cent de rarium. Déjà, trente vaisseaux des Frères s'y étaient posés pour entamer la construction de l'Arme.

Comme toujours, la Bibliothèque avait été la clé de cette découverte. Plusieurs cycles auparavant, le quatrième Frère des Ombres d'Ébène était tombé sur une obscure référence relative à un dispositif utilisé jadis au cours d'une guerre entre deux races éteintes depuis des millénaires. Il lui avait ensuite fallu passer la moitié de sa vie à faire des recoupements pour obtenir de plus amples détails car la Bibliothèque était un labyrinthe. Mais l'heure de sa récompense allait enfin sonner !

— Réjouissons-nous ! — *La clameur se fit audible, devint un hymne triomphant destiné à être entendu et, de fait, certains des autres belligérants commencèrent à prendre conscience qu'il se passait quelque chose d'étrange dans un coin du système de Kthsemenee. Alors que les combats les plus violents continuaient de faire rage aux abords de la stratégique géante gazeuse et de Kithrup elle-même, un petit nombre de flottes ennemies se mettaient toutefois à dépêcher des éclaireurs dans ce secteur pour voir à quelle tâche étaient attelés les Frères de la Nuit.*

— Qu'on les laisse venir et observer ! Quelle importance, après tout ?

Déjà, depuis quelque temps, un vaisseau soro croisait dans les parages. Se pouvait-il qu'il eût deviné le projet des Frères ?

— Impossible ! *La citation était par trop obscure ! Notre arme nouvelle a si longtemps dormi dans le secret d'archives poussiéreuses. La compréhension ne se fera jour en eux que lorsque cette lune commencera de vibrer sur la quinzième bande de probabilité en émettant des ondes d'incertitude qui ravageront leurs flottes ! Alors, sans nul doute, les Bibliothèques de bord retrouveront la mémoire, mais trop tard !*

Depuis l'espace, le Frère des Ombres d'Ébène observait, tandis que la mise en place du résonateur approchait de sa phase finale, tandis que les vaisseaux posés sur le satellite alimentaient l'arme de leurs énergies combinées. À mille unités de distance, il put sentir l'onde se former…

— Mais qu'est-ce qu'ils font ? Qu'est-ce que ces insultes aux Progéniteurs que sont les Soros peuvent être en train de faire ?

Les instruments révélaient que les Frères de la Nuit n'étaient pas les seuls à occuper la quinzième bande ! On y percevait un signal ténu en provenance de la nef soro, une variante de la pulsation qui émanait de la petite lune. Un écho.

Et la quinzième bande se mit à pulser. Contre toute vraisemblance, sa résonance épousait le rythme soro.

À la surface du satellite, les Frères tentèrent d'amortir ces ondes qui leur échappaient, mais il était trop tard ! La lune fut secouée par un tremblement puis se désagrégea. D'énormes éclats de roche fracassèrent les petits vaisseaux qui se trouvaient sur leur passage.

— Comment ont-ils pu savoir ? *Comment ont-ils pu… ? —*

Puis, soudain, le Frère des Ombres d'Ébène comprit. Jadis, alors qu'il en était au début de ses recherches, un Bibliothécaire s'était montré particulièrement serviable… un Pila. Ce Pila lui avait été d'un grand secours par ses conseils judicieux, son empressement à chercher la référence souhaitée. Sur le moment, le Frère avait trouvé cela normal ; les Bibliothécaires n'étaient-ils pas censés être serviables — et neutres — quelle que fût leur origine ?

— Mais les Pilas sont clients des Soros — *se répétait à présent le Frère.* — Krat est au courant depuis le début —

Il donna l'ordre aux vestiges de sa flotte de se mettre à couvert.

— Ce n'est que partie remise. Nous pouvons encore être ceux qui auront le privilège de capturer les Terriens !

Derrière les rescapés qui la fuyaient, la petite lune continua de se dissoudre.

Tom Orley

À plat ventre aux côtés de Thomas Orley, sur le lourd traîneau utilitaire, Hannes Suessi désigna du doigt l'épave qui se profilait devant eux.

— C'est un vaisseau thennanin, dit le chef mécanicien. Il est dans un sale état, mais il n'y a pas le moindre doute. Voyez-vous ? Il n'a pas d'ancre d'objectivité, seulement des projecteurs de stase sur l'aileron principal. Les Thennanins sont terrifiés par les altérations du réel. Ce vaisseau n'a jamais été conçu pour la navigation probabiliste. Je suis formel ; il est thennanin ou, du moins, d'un client ou d'un allié des Thennanins.

Les dauphins traçaient de lents cercles autour d'eux en attendant que vînt leur tour de passer sous les dômes d'air du traîneau. Chaque fois que leur regard tombait sur la gigantesque pointe de flèche tordue fichée dans les profondeurs de l'océan, ils émettaient des séquences excitées de clicks sonar.

— Vous devez avoir raison, Hannes, dit Tom. Mais, vraiment, c'est un monstre.

Le plus surprenant était que la nef fût encore d'une seule pièce. Lorsqu'elle s'était abattue à une vitesse de mach cinq sur la surface aquatique de la planète, elle avait heurté pour le moins deux petites îles faiblement immergées — leur laissant de substantiels souvenirs de son passage — puis avait creusé un profond sillon dans le lit de l'océan avant de s'embourber dans une butte pélagique, ce qui lui avait évité de s'écraser sur une falaise dont la paroi semblait néanmoins si friable que toute autre secousse aurait vraisemblablement provoqué son effondrement et l'enfouissement total de l'épave sous ses débris.

Orley savait que c'était la qualité des boucliers de stase thennanin qui avait rendu possible une telle performance. Même à l'agonie, un vaisseau thennanin était réputé ne pas valoir le mal qu'il fallait se donner pour mettre fin à ses misères. Dans la bataille, ils étaient lents, durs à la manœuvre… mais aussi difficiles à écraser sous les missiles qu'une blatte.

Il était encore malaisé d'évaluer les dommages qu'il avait subis. À cette profondeur, la lumière de la surface n'était plus qu'une brume bleuâtre et les fen n'allumeraient pas la lampe à arc fixée à leur harnais avant que Tsh't n'eût estimé qu'ils pouvaient le faire en toute sécurité. Par bonheur, tout en restant accessible, l'épave était assez immergée pour que ses visiteurs fussent dérobés aux éventuels regards d'espions susceptibles de tourner autour de la planète.

Une dauphine au ventre rose remonta près du traîneau. Sa mâchoire était animée de mouvements circulaires pensifs.

— N'est-ce pas sssurprenant, Tom ? Nous n'aurions dû en retrouver que des millions de fragments éparpillés. (Compte tenu de la pression, la voix de la fine était étrangement claire. Les bouffées d'air qui s'échappaient de son évent s'entremêlaient aux clicks sonar pour faire de son élocution une complexe jonglerie de fonctions corporelles. Pour un humain de l'intérieur des terres, un néo-dauphin qui parlait sous l'eau évoquait plus un orchestre d'avant-garde en train d'accorder ses instruments qu'une personne s'exprimant dans une langue dérivée de l'anglais.) Croyez-vous que cccette épave puisse nous être d'une quelconque utilit-té ?

Le regard d'Orley revint vers le vaisseau. Il y avait de fortes chances pour que, dans la confusion des combats, aucun de ceux qui s'étripaient là-haut n'eût pris la peine de relever les coordonnées de l'endroit où était tombé ce moineau. Quant à ce qu'on pourrait en tirer, il s'en était déjà fait quelques vagues idées dont une ou deux étaient assez folles, paradoxales ou franchement stupides pour avoir des chances de se réaliser.

— Allons donc y jeter un coup d'œil, fit-il pour toute réponse. Je suggère que nous formions trois équipes. La première aura pour mission de remonter jusqu'à la source de toute radiation probabiliste, métapsychique ou neutrinienne et de la désamorcer. Il lui faudra également vérifier s'il ne reste pas des survivants, ce qui semble néanmoins vaguement improbable.

Suessi qui n'avait pas quitté des yeux l'épave broyée eut un petit ricanement. Orley poursuivit :

— L'équipe numéro deux s'occupera de glaner ce dont nous avons besoin. Elle sera placée sous les ordres d'Hannes et de Ti-tcha. Il faudra chercher tous les métaux monopolaires ou raffinés qui peuvent nous être utiles pour réparer le *Streaker* et, avec un peu de chance, nous pourrons trouver de quoi remplacer les bobines qui nous ont lâché. Avec votre permission, Tsh't, je prendrai la tête de l'équipe numéro trois. J'aimerais examiner la structure d'ensemble de cette nef et faire un relevé topographique des environs.

Tsh't manifesta son accord par un claquement de mâchoires.

— Votre logique est bonne, Tom. C'est ainsssi que nous devons procéder. Je vais laisser Lucky Kaa en sentinelle sur le second traîneau. Les autres vont immédiatement former les équipes.

Orley retint Tsh't par la dorsale alors qu'elle était sur le point de siffler les ordres.

— Ne ferions-nous pas mieux de prendre les appareils ? Le ternaire manque peut-être d'efficacité mais je préfère que nous renoncions à la précision des conversations en anglique plutôt que de risquer l'accident avec toutes ces navettes que nous serions obligés de faire pour reprendre de l'air au traîneau.

Tsh't fit la grimace mais inclut cette dernière directive dans ses ordres. L'expédition étant composée de fen disciplinés — l'élite de l'équipage du *Streaker* —, le rassemblement autour du traîneau ne donna lieu qu'à quelques murmures grincheux assortis de bulles d'indignation tandis que chaque dauphin se voyait emmailloté dans son tuyau d'air.

Tom avait entendu parler d'un prototype d'appareil respiratoire susceptible de fournir de l'air à un fin par écoulement laminaire sans gêner son élocution. S'il parvenait à trouver un moment, il pourrait essayer de bricoler quelque chose de ce genre. Parler ternaire ne lui posait pas de réels problèmes mais il savait par expérience que les fen avaient beaucoup de mal à transmettre des informations techniques autrement qu'en anglique.

Le vieil Hannes, en revanche, râlait déjà et ne se donnait pas la peine de déguiser sa répugnance à faire passer les appareils. Le mécanicien-chef avait l'habitude du ternaire, bien sûr, mais il trouvait trop compliquée sa logique à trois niveaux et, pour couronner le tout, c'était un détestable poète. De toute évidence, il n'avait pas la moindre intention de se lancer dans des discussions techniques en vers sifflés.

Leur besogne était maintenant toute tracée. Bon nombre d'officiers subalternes et de fen d'équipage qui les avaient accompagnés pour le sauvetage sur l'île étaient rentrés au vaisseau avec Toshio, Hikahi et les autres victimes du tsunami. Ils n'étaient plus qu'une quinzaine et, si quelque danger se présentait, ils n'auraient à compter que sur eux-mêmes. Du *Streaker*, on ne pouvait espérer aucune aide susceptible d'arriver à temps.

C'eût été bien que Gillian fût là, se prit à rêver Tom. Non que l'examen d'un croiseur étranger fût de son ressort mais simplement parce qu'elle connaissait bien les fen et n'était pas fem à paniquer à la moindre anicroche.

Mais elle avait sa propre besogne à bord du *Streaker* alors qu'elle tentait de résoudre le problème posé par cette momie vieille d'un milliard d'années qui n'aurait jamais dû exister. En outre, en cas d'urgence, elle était la seule autre personne — hormis, peut-être, Creideiki lui-même — à être au courant de la présence de la Niss et de sa valeur potentielle si l'on avait accès aux bonnes données.

Tom sourit de se surprendre une fois de plus à ratiociner.

Bon, il existe un tas d'excellentes raisons logiques pour lesquelles vous ne pouvez être ensemble en ce moment précis. Prends-les pour ce qu'elles valent mais tâche de faire du bon boulot ici et peut-être seras-tu de retour auprès d'elle dans quelques jours.

De la minute même où, adolescents, ils s'étaient rencontrés, leur destin de couple avait eu ce caractère de certitude. Il se demandait parfois si les savants qui avaient programmé leur venue au monde s'étaient réellement doutés en sélectionnant les couples dont ils prélevaient les gamètes que deux des zygotes qui allaient grossir dans leurs éprouvettes s'accorderaient plus tard avec une telle perfection… jusqu'à cette simple télempathie qui, de temps à autre, les unissait.

Il était plus vraisemblable qu'ils fussent le fruit d'un heureux hasard. Entravée par les lois et par les mentalités, la planification génétique humaine ne pouvait atteindre un tel degré de contrôle. Toutefois, accidentelle ou pas, cette chose merveilleuse qui existait entre eux deux remplissait Tom d'un sentiment de gratitude. Ses missions pour le Conseil de la Terragens lui avaient appris que l'univers fourmillait de périls et de désillusions. Trop peu de sophontes — même ceux qui étaient équipés pour — voyaient jamais étanchée leur soif d'amour.

Sitôt que les appareils eurent été distribués, Tom se servit de l'hydrophone du traîneau pour amplifier sa voix.

— À présent, je tiens à vous rappeler quelque chose : quoique l'ensemble des technologies galactiques se fonde sur la Bibliothèque, ces archives du savoir sont si vastes que vous êtes susceptibles de trouver n'importe quel type de machine à l'intérieur de cette coque. Vous devez considérer chaque objet comme une mine jusqu'à ce que vous l'ayez identifié et rendu, le cas échéant, inoffensif. L'objectif prioritaire du groupe numéro un, une fois l'épave réduite au silence, sera de trouver le central des ordinateurs de combat. Il est probable qu'ils contiennent un enregistrement des phases initiales du combat qui se déroule au-dessus de nous et de tels renseignements peuvent être précieux pour le capitaine. Par ailleurs, vous allez tous rester à l'affût du glyphe de la Bibliothèque. Si l'un d'entre vous aperçoit ce symbole quelque part, qu'il en note l'emplacement et m'en informe. J'aimerais voir de quel genre de micro-antenne ils étaient équipés.

Puis il se tourna vers Tsh't.

— Pas d'objection, lieutenant ?

Le quatrième officier du *Streaker* claqua des mâchoires et fit un signe de tête négatif. Bien qu'elle fût sensible à la courtoisie d'Orley, elle se serait plutôt tranché la queue de ses propres dents que de songer à contester les suggestions de celui-ci. L'expédition du *Streaker* étant la première mission d'importance qui eût jamais été confiée à l'entière responsabilité des dauphins, il était clair depuis le début que la présence de certains humains trouvait sa justification dans la patine de patronomie dont étaient parés leurs conseils. Elle prit la parole en ternaire :

Avec moi, l'équipe Une —
À toute onde attentive
La Deux suit Suessi —
Dans sa chasse au trésor
Et la Trois va d'Orley —
Servir les perspectives
Ne laissez pas de traces —
Nul objet de la Terre
Si vous chiez, prenez soin —
De nettoyer derrière
Avant d'agir, pensez —
En trilogismes clairs
À présent, Sillonneurs, en silence —
Allez-y !

Dans un ordre impeccable, trois formations divergèrent et l'une des colonnes exécuta même un tonneau parfaitement synchronisé en passant devant le traîneau d'Orley. Respectueux des directives de Tsh't, ils n'émettaient d'autre bruit que le rapide cliquetis du sonar cétacé.

Orley conduisit le traîneau jusqu'à une quarantaine de mètres de l'épave puis il donna une petite claque dans le dos d'Hannes et roula hors du véhicule.

Quelle superbe trouvaille que cette nef ! Orley sortit son spectrographe à chalumeau pour faire une analyse sommaire du métal sur les lèvres d'une des plaies béantes qui s'ouvraient dans le flanc du vaisseau. À peine eut-il déterminé les rapports des diverses désintégrations bêta qu'il ne put retenir un petit sifflement, attirant ainsi sur lui les regards curieux des fen qui l'escortaient. Bien qu'il eût encore à varier son paramètre en fonction de l'alliage d'origine et du taux d'exposition aux neutrinos depuis que le métal était sorti des hauts fourneaux, il pouvait raisonnablement faire remonter la construction de la nef à trente millions d'années en arrière pour le moins !

Tom secoua la tête. C'étaient de pareils faits qui vous faisaient mesurer le chemin qu'avait encore à parcourir l'humanité pour rattraper les Galactiques.

Nous nous plaisons à considérer ces races qui se servent de la Bibliothèque comme engluées dans la routine, incapables de s'adapter ou de créer du neuf, songea-t-il. Pour une large part, c'est vrai. Trop souvent, les Galactiques donnent l'impression d'être de gros balourds dénués de toute imagination. Cependant...

Ses yeux revinrent se fixer sur l'énorme masse sombre du croiseur et il se posa des questions.

Selon la légende, dans la nuit des temps, avant de quitter cet univers pour une destination inconnue, les Progéniteurs avaient exhorté leurs successeurs à poursuivre à jamais la quête du savoir. Mais, dans la pratique, la plupart des espèces se tournaient vers la Bibliothèque — et vers elle seule — pour élargir leurs connaissances. Et, parallèlement, le fonds de cette dernière ne s'accroissait qu'avec une infinie lenteur.

De fait, à quoi bon chercher ce qui devait avoir été découvert un bon millier de fois par ceux qui vous avaient précédés ? N'était-il pas plus simple, par exemple, de relever dans les archives de la Bibliothèque les plans d'un astronef hautement sophistiqué pour les suivre aveuglément sans comprendre le plus petit fragment de ce que l'on construisait ? La Terre avait quelques vaisseaux de ce genre, et c'étaient de pures merveilles.

Le Conseil de la Terragens, qui était chargé des relations entre les races de la Terre et la communauté galactique, avait presque succombé, en un temps, à cette logique séduisante. Un grand nombre d'humains le pressaient alors d'adopter ces modèles galactiques que les races doyennes avaient elles-mêmes repris de conceptions plus anciennes. Ils citaient en exemple le Japon qui, au dix-neuvième siècle, s'était vu confronté à un problème similaire : comment survivre entouré de nations incommensurablement plus puissantes. Le Japon de l'Ère Meiji avait concentré toute son énergie dans l'imitation de ses voisins et avait réussi, à la fin, à devenir exactement comme eux.

Mais le Conseil de la Terragens, dans une majorité qui incluait presque tous ses membres cétacés, rejeta la proposition. Ils comparaient la Bibliothèque à un pot de miel : tentation, à coup sûr ; nourriture, peut-être ; mais surtout, piège terrible.

Ce qu'ils craignaient, c'était le syndrome de l'« Âge d'Or »... la tendance morbide à « regarder en arrière » pour chercher la sagesse dans de vieux textes poussiéreux plutôt que dans la dernière édition du journal.

Hormis quelques rares espèces telles que les Kantens et les Tymbrimis, la communauté galactique dans son ensemble paraissait engluée dans ce type de mentalité. Quel que fût le problème à résoudre, la Bibliothèque constituait le premier et le dernier recours. Et le fait qu'il y eût toujours des renseignements utiles à glaner dans cette immémoriale collection de données ne rendait pas une telle approche des choses moins incompatible avec l'attitude des jeunes-loups de la Terre au nombre desquels il fallait compter Tom, Gillian et leur vieux maître, Jacob Demwa.

Héritiers d'une tradition de technologie de bouts de ficelle, les leaders de la Terre étaient convaincus que l'innovation pouvait se révéler payante, même en cette période tardive de l'Histoire galactique. Du moins était-il plus satisfaisant d'en être convaincu. Pour une race de jeunes-loups, l'orgueil n'était pas un vain mot.

Les orphelins n'ont souvent pas grand-chose d'autre.

Mais là, sous ses yeux, Tom voyait la puissance que pouvait atteindre cette approche de type « Âge d'Or ». Tout dans ce vaisseau était un suave éloge du raffinement. Même à l'état d'épave déchiquetée, il gardait cette beauté supérieure d'une forme pure se donnant le luxe d'une ornementation délicate. L'œil ne pouvait déceler nulle soudure et chaque poutrelle, chaque entretoise se voyait dotée d'une autre fonction. L'une d'elles, par exemple, qui soutenait un aileron de stases semblait également servir de déflecteur contre les hausses de probabilité. Orley était certain de pouvoir détecter bon nombre de polyvalences similaires, subtilités qui ne pouvaient provenir que d'une éternité d'améliorations apportées à d'anciens plans.

Il était néanmoins frappé par une certaine décadence, un je-ne-sais-quoi d'ostentatoire dont l'arrogance et la bizarrerie n'étaient pas dues au seul fait que ce vaisseau fût étranger.

L'une des principales tâches qui incombaient à Tom à bord du *Streaker* était l'expertise des machines et appareils étrangers — tout particulièrement dans le domaine militaire. Bien que ce vaisseau ne fût pas le fin du fin en matière de destroyer galactique, il se sentait devant lui comme un ancien chasseur de têtes de Nouvelle-Guinée, très fier de son beau tromblon tout neuf mais douloureusement conscient de l'existence des mitrailleuses.

Il leva les yeux. Son équipe était en train de se regrouper. Du menton, il enfonça la touche de son hydrophone.

— Tout le monde est là ? Parfait. Sous-groupe deux, remontez ce canyon et vérifiez s'il ne traverse pas toute la chaîne. Notre chemin du retour s'en trouverait raccourci d'une vingtaine de klicks.

Il perçut le sifflement d'acquiescement de Karachajeff, le chef de la section deux. Bon. Ce fin était digne de confiance.

— Soyez prudents, ajouta-t-il comme ils s'éloignaient.

Puis il fit signe aux autres de le suivre dans l'épave au travers de la déchirure en zigzag de sa coque.

Ils pénétrèrent dans de sombres couloirs à l'aspect étrangement familier. Partout, l'unité de la culture galactique superposait ses signes aux particularismes de l'une des races qui la composaient. Les panneaux d'éclairage étaient identiques à ceux que l'on trouvait sur les vaisseaux d'une centaine d'autres espèces mais les pans de mur qui les séparaient disparaissaient sous les entrelacs tarabiscotés des hiéroglyphes thennanin.

Orley porta sur chaque détail un regard eidétique mais sans cesser de chercher une seule et unique chose, un symbole que l'on rencontrait partout dans l'Union des Cinq Galaxies... une spirale radiée.

Ils ne manqueront pas de me le dire, s'ils le trouvent, se rassura-t-il. Ils savent que ça m'intéresse.

Toutefois, j'espère qu'ils ne suspectent pas à quel point je meurs d'impatience de voir ce glyphe.

Gillian

— En quel honneur devrais-je le faire ? Hein ? Est-ce que l'on me rend service à moi ? Tout ce que je souhaite, c'est de pouvoir parler une petite minute avec Broodika. Ce n'est tout de même pas comme si je demandais la lune !

La fatigue rendait Gillian Baskin irritable et là, devant la projection holo du planétologiste chimpanzé Charles Dart qui la foudroyait du regard, elle se sentait à deux doigts de perdre patience et de lancer quelque remarque cinglante à l'importun pour s'en débarrasser. Mais alors Charlie irait probablement se plaindre à Ignacio Metz et ce dernier lui reprocherait de « rabrouer les gens pour la simple raison qu'ils étaient des clients ».

Foutaises ! Gillian n'aurait pas accepté d'un humain le quart de ce que lui faisait endurer ce petit néo-chimp imbu de lui-même.

Elle repoussa une mèche d'or brun qui lui était tombée sur les yeux.

— Charlie, pour la dernière fois, je vous répète que Broodika dort. Il a bien reçu votre message et il vous appellera dès que Makanee jugera qu'il a pris assez de repos. Entre-temps, tout ce que je requiers de vous, c'est une énumération du foisonnement isotope correspondant aux éléments trans-ferriques présents sur Kithrup. Nous venons juste de sortir de plus de quatre heures d'intervention chirurgicale sur Satima et nous avons besoin de ces données pour établir son programme de chélation. Je tiens à débarrasser jusqu'au dernier microgramme et au plus vite son organisme de tout métal lourd. Maintenant, si c'est trop vous demander, si vous êtes à ce point débordé par l'étude de vos petits casse-tête géologiques, je puis toujours demander au commandant ou à Takkata-Jim de désigner quelqu'un qui descende vous aider !

Le savant chimp fit la grimace. Ses lèvres se retroussèrent pour révéler un rang de larges dents jaunes. En cet instant précis, en dépit du volume accru de son crâne, de son prognathisme atténué, de ses pouces opposables, il ressemblait plus à un singe en colère qu'à un savant doué de sapience.

— Bon, ça va ! (Il avait les mains tremblantes et l'émotion le faisait bégayer.) Mais… mais c'est important ! Vous comprenez ? Je… je crois qu'à date récente — trente mille ans tout au plus — Kithrup a été peuplée par des sophontes ayant atteint le stade technologique ! Or, dans les dossiers de l'Institut des Migrations Galactiques, cette planète est inscrite en jachère depuis ces cent derniers millions d'années !

Gillian réprima son envie de lui répondre : « Et alors ? » Il existait tant d'espèces défuntes et oubliées dans l'Histoire des Cinq Galaxies que la Bibliothèque même n'en pourrait jamais faire le compte.

Charlie devait avoir lu ce qu'elle pensait sur son visage.

— Mais c'est illégal ! s'écria-t-il, sa voix rauque au bord de l'extinction. Si je ne me suis pas trompé, l'Institut des… des Migrations doit en être informé ! Peut-être même nous remercieront-ils en intervenant pour que ces d… dingues de fanatiques qui se battent là-haut nous fichent la paix !

Surprise, Gillian haussa un sourcil. Comment ? Charles Dart envisageant les implications de son travail au-delà du strict domaine scientifique ! Même lui, donc, devait se poser de temps à autre le problème de leur survie. Son argument sur les lois régissant les migrations était certes naïf si l'on considérait la fréquence avec laquelle les clans les plus puissants se débrouillaient pour tourner les règles à leur profit, néanmoins, il méritait qu'on s'y attarde.

— O.K., Charlie, c'est un bon point pour vous. Je dois dîner avec le capitaine tout à l'heure. Je lui en parlerai. Je vais aussi demander à Makanee si elle peut laisser sortir Broodika un peu plus tôt. Ça vous va ?

Charlie posa sur elle un œil méfiant puis, incapable de maintenir plus longtemps une expression si subtilement mi-figue mi-raisin, il laissa s'épanouir sur son visage un large sourire.

— Ça me va ! gronda-t-il. Et vous aurez cette liste entre les mains d'ici quatre minutes ! Sur ce, bonne continuation !

— Vous de même, répondit Gillian d'une voix lasse en regardant s'estomper l'image holo.

Elle resta un long moment les yeux fixés sur le récepteur vide, les coudes posés sur le bureau et le menton calé dans le creux de ses mains.

Ifni ! Comment ai-je fait pour m'y prendre aussi mal avec ce chimp en colère ? Qu'est-ce qui m'arrive ? (Elle se frotta doucement les paupières.) Bon, déjà, ça fait trente-six heures que je suis debout…

Et un interminable et stérile pinaillage sur des questions de sémantique avec cette maudite Niss de Tom n'avait rien fait pour arranger les choses, alors que tout ce qu'elle voulait de la machine, c'étaient quelques éclaircissements sur d'obscures références tirées de la Bibliothèque. Ce sarcastique engin savait pourtant qu'elle avait besoin d'aide pour élucider le mystère posé par Herbie, l'antique cadavre qui gisait sous un verre protecteur dans son laboratoire particulier. Mais il n'avait pas cessé de détourner la conversation, passant du coq à l'âne pour lui demander son opinion sur des sujets aussi hors de propos que les mœurs sexuelles des humains. La consultation n'était pas encore terminée que Gillian était déjà ravagée par l'envie de démanteler à mains nues cette saleté de machine.

Mais Tom l'aurait certainement mal pris, aussi avait-elle repoussé ce projet à plus tard.

Ensuite, alors qu'elle allait se mettre au lit, il y avait eu cet appel d'urgence en provenance du sas. En un rien de temps, elle s'était retrouvée en train d'aider Makanee et les autodocs à soigner les survivants de la mission de prospection. Son inquiétude à propos d'Hikahi et de Satima avait alors drainé de son esprit toute pensée de sommeil.

À présent qu'elles semblaient hors de danger, Gillian ne pouvait plus compter sur ses glandes surrénales pour tenir en échec la sensation d'absence qui suintait en elle par toutes les fissures de cette journée particulièrement rude.

Ça n'a vraiment rien d'un moment pour apprécier la solitude, se dit-elle. Puis elle leva la tête et contempla son reflet dans l'écran vide de la holo. Elle avait les yeux rouges. Le surmenage, sans doute, mais aussi le souci.

Gillian savait assez bien prendre sur elle-même, mais c'était une solution stérile. L'instinct réclamait la chaleur d'une personne qui la tînt dans ses bras et comblât son besoin d'amour physique.

Elle se demanda si Tom éprouvait en ce moment la même impression. Oh, oui... bien sûr... avec ce lien télempathique fruste qui s'établissait quelquefois entre eux. Gillian sentait qu'elle le connaissait bien. Ils étaient tous deux du même type.

Elle avait seulement, de temps à autre, le sentiment que les généticiens l'avaient mieux réussi lui. Certes, tout le monde semblait la considérer comme extraordinairement compétente mais, en présence de Thomas Orley, les mêmes personnes allaient jusqu'à se sentir vaguement intimidées.

Et en des moments tels que cet instant même, lorsque la mémoire eidétique semblait être plus une malédiction qu'un don précieux, Gillian se demandait si elle était vraiment aussi inaccessible à la névrose que le prétendait son bon de garantie.

Une fiche cartonnée apparut dans la fente de son télex. C'était le profil de distribution des isotopes promis par Charlie... avec une minute d'avance sur le délai prévu, remarqua-t-elle. Gillian en parcourut soigneusement les colonnes. Bon. L'écart avec les chiffres fournis sur Kithrup par l'immémoriale Bibliothèque était pratiquement nul. Non que Gillian se fût attendue à des différences mais l'on n'était jamais trop prudent.

Une brève annexe en bas de la fiche précisait que ces données ne concernaient que la surface et les couches supérieures de l'asthénosphère. Leur validité ne pouvait donc être étendue au-delà de deux kilomètres de profondeur dans la croûte planétaire.

Gillian sourit. Il se pouvait qu'un jour l'obsession professionnelle de Charlie leur sauvât la vie à tous.

Elle se leva et gagna un balcon dominant d'environ deux mètres la surface de l'eau qui occupait le fond d'une vaste salle et dont on voyait dépasser de volumineuses machines. La partie supérieure de cette salle — y compris le bureau de Gillian — était inaccessible aux dauphins à moins qu'ils ne fussent montés sur des marcheurs ou sur des araignées.

Sans prendre la peine de déplier le masque qu'elle portait à sa ceinture, elle jeta un bref coup d'œil en bas et plongea entre deux rangées d'autodocs. Les oblongs caissons de plexiglas sombre étaient vides et silencieux.

Pour faciliter les reprises d'air et les interventions chirurgicales à sec, les canaux de l'infirmerie n'étaient pas très profonds. À brasses longues et puissantes, elle en remonta un à la nage, négocia un virage en se tenant au coin d'une machine et franchit un rideau de texgomme pour pénétrer dans la section des traumatisés.

Elle refit surface et flotta, bouche ouverte, le temps de reprendre son souffle, puis elle poursuivit sa route jusqu'à une épaisse paroi de verre plombé. Derrière le lourd écran de protection, deux dauphins couverts de pansements dérivaient en apesanteur. L'un d'eux, connecté à un réseau labyrinthique de tuyaux, avait le regard morne que donnent les sédatifs à haute dose. L'autre siffla joyeusement à l'approche de Gillian.

— Sois la bienvenue, Fem Qui Redonne Vie Saine ! Tes potions me récurent les veines mais c'est cette légèreté absssolue qui fait bondir mon cœur d'assstronaute. Encore une fois, merci !

— Salut à toi, Hikahi. (Gillian se maintenait avec aisance dans l'eau sans avoir besoin de se tenir à la rambarde qui courait devant le caisson anti-grav.) Mais ne t'habitue pas trop à ce confort. Je crains que Makanee et moi n'ayons l'intention de te fiche dehors bientôt pour te punir d'avoir une constitution d'acier.

— Parfaitement incompatible avec celle du bisssmuth ou du c-c-cadmium, c'est… c'est ça ? bafouilla Hikahi dans un gloussement railleur.

— C'est exactement ça ! lui répondit Gillian en riant. Et tu vas la maudire, ta bonne santé, car, en un rien de temps, tu vas te retrouver hors d'ici en train de respirer des bulles et de te tenir debout sur la queue pour saluer le commandant.

Hikahi lui décocha un petit sourire spécifiquement néo-delphinien.

— Tu es sssûre que ce n'était pas trop risqué de brancher ce caisson anti-grav ? Je ne voudrais pas qu'à cause de moi et de Satima nous nous donnions en spectacle.

— Calme-toi, femfin. Nous avons triplé les sécurités. Les sondes renifleuses n'auront pas une fuite à se mettre sous les palpeurs. Profites-en pendant que ça dure et ne t'inquiète pas. Ah, j'oubliais ! J'ai ouï dire que le capitaine allait sans doute envoyer une petite équipe sur ton île afin d'étudier ces pré-cognitifs que tu as découverts. Ça t'intéresse, j'imagine. C'est également signe qu'à court terme il ne se fait pas trop de souci au sujet des Galactiques. Cette bataille spatiale risque d'ailleurs de durer et nous sommes susceptibles de rester cachés pendant un temps indéfini.

— Un séjour indéfini sur Kithrup n'est pas ma conception du paradis ! répondit Hikahi en ouvrant la bouche en un rictus ironique. Si ça, ce sont des nouvelles à vous remonter le moral, je t'en prie, préviens-moi lorsqu'elles seront consternantes !

— Je n'y manquerai pas, fit Gillian en éclatant de rire. Maintenant, tu vas dormir un peu. Veux-tu que j'éteigne la lumière ?

— Oui, si ça ne te dérange pas. Et puis, merci quand même pour les nouvelles. C'est très important pour nous, je crois, de faire quelque chose à propos de ces aborigènes. Je souhaite vraiment que l'expédition soit un succès. Et n'oublie pas de dire à Creideiki que je serai à mon poste avant même qu'il n'ait eu le temps d'ouvrir une boîte de thon.

— Je n'y manquerai pas non plus. Fais de beaux rêves, chérie.

Gillian effleura le réducteur d'éclairage et la lumière

s'estompa progressivement. Hikahi cligna des yeux à plusieurs reprises, s'installant dans un somme de marin.

Puis Gillian se dirigea vers le dispensaire où elle allait sans doute trouver Makanee aux prises avec un défilé de fen d'équipage soucieux de ne pas rater l'occasion de se plaindre à la visite médicale. Elle lui montrerait la distribution des isotopes établie par Charlie puis retournerait dans son laboratoire pour y travailler encore un moment.

Le sommeil l'appelait de manière insistante mais elle savait qu'il serait néanmoins long à venir. Vu l'humeur qui s'était abattue sur elle, c'était d'elle que viendrait la réticence.

La logique était le bienfait et la malédiction que la fée Génétique avait déposés dans ce qui lui avait servi de berceau. Elle savait que Tom était là où il était censé être… au loin, en train de chercher les moyens de les sauver tous. Et lui le savait aussi. Son départ avait été précipité tout autant qu'indispensable et il n'avait tout simplement pas eu le temps de faire un saut jusqu'au labo pour lui dire au revoir.

Toutes ces considérations, Gillian les avait présentes à l'esprit et elle se les répétait tout en nageant. Mais cela ne faisait que séparer nettement ses gros problèmes de ceux qui étaient moindres et qu'arracher une poignante consolation au manque total d'attrait de son lit vide.

Creideiki

— Le Keneenk étudie les rapports qui unissent les choses, expliqua-t-il à son auditoire, approche qui nous vient de notre héritage delphinien. Il les soumet également à des comparaisons rigoureuses, et cette seconde approche, nous l'avons acquise à l'école de nos patrons humains. Le Keneenk est une synthèse de deux visions du monde, ce que nous-mêmes, en grande part, nous sommes.

Dans un silence attentif que rompaient seuls, par intermittence, d'inconscients clicks sonar, une trentaine de néo-dauphins flottaient en face de lui, entourés de bulles qui s'échappaient lentement de leur évent.

Pas un humain n'étant présent, Creideiki pouvait se passer de prononcer les voyelles longues et les consonnes dures de l'anglique cultivé mais, transcrit sur le papier, son discours aurait satisfait n'importe quel défenseur de la langue anglaise.

— Considérez les réverbérations qui se produisent à la surface d'un océan, sur le plan de contact entre l'air et l'eau, dit-il à ses élèves. Que vous suggèrent de telles réverbérations ?

Il vit la perplexité se peindre sur les visages.

— De quel côté, ces réverbérations ? vous demandez-vous. Suis-je en train de parler des réflexions perçues sous l'interface ou au-dessus ? Qui plus est, ai-je en tête des réverbérations sonores ou lumineuses ?

Il se tourna vers l'un des dauphins qui l'écoutaient.

— Wattacéti, imaginez-vous à la place de l'un de vos ancêtres. Quelle combinaison vous viendrait à l'esprit ?

Le technicien de la salle des machines cligna des yeux.

— Des images sonores, commandant. Un dauphin préconscient aurait pensé à la réverbération de sons dans l'eau... à des bruits émanant de sous la surface et rebondissant contre elle.

On sentait une extrême lassitude dans la voix de Wattacéti qui, dans son ardent désir de se perfectionner, assistait néanmoins à toutes les séances. C'était pour entretenir le moral de fen comme lui que le capitaine rognait sur un emploi du temps pourtant surchargé afin de poursuivre ce cycle de conférences.

— Exact ! fit Creideiki avec un hochement de tête. Maintenant, quel serait le premier genre de réflexion auquel penserait un humain ?

— L'image d'une lumière provenant du dessus, répondit aussitôt le chef de carré, S'tat.

— C'est fort probable, quoique personne n'ignore que même les « grandes oreilles » peuvent en fin de compte acquérir la faculté d'entendre.

Cette innocente boutade aux dépens de la race patronne fut accueillie par un éclat de rire général. C'était un moyen de jauger le moral de l'équipage et Creideiki soupesa ce rire comme il eût apprécié la charge d'une pile en la tenant entre ses mâchoires.

S'apercevant alors de la présence de Takkata-Jim et de K'tha-Jon au sein du groupe, il eut à balayer une seconde d'appréhension. Non, Takkata-Jim lui aurait fait signe si quelque chose s'était produit. Il semblait n'être là que pour écouter.

Et s'il fallait y voir l'indice que le lieutenant mettait un terme à sa longue et mystérieuse crise de morosité, Creideiki n'en était pas fâché. Il n'avait gardé Takkata-Jim à bord au lieu de l'envoyer avec l'équipe de sauvetage que pour donner une dernière chance à son second avant de se décider à modifier quelque peu la hiérarchie du vaisseau.

Il attendit que l'hilarité fût retombée.

— Maintenant, considérons un nouveau point. Dans quelle mesure la conception que se font les hommes de cette réverbération sur l'interface est-elle similaire à la nôtre ?

Des expressions concentrées s'inscrivirent sur le visage des étudiants. C'était l'avant-dernier problème qu'il leur soumettait. Avec toutes ces réparations à surveiller, Creideiki avait été tenté d'annuler purement et simplement de telles séances. Mais, dans l'équipage, ils étaient encore si nombreux à vouloir à tout prix s'initier au Keneenk.

Dans les premiers temps du voyage, presque tous les fen avaient pris part aux conférences, jeux et compétitions athlétiques qui les aidaient à surmonter l'ennui inhérent au vol spatial. Mais, depuis le terrible épisode des Syrtes au cours duquel l'exploration de la flotte abandonnée s'était soldée par la mort d'une dizaine de membres de l'équipage, ils avaient commencé à se détacher de la communauté du vaisseau pour se replier sur leur propre petit groupe. Certains même développaient un étrange atavisme... des difficultés croissantes avec l'anglique et avec le type de concentration indispensable à un spationaute.

Creideiki avait été forcé de jongler avec les horaires pour assurer les remplacements et il avait donné à Takkata-Jim la tâche de trouver du travail aux fen régressifs. Cette activité semblait d'ailleurs convenir à merveille au second qui, avec l'aide du bosco K'tha-Jon, arrivait même à tirer quelque chose de ceux qui étaient le plus gravement atteints.

Creideiki porta toute son attention sur le bruissement des nageoires, sur le gargouillis pénible des branchies, sur le rythme des battements de cœur entremêlés. Takkata-Jim et K'tha-Jon se laissaient tranquillement porter par l'eau, apparemment attentifs, mais il sentait en eux une tension sous-jacente.

Un frisson le traversa. La vision grossie de l'œil sombre et perçant du lieutenant, des grandes dents acérées du bosco, venait de surgir en lui. Il la repoussa et se reprocha d'avoir une imagination extravagante. Il n'avait pas la moindre raison logique de craindre l'un ou l'autre de ces deux fen.

— Nous sommes donc en train de méditer sur les réflexions qui se produisent à partir de l'interface séparant l'air de l'eau, s'empressa-t-il de reprendre. Humains et dauphins, lorsqu'ils envisagent un tel plan, le conçoivent pareillement comme une barrière. De l'autre côté, s'étend un royaume dont la perception reste vague jusqu'à ce que la frontière soit franchie. Cependant, l'homme moderne, grâce à ses outils, n'éprouve plus cette crainte du domaine aquatique qui, en un temps, fut sienne. Et de même, grâce à ses propres outils, le néo-dauphin est en mesure de vivre et de travailler en milieu aérien, en mesure aussi de baisser les yeux sans ressentir le moindre vertige. Considérez à présent le mode de propagation de vos pensées lors de ma question initiale. Ce fut d'abord l'idée d'un son se répercutant sous la surface qui vous est venue à l'esprit. Nos ancêtres s'en seraient tenus à cette première généralisation, l'estimant satisfaisante, mais vous, vous n'en êtes pas restés là. Vous n'avez pas généralisé avant d'examiner d'autres possibilités. Tel est le sceau commun des créatures aptes à former un projet. Et c'est pour nous chose nouvelle. (Un carillon résonna sur son harnais. Il se faisait tard et, malgré sa fatigue, il allait encore devoir assister à une réunion sans oublier de faire un crochet par la passerelle pour voir si l'on n'avait pas de nouvelles d'Orley.) Comment un cétacé que son héritage mental et la structure même de son cerveau amènent à penser de manière intuitive peut-il apprendre à analyser un problème complexe élément par élément ? Et n'oubliez pas que, parfois, la clé qui donne la réponse est la façon même dont est formulée la question. Je vous laisse pour aujourd'hui avec un exercice à traiter à vos moments perdus.

« Efforcez-vous d'énoncer en ternaire le problème des réverbérations à la surface de l'eau… et de façon à exiger non pas une réponse unique ou une opposition à trois niveaux mais une liste exhaustive de toutes les formes de réflexion possibles.

Voyant une franche expression de malaise se peindre sur le visage de plusieurs fen, il leur adressa un sourire rassurant.

— Je sais que cela paraît difficile et je ne vous demanderai pas de réciter cet exercice aujourd'hui. Simplement, pour vous montrer que c'est chose faisable, acceptez d'entendre l'écho de ce rêve :

Séparés par un plan ténu
Étoile au ciel — Étoile en mer
Qu'est-ce qui dans un angle aigu
Vers nous s'en retourne à l'envers ?
L'octopus avec ses cris de chasse et ses bras d'étoile
Reflète !

La sterne et son appel de nuit lorsqu'elle suit une étoile
Reflète !

L'étoile qui scintille dans les yeux de ma maîtresse
Reflète !

Le soleil dans sa rugissante et muette sortie
Reflète !

Creideiki reçut la récompense méritée de voir son auditoire les yeux écarquillés d'admiration. Alors qu'il se tournait pour quitter la pièce, il remarqua que Takkata-Jim lui-même secouait la tête avec lenteur comme s'il considérait une pensée qui, auparavant, ne l'avait jamais effleuré.

Au sortir de la réunion, K'tha-Jon ne démordait toujours pas de son point de vue.

— Mais vous avez vu, Takkata-Jim ? Vous l'avez entendu ?

— J'ai vu et entendu, bosco. Et, comme d'habitude, j'ai été fortement impressionné. Creideiki est un génie. Que vouliez-vous donc me faire remarquer ?

K'tha-Jon claqua des mâchoires, ce qui était loin d'être un geste poli en présence d'un officier supérieur.

— Mais il n'a rien dit sssur les Galactiques ! Pas un mot sur le sssiège ! Rien qui fasse allusion à des plans précis pour nous tirer d'ici ou, à défaut, nous permettre de résister ! Et tout cela en affectant d'ignorer la rupture croissante qui s'installe au sein de l'équipage.

Takkata-Jim laissa échapper un filet de bulles.

— Rupture que vous vous êtes activement occupé à encourager, K'tha-Jon. Non, ce n'est pas la peine de protester de votre innocence. Certes, vous avez agi de manière subtile et je sais que votre intention est de me constituer une base de pouvoir. Je fais donc semblant de regarder ailleurs. Mais n'allez pas vous imaginer que Creideiki sera toujours trop occupé pour remarquer quoi que ce soit ! Et lorsqu'il s'en apercevra, K'tha-Jon, gare à votre queue ! Car je n'aurai strictement pas à être au courant de vos petites manigances ! (K'tha-Jon soufflait tranquillement des bulles sans se donner la peine de répondre. Takkata-Jim poursuivit :) Quant aux plans de Creideiki, nous verrons. Nous verrons s'il accepte d'écouter le professeur Metz et moi-même ou s'il persssiste dans son rêve d'acheminer sa cargaison secrète jusqu'à la Terre sans l'ouvrir. (Il vit le *Steno* géant sur le point de l'interrompre et s'empressa de le devancer :) Oui, je sais ce que vous pensez : que nous devrions envisager une troisième solution, c'est bien ça ? Ce qui vous ferait plaisir, K'tha-Jon, c'est que nous sortions de notre cachette pour affronter seuls tous ces Galactiques. Je me trompe ?

L'énorme dauphin ne répondit pas mais ses yeux soutinrent avec une flamme sauvage le regard du second.

Es-tu mon Boswell, mon Seaton, mon Igor ou mon Iago ? demanda silencieusement Takkata-Jim au gigantesque mutant. Pour l'instant tu me sers mais, à long terme, est-ce vraiment moi qui tire les ficelles ou est-ce toi ?

La bataille hurlait tout autour de la flottille de minuscules vaisseaux xappishs.

— Nous venons de perdre le X'ktau *et le* X'klennu ! *Cela signifie l'anéantissement de près d'un tiers des forces xappishs !*

Le plus âgé des deux lieutenants xappishs soupira.

— Et alors ? Du neuf, jeune gars ! Pas des choses que je sais déjà !

— Nos patrons xatinnis perdent leurs clients à la vitesse d'une réaction en chaîne alors qu'ils sont fort avares de leurs propres vaisseaux. Remarquez comme ils se tiennent en retrait, prêts à fuir si le combat devient trop féroce ! Mais nous, en revanche, ils nous placent en première ligne !

— Ils n'ont jamais procédé autrement, lui concéda son collègue.

— Mais si la flotte xappish périt tout entière dans ce conflit futile, qui protégera nos trois mondes minuscules ? Qui veillera au respect de nos droits ?

— N'avons-nous pas des patrons pour cela ?

L'aîné des lieutenants avait probablement conscience de l'ironie d'une réponse qu'il venait de proférer sans modifier le ton de sa voix alors même qu'il réglait les écrans pour résister à un assaut psionique.

Réponse que, de toute manière, son cadet n'honora pas du moindre commentaire. En lieu et place, il se mit à grogner :

— Et d'abord, qu'est-ce que ces Terriens nous ont jamais fait ? Et même, en quoi menacent-ils nos patrons ?

Le tir meurtrier d'un destroyer tandu manqua de justesse l'aile gauche du petit patrouilleur xappish. Le plus jeune lieutenant précipita l'appareil dans une manœuvre d'esquive désespérée tandis que le plus vieux répondait à sa question comme si de rien n'était.

— Je gage que vous ne croyez pas en cette histoire de retour des Progéniteurs. (L'autre se contenta d'émettre un reniflement de mépris tout en ajustant les visées du lance-torpilles.) Voilà qui est pertinent. J'estime moi aussi que cela fait simplement partie du programme d'anéantissement des Terriens. Les races patronnes doyennes voient en eux une menace. Ce sont des jeunes-loups, ce qui, en soi, est un danger. Ils se font les apôtres de pratiques d'Élévation révolutionnaires… et c'est encore plus dangereux. Ils sont les alliés des Tymbrimis, insulte difficilement pardonnable. Et ils s'adonnent au prosélytisme… ce qui, là, ne mérite plus la moindre indulgence.

Le patrouilleur frémit lorsque la torpille jaillit vers l'énorme croiseur de guerre tandu. Puis il accéléra au maximum pour se dégager de la mêlée.

— Je pense justement que nous devrions écouter les Terriens, hurla le cadet des deux lieutenants. Si toutes les races clientes de la galaxie se rebellaient en même temps…

— Ça s'est déjà produit, le coupa son aîné. Consultez donc les archives de la Bibliothèque. Six fois en tout dans l'Histoire de la galaxie. Dont deux furent couronnées de succès.

— Pas possible ! Et qu'est-ce qui s'est passé ?

— Que croyez-vous qui ait pu se passer ? Les ex-clients ont fini par devenir les patrons de nouvelles espèces qu'ils n'ont pas traitées autrement qu'eux-mêmes l'avaient été jadis !

— Je ne vous crois pas ! Je ne peux pas y croire !

Le lieutenant plus âgé poussa un soupir.

— Vérifiez par vous-même.

— C'est bien ce que je compte faire !

Mais il n'en eut jamais le loisir. En travers de leur route, une mine à improbabilité ne fut pas perçue par les détecteurs et le minuscule patrouilleur prit congé de la galaxie d'une manière qui, pour être pittoresque, ne s'en révéla pas moins fatale.

Dennie et Toshio

Une fois de plus, Dennie vérifia les charges. Il faisait sombre et on se sentait à l'étroit dans la galerie creusée par l'arbre foreur. Et la lampe de son casque ne faisait qu'accentuer, par les ombres qu'elle portait, l'enchevêtrement labyrinthique des racines et des radicelles.

Elle leva la tête pour crier :

— Vous avez bientôt fini, Toshio ?

Il était en train de placer des explosifs dans la partie supérieure de la galerie, non loin de la surface du tertre de métal.

— Ouais, Dennie, mais redescendez, si vous avez terminé. Je vous rejoins dans une minute.

Elle ne pouvait même pas distinguer au-dessus de sa tête les pieds du garçon dans ce fourré de filaments dont la densité accentuait la déformation de sa voix dans l'eau remplissant le goulet. C'était un vrai soulagement d'avoir l'autorisation de quitter les lieux.

Assurant avec soin ses prises, elle amorça la redescente en luttant contre les vagues de claustrophobie qui l'assaillaient. Si elle avait eu le choix, Dennie ne se fût certainement pas engagée dans cette galerie mais ce travail devait être fait et, par nature, les deux dauphins n'étaient pas qualifiés.

À mi-chemin, elle s'empêtra dans une plante grimpante qui ne voulut pas lâcher prise lorsqu'elle tira dessus. Plus elle tentait de se dégager, plus elle se sentait accrochée. Avec une effarante netteté, elle se remémora l'histoire de Toshio et de l'herbe assassine. Cernée par la panique, elle se força néanmoins à cesser de donner des coups de pied puis reprit son souffle et se pencha pour examiner le piège.

Il s'agissait seulement d'une liane morte enroulée autour de sa jambe. La tige fibreuse céda sans difficulté sous le tranchant du couteau et Dennie reprit sa descente en prenant encore plus de précautions qu'auparavant. Elle aboutit dans la vaste caverne qui s'ouvrait sous le tertre de métal.

Keepiru et Sah'ot l'y attendaient, le torse drapé dans l'appareil respiratoire tubulaire qui coiffait de son embout leur évent. Les phares des deux traîneaux voyaient leur faisceau diffracté au travers des milliers de filaments ténus qui semblaient remplir la caverne d'une sorte de brouillard frémissant. Une faible lumière filtrait par la crevasse qu'ils avaient empruntée pour pénétrer dans la grotte.

Cette cage de roc d'échos résonnera
Qu'aux joies de la pêche attribuer on ne saura

Dennie se tourna vers Sah'ot, pas très sûre d'avoir saisi le ternaire fantaisiste du poète.

— Ah, oui ! Lorsque Toshio enclenchera la minuterie du détonateur, nous ferions mieux de sortir. L'explosion va se réverbérer sur les parois de cette salle et je ne pense pas qu'il soit très sain d'y rester.

Keepiru marqua son accord d'un hochement de tête. Le responsable militaire de l'expédition n'avait pratiquement pas encore dit un mot depuis leur départ du vaisseau.

Dennie promena son regard sur les murs de la caverne sous-marine. Les animalcules simili-coralliens qui avaient érigé leur château sur le riche substrat siliceux d'une butte océanique l'avaient fait avec lenteur mais le tertre avait fini par émerger en surface et l'aérobiose avait pu se développer. Au sein de la végétation qui s'était alors formée se trouvait l'arbre foreur.

Cette plante se débrouillait pour percer la masse métallique du tertre et faire pénétrer ses racines jusque dans la couche organiquement assimilable qui s'étendait sous l'île. Les minéraux se voyaient drainés vers la surface pour s'y déposer tandis que, dans le soubassement, se creusait un gouffre qui finirait par réadmettre l'ensemble du tertre dans la croûte planétaire.

L'écologiste en Dennie était frappée par la bizarrerie d'un tel agencement naturel. Et elle ne trouvait pas moins étrange que la micro-antenne de la Bibliothèque qu'ils avaient à bord du *Streaker* passât tout bonnement sous silence les tertres eux-mêmes.

Qu'un arbre foreur pût évoluer au sein de son biotype sur un mode progressif comme la plupart des espèces était chose difficile à croire. Pour un tel spécimen végétal, la réussite était une proposition du genre « tout ou rien » qui réclamait de lui puissance et persévérance. Comment s'est-il orienté dans cette voie ? se demandait Dennie.

Et qu'advenait-il des tertres une fois qu'ils s'étaient effondrés dans l'abîme que leurs propres arbres créaient pour les recevoir ? Elle avait eu l'occasion de voir quelques-uns de ces précipices qui avaient englouti leur montagne. Très vite, les parois de ces gouffres disparaissaient dans de brumeuses ténèbres et, de toute évidence, ils étaient plus profonds qu'elle ne s'y était attendue.

Elle braqua sa lampe frontale sur le plafond de la caverne, s'attendant à voir une paroi déchiquetée mais, à sa grande surprise, elle découvrit que la face inférieure du tertre de métal se présentait comme un champ de brillantes dépressions concaves plus ou moins profondes.

Aussitôt, elle nagea vers l'une des plus grandes et sortit son appareil photo. Charles Dart serait content d'avoir des témoignages tangibles de l'expédition. Elle n'était toutefois pas assez folle pour s'imaginer qu'il la remercierait. Plus vraisemblablement, chaque photo, chaque échantillon, arracherait au chimp des soupirs exaspérés sur l'incapacité de sa collègue à lui fournir des matériaux réellement utilisables.

Dans les profondeurs d'une dépression, quelque chose bougea. Ça se tordait et ça tournoyait lentement. Dennie modifia l'orientation de sa lampe et s'approcha pour mieux voir. Ça ressemblait fort à une racine. Elle vit plusieurs des minces filaments qui dérivaient à proximité passer à portée de la pousse végétale et être capturés par elle.

— Allons-y, Dennie ! entendit-elle Toshio lui crier alors qu'un traîneau passait en vrombissant juste au-dessous d'elle. Vite ! Nous ne disposons que de cinq minutes avant l'explosion !

— D'accord, d'accord, j'arrive dans un instant.

Momentanément, la curiosité professionnelle submergeait en elle toute autre considération. Elle ne parvenait pas à concevoir le motif pour lequel un organisme vivant choisissait de se terrer sur la face obscure d'une masse de métal pratiquement pur. Elle plongea la main au plus profond du trou et la referma sur la racine qui se tortillait ; puis elle tira de toutes ses forces en s'arc-boutant contre le plafond de la caverne.

Tout d'abord, la plante résista et parut même se rétracter. La crainte de s'être elle-même jetée dans un piège traversa l'esprit de Dennie.

Puis, brusquement, la racine se libéra de son support. Dennie examina rapidement sa pointe métallisée avant de l'enfouir dans son sac à échantillons. Ensuite, elle se retourna et se repoussa loin de la paroi brillante.

Keepiru lui jeta un regard réprobateur lorsqu'elle s'accrocha au traîneau. Puis il fit bondir l'engin vers l'entrée de la caverne et, en un rien de temps, ils retrouvèrent la lumière du jour dans laquelle Toshio et Sah'ot les attendaient. Quelques instants plus tard, une explosion assourdie se répercuta longuement dans les hauts-fonds.

Ils ne repénétrèrent dans la grotte qu'au bout d'une heure.

Les explosifs avaient fait voler en éclats le tronc de l'arbre foreur à l'endroit où celui-ci s'enracinait dans la masse du tertre de métal. Par l'ouverture ainsi créée, une pluie de débris continuait de s'abattre et la vaste salle que l'arbre avait creusée sous l'île était encombrée de lambeaux végétaux qui tournoyaient par paquets dans les turbulences.

Ils s'approchèrent prudemment de l'ouverture.

— Je ferais mieux d'y envoyer d'abord un robot, dit Toshio. Il se peut qu'il reste des blocs instables dans le cratère.

Je m'en occupe — Grimpeur d'échelles
Ma neuroprise — plaît aux robots

— Tu as raison, Keepiru. C'est toi qui t'en charges.

Le pilote, avec son interface neuro-électronique directe, saurait mieux diriger la sonde que Toshio. Des humains qui étaient à bord, seuls Emerson d'Anite et Thomas Orley étaient équipés de telles liaisons cyborg. Ce n'était pas encore demain la veille que les humains pourraient s'accommoder aussi bien que les dauphins des effets secondaires d'un implant. Les neuroprises étaient d'ailleurs indispensables pour les fen et ils avaient été génétiquement préparés à les recevoir.

Sous la conduite de Keepiru, la petite sonde se détacha d'elle-même de l'arrière du traîneau. Puis elle se projeta vers le trou et disparut dans ses hauteurs.

Toshio n'aurait jamais cru qu'on le renverrait si vite avec Keepiru vers ces lieux où, à son avis, ni lui ni le fin ne s'étaient particulièrement bien comportés. L'importance de leur mission — assister et protéger deux savants émérites — le jetait dans un trouble encore plus grand. Pourquoi Creideiki n'avait-il pas désigné quelqu'un d'autre ? Quelqu'un qui fût plus digne de confiance ?

Bien sûr, le commandant pouvait leur avoir ordonné à tous les quatre de quitter le vaisseau afin de ne plus les avoir dans les nageoires. Mais cette théorie non plus ne semblait pas coller.

Toshio résolut de ne pas tenter de percer à jour la logique de Creideiki puisque la caractéristique même de cette dernière semblait être sa nature impénétrable. Peut-être était-ce indissociable de la fonction de capitaine ? Toutefois, une chose était sûre pour Toshio : Keepiru et lui étaient déterminés à s'acquitter au mieux de leur mission.

En tant que midship, il était officiellement supérieur en grade à Keepiru. Mais, par tradition, les middies étaient sous les ordres des maîtres principaux et des pilotes à moins d'une décision contraire de la haute autorité. En l'occurrence, Toshio était chargé d'aider Dennie et Sah'ot dans leurs recherches et toutes les questions touchant la sécurité revenaient à Keepiru.

Le jeune homme était toujours surpris de voir les autres l'écouter lorsqu'il faisait une suggestion ; on semblait même solliciter spontanément son opinion. Rien qu'à cela il allait avoir quelque peine à s'habituer.

L'image transmise par le robot apparut sur l'écran — une excavation cylindrique au travers du métal spongieux. Des racines-crampons qui avaient maintenu en place le fût de l'arbre foreur, il ne restait çà et là que des souches éclatées. Un nuage de particules dériva devant l'objectif alors qu'ils suivaient l'ascension de la sonde et, progressivement, l'image s'éclaira de la lumière du jour qu'un léger voile de bulles faisait scintiller.

— Tu crois que c'est assez large pour un traîneau ? demanda Toshio.

Keepiru siffla que le passage lui paraissait praticable

Le robot émergea dans un bassin large de plusieurs mètres. Sa caméra fit un panoramique de la rive et transmit l'image d'un ciel bleu surplombant une épaisse couche de verdure. Le tronc gigantesque de l'arbre foreur s'était abattu dans la forêt et, bien que la forte pente du cratère interdît toute évaluation des dégâts causés par sa chute, Toshio avait la certitude qu'il n'était pas tombé en direction du village aborigène.

Se frayer un chemin vers l'intérieur de l'île à coup d'explosifs n'avait pas été sans leur faire craindre de provoquer un mouvement de panique chez les chasseurs-cueilleurs. Ils s'y étaient néanmoins décidés en considérant le danger que présentait la manière normale d'aborder l'île avec ses rives escarpées battues par les vagues et le risque stupide qu'ils auraient couru d'être repérés pendant leur escalade par des satellites espions galactiques. La chute apparemment accidentelle d'un arbre, en revanche, ne risquait guère d'éveiller les soupçons d'éventuels observateurs en altitude.

— Eh là, fit Toshio en montrant un point sur l'écran.

Dennie se rapprocha pour mieux voir.

— Qu'est-ce qui se passe, Tosh ? Un problème ?

Keepiru stoppa le mouvement de la caméra qui était sur le point de boucler son panoramique.

— Là, dit Toshio. Ce bloc de corail déchiqueté suspendu au-dessus du bassin. On dirait qu'il va tomber.

— Ne peut-on faire caler quelque chose dessous par le robot ?

— Je ne sais pas. Qu'est-ce que tu en penses, Keepiru ?

Un projet réussit —
Quand le destin s'y prête
Autant prendre pari —
Qu'il s'invite à la fête

Keepiru braqua les yeux sur ses écrans jumeaux et se concentra. Toshio savait que le pilote était à l'écoute de la complexe structure d'images-sons qui lui était transmise par l'intermédiaire de sa connexion neurale. Sous la direction du dauphin, le robot gagna le bord du bassin. Ses pinces s'accrochèrent au métal spongieux de la rive et, tandis qu'il tirait pour s'y hisser, une pluie de gravillons s'abattit autour de lui.

— Attention ! cria Toshio.

Le bloc déchiqueté pencha vers l'avant et la caméra le montra qui oscillait dangereusement en surplomb. Dennie s'écarta vivement de l'écran... le roc bascula et s'écrasa sur le robot.

Il s'ensuivit un tourbillon d'images. Dennie continua de regarder l'écran mais Toshio et Keepiru se tournèrent vers l'orifice inférieur de la cheminée. On y vit bientôt paraître une coulée de débris qui s'enfoncèrent dans les ténèbres de l'abîme non sans avoir fugitivement jeté leurs derniers feux en passant dans le pinceau des phares du traîneau.

Il y eut un long silence que Keepiru rompit.

Par le fond gît la sonde — ses poumons sont vidés
Mais une pseudo-mort — m'a été épargnée
Car elle siffle encore — les échos d'une échouée.

Keepiru voulait dire que le robot lui faisait toujours parvenir des messages depuis l'obscure corniche qui avait arrêté sa chute. Son minuscule cerveau pas plus que son émetteur n'avaient donc été détruits et Keepiru, lui, n'avait pas eu à supporter la secousse que la brutale interruption des circuits n'aurait pas manqué de transmettre aux nerfs qui leur étaient connectés.

Mais les caissons de flottaison de la sonde n'avaient pas résisté au choc, et elle était condamnée à rester en bas.

Ce devait être — l'ultime obstacle
Je vais aller —
prudemment
voir —
Prends le traîneau, Dennie — Regarde !

Avant que Toshio ou Keepiru n'aient pu l'en empêcher, Sah'ot quitta le traîneau et, à vigoureux battements de caudale, s'éloigna vers la cheminée dans laquelle il disparut. Keepiru et Toshio échangèrent un regard et, probablement, la même pensée diffamatoire sur le compte de ces dingues de civils.

Au moins, se dit Toshio, il aurait pu prendre un appareil photo ! Mais à vrai dire, si Sah'ot avait attendu, Toshio aurait eu sa chance de réclamer pour lui le douteux privilège d'explorer le passage.

Son regard se porta sur Dennie. Elle avait toujours les yeux rivés sur l'écran correspondant à la sonde comme s'il était susceptible de lui apprendre ce qu'il advenait de Sah'ot. Il fallut presque la secouer pour qu'elle sortît de sa rêverie et nageât jusqu'à l'autre traîneau dont elle prit les commandes.

Toshio l'avait toujours considérée, en dépit des marques de sympathie qu'elle lui montrait, comme un adulte et un savant de plus à bord de ce vaisseau où il était désespérément étiqueté comme gamin. Or, il s'apercevait à présent que l'énigmatique Dennie Sudman n'était guère plus mûre que lui. Si elle bénéficiait du prestige dû à son statut professionnel de chercheuse, elle n'en manquait pas moins de cet éclectisme dont était doté Toshio de par sa formation. Jamais elle ne serait confrontée à un éventail de gens, de choses et de situations comparable à celui qui attendait le jeune homme dans sa carrière d'officier.

De nouveau, il regarda l'ouverture dans le plafond de la salle tandis que Keepiru poussait des bulles d'impatience. Il leur faudrait bientôt prendre une décision sur ce qu'ils allaient faire si Sah'ot ne réapparaissait pas.

De toute évidence, Sah'ot était une expérience génétique, de celles où les chercheurs rassemblaient dans un même individu un jeu de traits héréditaires pour les pousser vers un optimum calculé. L'expérience se révélait-elle concluante que les traits en question se voyaient rajoutés au pool génétique de base de l'espèce. Ce processus reprenait, mais en l'accélérant considérablement, ce qui, dans la nature, était l'œuvre du métissage tout autant que de la ségrégation.

Toutefois, de telles expériences débouchaient quelquefois sur des résultats imprévus.

Toshio n'était pas très sûr de pouvoir se fier à Sah'ot. Le mystère dont s'entourait l'ethnologue n'était en rien comparable à celui qui émanait d'une personnalité riche et méditative comme celle de Creideiki. L'hermétisme, chez Sah'ot, avait quelque chose de crispant, comme la dissimulation chez certains humains que Toshio avait connus.

Il y avait également cette espèce de jeu sexuel entre le fin et Dennie. Toshio ne s'estimait pas prude mais, bien que de tels passe-temps ne fussent pas strictement prohibés, il était notoire qu'ils suscitaient des problèmes.

Apparemment, Dennie n'était même pas consciente des subtils détails de comportement par lesquels elle encourageait Sah'ot. Le jeune midship se demandait s'il aurait assez de cran pour le lui dire… ou, même, si ça le regardait.

Une nouvelle minute de tension s'écoula puis, à l'instant précis où le jeune homme s'apprêtait à monter vers la cheminée, Sah'ot en jaillit et piqua droit sur eux.

Libre est la voie —
Je vous y mène

Aussitôt, Keepiru lança son traîneau à la rencontre de l'ethnolinguiste delphinien pour lui couiner quelque chose sur un registre si aigu qu'en dépit de son oreille calafiaine Toshio n'en put rien saisir. Mais il vit la bouche de Sah'ot se tordre puis, avec répugnance, se fermer en signe de soumission. Il restait néanmoins une lueur de défi dans le regard insistant qu'il posa sur

Dennie, alors même qu'il roulait sur le dos pour offrir l'une de ses ventrales aux dents de Keepiru.

Le pilote la pinça symboliquement puis se tourna vers les autres.

La voie est libre —
Il a dit vrai
Allons-y donc —
Et dans ces tubes
Que nous puissions —
En vrais Terriens
Parler travail —
Et rencontrer
Nos copilotes —
De l'avenir

Il dirigea son traîneau vers le puits créé par l'explosion de l'arbre foreur et s'y éleva dans un nuage de bulles. Les autres l'y suivirent.

Creideiki

Cette réunion d'information n'avait que trop duré.

Creideiki regrettait d'avoir jamais laissé Charles Dart assister à de telles séances par holo. Le planétologiste chimp se serait certainement révélé moins prolixe s'il avait dû porter un masque et faire trempette dans l'oxyeau de l'entrepont.

Car Dart se prélassait dans son laboratoire et se bornait à projeter son image dans l'aire de conférences du vaste cylindre occupant le centre du *Streaker*. Et il paraissait totalement inconscient de la nervosité de son auditoire. Respirer de l'oxyeau pendant deux heures en face d'une console était probablement le comble de l'inconfort pour un néo-dauphin.

— Naturellement, commandant, poursuivit le chimp dans la projection aquatique de son baryton râpeux, lorsque vous avez choisi de nous poser à proximité d'une frontière tectonique de première importance, je n'ai pu que vous approuver de tout cœur. En nul autre point de la planète nous n'aurions eu accès à une telle concentration d'informations dans un secteur si restreint. Néanmoins, je pense avoir constitué un dossier convaincant concernant six ou sept autres sites répartis autour de Kithrup où il nous serait possible de confirmer quelques-unes de ces découvertes du plus haut intérêt que nous avons faites ici.

Creideiki fut vaguement surpris par cet emploi de la première personne du pluriel. Jusqu'à présent, pas une seule trace de modestie n'avait transparu dans le discours de Charlie.

Il jeta un œil vers Broodika qui flottait non loin de lui. Le métallurgiste, dont les talents n'étaient pas constamment requis par les travaux de réparation, avait activement participé aux recherches de Charles Dart. Toutefois, depuis près d'une heure, il se murait dans un silence presque absolu, laissant le chimp déverser ses flots de jargon scientifique sous l'assaut desquels Creideiki commençait à se sentir pris de vertige.

Mais qu'est-ce qui lui prend, à Broodika ? Croit-il que le commandant d'un vaisseau assiégé n'ait rien de mieux à faire ?

Hikahi, qui venait de sortir de l'infirmerie, roula sur le dos et y resta, aspirant dans ses branchies l'effervescent liquide hyperoxygéné tout en gardant un œil sur l'hologramme du chimpanzé.

Elle ne devrait pas faire ça, ronchonna intérieurement Creideiki. J'ai déjà assez de mal à me concentrer comme ça.

Ces interminables réunions avaient toujours le même effet sur Creideiki. Il sentit l'afflux du sang à l'intérieur et autour de son étui pénien. Tout ce qu'il souhaitait, sur l'instant, c'était de nager jusqu'à Hikahi et de la mordiller en une multitude de points sensibles tout le long des flancs.

Perversion ? Peut-être — surtout en public —, mais, au moins, il avait le mérite d'être honnête avec lui-même.

— Professeur Dart, soupira-t-il, je fais de réels efforts pour comprendre ce que vous affirmez avoir découvert. Je crois avoir correctement suivi ce qui concerne les diverses anomalies cristallines et isotopiques relevées sous la croûte planétaire de Kithrup. Quant à la couche de subduction...

— Une zone de subduction est la limite entre deux plaques tectoniques, l'endroit où l'une d'entre elles glisse sous sa voisine, l'interrompit Charlie.

Creideiki aurait bien aimé pouvoir se départir de sa dignité afin d'agonir d'insultes le chimpanzé.

— Mes connaissances en planétologie vont tout de même jusque-là, professeur Dart, répondit-il en pesant ses mots. Et j'ai plaisir à apprendre que le fait de nous être posés à proximité d'une telle zone vous a été utile. Quoi qu'il en sssoit, vous devez comprendre que notre choix d'un tel site relevait de considérations tactiques. Nous avons tout à la fois besoin de métaux et du camouflage offert par les tertres « coralliens ». Si nous nous sommes posés ici, c'est pour nous cacher et pour réparer notre vaisseau. Avec des croiseurs hostiles au-dessus de notre tête, je ne puis songer à autoriser des expéditions vers les quatre coins du globe. En fait, je me vois même dans l'obligation de rejeter votre requête concernant l'extraction de nouvelles carottes du sous-sol environnant. Le risque est trop grand maintenant que les Galactiques sont là. (Le chimp fronça les sourcils et commença d'agiter les mains. Avant qu'il n'ait pu trouver ses mots, Creideiki prit les devants :) Et, d'ailleurs, que dit la micro-antenne à propos de Kithrup ? La Bibliothèque n'apporte-t-elle pas quelques éclaircissements sur les problèmes auxquels vous êtes confronté ?

— La Bibliothèque ! (Dart prit un air dégoûté.) Ce tissu de mensonges ! Ce foutu bourbier de données déficientes ! (La voix de Charlie plongea dans le registre ultra-bas pour gronder :) Elle reste muette sur ces anomalies ! Elle ne parle même pas des tertres de métal ! Sa dernière commission d'enquête sur Kithrup remonte à quatre cents millions d'années, lorsque la planète a été placée sous statut de réserve au bénéfice des Karrank%...

Et Charlie s'étrangla si fort en voulant prolonger comme il se devait le coup de glotte final du nom qu'il commença d'étouffer. Les yeux exorbités, il se martela la poitrine en toussant comme un perdu.

Creideiki se tourna vers Broodika.

— Est-ce vrai ? La Bibliothèque est-elle à ce point déficiente en ce qui concerne cette planète ?

— Oui, fit Broodika en hochant la tête avec lenteur. Quatre cents millions d'années, c'est vraiment long. D'ordinaire, lorsqu'une planète est enregistrée comme réserve, c'est soit par volonté de la laisser en jachère afin que de nouvelles espèces puissent y évoluer jusqu'au stade pré-cognitif requis pour l'Élévation, soit parce que l'on veut procurer à une très vieille race entrée en sénescence un coin tranquille pour achever son déclin. En fait, lorsqu'on met ainsi des planètes sur la touche, c'est pour les transformer en nurserie ou en hospice de vieillards. Kithrup semble avoir été les deux. Nous y avons découvert une race pré-cognitive dont le mûrissement s'est apparemment effectué depuis la dernière mise à jour de la Bibliothèque à propos de la planète. Et les... Karrank-k%... (Broodika aussi avait de gros problèmes avec ce nom)... ont bénéficié d'un monde paisible pour s'éteindre, ce qu'ils ont fait, de toute évidence. Il ne semble plus y avoir de Karrank%-%... ici.

— Tout de même, quatre cents millions d'années sans même une visite de routine ? Cela semble incroyable !

— Certes. Habituellement, l'Institut des Migrations réaffecte une planète à l'issue d'un délai beaucoup moins long. Mais Kithrup est un monde si étrange… peu d'espèces accepteraient d'y vivre. Et elle est si mal desservie… les points de transfert sont rares dans le haut-fond gravitationnel qu'est cette région de l'espace. C'est en fait une des raisons pour lesquelles nous sommes là.

Charles Dart était toujours occupé à reprendre son souffle. Pour l'instant, il s'octroyait un grand verre d'eau et Creideiki décida de profiter du répit pour réfléchir. En dépit des arguments soulevés par Broodika, il était inconcevable que Kithrup fût restée si longtemps en jachère dans une galaxie surpeuplée où chaque fragment de terrain était un objet de convoitise.

De tous les organismes qui dotaient les Cinq Galaxies d'une lâche superstructure administrative, l'Institut des Migrations était le seul à rivaliser de pouvoir et d'influence avec le très puissant Institut de la Bibliothèque. Il était de tradition chez toutes les races patronnes d'observer ses normes d'aménagement de l'écosphère et s'y soustraire aurait été flirter avec un désastre à l'échelle galactique. Pesait également dans la balance de ce puissant conservatisme écologique la potentialité que des espèces inférieures devinssent clientes, puis patronnes en temps voulu.

La plupart des Galactiques acceptaient de fermer les yeux sur le triste bilan de l'humanité d'avant le Contact. Le massacre des mammouths, des grands lémuriens et des lamantins était aisément pardonné à l'homme à la lumière de son statut d'orphelin. Le blâme retombait sur l'hypothétique patron de l'*Homo sapiens*, cette mystérieuse race dont personne ne savait rien mais dont tout le monde disait qu'elle avait abandonné l'homme au beau milieu de son processus d'Élévation, quelques milliers d'années auparavant.

Les deux dauphins étaient bien placés pour savoir à quel point les cétacés eux-mêmes avaient été menacés d'extinction par le comportement meurtrier des humains mais, hors des frontières de la Terre, ils s'abstenaient toujours d'y faire la moindre allusion. Pour le meilleur et pour le pire, leur sort était désormais lié à celui de l'humanité.

La Terre appartenait en propre aux hommes jusqu'à ce qu'ils aient élu domicile ailleurs ou fini par s'éteindre. Leurs dix colonies planétaires, en revanche, ne leur étaient affectées que pour des périodes plus réduites calculées en fonction de complexes projets d'éco-aménagement. Le bail le plus court n'était que de six millénaires. Au terme de ce délai, les colons d'Atlast devraient quitter leur monde et laisser de nouveau la planète en jachère.

— Quatre cents millions d'années, ruminait Creideiki à voix haute. Il semble anormal que tant de temps ait pu s'écouler sans que personne n'ait procédé à un nouvel examen de ce monde.

— C'est précisément mon opinion ! vociféra Charlie qui s'était pleinement rétabli de sa crise. Et si je vous disais qu'il existe des traces indiscutables de l'occupation de Kithrup par une civilisation mécanisée à une date aussi récente que trente mille ans derrière nous ? Et ce, en dehors de tout catalogage dans la Bibliothèque !

Hikahi fit un tonneau pour se rapprocher.

— Professeur Dart, ne seriez-vous pas en train de suggérer que ces anomalies dont vous parlez pourraient être les déchets d'une civilisation interlope ?

— Mais si ! hurla-t-il. C'est exactement ça ! Bien vu ! Vous n'ignorez pas que bon nombre de races éco-sensibles s'établissent instinctivement dans les zones de subduction d'une planète. C'est pourquoi toute trace d'occupation antérieure, aspirée dans l'épaisseur de la croûte planétaire, disparaît ensuite lorsque la planète retourne en jachère. Certains voient même là le motif pour lequel la Terre semble vierge de toute civilisation ayant précédé celle de l'homme.

Hikahi hocha la tête.

— Donc, si quelque espèce s'est illégalement installée ici…

— Elle l'a fait sur le rebord d'une plaque tectonique ! La Bibliothèque n'inspecte une planète qu'à plusieurs millions d'années d'intervalle. Entre deux visites, toute preuve d'incursion avait largement le temps d'être escamotée dans le sous-sol !

Et, par l'entremise de la holo, le savant chimp promena sur son auditoire un regard inquisiteur.

Creideiki avait vraiment du mal à prendre tout cela au sérieux. Dans la bouche de Charlie, cette histoire se transformait en roman policier à la seule différence que les suspects étaient des civilisations, les indices des villes entières et le tapis sous lequel on dissimulait la preuve accablante, la lithosphère d'une planète ! Le crime parfait, quoi ! D'autant que, le flic du coin ne faisant sa ronde que tous les quelques millions d'années, il n'avait aucune chance de pincer le coupable en flagrant délit.

Creideiki prit soudain conscience que chaque point de la métaphore qu'il venait de filer appartenait au domaine culturel humain. En fait, ça n'avait rien d'étonnant. Il était des circonstances, telles que le pilotage en courbure spatiale, où les analogies delphiniennes se révélaient plus pertinentes. Mais lorsqu'on prenait pour sujet de méditation les démentes intrigues politiques des Galactiques, il n'était pas inutile d'avoir vu tout un tas de vieux films noirs ou de s'être abondamment documenté sur l'Histoire tout aussi démente de l'humanité.

À présent, Broodika et Dart s'étaient lancés dans une grande discussion sur quelque obscur point technique… et Creideiki se retrouvait incapable de concentrer ses pensées sur autre chose que sur le goût particulier qu'avait l'eau près d'Hikahi. Il avait une atroce envie de lui demander s'il fallait réellement attribuer à cette fragrance l'interprétation qu'il en donnait. S'était-elle parfumée... ou s'agissait-il d'une phéromone naturelle ?

Non sans mal, il s'astreignit à revenir à des considérations moins hors du sujet.

— En d'autres circonstances, la découverte de Charlie et de Broodika aurait été passionnante.

« Mais, en l'occurrence, elle ne m'apporte rien qui me permette de sauver mon vaisseau et mon équipage, rien non plus qui me donne le moyen de transmettre au Conseil de la Terragens les données que nous avons recueillies. Même cette mission d'enquête auprès d'aborigènes pré-cognitifs dont j'ai confié la responsabilité à Keepiru et à Toshio revêt un caractère d'urgence plus grand que la recherche d'indices enfouis sous des tonnes de roc étranger.

— Veuillez m'excuser, commandant. Je suis désolé d'être en retard. Néanmoins, cela fait un moment que je vous écoute sans rien dire.

Creideiki se retourna pour découvrir à ses côtés le professeur Ignacio Metz. Le vieux psychologue dégingandé pédalait lentement dans l'eau, compensant ainsi sans en avoir l'air une flottabilité naturelle des plus réduites.

Broodika et Dart en étaient à présent à se jeter à la figure des taux d'échauffement par radioactivité, gravité ou impact météoritique. Et Hikahi avait l'air de trouver la discussion fascinante.

— Même tard, vous êtes le bienvenu, professeur Metz. Je suis content que vous ayez pu vous libérer.

Creideiki était surpris de n'avoir pas entendu l'homme approcher. D'ordinaire, Metz faisait un tel boucan qu'on l'entendait venir presque de l'autre bout de l'entrepont. Il était assez fréquent qu'un bourdonnement d'environ deux kilohertz émanât de son oreille droite. Pour l'heure, le phénomène était à peine détectable mais il y avait des jours où c'était particulièrement agaçant. Comment un homme pouvait-il avoir travaillé si longtemps avec les dauphins sans avoir jamais songé à corriger ce défaut ?

Ça y est, voilà que je me mets à jouer les Charlie Dart ! se reprocha-t-il. Cesse de geindre, Creideiki !

Et il siffla une strophe qui ne résonna qu'à l'intérieur de son propre crâne.

Ceux qui vivent
Vibrent tous,
Tous,
Et participent
Au chant du monde

— Commandant, ma présence ici est due à un tout autre motif mais il se peut que la découverte de Dart et de Broodika ait un certain rapport avec ce que j'avais à dire. Pouvez-vous m'accorder un entretien en privé ?

Le visage de Creideiki se ferma. S'il ne s'accordait pas au plus tôt un moment pour dormir et pour faire un peu d'exercice, le surmenage allait avoir raison de lui… et c'était une chose que le *Streaker* ne pouvait se permettre.

Toutefois, cet homme devait être traité avec ménagement. Il n'avait certes pas d'ordres à recevoir de Metz, ni à bord du *Streaker* ni en tout autre lieu, mais l'homme était influent, et influent dans un domaine particulièrement décisif. Creideiki avait beau savoir que son droit de se reproduire lui resterait acquis quelle que fût l'issue de cette mission, il n'en était pas moins certain du poids qu'aurait le rapport de Metz. Tous les dauphins du bord se comportaient le plus « cognitivement » possible en présence du savant. Y compris le commandant.

Peut-être est-ce la raison pour laquelle j'ai toujours différé un inévitable affrontement, se dit Creideiki en prenant la décision de mettre au plus vite Metz en demeure de répondre à quelques questions concernant certains membres de l'équipage.

— Très bien, professeur. Laissez-nous seulement une petite minute. Je pense en avoir tout de suite fini.

Sur un signe de tête du capitaine, Hikahi s'approcha et sourit à Metz avec de petits battements d'ailerons.

— Hikahi, reprit Creideiki, veuillez lever la réunion à ma place. Ne leur accordez pas plus de dix minutes de délai pour résumer leurs propositions. Je vous retrouve dans une heure au bassin de récréation 3-A. Vous m'y soumettrez votre avis sur la question.

Elle lui répondit de la même manière qu'il s'était adressé à elle, dans un anglique subaquatique tout aussi accéléré que fortement infléchi.

— Bien, commandant. Est-ce tout ?

Bon sang ! Il savait que, grâce au sonar, Hikahi n'ignorait rien de son trouble sexuel. Un mâle ne pouvait rien cacher. Pour obtenir la même information sur la dauphine, Creideiki aurait été forcé de recourir à un sondage sonique de ses viscères, ce qui eût été de la dernière impolitesse. Ah ! Les choses n'avaient pas dû être aussi compliquées dans l'ancien temps !

Enfin... il ne lui restait plus qu'une heure à patienter pour être à son tour renseigné sur les dispositions de la fine. L'un des privilèges d'un capitaine de vaisseau était de pouvoir réquisitionner un bassin entier pour son usage personnel. Restait à espérer que, d'ici là, il n'y aurait pas une urgence !

— Oui, pour le moment, pas d'autres directives, Hikahi.

Elle fit un salut impeccable avec un bras de son harnais.

Broodika et Charlie étaient toujours en train de discuter lorsque Creideiki se retourna vers Metz.

— Notre entretien sera-t-il assez privé si nous prenons le chemin le plus long pour gagner la passerelle, professeur ? J'aimerais régler une ou deux choses avec Takkata-Jim avant de passer à d'autres exigences du service.

— Ce sera parfait, commandant. De toute manière, ce que j'ai à vous dire ne sera pas long.

Creideiki garda un visage impassible. Pourtant, fallait-il attribuer une signification particulière au visage de Metz ? L'homme était-il amusé par quelque chose qu'il aurait vu ou entendu ?

— Je ressste perplexe devant le type de volcan que l'on trouve tout au long des trois mille kilomètres de cette zone frontière séparant deux plaques, dit Broodika. (Il parlait lentement, tant pour être compris de Charlie qu'en raison des difficultés inhérentes à toute discussion dans l'oxyeau. On avait toujours l'impression de ne pas avoir assez d'air.) Si l'on examine les cartes que nous avons dressées en orbite, on s'aperçoit que, partout ailleurs sur la planète, le volcanisme est extrêmement clairsemé. Mais ici, les volcans abondent, et ils sont pratiquement tous de la même taille.

— Je ne vois pas en quoi c'est lié, mon vieux, répondit Charlie en haussant les épaules. À mon sens, c'est tout simplement une énorme coïncidence.

— Mais n'est-ce pas également la seule zone dans laquelle on rencontre des tertres de métal ? suggéra soudain Hikahi. Je ne suis pas experte en la matière mais tout cosmonaute apprend à se méfier des coïncidences en chaîne.

Charlie ouvrit puis referma la bouche, comme s'il avait été sur le point de parler mais s'était ravisé.

— Mais ça m'a l'air futé, ça ! finit-il par dire. Oui ! Broodika, ces bestioles simili-coralliennes pourraient-elles avoir besoin d'un élément nutritif que seul leur procurerait ce type particulier de volcan ?

— C'est posssible. Mais il faudrait consulter notre exobiologiste, Dennie Sudman, et elle est sur l'une de ces îles en train d'enquêter sur les aborigènes.

— Il faut absolument qu'elle nous rapporte des échantillons ! s'exclama Charlie en se frottant les mains.

Selon vous, serait-ce abuser que de lui demander de faire un crochet par un volcan ? Pas trop loin, bien sûr, après ce que vient de nous dire Creideiki… Un tout petit détour, de rien du tout, hein ?

Hikahi ne put retenir un petit sifflement de rire. Ce type était complètement jeté ! Néanmoins, il y avait quelque chose de contagieux dans son enthousiasme, et c'était une merveilleuse diversion aux soucis. Ah ! que ne pouvait-elle se permettre d'imiter Charlie Dart et se réfugier dans un monde d'abstractions pour échapper aux périls de cet univers !

— Et un sondage thermique, aussi ! s'écria Charlie. Dennie ne songerait certainement pas à me le refuser après tout ce que j'ai fait pour elle !

Creideiki traçait un large hélicoïde autour du nageur humain et, ce faisant, il profitait de chaque torsion, de chaque cambrure qu'il imprimait à son corps pour étirer ses muscles.

Par commande neurale, il fléchit les manipulateurs principaux de son harnais comme un homme fait travailler ses biceps.

— Alors, professeur, que puis-je pour vous ?

Metz nageait une brasse extrêmement lente. Il posa sur Creideiki un regard affable.

— Commandant, je crois qu'il est temps de réexaminer notre stratégie. Les choses ont changé depuis notre arrivée sur Kithrup et j'estime qu'une nouvelle approche est nécessaire.

— Pourriez-vous être plus précis ?

— Certainement. Vous n'avez pas oublié, je pense, que nous avons fui le point de transfert de Morgran pour n'être pas broyés dans les mâchoires d'un sextuple étau. Très vite, vous avez pris conscience que, même en nous rendant à l'un des partis en présence, nous n'aurions pas manqué de périr dans l'assaut général dont ce dernier aurait été la cible. Sur le moment, j'ai mis quelque temps à comprendre votre logique mais, à présent, je ne peux que lui rendre honneur. Votre manœuvre tactique était incontestablement des plus brillantes.

— Je vous remercie, professeur Metz. Mais vous omettez de mentionner un autre motif de notre fuite. Nous avons reçu du Conseil de la Terragens l'ordre de lui rapporter directement les informations recueillies au cours de ce voyage sans en laisser rien filtrer. Notre capture aurait sans nul doute représenté une « fuite », ne pensez-vous pas ?

— Certes ! reconnut Metz. Et nous avons donc maintenu le statu quo en nous réfugiant sur Kithrup, manœuvre qu'au risque de me répéter je considère à présent comme inspirée. C'est uniquement par malchance, à mon sens, que cette cachette s'est révélée moins bonne que prévu.

Creideiki se retint de lui faire remarquer qu'ils étaient toujours cachés. Cernés, peut-être, mais pas encore pris dans les filets de quiconque.

— Continuez, fit-il.

— Eh bien... aussi longtemps que nous avions la possibilité d'éviter toute capture, votre stratégie de fuite était bonne. Mais la situation a changé. Nos chances de nous échapper sont maintenant proches de zéro. Kithrup demeure certes un abri contre la fureur des combats mais son océan ne saurait nous dissimuler longtemps aux recherches de celui qui, là-haut, remportera la victoire.

— Vous suggérez donc que nous n'avons plus le moindre espoir d'éviter la capture finale ?

— Exactement. Et j'estime que nous devons examiner quelles sont nos priorités afin de parer à de désagréables contingences.

— Et quelles sont nos priorités, selon vous *!*

Creideiki savait déjà quelle réponse il devait attendre.

— Comment ! Mais la survie du vaisseau et de son équipage, bien sûr ! Et l'acheminement à bon port des données qui permettront d'évaluer les performances de l'un et de l'autre ! Somme toute, quel était l'objectif essentiel de notre mission ? Hein ?

Et Metz s'arrêta de nager pour se maintenir à la verticale dans l'eau en faisant peser sur Creideiki le regard d'un professeur qui pose une colle à un élève.

Creideiki aurait pu énumérer une bonne demi-douzaine de tâches qui avaient été assignées au *Streaker* depuis celle de contrôler la véracité des renseignements donnés par la Bibliothèque jusqu'à la prise de contact avec des alliés potentiels en passant par les informations d'ordre militaire que devait recueillir Thomas Orley.

Ces tâches avaient toutes leur importance mais le but premier de leur présence dans l'espace était d'évaluer les performances d'un vaisseau manœuvré par des dauphins et commandé par un dauphin. Le *Streaker* et son équipage constituaient une expérience.

Mais plus rien n'était comme avant depuis qu'ils avaient découvert la flotte abandonnée ! Désormais, il était impossible d'agir selon les priorités dictées au début du voyage. Mais allez le faire comprendre à un homme tel que Metz !

Bon sens, se remémora Creideiki, *fuis donc chez l'animal, car l'homme a perdu la raison…* De temps à autre, il se disait que Shakespeare lui-même avait dû être à demi dauphin.

— Je saisis votre propos, professeur Metz, mais je ne vois toujours pas en quoi une modification de notre stratégie s'avère nécessaire. Nous serions toujours en danger de mort si nous pointions notre bec en surface.

— Seulement si nous le faisions avant qu'il n'y ait un vainqueur là-haut ! Il serait bien évidemment absurde d'aller nous jeter dans un feu croisé. Mais nous sommes d'ores et déjà en position de négocier lorsqu'un vainqueur se dégagera ! Et si nous nous y prenons habilement, nous pouvons encore assurer le succès de notre mission.

Creideiki reprit sa lente progression hélicoïdale, forçant le généticien à nager de nouveau vers l'accès à la passerelle.

— Pourriez-vous me dire ce que nous aurions à offrir lors de telles négociations, professeur Metz ?

L'homme sourit.

— En premier lieu, cette information que Broodika et Charles Dart ont littéralement déterrée. L'Institut récompense ceux qui dénoncent des crimes écologiques. La plupart des factions qui s'affrontent au-dessus de notre tête sont, quelle que soit la nuance, des conservateurs traditionalistes. Ils sauront apprécier une telle découverte.

Creideiki se retint d'exprimer par des railleries mordantes le mépris que suscitait en lui la naïveté de l'homme.

— Poursuivez, professeur, dit-il d'une voix égale. Qu'avons-nous d'autre à proposer ?

— Eh bien, commandant, nous avons aussi l'honneur de notre mission. Quand bien même ceux qui nous feront prisonniers décideraient de garder pour un temps le *Streaker*, ils ne manqueront pas de se montrer compréhensifs quant à nos objectifs. Apprendre à des clients à se servir d'un vaisseau spatial est une des tâches fondamentales de l'Élévation. Il est pratiquement sûr qu'ils nous laisseront dépêcher un petit groupe d'hommes et de fen vers la Terre avec nos analyses de comportement, de sorte que la marche du progrès vers de nouveaux astronefs à pilotage delphinien ne soit pas entravée. En adoptant une autre attitude, ils agiraient comme un individu qui s'opposerait au développement d'un enfant parce qu'il est en désaccord avec les parents de ce dernier !

Et combien d'enfants humains, jadis, dans vos Âges Obscurs, n'ont subi la torture et la mort que pour expier les fautes de leurs parents ? Creideiki aurait aimé pouvoir lui demander qui serait l'émissaire désigné pour rapporter à la Terre les données sur l'Élévation pendant que le *Streaker* serait retenu captif.

— Professeur Metz, je crois que vous sous-estimez le fanatisme de ceux auxquels nous avons affaire. Mais reste-t-il d'autres points sur lesquels nous puissions nous appuyer pour parlementer ?

— Bien sûr. J'ai même gardé le plus important pour la fin. (Ménageant son effet, il posa la main sur le flanc de Creideiki.) Commandant, nous devons envisager de donner aux Galactiques ce qu'ils désirent.

Depuis le début, Creideiki attendait ce moment.

— Vous voulez dire l'emplacement exact de la flotte abandonnée ?

— Oui. Ainsi que toutes les reliques ou données que nous y avons trouvées.

Creideiki se figea dans son expression de joueur de poker. Jusqu'à quel point sait-il à propos du « Herbie » de Gillian ? se demanda-t-il. Grand Rêveur ! Que de problèmes avec ce cadavre !

— Sans doute n'avez-vous pas oublié, commandant, reprit Metz, que le bref message que nous avons reçu de la Terre nous ordonnait de nous cacher et de garder le secret sur nos informations, *si possible* ! Il précisait que nous allions avoir à nous en remettre à notre propre jugement pour faire au mieux ! Notre silence retardera-t-il d'ailleurs pour longtemps la redécouverte de ce cimetière d'épaves à présent que tout le monde est au courant de son existence ? Nul doute que la moitié des grandes puissances patronnes dans les Cinq Galaxies n'aient des essaims de patrouilleurs qui ratissent l'espace en tentant de repérer notre trouvaille. Ils savent déjà qu'il leur faut chercher dans un amas globulaire à l'écart des routes fréquentées. Ce n'est qu'une question de temps avant qu'ils ne finissent par tomber sur la bonne bâche gravitationnelle et sur le bon amas.

Creideiki trouvait cette dernière affirmation discutable. Les Galactiques suivaient rarement le même type de raisonnement que les Enfants de la Terre et ils ne conduiraient certainement pas leurs recherches de la même manière. Que la flotte eût échappé si longtemps aux expéditions de tout ordre en était la meilleure preuve. Toutefois, à long terme, Metz avait probablement raison.

— En ce cas, professeur, pourquoi ne pas simplement transmettre par radio les coordonnées de la flotte à la Bibliothèque ? Une fois qu'elles seront dans le domaine public, nous n'aurons plus rien à voir dans l'histoire. Il est certain qu'une découverte d'une telle importance doit faire l'objet d'une enquête approfondie menée par une équipe officielle de l'Institut.

Creideiki faisait de l'ironie mais il se rendit compte, au sourire protecteur de Metz, que l'humain le prenait au sérieux.

— Vous êtes naïf, commandant. Les fanatiques qui sont là-haut se soucient fort peu de codes galactiques au demeurant fort lâches s'ils sont persuadés que le millenium est proche ! Que tous connaissent l'emplacement de la flotte et la bataille ne fera que se transférer là-bas ! Ces antiques vaisseaux seront détruits dans un feu croisé, quelle que soit la résistance des étranges champs protecteurs qui les entourent. Et les Galactiques ne s'en démèneront pas moins pour nous faire prisonniers au cas où nous aurions menti !

Ils étaient parvenus devant le sas de la passerelle. Creideiki s'arrêta.

— Serait-il donc préférable qu'un seul des partis en présence disposât de l'information et pût explorer seul la flotte ?

— Bien sûr ! En définitive, qu'est-ce que ce tas de ferraille à la dérive représente pour nous ? Rien qu'un endroit dangereux où nous avons perdu notre vedette et une dizaine de nos meilleurs fen. Nous n'avons pas le culte des ancêtres comme tous ces fanatiques qui se battent là-haut et nous nous fichons pas mal, hormis pai simple curiosité intellectuelle, de savoir si ces épaves sont un vestige de l'époque des Progéniteurs ou les Progéniteurs eux-mêmes qui seraient de retour ! Ce qui est sûr, c'est que ça ne vaut pas le coup d'y laisser notre peau. S'il est une chose que nous avons apprise au cours des deux derniers siècles, c'est qu'un petit clan de nouveaux venus comme les gens de la Terre ont intérêt à se garer vite fait lorsque de grands garçons comme les Soros et les Gubrus bavent d'envie devant quelque chose.

Les vigoureux mouvements de tête par lesquels le professeur Metz soulignait chaque point de sa tirade soulevaient des vagues dans sa chevelure argentée dont les mèches retenaient un halo d'effervescence.

Sans vouloir revenir sur son opinion et aller jusqu'à éprouver du respect pour Ignacio Metz, Creideiki constatait que l'homme devenait presque sympathique lorsqu'il se passionnait assez pour se départir de sa façade compassée.

Malheureusement, Metz était fondamentalement dans l'erreur.

Sur le harnais de Creideiki, la montre carillonna. Il eut un sursaut en prenant conscience de l'heure tardive.

— C'était une discussion fort intéressante, professeur Metz, mais le temps me manque pour la poursuivre plus avant. Quoi qu'il en soit, aucune décision ne sera prise jusqu'à la prochaine réunion plénière de l'état-major du vaisseau. Cela vous semble-t-il acceptable ?

— Oui, je crois, bien que…

— Et, à propos de la bataille qui se déroule au-dessus de Kithrup, je dois justement passer voir Takkata-Jim pour lui demander les nouvelles.

Il n'avait pas compté perdre autant de temps avec Metz. Il était hors de question de surseoir une fois de plus à cette pause qu'il avait décidé de s'accorder. Metz, hélas, n'avait apparemment pas l'intention de le lâcher.

— À propos de Takkata-Jim, commandant, je me rappelle un autre point que je voulais aborder. Le sentiment d'isolement social qu'expriment certains fen d'équipage appartenant à des sous-groupes génétiques expérimentaux n'est pas sans me donner quelque souci. Ils se plaignent d'être victimes d'ostracisme et la fréquence avec laquelle ils sont l'objet de mesures disciplinaires me semble disproportionnée.

— Vous faites allusion, je suppose, à certains *Steno* ? Metz parut mal à l'aise.

— Ce terme populaire semble être entré dans les mœurs quoique tous les dauphins soient taxonomiquement parlant des *Tursiops amicus*, cependant…

— J'ai la mâchoire aux aguets de tout ce qui se passe à bord, professeur Metz, l'interrompit Creideiki sans se soucier de ménager plus longtemps la susceptibilité du mel. De subtiles dynamiques de groupe sont en jeu et j'applique ce que j'estime être des techniques efficaces pour maintenir la solidarité dans l'équipage.

En fait, le nombre des mécontents se situait autour de la douzaine et Creideiki avait l'impression d'avoir affaire à une remontée de l'atavisme due au stress, une sorte d'effritement de la sapience sous l'action de la peur et de la tension. Mais le prétendu spécialiste qu'était le professeur Metz semblait penser que l'équipage du *Streaker*, dans sa grande majorité, pratiquait la discrimination raciale.

— Est-ce à dire que Takkata-Jim aurait également des problèmes, professeur ?

— Certainement pas ! C'est un officier irréprochable. En entendant son nom, je me suis rappelé ce que j'avais à vous dire simplement parce que… (Et il s'interrompit.)

Parce que c'est un *Steno*, acheva Creideiki dans son for intérieur. Dois-je dire à Metz que j'envisage de nommer Hikahi second ? Car, quelles que soient ses compétences, la morosité dans laquelle se renferme Takkata-Jim commence à porter atteinte au moral de l'équipage. Et je ne puis admettre cela dans mon banc de commande.

Creideiki regrettait amèrement le lieutenant Yachapa-Jean qui avait disparu dans les Syrtes.

— Professeur Metz, puisque vous avez abordé le sujet, je tiens à vous dire que j'ai remarqué chez certains membres de l'équipage quelques divergences entre le profil psycho-biologique établi avant le lancement et leur comportement subséquent, même avant que nous n'ayons découvert la flotte abandonnée. Je n'ai pas la prétention d'être un cétapsychologue mais j'ai la conviction que, dans certains cas, l'effectif du vaisseau ne correspond pas à celui qui avait été arrêté au départ. Avez-vous quelques éclaircissements à me donner là-dessus ?

Le visage de Metz se ferma.

— Je ne suis pas sûr de savoir ce dont vous parlez, commandant.

Dans un bruissement, un bras sortit du harnais de Creideiki pour gratter un point qui le démangeait au-dessus de l'œil droit.

— Pour l'heure, je laisse la question en suspens mais je compte sous peu user de mes privilèges de commandant pour examiner vos notes. À titre officieux, bien sûr. Veuillez les préparer…

Un signal sonore interrompit Creideiki. C'était la radio de son harnais.

— Oui, parlez ! ordonna-t-il. (Et il resta quelques instants à écouter une voix bourdonnante sur son branchement neural.) J'arrive tout de suite, répondit-il. Creideiki. Terminé.

Il concentra un faisceau sonar sur une plaque sensible située près de l'écoutille qui s'ouvrit dans un bourdonnement.

— C'était la passerelle, reprit-il à l'intention de Metz. Un éclaireur vient d'arriver porteur d'un message de Tsh't et d'Orley. On a besoin de moi. Mais nous reprendrons cette discussion, professeur, très prochainement.

Puis, en deux puissants battements de caudale, Creideiki franchit les portes du sas et monta vers la passerelle.

Ignacio Metz le regarda s'éloigner.

Creideiki a des soupçons, se dit-il. Son intuition lui a fait sentir qu'une part de mes recherches était quelque peu spéciale. Il faut que je pare le coup. Mais comment ?

La tension résultant de l'état de siège constituait pour Metz une extraordinaire mine de données, en particulier sur les éléments dont il avait réussi à noyauter l'effectif du *Streaker*. Mais à présent les choses commençaient à se gâter. Certains de ses sujets présentaient des symptômes de stress auxquels il ne se serait jamais attendu.

Et voilà qu'en plus du souci que lui donnaient ces fanatiques d'extraterrestres il lui fallait maintenant détourner les soupçons de Creideiki... ce qui ne promettait pas d'être facile. Metz savait reconnaître le génie lorsqu'il le rencontrait, surtout chez un dauphin élevé.

Si seulement c'était l'un des miens ! se dit-il. Si seulement je pouvais me flatter d'avoir conçu ne serait-ce que ce seul fin !

Gillian

Suspendus dans l'espace, tels les rangs encore serrés d'un collier de perles rompu, les vaisseaux reflétaient vaguement la faible lumière de la Voie lactée. Les plus proches étoiles étaient les rougeâtres vétérans d'un petit amas globulaire, patients vestiges de la toute première époque de formation d'une étoile, dénudés de toute planète, de tout métal.

Gillian contemplait cette photographie, l'une des six que le *Streaker* avait transmises en toute innocence à la Terre, croyant n'avoir affaire qu'à une bâche gravitationnelle sans grand intérêt située hors des sentiers battus.

Mais cette étrange et silencieuse armada n'avait pas répondu aux innombrables questions qu'elle ne pouvait manquer de faire naître chez les Terriens. Car, dans la structure ordonnée des Cinq Galaxies, cette flotte de vaisseaux fantômes n'avait pas sa place.

Mais comment a-t-elle pu passer si longtemps inaperçue ?

Gillian reposa la holo et en prit une autre. Celle-ci montrait en gros plan l'une des épaves géantes. Énorme comme une lune, le métal de sa coque rongé par les âges, il émanait d'elle une faible luminescence… celle d'un champ protecteur aux insoupçonnables propriétés. Cette aura avait défié toute analyse. Tout ce qu'ils avaient pu déterminer, c'est qu'il s'agissait d'un champ de probabilité particulièrement intense et d'une nature inhabituelle.

En tentant d'aborder l'une de ces nefs fantômes, le youyou du *Streaker* avait provoqué, aux limites extrêmes du champ, une sorte de réaction en chaîne. Des éclairs d'une brillance exceptionnelle avaient surgi entre l'antique léviathan et la petite vedette. Le lieutenant Yachapa-Jean avait transmis au vaisseau que toute l'équipe de reconnaissance était sous l'empire d'hallucinations intenses. Elle avait tenté de reculer mais, désorientée par ses visions, elle avait déployé ses écrans de stase à l'intérieur de l'étrange champ. Il en était résulté une gigantesque explosion dans laquelle s'étaient vus désintégrés tout à la fois le minuscule esquif terrien et la monstrueuse épave.

Gillian reposa la photo et porta son regard vers l'autre bout du labo où Herbie gisait dans son filet de stase, silhouette inconnue depuis des centaines de millions d'années… depuis des milliards d'années.

À la suite du désastre, Tom Orley était sorti seul et il avait rapporté cette relique qui était entrée secrètement dans le vaisseau par un sas latéral.

Une prise de valeur, se dit Gillian en contemplant le cadavre. Du moins nous as-tu coûté cher, Herbie. Si seulement je pouvais me faire une idée de ce que nous avons acheté !

Car Herb constituait une énigme digne des recherches concertées de plusieurs grands Instituts et non des faibles moyens d'une seule femme isolée à bord d'un vaisseau assiégé à des millions de parsecs de chez elle.

C'était frustrant, mais il fallait bien que quelqu'un fît l'effort de chercher… que quelqu'un tentât de comprendre pourquoi ils étaient brusquement devenus un gibier que l'on pourchassait. Avec Tom à l'extérieur et Creideiki absorbé par la bonne marche du vaisseau et de son équipage, cette tâche lui revenait. Si elle ne s'en était pas occupée, personne ne l'aurait fait.

Lentement, elle apprenait une chose ou deux sur Herbie… assez pour confirmer l'extrême antiquité de la momie, sa structure squelettique de créature marchant à la surface d'une planète et l'obstination de la micro-Bibliothèque du bord à prétendre que rien de tel n'avait jamais existé.

Elle posa les pieds sur le bureau et prit une autre photo sur la pile. Celle-là montrait de manière fort nette, au travers du miroitement d'un champ de probabilité, une série de symboles gravés sur le flanc d'une vaste coque.

— Ouverture Bibliothèque, dit-elle. (Des quatre écrans holo de son bureau, celui qui, à l'extrême gauche, était surmonté du glyphe de la spirale rayonnante s'alluma.) Dossier Syrtes, recherche de références concernant les symboles. Ouverture et affichage. (Une colonne de texte se détacha en réponse contre la cloison qui se trouvait à sa gauche. La liste était d'une concision consternante.) Sub-persona : bibliothécaire de référence/mode interrogatif.

Le texte resta projeté contre le mur mais, sur ses marges, un dessin tournoyant prit corps à l'intérieur de la spirale radiée. Puis une voix calme annonça :

— Mode bibliothécaire de référence. Puis-je vous être utile ?

— Est-ce tout ce que tu as été capable de me trouver sur ces symboles ?

— Affirmatif. (C'était une voix froide quoique dotée d'inflexions irréprochables car nul effort n'avait été fait pour déguiser qu'elle provenait d'une persona minimale, d'un tout petit secteur de programme de la Bibliothèque du bord.) J'ai passé en revue l'ensemble de mes archives afin de chercher des corrélatifs à ces symboles mais vous devez, bien sûr, garder en mémoire que je ne suis qu'une micro-antenne aux capacités restreintes et que ces symboles sont mutables à l'infini dans le temps. Le tracé donne toutes les références possibles dans le cadre des paramètres que vous avez fixés.

Gillian regarda la courte liste. C'était quand même incroyable. Quoique sans commune mesure avec une antenne planétaire ou sectorielle, la Bibliothèque du vaisseau n'en contenait pas moins l'équivalent de tous les livres publiés sur la Terre depuis les dernières décennies du vingt et unième siècle. Elle devait certainement pouvoir trouver d'autres corrélations que ça !

— Ifni ! soupira-t-elle. Il faut pourtant que *quelque chose* ait mis dans tous leurs états la moitié des fanatiques de la galaxie. Peut-être est-ce le portrait d'Herb que nous avons transmis. Peut-être sont-ce ces symboles. Mais qu'est-ce que c'est ?

— Je ne suis pas équipé pour spéculer, répondit le programme.

— C'était une question de pure rhétorique et qui ne t'était nullement adressée, de toute façon. Je vois que tu relèves une corrélation de trente pour cent entre cinq de ces symboles et certains glyphes religieux de l'Alliance « abdicatrice ». Fais-moi un survol des Abdicateurs.

Le timbre de la voix se modifia :

— Mode sommaire culturel… « Abdicateur est le terme anglique qui fut choisi pour désigner l'un des regroupements philosophiques majeurs de la société galactique. La foi abdicatrice date de la légendaire période Tarseuh de la quinzième ère, approximativement six cents millions d'années dans le passé, époque particulièrement troublée au cours de laquelle les Instituts Galactiques n'ont survécu que de justesse aux ambitions de trois puissantes races patronnes (références 97AcF109t, 97AcG136t et 97AcG986s). Deux de ces espèces comptent parmi les puissances militaires les plus belliqueuses qu'ait connues l'histoire des Cinq Galaxies Unies. La troisième est à l'origine de plusieurs innovations techniques dans le domaine astronautique, en particulier du système à présent standard de... »

La Bibliothèque s'engagea dans un exposé technique détaillé de méthodes de fonte et d'usinage. Quoique ce ne fût pas dénué d'intérêt, cela n'avait que peu de chose à voir avec le sujet. De la pointe de son orteil, Gillian effleura la touche d'accélération de sa console et la narration fit un bond en avant.

— ... « Les conquérants se donnaient un surnom que l'on peut traduire par "les Lions". Ils réussirent à s'emparer de la plupart des points de transfert et des places fortes ainsi que de toutes les grandes Bibliothèques. Vingt millions d'années durant, leur domination parut incontestable et la croissance démographique anarchique des Lions, accompagnée d'une expansion coloniale démesurée, entraîna l'extinction de huit des dix races pré-clientes que les Cinq Galaxies comptaient à l'époque. Le rôle primordial des Tarseuhs dans le renversement de cette tyrannie tient à ce qu'ils requirent l'intervention de six très vieilles espèces que l'on croyait éteintes. Leurs six forces armées, alliées aux Tarseuhs, amorcèrent une contre-attaque de la culture galactique qui fut couronnée de succès. Par la suite, lorsque les Instituts eurent été restaurés dans leur souveraineté, les mystérieux défenseurs rentrèrent dans l'oubli, accompagnés par les Tarseuhs... »

Gillian mit un terme à ce flot de paroles.

— D'où sortaient ces six races qui aidèrent les rebelles ? N'as-tu pas dit qu'elles étaient éteintes ?

La voix du moniteur reprit :

— Les archives de l'époque les donnaient comme éteintes. Désirez-vous connaître les numéros des références ?

— Non. La suite.

— « De nos jours, la plupart des sophontes estiment qu'il s'agissait de six vestiges ethniques n'ayant pas encore achevé leur "sortie" vers un stade d'évolution ultérieur. Subséquemment, ces six races auraient pu n'être pas éteintes stricto sensu mais transformées de par leur croissance au point de n'être plus reconnaissables. Elles restaient néanmoins capables de s'intéresser aux affaires de ce bas univers lorsque les circonstances atteignaient un niveau suffisamment critique. » Désirez-vous que je fasse référence aux articles concernant les modes naturels de passage des espèces ?

— Non. La suite. Où les Abdicateurs interviennent-ils là-dedans ?

— « Les Abdicateurs estiment qu'il existe certaines races éthérées qui daignent, de temps à autre, prendre une forme physique dans l'incognito d'un schéma d'Élévation apparemment normal. Ces "Grands Esprits" sont élevés comme pré-clients, passent leur période de contrat et finissent par devenir des races doyennes sans rien révéler de leur vraie nature. En cas d'urgence, quoi qu'il en soit, ces super-espèces ont ainsi la possibilité d'intervenir rapidement dans les affaires des mortels. Les Progéniteurs sont censés avoir été les plus anciens, les plus distants, les plus puissants de ces Grands Esprits. Naturellement, cette tradition diffère profondément de la légende couramment admise qui prétend que les Aînés auraient quitté depuis fort longtemps la Galaxie Natale en promettant néanmoins de revenir un jour… »

— Stop !

La Bibliothèque se tut aussitôt. Le front de Gillian se

plissa tandis qu'elle réfléchissait à cette dernière phrase : « Naturellement, cette tradition diffère profondément… »

Foutaises ! La foi abdicatrice n'était qu'une variante du même dogme de base et n'offrait que de faibles divergences avec les autres traditions millénaristes ayant trait au « retour » des Progéniteurs. La controverse lui rappelait les querelles qui, jadis, avaient secoué les religions de la Terre dont les adeptes s'adonnaient à de folles exégèses sur la nature de la Trinité ou calculaient le nombre d'anges qui pouvaient tenir sur la pointe d'une aiguille.

Un tel délire sur des points de doctrine mineurs lui aurait presque paru drôle s'il n'avait été le fond même d'une bataille qui faisait rage quelques milliers de kilomètres au-dessus d'elle.

Elle prit mentalement note de penser à tenter un renvoi croisé aux croyances hindoues sur les avatars des déités. La similitude avec les dogmes abdicateurs était si forte qu'elle se demandait pourquoi la Bibliothèque n'avait pas fait la relation, tout au moins pour y voir une analogie.

Bon ! Trop, c'est trop.

— Niss ! appela-t-elle.

Le moniteur à l'extrême droite du bureau s'alluma. Un motif abstrait de poussières étincelantes fit irruption dans la zone étroitement délimitée qui surplombait l'écran.

— Comme vous le savez, Gillian Baskin, il est préférable que la Bibliothèque ne soit pas au courant de ma présence à bord. Aussi ai-je pris la liberté de l'aveugler pour qu'elle ne puisse observer notre conversation. Vous avez une question à me poser ?

— Sûr. As-tu écouté ce qu'elle vient de me raconter ?

— Je suis attentif à tout ce que fait cette micro-antenne de bord. C'est la raison première de ma présence ici. Thomas Orley ne vous a-t-il donc jamais rien expliqué ?

Gillian se retint. Son pied était beaucoup trop près de l'écran insultant et elle le posa sur le sol pour éviter toute tentation.

— Niss ? demanda-t-elle d'une voix neutre. Comment se fait-il que cette micro-Bibliothèque s'exprime en charabia ?

La machine tymbrimie eut un soupir des plus anthropomorphes.

— Virtuellement, docteur Baskin, toutes les races qui respirent de l'oxygène, hormis l'humanité, ont été bercées dans une structure sémantique élaborée sur des générations de rapports patron/client influencés par la Bibliothèque. Au regard des normes galactiques, les langues de la Terre sont bizarres et chaotiques, et les problèmes posés par la conversion d'archives dans votre syntaxe peu conventionnelle sont énormes.

— Tout ça, je le sais déjà ! Les E.T. voulaient que nous apprenions le Galactique Sept à l'époque du Contact. Nous leur avons dit de garder l'idée pour eux et de se la coller où ils voulaient.

— Voilà qui est imagé. L'humanité a donc mis en œuvre des moyens exceptionnels pour amener l'annexe terrienne de la Bibliothèque à s'exprimer en anglique parlé. On a eu beau faire appel à des conseillers tymbrimis, kantens et autres, le résultat n'en laisse pas moins à désirer. N'est-ce pas votre avis ?

Gillian se frotta les paupières. Tout ça ne menait nulle part. Pourquoi Tom s'imaginait-il que cette sarcastique machine pût être utile ? Chaque fois qu'elle voulait en obtenir une réponse toute simple, la Niss ne faisait que lui poser des questions.

— Le problème du langage leur sert d'excuse depuis plus de deux siècles ! dit-elle. Combien de temps vont-ils encore nous servir la même rengaine ? Depuis le Contact, nous avons étudié le phénomène des langues comme il ne l'avait jamais été durant des millions d'années ! Nous nous sommes attelés aux complexités des langues des « jeunes-loups » que sont l'anglique, l'anglais, le japonais, et nous avons appris à parler aux chimps et aux dauphins. Nous avons même fait quelques progrès dans la communication avec ces étranges créatures qui peuplent le soleil de notre monde, les Solariens ! Et pourtant, l'Institut de la Bibliothèque continue de nous soutenir que notre langue seule est responsable de toutes ces corrélations défectueuses, de ces documents d'archives épouvantablement traduits ! C'est un peu fort quand je pense que Tom et moi parlons chacun quatre ou cinq langues galactiques. Non, ce ne sont pas des divergences linguistiques qui posent problème, c'est quelque chose de bizarre dans les données que l'on nous a fournies !

Pour une fois, la Niss se contenta de bourdonner sans rien dire. Les poussières d'étincelles se combinèrent et se repoussèrent tels deux liquides de densité différente qui ne semblent se mêler que pour mieux retomber en gouttelettes distinctes.

— Docteur Baskin, ne venez-vous pas d'exposer la justification majeure de vaisseaux qui, tel celui-ci, courent l'espace pour traquer les écarts entre archives et réalité ? Et le but même de mon existence : tenter de prendre la Bibliothèque en flagrant délit de mensonge, s'efforcer de comprendre pourquoi les plus puissantes races patronnes ont « pipé les dés », comme vous dites, à l'encontre de sophontes plus jeunes comme les Hommes et les Tymbrimis ?

— Alors, pourquoi ne m'aides-tu pas ?

Le cœur de Gillian se mit à battre plus vite. Elle s'agrippa au rebord de son bureau et prit soudain conscience de ce que la frustration était en train de resserrer son emprise sur elle.

— Pourquoi suis-je à ce point fascinée par le point de vue humain sur les choses, docteur Baskin ? demanda la Niss d'une voix qui s'était presque teintée de sympathie. Mes maîtres tymbrimis sont d'une habileté hors du commun. Leur faculté d'adaptation leur permet de survivre au sein d'une galaxie pleine de dangers. Ils sont néanmoins prisonniers, eux aussi, du mode de pensée universellement admis. Vous, Terriens, vous avez une perspective neuve qui vous permet de voir des choses qui leur échappent. Car, si vaste que soit l'éventail de comportements et de croyances des créatures qui respirent de l'oxygène, l'expérience de l'Homme est virtuellement unique. Les races clientes élevées avec soin se voient épargner ce cheminement plein d'erreurs qui fut celui de vos nations humaines d'avant le Contact. Ce sont ces erreurs qui vous ont faits différents.

Ce n'était pas faux, Gillian le savait. Les hommes et les femmes des origines ne s'étaient pas privés de faire l'essai d'idioties monumentales… d'absurdités dont l'idée ne serait même pas venue à l'esprit d'espèces conscientes des lois de la nature. Des superstitions sans nombre avaient déferlé sur ces siècles sauvages. On avait adopté toutes sortes de façons de gouverner, de prendre le pouvoir, de philosopher, pour les abandonner ensuite. C'était presque comme si la Terre Orpheline avait constitué un laboratoire planétaire où l'on se permettait n'importe quelle expérience bizarre et insensée.

Tout illogiques et honteuses qu'elles parussent en rétrospective, ces expériences avaient enrichi l'homme moderne. Peu de races s'étaient autant fourvoyées en un si court laps de temps ou n'avaient tenté de trouver autant de solutions, si stériles fussent-elles, à des problèmes sans espoir.

Les artistes terriens étaient recherchés par quantité d'E.T. blasés, et l'on payait très cher pour entendre débiter ces contes que nul Galactique n'aurait jamais pu imaginer. Les Tymbrimis avaient un goût tout particulier pour les romans fantastiques humains regorgeant de dragons, d'ogres et de pouvoirs magiques… plus il y en avait, mieux c'était. Ils trouvaient ce genre extraordinairement baroque et haut en couleur.

— Moi, je ne cède pas au découragement lorsque vos rapports avec la Bibliothèque vous donnent un sentiment de frustration, dit la Niss. Bien au contraire, cela me satisfait car votre frustration m'apprend des choses ! Vous ne cessez de remettre en question ce que la société galactique tient pour acquis. Ce n'est qu'en second lieu que je suis là pour vous aider, madame Orley. En premier lieu, c'est pour vous regarder souffrir.

Gillian marqua le coup. Cette utilisation d'un titre honorifique désuet ne pouvait être gratuite, pas plus que les efforts visibles de la machine pour la pousser à bout. Toutefois, elle ne bougea pas et contrôla un flux d'émotions contradictoires.

— Cette discussion n'aboutit à rien, dit-elle soudain. Ou plutôt si, à me rendre folle. Je me sens comme dans un étau.

Pour tout commentaire, la Niss projeta une gerbe d'étincelles. Gillian regarda les particules tournoyer et danser.

— N'es-tu pas en train de me suggérer que nous laissions cela de côté pour le moment ? reprit-elle enfin.

— Peut-être. Hommes et Tymbrimis possèdent tous deux un moi subconscient. Il se peut que nous ayons intérêt à laisser la part cachée de nous-mêmes ruminer ces problèmes pour un temps.

Gillian acquiesça d'un hochement de tête.

— Je vais demander à Creideiki de m'envoyer sur cette île d'Hikahi. Ces aborigènes sont importants. En dehors de notre évasion, je ne crois pas que nous ayons d'objectif plus essentiel.

— C'est une opinion normale et morale conforme au point de vue galactique et, de ce fait, dénuée de tout intérêt pour moi.

La Niss avait déjà l'air de s'ennuyer. Ses gerbes éblouissantes se fondirent en une vague spirale de lignes sombres qui tournoyèrent un moment avant de converger vers un point minuscule dans lequel elles s'évanouirent.

Gillian crut entendre un petit bruit sec à l'instant où la Niss la quittait.

Lorsqu'elle eut Creideiki sur le réseau de communication interne, le capitaine cligna des yeux incrédules.

— Gillian, votre psi n'en fait-il pas un peu trop ? J'étais justement en train de vous appeler !

Elle se redressa dans son fauteuil.

— Avez-vous des nouvelles de Tom ?

— Oui. Ça va bien. Il m'a chargé de vous faire faire ses courses. Pouvez-vous passer me voir ?

— J'arrive tout de suite, Creideiki.

Elle verrouilla la porte de son laboratoire et se précipita vers la passerelle.

Galactiques

Beie Chohooan ne pouvait que gronder de surprise devant l'ampleur de la bataille. Comment les fanatiques avaient-ils réussi à mettre en si peu de temps de telles forces en présence ?

Le petit patrouilleur synthiain suivait le lit encombré d'astéroïdes d'un ancien courant-jet laissé par une comète depuis longtemps disparue. L'ensemble du système de Kthsemenee était brillamment illuminé d'éclairs et, sur ses écrans, Beie pouvait voir autour d'elle les flottes de guerre qui se fondaient en mêlées tournoyantes pour se porter égratignures et coups mortels avant de repartir chacune dans son coin d'espace. Des alliances se formaient et se dissolvaient au gré de l'avantage qu'y trouvaient leurs parties et, en violation des règles souhaitées par l'Institut pour une Guerre Civilisée, il s'agissait d'un combat à outrance.

Bien qu'elle n'en fût pas à sa première mission d'espionnage pour l'Enclave Synthiaine, Beie n'avait jamais rien vu de tel.

— J'étais en observatrice à Paklatuthl lorsque les clients des J'8Ieks ont rompu leur contrat sur le champ de bataille. J'ai vu l'Alliance Obédiante rencontrer les Abdicateurs dans la démesure d'une guerre rituelle. Mais jamais il ne m'a été donné d'assister à un massacre aussi insensé ! N'ont-ils donc aucune dignité ? Aucun sens de l'art de la guerre ?

Et sous ses yeux, elle vit la plus puissante coalition se disloquer dans une trahison sauvage tandis qu'une aile entière se retournait contre sa voisine.

— Fanatiques sans foi ni loi, marmonna Beie avec un reniflement de dégoût.

Un pépiement se fit entendre sur une étagère à sa gauche et une série de petits yeux roses se baissèrent vers elle.

— Lequel d'entre vous a dit ça ?

Elle foudroya du regard les petits Wazoons qui la fixaient depuis l'écoutille ouverte de leurs bulles espionnes respectives. Les créatures semblables à des tarsiers battirent des paupières, pépièrent d'amusement, mais aucune ne fit une réponse directe à la question de leur patronne.

— Vous n'avez pas tort, de toute façon, reconnut Beie. Les fanatiques ont pour eux leur rapidité d'action. Ils ne prennent pas le temps de réfléchir et foncent dans le tas tandis que nous autres, modérés, restons à peser le pour et le contre.

Et surtout nous, les Synthiains, avec notre perpétuelle prudence, ajouta-t-elle pour elle-même. Les Terriens sont censés être nos alliés et, pourtant, nous n'élevons que timidement la voix pour protester auprès d'Instituts parfaitement impuissants et tergiversons en sacrifiant patrouilleur sur patrouilleur pour espionner les Galactiques.

Les Wazoons poussèrent un couinement pour l'avertir.

— Je sais ! leur répondit-elle sèchement… Vous croyez que je ne connais pas mon boulot ? Il y a une sonde

d'observation juste devant nous, d'accord. Alors, que l'un de vous aille s'en occuper et qu'on ne me dérange plus ! Vous ne voyez pas que j'ai autre chose à faire ?

Les petits yeux roses clignèrent de nouveau et une de leurs paires disparut quand son propriétaire wazoon referma sur lui la portière de son minuscule appareil. Un léger frisson parcourut le patrouilleur lorsque la bulle s'en détacha.

Bonne chance, petit Wazoon, client fidèle, pensa Beie qui, avec une feinte indifférence, suivit sur son écran les évolutions de la petite bulle se frayant un chemin entre les astéroïdes vers la sonde de guet qui barrait la route du patrouilleur.

Encore une mission perdue, se dit-elle avec amertume. Les Tymbrimis se battent pour survivre, la Terre est en état de siège et la moitié de ses colonies sont déjà tombées ; pendant ce temps-là, nous autres, Synthiains, nous ne sortons de l'expectative que pour replonger aussitôt dans l'expectative en nous contentant de nous expédier en observation, moi et mon équipe.

Un flamboiement brutal transforma le champ d'aérolithes en lignes d'ombres fuyantes. Une sourde lamentation monta de l'étagère des Wazoons qui se turent dès que Beie se tourna vers eux.

— Ne me cachez pas vos sentiments, mes braves Wazoons, murmura-t-elle. Vous êtes des clients et de courageux guerriers, pas des esclaves. Pleurez votre collègue qui est mort pour nous.

Elle fut traversée par la vision de son propre peuple, si flegmatique, si prudent, et au sein duquel elle s'était toujours sentie étrangère.

— Donnez libre cours à vos sentiments ! *insista-t-elle, surprise par sa propre véhémence. Il n'y a pas de honte à être affecté, mes petits Wazoons. En cela, vous serez supérieurs à votre race patronne lorsque vous aurez grandi et que vous serez vos propres maîtres !*

Beie pilotait le patrouilleur, toujours plus près du monde aquatique et résolument plus proche de ses camarades clients que de la race exagérément circonspecte qui était la sienne.

Thomas Orley

Thomas Orley contemplait son trésor, cette chose qu'il cherchait depuis douze ans. Il était apparemment intact et c'était la première fois qu'un tel objet échouait ainsi entre des mains humaines.

Deux fois seulement au cours des deux cents dernières années une micro-antenne de la Bibliothèque conçue pour d'autres races avait été récupérée par des Terriens à la suite d'escarmouches. Dans un cas comme dans l'autre, les mémoires avaient été endommagées. Néanmoins, on en avait tiré de précieux renseignements jusqu'au jour où, à la suite d'une erreur de manipulation, les machines semi-intelligentes s'étaient autodétruites.

Celle-ci était donc la première qui sortît intacte d'un vaisseau de guerre appartenant à l'une des puissantes races patronnes galactiques, et surtout la première depuis qu'une certaine machine tymbrimie participait aux recherches d'Orley.

C'était un coffre beige d'environ trois mètres de haut sur deux de large et un de profondeur avec de simples accès optiques. À mi-hauteur sur l'un des côtés se trouvait la spirale radiée symbolisant la Bibliothèque.

L'unité avait été arrimée sur un traîneau de marchandises avec d'autres objets récupérés sur l'épave thennanin, dont trois bobines de probabilité en parfait état. Hannes Suessi allait retourner au *Streaker* en veillant sur ce chargement comme une mère poule sur ses œufs et il n'en reviendrait qu'après s'être assuré que leurs prises étaient en sûreté entre les mains d'Emerson d'Anite.

Tom inscrivit ses instructions de routage sur une tablette de cire qu'il colla sur la micro-antenne de façon à recouvrir le glyphe spiralé. Avec un peu de chance, cette unité de la Bibliothèque serait directement acheminée vers Creideiki ou vers Gillian sans que l'équipage y prêtât trop d'attention.

Non qu'il fît grand secret de son intérêt pour la capture d'une mini-Bibliothèque de bord extraterrestre ; les fen ne l'avaient-ils pas aidé à la sortir du vaisseau thennanin ? Mais moins nombreux ils seraient à connaître les détails de l'affaire, mieux cela vaudrait. Surtout s'ils venaient à être faits prisonniers. Si ses instructions étaient correctement suivies, l'unité serait branchée dans sa cabine sur le réseau de communication interne et aurait l'apparence anodine d'un organe de transmission classique.

Il s'imaginait déjà la stupeur de la Niss. Il aurait bien aimé être là lorsque la machine tymbrimie découvrirait à quoi elle avait brusquement accès. Cette chose imbue d'elle-même en aurait probablement le sifflet coupé pendant une bonne demi-journée.

Il espérait néanmoins qu'elle ne serait pas trop abasourdie, souhaitant en tirer quelque chose au plus vite.

Suessi dormait encore, assujetti par des courroies au sommet de sa précieuse cargaison. Tom s'assura que ses directives ne pouvaient se détacher en route puis nagea jusqu'à la corniche surplombant l'épave étrangère.

Cette dernière pullulait de fen qui s'activaient à prendre les mesures précises de la coque tant de l'extérieur que de l'intérieur. Sur un ordre de Creideiki, des charges d'explosif seraient mises à feu, entamant un processus qui ne laisserait du vaisseau qu'une carcasse vide.

À l'heure actuelle, le messager qu'ils avaient dépêché devait avoir atteint le *Streaker* et, déjà, un traîneau devait être en route, déroulant le long du raccourci qu'ils avaient découvert un monocâble qui les relierait à leur point d'attache. Normalement, ce traîneau croiserait celui de Suessi à mi-chemin.

Tout cela supposait évidemment que le « point d'attache » fût toujours là. Selon Tom, néanmoins, il y avait de grandes chances pour que la bataille fît encore rage au-dessus de Kithrup. Une guerre spatiale n'était pas un feu de paille, surtout lorsqu'elle était le fait de Galactiques coutumiers des stratégies à longue échéance. Elle pouvait encore durer un an ou deux, quoiqu'il en doutât. Une telle prolongation des hostilités aurait permis l'arrivée de renforts et entraîné une guerre d'usure. Il était peu probable que les fanatiques en vinssent là.

De toute manière, l'équipage du *Streaker* devait agir comme si les combats allaient cesser d'un jour à l'autre mais, aussi longtemps que la confusion régnait là-haut, ils avaient encore une chance.

Tom réexamina son plan et aboutit encore une fois aux mêmes conclusions. Ils n'avaient pas d'autre choix.

Il existait en effet trois moyens concevables par lesquels ils pouvaient s'échapper du piège où ils étaient : des secours, la négociation ou une ruse.

L'idée d'être secourus était certes plaisante, mais la Terre elle-même ne disposait pas de forces suffisantes pour venir les délivrer. Même avec ses alliés, elle n'aurait pu aligner autant de vaisseaux qu'une seule des factions pseudo-religieuses qui s'affrontaient au-dessus de Kithrup.

On aurait également pu espérer une intervention des Instituts Galactiques puisque, normalement, la loi exigeait que le *Streaker* s'en référât exclusivement à eux. Mais le problème était que les Instituts n'avaient en eux-mêmes guère de pouvoir. Tout comme ces balbutiements de gouvernement mondial qui, sur la Terre du vingtième siècle, ne voyaient le jour que pour s'éteindre aussitôt, les administrations galactiques dépendaient étroitement de l'opinion des masses et ne pouvaient compter que sur des troupes de volontaires. La majorité « modérée » était éventuellement susceptible de décider que la découverte du *Streaker* appartenait au domaine public mais Tom supposait que l'indispensable constitution de groupes de pression prendrait plusieurs années.

Quant à la négociation, elle semblait être un espoir aussi ténu que des secours. Quoi qu'il en fût, Creideiki avait Gillian, Hikahi et Metz pour l'assister si l'on en venait à parlementer avec celui qui sortirait vainqueur de la bataille. Pour ce faire, ils n'avaient pas besoin de Tom.

Restaient les plans astucieux et les ruses subtiles... restait à trouver un moyen de déjouer les projets de l'ennemi lorsque les secours ne viendraient pas et que les négociations auraient échoué.

Et ça, c'est mon boulot, se dit-il.

Ici, l'océan était plus profond et plus sombre que dans cette région, distante de cinquante kilomètres à peine vers l'est, où les tertres de métal s'étaient érigés sur les hauts-fonds vallonnés d'unc frontière de plaques. Dans le secteur où ils avaient secouru l'expédition d'Hikahi, l'eau était exceptionnellement enrichie de métal par une chaîne de volcans en semi-activité.

Ici, il n'y avait pas de tertres de métal proprement dits et les îlots formés par des volcans éteints depuis longtemps s'étaient vus ramenés par l'érosion sous le niveau de l'océan.

Lorsqu'il détourna les yeux dc l'épave thennanin et du sillage de dégâts qu'elle avait laissé avant de s'immobiliser, Tom découvrit un décor d'une beauté paisible dominé par un rideau mouvant d'algues jaune sombre qui flottaient depuis la surface, telles des barbes de maïs, et lui rappelaient la nuance des cheveux de Gillian.

Orley se fredonna un petit air sur un mode impraticable pour la plupart des humains. Réverbérée à l'intérieur de ses sinus génétiquement modifiés, la mélodie se diffusa en sourdine dans les eaux environnantes.

Quand je dors, ton amour
Émeut
Ce qu'éveillé je défendrais
De très loin, c'est moi qui
T'appelle
Et te caresse en ton sommeil

Bien sûr, Gillian ne pouvait pas réellement entendre ce poème qu'il lui dédiait. Les pouvoirs psi de Tom étaient par trop limités. Toutefois, elle pourrait en saisir des bribes. Elle avait déjà fait des choses qui l'avaient autrement surpris.

Les dauphins s'étaient rassemblés autour du traîneau où Suessi, à présent réveillé, vérifiait l'arrimage avec l'aide du lieutenant Tsh't.

Tom s'élança de son aire et plongea vers le groupe. Lorsque Tsh't le vit, elle prit une rapide bouffée d'air sous un dôme et monta à sa rencontre.

— J'aimerais que vous reconsidériez votre décision, le supplia-t-elle lorsqu'elle fut à sa hauteur. Je vais être franche. Votre présence est bonne pour le moral. Si vous veniez à disssparaître, ce serait un coup terrible pour nous.

Tom sourit et posa la main sur le flanc de la fine. Il s'était déjà résigné à ses faibles chances d'en revenir.

— Je ne vois pas comment je pourrais m'en dispenser, Tsh't. Tout le restant de mon plan peut être mis en œuvre par d'autres mais je suis le seul à pouvoir appâter l'hameçon, vous le savez. Par ailleurs, ajouta-t-il en souriant, Creideiki a encore une chance de me rappeler s'il n'apprécie pas mon idée. Je lui ai demandé d'envoyer Gillian me rejoindre sur l'île avec le planeur et tout ce dont j'ai besoin. Si elle me transmet sa réponse négative, je serai de retour au vaisseau bien avant vous.

Évitant son regard, Tsh't siffla de façon presque inaudible :

— Je dout-te que le capitaine dise non.
— Hein ? Qu'entendez-vous par là ?
Tsh't fit une réponse évasive en ternaire :

Creideiki nous commande —
Nous lui obéissons
Tout en imaginant —
D'occultes décisions

Tom soupira. Voilà que ça recommençait, ces doutes sur le fait que la Terre ait pu laisser partir le premier astronef à commandement delphinien sans le placer officieusement sous surveillance humaine. Naturellement, c'était lui que la plupart des rumeurs désignaient comme tête secrète de l'expédition. C'était d'autant plus embarrassant que Creideiki était un commandant hors pair et cela portait atteinte à l'un des objectifs de leur mission : asseoir la confiance en soi de toute une génération de fen.

De ma présence ici —
Tirez la foi certaine
Qu'à bord du Streaker *est —*
Votre seul capitaine

Tsh't devait être pratiquement au bout de sa réserve d'air à en juger par les bulles qui filtraient de son évent. Elle porta néanmoins sur Tom un regard résigné puis lui dit en anglique :
— D'accord. Lorsque Suessi sera parti, nous vous ferons un brin d'escorte avant de revenir ici travailler en attendant les ordres de Creideiki.
— Bien, fit Tom en hochant la tête. Et vous approuvez toujours le reste de mon plan ?
Tsh't se détourna et ses yeux s'enfoncèrent dans leurs orbites.

Keneenk et logique
Se rejoignent
Dans sa musique

Il est le chemin
Tracé vers
Notre destin

Tous auront soin d'y bien tenir leur rôle

Tom la prit dans ses bras pour la serrer contre lui.

— Je sais que je puis compter sur vous, ma douce terreur des poissons. Je n'ai pas la moindre inquiétude à ce propos. Maintenant, allons voir Hannes pour lui souhaiter bon voyage de sorte que je puisse me mettre en route sans tarder. Je ne tiens pas à ce que Jill arrive sur cette île avant moi.

Il plongea vers le traîneau mais Tsh't s'attarda encore un moment derrière. Bien que l'air dans ses poumons commençât d'être vicié, elle restait immobile et le regardait s'éloigner.

Ses clicks sonar accompagnèrent l'homme dans sa descente. Elle le caressa de ses sens auditifs et entonna un doux requiem.

Lorsqu'ils jettent sur nous leurs filets –
Ceux d'Iki,
Tu es là —
Pour couper les mailles
Bon Marcheur,
Toujours là —
Pour couper les mailles
Bien qu'ils aient promis
De se payer
Sur ta vie…

Creideiki

L'anglique le plus pur, articulé avec un soin extrême par un néo-dauphin, serait néanmoins resté pratiquement incompréhensible pour une oreille humaine exclusivement habituée à l'anglais classique. Bien que la syntaxe et bon nombre de racines fussent les mêmes, un Londonien d'avant l'expansion dans l'espace en eût trouvé les phonèmes aussi étranges que les voix qui les prononçaient.

L'évent modifié des fen leur permettait d'émettre des sifflements, des couinements, des voyelles et quelques consonnes. Les clicks sonar et un certain nombre d'autres sons provenaient du complexe jeu de caisses de résonance qu'ils avaient à l'intérieur de leur boîte crânienne.

Dans le discours, ces diverses quote-parts pouvaient être en phase ou ne pas y être. Au mieux, les sifflantes n'en restaient pas moins exagérément prolongées, les t bégayés et les voyelles longues systématiquement éludées. La parole était un art.

Le Ternaire constituait une forme d'expression plus détendue liée à l'imagerie poétique et aux préoccupations intimes. Il remplaçait le delphinien primal dont il avait considérablement élargi le domaine. Mais l'anglique restait le lien du néo-dauphin avec un monde régi par les rapports de cause à effet.

L'anglique était la langue du compromis entre les aptitudes vocales de deux races… entre le monde de l'Homme, symbolisé par la complémentarité man/fen et les mouvantes légendes du Songe Cétacé. En s'exprimant ainsi, un dauphin pouvait rivaliser en pensée analytique avec la plupart des humains, envisager l'avenir et le passé, concevoir des projets, se servir d'outils et se livrer à des guerres.

Certains sages parmi les hommes se demandaient toutefois si l'on n'avait pas fait un cadeau empoisonné aux cétacés en leur apportant l'anglique.

Deux néo-dauphins conversant entre eux pouvaient user de cette langue afin de mieux cerner leur pensée mais sans se soucier de sa ressemblance sonore avec l'anglais. Ils ne se gênaient pas pour dériver dans des fréquences inaudibles pour une oreille humaine ni pour gommer la plupart des consonnes.

Le Keneenk autorisait de telles libertés. L'essentiel était la structure sémantique. Du moment que la grammaire, la logique à deux niveaux et le vecteur temporel de l'anglique étaient respectés, seul comptait le résultat pratique.

Lorsque Creideiki demanda à Hikahi de lui présenter son rapport, il s'exprima à dessein dans une forme très détendue d'anglique delphinien. Il voulait ainsi montrer que leur entretien ressortait du domaine privé.

Il l'écouta tout en dénouant ses muscles à force de plongeons et de parcours sur toute la longueur du bassin. Hikahi lui résuma les derniers points abordés au cours de la réunion d'information planétologique en appréciant au plus haut point la douce fragrance de l'air réel dans ses vrais poumons. De temps à autre, elle s'interrompait dans son compte rendu pour rivaliser de vitesse à la nage avec son commandant.

Pour l'heure, ce qu'elle disait n'avait phoniquement presque rien à voir avec un discours humain quoiqu'un interprète particulièrement compétent eût été en mesure de le transcrire.

— ... vraiment, commandant, ça lui tient à cœur. Charlie va jusqu'à suggérer que nous laissions sur ce monde une petite équipe même si le *Streaker* tentait de s'échapper. Ce qui n'est pas le moins surprenant, c'est que Broodika soit également tenté par cette idée.

Creideiki obliqua brusquement devant elle pour lui

poser une question en une rapide succession de voyelles couinées.

— Et que comptent-ils faire si, après les avoir laissés sur la planète, nous sommes faits prisonniers ?

Puis il plongea et nagea sous l'eau jusqu'au mur opposé.

— Charlie estime que lui et son équipe, tout comme le groupe Sah'ot-Sudman, pourraient se prévaloir du statut de non-combattant. Il prétend qu'il existe des précédents. Ainsi, que nous réussissions ou non à nous échapper, cette part de notre mission serait préservée.

La salle d'exercice se trouvait dans l'anneau de centrifugation du *Streaker* à environ dix degrés-arc au-dessus du point le plus bas de la roue sèche. De ce fait, les cloisons partaient en oblique et Creideiki devait prendre garde à ne pas s'échouer sur le fond tribord exhaussé du bassin. À bâbord, en revanche, flottait un amas de balles, d'anneaux et de jouets.

Creideiki passa en trombe sous un paquet de balles et jaillit hors de l'eau. Après une pirouette en vol, il se reçut sur le dos dans une gerbe d'éclaboussures, replongea à la renverse et se rétablit debout sur sa caudale au-dessus de la surface. Le souffle court, il posa un œil sur Hikahi.

— J'ai déjà eu cette idée, dit-il. Nous pourrions également laisser Metz avec ses notes. Ne plus l'avoir dans nos nageoires serait aussi satisfaisant qu'un bon repas de trente harengs terminé par un dessert aux anchois. (Il se laissa retomber en position normale.) Dommage que cette solution soit immorale et impossible à mettre en pratique.

Hikahi le considéra d'un œil perplexe, s'efforçant de comprendre ce qu'il avait voulu dire.

Creideiki se sentait beaucoup mieux. Le découragement qui avait atteint chez lui un sommet lorsque le message d'Orley lui avait été transmis commençait à se dissiper. Pour un temps, il arrivait à surmonter cette impression de vide qui l'avait assailli lorsqu'il avait donné son accord au projet de l'homme.

Il ne lui restait plus qu'à réunir le conseil du vaisseau pour que cette décision devînt officielle et il souhaitait de tout cœur qu'un meilleur plan fût alors proposé. Sans grand espoir, toutefois.

— Réfléchissez, lieutenant, reprit-il. Se déclarer comme non-combattant pourrait marcher si nous étions faits prisonniers ou abattus, mais que se passera-t-il si nous parvenons à nous échapper en entraînant nos petits copains d'E.T. à nos trousses ?

Hikahi laissa légèrement pendre la mâchoire inférieure, expression qu'elle avait empruntée aux humains.

— Évidemment, commandant, j'entends bien. Kthsemenee est particulièrement isolée. Il existe fort peu de routes pour y accéder ou pour en sortir et la chaloupe serait probablement incapable de retourner à la civilisation par ses propres moyens.

— Ce qui implique ?

— Que ceux que nous aurions laissés deviendraient des naufragés sur un monde vénéneux tout en ne disposant que d'un équipement médical restreint. Veuillez pardonner mon inconséquence.

Et elle se tourna légèrement sur le flanc pour présenter sa ventrale. C'était la version civilisée d'une ancienne attitude de soumission, geste en tout point comparable à celui d'un élève humain baissant la tête devant son professeur.

Si la chance lui souriait, Hikahi commanderait un jour des vaisseaux supérieurs au *Streaker* par leur importance. En Creideiki, le capitaine et le pédagogue étaient pleinement satisfaits d'une aussi remarquable combinaison d'intelligence et de modestie, néanmoins, une autre part de lui-même avait pour la fine des projets plus immédiats.

— Nous allons toutefois réfléchir à leur proposition et, pour le cas où ce plan devrait être adopté précipitamment, veillez à ce que des provisions soient chargées dans la chaloupe. Mais placez-la également sous bonne garde.

Tous deux savaient combien c'était mauvais signe d'avoir à prendre les mêmes précautions dedans que dehors.

Un anneau de caoutchouc rayé de couleurs vives dériva non loin d'eux et Creideiki se sentit pressé par l'envie de nager à sa poursuite… tout comme par celle qu'il avait déjà depuis un bon moment de pousser Hikahi dans un coin et de lui fourrer son museau tout partout jusqu'à… Il se reprit.

— Quant à pousser plus loin les recherches tectoniques, il n'en est absolument pas question. Gillian Baskin vient de partir pour votre île afin d'apporter du matériel à Thomas Orley et d'assister Dennie Sudman dans son enquête sur les aborigènes. Elle pourra en rapporter des échantillons rocheux pour Charlie et il devra s'en contenter. Quant à nous autres, je crois que nous serons pas mal occupés dès que Suessi sera revenu avec ses pièces de rechange.

— Suessi est-il certain d'avoir trouvé ce qu'il nous faut dans l'épave ?

— Pratiquement sûr.

— Ce nouveau plan prévoit que nous allons devoir déplacer le *Streaker*. En faisant tourner nos moteurs, nous risquons de révéler notre présence, mais je suppose que nous n'avons pas le choix. Enfin, il va tout de même falloir que je m'habitue à cette idée de bouger le vaisseau.

Creideiki s'aperçut qu'il était mal parti. Tout au plus restait-il quelques heures avant l'arrivée de Suessi et il en était encore à parler anglique à Hikahi… obligeant ainsi la fine à mouler ses pensées dans un cadre rigide ! Pas étonnant qu'il n'obtînt d'elle nul indice, nulle mimique, rien qui lui permît de juger si des avances de sa part avaient une chance d'être bien accueillies ou seraient rejetées.

Il passa donc au ternaire pour lui répondre.

Il bougera —
Mais sous la mer
Et, dans l'épave —
Creuse, attendra
Sous les clameurs
Calamaresques
Dont la bataille
Emplit l'espace
Qu'Orley, Fléau —
Des filets puisse
Très loin de là
Diversion
Faire
Très loin de là
Transmettre en
Clair
Détournant sur —
Lui les requins

Hikahi le regardait fixement. C'était la première fois qu'il faisait allusion à cette partie du plan d'Orley. Comme bon nombre de fines à bord, elle vouait à l'homme une passion platonique.

J'aurais dû montrer plus de douceur, se dit-il, pour lui apprendre la nouvelle. Ou même attendre encore un peu.

Les paupières d'Hikahi battirent, une fois, deux fois, puis se fermèrent et, lentement, elle se laissa couler tandis qu'un gémissement sourd émanait de son melon.

Ne te désole pas —
Pour qui marche et voit loin
Le dit d'Orley sera —
Chanté par les baleines

Ce à quoi Hikahi répondit tristement :

Moi, Hikahi, j'honore —
Monsieur Thomas Orley
Monfin le capitaine —
Mesfen de l'équipage
Que soit ce qui doit être !
Mais pour une, je souffre —
Pour Gillian Baskin —
Qui Redonne Vie Saine
Pour son abandon, pour —
Le tourment de sa chair

Pris de honte, Creideiki se sentit enveloppé d'un voile de mélancolie. À son tour, il ferma les yeux et laissa les flots lui renvoyer l'écho de leur chagrin partagé.

Longtemps, ils restèrent ainsi côte à côte, ne remontant en surface que pour mieux s'immerger ensuite après avoir refait de l'air.

Les pensées du capitaine dérivaient déjà dans des régions lointaines lorsqu'il sentit Hikahi s'éloigner mais, l'instant suivant, elle fut de nouveau là, se frottant avec douceur contre son flanc tout en le mordillant de ses petites dents acérées.

Presque en dépit de lui-même au début, il sentit son enthousiasme revenir en force. Il roula sur le côté puis laissa échapper un long soupir de bulles alors que les titillations de la fine se faisaient de plus en plus provocantes.

Autour d'eux, l'eau commença de prendre la ronde saveur du bonheur et Hikahi se mit à fredonner un chant familier tiré de l'un des plus anciens jeux de signaux du primal. Ce refrain semblait dire, entre autres : « La vie continue. »

L'île

Un calme profond régnait sur la nuit.

Les nombreuses petites lunes de Kithrup avaient beau lancer de vagues marées contre les falaises de métal à guère plus d'une centaine de mètres, les vents omniprésents qui balayaient sans frein la planète-océan s'accrocher aux arbres en agitant leur feuillage, le silence n'en demeurait pas moins pesant comparé à ce qu'ils avaient connu pendant des mois. Il n'était pas meublé par ces bruits de moteur qui les avaient suivis depuis la Terre avec l'incessant mélange de vrombissements et de cliquetis des fonctions mécaniques qu'entrecoupait l'occasionnel hurlement grinçant d'une panne.

Le bourdon tour à tour grondé ou couiné des conversations delphiniennes avait également disparu car Keepiru et Sah'ot eux-mêmes s'étaient absentés pour accompagner comme toutes les nuits les aborigènes kithrupiens dans leur expédition de chasse en mer.

La surface du tertre de métal était presque trop paisible. Les quelques bruits qu'on y percevait semblaient porter à l'infini ; la mer, et le roulement sourd d'un volcan lointain…

Soudain, la nuit fut déchirée par un doux gémissement suivi d'un cri particulièrement peu angoissant.

— Les voilà qui remettent ça, soupira Dennie sans vraiment se soucier d'être entendue par Toshio.

Ces bruits provenaient d'une clairière située dans la partie méridionale de l'île. Les troisième et quatrième créatures humaines séjournant sur l'île s'étaient efforcées de préserver leur intimité en restant le plus loin possible du village aborigène et du bassin qui avait remplacé le tronc de l'arbre foreur. Dennie aurait néanmoins souhaité qu'ils se fussent encore plus éloignés.

Un rire retentit, clair en dépit de la distance.

— Vraiment, soupira-t-elle, je n'ai jamais rien entendu de tel !

Toshio rougit et rajouta une autre bûchette dans le feu. Le couple qui s'ébattait dans l'autre clairière avait largement mérité un tel moment d'intimité. Il envisageait d'en faire la remarque à Dennie.

— C'est pas possible, s'exclama Dennie. Ils sont pires que des lapins ! (Ce qui, manifestement, se voulait ironique sonnait dans sa bouche comme l'amère expression de l'envie.)

Toshio le remarqua et, en dépit de ce qu'il pensait réellement, dit :

— Voyons, Dennie, nous savons tous que les humains sont parmi les créatures qui sont le plus portées sur la chose dans toute la galaxie, quoique certains de nos clients nous disputent ce titre.

Et, sur ce, il remit une autre branche dans le feu. Sa précédente remarque était pour le moins dénuée de tact mais il se sentait enhardi par la nuit et n'avait pu résister au désir de rompre la tension qui régnait autour du feu.

— Qu'est-ce à dire ? fit Dennie en lui jetant un regard dur.

— Euh… fit Toshio en tripotant sa branche. Je repensais simplement à une réplique dans une ancienne pièce de théâtre… « N'était-ce pas le dauphin le plus libidineux ? » En fait, Shakespeare n'était pas le premier à comparer la vigueur sexuelle des deux mammifères cérébraux que vous savez. Je ne crois pas que quiconque ait jamais considéré le problème chiffres en main mais je me demande s'il n'y a pas là un préalable à l'éveil de l'intelligence. Bien sûr, ce n'est qu'une hypothèse parmi d'autres car si l'on se réfère à ce que disent les Galactiques…

Et il poursuivit ainsi, s'écartant peu à peu de son point de départ et remarquant à quel point Dennie avait été proche de sortir de sa réserve avant de se résoudre à regarder ailleurs.

C'était réussi ! Il venait de disputer un premier round et en était sorti vainqueur. Sa première victoire dans un jeu dont il s'était demandé s'il serait jamais capable de le pratiquer.

Car Toshio n'avait jamais pu considérer l'art des taquineries que d'un seul point de vue ; et manifestement pas du bon. Tirer le meilleur d'une femme séduisante qui était votre aînée simplement par le charme d'une conversation intelligente et d'une perspicacité psychologique était un assez joli coup.

Il n'estimait pas s'être montré cruel, quoiqu'une cruauté de bon ton lui semblât faire partie du jeu. Ce dont il avait la certitude, c'est que c'était le seul moyen d'amener Dennie Sudman à ne plus le traiter comme un gosse. Et si la sympathie naturelle qu'ils avaient toujours éprouvée l'un pour l'autre devait en souffrir, c'était simplement bien dommage.

Quant à Sah'ot, pour autant qu'il s'en souciât, Toshio était tout bonnement content que le fin lui eût fourni l'instrument dont il avait besoin pour percer la carapace de Dennie.

Il s'apprêtait à sortir un nouveau bon mot lorsqu'elle l'interrompit.

— Je suis désolée, Tosh, j'aimerais vraiment continuer de vous écouter mais il faut que j'aille me coucher. Nous avons une journée fort chargée demain : lancer le planeur de Tom, montrer les Kikwis à Gillian et essayer ce sacré robot pour Charlie. Je vous suggère d'ailleurs de dormir un peu, vous aussi.

Puis elle s'éloigna vers l'autre bout du camp où était son sac de couchage.

— Certainement, lui répondit Toshio, avec peut-être un peu trop de chaleur dans la voix. Je ne vais pas tarder à faire de même, Dennie. Bonne nuit. Faites de beaux rêves.

Elle garda le silence et Toshio se demanda, en contemplant le dos de la jeune femme dans la faible lueur du feu, si elle dormait déjà.

J'aimerais vraiment que nous ayons un meilleur psi, nous autres humains, songea-t-il. On a beau dire que la télépathie a ses inconvénients, il doit quand même être parfois bien agréable de savoir ce qu'une personne a dans la tête.

Je ne serais pas en train de me tourmenter comme ça si je pouvais savoir ce qu'elle pense en cet instant précis... même si c'était pour m'apercevoir qu'elle me considère simplement comme un gosse un peu trop excité.

Il leva les yeux vers le ciel. Dans les longues déchirures de son voile de nuages, on pouvait distinguer les étoiles.

En deux points, il remarqua de petites nébuleuses qu'il n'avait pas vues la nuit précédente, témoins d'une bataille qui continuait de faire rage. Les minuscules pseudo-constellations miroitaient dans toutes les couleurs visibles du spectre et, probablement, dans des bandes de fréquence autres que lumineuses.

Il prit une poignée de poussière silico-métallique qu'il laissa couler entre ses doigts sur les braises. Les paillettes de métal scintillèrent en tombant, tels d'incandescents confettis, un clignotement d'étoiles.

Il s'épousseta les mains et, à son tour, se glissa dans son sac de couchage. Étendu là, les yeux fermés, peu désireux d'observer le ciel ou de disséquer le pour et le contre de son propre comportement, Toshio prêta l'oreille au duo nocturne des vagues et du vent. C'était un rythme reposant, évoquant celui d'une berceuse, évoquant les mers de son monde natal.

À ceci près qu'une fois, aux limites de l'audible, il crut saisir des bruits de soupirs et de rires étouffés en provenance du sud. Et cet autre duo, complexe orchestration du bonheur, déversa en lui la mélancolie d'un vain désir.

— Les voilà qui remettent ça, soupira-t-il à mi-voix. Vraiment, je n'ai jamais rien entendu de tel !

Dans la moiteur de l'air, leur corps restait gainé d'une luisante pellicule de sueur.

Gillian lécha la moustache saline qui s'était déposée sur sa lèvre supérieure et Tom, de la même manière, lui ôta un peu du lustre de ses seins. Sur leur pointe et sur leur aréole, une sensation de fraîcheur suivit l'humide caresse lorsque la bouche du mel s'en détacha.

Elle étouffa un cri et saisit à pleines mains les boucles de Tom, derrière la nuque, là où elle pouvait tirer sans mettre plus en péril une vanité masculine qu'inquiétait un début de calvitie. Il y répondit par une amoureuse morsure qui fit courir des frissons tout le long des mollets et des cuisses de Gillian, et jusqu'au bas de son dos.

Puis elle cala ses talons dans le creux des genoux de son partenaire et souleva de nouveau son bassin à la rencontre du sien. Sa respiration se fit légèrement sifflante lorsqu'il leva la tête pour la regarder dans les yeux.

— Dans mon esprit, c'était plutôt une coda qu'un prélude, lui chuchota-t-il d'une voix quelque peu éraillée en s'épongeant le front d'un geste théâtral. Tu devrais m'avertir quand je passe une certaine limite et commence à promettre ce que je ne puis tenir. (Sur ce, il lui prit la main et en couvrit de baisers la paume et l'intérieur du poignet.)

Gillian laissa descendre ses doigts le long de la joue de Tom et leur fit suivre, légers comme des plumes, le profil de la mâchoire, du cou puis de l'épaule avant de les nouer par jeu dans les bouclettes clairsemées de la toison pectorale.

Et, d'une voix sourde plus évocatrice du feulement d'une tigresse que du ronron d'un chat domestique, elle lui dit :

— Quand tu seras prêt, mon amour, je peux attendre. Tu es peut-être le fils illégitime d'une éprouvette féconde mais je te connais mieux que les généticiens qui t'ont programmé. Tu disposes de ressources bien supérieures à celles qu'ils ont jamais pu imaginer.

Tom était sur le point de lui répondre que, généticiens ou pas, il était le fils tout à fait légitime de May et de Bruce Orley demeurant dans l'État du Minnesota, Confédération de la Terre, lorsqu'il remarqua qu'elle avait les yeux humides d'un autre liquide que la sueur. Elle lui avait parlé sur un ton moqueur mais ce n'était plus par jeu que ses doigts s'accrochaient aux poils de sa poitrine et que ses yeux dévoraient avidement son visage comme pour en mémoriser chaque détail.

Tom se sentit soudain horriblement confus. Pour cette dernière nuit qu'ils avaient à passer ensemble, il aurait voulu être le plus près possible de Gillian. Mais comment leur intimité aurait-elle pu être plus grande qu'en ce moment précis ? Il accentua la pression de son corps contre celui de son épouse dont il sentit la chaude haleine lui emplir les narines. Et il détourna les yeux, conscient d'être, d'une manière ou d'une autre, en train de la quitter.

Ce fut alors qu'il la perçut, cette tendre caresse qui semblait lutter contre les lourds verrous qui l'enfermaient dans son propre crâne. C'était un mélange de douceur et de ténacité. Il prit aussi conscience que la force qui la combattait n'était autre que la sienne.

Je pars demain, se répéta-t-il.

Ils avaient discuté longtemps pour savoir lequel des deux irait, et il avait gagné. Amère victoire cependant que d'avoir à partir.

Il ferma les yeux. Je l'ai coupée de moi ! Je puis n'en jamais revenir, et je me suis coupé du plus profond de moi-même.

Tom se sentit soudain tout drôle, tout petit, comme abandonné sur l'ultime et dangereuse frontière séparant encore ceux qu'il aimait d'un ennemi terrible, comme s'il n'était pas un super-héros mais un homme ordinaire confronté à un adversaire supérieur en nombre et qui allait jouer le tout pour le tout. Comme s'il était lui-même, en fait.

Il sentit un contact sur son visage et ouvrit les yeux.

Sa joue s'appuya contre la main de Gillian. Elle avait encore des larmes dans les yeux, mais aussi l'esquisse d'un sourire.

— Gros bêta, dit-elle. Jamais tu ne pourras réellement me quitter. Ne t'en es-tu pas encore aperçu ? Je ne cesserai de t'accompagner où que tu ailles et tu reviendras vers moi.

Il secoua la tête, émerveillé.

— Jill, je… commença-t-il mais elle le tira vers elle et, d'un baiser avide, lui ferma la bouche.

Tendre et chaude barrière que ces lèvres en travers des siennes… et cette main droite dont les doigts se livraient à des actes provocateurs…

Toutefois, ce fut l'entêtante et suave senteur qui émanait d'elle qui lui fit vraiment comprendre qu'une fois de plus elle ne s'était pas trompée sur lui.

TROISIÈME PARTIE

DISSONANCE

Les animaux sont modelés par des forces naturelles
qui leur échappent.
Dans leur esprit, il n'existe ni passé ni futur,
seulement l'éternel présent
d'une génération donnée,
des pistes qu'elle laisse dans la forêt,
d'invisibles sentiers qu'elle trace dans le ciel
et dans la mer.

Il n'est rien dans l'Univers
de plus solitaire que l'Homme.
Il a fait son entrée dans l'étrange monde de l'Histoire…

LOREN EISELEY

Sah'ot

Il les avait accompagnés toute la nuit. Vers le matin, Sah'ot sentit qu'il commençait à comprendre.

À l'approche de l'aube, les Kikwis désertaient leurs nocturnes terrains de chasse pour nager vers la sécurité de leur île. Ils rangeaient pièges et filets dans des crevasses discrètes de la falaise corallienne, reprenaient leurs lances grossières et fuyaient ces eaux qui se teintaient de lumière. Avec le jour, les lianes meurtrières entreraient dans leur phase active et d'autres dangers surgiraient. Les Kikwis s'occuperaient alors de battre les forêts qui surmontaient les îles de métal à la recherche de baies, de noix et du petit gibier qui se cachait dans l'épaisse verdure.

Sous l'eau, avec leurs bras courts terminés par des mains palmées et leurs pieds en battoir, les Kikwis évoquaient des poissons-boules de couleur verte. Leur paire de nageoires ventrales presque préhensiles leur servait de gouvernail et leurs mains, libérées de toute fonction locomotrice par la puissante détente des membres inférieurs, permettaient le transport de charges. Quant à la collerette de minces flagelles qui ondulait autour de leur tête, elle acheminait vers leur vésicule aérienne distendue l'oxygène en suspension dans l'eau.

Pour l'heure, les chasseurs-cueilleurs ramenaient deux filets pleins de créatures marines qui ressemblaient à des crabes et donnaient l'impression que des sculptures de métal multicolore étaient prises dans les mailles. Les Kikwis entonnèrent un chant de battements de membres entremêlés de glapissements et de cris rauques.

Sah'ot était particulièrement attentif aux couinements qu'ils échangeaient. Il avait déjà déterminé que leur vocabulaire se restreignait à une série de signaux vocalisés coordonnant leurs mouvements. Par exemple, chaque fois que des Kikwis remontaient en surface pour faire de l'air, cet acte était accompagné par un enchaînement de gazouillis complexes.

Les indigènes prêtaient peu d'attention aux créatures étrangères qui les suivaient, d'autant que Sah'ot restait à bonne distance par un souci tout ethnologique de ne pas fausser les réactions du sujet observé. Ils étaient, bien sûr, conscients de sa présence et, de temps à autre, les plus jeunes Kikwis lançaient dans sa direction des jets de sonar lourds de méfiance. Par un fait étrange, les chasseurs plus âgés paraissaient totalement l'accepter.

Sah'ot, lui, voyait venir le jour avec soulagement. En dépit de l'obscurité, il avait réduit son propre sonar au minimum pendant toute la nuit pour ne pas effaroucher les indigènes. Du coup, il s'était retrouvé pratiquement aveugle et avait quelque peu cédé à la panique chaque fois qu'il était presque rentré dans quelque chose… ou que « quelque chose » avait failli le heurter.

Toutefois, cela s'était révélé payant.

Il estimait avoir à présent un assez bon aperçu de leur langue. Sa structure sémiologique, tout comme en delphinien primal, trouvait son fondement dans la hiérarchie du groupe et dans le tempo du cycle respiratoire. La logique de type « cause à effet » était néanmoins légèrement plus élaborée qu'en primal, sans nul doute parce que les Kikwis avaient des mains et manipulaient des outils.

? : Regarde, nous, bons chasseurs *chasse*
-chassé *-bonne*
: ? : Prudence, Prudence,
Saisir chance
: ? : Manger, MANGER bien, manger encore
-pas être mangé *Non :*
: ? : Mourir hors de l'eau, pas dedans…

Jugées sur leurs seules aptitudes sémantiques, ces créatures paraissaient nettement moins mûres pour l'Élévation que ne l'avaient été les dauphins primitifs de la Terre. Toutefois, quiconque eût privilégié chez une race la capacité de se servir d'outils n'eût pas manqué d'être d'un avis contraire.

Évidemment, le fait qu'ils eussent des mains était probablement significatif de ce que les Kikwis n'étaient pas destinés à faire de bons poètes. Néanmoins, quelques-unes des vantardises dont ils étaient coutumiers possédaient un certain charme.

Sah'ot sentit les courroies de son harnais lui irriter la peau tandis qu'il remontait faire de l'air. En dépit de la légèreté de cet équipement, et de son profil hydrodynamique, il aurait bien voulu pouvoir s'en débarrasser. Hélas, ces eaux recelant des dangers sans nombre, une telle protection n'était pas un luxe… et il y avait Keepiru qui devait se trouver quelque part aux alentours, un peu à l'écart comme on le lui avait demandé, mais sans nul doute attentif à ce qui se passait. Il n'aurait pas hésité à mordre jusqu'à l'échine la dorsale de Sah'ot s'il l'avait surpris sans son harnais.

À la différence des fen d'équipage ultra-technicisés du *Streaker*, l'ethnolinguiste était loin de se sentir à l'aise avec les appareils. Les ordinateurs ne le gênaient pas, d'autant que beaucoup disposaient d'un accès oral et qu'il s'en servait couramment pour communiquer avec d'autres races, mais tout ce qui était véhicule, instrument de façonnage ou machine à tuer, lui paraissait contre nature et il aurait souhaité pouvoir s'en passer.

Il avait une sainte horreur de ces deux espèces de protubérances digitales qui prolongeaient chacun de ses ailerons. Les généticiens avaient beau prétendre qu'un jour, par le jeu du transformisme, ces moignons donneraient à la race néo-delphinienne tout entière l'insigne privilège d'être dotée de vraies mains, il les trouvait personnellement inesthétiques. Il n'appréciait pas plus les modifications apportées aux poumons des fen pour accroître leur résistance aux diverses affections résultant du « mal de terre » et leur permettre d'assimiler l'oxyeau. Tant qu'on ne le coupait pas de son milieu naturel, un cétacé n'avait que faire de telles mutations. *Steno Bredanensis* et *Tursiops truncatus* épargnés par les généticiens continuaient toujours de battre à la nage n'importe lequel de leurs cousins de la branche *amicus*.

Il était plus partagé en ce qui concernait l'amélioration de l'acuité visuelle, quoique celle-ci se fût effectuée aux dépens d'une matière grise en un temps consacrée à la seule perception des sons.

Encore une fois, Sah'ot remonta respirer en surface puis replongea pour ne pas se laisser distancer par les aborigènes.

Sa propre lignée était représentative d'une tendance génétique mettant l'accent sur les facultés linguistiques plutôt que sur la manipulation d'outils. Cela lui semblait une extension plus naturelle de la nature delphinienne que toute cette épate autour de la conquête de l'espace… comme si on allait pouvoir faire des fen des astronavigateurs et des techniciens !

C'était l'une des raisons qui avaient motivé son refus de monter à bord de la vedette et de se joindre à l'équipe qui devait explorer la flotte abandonnée. Quand bien même eût-il dû trouver dans ces vaisseaux quelqu'un ou quelque chose à qui parler — ce dont il n'avait pas eu la moindre preuve —, il n'eût certes pas accepté d'aller y traîner ses nageoires escorté par un banc de clients incapables ! Pour le *Streaker*, prétendre s'occuper seul de la flotte abandonnée, c'était comme laisser des enfants s'amuser avec une bombe non désamorcée.

Sa prudence lui avait définitivement acquis le mépris de l'équipage, même s'il en avait été vengé par la perte désastreuse du youyou et de ceux qui le manœuvraient.

De toute façon, se répéta Sah'ot, leur opinion n'a pas d'importance. En tant que civil, aussi longtemps qu'il faisait son travail, il n'avait pas à fournir d'explications sur ses actes.

Les clicks désapprobateurs qu'il percevait sur son passage à propos de la manière dont il poursuivait Dennie Sudman de ses assiduités ne le gênaient pas plus. Les dauphins mâles n'avaient pas attendu l'Élévation pour s'intéresser de très près aux femmes humaines. C'est une tradition bien établie, constata-t-il. Pourquoi l'astucieux descendant irait-il cracher sur les saines joies du vieux Flipper ?

L'une des choses qu'il détestait le plus dans les tours de pensée inhérents à l'anglique était ce continuel besoin de se justifier. Les hommes n'arrêtaient pas de demander : « Pourquoi ? » En quoi le pourquoi des choses avait-il de l'importance ? Il existait bien d'autres manières que l'humaine d'aborder l'univers. N'importe quel cétacé vous l'aurait prouvé.

Les Kikwis pépiaient d'excitation tout en nageant vigoureusement vers la falaise orientale de leur île où ils comptaient hisser leur prise le long d'une cheminée abritée du vent.

Sah'ot se sentit balayé par le pinceau d'un sonar. C'était Keepiru qui, venant du nord, passait le prendre pour l'escorter jusqu'au camp des Terriens.

D'un coup de reins, l'ethnolinguiste remonta en surface et sortit la tête de l'eau pour contempler le jour nouveau. Le soleil se levait à l'est derrière un banc de bruine et, de là-bas, le vent apportait un vague chuchotement de pluie.

Il y avait également dans l'air un parfum de métal qui lui rappela l'issue fatale que ne manquerait pas d'avoir pour eux un séjour prolongé sur Kithrup.

Nul doute que Creideiki et ses « ingénieux ingénieurs » ne fussent en train de bricoler un plan pour les tirer de ce merdier. Plan qui, sans nul doute aussi, serait terriblement audacieux et finement calculé... et qui les ferait tuer jusqu'au dernier.

N'était-ce pas l'évidence que des néophytes dans l'art de vaincre les difficultés ne pouvaient espérer contrecarrer les projets de Galactiques qui avaient des milliers de millénaires d'expérience derrière eux ?

Sah'ot ne remettait pas en question sa loyauté envers les hommes, bien sûr, mais il ne se faisait pas d'illusions sur ce qu'ils étaient : des jeunes-loups maladroits, tentant de survivre au sein d'une galaxie peuplée de dangereux réactionnaires.

Il y avait un vieux dicton delphinien : « Tous les humains sont ingénieurs et l'ingéniosité n'est qu'humaine. » C'était un bon calembour, mais manifestement archi-faux.

Keepiru creva la surface à ses côtés. Tranquillement, Sah'ot continua de respirer, attentif à son souffle qui se condensait en jet de brume et au spectacle du soleil levant. La patience de Keepiru finit par atteindre ses limites.

— Le jour est levé, Sah'ot. Nous ne sommes plus censsés rester en mer. Il faut que nous fassions notre rapport et j'aimerais bien manger un morceau puis dormir !

Jouant le personnage du savant distrait, Sah'ot sursauta comme tiré de réflexions si profondes que Keepiru n'aurait jamais pu espérer en comprendre le quart.

— Qu'y a-t-il ? Ah, oui. Bien sûr, pilote. J'ai d'ailleurs de quoi étoffer ce rapport avec des informations du plus haut intérêt. Vous savez, je crois avoir percé le mystère de leur langue.

— Remarquable !

Sémantiquement anglique, cette réponse était, en tant que pur phénomène, un cri de sens radicalement contraire.

Sur ce, Keepiru plongea vers l'entrée de la caverne.

Sah'ot tressaillit sous le sarcasme du pilote mais resta inaccessible à tout remords.

Peut-être ai-je le temps de composer quelques limericks suggestifs dont je pourrais émailler mon rapport à Dennie, se dit-il. Comme c'est dommage qu'elle s'obstine à rester sur la rive de ce bassin sans jamais vouloir me rejoindre dans l'eau ! Enfin, peut-être se laissera-t-elle fléchir aujourd'hui ?

Et, virant sur le flanc pour rejoindre Keepiru dans les ténèbres sous-marines, il chercha les premières rimes de ses petits poèmes salaces.

Lorsqu'ils atteignirent l'ouverture inférieure du puits auquel le tronc de l'arbre foreur avait cédé la place et qu'éclairait à présent une petite lanterne à phosphorescence, Sah'ot remarqua les deux traîneaux amarrés à proximité. Pourtant, il devait toujours en rester un en surface pour le cas où Dennie et Toshio seraient obligés de faire une retraite précipitée. Vaguement inquiet, il s'engouffra derrière Keepiru dans l'étroite cheminée.

Mais il y avait deux autres traîneaux qui flottaient dans le bassin. Il comprit que, pendant la nuit, quelqu'un devait être arrivé du vaisseau.

Toshio et Dennie étaient déjà sur la rive, parlant à Keepiru. Sah'ot posa un regard méditatif sur Dennie mais décida de ne pas forcer les choses.

Ce soir, se dit-il, je vais essayer de faire qu'elle me rejoigne dans le bassin. Je vais bien trouver un prétexte, quelque chose qui ait à voir avec la façon dont les racines des arbres foreurs percent le métal, par exemple. Ça ne marchera certainement pas mais rien que la tentative promet d'être drôle.

Dans un vigoureux barattage de caudale, il se dressa pour promener un regard sur la clairière s'étendant autour du bassin. Il se demandait vraiment qui avait pu venir du *Streaker*.

Vers le sud, un épais fourré se divisa pour livrer passage à deux hommes, un mel et une fem, qui s'avancèrent vers le bassin.

Gillian Baskin s'agenouilla sur la rive et siffla quelques strophes de bienvenue en ternaire.

Keepiru le constant
Ferme comme un récif
Au point qu'il défie l'orque
Sah'ot, caméléon
Qui s'arrange de tout
Qui tant ressemble à l'homme
Dans la noire tempête
Votre contraste seul
Me dirait qui vous êtes !

Avec une navrante platitude, Keepiru lui répondit en anglique :

— Ça me fait plaisir de vous voir, Gillian. Et vous aussi, T-Tom.

Sah'ot se laissa retomber à l'horizontale, douloureusement conscient qu'il avait une réputation à défendre. À la différence de Keepiru, il se devait d'improviser un poème pour répondre au salut de Gillian.

En fait, il avait plutôt envie de se trouver un coin tranquille pour méditer sur le portrait que la fem venait de faire de lui et, en particulier, sur cette remarque : « Qui tant ressemble à l'homme… » Devait-il le prendre comme un compliment, ou avait-il correctement interprété comme une nuance de pitié le registre suraigu dans lequel ce vers avait été sifflé ?

Debout près de Gillian, Thomas Orley ne disait rien mais Sah'ot avait l'impression d'être transparent sous son regard.

L'ethnolinguiste delphinien prit une grande bouffée d'air.

Là ! Regardez !
C'est un grand prodige
Monogame !
Deux amants qui
Sur un ciel immense
Se découpent !

Gillian applaudit en éclatant de rire.

Un bref sourire apparut sur les lèvres de Thomas Orley qui, visiblement, avait autre chose en tête.

— Je suis content que vous soyez revenus, tous les deux, dit-il aux fen. Gillian et moi nous sommes arrivés hier soir, elle du *Streaker* et moi du point où le croiseur E.T. s'est écrasé, provoquant un tsunami. Jill vous a déroulé en venant un monocâble de façon que vous puissiez rester en contact avec le vaisseau. Elle va demeurer quelques jours avec vous pour travailler sur cette question d'importance vitale que sont les Kikwis. J'ai cru également comprendre que certaines personnes restées à bord voudraient vous demander de recueillir pour elles quelques informations. Est-ce exact, Gillian ?

La femme blonde hocha la tête. Le peu qu'elle avait dit à Dennie et à Toshio des exigences de Charlie Dart n'avait pas eu le don de les faire bondir de joie.

Orley reprit :

— L'autre motif de la venue de Jill sur cette île était de m'apporter du matériel. Dans la matinée, je dois partir avec le planeur solaire. (Keepiru inspira bruyamment et il s'apprêtait à faire une objection lorsque Tom leva la main pour l'interrompre.) Je sais, c'est risqué, mais il me faut tenter l'expérience pour voir si ce plan d'évasion que nous avons monté a une chance de marcher. Et, comme vous êtes les seuls disponibles, c'est à vous que je vais être obligé de demander « un coup de main ».

Sah'ot sentit sa queue s'agiter sous l'eau de manière incontrôlée. Il la força à rester en position basse pour cacher ses sentiments, mais c'était dur, si dur !

Ainsi, on allait tenter de s'échapper ! Il avait espéré mieux d'Orley et de Baskin. C'étaient des gens intelligents, expérimentés, des agents du Conseil de la Terragens d'une dimension quasi mythique, sortis vivants de missions désespérées.

Et, maintenant, les voilà qui déliraient et, qui plus est, lui demandaient son aide, à lui, Sah'ot ! Ne se rendaient-ils pas compte de ce contre quoi ils se dressaient ?

Il nagea jusqu'aux côtés de Keepiru et prit le masque du client fidèle, respectueux et attentif. Mais, intérieurement, il sentait tout son être sombrer dans un maelström de plus en plus violent à mesure que lui était révélé le « plan » extravagant qui était censé les sauver des monstres aux yeux globuleux.

Takkata-Jim

— Cette réunion du conseil de vaisseau était un désastre, soupira le second. C'était même bien pire que je ne m'y étais attendu.

Manigancer un plan
Pour tromper des trompeurs,
Et d'un déguisement
Habiller des souffleurs !

K'tha-Jon rejeta sa grosse tête courtaude en arrière en signe d'acquiescement.

— On m'a dit que le t-terme convenu pour désigner ce projet était : « Le Cheval Marin de Troie ». Qu'est-ce que ça veut dire ?

— C'est une allusion littéraire, répondit Takkata-Jim en se demandant où le bosco était allé à l'école. Je vous expliquerai ça un autre jour. Pour l'instant, j'ai besoin de réfléchir. Il doit exister un autre moyen que ce plan suicidaire que Creideiki et Orley ont conçu. J'avais toujours espéré que Creideiki finirait par entendre raison... Maintenant, je ne sais plus que penser.

— Il ne vous a pas écouté ?

— Oh, que si ! Le commandant est d'une extrême politesse ! Metz a nagé dans mon sillage point par point et Creideiki a prêté la plus grande attention à son exposé comme au mien. La réunion a duré quatre heures ! Mais, de toute façon, le capitaine avait dès le début décidé d'adopter le plan d'Orley. Monsieurfem Baskin a déjà quitté le vaisseau pour lui porter le matériel dont il a besoin.

Les deux *Steno* dérivèrent en silence un long moment. K'tah-Jon attendait visiblement que le second reprît la parole.

— Mais pourquoi Creideiki ne veut-il même pas songer à transmettre par radio les coordonnées de notre trouvaille de sorte que nous n'ayons plus rien à voir dans cette histoire ! s'exclama Takkata-Jim en fouettant l'eau de sa caudale. Au lieu de faire ça, lui et Orley vont tenter de duper des sophontes qui passent leur temps à se tendre des pièges depuis des millions d'années ! Pas de doute, nous sommes bons pour la friture ! Comparée à ce plan, même votre idée de foncer dans le tas avec tous nos canons crachant le feu est meilleure. Au moins, elle nous laisserait une liberté de manœuvre !

— Je ne faisais qu'offrir une glorieuse alt-ternative à cccette folle aventure, dit K'tah-Jon. Mais, en définitive, j'aurais suivi votre plan. En revanche, il me semble que si nous devions être ceux qui trouveront un moyen de sauver le vaisseau et son équipage, nous devrions en tirer des avantages autres que le simple fait de nous en sssortir vivants.

Takkata-Jim secoua la tête.

— Si j'étais à la tête de ce vaisseau, peut-être, mais nous sommes commandés par un fou génial qui se fait une certaine idée de l'honneur et nous conduit tout droit à notre perte.

Puis il vira sur lui-même, plongé dans ses pensées, et s'éloigna silencieusement le long du couloir vers ses quartiers.

K'tha-Jon le suivit d'un œil étréci tandis que des bulles s'échappaient de son évent sur un rythme de petites explosions brèves.

Akki

Ce n'était pas juste ! Presque tous ceux qui comptaient un peu à bord avaient reçu l'autorisation d'aller avec Hikahi rejoindre l'équipe qui travaillait sur l'épave thennanin. Les réparations du *Streaker* étaient pratiquement terminées et lui, il était toujours bloqué ici, où rien d'important n'arrivait jamais.

Akki flottait au centre de son poste d'étude situé sous un dôme d'air à proximité du plafond de l'entrepont. Des bulles qui montaient des régions inférieures de la vaste salle passaient librement au travers des pages de l'holotexte qui était affiché en face de lui.

Comme idée stupide, elle était soignée celle-là ! Lui faire travailler l'astronautique alors que le vaisseau était coincé au fond de l'océan..

Il avait beau tenter de se concentrer sur les subtilités de la navigation vermiculaire, son esprit vagabondait. Il en vint à penser à Toshio. Cela faisait déjà combien de temps que tous deux ne s'étaient pas accordé une bonne partie de rigolade ? Plus d'un mois devait s'être écoulé depuis qu'ils avaient subtilisé les lunettes de Broodika pour les remplacer par des lentilles de Fresnel.

Je n'ai pas à m'inquiéter pour Toshio. Lui au moins, il a de quoi s'occuper. Mais pourquoi Creideiki a-t-il insisté pour que je reste à bord alors qu'à cette épave on a besoin de tous ceux qui ont quelque compétence technique ?

Akki tenta une fois de plus de se concentrer sur son texte mais il en fut distrait par un bruit. Il baissa les yeux et en découvrit l'origine à proximité d'une cantine. Deux fen étaient en train de se battre ; ils tournaient l'un autour de l'autre en se portant de violents coups de caudale au milieu d'un cercle de badauds.

Akki se dégagea du dôme d'air et plongea vers la source du désordre.

— Arrêtez ! hurla-t-il Cccessez immédiatement !

Et il pénétra dans l'arène, jouant de sa propre caudale pour tenter de séparer Sth'ata et Sneekah-jo.

Les spectateurs refluèrent quelque peu mais les deux adversaires ne parurent même pas s'apercevoir de sa présence. Ils continuaient à se mordre et à se fouetter. Un coup qui avait manqué son objectif atteignit Akki en pleine poitrine et l'envoya rouler à quelque distance.

Le midship dut prendre une grosse goulée d'air pour retrouver son souffle. D'où tiraient-ils la force de se battre dans l'oxyeau ?

Il nagea vers l'un des badauds.

— Pk'Tow… Pk'Tow !

Puis il mordit le fin au flanc et se figea dans son attitude la plus autoritaire tandis que Pk'Tow virait brutalement sur lui-même, la mâchoire menaçante. Il n'allait pas être facile de lui faire baisser la tête et Akki se sentit soudain très jeune. Mais Creideiki lui avait appris comment agir en de telles circonstances. Quand un fin régresse, lui faire concentrer son regard !

— Pk'Tow ! Cessez de les écouter et servez-vous de vos yeux. Regardez-moi ! En tant qu'officier de ce vaisseau, je vous ordonne de m'aider à mettre un terme à cette bagarre !

Le visage de Pk'Tow perdit son expression hargneuse.

— Bien, Monsssieur, fit-il avec un hochement de tête, surprenant Akki par sa morne résignation.

Des gouttes de sang se diffusaient en nappes rosâtres tandis que les deux adversaires commençaient à voir leur échange de coups ralenti par les exigences en oxygène de leurs branchies-poumons. Akki recruta encore trois autres fen d'équipage en les houspillant jusqu'à ce qu'ils fussent à même de regarder droit devant eux, puis il entra dans la mêlée. Il finit par réussir à les séparer et les fit conduire à l'infirmerie sous bonne garde. Le docteur Makanee s'arrangerait pour les isoler jusqu'à ce qu'il eût fait son rapport au capitaine.

Levant les yeux, Akki remarqua le quartier-maître K'tha-Jon qui passait non loin. Le gigantesque officier subalterne ne s'arrêta même pas pour proposer son aide. Pourtant, il a dû voir toute la scène, se dit Akki, non sans amertume. K'tha-Jon n'aurait pas eu besoin de quémander l'assistance des spectateurs ; il lui aurait suffi de grogner pour faire cesser la bagarre.

Le bosco poursuivit son chemin vers le grand sas. Il nageait vite et son visage avait une expression résolue.

Akki poussa un soupir.

Après tout, peut-être Creideiki a-t-il ses raisons pour me garder ici. Maintenant que tous les éléments qualifiés du vaisseau sont partis avec Hikahi, il doit avoir besoin d'aide pour tenir la racaille qui est restée à bord.

Il poussa du bec Sneekah-jo pour le faire avancer. Le *Steno* gronda un juron qui était presque du primal mais s'exécuta.

Au moins, voilà un bon prétexte pour ne pas travailler la théorie astronautique, se dit Akki dans un ricanement intérieur.

Suessi

— Non ! Ça ne va pas ! Reculez ! On va faire encore un essai… Tâchez de faire plus attention cette fois !

Hannes Suessi contempla d'un œil sceptique les mécanos delphiniens qui renversaient la nage de leurs lourds traîneaux pour ressortir la poutrelle mal engagée.

Ils venaient de rater leur troisième tentative d'ajouter une pièce de soutènement dans la plaie béante qui s'ouvrait à l'arrière de l'épave thennanin. Cette fois, pourtant, ils avaient bien failli réussir mais le traîneau de tête avait hésité un peu trop longtemps et il avait été à deux doigts de s'écraser le cul contre la paroi interne du vaisseau coulé.

— Maintenant, Olélo, voilà comment tu peux éviter ce longeron. (Il s'adressait au conducteur du traîneau de tête.) Lorsque tu arriveras à la hauteur de cet hiéroglyphe trucmachin qui ressemble à un chacal à deux têtes, tu lèveras le nez de ton engin comme ça ! (Et, de ses bras, il fit le geste correspondant.)

Le fin le regarda d'abord un moment sans comprendre puis hocha vigoureusement la tête.

Je pige — on l'esquive !

La familiarité de l'expression arracha une grimace à Suessi. Mais ils n'auraient pas été des fen s'ils n'avaient pas été rigolards une moitié de leur temps pour consacrer le reste à l'excès contraire. Par ailleurs, ils n'avaient cessé de bosser comme des dingues.

Car c'était un vrai merdier que de travailler sous l'eau. En comparaison, tout ce qui était bâtiment en apesanteur devenait de la gnognote.

Depuis le vingt et unième siècle, les hommes avaient fait de gros progrès dans l'art de bâtir dans l'espace. Aux problèmes posés par l'inertie et la rotation, ils avaient trouvé des solutions qui n'avaient jamais été consignées dans la Bibliothèque puisque la nécessité de telles inventions ne s'était jamais fait sentir à des races disposant de l'antigravitation depuis des milliards d'années.

Au cours des trois derniers siècles, en revanche, on avait construit fort peu de structures lourdes en milieu sous-marin, même dans les communautés delphiniennes de la Terre, et jamais l'on n'avait procédé au renflouement ou au pillage d'un vaisseau spatial échoué sur le fond d'un océan.

Si, en orbite, l'inertie due à l'apesanteur posait d'énormes problèmes, qu'en était-il de la flottabilité quasi imprévisible des matériaux immergés ? L'énergie nécessaire pour mouvoir un objet variait en fonction de la vitesse acquise qui était déjà la sienne et de la coupe droite qu'il présentait au moment considéré. Dans l'espace, les complications étaient moindres.

Tandis que les fen redonnaient à la poutrelle l'orientation voulue, Suessi jeta un œil à l'intérieur du destroyer pour voir où en était le reste des travaux. Le flamboiement des scies laser tout autant que la brillance des lampes à héliarc illuminaient le lent processus du démembrement de la partie centrale de la nef de guerre thennanin. Étape par étape, une vaste cavité cylindrique y était ménagée.

C'était le lieutenant Tsh't qui supervisait ces travaux et ses ouvriers auraient pu servir de modèle pour une étude sur la spécificité de la technique néo-delphinienne. Car si chaque fin se servait de ses yeux ou de ses instruments pour exécuter des tâches réclamant une certaine précision, il avait une approche de l'objet différente de celle d'un homme. Sa tête se mettait à décrire des mouvements circulaires et de minces faisceaux d'ondes sonores émanaient de ce « melon » bulbeux qui donnait au *Tursiops* sa physionomie d'intellectuel au front large. Dans le même temps, l'extrémité phono-sensible de sa mâchoire inférieure oscillait de gauche à droite et de droite à gauche pour constituer une image stéréoscopique.

La vaste salle résonnait de grincements et Suessi, comme toujours, s'étonnait que les fen pussent s'y reconnaître dans une telle cacophonie. Vraiment, c'étaient des gens bruyants mais, en l'occurrence, il aurait pris plaisir à se faire casser les oreilles par ces renforts qu'Hikahi, espérait-il, n'allait pas trop tarder à amener. D'autant qu'elle était censée venir avec la chaloupe ou avec le canot, procurant à Suessi un endroit où se mettre au sec et aux autres une chance de dormir en respirant un air correct. Par ailleurs, si ceux qui travaillaient depuis le début sur l'épave n'étaient pas relevés au plus vite, des accidents ne manqueraient certainement pas de se produire.

Le plan proposé par Orley était réellement tiré par les cheveux et Suessi s'était bercé du vague espoir que Creideiki et ceux du conseil y trouveraient une alternative ; hélas, les opposants à ce projet n'en avaient pas d'autre et le *Streaker* allait être déplacé dès qu'Orley en donnerait le signal.

De toute évidence, Creideiki avait estimé qu'ils avaient peu de chose à perdre.

Un cri de mise en garde se répercuta dans l'eau. Suessi sursauta puis regarda autour de lui. Le bout d'un frein à quantum de l'épave pendait mollement, sectionné à sa base par l'extrémité de la poutrelle que transportait Olélo. Le fin, d'ordinaire impassible, avait l'air dans tous ses états.

— C'est le bouquet, les copains, gémit Suessi. Comment allons-nous donner l'impression que cette coque de noix a survécu à la bataille si nous l'endommageons plus que l'ennemi ne l'a fait ? Qui pourrait croire qu'elle puisse voler avec des trous pareils ?

La queue d'Olélo battait l'eau et son évent laissait échapper des pépiements plaintifs.

Suessi soupira. Même au bout de trois cents ans, il fallait encore marcher sur des œufs avec les dauphins. Toute critique tendait à leur couper les moyens. On obtenait de meilleurs résultats en les encourageant par des compliments.

— Allez, c'est parfait, on recommence. On y va doucement, hein ? Cette fois, on y était presque.

Suessi secoua la tête et se demanda pourquoi il avait eu un jour l'idée saugrenue de faire des études d'ingénieur en mécanique.

Galactiques

La bataille avait fini par déserter cette région de l'espace et, une fois de plus, la flotte tandue avait survécu.

La faction Pthaca s'était jointe aux Thennanins et aux Gubrus, et le gros des forces soros restait dangereux. Quant aux Frères de la Nuit, ils étaient pratiquement anéantis.

L'Accepteur, juché au centre de sa toile, épluchait soigneusement ses écrans par étapes successives comme il y avait été entraîné. Il avait fallu des millénaires à ses maîtres tandus pour accoutumer sa race à se servir d'écrans, tant elle répugnait à laisser la moindre chose exister sans qu'elle en fût le témoin.

À mesure que les barrières tombaient, l'Accepteur se mit à sonder avec passion le proche espace, caressant les nuées de vapeur et les épaves à la dérive. Il contourna subtilement des psipièges intacts et des champs de probabilité non résolue. Pour délicieux que fût le spectacle des batailles, il n'en était pas moins semé de maints périls.

La conscience du danger était une autre notion que les Tandus avaient fait ingurgiter de force à son espèce. Dans le secret de leur âme, les congénères de l'Accepteur ne la prenaient pas très au sérieux. Se pouvait-il qu'un événement appartenant au réel fût jamais mauvais ? L'Épisiarche concevait les choses ainsi et il n'y avait qu'à voir le dingue qu'il était !

L'Accepteur remarqua un détail qui, normalement, n'aurait pas dû retenir son attention. Eût-il été libre de spiritoucher les vaisseaux, les planètes et les missiles qu'il eût été trop absorbé pour détecter une nuance aussi subtile, les pensées d'un cerveau isolé… discipliné qui plus est.

Ravi, l'Accepteur sentit que l'émetteur était un Synthiain ! Oui, un Synthiain… *et qui essayait d'entrer en communication avec les Terriens !*

C'était une anomalie, donc une beauté. Jamais auparavant l'Accepteur n'avait été témoin de l'audace d'un Synthiain.

Les Synthiains n'étaient pas non plus réputés pour leur habileté métapsychique, et pourtant celui-ci ne méritait que des éloges pour sa façon de se faufiler au travers de la myriade de détecteurs psi dont chaque faction avait encombré ce secteur de l'espace.

Cette prouesse était fabuleuse par son caractère inattendu… preuve supplémentaire de la supériorité de la réalité objective sur la subjective, en dépit des divagations de l'Épisiarche ! L'essence même de l'existence était surprise.

L'Accepteur savait qu'il serait puni s'il continuait à s'émerveiller de cet événement au lieu d'en faire le rapport.

Encore un sujet d'étonnement que cette « punition » par laquelle les Tandus parvenaient à faire choisir un chemin plutôt qu'un autre au peuple de l'Accepteur. Depuis quarante mille ans, ils en restaient perplexes. Peut-être allait-il falloir un jour faire quelque chose à ce propos. Toutefois, rien ne pressait. D'ici là, il se pouvait qu'eux-mêmes fussent patrons… et soixante mille ans n'exigeaient tout de même pas des trésors de patience.

Le signal émis par l'espion synthiain s'estompait. Apparemment, la fureur des combats l'entraînait loin de Kthsemenee.

L'Accepteur reporta ses sens ailleurs, vaguement au regret de l'avoir perdu. Mais la bataille se révélait maintenant à lui dans toute sa gloire et, pressé qu'il était de se plonger dans cet océan de stimuli, l'Accepteur décida de remettre à plus tard son rapport sur le Synthiain… s'il y repensait

Thomas Orley

Par-dessus son épaule, Tom jeta un coup d'œil vers les nuages qui s'amoncelaient. Il aurait été prématuré d'affirmer que l'orage allait le rattraper et il lui faudrait encore couvrir une longue distance avant de le savoir.

Le planeur solaire ronronnait à quelque mille deux cents mètres d'altitude, n'ayant jamais été conçu pour battre des records. Son fuselage se réduisait presque à l'étroit châssis supportant le bloc d'une hélice mue par les rayons du soleil tombant sur la vaste aile translucide. Toutefois, Tom tenait le cap au nord-est, la propulsion du petit appareil était essentiellement assurée par les alizés. Au retour — en admettant qu'il y en eût un —, ces mêmes vents rendraient sa progression lente et hasardeuse.

Et, inaccessibles, des vents plus rapides poussaient vers l'est de sombres nuages à sa poursuite.

Il volait presque à l'aveuglette, ne se repérant que sur le disque orange du soleil kithrupien. Une boussole n'eût pas été de la moindre utilité dans le ciel d'une planète que sa surabondance en métaux couvrait d'un tissu d'anomalies magnétiques.

Autour du nez court et conique du planeur, le vent sifflait rageusement mais c'était à peine si Tom, à plat ventre sur l'étroite plate-forme, le percevait comme une brise légère.

Ne fût-ce qu'un oreiller de plus n'aurait pas été du luxe. Le frottement commençait à lui irriter les coudes et il sentait venir un torticolis. Il s'était livré à un travail d'élagage sur sa liste de matériel au point de s'être retrouvé en train de choisir entre une psi-bombe supplémentaire à utiliser lorsqu'il serait à destination et un appareil à distiller qui lui permettrait de survivre. Le résultat de ces compromis se répartissait sous les coussins garnissant la plate-forme, mais avec tant de bosses qu'il était pratiquement impossible de s'y loger confortablement.

Ce voyage prenait l'allure d'un interminable et monotone défilé de mer et de ciel.

Par deux fois, il avait aperçu des vols de créatures dans les lointains, premier indice qui lui fût donné de l'existence d'une forme de vie avienne sur Kithrup. Avait-elle évolué à partir de poissons volants ? Il était assez surpris que des oiseaux aient pu apparaître sur un monde pratiquement dénué de terres émergées.

Bien sûr, ces créatures pouvaient avoir été modelées par quelque ancien locataire galactique de Kithrup. Là où la nature s'avérait défaillante, les sophontes avaient toujours le recours de s'immiscer. Il avait déjà été témoin de lubies plus étranges que celle de greffer des aviens sur un monde aquatique.

Tom se remémora la fois où lui et Gillian avaient accompagné Jacob Demwa sur le monde universitaire tymbrimi de Cathrhennin. Entre deux sessions, lui et Jill avaient fait du tourisme dans la vaste réserve continentale de cette planète et ils y avaient vu des troupeaux de clideux paître en dessinant sur les prairies de complexes dessins géométriques. La disposition de ces arrangements se modifiait de minute en minute sans que l'on pût surprendre la moindre forme de communication interindividuelle, comme si l'on avait affaire aux motifs changeants d'un tissu moiré. Les Tymbrimis leur avaient expliqué qu'une antique race galactique, à laquelle

Cathrhennin avait été concédée dans des temps reculés, avait programmé la structure de déplacement des clideux de sorte qu'elle formât un rébus. Depuis, personne n'avait été en mesure d'en déchiffrer le sens, si tant était qu'il y en eût un.

Gillian avait suggéré que ces schémas eussent pu être adaptés à leur propre usage par les individus de cette race animale mais les Tymbrimis, passionnés comme ils l'étaient par les casse-tête, avaient préféré s'en tenir à l'explication traditionnelle.

Tom sourit en se remémorant cette mission, la première qu'ils aient faite ensemble après leur mariage. Depuis, Gillian et lui avaient vu plus de merveilles qu'ils n'en pourraient jamais tenir le compte.

Elle lui manquait déjà.

Les oiseaux autochtones, ou quelque forme avienne que ce fût, virèrent pour s'éloigner de la barrière de nuages. Orley les suivit du regard jusqu'à ce qu'ils fussent hors de vue. Dans la direction qu'ils avaient prise, il ne semblait pas y avoir la moindre terre.

Le planeur filait presque les deux cents nœuds. Normalement, cette vitesse lui permettrait d'atteindre la chaîne volcanique qu'il s'était fixée pour but d'ici une heure ou deux. Repérage par radio, par satellite ou par radar était un luxe interdit ; Tom n'avait pour le guider qu'une carte fixée sur son pare-brise.

Il serait à même de faire mieux sur le chemin du retour. Gillian avait insisté pour qu'il emportât un enregistreur à inertie qui le guiderait les yeux fermés jusqu'à quelques mètres de rayon autour de l'île d'Hikahi.

Si, bien sûr, l'occasion lui était donnée de s'en servir.

Les nuages qui l'avaient poursuivi le cernaient à présent. Le courant-jet de Kithrup commençait vraiment à bouillir et Tom dut admettre qu'il ne serait pas fâché de trouver un endroit où se poser avant que la tempête ne fût sur lui.

Alors que l'après-midi s'avançait, il vit encore un vol de créatures aviennes et, par deux fois, perçut un mouvement dans les eaux qu'il surplombait ; quelque chose d'énorme et de sinueux qui disparut avant qu'il n'eût pu se faire une idée de ce que c'était.

Par endroits, des paquets d'algues apparaissaient au sein des vagues, assez denses dans certains cas pour former de véritables îles flottantes. Il conçut vaguement l'idée que celles-ci pouvaient servir de perchoir aux créatures ailées.

Tom luttait contre la nausée et en était arrivé à vouer une haine profonde à l'objet proéminent qui paraissait décidé à lui perforer la hanche gauche

La menaçante barrière de nuages n'avait plus que quelques kilomètres à faire pour le rattraper lorsqu'il distingua sur l'horizon nord une tache informe d'un gris plus sale que le ciel.

Poussant l'hélice à plein régime, il vira sur l'aile vers ce qui, bientôt, se révéla être une colonne de fumée déjetée vers le nord-est, tel un étendard crasseux flottant au vent.

En dépit des nuages qui s'interposaient entre le soleil bas de cette fin d'après-midi et les capteurs solaires de son aile, Tom s'efforça de prendre de l'altitude. Le tonnerre commençait de gronder et des éclairs embrasaient fugitivement de leur lumière crue l'immensité des flots.

Lorsqu'il se mit à pleuvoir, l'aiguille de l'ampèremètre bascula carrément dans le rouge. Le petit moteur commença de peiner.

Oui. C'était bien ça, une île ! Toutefois, une bonne distance l'en séparait encore... et elle était partiellement noyée dans une épaisse fumée.

Il aurait préféré une terre plus fréquentable, quelque chose d'un peu moins remuant. L'outrecuidance qu'il y avait à formuler des exigences lorsqu'on était dans sa position arracha un sourire à Orley. Contraint et forcé, il se serait même posé sur la mer puisque l'appareil était équipé de flotteurs.

La lumière faiblissait. Dans la pénombre croissante, Tom remarqua que la surface de l'océan avait changé de couleur. Dans sa texture également, quelque chose le rendait perplexe. Il n'arrivait pas à situer la différence.

Bientôt, il n'eut plus guère le temps d'y songer tant il avait à lutter avec son appareil pour chaque dizaine de centimètres d'altitude.

Et, sous une pluie battante, tout en espérant que le planeur consentirait à rester en l'air assez longtemps pour lui éviter d'amerrir en catastrophe, il maintint le cap sur le volcan.

Creideiki

Il n'aurait jamais cru que le vaisseau avait si vilaine allure.

Creideiki s'était personnellement occupé d'établir le diagnostic de chaque moteur, de chaque instrument avarié. Au cours des réparations, c'était encore lui ou Takkata-Jim qui avaient discrètement vérifié le travail par trois fois. La plupart des dégâts réparables n'étaient plus qu'un mauvais souvenir.

Mais en tant que maître du vaisseau, c'était également lui, et lui seul, qui avait dû prendre en considération les valeurs immatérielles. Il était essentiel qu'*on* se préoccupât d'esthétique, même si pareille notion n'était pas au premier rang des priorités. Et, quel que fût le succès des réparations d'ordre fonctionnel, le *Streaker* n'était plus un beau vaisseau.

C'était la première fois qu'il en sortait. Il s'était équipé d'un appareil respiratoire et nageait au-dessus de la coque balafrée pour en avoir une vue d'ensemble.

Les ailerons de stase et les principales commandes

gravitiques étaient en état de marche. Emerson d'Anite et Takkata-Jim lui en avaient donné l'assurance mais il avait quand même vérifié. Une turbine de compression avait été détruite par un rayon d'antimatière à Morgran mais on pouvait encore se fier au réacteur survivant.

Toutefois, si la coque offrait la plus grande sécurité quant à sa solidité, elle n'était plus pour l'œil le même délice qu'autrefois. En deux endroits, de noires traînées en déparaient l'enveloppe externe, là où des rayons avaient réussi à percer les écrans.

Broodika lui avait même appris qu'en un point précis le métal s'était modifié, passant d'un alliage à un autre. Le vaisseau avait conservé son intégrité structurelle mais cela signifiait qu'on était passé horriblement près d'eux avec un distorseur de probabilité. Il y avait quelque chose de dérangeant dans l'idée que cette partie du *Streaker* s'était vue troquée contre un morceau d'un autre vaisseau semblable quoique légèrement différent, abritant des fugitifs semblables quoique légèrement différents, dans quelque hypothétique univers parallèle.

S'il fallait en croire la Bibliothèque, personne n'avait encore appris à maîtriser les distorseurs de références spatio-temporelles au point d'en faire un autre usage que celui d'arme. La rumeur prétendait néanmoins que certaines espèces très anciennes qui « dépassaient » la civilisation galactique découvraient de temps à autre un tel secret et s'en servaient pour quitter cette réalité par une porte dérobée.

Le concept d'univers parallèles s'étendant à l'infini était de ceux que les dauphins connaissaient bien avant que l'humanité n'eût acquis le feu. Il était indissociable du Songe Cétacé. Les jubartes, en particulier, se complaisaient à chanter la mélopée d'un monde indéfiniment mutable. En apprenant à se servir d'outils, les dauphins de la veine *amicus* avaient perdu ce grandiose détachement. À présent, c'était à peine s'ils comprenaient mieux la philosophie des baleines que les hommes.

Une version domestiquée du distorseur de probabilité constituait l'une de cette douzaine de méthodes connues des Galactiques pour ruser avec la vitesse de la lumière. Les races prudentes évitaient toutefois d'y avoir recours. Des vaisseaux *disparaissaient* en se servant de la propulsion probabiliste.

Creideiki s'imagina sortant de l'espace-temps pour se retrouver en présence d'un congrès de *Streakers* provenant tous d'un univers différent et tous commandés par une version légèrement modifiée de lui-même. D'une situation pareille, les baleines auraient vraisemblablement tiré une intense satisfaction philosophique. Il n'était pas sûr qu'il en fût de même pour lui.

D'ailleurs, en dépit de leur génie spéculatif, les baleines étaient d'une stupidité crasse en ce qui concernait les astronefs et les machines. Elles n'auraient pas mieux identifié une flotte qu'un chien n'est capable de reconnaître son propre reflet lorsqu'il se penche sur une flaque d'eau.

Moins de deux mois s'étaient écoulés depuis que Creideiki s'était retrouvé face à une flotte de vaisseaux abandonnés gros comme des planètes et vieux comme des étoiles au mitan de leur vie. Ça lui avait coûté une dizaine de fen de valeur et le fait de n'avoir pas cessé depuis de fuir devant d'autres flottes.

Creideiki nagea jusqu'à la crête d'une colline surplombant le vaisseau. La brillance des lampes à héliarc jetait de longues ombres dans ces eaux euphoriques. L'équipage avait fini de monter les pièces récupérées par Suessi sur l'épave thennanin. Il ne restait plus qu'à dégager le train d'atterrissage pour être en mesure de bouger.

Hikahi venait de partir quelques heures auparavant avec le canot et une équipe triée sur le volet. Creideiki aurait bien aimé pouvoir détacher plus de fen pour aider Suessi mais le *Streaker* était déjà bien en dessous de son effectif minimum.

Il ne voyait toujours pas d'alternative au plan d'Orley. Metz et Takkata-Jim s'étaient révélés incapables de rien proposer hormis la reddition au vainqueur, et c'était une chose dont Creideiki ne voulait pas entendre parler. Du moins tant qu'il resterait un espoir de faire autrement.

Les capteurs passifs montraient que, dans l'espace, la bataille ne cessait de croître en violence. D'ici quelques jours, elle atteindrait peut-être son point culminant et ce serait alors que se présenterait pour eux l'ultime opportunité de s'échapper sous un déguisement en profitant de la confusion.

J'espère que Tom est arrivé à bon port, se dit-il, et que son expérience est un succès.

Le grondement sourd des moteurs dont on faisait l'essai se répercutait dans l'eau. Creideiki avait lui-même calculé la marge de bruit tolérable. Les risques de trahir leur position étaient si divers... fuites neutriniennes du bloc d'alimentation, gravitons échappés de l'écran de stase, ondes métapsychiques émises par tout un chacun à bord. Le bruit était vraiment le cadet de ses soucis.

Alors qu'il remontait le long du flanc de la colline, Creideiki entendit remuer quelque chose au-dessus de lui. Son attention se porta vers la surface.

Près des bouées de détection, il y avait un fin isolé qui travaillait sur elles avec les manipulateurs de son harnais.

Creideiki s'en approcha.

Y a-t-il un problème
Par ici qui motive
Cette entorse au service ?

Il reconnut le *Steno* géant, K'tha-Jon. Le bosco sursauta. Ses yeux s'écarquillèrent et, l'espace d'un instant, Creideiki put voir le blanc qui entourait la pupille en navette.

K'tha-Jon se reprit très vite. Sa bouche s'ouvrit pour former un sourire.

Un bruit de fond gênait
L'écoute neutrinique
L'auditrice n'avait
Plus d'échos des combats

Elle me dit à présent :
« Fini les parasites ! »
Je vais donc sur l'instant
Reprendre mon service

De fait, il y avait eu de quoi s'inquiéter. Il était vital que la passerelle sût à tout moment ce qui se passait dans le ciel et fût en mesure de recevoir des nouvelles d'Orley.

Takkata-Jim aurait seulement dû envoyer quelqu'un d'autre faire la réparation. Les détecteurs étaient sous l'exclusive responsabilité de l'état-major. Toutefois, la majeure partie du personnel d'élite de la passerelle ayant quitté le vaisseau avec Tsh't ou Hikahi, K'tha-Jon pouvait avoir été le seul gradé disponible.

Va, Cascadeur
De hautes vagues
Vite retrouve
Ceux qui t'attendent

K'tha-Jon hocha la tête, les bras de son harnais repliés à leur place réglementaire. Sans prononcer un mot de plus, il émit un petit nuage de bulles et plongea vers l'ouverture brillamment éclairée du grand sas.

Creideiki regarda le géant s'éloigner.

En apparence du moins, K'tha-Jon semblait avoir mieux réagi que bon nombre de fen face à la situation quasi désespérée que connaissait le *Streaker.* Il avait même paru prendre plaisir au combat qui avait accompagné leur retraite à Morgran, se révélant d'une ardeur efficace et féroce dans le maniement d'une batterie de canons. C'était un sous-officier irréprochable.

Alors, pourquoi ai-je des picotements tout le long de l'échine lorsqu'il est près de moi ? Ne serait-ce pas encore l'une de ces satanées expériences de Metz ?

Je dois insister pour que le professeur Metz arrête de noyer le poisson et qu'il se décide à me montrer ses notes ! S'il le faut, j'irai jusqu'à forcer sa porte… et que le Protocole aille se faire foutre !

K'tha-Jon était à présent le compagnon inséparable du lieutenant Takkata-Jim. Ensemble avec Metz, ils étaient les trois principaux opposants au plan d'Orley. Creideiki n'avait pas fini de se faire du mauvais sang à ce sujet, d'autant que Takkata-Jim était encore plus taciturne qu'avant.

Le second commençait d'ailleurs à poser un réel problème. Creideiki éprouvait une certaine pitié à son égard. Ce n'était pas sa faute, après tout, si cette croisière s'était transformée en chemin de croix. Mais la compassion n'empêcherait pas le capitaine de promouvoir Hikahi au deuxième rang de la hiérarchie du *Streaker* sitôt que l'effectif serait de nouveau réuni.

Takkata-Jim était vraisemblablement conscient de ce qui lui pendait au-dessus de la tête… et conscient qu'à la suite du rapport que le commandant était obligé de faire pour le Centre de l'Élévation sur chacun de ses officiers son droit à un bonus de descendance risquait fort d'être remis en question.

Creideiki n'avait aucune peine à imaginer comment le lieutenant pouvait prendre la chose. Il y avait des moments où lui-même se sentait oppressé par cette Élévation envahissante au-delà de toute mesure, des moments où il avait presque envie de gueuler en primal : « Mais qui vous a donné ce droit ? » et de laisser la douce hypnose du Songe Cétacé le rappeler dans le giron des Anciens Dieux.

Mais ces moments avaient toujours une fin et il reprenait conscience qu'il n'était rien dans l'univers qui lui tînt plus à cœur que de commander un astronef, de collectionner des enregistrements de chants de l'espace et d'explorer les courants qui roulaient entre les étoiles.

Un banc de poissons indigènes passa non loin. Ils évoquaient un peu des mulets… des mulets rococo avec des plaques de métal aux couleurs criardes en guise d'écailles.

Et il fut pris de la soudaine impulsion de les poursuivre, et d'appeler toute l'équipe qui travaillait autour du vaisseau à se joindre à lui pour une partie de chasse.

Il se représenta les fen placides qu'étaient ses mécanos et ses techs se débarrassant en toute hâte de leur harnais pour se précipiter en meute couinante sur les malheureuses créatures, les acculer habilement à la surface et les saisir au vol alors que, dans leur panique, elles sautaient au-dessus des flots.

Même si un ou deux fen devaient, emportés par leur élan, avaler un peu de métal, ça n'en serait pas moins resté bon pour le moral.

Pluies de Printemps voir
Puis, dans le secret d'un soir,
Lune au creux des vagues…

C'était un haïkaï de regret.

Ils n'avaient pas le loisir de s'adonner aux joies de la chasse, pas lorsque eux-mêmes étaient des proies.

Le carillon de son harnais lui annonça qu'il ne lui restait que trente minutes d'air. Il se secoua. Sa méditation se fût-elle faite plus profonde qu'il aurait peut-être eu la visite de Nukapaï. La chimérique déesse l'aurait grondé ; sa douce voix lui aurait rappelé l'absence d'Hikahi.

Les bouées de détection dansaient à proximité, retenues par de minces amarres ancrées dans le lit de l'océan. Il nagea jusqu'à l'ovoïde rouge et blanc sur lequel avait travaillé K'tha-Jon et remarqua que la trappe d'accès était restée ouverte.

La tête de Creideiki se mit à osciller tandis qu'il concentrait un mince faisceau sonore sur l'appareil. Dans l'étrange géométrie du détecteur et de ses amarres, il y avait quelque chose de vaguement perturbant.

Le sonarvox de son harnais bourdonna. Une voix amplifiée lui parvint par l'entremise de son branchement neural.

— Commandant, c'est Takkata-Jim. Nous venons juss-ste de terminer les essais des turbines et des générateurs de stase. Nous les avons réglés en fonction de vos derniers calculs. Nous avons également reçu un appel de Suessi ; il dit que l'é… le Cheval Marin de Troie arrive à destination. Hikahi est déjà là-bas et elle vous transmet ses salutations.

— Bien. (Il se contentait de penser les mots que la prise neurale transmettait au sonarvox.) Pas de nouvelles d'Orley ?

— Non, commandant. Il se fait tard pourtant. Êtes-vous sûr de toujours vouloir vous en tenir à son plan ? Et que se passera-t-il s'il n'arrive pas à nous faire parvenir un message par psi-bombe ?

— Nous avons examiné toutes les éventualités.

— Donc, on déplacera de toute manière le vaisseau ? Je continue de penser que nous devrions en parler encore une fois.

Creideiki sentit monter en lui une bouffée d'agacement.

— Nous n'allons pas nous mettre à discuter de problèmes tactiques sur un canal qui n'a rien de confidentiel, lieutenant. Par ailleurs, nous avons d'ores et déjà pris une décision. Je serai bientôt de retour au vaisseau. En m'attendant, traquez les tire-au-flanc et remettez-les au boulot à bons coups de dents. Nous devons être prêts lorsque Tom appellera.

— Bien, commandant.

Et Takkata-Jim coupa la communication sans avoir eu ne fût-ce qu'une nuance d'excuse dans la voix.

Creideiki avait perdu le compte du nombre de fois où on lui avait posé des questions mettant en doute la valeur de ce plan. Si leur manque de confiance provenait de ce qu'il *n'*était *qu'*un dauphin, ils auraient pu se donner la peine de songer que Thomas Orley était à l'origine du projet ! Et puis, après tout, n'était-il pas le commandant de ce vaisseau ? N'était-ce pas lui, Creideiki, qui avait la charge de sauver leur vie et leur honneur ?

Lorsqu'il avait servi à bord du vaisseau d'exploration *James Cook*, jamais il n'avait vu personne discuter les décisions de son commandant humain, la capitaine Alvarez.

Un moment, il fouetta violemment l'eau de sa caudale pour exhaler son trop-plein de colère puis il fit appel aux structures de relaxation du Keneenk pour parfaire ce retour au calme.

Laissons tomber, décida-t-il. La majorité de l'équipage ne pose pas de questions et les autres obéissent à leurs directives. Pour des sujets d'expérience confrontés à une situation des plus anormales, cela semble acceptable.

Là où l'esprit se pose, il trouve aussi la solution, enseignait le Keneenk. Tout problème contenait les éléments de sa réponse.

Il déploya ses bras manipulateurs et leur commanda d'atteindre la trappe d'accès de la bouée.

Si celle-ci était en ordre de marche, il aurait motif d'en féliciter Takkata-Jim. Ce pourrait être un moyen d'avoir prise sur le lieutenant, de le ramener dans la communauté du vaisseau, de rompre ce cercle vicieux du repli sur soi.

Là où l'esprit se pose…

Ça ne lui prendrait que quelques minutes pour en vérifier le fonctionnement. Creideiki brancha une rallonge de sa prise neurale sur le petit ordinateur du détecteur et il ordonna à la machine de faire un rapport sur son état.

L'éclair d'une décharge électrique flamboya devant lui. Creideiki poussa un cri tandis que la secousse court-circuitait les moteurs de son harnais et lui carbonisait la peau autour de son branchement neural.

Un courant de pénétration ! comprit Creideiki dans l'immobile éternité de la foudre. *Mais comment… ?*

Tout son univers perceptif était frappé de lenteur. Le courant luttait avec les diodes protectrices de son neurampli. Le coupe-circuit principal lâcha mais l'isolation se reforma presque immédiatement sous l'effet de la tension résiduelle.

Dans sa paralysie, Creideiki avait l'impression d'entendre une voix lancinante sur tous les champs de bataille de son organisme, une voix qui l'accablait de sarcasmes.

Là où l'esprit se pose — il trouve
Là il trouve — aussi l'illusion
L'illusion — là, là, il la trouve

Dans un couinement de souffrance qui lui tendit le corps en arc, Creideiki poussa un cri unique et incontrôlé en primal, le premier de sa vie d'adulte. Puis il roula, ventre en l'air, et dériva dans des ténèbres plus épaisses que la nuit.

QUATRIÈME PARTIE

LÉVIATHAN

Au phare d'Eddyston, mon père étant gardien,
Par une nuit sereine, une sirène vint,
De leurs amours d'alors, nous fûmes trois à naître,
Le dauphin, la daurade, et moi, le quartier-maître.

Hissez haut !
Pour la vie entière à bourlinguer sur les flots.

Vieux chant de manœuvre

Gillian

Comme la plupart des espèces dérivées d'ancêtres exclusivement carnivores, les Tandus furent des clients difficiles. Ils avaient des tendances cannibales et, dans les premiers temps de leur Élévation, on n'est pas sans relever des cas d'agression à l'encontre d'individus appartenant à leur race patronne, les Nght6.

Les Tandus sont également remarquables pour leur très bas niveau d'empathie à l'égard des autres formes de vie douées de sapience. Ils sont membres d'une formation pseudo-religieuse dont la doctrine propose l'extermination finale d'espèces jugées « indignes ». Tout en observant les codes des Instituts Galactiques, les Tandus ne font pas secret de leur désir de voir l'univers moins surpeuplé ni de l'impatience avec laquelle ils attendent le jour où les lois seront balayées par une « puissance suprême ».

Selon les adeptes du dogme « légataire » auquel ils se rattachent, cela se produira lors du retour des Progéniteurs dans les Cinq Galaxies. Les Tandus tiennent pour certain que, ce jour venu, ce sont eux qui seront choisis pour donner la chasse aux races indignes.

En attendant ce millenium, les Tandus s'entraînent en se livrant à d'innombrables combats d'escarmouches et en disputant des batailles qui n'ont d'autre enjeu que l'honneur. Ils se portent également volontaires pour toute guerre exécutrice déclarée par les Instituts Galactiques, quel que soit le décret qu'ils aient à faire respecter, et sont souvent traduits en justice pour abus de pouvoir. « L'extinction accidentelle » d'au moins trois espèces astropérégrines a pu leur être attribuée avec certitude.

Bien que cette race ait une empathie des plus réduites pour ses pairs patrons, elle est passée maître dans l'art de l'Élévation. Sur son monde jachère d'origine et sous sa forme pré-cognitive, elle domestiquait déjà plusieurs espèces locales à des fins cynégétiques, l'équivalent de ce que les hommes ont fait sur la Terre avec les chiens. Depuis qu'ils ont été libérés de leur contrat, les Tandus ont acquis et adapté deux races qui comptent parmi les plus puissants parapsychologues de la récente fournée de clients. Ils font d'ailleurs l'objet d'une enquête à long terme pour manipulations génétiques abusives à l'encontre de ces deux espèces (Voir références : ÉPISIARCHE *-cl-82f49 ;* ACCEPTEUR *-cl-82f50) dont ils ont fait des instruments totalement dépendants de leur amour pour la chasse…*

Charmantes gens que ces Tandus, se dit Gillian.

Elle posa la plaque de lecture près de l'arbre au pied duquel elle s'était assise. L'heure qu'elle s'était accordée ce matin pour lire touchait à sa fin et deux cent mille mots, ce n'était déjà pas mal.

Cette fiche concernant les Tandus était arrivée hier soir par câble du *Streaker*. De toute évidence, la Niss travaillait déjà sur la mini-Bibliothèque récupérée par Tom dans l'épave thennanin. Ce résumé était trop clair et cernait de trop près le sujet pour ne provenir que de la traduction anglaise fournie par la désespérante micro-antenne du vaisseau terrien.

Bien sûr, Gillian n'avait pas attendu cela pour avoir quelque teinture de ce qu'étaient les Tandus. Tout agent de la Terragens recevait une information de base sur ces cruels et perfides ennemis de l'humanité.

Ce rapport ne faisait que renforcer son sentiment qu'il y avait quelque chose de fondamentalement mauvais dans un univers capable d'abriter de tels monstres. Une fois, Gillian avait passé un été entier à lire des romans d'aventures spatiales écrits avant le Contact. Comme ces anciens univers de fiction donnaient une impression accueillante ! Même les rares descriptions qui s'étaient voulues pessimistes n'avaient approché que de fort loin cette réalité dont on était maintenant douloureusement conscient.

Penser aux Tandus l'entraînait dans des rêveries mélodramatiques où elle se voyait porter en permanence un poignard et recourir à l'ancienne et ultime prérogative d'une femme si elle venait à tomber aux mains de ces meurtrières créatures.

Rehaussée par l'orage de la nuit passée, la lourde senteur organique de l'humus dominait la pointe acide du métal imprégnant toute chose à proximité des flots. Le vert feuillage des arbres ondulait avec lenteur sous les molles bourrasques des incessants alizés de Kithrup.

À l'heure qu'il est, se dit-elle, Tom doit avoir trouvé son île-creuset et être déjà bien avancé dans les préparatifs de son expérience… s'il est encore en vie.

Ce matin, pour la première fois, elle n'avait plus les mêmes certitudes. Jamais auparavant elle n'avait douté d'être intuitivement avertie de la mort de Tom, quel qu'en fût le moment, quel qu'en fût le lieu. Or, aujourd'hui, tout était devenu confus. Des profondeurs bourbeuses de son esprit, elle ne tirait qu'une assurance : de terribles choses s'étaient produites au cours de la nuit.

D'abord, vers le coucher du soleil, il y avait eu cette sourde prémonition concernant Tom. Quelque chose d'indéfinissable mais de profondément dérangeant.

Puis, plus tard dans la nuit, cette série de rêves.

Des visages lui étaient apparus. Visages de Galactiques, tannés comme du cuir, couverts de plumes ou d'écailles, dotés de crocs ou de mandibules ! Visages qui ululaient ou nasillaient tandis qu'elle, en dépit de sa formation poussée, ne pouvait saisir le moindre mot, déchiffrer le moindre glyphe sensoriel. Dans cet enchevêtrement de visages rêvés, elle en avait reconnu quelques-uns... deux pilotes xappishs qui mouraient accrochés aux commandes de leur vaisseau éventré... un Jophur qui hurlait dans un nuage de fumée, les yeux fixés sur le moignon sanguignolent qui avait été son bras... une Synthiaine qui écoutait des chants de baleines tout en bouillant d'impatience derrière un bloc de rocher gelé par le vide.

Et, dans son sommeil, Gillian avait senti son impuissance à repousser tous ces visages.

Elle s'était réveillée en sursaut, en plein milieu de la nuit, avec un frisson qui lui pinçait l'échine comme la corde d'un arc. Respirant lourdement dans les ténèbres, elle avait perçu à l'extrême limite de son métapsychisme une conscience parente qui se tordait dans d'intolérables souffrances. Elle captait un double parfum dans ce fébrile glyphe mental. C'était trop humain pour ne provenir que d'un fin et trop spécifiquement cétacé pour être la douleur d'un homme.

Puis tout cessa. L'assaut psychique était passé.

Elle ne savait qu'en faire. À quoi pouvait servir un pouvoir psi lorsque les messages qu'on en obtenait restaient trop opaques pour être déchiffrables ? Cette intuition que la génétique avait accrue en elle lui semblait à présent cruellement illusoire... bien pire que simplement inutile.

Elle disposait encore de quelques minutes sur l'heure qu'elle s'était accordée. Elle les passa paupières closes, attentive au flux et au reflux des sons tandis que les brisants menaient leur éternel combat contre la haute rive du couchant et que la ramure des arbres ondoyait et ployait sous le vent.

Intercalés entre les craquements des troncs et des branches, Gillian percevait les pépiements aigus des aborigènes pré-cognitifs, les Kikwis. De temps à autre, elle distinguait la voix de Dennie Sudman parlant dans une machine qui traduisait ses mots dans les hautes fréquences du dialecte kikwi.

Bien qu'elle travaillât douze heures par jour à aider Dennie dans son enquête sur les Kikwis, Gillian ne put s'empêcher d'éprouver une certaine culpabilité à l'idée du repos qu'elle prenait. Les petits indigènes, se remit-elle en mémoire, étaient d'une importance extrême.

Toutefois, l'un des visages de son rêve n'avait cessé de la poursuivre toute la matinée. Juste une demi-heure auparavant, elle s'était rendu compte qu'il s'agissait de la représentation que son propre subconscient se faisait d'Herbie, l'antique cadavre qui était à l'origine de tous leurs ennuis, tel que celui-ci avait dû être de son vivant.

Dans son rêve, peu avant qu'elle n'eût commencé à pressentir une catastrophe, le long visage vaguement humanoïde de cette créature d'un passé reculé lui avait souri puis, avec lenteur, lui avait adressé un clin d'œil.

— Gillian ! Docteur Baskin ? C'est l'heure !

Elle rouvrit les yeux puis leva le bras pour consulter sa montre. Cette dernière aurait fort bien pu être réglée sur la voix de Toshio. On peut toujours compter sur un midship, se remémora-t-elle. Dites-lui de passer vous prendre dans une heure et ce sera fait à la seconde près. Au début du voyage, Gillian avait dû recourir aux menaces pour le convaincre de ne lui donner du « monsieur » — si ce n'était de l'anachronique « madame » — que toutes les trois phrases et non pas derrière chaque mot.

— J'arrive, Toshio ! Rien qu'une petite minute !

Elle se releva et s'étira. Cette pause, après tout, n'était

pas du temps perdu. Les blocages de son esprit semblaient s'être dénoués.

Elle espérait en avoir terminé sur cette île dans les trois jours afin d'être de retour à bord du *Streaker* au moment que Creideiki avait prévu pour déplacer le vaisseau. D'ici là, elle et Dennie devraient s'être fait une idée précise du milieu ambiant nécessaire aux Kikwis de sorte qu'ils fussent en mesure de ramener sur la Terre un groupe témoin pour le présenter au Centre de l'Élévation. Si le *Streaker* réussissait à s'échapper et que l'humanité fît enregistrer la première sa demande de clientèle, les Kikwis seraient probablement sauvés d'un sort bien pire.

Tandis qu'elle remontait par le sous-bois vers le camp, Gillian entrevit l'océan par une trouée tournée vers le nord-est.

Serai-je en mesure de le sentir ici, lorsque Tom appellera ? La Niss prétend que son signal sera détectable en tout point de la planète… Et que tous les E.T. l'entendront, bien sûr.

Quoiqu'elle prît soin de maintenir son activité psychique au niveau le plus bas comme Tom le lui avait recommandé avec insistance, Gillian formula oralement une prière à l'ancienne mode et l'expédia vers le nord par-dessus les flots.

— Je suis prêt à parier que le professeur Dart sera content, dit Toshio. Bien sûr, les capteurs ne sont peut-être pas du type souhaité mais le robot est tout de même opérationnel.

Gillian examina le petit écran relié à la sonde. Elle n'était pas plus experte en planétologie qu'en robotique mais elle en comprenait néanmoins les principes.

— Je pense que vous avez raison, Toshio. Le spectromètre à rayons X fonctionne. Même chose pour le flingue à laser et le magnétomètre. Mais peut-il encore se déplacer ?

— Un vrai petit crabe ! Le seul truc dont il soit incapable, c'est de remonter. Ses caissons de flottaison n'ont pas résisté au bloc de corail qui s'est écrasé sur lui.

— Et où est-il pour l'instant ?

— Sur une corniche, par environ quatre-vingt-dix mètres de fond. (Toshio pianota sur le petit clavier et fit apparaître devant l'écran un relevé holo schématique.) Il vient de me donner une carte sonar de ce stade de profondeur. Je ne veux pas le faire descendre plus bas tant que je n'en ai pas parlé au professeur Dart. Vous comprenez, nous pouvons aller de corniche en corniche, mais toujours dans le même sens. Une fois que la sonde a quitté un endroit, il n'est plus question pour elle d'y revenir.

Le relevé montrait un puits légèrement conique s'enfonçant dans la silice métallifère de l'écorce kithrupienne. Les parois de cette excavation quasi cylindrique n'étaient pas lisses mais semées de saillies et de corniches, telle celle sur laquelle le robot estropié avait fini par s'immobiliser.

Une sorte de barre épaisse descendait légèrement en oblique le long de cette cheminée. C'était la grande racine pivotale que, quelques jours auparavant, Dennie et Toshio avaient fait sauter à l'endroit où elle devenait le tronc de l'arbre foreur. Son extrémité supérieure reposait à présent contre un bord du gouffre sous-marin qu'elle avait creusé au moyen de ses radicelles. Plus bas, elle disparaissait dans des régions inconnues situées sous le tronçon cartographié.

— Oui, Toshio, je crois que vous avez raison. (Gillian sourit et serra l'épaule du jeune homme.) Charlie sera content. Avec un peu de chance, ça l'empêchera de casser les nageoires à Creideiki. Voulez-vous lui annoncer vous-même la nouvelle ?

Toshio trouvait un évident plaisir à être complimenté mais il fut pris de court par l'offre de Gillian.

— Euh… non… merci beaucoup, monsieur. Je veux dire… ne serait-il pas préférable que vous rajoutiez simplement cela dans le rapport quotidien au vaisseau ? Je suis certain que le professeur Dart voudra poser des questions auxquelles je ne suis pas qualifié pour répondre…

Gillian ne pouvait blâmer Toshio de cette dérobade. Apporter une bonne nouvelle à Charles Dart était à peine plus agréable que de lui en apprendre une mauvaise. Mais, tôt ou tard, le midship serait forcé d'être aux prises avec le planétologiste chimp. Mieux valait qu'il apprenne à faire face au problème dès le départ.

— Désolé, Toshio. C'est vous que ça regarde. N'oubliez pas que je m'en vais d'ici quelques jours. C'est vous seul qui allez avoir à… satisfaire Charlie quand il va vous demander de faire des journées de trente heures.

Toshio acquiesça d'un signe de tête, se forçant à garder une expression sérieuse jusqu'au moment où elle réussit à capter son regard. Elle lui fit alors un large sourire auquel il ne put s'empêcher de répondre en rougissant.

Akki

Comme il lui fallait se dépêcher d'atteindre la passerelle avant le changement de quart, Akki prit un raccourci et passa par le sas. Il était déjà au milieu de la vaste salle lorsqu'il s'aperçut de ce qu'elle avait de différent.

Il se cambra désespérément pour s'arrêter. Ses poumons-branchies l'élancèrent et il se maudit d'être assez bête pour faire de la vitesse et de la voltige alors qu'il y avait à peine assez d'oxygène pour nager normalement !

Akki promena son regard sur ce grand sas qu'il n'avait jamais vu aussi vide.

Il manquait bien sûr le youyou perdu dans les Syrtes mais d'autres emplacements vides étaient apparus depuis. Les lourds traîneaux de chantier ainsi que diverses machines avaient pris le chemin de l'épave thennanin et, pas plus tard qu'avant-hier, le lieutenant Hikahi était partie les rejoindre avec le canot.

La chaloupe — la dernière et la plus grosse des embarcations annexes du *Streaker* — était le centre d'une activité intense. Plusieurs fen d'équipage étaient occupés à charger des caisses dans le petit vaisseau spatial en manœuvrant des araignées. Akki en oublia combien il était pressé de prendre son service et traça de larges spirales autour de la chaloupe.

Il remonta vers l'un des conducteurs d'engin. L'araignée du fin transportait une grande boîte entre ses pinces.

— Dites-moi, Sup-peh, que se pach-se-t-il ici ?

Akki s'arrangeait toujours pour s'exprimer en phrases courtes bien que son élocution dans l'oxyeau fît de nets progrès. Mais si un Calafiain n'arrivait pas à parler correctement, qu'iraient penser les autres fen ?

Le dauphin à qui il s'était adressé leva les yeux.

— Ah, c'est vous, m'sieur Akki, bonjour. I's'passe qu'on a changé les consignes. On vérifie si la chaloupe est en bon ordre de marche. Et on est également censés charger ces caisses.

— Et que cont-t... cont-t... Qu'y a-t-il dedans ?

— M'est avis qu'il s'agit des dossiers du professeur Metz, répondit le cariste en désignant du troisième bras manipulateur de son araignée la pile de cartons étanches. À s'imaginer qu'vos aïeux et vos p'tits-enfants sont là-d'dans, marqués sur des bouts d'papier, ça vous donne-t-y pas un sentiment d'continuité ?

Sup-peh était originaire d'une communauté de l'Atlantique Sud qui tirait orgueil de son parler patoisant. Akki se demandait parfois s'il y avait là quelque velléité d'excentricité en sus de la pure et simple bêtise.

— Je croyais que vous faisiez partie de la dernière équipe de renfort qui est partie pour l'épave thennanin ?

Sup-peh se voyait d'ordinaire assigné à des tâches réclamant le minimum de finesse d'esprit.

— J'devais, m'sieur Akki. Mais on a arrêté d'faire partir ces équipes. Vous a-t-on pas dit que l'vaisseau était fermé ? Qu'on est tous obligés d'nager en rond jusqu'à c'qu'on en sache plusss sur l'état du cap'taine ?

— Quoi ? fit Akki, s'étouffant presque. Le capitaine… ?

— Oui, l'a eu un accident au cours d'une inspection à l'extérieur du vaisseau. S'est électrocuté, j'crois. D'justesse on l'a trouvé ; l'avait plus d'air dans son appareil. L'a pas r'pris connaissance d'puis. C'est Takkata-Jim qu'assure l'intérim.

Akki en resta figé sur place, si abasourdi qu'il ne remarqua même pas que Sup-peh faisait brusquement volte-face pour retourner au travail à la vue d'une grande forme sombre qui montait vers lui.

— Puis-je vous être de quelque utilité, monsieur Akki ? s'enquit le géant delphin sur un ton presque sarcastique.

— Ah, K'tha-Jon ! Qu'est-ce qui est arrivé au commandant ?

Il y avait dans l'attitude du bosco quelque chose de glaçant qui n'était pas seulement dû à son respect manifestement feint pour le rang d'Akki. Il lâcha un bref trille en ternaire :

L'idée me vient d'une manière
Pour vous
D'en savoir davantage

Demandez à votre leader
Qui vous
Attend sur le rivage

Avec un geste nonchalant — presque insolent — d'un bras de son harnais, K'tha-Jon battit des nageoires pour aller rejoindre ses fen. Dans l'onde de choc de sa puissante caudale, Akki fut repoussé deux mètres en arrière. Le midship se garda de rappeler le quartier-maître. Quelque chose dans le ternaire à triple sens de ce dernier lui disait assez que ce serait inutile. Il résolut d'y voir une mise en garde et reprit sa nage précipitée vers l'ascenseur qui menait à la passerelle.

Il fut soudain frappé par l'absence de bon nombre des meilleurs fen de l'équipage. Tsh't, Hikahi, Karkaett, S'tat et Lucky Kaa étaient tous partis pour l'épave thennanin. Du coup, des officiers subalternes restés à bord du *Streaker*, K'tha-Jon se retrouvait le plus haut en grade !

Et Keepiru aussi était parti. Akki n'avait jamais accordé le moindre crédit à certains ragots qui couraient sur le pilote. Il l'avait toujours considéré comme le plus courageux fin de l'équipage en sus d'en être le plus rapide à la nage. Il regrettait que Keepiru et Toshio ne fussent pas près de lui en cet instant précis. Ils l'auraient aidé à découvrir ce qui se passait !

Près de l'ascenseur, Akki tomba sur un groupe de quatre *Tursiops* tassés dans un coin du sas et apparemment désœuvrés. Leur visage avait une expression morose et leur attitude respirait l'apathie.

— Sus'ta, demanda-t-il à l'un d'eux, qu'est-ce qui se passe ici ? Vous n'avez donc rien à faire, vous autres ?

Le matelot d'office leva la tête et tordit la queue dans l'équivalent delphinien d'un haussement d'épaules.

— À quoi bon, monsssieur Akki ?

— À quoi bon… mais à faire notre devoir ! Qu'est-che… qu'est-ce qui fait que vous vous terrez comme ch-ça dans un coin ?

— Le c-commandant… commença l'un des trois autres.

Akki ne le laissa pas finir.

— Le commandant serait le premier à dire que vous devez montrer de la ppp-perchévéranche !

C'en était trop ! Il poursuivit en ternaire.

Concentrez-vous sur
L'horizon
De la Terre !
On nous y attend

Sus'ta cligna des yeux et fit un effort pour sortir de son abattement. Les autres en firent autant.

— Oui, monsssieur. Nous allons essssayer.

Akki hocha la tête.

— Très bien. Persistez dans l'esprit du K-k-keneenk.

Il pénétra dans l'ascenseur et cliqueta le code de la passerelle. Alors que les portes se fermaient, il vit les fen s'éloigner à la nage, apparemment vers leur poste de travail.

Ifni ! Qu'il avait été dur de montrer une telle assurance alors qu'il n'avait eu d'autre désir que de les accabler de questions ! Mais jamais il n'aurait pu leur redonner confiance s'il n'avait pas eu l'air d'en savoir plus qu'eux !

Morsure de tortue ! Panne de moteur ! Quelle pouvait être la gravité de l'état du capitaine ? Comment leur resterait-il la moindre chance si Creideiki leur était ravi ?

Il décida de se faire particulièrement discret pour un temps... jusqu'à ce qu'il fût au courant de la nature exacte de la situation. Il n'ignorait pas qu'un midship était, de tous, le plus exposé, avec toutes les charges et tous les devoirs d'un officier sans bénéficier cependant de la protection que donnait ce titre.

Et un midship était toujours le dernier à savoir ce qui se passait !

Suessi

Le logement était pratiquement prêt. Le croiseur thennanin s'était vu alésé, étrésillonné. Bientôt, il n'y aurait plus qu'à remplir sa vaste cavité cylindrique avec la cargaison voulue… et ils pourraient partir.

Hannes Suessi bouillait d'impatience. Il en avait ras le bol de travailler sous l'eau. Et, pour être honnête, il en avait également ras le bol des fen.

Bon sang ! Que d'histoires il aurait à raconter en rentrant chez lui ! Il avait dirigé des brigades de travail sous les océans de smog de Titan, aidé à rassembler des comètes adéniniennes dans la Soupe d'Étoiles. Il avait même bossé avec ces dingues d'Amérindiens et d'Israéliens qui s'étaient mis en tête de terraformer Vénus. Mais jamais un boulot ne lui avait fait à ce point toucher du doigt les principes mêmes de la perversité.

Presque tous les matériaux sur lesquels il avait dû travailler étaient de facture radicalement étrangère, avec une ductilité bizarre et une conduction quantique défiant toute vraisemblance. Il avait dû vérifier lui-même l'impédance psionique de pratiquement chaque assemblage et il restait persuadé que leur merveille masquée laisserait probablement filtrer, lorsqu'elle prendrait son essor, assez de parasites télékinétiques pour en remplir le ciel !

Mais le plus déroutant, c'étaient encore les fen ! Ils effectuaient l'opération la plus délicate d'une manière impeccable puis, tout d'un coup, ils se mettaient à nager en rond en couinant des absurdités en primal lorsque l'ouverture d'une écoutille provoquait un schéma de réflexions sonar un peu particulier.

Et, après chaque travail dont ils s'acquittaient, ils allaient chercher le vieux Suessi. « Hannes, qu'ils disaient, vérifie si on n'a pas fait de bêtise. »

C'est qu'ils faisaient de sacrés efforts. Ils avaient

d'énormes difficultés à ne pas se sentir les clients inachevés d'une race patronne de jeunes-loups isolés dans une galaxie hostile au-delà de toute mesure, et ce d'autant que c'était vrai.

Suessi devait admettre qu'il râlait plus pour entendre l'écho de ses pensées sous son propre crâne que par motif réel de se plaindre. Les gars et les filles du *Streaker* avaient fait du bon boulot et c'était tout ce qui comptait. Il avait sujet d'être fier de chacun.

De toute façon, tout allait beaucoup mieux depuis l'arrivée d'Hikahi. Elle constituait un exemple pour tous et sa façon de taquiner les fen avec des paraboles keneenks les aidait à se concentrer.

Suessi se redressa sur un coude. Son étroite couchette n'était qu'à un mètre du plafond et une dizaine de centimètres seulement séparaient son épaule de la fente par laquelle il s'était glissé tout à l'heure pour venir se reposer dans cette espèce de cercueil.

Ça va, j'ai assez dormi, se dit-il bien qu'il eût toujours des picotements dans les yeux et que la douleur dans ses bras ne se fût pas calmée. Tenter de retrouver le sommeil n'aurait pas eu le moindre sens à présent. Il n'eût fait que contempler l'envers de ses paupières.

Suessi poussa le volet à glissière qui fermait l'étroite écoutille horizontale et porta la main à ses yeux pour les protéger de la lumière qui baignait le couloir des cabines. Puis, tout en s'asseyant, il bascula ses jambes par l'ouverture. Elles firent plouf.

Berk ! De l'eau. Hormis sur le dernier mètre et des poussières sous plafond, le canot était plein d'eau.

Dans la lumière crue de la coursive, le corps de Suessi paraissait presque diaphane. Je me demande pour quel moment est prévu mon effacement définitif, se dit-il en se laissant glisser dans l'eau les yeux fermés. Puis il nagea jusqu'aux cabinets dont il referma la porte derrière lui. Naturellement, il lui fallut attendre que les pompes eussent fait leur office pour être à même de s'en servir.

Un peu plus tard, il gagna la cabine de pilotage du petit astronef. Il y trouva Hikahi et Tsh't en train de s'affairer autour du poste de transmissions. Elles discutaient dans une version d'anglique rapide et couinée dont il ne pouvait rien saisir.

— Eh là ! Si vous avez l'intention de me laisser en dehors de tout ça, parfait. Mais si je puis vous être utile, vous feriez mieux de repasser en trente-trois tours. Je ne m'appelle pas Tom Orley, moi. Je ne peux pas suivre un baragouin pareil.

Les deux officiers levèrent la tête hors de l'eau tandis que Suessi s'accrochait à la main courante de la plus proche cloison. Les yeux d'Hikahi s'exorbitèrent pour s'adapter à la vision binoculaire pratiquée en surface.

— Nous ne sommes pas vraiment sûres d'avoir des problèmes, Hannesss, mais il semble que nous ayons perdu le contact avec le vaisseau.

— Avec le *Streaker* ? (Les sourcils broussailleux du mécanicien se haussèrent.) Serions-nous attaqués ?

— Telle n'est pas notre impression, répondit Tsh't avec un léger mouvement de bascule de la partie supérieure de son corps. J'avais laissé le récepteur allumé, histoire d'être prévenue du moment où ils recevraient le signal d'Orley et seraient sur le point de déplacer le vaisseau. Je ne prêtais pas grande attention à ce qui se passait là-bas quand, soudain, j'ai entendu l'opérateur nous dire de rester en ligne… puis plus rien.

— Et ça s'est passé quand ?

— Il y a environ une heure. J'ai attendu le changement de quart en espérant qu'il s'agissait seulement d'un petit pépin technique là-bas puis j'ai appelé Hikahi.

— Et depuis, nous contrôlons magnétiquement les circuits de notre propre poste, acheva sa supérieure hiérarchique.

Suessi nagea jusqu'à l'appareil pour y jeter un coup d'œil. Évidemment, la chose à faire, c'était de l'ouvrir et de tout vérifier à la main, ce qui n'avait rien de facile avec ces boîtes étanches dans lesquelles on abritait de l'humidité tout ce qui était matériel électronique.

Si seulement nous étions en chute libre et que les fen pussent travailler sans avoir cette satanée flotte partout !

— Bon, fit-il avec un soupir. Avec votre permission, Hikahi, je vais devoir flanquer dehors les deux gentes fems officiers que vous êtes afin d'examiner ce poste. N'en profitez pas pour aller embêter les fen qui se reposent dans la cale.

Hikahi hocha la tête.

— Je vais tout de même envoyer une équipe pour remonter le long du câble et voir s'il est intact.

— Bonne idée. Mais ne vous faites pas de bile. Ce n'est probablement pas grand-chose. Juste un coup des petits lutins.

Charles Dart

— Encore une fois, j'en ai bien peur, ils se sont contentés de faire descendre ce maudit robot d'environ quatre-vingts mètres. C'est à peine si ce gamin de Toshio y consacre quelques heures avant d'être immanquablement saisi par le besoin d'aider Dennie et Gillian à faire courir leurs nouveaux clients dans un labyrinthe ou à leur faire décrocher des bananes à l'aide de perches ou de je ne sais quoi. Ah, je vous dis, c'est rageant ! D'autant que cette espèce de sonde pourrie à moitié bousillée est essentiellement équipée de la pire sorte d'instruments concevable pour du travail géologique. Vous imaginez ce que ce sera lorsqu'on atteindra une profondeur décente ?

La représentation holographique du métallurgiste Broodika sembla fixer un moment son regard au-delà de Charles Dart. Apparemment, le savant delphinien était en train de consulter ses propres écrans au travers des lentilles correctrices pour astigmate qu'il portait sur chaque œil. Puis son regard redescendit vers son collègue chimpanzé.

— Charlie, votre assurance me surprend lorsque vous parlez d'expédier ce robot plus profond dans la croûte planétaire mais je ne vous comprends plus lorsque vous vous plaignez de ce qu'il n'est encore descendu que de cinq cents mètres. Êtes-vous bien conscient que cela représente déjà la moitié d'un kilomètre ?

Charlie se gratta ses joues duveteuses.

— Ouais ? Et alors ? La conicité de ce puits est si faible que l'on peut espérer que la chute de cette sonde se poursuivra sans obstacle sur au minimum l'équivalent de la distance déjà parcourue. C'est un extraordinaire laboratoire minéralogique. J'ai déjà découvert un tas de choses sur la zone supérieure de la lithosphère !

Broodika poussa un soupir.

— Dites, Charlie, ça ne vous a pas intrigué que ce gouffre sous l'île de Toshio atteigne même les cent mètres ?

— Hein ? Que voulez-vous dire par là ?

— Je veux dire que ce soi-disant « arbre foreur » qui en est responsable ne peut pas avoir creusé si profond dans le simple but de chercher les carbones et les silicates dont il se nourrit. Il n'est pas possible…

— Qu'est-ce qui permet de penser ça ? Avez-vous une formation d'écologiste ? (Charlie éclata d'un rire perçant.) Franchement, Broodika, sur quoi pouvez-vous fonder de telles suppositions ? Par moments, c'est vous qui me surprenez !

Broodika, patiemment, attendit que le chimp eût fini de rire.

— Je les fonde sur la connaissance des lois de la nature que peut avoir un profane bien informé ainsi que sur le principe du Rasoir d'Occam. Considérez un peu le volume de matériaux déblayé par de telles excavations ! Tout cela s'est-il trouvé dispersé par les flots ? Vous est-il venu à l'esprit qu'il existe des dizaines de milliers de ces tertres de métal le long de cette frontière tectonique, que la plupart ont leur arbre foreur… et qu'il se peut qu'il y ait eu des millions de puits d'une profondeur comparable creusés dans des temps géologiques récents ?

Dart commença de ricaner puis s'arrêta net. Il fixa un long moment l'image de son collègue cétacé puis repartit d'un rire qui, cette fois, était l'expression de son enthousiasme scientifique. Il martela son bureau du poing.

— Touché ! Je m'incline, monsieur ! Nous ajoutons « Pourquoi ces trous ? » à notre liste de questions ! Par bonheur, j'ai cultivé ces derniers mois dans notre laboratoire commun la compagnie d'une écologiste distinguée. Elle m'est redevable d'innombrables faveurs et se trouve justement sur le lieu du mystère ! Je vais demander à Dennie de s'en occuper tout de suite ! Soyez assuré que nous connaîtrons bientôt de quel bois sont faits ces arbres foreurs !

Broodika ne se donna pas la peine de répondre mais laissa un petit soupir s'échapper de son évent.

— Maintenant que cette question est réglée, reprit Charlie, revenons à l'essentiel. Pourriez-vous m'aider à convaincre le capitaine de me laisser me rendre en personne sur cette île avec un vrai robot de sondage en couches profondes pour remplacer cette boîte de conserve cabossée dont Toshio tente de tirer les derniers éclairs de conscience ?

Les yeux de Broodika s'écarquillèrent. Il hésita.

— Le capitaine est toujours sans connaissance, finit par dire Broodika. Makanee en est à sa deuxième intervention chirurgicale mais, selon son dernier rapport, les espoirs restent faibles.

De nouveau, le chimp regarda fixement le fin.

— Ah, c'est vrai. J'avais oublié. (Puis il détourna les yeux de l'image holo pour enchaîner :) Alors, peut-être Takkata-Jim accepterait-il. Après tout, personne n'utilise la chaloupe. Je vais demander à Metz d'aller lui en parler. Puis-je compter sur votre appui, Broodika ?

Les yeux de Broodika s'étaient renfoncés dans leurs orbites.

— Je vais étudier les données fournies par le spectromètre de masse, dit-il d'une voix plate. Je vous contacterai dès que j'aurai des résultats. À présent, je dois prendre congé, Charles Dart.

L'image en relief se dissipa. Charlie se retrouva seul.

Quelle façon brusque de me quitter ! se dit-il. L'aurais-je offensé sans m'en rendre compte ?

Il lui arrivait fréquemment de froisser les gens. Il le savait mais n'y pouvait rien. Ses congénères mêmes le trouvaient trop égocentrique, trop revêche ; ils prétendaient que des néochimps tels que lui donnaient une image négative de leur race.

Pourtant, j'ai fait des efforts, songea-t-il. Et quand une personne fait de tels efforts et continue d'échouer, lorsque ses plus louables tentatives pour être aimable tournent en gaffes monumentales, lorsqu'elle n'arrête pas de se surprendre à oublier le nom des gens, n'y a-t-il pas lieu pour elle de renoncer ? Les autres, d'ailleurs, ne décrochent pas des prix de gentillesse à mon égard.

Charles Dart haussa les épaules. Ça n'avait pas d'importance, après tout. À quoi bon poursuivre une popularité qui ne cessait de le fuir ? Il avait son propre monde de roches et de noyaux en fusion, de magma et de planètes vibrant de vie minérale.

Je pensais pourtant que Broodika au moins était mon ami…

Il s'arracha à cette pensée.

Il faut que j'appelle Metz. Il doit pouvoir m'obtenir ce dont j'ai besoin. Je vais leur montrer que cette planète est unique, si bien qu'ils... qu'ils la rebaptiseront de mon nom ! Il y a des précédents.

Et il se mit à rire tout bas en se tiraillant l'oreille d'une main tandis que, de l'autre, il formait un numéro de code.

Une pensée lui traversa l'esprit alors qu'il attendait que le dépisteur électronique du réseau de communication interne repérât Ignacio Metz. Tout le monde n'attendait-il pas le signal de Tom Orley ? Quelques jours auparavant, n'était-ce pas le principal sujet de conversation à bord ?

Et il se rappela que le rapport d'Orley était censé leur parvenir l'avant-veille, à peu près vers l'heure où Creideiki avait eu son accident.

Bof ! Tom a probablement réussi dans son entreprise, quelle qu'elle ait été, et personne ne s'est soucié de m'en informer. À moins qu'on ne me l'ait dit mais qu'une fois de plus je n'aie eu la tête ailleurs. De toute manière, je suis certain qu'il a réglé cette histoire d'E.T. Et en temps voulu, par-dessus le marché. C'est quand même bien embêtant d'avoir été pourchassé au travers de toute la galaxie au point d'avoir été forcé de remplir le vaisseau d'eau...

Le numéro de Metz apparut sur l'écran. Le récepteur du généticien était en train de sonner.

C'était bien triste, ce qui était arrivé à Creideiki. Certes, pour un fin, il était horriblement sérieux, beaucoup trop rigide, et loin d'être toujours raisonnable... mais Charlie ne parvenait pas à se réjouir de ne plus l'avoir en travers de sa route. En fait, ça lui donnait même une étrange sensation dans les entrailles de penser que le capitaine pourrait définitivement sortir du tableau.

Allez ! Cesse d'y penser, bon sang ! Ça n'a jamais servi à rien de se faire du souci !

— Ah, professeur Metz ! Je ne vous dérange pas au moment où vous alliez sortir ? Je me demandais si nous ne pourrions pas avoir un petit entretien tous les deux assez vite ? Dans l'après-midi ? Bien ! Voilà, c'est que j'ai une toute, toute petite faveur à vous demander...

Makanee

Un médecin se doit d'être un intellectuel tout autant qu'un alchimiste, un détective tout autant qu'un chaman, songeait Makanee.

Mais, à l'école de médecine, on ne lui avait jamais dit qu'il lui faudrait également être un soldat et une politicienne.

Elle avait énormément de mal à conserver un maintien digne. En fait, elle se sentait sur le point de verser dans l'insubordination. Sa queue fracassait la surface, suscitant de longues traînées d'écume dans les canaux de l'infirmerie.

— Puissssque je vous dis que je ne peux pas faire ça toute seule ! Mes assistantes n'ont pas les talents requis pour une opération aussi délicate ! Et les auraient-elles que je ne suis pas certaine, moi-même, d'en être capable ! Il me faut absolument parler à Gillian Baskin !

Soulevant avec nonchalance un œil au-dessus du niveau de l'eau tout en passant un bras de son harnais autour d'une épontille, Takkata-Jim interrogea du regard Ignacio Metz. Ce dernier lui répondit par une expression d'infinie patience. Il s'était attendu à une réaction de ce genre de la part du médecin de bord.

— Je suis sûr que vous sous-estimez vos compétences, docteur, suggéra le second.

— Vous avez votre diplôme de chirurgien, vous, maintenant ? Est-ce que je vous demande votre avis ? C'est à Gillian que je dois parler ! Pourquoi m'en empêchez-vous ?

— Docteur, intervint Metz sur un ton conciliant, le lieutenant Takkata-Jim vient juste de vous expliquer que des impératifs militaires motivent un black-out partiel des communications. Les données fournies par l'une des bouées de détection tendent à révéler la présence d'une fuite psi dans un rayon de cent kilomètres autour du vaisseau. Nous ne savons pas encore si nous devons en rendre responsable l'équipe qui travaille sous les ordres d'Hikahi et de Suessi ou ceux qui sont sur l'île. Jusqu'à ce que nous ayons pu déterminer l'origine de la fuite…

— Et vous vous fiez à ce que raconte un détecteur ? C'est jussstement une bouée défectueuse de ce genre qui a pratiquement t-t-tué Creideiki !

Metz fronça les sourcils. Il n'avait pas l'habitude de se faire couper la parole par des dauphins. Il nota mentalement que Makanee était dans un état d'agitation extrême. Trop agitée en fait pour parler anglique avec la diction requise pour une fine de son rang. C'était à coup sûr une information à consigner dans ses dossiers… tout comme cette attitude agressive.

— Ce n'était pas le même genre de bouée, docteur Makanee. Veuillez ne pas oublier que nous en avons de trois sortes. Par ailleurs, nous ne prétendons pas que cette fuite soit réelle mais nous devons la considérer comme telle jusqu'à preuve du contraire.

— Mais ce n'est pas un black-out général ! Je me suis laissé dire que le chimp continuait de recevoir les informations de son maudit robot ! Alors, pourquoi ne veut-on pas que je parle au docteur Baskin ?

Metz réprima un juron. Il avait demandé à Charles Dart de rester discret. Quelle guigne qu'il fût indispensable de se concilier ce chimp !

— Voyez-vous, nous procédons par élimination, reprit Takkata-Jim, s'efforçant d'apaiser Makanee tout en inclinant vers elle son melon, ce qui, en langage corporel, était une expression autoritaire. Sitôt que ceux qui restent en contact avec Charlie Dart — les jeunes humains Iwashika et Sudman, ainsi que le poète Sah'ot — auront été mis hors de cause comme source potentielle de fuites, nous vous laisserons avoir un entretien avec le docteur Baskin. Vous comprenez certainement qu'elle est moins susceptible de laisser filtrer des ondes métapsychiques que ceux qui l'accompagnent, c'est donc par eux que nous devions commencer.

Metz haussa discrètement les sourcils. Bravo ! Pareille justification n'aurait pas soutenu un examen des plus attentifs mais elle avait un parfum de rationalité ! Tout ce dont ils avaient besoin, c'était d'un peu de temps ! Si cette explication pouvait faire patienter Makanee ne fût-ce que deux jours, ce serait probablement suffisant.

Manifestement, l'appréciation de l'homme n'avait pas échappé à Takkata-Jim. Il précisa le caractère dominateur de sa pose et reprit :

— Bon, maintenant, assez tergiversé, docteur. Nous sommes descendus vous voir pour être informés de l'état du capitaine. S'il n'est pas en mesure de reprendre son service, un nouveau commandant doit être désigné parmi les officiers. Nous sommes dans une situation critique excluant tout délai !

Si ces paroles avaient été conçues pour intimider Makanee, elles eurent un effet radicalement contraire. La caudale du médecin entra dans un furieux mouvement de barattage, sa tête se souleva hors de l'eau et elle tourna un œil étréci vers le dauphin pour lui jeter à la figure en vers satiriques :

Un instant, j'ai bien cru
— qu'à tous vos devoirs
— vous songiez à manquer

Mais j'ai plaisir à voir
— que sur votre attitude
— je m'étais fort trompée

Loin de vous l'idée vile
— d'un raccourci facile
- vers la fonction suprême ?

Takkata-Jim ouvrit la bouche et dévoila le double V menaçant de ses larges dents blanches. L'espace d'un instant, Metz eut l'impression qu'il allait se ruer sur la petite fine.

Mais Makanee le devança. Elle jaillit hors de l'eau et s'y laissa retomber à plat ventre dans une gerbe d'éclaboussures qui submergea Metz et Takkata-Jim. L'humain glissa du rebord sur lequel il était assis et recracha l'eau qu'il avait avalée.

Makanee vira sur elle-même et disparut derrière une rangée d'autodocs. Takkata-Jim tourna en rond pour la repérer par une rapide séquence de clicks sonar et il s'apprêtait à se lancer à sa poursuite lorsque Metz le retint par la dorsale.

— Ah… hum ! (Il s'agrippa de sa main libre à la rambarde.) Mais quand trouverons-nous le moyen de vous faire perdre votre sale caractère, à vous autres fen ? Docteur Makanee ? Revenez, s'il vous plaît ! Vous croyez que ça ne suffit pas d'avoir la moitié de l'univers connu à nos trousses ? Nous ne pouvons vraiment pas nous permettre de nous battre entre nous !

Takkata-Jim leva les yeux sur Metz. L'homme avait l'air grave.

— Je vous en prie, Makanee. Parlons comme des gens civilisés.

Ils n'eurent pas longtemps à attendre pour voir la tête de la fine émerger entre deux caissons. Elle avait perdu son expression méfiante et paraissait simplement exténuée. Un petit bruit cristallin émanait de son harnais de médecin dont les instruments délicats s'entrechoquaient, comme tenus par des mains tremblantes.

Elle se renfonça dans l'eau, ne laissant que son évent crever la surface.

— Je vous présente mes excuses, murmura-t-elle. Je sais très bien que Takkata-Jim n'irait pas assumer le commandement permanent du vaisseau en l'absence d'un vote du conseil.

— Évidemment ! Le *Streaker* n'est pas un bâtiment militaire. À bord d'un vaisseau d'exploration, les tâches d'un commandant sont essentiellement administratives et son remplacement doit être ratifié par un conseil de vaisseau dès que les circonstances le permettent. Takkata-Jim est parfaitement conscient qu'une telle passation de pouvoirs doit se dérouler en conformité avec le règlement. N'est-ce pas, lieutenant ?

— Cccertes.

— Mais jusque-là, nous devons accepter l'autorité de Takkata-Jim sous peine de sombrer dans le chaos. Autorité qui, vous devez le comprendre, restera dénuée de toute légitimité tant que vous ne nous aurez pas certifié que le capitaine Creideiki n'est plus en mesure de l'exercer.

Makanee ferma les yeux. Son souffle se fit rauque.

— Creideiki ne reprendra probablement pas conscience sssans une nouvelle intervention chirurgicalc. Même après, les chances restent faibles. La secousse est remontée le long du raccord neural jusqu'au cerveau. La plupart des lésions se situent dans les Nouvelles Zones du cortex... là où la matière grise d'origine du *Tursiopsss* a été le plus profondément modifiée par l'Élévation. Les centres qui contrôlent tout à la fois la vision et la parole ont été particulièrement touchés. Le corps calleux s'est trouvé brûlé...

Makanee rouvrit les yeux, mais ceux-ci ne semblaient rien voir.

— Je vous remercie, docteur, fit Metz en hochant la tête. Vous nous avez dit tout ce que nous désirions savoir. Excusez-nous de vous avoir fait perdre un temps précieux. Je suis sûr que vous ferez de votre mieux.

Comme il n'obtenait pas de réponse, l'homme remit son masque et se laissa glisser dans l'eau. Puis il fit signe à Takkata-Jim de le suivre et s'éloigna. Le dauphin resta encore un moment à émettre les clicks à l'intention de

Makanee et, comme elle ne bougeait pas, il rejoignit Metz en deux vigoureux coups de caudale.

À l'instant où ses visiteurs pénétraient dans le sas, le médecin tressaillit. Elle leva la tête et leur cria :

— Lorsque vous convoquerez le conseil de vaisseau, n'oubliez pas que j'en suis membre ! Tout comme Hikahi, Gillian et Tom Orley !

Alors même qu'elle leur rappelait ce détail, la porte du sas se referma en sifflant. Elle n'aurait pu dire s'ils l'avaient entendue.

Avec un soupir, elle se laissa retomber à l'horizontale.

Oui, Tom Orley aussi, se répéta-t-elle. Ne l'oubliez pas, espèces de salauds ! N'allez pas vous imaginer qu'avec lui vous emporterez ça au paradis !

Et elle secoua la tête, consciente de céder à l'irrationalité. Ses soupçons ne se fondaient sur aucune preuve. Thomas Orley ne pouvait étirer son bras sur deux mille kilomètres pour sauver la situation. Des rumeurs commençaient même à dire qu'il était mort.

Metz et Takkata-Jim la laissaient dans un état de confusion extrême. Elle avait la sensation viscérale qu'ils s'étaient efforcés de lui faire avaler un complexe panaché de vérité, de semi-vérités et de mensonges éhontés. Et elle n'avait aucun moyen de faire le tri.

Ils croient qu'ils vont pouvoir m'abuser, simplement parce que je suis une fine, vieille de surcroît et, de ce fait, avec deux générations d'Élévation de retard sur n'importe quel autre de mes congénères à bord hormis Broodika. Mais je n'en suis pas moins consciente de la raison pour laquelle ils accordent des faveurs spéciales au seul membre chimpanzé de ce conseil. Il leur faut rassembler ici et maintenant une majorité qui soutienne toutes leurs décisions, quelles qu'elles soient. Pas étonnant qu'ils ne soient pas pressés de voir revenir Gillian ou Hikahi !

Peut-être aurais-je dû leur mentir… leur dire que Creideiki pouvait d'une minute à l'autre sortir de son coma.

Toutefois, comment savoir à quel point ils étaient déterminés, jusqu'où ils pourraient aller ? L'accident avec la bouée avait-il réellement été fortuit ? Leurs mensonges pouvaient avoir pour but de dissimuler leur ignorance… ou les méandres d'une conspiration. Suis-je en mesure de protéger Creideiki avec seulement deux fines en poste à l'infirmerie ?

Makanee laissa échapper de son évent un gémissement sourd. Ce genre de choses n'était pas de son rayon ! Parfois, elle aurait souhaité n'être qu'un médecin delphinien du bon vieux temps, lorsqu'il s'agissait seulement de hisser celui que l'on voulait sauver sur son melon vers la surface et de lui maintenir la tête hors de l'eau jusqu'à ce qu'il eût recouvré ses esprits où que votre énergie vous eût fait défaut ou que votre propre cœur vous eût lâché.

Elle retourna vers la section des Soins Intensifs. La pièce était plongée dans l'ombre hormis la lumière qui brûlait en permanence au-dessus d'un grand néo dauphin gris suspendu dans un caisson anti-grav. Makanee vérifia les courbes de l'unité de survie. Elles étaient stables.

D'imperceptibles clignements agitaient les paupières de Creideiki et, un bref instant, un frisson courut le long de son corps.

Makanee soupira et se détourna de ce spectacle. Elle nagea jusqu'au plus proche poste de communication et réfléchit.

Metz et Takkata-Jim n'ont pas encore eu le temps de regagner la passerelle, se dit-elle avant d'émettre un code sonar qui activa le poste. Presque instantanément, le visage d'un jeune dauphin aux nageoires bleues apparut devant elle.

— Transmissions. Puis-je vous être utile ?

— Akki ? Oui, fils. C'est le docteur Makanee. As-tu prévu quelque chose pour ton déjeuner ? Tu sais, je crois qu'il me reste un peu de cet octopus en gelée. Tu es libre ? Ha ! c'est merveilleux ! Tu ne tardes pas trop, donc. Au fait, pas un mot sur notre rendez-vous. C'est notre petit secret. D'accord ? Tu es un bon petit gars.

Elle quitta la section des Soins Intensifs. Un projet commençait à se former dans son esprit.

Creideiki

Dans la silencieuse grisaille du caisson anti-grav, un faible gémissement se fit entendre.

Sans espoir, il nage,
Secoué dans des vents d'orage,
Et crie : « Je me noie ! »

Tom Orley

Une irritable montagne grondait au centre d'un océan d'écume et de scories.

Cela faisait un moment qu'il avait cessé de pleuvoir. Le volcan paraissait se racler la gorge avant de cracher le feu vers les nuages bas dont il teintait d'orange les marges. De fines volutes de cendres se dissipaient dans le ciel mais, là où finissaient par retomber les escarbilles ardentes, ce n'était pas pour se voir éteintes par les flots cristallins ; un tapis de plantes aquatiques paraissant s'étendre à l'infini les recueillait entre ses fibres pour constituer une couche boueuse.

Dans cet air humide et chargé de suie, Tom Orley ne cessait de tousser. Il escaladait en rampant une petite éminence d'herbes enchevêtrées et glissantes. Le poids mort de son traîneau de fortune tendait la courroie par laquelle il l'avait amarré à sa main gauche. De sa droite, il étreignait une épaisse liane émergeant non loin du sommet de ce tertre végétal.

Ses jambes n'arrêtaient pas de se dérober sous lui au cours de sa reptation. Même lorsqu'il parvenait à leur trouver une prise dans des trouées de cette masse visqueuse, ses pieds finissaient fréquemment par sombrer dans le bourbier que les plantes retenaient entre leurs tiges. Et quand, maladroitement, il se débattait pour les en extirper, le marécage ne semblait les lâcher qu'à contrecœur et exprimait son regret par un horrible bruit de succion.

De temps à autre, il y avait des « choses » qui remontaient avec ses pieds. Ça se tortillait le long de ses jambes et s'en détachait pour se réinsinuer dans la vase fétide.

La courroie qu'il avait enroulée autour de sa main gauche lui sciait la base du poignet chaque fois qu'il ramenait à lui le traîneau, maigre vestige de son planeur solaire et de ses réserves. C'était déjà un miracle qu'il eût réussi à en sauver autant de l'accident.

Le volcan jetait des scintillements d'ocre au travers du paysage végétal que recouvrait une fine couche de poussière métallique arc-en-ciel. L'après-midi tirait à sa fin et il s'était presque écoulé une journée kithrupienne complète depuis que Tom avait mis le cap sur l'île afin de chercher un endroit propice où poser son planeur.

Il leva la tête et promena des yeux larmoyants de fatigue sur l'immense prairie de sargasses. Tous ses plans minutieusement agencés tombaient à plat devant cette plaine de visqueuses plantes marines.

Il avait espéré trouver refuge sur une île sous le vent du volcan ou, à la rigueur, se poser en mer et transformer le planeur en un vaste radeau sur lequel il aurait pu se livrer à son expérience.

J'aurais dû prévoir cette éventualité.

L'accident, ces vertigineuses minutes au cours desquelles, encore ahuri par le choc, il avait plongé à la recherche de son matériel et des débris de son appareil pour en constituer un traîneau de fortune sous les cinglantes rafales de la tempête, puis ces heures entières à ramper sur ce tapis de lianes repoussantes vers un monticule de végétation isolé… tout cela aurait pu être évité.

Les doigts crispés sur la tige qu'il tenait, il tenta de se hisser plus haut mais, dans son bras droit, une trémulation menaçait de se transformer en crampe généralisée. Il se l'était salement tordu pendant l'accident, lorsque, ses flotteurs pris dans les herbes, l'aile du planeur s'était arrachée du fuselage — qui avait continué de déraper à fleur de marais avant de piquer du nez dans les eaux libres d'un bassin isolé.

Une profonde entaille en travers de sa joue gauche avait presque failli lui faire perdre connaissance au cours de la phase critique qui avait immédiatement suivi l'accident. Elle partait du menton et s'arrêtait de justesse avant la prise neurale implantée au-dessus de l'oreille. Par-dessus le marché, la capsule de plastique protégeant la délicate interface s'était dévissée pendant la nuit et elle était irrémédiablement perdue.

Mais, pour l'heure, l'infection était bien le dernier de ses soucis.

Dans son bras droit, la trémulation ne cessait d'empirer. Il s'efforça de la dompter, le visage à demi enfoui dans les sargasses âcres et caoutchouteuses. Chaque fois qu'il toussait, les scories dont était constituée la boue lui égratignaient la joue et le front.

Il lui fallait trouver quelque part l'énergie nécessaire. Il n'avait pas le loisir de recourir aux subtilités de l'autohypnose qui, par pure séduction, aurait persuadé son corps de se remettre au travail. Ce fut donc par la seule force de sa volonté qu'il commanda aux muscles froissés de se livrer à un dernier effort. Il ne pouvait pas grand-chose contre ce dont l'univers l'accablait mais, bon sang, après trente heures de lutte avec les éléments, à tout au plus quelques mètres du but, il n'allait quand même pas tolérer une rébellion de son propre corps !

Une nouvelle quinte de toux lui déchira la gorge. Tout entier secoué par la douleur, il sentit faiblir sa prise sur la plante. Juste à l'instant où il se disait que ses poumons n'allaient plus pouvoir résister, la crise cessa. Tom resta immobile dans la boue, vidé, les yeux clos.

En tête de liste
Dans les joies du mouvement :
L'absence d'Ennui

Il n'avait évidemment plus le souffle nécessaire pour siffler ce haïkaï ternaire mais il en fit vibrer l'écho dans sa tête et réussit à trouver assez d'énergie pour esquisser un sourire sur ses lèvres craquelées et encroûtées de boue.

Et, de quelque part, surgit la possibilité d'un ultime effort. Il serra les dents et se hissa sur la pente visqueuse. Son bras droit se gauchit presque au point de se déboîter mais résista suffisamment pour que sa tête dépassât enfin le sommet de la petite colline.

Tom cligna des yeux pour en ôter les cendres et contempla ce qui s'étendait par-delà. Encore des herbes. Aussi loin que l'œil portait, toujours des herbes.

L'épaisse vrille d'une liane neustomorphe s'accrochait sur la cime arrondie de cette modeste éminence. Tom tira le traîneau assez haut pour pouvoir en enrouler l'amarre autour d'un crampon.

Les sensations réaffluèrent dans sa main gauche engourdie et sa bouche béa sur un muet cri de souffrance. Il se laissa retomber sur le sol gluant, le souffle rauque et court.

Les crampes revenaient en force et son corps entier se tordait sous leur loi. Il aurait voulu arracher ces milliers de mâchoires qui se refermaient sur ses bras, sur ses jambes, mais ses mains n'étaient plus que des serres immobiles autour desquelles il finit par se replier en boule.

De quelque manière, la part logique de sa conscience restait étrangère à la douleur. Ça continuait d'analyser, de projeter et de tenter de se fixer des limites de temps. Après tout, il n'était pas ici sans raison. Il lui fallait avoir eu un motif pour en passer par là... Si seulement il avait pu se rappeler pourquoi il se retrouvait dans la puanteur, la souffrance, la poussière et les démangeaisons !

La structure apaisante qu'il cherchait à former dans son esprit refusait de naître. En revanche, il sentait monter l'évanouissement.

Soudain, entre des paupières que plissait la douleur, il crut voir devant lui le visage de Gillian.

Le feuillage d'une végétation aérienne ondulait derrière elle et ses yeux gris regardaient dans sa direction comme s'ils cherchaient à distinguer un objet à l'extrême limite de leur portée. Par deux fois, ils semblèrent examiner un point au-delà de l'endroit où il gisait, secoué de tremblements, incapable de réagir. Puis enfin, ce regard rencontra le sien et Gillian sourit.

Des parasites imprégnés de souffrance menaçaient constamment d'engloutir les mots-songes.

Je t'adresse   pour te souhaiter bonne
bien que je connaisse   scepticisme, mon amour,
que tout le   puisse m'entendre.

Il lutta désespérément pour se concentrer sur le message... Une hallucination, plus vraisemblablement. Il se fichait de savoir ce que c'était, y voyant une bouée à laquelle s'accrocher pendant que les crampes faisaient vibrer ses tendons comme les cordes d'un instrument.

Il y avait de la pitié dans son sourire.

Dans quel état   es ! Le   que j'aime
est un garçon   de sa personne ! Tu veux
que je   quelque chose pour toi ?

Méta-Orley manifesta son désaccord. Si c'était vraiment un message de Gillian, elle prenait un risque énorme.

— Moi aussi, je t'aime, subvocalisa-t-il. Mais je te conseille de la boucler avant que les Eatees ne t'entendent.

La projection psi — ou l'hallucination — agita la main pour lui dire au revoir et, au même instant, Tom fut saisi d'une nouvelle quinte de toux. Il s'époumona jusqu'à sentir comme une colonne de flammes à l'intérieur de sa poitrine et se laissa retomber lourdement.

Et Méta-Tom finit par renoncer à toute fausse dignité. *Oui !*

Il télépsia dans la brume qui s'étendait devant son regard et tenta de rappeler l'image qui se dissipait.

Oui, mon amour, je t'en prie, reviens et fais quelque chose pour moi...

Le visage de Gillian parut se diffracter dans toutes les directions et rejoindre la miroitante poussière volcanique qui flottait dans le ciel. Que ce fût une émission réelle ou une illusion née du délire de Tom, elle se dissipa comme un portrait fait de fumée.

Toutefois, il crut encore percevoir, s'attardant, de vagues effluves de la voix intérieure de Gillian...

la vie, ainsi, ainsi...
et le soulagement vient, en rêve...

Cependant qu'il restait attentif à cette voix, inconscient du temps qui s'écoulait, Tom sentit les trémulations s'apaiser. Peu à peu, son corps se dénoua de sa position fœtale.

Le volcan grondait, éclairant le ciel. Le « sol » qui s'étendait sous Tom était parcouru de légères ondulations qui le bercèrent et lui apportèrent un sommeil superficiel.

Toshio

— Non, professeur Dart, je ne puis avoir de certitude sur ces inclusions d'enstatite. À ce moment-là, il y avait un très fort brouillage de parasites sur l'écran, mais si vous le désirez, je peux revérifier tout de suite.

Toshio sentait ses paupières se fermer sous le poids de l'ennui. Il avait d'ores et déjà perdu le compte du temps passé à enfoncer des touches et à relever des données au gré des intuitions scientifiques de Charles Dart. Et le planétologiste chimp n'était jamais content ! Quelle que fût la promptitude ou la précision des réponses que lui apportait Toshio, ce n'était jamais tout à fait satisfaisant.

— Non, non, nous n'avons pas le temps, fit Charlie sur le ton revêche qui lui était coutumier depuis l'écran holo posé sur la rive du bassin. Vous n'aurez qu'à voir ce que vous pourrez faire par vous-même une fois que je ne serai plus en ligne. Vous savez, Toshio, ce ne serait pas un projet stupide pour vous que d'entreprendre des recherches personnelles sur cette paroi. Certaines de ces roches sont uniques dans l'univers ! Si vous décidiez de faire une étude minéralogique exhaustive de cette cheminée, je serais heureux de vous aider à la rédiger. Imaginez un peu le sujet de fierté que ce serait pour vous ! La publication d'une monographie scientifique faisant autorité ne saurait nuire à votre carrière, bien au contraire !

Toshio n'en doutait pas. Il apprenait effectivement un tas de choses en travaillant pour le professeur Dart. Et ce dont il était convaincu — et qui lui servirait s'il avait jamais l'occasion de préparer un doctorat —, c'était qu'il fallait apporter un soin particulier au choix de son maître de recherches.

Mais, pour l'heure, cette question de savoir s'il en aurait jamais l'occasion était parfaitement discutable compte tenu de l'existence au-dessus de leur tête d'extraterrestres prêts à les capturer. Pour la millième fois, le midship s'extirpa de l'esprit cette bataille spatiale. Une telle pensée ne faisait qu'accentuer son humeur dépressive.

— Je vous remercie, professeur Dart, mais…

— Ça ne me dérange pas du tout, grogna Charlie, incapable de se départir de son ton hargneux même lorsqu'il se voulait condescendant. Mais si vous voulez bien, nous discuterons plus tard des détails de votre projet. Pour l'heure, il nous faut faire le point sur la progression de ce robot.

Toshio leva les yeux au ciel ; ce type avait vraiment de la suite dans les idées. Si ça devait tant soit peu empirer, le midship craignait fort de perdre patience et d'envoyer promener le chimp, maître de recherches ou pas.

— Voyons… (Toshio consulta ses cadrans.) La sonde a légèrement dépassé les mille mètres, professeur Dart. Le puits ne cesse de se faire plus étroit et plus lisse à mesure que nous descendons vers des forages plus récents, aussi suis-je à présent tenu d'ancrer le robot directement sur la paroi de chaque site.

Toshio regarda par-dessus son épaule vers le nord-est dans l'espoir de voir paraître Dennie ou Gillian, ce qui lui eût procuré une distraction. Mais Dennie était avec ses Kikwis et, la dernière fois qu'il avait vu Gillian, elle était assise en lotus dans une clairière qui dominait l'océan, totalement oublieuse du monde.

Il l'avait également vue fort contrariée un peu plus tôt. Takkata-Jim venait juste de lui dire que, tout le monde étant trop absorbé par les préparatifs en vue de l'appareillage, personne ne pouvait lui parler. Même ses questions à propos de Tom Orley s'étaient vues éludées sur un mode qui, pour être resté poli, n'en avait pas moins été péremptoire. Ils la préviendraient dès qu'ils sauraient quelque chose, lui avait répondu Takkata-Jim avant de couper la communication.

Et Toshio avait vu un pli soucieux se creuser sur le front de Gillian à mesure que ses appels se heurtaient à un mur, celui du nouvel officier des transmissions qui avait remplacé Akki. Le fin ne cessait de lui répondre que toutes les personnes à qui elle désirait parler n'étaient pas disponibles. La seule personne à bord avec qui elle pouvait avoir un entretien était Charles Dart, apparemment en raison de l'urgence des recherches du chimp. Elle avait accepté qu'on le lui passât mais Charlie s'était refusé à parler d'autre chose que de son travail.

Immédiatement, elle avait fait ses préparatifs pour quitter l'île mais des ordres étaient alors arrivés du vaisseau, directement de Takkata-Jim. Il lui fallait rester ici jusqu'à une date indéterminée pour préparer avec Dennie Sudman un rapport détaillé sur les Kikwis.

Cette fois, Gillian était restée parfaitement impassible devant la nouvelle. Sans faire le moindre commentaire, elle s'était enfoncée dans la jungle pour être seule.

— ... d'autres échantillons de cette radicelle cueillie par Dennie dans la caverne. (Pendant que l'esprit de Toshio partait à la dérive, le chimp n'avait pas cessé de parler. Le midship se redressa pour prêter attention à ce que disait Charles Dart.)... Mais le plus excitant dans l'affaire, ce sont les profils isotopiques de l'iode et du potassium. Ils confirment mon hypothèse que, dans des temps géologiques récents, une race de sophontes a enfoui des déchets dans cette zone de subduction de la planète ! C'est d'une importance colossale, Toshio. Il y a dans ces roches la preuve du dépôt sur plusieurs générations de substances provenant de la surface et du recyclage accéléré de matières ramenées à l'air libre par les volcans voisins. C'est presque comme si l'on observait un rythme là-dedans, une sorte de flux et de reflux.

Quelqu'un d'horriblement méfiant a vécu ici pendant très longtemps ! Kithrup est pourtant censée être restée en jachère depuis l'époque de sa mise en réserve pour les Karrank%. Or, on a dissimulé dans sa croûte planétaire des substances ayant subi un haut degré de raffinage, et ce jusqu'à une date récente !

Toshio fut à deux doigts de faire une remarque de la dernière impolitesse. « Jusqu'à une date récente », tu parles ! L'inspecteur Dart menait l'enquête à l'échelle géologique. Alors que, d'un jour à l'autre, les Eatees allaient leur tomber dessus, le planétologiste chimp traitait le prétendu enfouissement clandestin de déchets industriels plusieurs milliers d'années dans le passé comme s'il s'agissait du dernier mystère sur lequel butaient les limiers de Scotland Yard !

— Oui, monsieur, je m'y mets tout de suite. (Toshio n'était même pas sûr de savoir ce que Dart lui avait demandé de faire mais une telle réponse couvrait ses arrières.) Et ne vous inquiétez pas, professeur, le robot sera suivi jour et nuit. Keepiru et Sah'ot ont reçu de Takkata-Jim l'ordre de rester branchés dessus à tour de rôle lorsque je ne suis pas libre. Et ils doivent m'appeler ou me réveiller dès qu'il y a le moindre changement dans les conditions du sondage.

Si cela ne satisfaisait pas le chimp, c'était à désespérer. Les fen avaient plutôt mal pris ces dernières directives venues du haut commandement du *Streaker* mais ils leur obéiraient, même si cela devait ralentir les travaux de Sah'ot sur les Kikwis.

Miracle entre les miracles, Charlie parut rassuré.

— Ouais, c'est très gentil, marmonna-t-il. Veillez à les remercier de ma part. Au fait ! Lorsque Keepiru sera branché, ne pourrait-il pas repérer l'origine de ces parasites intermittents qui ne cessent de perturber la liaison avec le robot ? Je n'aime pas du tout ça et c'est de pire en pire.

— Oui, monsieur. Je le lui demanderai.

Le chimpanzé se frotta l'œil droit du dos de sa main poilue et bâilla.

— Écoutez, Toshio, dit-il. Je m'en excuse mais j'ai vraiment besoin d'une pause. Ça ne vous fait rien si nous remettons la fin de cette mise au point à un tout petit peu plus tard ? Je vous rappelle juste après le dîner et je serai alors en mesure de répondre à toutes vos questions. Ça vous va ? O.K. À tout à l'heure, donc !

Charlie se pencha en avant et sa projection holo disparut.

Toshio resta un moment à fixer l'emplacement vide au-dessus de l'écran, vaguement abasourdi. Si ça me fait quelque chose ? Non, monsieur, je crois que ça ne me fait vraiment rien. Je vais juste attendre ici, patiemment, soit que vous me rappeliez, soit que le ciel me tombe sur la tête !

Il prit un air dégoûté. Comme si ça pouvait me faire quelque chose !

Il se leva et ses articulations craquèrent à la suite de cette position en tailleur qu'il avait gardée trop longtemps.

Tiens, je croyais être trop jeune pour ça. Enfin... un midship est censé faire l'expérience de tout.

Il se tourna vers la forêt. Dennie était en plein travail sur les Kikwis. Vais-je embêter Gillian si je vais la voir ? Elle se fait probablement du souci au sujet de Tom, et qui songerait à l'en blâmer ? Depuis avant-hier déjà nous devrions avoir eu de ses nouvelles.

Mais peut-être a-t-elle envie d'avoir de la compagnie.

Ces derniers temps, il s'intéressait beaucoup à Gillian. Quoi de plus naturel, d'ailleurs ? C'était une vraie femme dont l'âge — la trentaine au moins — avait épanoui la beauté ; suivant la plupart des critères, elle avait autrement plus d'allure que Dennie Sudman.

Non que Dennie ne fût pas séduisante à sa manière, mais Toshio ne voulait plus lui accorder la moindre de ses pensées. Le rejet implicite qu'il subissait de sa part — cette façon qu'elle avait d'ignorer sa présence lorsqu'ils étaient tous les deux seuls et une multitude de détails similaires — lui faisait trop de mal.

Non que Dennie se fût jamais montrée agressive à son égard en paroles ou en actes mais elle se renfermait trop souvent depuis quelque temps dans une humeur morose. Toshio soupçonnait Dennie d'avoir senti qu'il était attiré par elle et de réagir par un excès de froideur. Il avait beau se dire que pareille réponse était le signe d'un manque de maturité, ça ne l'empêchait pas d'en être profondément blessé.

Avec Gillian, son imagination l'emportait sur d'autres sentiers. Il lui était arrivé de se laisser aller à des rêveries — honteuses, certes, mais combien prenantes ! — dans lesquelles il se voyait être là au moment où elle avait besoin d'un homme pour l'aider à surmonter sa solitude…

Elle connaissait probablement les sentiments du jeune homme à son égard mais son attitude envers lui n'en avait pas été modifiée pour autant, et cette douce indulgence qu'elle lui témoignait ne la transformait que plus à ses yeux en un rassurant objet de vénération semi-secrète.

Peut-être tout cela ne trouve-t-il son origine que dans ma confusion extrême, songeait Toshio. Je m'efforce d'avoir l'esprit analytique dans un domaine où mon expérience est pratiquement nulle et mes propres sentiments ne cessent d'interférer.

Oh, que je voudrais ne pas être simplement un gamin maladroit ! Que j'aimerais ressembler plus à monsieur Orley !

Sa méditation sentimentale se vit interrompue par l'irrégulière tonalité électronique qui retentissait derrière lui… le récepteur holo revenait à la vie.

— Oh, non ! gémit Toshio. Pas si vite !

Le poste se mit à cracher des parasites alors que son tuner se lançait dans la recherche de la fréquence porteuse. Toshio fut brusquement saisi par le désir sauvage de se ruer sur l'appareil et de le précipiter d'un coup de pied dans les ténèbres insondables du puits laissé par l'arbre foreur défunt.

Soudain, surgit un rythme sifflé en partie noyé dans la friture.

Si (friture)*...s autres, midships,*
Venons à nous souder
Qui nous arrêtera ?
Et de tous les midships
Lesquels sauront mieux voler
Que ceux de Calafia ?

— Akki ! s'écria Toshio en courant s'agenouiller devant le poste.

Juste ! Une fois de plus !
Compagnon de plongée —
Notre chasse au homard
Peux-tu te rappeler ?

— Si je peux ? Ifni ! Que ne donnerais-je pour qu'en cet instant nous soyons chez nous en train de faire l'une de ces parties de chasse ! Qu'est-ce qui se passe ? Avez-vous des problèmes techniques à la passerelle ? Je ne reçois pas l'image et il y a un tas de parasites. Puis je croyais que tu n'étais plus aux transmissions. Et pourquoi parles-tu ternaire ?

On dit que tout s'avise
À qui (friture) *fait défaut*
Via ma neurale prise
Ceci se voit transmis

Je cherche à contacter
Haut patron version douce
D'urgence, dois lui communiquer
Mise (friture) *garde*

Les lèvres de Toshio s'arrondirent tandis qu'il se resifflait intérieurement le message « ... Haut Patron version douce ». Rares étaient les humains auxquels les fen décernaient un tel titre. Et sur cette île, pour l'heure, il n'existait qu'une seule personne qui pût y prétendre.

— Tu veux parler à Gillian ?

D'urgence, dois lui communiquer
Mise en garde

Toshio battit des paupières puis dit à son ami :

— Je vais tout de suite la chercher, Akki. Tu restes en ligne.

Il pivota sur ses talons et se précipita dans la forêt en s'époumonant à crier le nom de Gillian.

Akki

Il était pratiquement impossible de voir le câble monofil sur la vase et les rocailles qui tapissaient le fond de l'océan. Même dans le pinceau de lumière de la torche de harnais d'Akki, il ne se reflétait que comme un vague chatoiement çà et là au sein des sédiments accumulés sur cette ligne de crête déchiquetée.

Le câble avait été précisément conçu pour être indécelable. C'était la seule manière dont le *Streaker* pouvait communiquer avec ses deux équipes de travail extérieures sans révéler son emplacement. Bien qu'il se fût équipé des meilleurs instruments et qu'il n'eût pas été sans savoir où chercher, Akki était resté plus d'une heure à tourner en rond avant de localiser la ligne menant à l'île. Et, au moment où il réussit à pincer sur le câble un raccord branché sur sa prise neurale, la réserve d'oxygène de son appareil respiratoire était déjà diminuée de moitié.

Il avait toutefois perdu pas mal de temps rien que pour quitter le vaisseau, et encore n'avait-il pas l'assurance que son départ n'eût pas été remarqué. Le taciturne électricien qui était de service à l'Équipement n'aurait pas dû songer à discuter les ordres lorsqu'il lui avait demandé un appareil respiratoire. Puis il y avait eu cet autre fin de la salle des machines étrangement peu soucieux de rogner sur son temps de pause pour suivre à distance le midship à sa sortie du magasin. Akki avait été forcé de faire d'innombrables détours dans le sas pour ne plus l'avoir dans sa caudale.

En moins de deux jours, un subtil changement s'était abattu sur l'équipage du *Streaker*. Une nouvelle répartition du pouvoir s'était vue instaurée. Des fen qui, jusqu'alors, n'avaient eu que peu d'influence bousculaient à présent tout le monde pour venir se placer au premier rang des files d'attente à l'heure des repas. On les voyait arborer des postures autoritaires cependant que les autres vaquaient à leurs occupations les yeux baissés, la queue tombante.

Le grade ou la position officielle dans la hiérarchie du vaisseau n'avait pratiquement rien à voir là-dedans, d'autant que de telles notions, à bord du *Streaker*, n'avaient jamais eu force de loi. Les dauphins étaient plus portés à prêter attention à de subtiles modifications dans les attitudes qu'aux manifestations conventionnelles du pouvoir.

Dans la situation présente, même le facteur racial semblait être déterminant. Un nombre disproportionné de ces nouvelles figures dominantes appartenait au sous-groupe génétique *Steno*.

Tout cela ressemblait fort à un coup d'État. Officiellement, Takkata-Jim prenait toujours ses décisions au nom du capitaine, et ce jusqu'à ce que le conseil de vaisseau pût être réuni, mais il flottait dans les eaux du *Streaker* la saveur d'une bande qui vient de changer de grand mâle. Les proches de l'ancien chef étaient mis à l'écart tandis que les vieux copains du nouveau nageaient à l'avant-garde.

Akki trouvait ça profondément illogique et quelque peu dégoûtant. Ça lui faisait sentir à quel point des fen — même soigneusement sélectionnés comme l'avait été l'équipage du *Streaker* — pouvaient retomber dans d'anciens modes de comportement sous l'effet du stress. Il voyait à présent ce que voulaient dire les Galactiques lorsqu'ils affirmaient que trois cents ans d'Élévation n'étaient pas suffisants pour permettre à une race de voyager dans l'espace.

C'était une prise de conscience brutale, et Akki s'en retrouvait plus *client* qu'il ne s'était jamais senti dans l'égalitaire et mixte société coloniale de Calafia.

Toutefois, pareille constatation n'était pas totalcmcnt négative. Elle lui apportait une justification grossière de son acte de mutinerie. Car, d'un point de vue strictement légal, on ne pouvait donner un autre nom au fait d'abandonner son poste pour prendre contact avec Gillian Baskin contre les ordres formels du commandant en exercice.

Mais, à présent, Akki avait le sentiment de connaître la vérité : l'équipage dont il était membre se composait de simulacres d'astronautes. À moins d'une guérison mıraculeuse du capitaine, nulle voie ne s'offrait à eux pour sortir de cette situation catastrophique sans l'intervention de leurs patrons.

En pareille matière, il tenait pour négligeable la compétence d'Ignacio Metz, d'Emerson d'Anite ou même de Toshio. Il était tombé d'accord avec Makanee pour voir leur seul espoir dans le retour du docteur Baskin ou de monsieur Orley.

D'ores et déjà, il s'était rangé à l'évidence qu'Orley devait être porté disparu. Cette conviction, partagée par tout le restant de l'équipage, constituait la raison majeure pour laquelle le moral était tombé si bas depuis l'accident de Creideiki.

Dans un silence absolu, le câble transmettait directement sa tonalité porteuse au nerf stato-acoustique du midship qui commençait à s'impatienter d'attendre que Toshio revînt avec Gillian. La ligne avait beau ne servir à nul autre usager depuis que Charles Dart avait cessé d'émettre, il n'en restait pas moins que chaque seconde qui passait augmentait le risque de voir l'actuel opérateur du bord détecter une résonance sur son appareil. Akki s'était arrangé pour qu'il fût impossible de surprendre sa conversation avec Toshio mais le plus bouché des agents de transmissions n'aurait pas manqué d'en remarquer à la longue les effets secondaires.

Mais qu'est-ce qu'ils foutent ? se demanda-t-il. Ils doivent pourtant se douter que ce n'est pas l'air qui m'étouffe ! Sans compter qu'avec cette eau bourrée de métal ça me gratte partout !

Akki ralentit le rythme de sa respiration pour retrouver son calme. Un poème didactique keneenk lui trotta dans la tête.

Est « passé » ce qui un temps fut
Vestige nommé souvenir…
En lui, cherche la cause
Du maintenant.
Est « futur » ce qui va se faire
Envisagé, rarement vu..
*En lui, cherche l'*effet
Du maintenant.
Est « présent » cet infime point
Qui passe et sans cesse vacille…
Preuve est-il de la farce
Du maintenant

Le passé, le futur et le présent faisaient partie des notions les plus difficiles à exprimer de manière explicite en ternaire. Ce poème se proposait d'illustrer la causalité telle que la concevaient les patrons humains ainsi que la plupart des autres sophontes tout en restant fidèle à la vision cétacée de l'existence.

Akki, lui, n'avait jamais rien vu d'obscur dans tout ça. Il se demandait parfois pourquoi certains de ces dauphins de la Terre avaient de si gros problèmes avec de telles notions. On pensait, on imaginait des actes et leurs conséquences, on considérait la saveur des différents résultats possibles, la sensation qu'ils vous donnaient, puis on agissait ! Et si l'avenir restait vague, on faisait de son mieux, et l'on espérait.

Ainsi les humains s'étaient-ils débrouillés tout au long de cette horrible succession de siècles où ils étaient restés des orphelins ignorants. Akki ne voyait pas pourquoi ce devrait être plus dur pour son peuple qui, lui, se verrait épargner les errances de l'humanité.

— Akki. C'est Toshio. Gillian arrive. Elle a dû s'arrêter en chemin pour quelque chose d'important, aussi ai-je couru te prévenir. Ça va pour toi ?

Akki soupira.

Dans ces profondeurs
J'ai l'évent qui me démange
Mais je prends patience
Puisque tel est mon devoir
Là-haut, dans le cycloïde
Roule sans…

— Ne quitte pas, cria Toshio, l'interrompant au beau milieu d'un vers. (Akki fit la grimace ; son ami resterait-il donc à jamais dénué de toute sensibilité poétique ?) Gillian est à mes côtés, acheva le midship humain. Au revoir, Akki, et ne prends pas trop de risques !

La ligne grésilla de parasites.

Toi non plus
Compagnon de vol et de plongée

— Akki ?

C'était la voix de Gillian Baskin, toute petite à cause de la faiblesse du branchement mais immensément satisfaisante à entendre.

— De quoi s'agit-il, mon ami ? Est-ce que vous pouvez me dire ce qui se passe sur ce vaisseau ? Pourquoi Creideiki ne m'appelle-t-il pas ?

Akki n'aurait jamais pensé qu'elle commencerait par demander ça. Pour une raison ou une autre, il s'était attendu à ce que sa première question concernât Tom Orley. Bon, si elle n'abordait pas ce sujet, ce n'était pas à lui de le faire.

Makanee
Notre guérisseuse
M'envoie vous dire
Qu'il y a danger
Muet, inerte
Gît Creideiki
Et du Streaker
Pâlit l'étoile
Du goût infect
De l'atavisme
Ses eaux se souillent

À l'autre bout de la ligne, un silence s'éternisa. Nul doute que Gillian ne fût en train de travailler la formulation de sa prochaine question de manière à permettre une réponse en ternaire dépourvue de toute ambiguïté. C'était un talent qui, hélas, faisait parfois défaut à Toshio.

Akki leva brusquement la tête. N'avait-il pas entendu

un bruit ? Non pas sur la ligne mais dans les eaux sombres qui l'entouraient.

— Akki, commença Gillian, je vais vous poser des questions de façon à obtenir des réponses à triple niveau. Mais je vous en prie, soyez concis, même au détriment de la richesse artistique.

Avec plaisir, et j'y arrive, se dit Akki. Il s'était souvent demandé pourquoi il était si difficile de tenir une conversation en ternaire sans tourner autour du pot avec des allusions poétiques. C'était sa langue maternelle, tout autant que l'anglique, mais il ne cessait de se sentir frustré par la résistance qu'elle opposait à tout raccourci.

— Akki, Creideiki continue-t-il à ne prêter aucune attention aux Poissons-de-Rêve, les pourchasse-t-il, ou leur sert-il de nourriture ?

Gillian lui demandait si le capitaine avait encore un comportement de manipulateur d'outils, ou si, grièvement blessé, il dérivait, inconscient dans un rêve de chasse, ou, pire encore, s'il était mort. Gillian était tout de suite entrée dans le vif du sujet. Et Akki connut la bénédiction de pouvoir lui faire une réponse des plus brèves :

C'est le calmar qu'il chasse
Au plus profond des flots

Et, de nouveau, ce bruit ! Un cliquetis rapide qui ne provenait pas de très loin. Maudite obligation de garder sa prise neurale branchée sur ce câble qui fourmillait de parasites ! Les clicks étaient trop proches pour autoriser le moindre doute. Il y avait quelqu'un dans les parages qui le cherchait.

— D'accord, Akki. Question suivante. Hikahi apaise-t-elle tous les esprits de ses rythmes keneenks, se fait-elle l'écho de la loyauté de la bande, ou chante-t-elle un silence d'absence ?

Le sonar delphinien est un instrument hautement directionnel. Akki sentit le lobe d'un rayon sonique passer juste au-dessus de lui sans même l'effleurer par le travers. Il se colla de son mieux contre le fond de l'océan et s'efforça de dissiper ses clicks nerveux dans l'épaisseur des sédiments. Il aurait bien voulu déployer l'un des bras de son harnais afin de s'accrocher à un rocher pour être sûr de ne pas bouger mais il craignait que la petite plainte des moteurs ne trahît sa présence.

Un silence d'absence
Dans nos mémoires estompe
Les rythmes d'Hikahi
Silence d'absence aussi
De la part de Tsh't
Et de Suessi

En l'occurrence, il aurait bien aimé pouvoir lui aussi instaurer le silence de son absence en ces lieux et retrouver la tranquillité de sa cabine à bord du *Streaker*.

— Maintenant, leur silence est-il celui d'être pris dans les filets, celui de l'attente craintive des épaulards, ou est-ce le silence de servir de nourriture aux poissons ?

Akki était sur le point de répondre lorsque, soudain, comme s'il était brusquement ébloui par un projecteur puissant, il se sentit baigné dans un violent faisceau de son pulsé qui venait d'un point situé sur sa gauche et au-dessus de lui. Il n'était plus question de douter qu'il y eût là-haut un dauphin parfaitement conscient de sa présence.

Takkata-Jim a fait
Sur les câbles dent basse
Et tandis qu'à mon poste
Un autre me remplace
Ses fen se font l'écho
De ses chants mensongers

Akki était dans un état d'agitation tel qu'une partie de sa réponse lui avait échappé sous forme de sons au lieu d'être directement transmise sur le monofil. De toute façon, la discrétion n'était plus nécessaire. Il se tint prêt à larguer la ligne et, tournant son melon vers l'intrus, lui décocha un jet sonar assez puissant, espérait-il, pour l'étourdir momentanément.

Les échos lui revinrent porteurs d'une image effroyablement nette cependant que, dans un fracas de nageoires, un très gros dauphin se déportait pour éviter son rayon.

Akki reconnut immédiatement son adversaire. K'tha-Jon !

— Akki ? Qu'est-ce qui se passe ? N'êtes-vous pas en structure de combat ? S'il vous faut couper la communication, faites-le. Je serai de retour aussi vite que…

Son devoir accompli, Akki se débrancha de la ligne et fit un tonneau pour s'en écarter.

Il n'avait pas réagi trop vite. L'éclair bleu-vert d'un laser grésilla sur l'endroit où il s'était tenu quelques secondes auparavant.

C'est donc ça, se dit-il en plongeant dans le canyon qui s'ouvrait le long de la crête sous-marine. C'est carrément le marteau-pilon qu'ils ont envoyé à mes trousses. Et il n'a pas l'air de vouloir le faire avec ménagement.

Il fit un second tonneau sur sa droite et sonda vers les ténèbres.

Les dauphins étaient connus pour leur réticence à tuer toute créature à respiration aérienne mais c'était une race qui savait ne pas se limiter à ses instincts. Avant même l'Élévation, des hommes avaient été témoins de cas de meurtre d'un fin par un autre fin. En donnant aux cétacés la possibilité de voyager dans l'espace, les humains leur avaient également fourni les moyens d'être plus efficaces lorsqu'ils choisissaient de tuer.

Le trait brillant d'un laser jaillit en sifflant à moins d'un mètre devant lui et Akki, les mâchoires crispées, plongea dans le sillage d'ébullition du rayon. Un autre pinceau brûlant grésilla entre ses pectorales. Il vira sur le flanc et piqua vers la longue ombre sonique portée par une saillie déchiquetée de la paroi du canyon.

La carabine laser de K'tha-Jon pouvait faire mouche à grande distance tandis que le chalumeau dont était muni le harnais du midship n'était à la rigueur utilisable, comme tout autre outil, qu'en combat rapproché. De toute évidence, Akki n'avait d'autre chance de salut que dans la fuite ou dans la ruse.

Il faisait très sombre à cette profondeur. Tous les rouges avaient été gommés et, de la lumière du jour, il ne restait que les bleus et les verts pour s'accrocher aux reliefs de ce paysage sous-marin. Tirant avantage du terrain, Akki se glissa entre les murs verticaux d'une étroite crevasse. Là, il s'immobilisa et attendit, la mâchoire inférieure aux aguets.

Les échos qu'il recueillit par cette écoute passive lui apprirent seulement que K'tha-Jon était là, quelque part dans les alentours, en train de le chercher. Il formula le souhait que son souffle accéléré ne fût pas aussi bruyant qu'il le percevait.

Akki émit une question neurale à l'adresse de son harnais et le micro-ordinateur inséré dans la charpente de ce dernier l'informa qu'il ne lui restait pas même une demi-heure d'air dans l'appareil respiratoire. Voilà qui posait une limite précise au temps qu'il pourrait encore passer au fond de cette crevasse.

Il se mit à grincer des dents, brûlant du désir de les sentir se refermer sur les longs ailerons du bosco bien qu'il fût conscient de n'être ni de taille ni de force à tenir tête au gigantesque *Steno*.

Akki n'avait aucun moyen de savoir si K'tha-Jon était sorti de son propre chef à sa recherche ou sur ordre de Takkata-Jim. Il avait en revanche la certitude que, s'il se tramait réellement un complot *Steno*, ils n'hésiteraient pas à profiter de l'impuissance de Creideiki pour l'achever si cela devait assurer la réussite de leur plan. Si inconcevable que cela pût paraître, il n'était même pas impossible qu'ils se missent en tête de s'attaquer à Gillian si elle manquait de prudence en retournant au vaisseau. La simple pensée qu'un fin pût être ne fût-ce que mêlé à de tels crimes suffisait à soulever le cœur d'Akki.

Il faut que je retourne au vaisseau pour aider Makanee à protéger Creideiki jusqu'à l'arrivée de Gillian. C'est une priorité absolue qui prend le pas sur toute autre considération.

Il se glissa hors de la crevasse et, dans une série de zigzags au ras du fond, nagea vers une petite vallée qui s'ouvrait au sud-est. C'était une direction tout à la fois opposée à celle du *Streaker* et à celle de l'île ou de l'épave thennanin. Il était peu probable que K'tha-Jon songeât à surveiller ce secteur.

Il pouvait percevoir les émissions sonar que le géant lançait à sa recherche. Jusqu'à présent, les puissants rayons passaient loin de lui. Il y avait de grandes chances pour qu'il pût prendre une confortable avance avant d'être repéré.

Toutefois, le plaisir qu'il éprouvait à s'échapper était loin d'avoir la saveur de celui qu'il aurait pris s'il avait pu remonter en chandelle vers le bosco et lui enfoncer son rostre dans les parties avec toute la violence due à la vitesse acquise !

Gillian se détourna du poste pour découvrir Toshio, le visage ravagé par l'angoisse. Il en paraissait soudain considérablement plus jeune. Envolé le masque du mel solide et coriace qui avait les pieds bien sur terre Toshio n'était plus qu'un midship à peine sorti de l'adolescence qui venait d'apprendre que son capitaine était dans le coma et prenait conscience qu'en ce moment même son meilleur ami était peut-être en train de se battre pour rester en vie. Le regard qu'il posait sur elle était une prière pour qu'elle le rassurât.

Gillian prit la main du jeune homme et l'attira dans ses bras. En dépit de ses protestations, elle le serra contre elle jusqu'au moment où elle sentit se relâcher la tension dans les épaules de Toshio qui, à son tour, la serra en enfouissant son visage contre son cou.

Lorsqu'il se détacha d'elle, il ne la regarda pas mais se détourna pour s'essuyer l'œil du revers du poignet.

— Je crois que je vais emmener Keepiru, lui dit Gillian. Pensez-vous que Sah'ot et Dennie puissent se passer de lui ?

La gorge nouée, Toshio ne put d'abord répondre que par un hochement de tête puis il reprit le contrôle de sa voix.

— Oui, monsieur, Sah'ot aura peut-être quelques petits problèmes lorsque je serai amené à lui confier des tâches qui, jusqu'à présent, ont été celles de Keepiru. Mais j'ai observé la façon dont vous vous y preniez et je crois pouvoir me débrouiller.

— Très bien. Voyez également si vous pouvez éviter qu'il soit sans cesse en train de tourner autour de Dennie. Vous allez avoir le commandement militaire de cette expédition, maintenant. Je suis certaine que vous vous en tirerez à merveille.

Gillian s'éloigna vers le petit campement qu'elle s'était installé à l'écart sur la rive du bassin et commença de rassembler ses affaires. Toshio s'approcha de l'eau, alluma l'ampli de l'hydrophone et le régla sur la tonalité continue qui avertirait les dauphins qu'on avait besoin d'eux. Une heure auparavant, Keepiru et Sah'ot étaient partis attendre les aborigènes sur leur terrain de chasse nocturne.

— Je peux repartir avec vous, si vous le désirez, Gillian.

Sans cesser de rassembler notes et outils, elle secoua la tête.

— Non, Toshio. Le travail que fait Dennie sur les Kikwis est sacrément important et vous êtes le seul à pouvoir éviter qu'elle ne fiche le feu à la forêt en jetant n'importe où ses allumettes lorsqu'elle a trop de choses en tête ; par ailleurs, j'ai besoin de vous pour donner le change et faire croire que je n'ai pas quitté l'île. Pensez-vous pouvoir me rendre ce service ?

Elle referma le zip de sa sacoche étanche et entreprit d'ôter son chemisier et son short. Tout d'abord, Toshio détourna les yeux en rougissant.

Puis il s'aperçut qu'elle ne semblait pas se soucier s'il la regardait ou non. Peut-être ne la reverrai-je plus jamais, se dit-il. Se doute-t-elle de ce qu'elle fait pour moi ?

— Oui, monsieur, dit-il, la bouche affreusement sèche. Je continuerai d'avoir l'air aussi agacé ou distrait qu'à l'ordinaire avec le professeur Dart. Et si Takkata-Jim vous demande, je... je lui répondrai que vous êtes quelque part... euh... en train de bouder.

Gillian avait déplié sa combinaison de plongée et la tenait devant elle, se préparant à y entrer. Elle s'interrompit et leva les yeux sur le midship, surprise par le côté mi-figue mi-raisin de sa remarque. Puis elle éclata de rire.

En deux pas de ses longues jambes fuselées, elle fut à ses côtés puis, de nouveau, elle le serra contre elle. Sans même réfléchir à ce qu'il faisait, Toshio glissa les bras autour de sa taille nue.

— Tu es un type bien, Tosh, lui dit-elle en l'embrassant sur la joue. Et, je ne sais pas si tu t'en es rendu compte, mais tu es plus grand que moi ! Tu vas mentir à Takkata-Jim, tu feras ça pour moi, hein ? Et je te promets qu'en un rien de temps nous ferons de toi un vrai mutin.

Toshio hocha la tête et ferma les yeux.

— Oui, madame, dit-il en la serrant de toutes ses forces contre lui.

Creideiki

Ça le démangeait de partout. Il n'avait jamais cessé de sentir sa peau le démanger depuis l'époque imprécise où il nageait encore dans le sillage de sa mère... depuis ces temps où il avait reçu d'elle sa première initiation au toucher lorsqu'il se serrait contre elle pour téter ou qu'elle le bousculait gentiment du museau pour lui rappeler la nécessité de remonter faire de l'air.

Très vite, il avait appris l'existence d'autres formes du toucher. Il y avait eu les murs, les plantes et les façades de tous les bâtiments du quartier, à Catalina-Bas ; il y avait eu les caresses, les luttes front contre front et, bien sûr, les morsures auxquelles on s'adonnait en jouant avec ses semblables ; puis il y avait eu le toucher si doux, et si savoureusement varié, des mels et des fems — des humains — qui nageaient tout autour, tels des pinnipèdes, et qui riaient et jouaient avec lui sous l'eau comme en surface.

Et il y avait eu cette sensation de l'eau, toutes ces sensations diverses que l'on trouvait dans l'eau.

Le *plouf* ou le *floc* selon la manière dont on s'y laissait retomber ! La douceur du flux laminaire lorsqu'on la fendait à une vitesse que personne avant vous n'avait jamais pu atteindre ! Sa douce manière de vous laper, juste sous l'évent, lorsqu'on y somnolait en se fredonnant une berceuse.

Hou la la ! Qu'est-ce que ça le démangeait !

Très tôt, il avait appris à se frotter contre les choses... et découvert ce que cela lui faisait. Depuis, il n'avait jamais hésité à se masturber lorsqu'il s'en sentait l'envie, tout comme n'importe quel fin en bonne santé...

Creideiki avait envie de se gratter, envie de se masturber.

Seulement, il n'y avait pas le moindre mur à proximité contre lequel se frotter. Il semblait incapable de se mouvoir ou même d'ouvrir les yeux pour voir ce qui l'entourait.

Il flottait dans l'air, sans rien pour soutenir son poids… ou plutôt si, quelque chose, une magie familière… l'antigravité. Ce mot — comme le souvenir d'avoir flotté d'innombrables fois de cette manière — lui paraissait mystérieusement étranger, presque dénué de sens.

Il se posa des questions sur son extrême lassitude. Pourquoi n'ouvrait-il pas les yeux pour voir ? Pourquoi ne cliquetait-il pas un rayon sonore pour écouter la forme et la texture des lieux ?

À intervalles réguliers, il sentait un jet de brume lui réhumidifier la peau. Et cette sensation de moiteur fraîche lui semblait provenir simultanément de partout.

Il en vint à la conclusion que sa situation n'était pas normale, peut-être même très grave. Il devait être malade.

Un soupir involontaire lui fit cependant prendre conscience qu'il était encore en mesure d'émettre des sons. Il chercha les bons mécanismes, les soumit à des essais, et parvint à répéter le même bruit.

On doit être en train de me soigner, se dit-il. Je dois avoir été blessé. C'est drôle parce que je ne sens rien, pas de douleur, rien qu'un vide. J'ai perdu quelque chose. Qu'est-ce que ça peut être ? Qu'importe. Les gens travaillent à me le faire retrouver.

Je fais confiance aux gens, se dit-il joyeusement. Et la pointe de son bec se retroussa sur un petit sourire.

!!!!

La pointe de son bec fit quoi ?
Ah ! Sourire. Ce nouveau truc.

Nouveau truc ? J'ai toujours fait ça !
Pourquoi ?
C'est expressif, non ? C'est un je-ne-sais-quoi de plus !
Ça… ça fait comme une redondance.

Creideiki laissa échapper un faible gazouillis de perplexité.

Sous l'éclat du soleil
Surgissent les réponses
En nombre comparable
À des bancs de poissons

La mémoire commençait à lui revenir. Juste avant, il avait rêvé. Quelque chose de terrible lui était arrivé ; il s'était retrouvé plongé dans un cauchemar ahurissant. Des ombres s'étaient précipitées vers lui, des ombres l'avaient fui, et il avait senti d'anciens chants prendre forme neuve et fantastique.

Il prit conscience qu'il devait encore être en train de rêver dans un synchronisme total de ses deux hémisphères. Peut-être était-ce là l'explication de son incapacité à se mouvoir. Il tenta de s'amener à l'éveil par un chant.

Des fonds ne sont connus
Que du seul cachalot
Physeter, *qui chasse*
Dans l'abîme du rêve
Et combat le calmar
Dont le bec est une île
Et dont les bras immenses
Ceignent les océans

Ce n'était pas le poème idéal pour créer une atmosphère sereine tant il évoquait la part ténébreuse de l'existence. Horrifié, Creideiki s'efforça d'y mettre un terme, craignant ce que ce chant risquait de susciter. Mais il ne put empêcher les sons-glyphes de se former dans son esprit.

Descends jusqu'à ces fonds
Où tout n'est que ténèbres
Où tes chers « cycloïdes »
Jamais ne parviendront
Où toutes les musiques
Pour finir se déposent
Où les sédiments gardent
En strates successives
Les chœurs de hurlements
De ces anciens orages
Et des ouragans
Qui jamais ne moururent…

Une présence grandit aux côtés de Creideiki. Une vaste, une énorme silhouette qu'il pouvait sentir naître, tout près, du tissu même de son chant. Il perçut les lentes impulsions sonar qui, progressivement, remplissaient de leurs répercussions cette petite pièce dans laquelle il flottait… une pièce trop exiguë pour qu'il fût concevable qu'un tel monstre pût s'y former.

Nukapaï ?

L'orchestre de séismes
Mille fois millénaires
Et les chants de fusion
Des roches primordiales…

À chaque vers qui passait, la créature-son prenait un peu plus corps. Il émanait une puissance foncièrement musculaire de cette présence qui se formait à ses côtés. Les battements de caudale de l'être, tout de lenteur et d'amplitude, menaçaient de l'envoyer bouler tête par-dessus queue. Lorsqu'Il soufflait, c'était le fracas d'une tempête qui se brise sur une côte sauvage.

Ce fut la peur qui, finalement, lui donna la volonté d'ouvrir les yeux. Un muscle humide roula sur ses pupilles cependant qu'il luttait contre ses paupières pour les séparer. Et il lui fallut du temps pour adapter son regard à la vision aérienne tant il avait eu les yeux encastrés au plus profond des orbites.

Tout ce qu'il vit d'abord, ce fut un banal caisson de suspension d'hôpital, un espace exigu, confiné. Il y était seul.

Mais au bruit, il se savait dans un océan immense avec un léviathan qui nageait à ses côtés ! Il *sentait* sa fantastique puissance.

Il battit des paupières et, soudain, sa vision se modifia. La vue adopta le son comme cadre de référence. Le caisson disparut, et il Le vit.

!!!!!!!

L'être qui nageait près de lui ne pouvait jamais avoir vécu dans aucun des océans qu'il avait connus. Creideiki en étouffa presque de terreur.

Il se mouvait avec la puissance des tsunamis, avec l'irrésistible élan des marées.

C'était un être des ténèbres et des profondeurs.

C'était un dieu.

K-K-Kph-kree !

Ce nom, Creideiki n'avait jamais eu conscience de l'avoir connu. C'était jailli de nulle part, tels les dragons d'un cauchemar.

Un œil noir riva sur Creideiki le fer brûlant de son regard. Il aurait voulu détourner les yeux... ou se cacher... ou mourir.

Puis l'être lui parla.

Il ne souffrit pas de le faire en ternaire, comme Creideiki n'en avait jamais douté. Il rejeta le primal, dédaigneux d'une langue pour animaux savants. Il chanta un hymne que Creideiki sentit passer comme un souffle immense, comme une force matérielle qui l'enveloppa et l'emplit d'une terrible compréhension.

: Tu As Nagé Loin De Nous, Creideiki : Tu Commençais D'Apprendre : Puis Ton Esprit A Nagé Loin De Nous : Mais Nous N'Avons Pas Terminé : Pas Encore :

: Longtemps Nous En Avons Attendu Un Tel Que Toi : Nous Te Sommes Maintenant Nécessaires Autant Que Tu Nous Es Nécessaire : Il N'Est Pas Question De Revenir En Arrière :

: Tel Que Tu Es : Tu Ne Serais Qu'Une Coquille Vide : De La Viande Morte : Un Vide Dénué De Tout Chant : Plus Jamais Rêveur *ou* Manipulateur Du Feu :

: Inutile Creideiki : Ni Capitaine : Ni Cétacé : Viande Inutile :

: Pour Toi Il N'Est Qu'Un Chenal : Par Le Ventre Du Songe Cétacé : Là Tu Trouveras Peut-Être Une Voie : Une Voie Difficile : Mais Une Voie Vers Ton Devoir : Là Tu Trouveras Peut-Être Une Voie Qui T'Apportera La Vie Sauve :

Creideiki gémit. Il battit faiblement des nageoires et appela Nukapaï. Puis il se souvint. Elle était des leurs. Elle attendait, dessous, en compagnie de tous ses bourreaux, ces anciens dieux qu'il connaissait par les sagas, et ces autres dont jamais il n'avait entendu parler, pas même par les baleines à bosse.

K-K-Kph-kree était venu pour le ramener à eux.

Comme il avait perdu l'usage de l'anglique, il présenta sa défense dans une langue qu'il ne s'était jamais su connaître.

: J'Ai Subi D'Irréparables Dommages : Je Ne Suis Qu'Une Coquille Vide ! Je *Devrais* Être De La Viande Morte ! : J'Ai Perdu La Parole ! J'Ai Perdu Les Mots ! : Qu'On Me Laisse Mourir ! :

Et il lui fut répondu dans un roulement tumultueux qui semblait naître sous terre, sous l'épaisseur des sédiments abyssaux.

: Tu Vas T'Enfoncer Dans Le Songe Cétacé : Tu Vas Aller Où Tes Cousins N'Ont Jamais Été : Du Temps Même Qu'Ils Jouaient Comme Des Animaux Sans Bien Connaître L'Homme : Plus Profond Que Ne Vont Les Jubartes : Dans Leurs Indolentes Méditations : Plus Profond Que *Physeter* : Dans Sa Chasse D'Enfer : Plus Profond Que Les Ténèbres Mêmes... :

: Là Tu Seras Libre De Décider Ta Mort Si Le Vrai Ne Parvient À Naître... :

De nouveau, les parois du caisson s'estompèrent à mesure que se rematérialisait différemment le persécuteur de Creideiki. Il se dotait de l'énorme tête et des dents étincelantes d'un cachalot mais avec des yeux qui brillaient comme des phares et des flancs striés d'argent. Il s'entourait d'un nimbe de chatoiements... identique aux champs de stase qui protégeaient les vaisseaux.

Le caisson disparut complètement et Creideiki se retrouva soudain au sein d'un océan d'apesanteur illimité. L'antique dieu partit en avant à puissants coups de caudale et Creideiki lâcha un petit cri d'impuissance lorsqu'il se sentit aspiré dans le sillage du monstre. Leur nage s'accéléra... plus vite... toujours plus vite...

En dépit d'une absence totale de points de repère, Creideiki savait obscurément que leur course les menait vers le BAS.

— Vous avez entendu ?

L'assistante de Makanee leva les yeux vers le caisson dans lequel flottait le commandant. La rampe diffusant une lumière tamisée à l'intérieur de la petite chambre anti-grav faisait ressortir en clair sur la peau grise les points de suture qui témoignaient d'interventions chirurgicales répétées. Toutes les quelques secondes, des gicleurs insérés dans les cloisons enveloppaient d'un nuage de brume le dauphin sans connaissance.

Makanee suivit le regard de son aide-soignante.

— Peut-être. J'ai déjà cru entendre quelque chose,

tout à l'heure, comme un soupir. C'était quoi, d'après vous ?

La jeune fine fit osciller sa tête de gauche à droite.

— Je ne suis pas très sûre... Ça m'a donné l'impression qu'il parlait à quelqu'un... mais pas en anglique. J'ai cru reconnaître des bribes de ternaire puis... puis c'est passé à autre chose. Des sons bizarres ! (Un frisson la parcourut.) Vous ne pensez pas qu'il est en train de rêver ?

Makanee regarda longuement le capitaine et soupira.

— Je n'en sais rien. Je ne sais même pas si, dans son état, il faut lui souhaiter de rêver ou prier pour qu'il n'en soit rien.

Tom Orley

Unc brisc marinc glacialc soufflait de l'ouest et, au beau milieu de la nuit, il grelottait si fort qu'il en fut réveillé. Il ouvrit les yeux et promena son regard sur les ténèbres.

Il n'arrivait pas à se rappeler où il était.

Un peu de patience, se dit-il. Ça va revenir.

Les frissons l'avaient surpris alors qu'il rêvait de la planète Garth où les mers étaient petites et les cours d'eau innombrables. Il y avait vécu quelque temps au milieu des colons humains et chimps dans cette colonie mixte sociologiquement aussi riche et surprenante que pouvait l'être Calafia où c'était avec les dauphins que cohabitaient les hommes.

Garth était un monde hospitalier bien qu'il fût à l'écart de tout autre établissement terrien.

Dans son rêve, Garth était envahie. De gigantesques forteresses volantes planaient à basse altitude au-dessus des villes et répandaient des nuages de gaz sur les vallées fertiles, provoquant une panique qui se traduisait en mouvements d'exode désordonnés. Le ciel était strié d'éclairs en permanence.

Éprouvant une certaine difficulté à distinguer du réel les bribes de son rêve, Tom fixa le dôme de cristal de la nuit kithrupienne. Il restait noué — les genoux repliés sous le menton, les bras en croix sur la poitrine, les mains crispées sur les épaules — tout autant du fait de l'épuisement que du froid. Avec une lenteur patiente, il persuada ses muscles de se détendre. Alors qu'il leur rapprenait à se mouvoir, ses tendons tressautèrent et ses articulations gémirent.

Sur l'horizon nord, le volcan s'était calmé jusqu'à n'être plus décelable que par la faible rougeur qui coiffait sa cime. Il y avait de longues déchirures dans la couverture de nuages et, par ces fentes aux lèvres effilochées, Tom contempla l'œuvre du clouteur de ciel.

Il aimait à méditer sur les étoiles. Il avait fait de l'astronomie sa méthode personnelle de concentration mentale.

Rouge égale refroidissement, se dit-il. Cette rouge là-bas est soit une petite étoile proche d'un certain âge, soit une géante lointaine dans les affres de l'agonie. Et celle-là, juste un peu plus haut, doit être une super-géante bleue. C'est très rare. Il y en a donc dans ce secteur de l'espace ?

Il tenta de se le rappeler.

Puis il se frotta les yeux. L'« étoile » bleue bougeait.

Il la regarda se déplacer sur le champ des vraies étoiles jusqu'à la voir rencontrer une autre tête d'épingle brillante, celle-là d'un vert cru. Il y eut une étincelle entre les deux points de lumière lorsqu'ils se croisèrent. Puis il vit le bleu qui poursuivait sa trajectoire. Le vert avait disparu.

Maintenant, songea-t-il, quelles étaient statistiquement mes chances d'être témoin de ça ? Par quel concours de circonstances me suis-je réveillé pour regarder le ciel juste au bon endroit, juste au bon moment ? Ça doit encore sacrément chauffer là-haut. Cette bataille n'est pas près d'être terminée.

Tom tenta de se lever mais son corps retomba lourdement sur le lit de lianes.

D'accord. On fait un nouvel essai.

Il roula sur le flanc, se souleva sur son coude, fit une pause pour rassembler ses forces et se redressa. Les petites lunes pâles de Kithrup étaient absentes mais la lumière des étoiles était suffisante pour qu'il pût distinguer l'étrange paysage marécageux avec ses suintements d'eau claire entre ses mouvants paquets d'herbes et de boue. Il percevait des coassements, des bruits de reptation. Une fois, il entendit un petit cri vite étranglé… une proie qui venait de rencontrer son destin, supposa-t-il.

Il ne cessait de se féliciter d'avoir eu assez d'obstination pour gagner cette éminence, si modeste fût-elle. Deux mètres suffisaient à faire une différence. Jamais il n'aurait pu survivre une nuit entière dans cet infect bourbier qu'il dominait.

Non sans maudire ses courbatures, il se retourna et commença de fouiller dans le mince quoique hétéroclite tas d'affaires, de provisions et de matériel qu'il avait réussi à empiler sur son traîneau bricolé. Tout d'abord, se dit-il, ne plus avoir froid. Il dénicha son haut de combinaison de plongée et s'empressa de l'enfiler.

Tom se rendait bien compte que ses blessures méritaient aussi quelque attention, mais cela pourrait encore attendre un peu. Même chose pour un vrai repas — il avait réussi à sauver assez de nourriture pour s'en offrir deux ou trois.

Tout en mâchonnant une nutribarre et en s'octroyant de parcimonieuses goulées sur sa gourde, il continua de fouiller dans ses maigres réserves. Pour l'heure, l'important c'étaient les trois psi-bombes.

Son regard se leva vers le ciel. Hormis la vague brume violacée qui flottait à proximité d'une étoile, il ne percevait plus d'autre signe de la bataille. Mais l'aperçu qu'il en avait eu suffisait. Il savait à présent quelle bombe utiliser.

Avant de quitter le *Streaker* pour venir le retrouver sur l'île, Gillian avait passé quelques heures avec la Niss qu'elle avait branchée sur la micro-antenne de la Bibliothèque récupérée à bord de l'épave thennanin. Elle et l'ordinateur tymbrimi avaient alors élaboré la charge sémique des trois bombes.

L'essentiel était l'appel au secours thennanin qui, s'il plaisait aux caprices d'Ifni, serait pour Tom l'expérience décisive puisqu'il lui permettrait de vérifier si son plan pouvait marcher.

Tout le travail accompli par Suessi, Tsh't et les autres sur le « Cheval Marin de Troie » se verrait en effet réduit à néant si les Thennanins n'étaient plus au nombre des belligérants encore en lice. À quoi bon glisser le *Streaker* dans l'épave creuse et s'élever dans l'espace sous ce déguisement si tous les croiseurs engagés dans la bataille devaient ouvrir le feu sur cet ultime rescapé d'une faction d'ores et déjà défaite ?

Tom prit l'une des psi-bombes. C'était un globe qui tenait dans le creux de sa main et dont la surface lisse n'était rompue sur l'hémisphère supérieur que par une minuterie et par un cran de sécurité. Gillian avait soigneusement étiqueté chaque bombe avec du ruban adhésif. Sur celle-ci, elle avait en outre gravé sa signature et dessiné un cœur traversé d'une flèche.

Tom sourit et porta la bombe à ses lèvres.

Il s'était senti coupable de machisme lorsqu'il avait insisté pour être celui qui accomplirait cette mission et qu'il l'avait laissée derrière. À présent, il se rendait compte qu'il avait eu raison. Si solide et compétente que fût Gillian, elle était moins bon pilote que lui et elle aurait probablement péri dans l'accident. Eût-elle survécu qu'elle n'aurait certainement pas eu la force physique de tirer le traîneau sur une aussi longue distance.

C'est tout con, se dit-il, mais le seul fait qu'elle soit en sécurité avec des amis pour veiller sur elle suffit à me réjouir. Après tout, même si je sais qu'elle est capable de casser la figure à une dizaine de lézards des cavernes blenchuqs en ayant une main attachée, ce n'en est pas moins la femme de ma vie et je ne permettrai pas qu'elle soit en danger si je puis l'éviter.

Tom porta une dernière fois la gourde à ses lèvres pour faire glisser la fin de sa barre de protéines puis, soupesant la bombe, il tourna ses pensées vers des préoccupations d'ordre stratégique. Son projet primitif avait été d'atterrir à proximité du volcan, d'attendre que le planeur eût rechargé ses batteries, puis de déposer la bombe et de décoller avant son explosion. Grâce aux thermiques, il n'aurait pas manqué de prendre rapidement de l'altitude puis se serait trouvé une autre île d'où observer le résultat de son expérience.

À défaut d'île, il aurait pu se contenter de mettre une distance correcte entre lui et la bombe puis d'amerrir et de sortir sa longue-vue pour voir ce que ça donnait.

C'était un plan superbe mais qui n'avait pas résisté à un orage doublé d'une jungle imprévisible d'herbes marines délirantes. La longue-vue avait rejoint les dépôts métalliques naturels des fonds kithrupiens, tout comme le gros du planeur accidenté.

Tom se leva en évitant de faire des mouvements trop brusques. Le fait d'avoir chaud et de s'être calé l'estomac réduisait quand même le contrôle de la douleur au rang de simple exercice.

Il farfouilla de nouveau dans son petit tas d'affaires et en extirpa une bande de tissu étroite et longue qu'il avait prélevée sur son sac de couchage avant de l'abandonner à son destin de loque. La texture de l'iso-soie lui avait paru convenir.

Dans sa main, la psi-bombe donnait, de par son poids, l'impression de contenir une matière substantielle : on imaginait mal qu'elle fût simplement chargée d'illusions puissantes — d'un décor d'événements créés de toutes pièces, prêt à se déployer sur commande au moment voulu.

Il régla la minuterie pour un retard de deux heures puis, du pouce, fit glisser le cran de sécurité. La bombe était armée.

Alors, il la déposa soigneusement dans sa fronde de récupération. Tom était conscient de frimer. La distance ne changerait pas beaucoup les choses. Tous les capteurs disséminés dans le système de Kithrup allaient voir leur lampe rouge s'allumer lorsque l'engin sauterait. En l'occurrence, il aurait pu se contenter de la déposer à ses pieds.

Mais sait-on jamais, se dit-il. Il allait tout de même la lancer le plus loin possible.

Il fit tourner deux ou trois fois la fronde à bout de poignet, simplement pour l'avoir bien en main, puis il commença de tracer de grands cercles en levant progressivement le bras. Son moulinet, lent d'abord, s'installa peu à peu dans une vitesse acquise et il eut l'étrange impression d'avoir son corps entier aspiré vers l'extérieur par l'extrémité de ses jambes et de ses bras. Il se mit à chanter :

C'est vrai que mon papa vivait dans des cavernes,
Qu'i's'baladait toujours en ch'mise et cal'çon [d'peau.
Mais il rêvait du ciel et de ses p'tit's lanternes,
En grattant la poussièr' jusqu'à s'en briser l'dos.

Et vous tous, les E.T., là-haut dans vos étoiles…

C'est vrai que mon papa aimait sacrément s'battre,
Que ça ne l'gênait pas de tuer jusqu'à ses frères.
Mais il rêvait pourtant d'une paix opiniâtre
Même s'il mourait cloué par une lance à terre.

Et vous tous, les E.T., là-haut dans vos étoiles…

C'est vrai qu'pour mon papa l'amour c'était que'qu'chose,
Mais il battait sa femme pour un non pour un oui.
Il rêvait pourtant de rapports un peu plus roses,
Et souvent ça l'prenait de regretter sa vie.

Et vous tous, les E.T., là-haut dans vos étoiles…

C'est vrai que mon papa, au grand chef aimait jouer.
Rêver n'l'empêchait pas d'raconter des bobards
Et d'fair'trembler les gens devant ses volontés
En leur montrant au ciel des engins de cauch'mar.

Et vous tous, les E.T., là-haut dans vos étoiles…

C'est vrai que mon papa manquait de connaissances,
On n'peut pourtant pas dire qu'c'était faute d'essayer.
Ça, il la détestait, sa maudite ignorance !
Avec son amour-propre il lui fallait lutter.

Un jour, i's'prit les pieds dans un d'ses bouts d'ficelle
Ce tragique orphelin, bricoleur comme pas deux.
Il fit de moi son légataire universel ;
J'eus son esprit, son cœur, et il mourut heureux.

Alors, si ça vous chant', traitez-moi d'jeune-loup,
Riez qu'j'aie pu conc'voir des astronefs à voile !
Mais dit'un peu, les mecs : ET VOTRE EXCUSE À
[VOUS ?
À vous tous, les E.T., là-haut dans vos étoiles ?

Allez-y, répondez, du haut de vos étoiles !

Tom fit un pas en avant, son bras se détendit et il libéra une extrémité de sa fronde improvisée. La bombe s'envola dans la nuit, tournoyant comme une toupie. Un court instant, sans cesser de grimper dans le ciel, la sphère capta quelque lumière et scintilla. Puis elle disparut. Tom prêta l'oreille, mais ne l'entendit pas retomber.

Il resta un long moment debout, immobile et silencieux, l'esprit vidé de toute pensée, concentré sur sa seule respiration.

Eh oui, songea-t-il enfin. Ça creuse, tout ça. J'ai deux heures pour m'offrir à manger, soigner mes blessures et me construire un abri. Chaque seconde que Tu voudras bien m'octroyer en plus, Seigneur, je l'accepterai avec une infinie gratitude.

Il posa la bande de tissu en travers de son épaule et se proposa le menu d'un dîner aux étoiles.

CINQUIÈME PARTIE

COMMOTION

Dans un monde plus vieux et plus complexe que le nôtre, ils finissent par atteindre la complétude, leurs sens dotés d'extensions que nous avons perdues si nous les avons jamais acquises, guidés par des voix que nous n'entendrons jamais... ils forment des nations autres, prises toutefois comme nous-mêmes dans les rets de la vie et du temps...

HENRY BATESON

Sah'ot

C'était le soir et les Kikwis partaient pour leurs terrains de chasse. Comme ils se regroupaient dans une clairière à l'ouest de l'arbre foreur abattu, Sah'ot perçut leurs couinements excités puis, quand ils se mirent en route vers la falaise méridionale de l'île où une cheminée leur permettait d'accéder à la mer, il les entendit passer à proximité du bassin dans un concert de jacassements et dans le bruit de pompe de leurs vésicules aériennes.

Sah'ot écouta soigneusement jusqu'à ce que les aborigènes se fussent enfoncés dans la forêt, puis il se laissa couler à un mètre environ sous la surface et souffla des bulles déprimées. Rien n'allait comme il l'aurait voulu.

Dennie avait changé et ça ne lui plaisait pas du tout. À son comportement délicieusement frivole s'était substituée une façon tout à fait désagréable de ne pas lui prêter la moindre attention. Lorsqu'il lui avait sifflé deux de ses meilleurs limericks, elle lui avait fait une réponse sérieuse comme si les sous-entendus subtils de ses poèmes lui étaient passés au-dessus de la tête.

En dépit de l'importance de son enquête sur les Kikwis, Dennie avait dû se soumettre aux ordres de Takkata-Jim qui l'avait chargée de résoudre le mystère de l'arbre foreur pour le compte de Charles Dart. Par deux fois, déjà, elle avait plongé dans le bassin pour collecter des échantillons sous le tertre de métal. Et, par deux fois, elle n'avait pas paru se rendre compte des coups de bec coquins dont Sah'ot l'honorait ou, pire encore, elle y avait fait réponse en le caressant distraitement.

Sah'ot se rendait compte qu'en dépit de toutes les manœuvres auxquelles il avait eu recours précédemment pour la faire céder à ses avances il n'avait pas vraiment eu le désir qu'elle modifiât son attitude. Du moins, pas dans ce sens.

Malheureux comme les pierres, il se laissa dériver jusqu'à se sentir retenu par le câble qui le reliait à l'un des traîneaux. La toute dernière mission qu'il s'était vu confier le tenait en effet branché sur cette obscénité électronique, coincé dans ce bassin minuscule alors que son vrai travail l'attendait dans la mer sans limites au milieu des pré-cognitifs !

Lorsque Gillian et Keepiru étaient partis, Sah'ot avait présumé que leur absence se traduirait pour lui par la liberté d'organiser son temps à sa guise. Mais, hélas, à peine le pilote et la fem médecin avaient-ils quitté l'île que Toshio — oui, Toshio et pas un autre — était entré en scène pour jouer le personnage du commandant de section.

J'aurais pourtant dû être en mesure de l'embobiner, se dit l'ethnolinguiste-poète delphinien. Par les Cinq Galaxies, comment ce gamin a-t-il réussi à me tenir la dragée haute ?

Il éprouvait une certaine difficulté à se remémorer le processus exact de cette prise de pouvoir par le jeune midship. Mais le résultat était là, dans cette présence qu'il lui fallait assurer, la prise neurale collée sur les circuits d'une machine pour le compte d'un chimp égocentrique et pédant qui n'avait pas d'autre passion dans la vie que les cailloux. Et, pour comble de malheur, cette saleté de sonde n'était même pas munie d'un cerveau avec lequel il pût converser. À des microprocesseurs de ce type, il fallait se contenter de donner des instructions puis assister impuissant au désastre qui s'ensuivait lorsqu'ils vous prenaient au pied de la lettre.

Un carillon résonna sur son harnais. C'était l'heure de relever les données transmises par la sonde. Dans un ricanement, Sah'ot dit à la machine :

Oui, mon cher entruqué !
Oui, mon Seigneur et Maître !
Demeuré de métal,
Catastrophe assurée !
Susurre encore un bip,
Pour me faire activer !

Sah'ot haussa l'œil gauche au niveau de l'écran du traîneau puis émit une impulsion de code à l'intention du robot. En retour, il fut gratifié d'un flot de données.

De toute évidence, la sonde avait digéré les derniers fragments de roche qu'elle s'était mis sous la puce. Sah'ot lui enjoignit donc de déverser dans le traîneau le contenu de sa minuscule mémoire. Toshio lui ayant fait répéter cette manœuvre jusqu'à la nausée, il l'exécutait à présent par pur automatisme.

Puis il donna l'ordre à la sonde d'ancrer l'extrémité du câble monofil au rocher et de descendre encore d'une cinquantaine de mètres.

La vieille explication donnée pour les gouffres qui s'ouvraient sous les tertres de métal avait été définitivement écartée. L'arbre foreur ne pouvait pas avoir eu la nécessité de creuser une galerie de plus d'un kilomètre dans le seul but de chercher des éléments nutritifs. Il n'était même pas envisageable qu'il eût eu la possibilité matérielle de le faire. La masse de la racine foreuse était manifestement trop importante pour avoir été mise en rotation par l'arbre somme toute modeste qui, en un temps, avait poussé sur l'île.

Quant aux déblais par lesquels s'était nécessairement soldée une telle excavation, dix tertres de métal n'auraient pu les absorber à leur surface. Ils ne pouvaient qu'avoir été déposés tout autour sous forme de sédiments au sommet des anticlinaux sur lesquels les créatures simili-coralliennes avaient érigé les tertres.

Aux yeux de Sah'ot, de tels mystères n'avaient rien de bien alléchant. Ils ne faisaient que prouver à quel point l'univers était étrange et que, peut-être, humains, dauphins et chimps feraient mieux d'attendre encore un peu avant de vouloir à tout prix lui arracher ses secrets les plus jalousement gardés.

Le robot arrivait au bout de ses cinquante mètres de descente. Sah'ot lui fit tendre les membres vers la paroi du puits pour y river ses griffes de diamant, puis il lui fit rétracter celui qui le reliait encore à sa station précédente.

Ainsi continuerait-il à descendre par étapes. Jamais il n'y aurait pour lui de remontée. Sah'ot avait parfois la même impression en ce qui le concernait, surtout depuis qu'ils étaient sur Kithrup. Il ne s'attendait pas vraiment à jamais pouvoir quitter ce monde mortel

Par bonheur, une fois mise en route, la sonde exécutait automatiquement tout le travail routinier de prélèvement des échantillons. Même Charles Dart n'aurait vraisemblablement pas le moindre motif de se plaindre. À moins que…

Sah'ot poussa un juron Voilà que ça recommençait, justement, ces saletés de parasites qui troublaient la liaison avec le robot depuis qu'il avait passé le niveau des cinq cents mètres. Keepiru et Toshio avaient travaillé sur le problème mais sans pouvoir le régler.

Bien qu'il ne fût pas spécialiste en la matière, Sah'ot était frappé par l'originalité de ces parasites. Jamais il n'en avait entendu de pareils. Ils formaient une sorte de rythme syncopé en fait, même, ce n'était pas du tout désagréable à entendre. Sah'ot s'était laissé dire que certaines personnes prenaient plaisir à écouter un bruit blanc. À coup sûr, rien ne laissait l'esprit plus libre.

Tandis que la montre de son harnais égrenait les minutes, Sah'ot écouta la friture en se laissant assaillir par des pensées perverses, des pensées d'amour, des pensées de solitude.

Je nage et trace
des cercles *comme les autres*
Et découvre
déçu *que je suis*
Dans ma cécité
Désespérément *seul*

Peu à peu, Sah'ot se rendit compte qu'il avait épousé le rythme du « bruit » montant des profondeurs. Il secoua la tête mais lorsqu'il écouta de nouveau, c'était toujours là.

Un chant. Oui, c'était un chant.

Sah'ot se concentra. C'était comme d'essayer de suivre parallèlement toutes les partics d'une fugue pour sextuor. Les structures sonores s'enchevêtraient avec une incroyable complexité.

Pas étonnant qu'ils eussent tous cru n'avoir affaire qu'à un bruit de fond ! Lui-même avait bien failli s'en tenir à cette explication !

La minuterie de son harnais carillonna mais Sah'ot ne s'en aperçut même pas. Il était trop occupé à écouter ce que lui chantait la planète.

Streaker

Moki et Haoké s'étaient tous deux portés volontaires comme sentinelles, mais pas pour les mêmes motifs.

Ils éprouvaient bien sûr la même satisfaction à pouvoir

se changer les idées en sortant pour une fois du vaisseau et, pas plus l'un que l'autre, ils ne trouvaient particulièrement gênant d'avoir à rester branchés sur un traîneau dans les eaux sombres et silencieuses qui entouraient le *Streaker*.

Mais la ressemblance n'allait pas plus loin. Haoké était là parce qu'il estimait nécessaire que la garde fût assurée. Moki, en revanche, espérait qu'elle lui donnerait l'occasion de tuer.

— Ah, pourquoi n'est-ccce pas moi que Takkata-Jim a chchchargé de poursssuivre Akki ! fit Moki d'une voix grinçante. Je me ssserais tout aussssi bien débrouillé que K'tha-Jon pour retrouver la traccce de ce petit morveux !

Le traîneau de Moki était posté à une vingtaine de mètres de celui d'Haoké sur le rebord de la haute falaise sous-marine qui dominait le vaisseau. Les lampes à arc éclairaient toujours la coque du *Streaker* mais les alentours étaient déserts maintenant que hormis quelques sentinelles, tout l'équipage avait été consigné à bord sur ordre du second.

Au travers de la bulle flexible de son traîneau, Moki jeta un regard sur Haoké. L'autre ne disait rien, comme d'habitude. Il faisait délibérément semblant de ne pas avoir entendu sa remarque.

Arrogante engeance de calmar puant ! Cet Haoké n'était encore qu'un de ces petits malins de *Tursiops* à mettre dans le même filet qu'un Creideiki ou qu'Akki, ce poseur de midship !

Moki élabora dans son esprit une petite sculpture sonore. Il se vit foncer sur l'adversaire et lui faire éclater les viscères sous le choc de son bec pour le déchirer ensuite à pleines dents. En d'autres temps, Creideiki avait tenu le rôle de la victime lorsqu'il s'adonnait à de tels phantasmes. Mais ce maudit commandant qui l'avait si souvent surpris en train de tirer au flanc et qui le couvrait de honte avec cette manie qu'il avait de lui reprendre ses fautes d'anglique avait enfin connu le sort qu'il méritait. Moki ne songeait pas à s'en plaindre mais il lui fallait maintenant une autre cible. Ce n'était pas drôle de s'imaginer en train de massacrer un fin sans identité précise.

Il avait bien cru trouver un nouvel interprète pour remplacer le capitaine lorsqu'il s'était avéré que le jeune midship calafiain, Akki, avait trahi le second. Moki avait espéré être celui qu'on enverrait à sa poursuite mais Takkata-Jim avait désigné K'tha-Jon à sa place, alléguant que cette sortie avait pour but de ramener Akki au vaisseau pour le faire passer en conseil de discipline et non de commettre un meurtre.

Le géant, toutefois, n'avait guère paru sensible à ce distinguo subtil lorsqu'il était passé au magasin prendre une carabine laser à longue portée. Il se pouvait que Takkata-Jim n'eût pas un contrôle parfait sur K'tha-Jon et qu'en désignant le bosco pour cette mission à l'extérieur il se préoccupât essentiellement de sa propre sécurité. Moki revit la lueur qu'il avait surprise dans l'œil du géant et, une fois de plus, se répéta qu'il n'enviait pas le sort du jeune Calafiain.

Laissons donc Akki à K'tha-Jon ! se dit Moki. La perte d'un petit plaisir n'allait guère se faire sentir dans cet océan de bonheur où il nageait.

Que c'était bon d'être à son tour IMPORTANT ! À présent, lorsqu'il se promenait en dehors de ses heures de service, tout le monde s'écartait de son chemin comme s'il était un chef de banc ! Déjà, il avait des vues sur une ou deux de ces pimpantes petites fines qui aidaient Makanee à l'infirmerie. Certains jeunes fen n'avaient pas l'air mal non plus… Moki n'était pas exigeant.

Tous ne tarderaient pas à se précipiter spontanément dans son sillage lorsqu'ils verraient dans quel sens allait le courant. Un court instant, il lutta contre une impulsion dont il sentait la montée mais n'y résista pas. Son évent cessa de réprimer l'hymne triomphant qui venait de surgir en lui sous une forme interdite.

Gloire ! Oui, c'est, c'est
la Gloire !
Mordre c'est Gloire c'est !
Toutes les soumettre !
Être un nouveau grand mâle !

Il vit enfin Haoké réagir. L'autre sentinelle sursauta vaguement et leva la tête pour poser un œil sur Moki. Il garda cependant le silence et Moki soutint son regard avec une expression de défi avant de concentrer un bref jet de sonar dans sa direction pour lui montrer que *lui aussi* le surveillait !

Arrogant petit calmar puant ! Takkata-Jim finirait par avoir fermement la situation entre les mâchoires et Haoké ne perdait rien pour attendre. Et l'on n'avait pas à redouter le jugement des hommes de la Terre puisque Grand-Humain Metz était du côté de Takkata-Jim et le soutenait dans toutes ses décisions.

Moki laissa échapper un nouveau couinement de primal, savourant avec délices ce primitivisme prohibé. Ça éveillait quelque chose au plus profond de lui. Le goût de chaque son émis dans cette langue le mettait en appétit pour en prononcer d'autres.

Qu'Haoké cliquetât de dégoût si ça lui faisait plaisir ! Moki mettait même les Galactiques au défi de se dresser entre lui et son nouveau commandant !

Haoké supportait stoïquement les cris bestiaux de Moki mais ils ne faisaient que lui remettre en mémoire qu'il avait à présent partie liée avec une bande de crétins et d'inadaptés.

En l'occurrence, hélas, c'étaient les crétins et les inadaptés qui représentaient la voix de la raison tandis que l'élite du *Streaker* se précipitait aveuglément dans une aventure désastreuse.

Haoké se sentait désespéré de ce qui était arrivé au capitaine. De toute évidence, Creideiki avait compté parmi les plus brillantes réussites de l'Élévation delphinienne. Mais l'accident avait permis de modifier sans violence et dans le respect de la légalité les orientations stratégiques du vaisseau. Or, c'était une chose qu'il n'avait pas lieu de regretter. Takkata-Jim, au moins, trouvait stupide de s'obstiner dans la poursuite d'un projet aussi condamné d'avance que l'était le Cheval Marin de Troie.

De fait, quand bien même le *Streaker* fût-il parvenu à se déplacer en silence jusqu'à l'épave thennanin et en admettant que l'équipe de Tsh't eût miraculeusement tout prévu pour que le vaisseau pût sans difficulté se glisser dans la coque évidée comme dans un gigantesque déguisement pour réussir ensuite à décoller dans de telles conditions, en auraient-ils été plus avancés pour cela ?

Car même si Thomas Orley leur avait confirmé que les Thennanins participaient toujours à la bataille, il n'en serait pas moins resté douteux qu'ils pussent être abusés au point de venir au secours d'un soi-disant croiseur égaré loin de ses lignes et de l'escorter jusqu'à l'arrière.

De toute façon, la question était désormais sans objet puisque, de toute évidence, Orley était mort. Cela faisait plusieurs jours maintenant qu'on était sans nouvelles de lui et le pari de départ s'était transformé en prière désespérée.

Après tout, pourquoi ne pas donner ce qu'ils voulaient à ces trois fois maudits Galactiques ! Pourquoi s'obstiner dans le romantisme absurde de garder les informations que nous avons pu recueillir pour le seul Conseil de la Terragens ? En quoi sommes-nous concernés par un ramassis d'épaves dangereuses dont tout le monde avait perdu le souvenir ? Ce n'est manifestement pas notre affaire si les Galactiques éprouvent le besoin de se battre pour cette flotte abandonnée ! Même les aborigènes de Kithrup ne valent pas la peine que l'on meure pour eux.

C'était l'évidence même pour Haoké. Apparemment, c'en était une aussi pour Takkata-Jim dont il respectait l'intelligence.

Alors, pourquoi des gens tels que Creideiki, Orley ou Hikahi n'étaient-ils pas du même avis ?

C'était son embarras devant des mystères de ce genre qui avait maintenu Haoké au rang de simple chef de subdivision dans la salle des machines au lieu de lui permettre de devenir l'officier que les tests d'incorporation avaient pressenti en lui.

Moki lança une nouvelle vantardise en primal. Encore plus fort cette fois. Le *Steno* tentait vraiment de le faire sortir de ses gonds.

Haoké soupira. Bon nombre de fen d'équipage commençaient à se comporter ainsi… pas aussi mal que Moki mais assez mal quand même. Et, pour être honnête, pas seulement des *Steno* dont certains étaient mieux élevés que des *Tursiops* de sa connaissance. À mesure que le moral baissait, on voyait disparaître toute motivation de garder une conscience keneenk et de livrer un combat de chaque jour contre l'animal qui, en chacun, ne demandait qu'à resurgir. Une semaine auparavant, il avait été pratiquement impossible de prévoir lesquels seraient le plus enclins à régresser.

Il fallait également considérer le fait que les meilleurs fen étaient au loin avec Suessi et Hikahi.

Heureusement, se dit Haoké non sans méditer sur l'ironie du destin qui transformait le bien en mal et faisait surgir le juste de l'erreur. Takkata-Jim, au moins, semblait comprendre sa façon de sentir les choses et jamais il ne cherchait à le faire revenir sur ses opinions, se contentant d'accepter avec gratitude le soutien qu'il lui apportait.

De son traîneau, Haoké pouvait percevoir les furieux battements de caudale de Moki mais, avant que le nerveux petit *Steno* n'ait eu le temps de proférer une nouvelle obscénité, les haut-parleurs de leurs deux engins s'éveillèrent ensemble.

— Moki et Haoké ? Ici Heurka-pete… Vous me recevez ?

Le fin qui les appelait servait tout à la fois d'opérateur de transmissions et de détection. Le fait qu'un même agent cumulât les deux fonctions était assez révélateur du marasme régnant à bord.

— Reçu. Ici Haoké. Pour l'instant, Moki ne peut pas répondre ; il est souffrant. Qu'est-ccce qu'il y a ?

Il entendit Moki s'étrangler dans une tentative de protestation. Il était clair qu'il resterait encore un certain temps incapable de réadapter ses pensées à l'anglique.

— Nous détectons une ombre sonique en secteur est, Haoké… on dirait un traîneau. Si c'est l'ennemi, destruction immédiate. Si c'est quelqu'un de l'île, les ordres sont de lui faire rebrousser chemin. En cas de refus, tirez dans le moteur du traîneau.

— Compris. Nous partons immédiatement. Moki et Haoké. Terminé. Alors, grand bavard, fit-il en se tournant vers son collègue au sifflet toujours coupé pour lui lancer un sourire narquois, on va voir ce que c'est ? Et mollo sur la gâchette ! Nous sommes seulement chargés de faire respecter une quarantaine. Pas question de tirer sur les camarades à moins d'être dans l'obligation absolue de le faire !

D'une impulsion neurale, il lança le moteur de son traîneau et, sans même jeter un regard en arrière, quitta la vase de l'escarpement pour prendre lentement de la vitesse vers l'est.

Moki le regarda un moment s'éloigner avant de démarrer à son tour.

Tenté, tenté… tenté, Moki, est, est
Tentation, délice, délice est… est… est !

Les traîneaux tombèrent l'un après l'autre dans les ténèbres. Sur l'écran du sonar passif, ils n'avaient été que deux points imprécis qui avaient dérivé lentement le long de la masse d'ombre du tertre avant de disparaître derrière.

Ouvrant la pince droite de son harnais, Keepiru lâcha le poste d'écoute portatif qui roula jusqu'à l'épais matelas de vase. Puis il se tourna vers Gillian.

C'est fait, ils sont partis
Intercepter nos ombres.
Ils n'apprécieront pas
De tomber sur un leurre.

Gillian s'était attendue à ce qu'il y eût des sentinelles. À plusieurs kilomètres d'ici, ils avaient abandonné leur traîneau réglé sur le redémarrage automatique et avaient nagé, vers le nord d'abord, puis vers l'ouest. Du temps où le dispositif à retardement avait réactivé le moteur de leur engin, le large détour qu'ils avaient fait les avait amenés à quelques centaines de mètres à l'ouest du grand sas.

Gillian effleura le flanc de Keepiru. La peau extraordinairement sensible du dauphin frémit sous sa main.

— Tu as le plan bien en mémoire, Keepiru ?

Est-ce une question ?

Surprise, Gillian ne put s'empêcher de hausser un sourcil. Un quadruple trille suivi d'un click interrogatif ! C'était une réponse exceptionnellement directe et concise pour du ternaire. Le pilote savait se montrer plus subtil qu'elle ne l'aurait cru.

— Bien sûr que non, cher chevaucheur de vague d'étrave. Excuse-moi. Je vais m'occuper de ma partie et ne pas songer un instant à la façon dont tu t'acquittes de la tienne.

Keepiru la regarda comme s'il aurait voulu ne pas avoir l'évent gêné par un appareil. Comme s'il aurait voulu lui parler dans sa langue à elle. Par la douce télempathie du contact, elle percevait des bribes de ce qu'il voulait lui dire.

Elle serra contre elle le torse lisse et gris du fin.

— Sois prudent, Keepiru. Rappelle-toi qu'on t'admire et qu'on t'aime. Très fort.

Le pilote rejeta la tête en arrière.

Pour nager — ou
Se battre
Prévenir — ou
Sauver
Mériter — cette
Confiance

Ils s'élancèrent du bord de la falaise et descendirent d'une nage rapide vers le grand sas externe du vaisseau.

Takkata-Jim

Il était impossible de se reposer.

Takkata-Jim enviait aux humains cette totale perte de connaissance qu'ils appelaient sommeil. Lorsqu'un homme s'allongeait pour la nuit, sa conscience du monde disparaissait et les nerfs de ses muscles se désactivaient. Et, en admettant qu'il rêvât, cela n'exigeait pour ainsi dire jamais de lui la moindre participation physique.

Même un néo-dauphin ne pouvait se contenter de se débrancher ainsi. L'un ou l'autre hémisphère de son cerveau se devait de rester en sentinelle pour veiller à la bonne marche de la respiration. Pour un fin, le sommeil était conjointement quelque chose de plus anodin et de considérablement plus sérieux que pour un homme.

Takkata-Jim nageait de long en large dans la vaste cabine du capitaine en regrettant de ne pouvoir retrouver ses propres quartiers, fussent-ils moins spacieux. Hélas, pour l'équipage dont il avait hérité, le symbolisme avait son importance. Ceux qui le suivaient ne pouvaient se satisfaire de la logique légale pour se faire une idée nette de la place qu'il occupait à présent au sommet de la hiérarchie du vaisseau. Plus qu'un commandant galonné, c'était un nouveau grand mâle qu'ils avaient besoin de voir en lui. Ce qui impliquait qu'il dût adopter le cadre de vie de celui qui, naguère, avait mené la nage de la bande.

Il prit une longue bouffée d'air en surface et diffusa des clicks pour éclairer la pièce de sons-images.

Creideiki avait à coup sûr des goûts éclectiques. Ifni seule savait ce qui, dans les biens de l'ex-maître à bord après Elle, avait dû être rangé à l'abri de l'humidité avant que le *Streaker* ne se posât sur Kithrup. Les objets n'ayant pas nécessité de telles précautions restaient d'une abondance et d'une variété sidérantes.

Les œuvres d'artistes appartenant à une douzaine de races cognitives étaient exposées derrière des vitrines étanches et les murs disparaissaient sous des photographies phonoscopiques représentant d'étranges mondes et d'aberrants paysages stellaires.

La chaîne de Creideiki était impressionnante, tant par sa taille que par sa sophistication. Les enregistrements se comptaient par milliers, des chants et des... choses bizarres qui faisaient courir des frissons sur l'échine de Takkata-Jim lorsqu'il en passait les cassettes sur la platine. La collection de ballades cétacées avait une valeur inestimable et bon nombre d'entre elles semblaient être des enregistrements personnels.

Sur le pupitre des transmissions, il y avait une photo représentant Creideiki au milieu de l'état-major du *James Cook*. Le capitaine Hélène Alvarez la lui avait dédicacée de sa main. La célèbre exploratrice avait le bras passé autour du large dos lisse de son second delphinien et tous deux s'amusaient à faire des grimaces devant l'objectif.

Takkata-Jim avait servi sur de gros vaisseaux, tels les cargos qui approvisionnaient les lointaines colonies d'Atlast et de Calafia, mais jamais il n'avait pris part à des missions comparables à celles du légendaire *Cook*. Jamais il ne lui avait été donné de voir de tels spectacles, de percevoir de tels sons.

Jusqu'à leur arrivée dans les Syrtes… jusqu'à la découverte de ces nefs à l'abandon vastes comme des lunes.

La frustration qu'il en ressentait se traduisit par de violents battements de caudale. À plusieurs reprises, il s'en cogna douloureusement au plafond. Son souffle se fit rauque.

Ça n'avait pas d'importance. Rien de ce qu'il avait pu faire ou ne pas faire précédemment n'aurait d'importance s'il réussissait ! S'il parvenait à ramener à bon port le *Streaker* avec son équipage ! S'il réussissait à faire ça, il pourrait à son tour accrocher une photo dans sa cabine. Et le bras posé sur son dos serait celui du président de la Confédération terrienne.

Un chatoyant assemblage de particules commença de se former sur sa droite. Puis les minuscules étincelles se coagulèrent en image holographique à quelques centimètres de son œil.

— Oui, qu'est-ccce que c'est ? aboya-t-il.

Un dauphin fébrile dont les bras du harnais ne cessaient de se fléchir et de se tendre hocha nerveusement la tête. C'était Suppeh, le cambusier du vaisseau.

— Commandant ! Il sss'est passssé quelque chch-chose de bizarre. Nous n'étions pas sssûrs de devoir vous réveiller, mais…

Takkata-Jim n'avait pratiquement rien saisi de l'anglique subaquatique du fin dont la voix remontait incontrôlablement dans des trilles suraigus.

— Calmez-vous, et parlez plus lentement ! fit-il d'un ton sec.

Le fin sursauta mais s'efforça d'obéir.

— Je… je… j'étais dans le sasss. J'avais entendu parler d'une alert-te. Heurka-pete avait chargé Moki et Haoké d'aller vérifier l'origine d'un bruit de traîneau…

— Pourquoi ne m'en a-t-on pas informé ? (Suppeh se fit tout petit. L'espace d'un instant, la terreur parut l'avoir rendu muet. Takkata-Jim soupira et poursuivit en s'efforçant de ne pas hausser le ton :) Qu'importe. Ce n'est pas votre faute. Continuez.

Visiblement soulagé, Suppeh reprit :

— Au bout de quelques minut-tes, j'ai vu le voyant s'allumer à l'entrée du petit sasss. Lorsssque la porte s'est ouverte sur Wattacéti, je n'ai p-p-pas vraiment prêté attention mais lorsque j'ai vu derrière Clarificatrice du Vital et Guide Vermiculaire…

Takkata-Jim écumait de rage. Seul le besoin pressant d'entendre la suite le retint de tout casser dans la pièce.

— … essayé de les arrêter comme vous en avez donné l'ordre mais Wattacéti et Hiss-Kaa se sssont mis à faire les fous en sss'interposant continuellement entre eux et moi.

— Où sont-ils, maintenant ? beugla Takkata-Jim.

— Bassskin est entrée dans l'entrepont avec Wattacéti. Hiss-Kaa est je ne sssais où dans le vaisseau en train de répandre des rumeurs. K-k-keepiru est passssé prendre un traîneau, un appareil, puisss il est part-ti.

— Parti où ?

— De-de-de-dehors ! gémit Suppeh, dont la maîtrise de l'anglique partait à la débandade, si bien que Takkata-Jim s'empressa de tirer parti de ce qui en restait avant que le cambusier ne fût complètement sourd à cette langue.

— Dites à Heurka-pete de réveiller le professeur Metz. Que Metz me retrouve à l'infirmerie avec trois gardes. Vous, prenez Sawtoot avec vous et allez vous poster dans le vestiaire de la roue sèche. Que personne n'y entre ! Compris ?

Suppeh hocha vigoureusement la tête puis son image disparut.

Takkata-Jim émit le souhait qu'Heurka-pete eût l'intelligence de rappeler Moki et Haoké pour les lancer à la poursuite de Keepiru. Ensemble, la sagacité d'Haoké complétant à merveille l'impitoyable férocité de Moki, peut-être seraient-ils en mesure d'intercepter le pilote avant qu'il n'atteignît l'épave thennanin.

Comment se fait-il que K'tha-Jon ne soit pas encore rentré ? se demanda-t-il. Je l'ai choisi pour partir à la recherche du midship afin de l'éloigner pour un temps du vaisseau. Je craignais fort qu'il ne finît par devenir dangereux, même pour moi. J'avais besoin de pouvoir organiser les choses sans l'avoir sans cesse dans mes nageoires. Mais à présent que cette Baskin est de retour plus tôt que prévu, je me demande si je n'ai pas eu tort de me séparer du géant. Les talents particuliers de K'tha-Jon pourraient se révéler fort utiles maintenant.

Il siffla l'ouverture de la porte et nagea dans le couloir. Il s'apprêtait à faire face à ce qu'il avait bien cru pouvoir encore repousser d'une quarantaine d'heures, si ce n'était indéfiniment.

Peut-être aurais-je dû m'occuper de Creideiki avant ? Ça n'aurait pas été trop difficile… une panne de courant tire si vite à conséquence dans ces caissons antigrav… tout comme une canule mal placée… évidemment, Metz n'aurait pas été d'accord, mais il y avait déjà tant de choses que Metz ne savait pas… tant de choses que Takkata-Jim souhaitait qu'*il* ne sût pas.

Il força la nage pour atteindre au plus vite l'ascenseur.

Après tout, je n'ai peut-être pas besoin de K'tha-Jon pour m'occuper de Gillian Baskin, se dit-il. Que peut un homme lorsqu'il est seul ? Et que c'est une fem, de surcroît ?

La psibombe

Ce monticule de végétation partiellement aérienne formait un dôme surplombant un océan de lianes. À l'aide de bouts d'étrésillons issus de l'ossature du planeur via le traîneau bricolé, Tom y avait étayé un toit bas pour se constituer une sorte de caverne à l'entrée de laquelle il s'était assis dans la grisaille précédant l'aube, prélevant de temps à autre pour les mâcher longuement des fragments de l'une de ses rares nutribarres.

Tout à l'heure, il avait nettoyé ses plaies du mieux qu'il avait pu et les avait enduites d'une couche de mousse chirurgicale autodurcissante. Avec quelque chose dans l'estomac et ses douleurs vaguement atténuées, il se sentait presque redevenu un homme.

Il examina son petit alambic à osmose. La partie supérieure de l'appareil, un sac de décantation terminé par un filtre, contenait une épaisse couche d'eau saumâtre et bourbeuse. Sous le filtre, l'une des gourdes de Tom était aux trois quarts pleine.

Il consulta sa montre. Il restait encore cinq minutes mais ce n'était pas assez pour songer à descendre au marais remplir une nouvelle fois l'alambic. Peut-être même n'aurait-il pas eu le temps de nettoyer le filtre avant l'explosion de la bombe.

Il ramassa la gourde, en vissa le bouchon et l'enfouit dans une poche de son pantalon. Puis il dégagea le filtre de son cadre pour le vider et racla au mieux la boue logée entre ses mailles avant de le plier sous le plus petit volume possible et de le ranger dans sa ceinture. Il était probable que ce filtre ne parvenait pas à retenir tous les sels métalliques en suspension dans l'eau car il n'avait pas été conçu pour une planète telle que Kithrup ; il n'en restait pas moins pour Tom son bien le plus précieux.

Plus que trois minutes, lui indiquèrent les chiffres lumineux de sa montre.

Tom leva les yeux vers le ciel. Il se parait à l'est d'une brillance aux contours encore vagues et les étoiles commençaient de s'éteindre. Le matin s'annonçait clair et, par conséquent, glacial. Il frissonna et remonta plus haut le zip de sa combinaison de plongée avant de ramener les genoux sous son menton.

Une minute.

Quand ça se produirait, ce serait comparable au plus fort bruit qu'il eût jamais entendu. Comparable à la plus aveuglante lumière. Et sans aucun moyen de s'en protéger.

Il aurait voulu se couvrir les oreilles et les yeux comme pour une explosion réelle mais, au lieu de céder à cette impulsion absurde, il fixa un point sur l'horizon et se mit à compter en réglant le rythme de sa respiration. Délibérément, il se laissait glisser dans une sorte de transe.

— ... sept... huit... neuf... dix...

Une clarté naquit dans sa poitrine et s'y répandit. Puis la sensation gagna le pourtour de son corps, y créant un écran de sérénité, d'engourdissement.

Les rares étoiles qui, vers l'ouest, résistaient encore au jour naissant accrochèrent les toiles d'araignées de leurs rayons diffractés entre ses cils presque joints cependant qu'il attendait l'inaudible explosion.

— Sah'ot, vous m'avez entendu ? Je vous ai dit que j'étais prêt à prendre le relais.

Sah'ot se tortilla et leva un œil sur Toshio.

— Rien qu'une petite minute, d'accord ? J'écoute quelque chose !

Un pli barra le front de Toshio. Jamais il ne se serait attendu à cela de Sah'ot. S'il était venu relever plus tôt le linguiste delphinien, c'était précisément parce qu'il savait à quel point ce dernier avait horreur de travailler sur le robot !

— Que se passe-t-il ?

Dennie s'assit dans son sac de couchage et se frotta les yeux en sondant la grisaille annonciatrice de l'aube.

— Je n'en sais rien, Dennie. Je viens de proposer à Sah'ot de m'occuper du robot pour lui éviter de supporter la mauvaise humeur de Charlie quand celui-ci appellera… et il refuse.

Dennie haussa les épaules.

— Moi, je dirais que c'est son affaire. De quoi vous mêlez-vous, après tout ?

Toshio sentit une réponse cinglante lui monter aux lèvres mais il les serra et se détourna. Mieux valait ne pas faire attention à Dennie tant qu'elle n'était pas complètement sortie des brumes du sommeil et décidée à se comporter poliment.

Après le départ de Gillian et de Keepiru, Toshio avait été fort surpris de la voir accepter sans discussion l'autorité qu'il avait à présent sur l'expédition. Ces deux derniers jours, elle n'avait guère montré d'intérêt pour autre chose que ses microscopes et ses échantillons, ne prêtant même pas garde aux sous-entendus sexuels dont Sah'ot émaillait ses propos et ne répondant que par des monosyllabes aux questions qu'on lui posait.

Toshio s'agenouilla près du poste de transmissions qu'un câble reliait au traîneau de Sah'ot et composa sur le clavier du moniteur une demande dont il n'eut pas l'air d'apprécier le résultat.

— Sah'ot ! fit-il, le plus sévèrement qu'il pût. Venez ici !

— Une seconde .. répondit le dauphin, visiblement distrait.

Les lèvres de Toshio s'arrondirent.

Tout de suite
Ici
Toute écoute
Cessante !

Dans son dos, Toshio entendit Dennie étouffer un cri. Le détail de cette injonction ternaire lui avait probablement échappé mais pas son sens général. Il se sentait dans son bon droit. Et c'était un test. Certes, ses ordres n'avaient pas la subtilité de ceux que donnait une Gillian Baskin mais, sous peine de n'avoir d'officier que le nom, il lui fallait exiger l'obéissance.

Sah'ot le regarda fixement puis cligna des yeux éblouis, soupira et nagea vers le bord du bassin.

— Sah'ot, reprit Toshio en anglique, en quatre heures, vous n'avez pas procédé à un seul relevé géologique alors que, dans le même temps, la sonde est descendue de deux cents mètres. Qu'est-ce qui vous a pris ?

Le *Steno* marqua son hésitation en roulant d'un flanc sur l'autre puis finit par répondre d'une petite voix :

— Je capte un chant...

Le dernier mot se perdit avant que Toshio n'eût pu être sûr d'avoir bien entendu. Ce fut néanmoins avec l'air de n'en pas croire ses oreilles qu'il regarda le civil néo-delphinien.

— Vous captez un quoi ?

— Un chant... je crois.

Toshio leva les mains et les laissa retomber en un geste d'impuissance. Ça y est, se dit-il. Il a fini par craquer. D'abord Dennie, et maintenant Sah'ot. Voilà que je me retrouve avec deux cas pathologiques sur les reins !

Il sentit Dennie se lever et s'approcher du bassin.

— Voyons, Sah'ot, dit-il, le professeur Dart va bientôt nous appeler. Que croyez-vous qu'il dira lorsque…

— Je m'occuperai de Charlie lorsqu'il appellera, l'interrompit Dennie sans que la moindre inquiétude fût décelable dans sa voix.

— Vous ?

Ces quarante dernières heures, Dennie les avait passées à maudire cet arbre foreur sur lequel elle était obligée de plancher à la requête de Charles Dart et sur l'ordre de Takkata-Jim. Son travail sur les Kikwis s'en était trouvé pratiquement abandonné. Toshio avait peine à imaginer qu'elle pût *vouloir* parler avec le chimpanzé.

— Oui, moi. Ce que j'ai à lui apprendre lui fera complètement oublier son robot. Vous pouvez donc fiche la paix à Sah'ot. S'il prétend avoir entendu un chant, c'est peut-être qu'il en a entendu un.

Toshio la regarda fixement, puis il haussa les épaules.

Parfait. Mon boulot, c'est d'assurer la protection de ces deux-là, pas de redresser leurs divagations scientifiques. J'espère seulement que Gillian a pu remettre les choses en ordre au vaisseau de sorte que je puisse faire mon rapport sur ce qui se passe ici.

Dennie s'agenouilla près de l'eau pour parler à Sah'ot. Elle articulait soigneusement chaque mot, pleine de patience pour la lenteur d'esprit que le dauphin manifestait en conversation anglique après ses longues séances de travail sur le robot.

Dennie voulait plonger pour aller jeter un coup d'œil sur la face inférieure du tertre de métal et Sah'ot était d'accord pour l'accompagner si elle voulait bien attendre qu'il eût transcrit quelques mesures de plus de sa « musique ». Dennie accepta, de toute évidence pas le moins du monde effrayée de se mettre à l'eau avec le fin.

Toshio s'assit et attendit l'inévitable bourdonnement qui allait surgir du poste pour annoncer qu'ils étaient en ligne avec le vaisseau. En l'espace d'une nuit, les gens étaient devenus différents et il n'avait pas la plus petite idée de ce qui les avait fait changer.

Il se sentit un picotement dans les yeux et se les frotta, mais ça eut l'air de ne rien arranger.

Il battit alors des paupières et se tourna vers Sah'ot et Dennie. La difficulté qu'il éprouvait à concentrer son regard parut encore empirer. Un brouillard commençait de se répandre entre lui et le bassin. Soudain, une sensation d'attente terrifiée surgit en lui. C'était comme une pulsation qui, de sa nuque, gagnait un point situé entre ses omoplates.

Il porta les mains à ses oreilles.

— Dennie ? Sah'ot ? Est-ce que vous… ?

Il hurla les derniers mots mais ce fut à peine s'il perçut le son de sa propre voix.

Les autres regardèrent dans sa direction. Dennie se leva et fit un pas vers lui, la sollicitude peinte sur son visage.

Et, brusquement, l'expression de la jeune femme changea. Ses yeux s'écarquillèrent de surprise. En bordure de son champ de vision, Toshio vit bouger une tache imprécise. Puis il y eut des Kikwis plein la forêt… des Kikwis qui les chargeaient, piétinant les buissons sur leur passage !

Toshio voulut dégainer son pistolet à aiguilles, conscient néanmoins qu'il était déjà trop tard. Les aborigènes étaient sur eux, agitant leurs bras courtauds et hurlant de leur petite voix haut perchée. Trois le renversèrent et deux bousculèrent Dennie. Il en sentit d'autres passer sur lui tandis qu'il se débattait pour protéger son visage de leurs griffes et que son cerveau entrait en éruption dans un vacarme déchirant.

Puis, un instant plus tard, les Kikwis n'étaient plus là.

Au sein du rugissement grinçant qui s'enflait dans sa tête, Toshio s'astreignit à se retourner et à regarder autour de lui.

Dennie se tordait à terre en gémissant, les mains crispées sur les oreilles. Il craignit d'abord qu'elle n'eût été blessée par les griffes des Kikwis mais s'aperçut vite, lorsqu'elle roula plus près de lui, qu'elle n'avait guère que des égratignures.

De ses deux mains tremblantes, il parvint à dégainer son arme. Toutefois, les rares Kikwis encore visibles ne se précipitaient pas sur eux mais droit vers le bassin où ils plongeaient dans un concert de couinements.

Confusément, il lui vint à l'esprit qu'un tel comportement était étranger à leurs habitudes.

Et il reconnut ce qu'était ce bruit d'un milliard de craies crissant sur un tableau noir.

Une attaque psionique ! Nous devons nous mettre à couvert ! L'eau peut amortir l'impact. Il nous faut plonger dans le bassin comme ont fait les aborigènes.

Le crâne vrillé par le rugissement suraigu, il commença de ramper vers l'eau puis s'arrêta.

Je n'aurai jamais la force de traîner Dennie et, avec un tel tremblement dans les mains, nous ne pourrons jamais revêtir notre équipement de plongée.

Il se dirigea vers un arbre qui poussait en bordure du bassin et parvint à se hisser en position assise, le dos contre le tronc. Il tenta de se concentrer en dépit du tumulte qui pénétrait jusqu'au tréfonds de son cerveau.

Rappelle-toi ce que t'a expliqué monsieur Orley, midship ! Pense à ta propre conscience et absorbe-toi en elle. Perce à jour les illusions de l'ennemi… prête une oreille distraite à ses mensonges… aie recours au Yin et au Yang… la double voie du salut… la logique pour déchirer le voile de Mara… et la foi pour te soutenir…

Dennie poussa un gémissement et roula dans la poussière à quelques mètres de Toshio. Il posa le pistolet à aiguilles sur ses cuisses pour l'avoir à portée de la main lorsque apparaîtrait l'ennemi puis, hurlant pour couvrir le vacarme, il dit à Dennie :

— Dennie ! Écoute les battements de ton cœur !

Écoute chaque bouffée d'air que tu inspires ou que tu expires. Ce sont des bruits réels ! Le reste non !

Il la vit se tourner légèrement vers sa voix, la souffrance dans les yeux tandis qu'elle crispait des mains exsangues sur ses oreilles. Le cri se fit encore plus perçant.

— Compte tes pulsations cardiaques, Dennie ! Dis-toi qu'elles sont… qu'elles sont comme un océan, comme des vagues déferlantes, Dennie ! lui hurla-t-il. As-tu jamais entendu un bruit qui puisse surpasser celui des vagues ? Se peut-il… se peut-il que quelque chose ou quelqu'un parvienne à crier assez fort pour empêcher les vagues de noyer son cri dans leur rire ?

Elle riva son regard sur lui et tenta de suivre son conseil. Il la voyait inhaler profondément et remuer les lèvres en comptant.

— Oui, Dennie ! C'est ça ! Compte ! Chaque respiration, chaque battement de cœur ! Existe-t-il un bruit dont les flux et les reflux de ton être ne puissent se rire ?

Elle s'accrochait à ses yeux comme il s'ancrait dans les siens.

Et, tandis que, sous son crâne, le hurlement abordait un crescendo, il la vit hocher imperceptiblement la tête et lui adresser un faible sourire de gratitude.

Sah'ot aussi vivait cet assaut métapsychique. En outre, au moment où le raz de marée psionique avait déferlé sur lui, le bassin s'était soudain rempli de Kikwis affolés. Dans le pandémonium au sein duquel Sah'ot s'était retrouvé plongé, le vacarme extérieur semblait renchérir sur celui qu'il sentait en lui. C'était pire que d'être pris dans l'éblouissant faisceau d'un projecteur.

Pour échapper à cette cacophonie, sa première idée fut de sonder mais, luttant à belles dents contre la panique, il s'astreignit à l'immobilité.

Il s'efforça de faire la part des bruits, en commençant par la contribution humaine. Dennie et Toshio semblaient être en pire état que lui. Peut-être étaient-ils plus sensibles à cette forme d'assaut. Il ne pouvait guère compter sur leur aide.

Les couinements de terreur des Kikwis qui s'écrasaient autour de lui dans les eaux du bassin n'étaient pas dénués de sens.

· ? : Fuyons ! *Fuir…*
très loin de ces malheureux grands êtres
: ? : Quelqu'un *Secourir*
les malheureux grands êtres blessés !

La vérité sort de la bouche des enfants. Lorsqu'il se concentrait sur elle, Sah'ot sentait effectivement la vague ressemblance de cette « attaque psionique » avec un appel au secours. C'était une torture digne de l'Enfer des Abysses, mais il lui fit face et tenta de la circonscrire.

Il commençait à se dire qu'il faisait des progrès — à coup sûr, il reprenait le dessus — lorsqu'une autre voix se joignit au chœur démoniaque… et celle-là, il la percevait par le biais de sa prise neurale ! Le chant d'en bas, celui qu'il avait passé la nuit à tenter en vain de déchiffrer, venait de reprendre. Ça mugissait, ça montait des entrailles de Kithrup, et sa simplicité forçait la compréhension.

+ QUI APPELLE ? –
– QUI OSE TROUBLER +

Dans un gémissement, Sah'ot se débrancha de la sonde. Trois sortes de hurlements, tous à des niveaux différents de sa conscience, c'était largement suffisant. Un murmure de plus, et il était bon pour l'asile.

Buoult des Thennanins avait peur, bien qu'un officier au service des Grands Esprits n'eût pas la moindre considération pour la mort ou pour les ennemis vivants.

La navette à bord de laquelle il avait pris place achevait son cycle de sortie du vaisseau-amiral, Flamme de Queg. *Le gigantesque portail du sas — rassurant par sa masse et par sa résistance — referma derrière eux ses battants et le pilote de la navette programma la trajectoire vers la nef-amirale tandue.*

Les Tandus.

Buoult, en signe extérieur d'assurance, fléchit sa crête. Il en résulterait une énorme déperdition de chaleur par sa voilure de nerfs et de vaisseaux sanguins dans l'atmosphère glaciale du vaisseau tandu mais il était essentiel de maintenir les apparences.

Il eût peut-être été légèrement moins déplaisant de conclure une alliance avec les Soros. Ces derniers, du moins, étaient plus thennaninoïdes que les arthropodes tandus et ils vivaient sous une température décente. Par ailleurs, les clients des Soros étaient des gens intéressants, le genre de peuples que les congénères de Buoult auraient aimé avoir à élever.

Et, pour eux, c'eût été préférable, *se dit-il,* car nous sommes de bons patrons.

Car si les Soros au cuir épais étaient des êtres insensibles et manipulateurs, les chitineux Tandus constituaient la race la plus horrifiante des Cinq Galaxies. Et leurs clients étaient des créatures inquiétantes qui suscitaient d'incoercibles crispations à la base de la queue de Buoult chaque fois qu'il pensait à eux.

Buoult grimaça de dégoût. La stratégie imposait parfois des associations contre nature. Les Soros étaient à présent les plus forts de toutes les factions survivantes, et les Thennanins, les plus faibles de toutes les grandes puissances. Quoique l'idéologie tandue fût la plus repoussante de toutes celles qui s'opposaient au Credo Abdicateur, cette race était à présent la seule qui fût un obstacle à la victoire des Soros. Subséquemment, les Thennanins étaient dans l'obligation de s'allier avec eux… pour le moment du moins.

Que les Tandus en vinssent à devenir la faction dominante et l'occasion se présenterait toujours de retourner sa veste. Cela s'était déjà produit un bon nombre de fois et il n'existait pas de raison pour qu'il en fût autrement dans l'avenir.

Buoult s'endurcit pour la rencontre qui l'attendait. Il était déterminé à ne rien laisser paraître de la terreur que lui inspirait le simple fait de monter à bord d'un vaisseau tandu.

Ces derniers ne semblaient pas se rendre compte des risques qu'ils prenaient avec leur délirante propulsion probabiliste dont ils ne comprenaient même pas les bases. Certes, les malsaines manipulations du réel que leurs clients épisiarches effectuaient pour leur compte leur permettaient souvent de se déplacer plus vite que leurs adversaires mais, parfois, les altérations de l'espace-temps qui en résultaient engloutissaient des groupes entiers de vaisseaux, rayant à jamais en toute impartialité les Tandus et leurs ennemis de cet univers ! C'était pure folie !

Faites qu'ils ne s'avisent pas d'utiliser leur mode de propulsion pervers lorsque je serai à bord de leur nef ! *subvocalisèrent les organes-de-prière de Buoult.* Faites que nous dressions vite un plan de bataille et que c'en soit fini !

Ils étaient en vue des nefs tandues, excentriques bâtiments fusiformes qui dédaignaient les structures défensives au profit d'un spatiodynamisme centré sur la vitesse et la puissance.

Bien sûr, même ces vaisseaux peu ordinaires n'étaient que de simples variations d'anciens plans consignés dans la Bibliothèque. Les Tandus ne manquaient certes pas d'audace mais, à la liste de leurs crimes, ils n'ajoutaient pas celui d'originalité.

À bien des égards, les Terriens manifestaient un mépris des traditions autrement plus grand que les Tandus, en particulier par leur goût du bricolage et des combines, habitude vulgaire qui leur venait de ce qu'ils avaient été mal élevés.

Buoult se demandait ce que les « dauphins » étaient en train de faire dans l'instant présent. Triste serait le sort de ces malheureuses créatures si les Tandus — ou même les Soros — venaient à s'emparer d'elles ! Ces mammifères marins primitifs, fussent-ils même les clients d'une race grossière et poilue de jeunes-loups, méritaient qu'on les protégeât… si possible.

Évidemment, il y avait certaines priorités. On ne pouvait, entre autres, leur permettre de s'accaparer de précieuses données !

Buoult prit conscience que, dans son émoi, il avait dégainé ses doigts-serres. Il les rentra et cultiva la sérénité tandis que la navette approchait de l'escadre tandue.

Soudain, sa méditation se vit rompue par une sensation glaciale qui fit frémir sa crête… une perturbation sur l'une des bandes psi.

— Opérateur ! Contactez le vaisseau-amiral ! Veillez à ce qu'ils vérifient l'origine de cet appel !

— Tout de suite, Général-Protecteur !

Buoult se contrôla. Les énergies métapsychiques qu'il venait de percevoir pouvaient n'avoir été qu'une ruse. Pourtant, il avait senti un net parfum d'authenticité dans cette image qu'elles lui avaient transmise du Flamme de Krondor, *un vaisseau que nul d'entre eux n'aurait jamais pensé revoir !*

La détermination l'envahit. Au cours des entretiens qui allaient avoir lieu, il négocierait l'obtention d'une faveur supplémentaire. En échange de l'aide thennanin, les Tandus devraient apporter leur coopération à un mouvement tactique de plus.

— Confirmation, Général-Protecteur. Il s'agit bien du croiseur Flamme de Krondor, *lui annonça le pilote d'une voix blanchie par l'émotion.*

La crête de Buoult se dressa pour accuser réception du message puis son regard se riva sur les mantes de métal à présent toutes proches. Il se forgea une volonté d'acier pour faire face à la confrontation, aux négociations et à l'attente.

Beie Chohooan écoutait des chants de baleines — enregistrements d'une extrême rareté qui, il y avait quelque temps déjà, lui avaient coûté plus d'un mois de salaire — lorsque les détecteurs repérèrent le signal. À contrecœur, elle repoussa son casque pour prendre note de sa direction et de son intensité. Il y en avait tant et de tant de sortes... des bombes, des mines, des pièges... Ce fut l'un des petits Wazoons qui lui fit remarquer que celui-ci avait la particularité d'émaner du monde aquatique lui-même.

Beie se lissa les moustaches et réfléchit.

— Ma foi, je crois qu'il va y avoir du changement, mes jolis petits. À votre avis, devons-nous quitter cette ceinture de rocaille spatiale et nous rapprocher quelque peu du centre de l'action ? N'est-il pas temps de faire savoir aux Terriens qu'ils n'ont pas que des ennemis au-dessus de leur tête ?

Les Wazoons lui pépièrent en réponse que ce genre de décision était de son ressort. En vertu des règles de l'union, ils étaient des espions, pas des stratèges.

Beie ne put qu'approuver cette savoureuse pointe d'ironie à l'égard de la race patronne.

— Très bien, dit-elle. Tentons donc de nous rapprocher.

Hikahi s'empressa d'interroger l'ordinateur de combat du canot.

— C'est une arme parapsychique, annonça-t-elle sur les hydrophones aux équipes qui travaillaient sur l'épave extraterrestre. (Elle s'exprimait dans un anglique tout de calme et de précision, riche de ces nuances flegmatiques apportées par le Keneenk.) Comme je ne détecte nul autre signe qui permette de conclure à un assaut, je pense que nous avons simplement senti des répercussions de la bataille qui se déroule là-haut. Il y a eu des précédents, même s'ils n'ont pas eu cette intensité. Par ailleurs, nous sommes en eau profonde et, de ce fait, partiellement protégés des psi-ondes. Serrez les dents, Sillonneurs. Efforcez-vous de n'y pas prêter garde et attachez-vous à vos tâches en trilogismes clairs.

Alors même qu'elle coupait les hydrophones, Hikahi savait que Tsh't était déjà en train de nager d'une équipe à l'autre en racontant des blagues pour maintenir le moral au plus haut.

Le bruit psionique leur faisait un peu l'effet d'une crise de démangeaison mais avec des pointes qui semblaient obéir à un rythme étrange. Manifestement, ces pulsations correspondaient à un code mais elle n'arrivait pas à mettre la mâchoire dessus.

Elle se tourna vers Hannes Suessi qui était assis sur la main courante d'une cloison voisine et qui semblait exténué. Il avait été sur le point de s'octroyer quelques heures de sommeil lorsque l'assaut parapsychique s'était déclenché. Il en était apparemment bien plus affecté que les dauphins et comparait ce qu'il sentait à l'insupportable crissement de craies sur un tableau noir.

— Je n'entrevois que deux hypothèses, Hikahi. La première est une très bonne nouvelle, et l'autre est la pire que nous puissions imaginer.

Elle hocha la tête, accrochant des reflets sur sa peau lisse.

— Nous n'avons pas cessé de revérifier nos circuits, trois courriers sont retournés au vaisseau porteurs d'un message, et c'est toujours le silence. Je suis forcée d'envisager le pire.

— Que le *Streaker* soit tombé ? dit Suessi en fermant les yeux.

— Oui. Cette déflagration parapsychique vient d'un point situé à la surface de cette planète. Il se peut que les Galactiques soient en ce moment même en train de se battre juste au-dessus du vaisseau… ou de ce qu'il en reste. Je vais prendre cette embarcation pour retourner au *Streaker* en retardant néanmoins mon départ jusqu'à ce que vous ayez aménagé des quartiers pour l'équipage à l'intérieur de l'épave. Vous devez également avoir besoin du canot pour recharger les accumulateurs thennanin, n'est-ce pas ?

Suessi fit oui de la tête. Il était clair qu'Hikahi avait hâte de partir.

— Je m'y attaque tout de suite, alors.

— Je ne puis le permettre. Vous venez juste de vous arrêter.

— Écoutez, Hikahi, dès que nous nous serons construit un espace habitable dans ce croiseur, nous pourrons y infuser de l'eau filtrée en la surchargeant d'oxygène de sorte que les fen puissent correctement se reposer. Par ailleurs, cette épave constitue un bouclier idéal contre les psi-ondes. Et, le plus important, c'est que j'y pourrai disposer d'une chambre à moi, d'un endroit entièrement sec où je n'aurai pas à supporter cette couinante bande de garnements prêts à me faire des farces dès que j'ai le dos tourné.

Il y avait une lueur d'indulgence amusée dans son regard.

La mâchoire d'Hikahi traça un petit cercle de pure gentillesse.

— Alors, attendez une minute, Fabricant de Jouets Merveilleux. Je vais m'y mettre avec vous. Le travail nous distraira de ces craies que les E.T. font crisser sur leur tableau noir.

Krat, la Soro, ne sentait ni frissons ni grincements. Sa nef était imperméable à toute perturbation parapsychique. Ce fut donc son état-major qui lui apprit l'existence de celle-ci et, d'abord, elle ne s'intéressa guère au rouleau de données que lui remettait le Pila Cullalbera.

Ils avaient détecté tant de signaux divers au cours de cette bataille ! Aucun, toutefois, n'avait encore émané de la planète, seules quelques escarmouches ayant jusqu'alors porté les combats dans les alentours immédiats de Kithrup.

En temps ordinaire, elle aurait ordonné le lancement d'une torpille à tête chercheuse et se serait empressée d'oublier la question. D'autant qu'à proximité de la planète gazeuse géante on assistait à un regroupement des forces tandues et thennanin et que cette alliance prévisible contre les Soros exigeait qu'elle élaborât de nouveaux plans. Mais il y avait dans ce signal quelque chose qui l'intriguait.

— Déterminez son origine exacte sur une carte planétaire, dit-elle au Pila. Incluez dans votre relevé les points de chute de tous les vaisseaux ennemis abattus.

— C'est qu'ils doivent se comp-ter mainte-nant par dou-zaines et que ces po-si-tions sont très vagues, aboya le statisticien.

Il avait une voix aiguë et sèche et sa bouche s'ouvrait en grand derrière chaque syllabe tandis que ses cils broussailleux ondulaient au-dessus de ses petits yeux noirs.

Krat ne l'honora pas même d'un regard.

— Lorsque les Soros sont intervenus pour mettre fin au contrat qui liait les Pilas aux Kisas, siffla-t-elle, venimeuse, ce n'était tout de même pas pour faire de vous des Grands Aînés. Dois-je voir mes ordres discutés comme ceux d'un humain par son client gâté de chimpanzé ?

Cullalbera tressaillit. Il fit une brève révérence et détala au plus vite vers son centre de données.

Krat ronronna de joie. Oui, les Pilas étaient si près de la perfection ! Tout arrogants et dominateurs qu'ils fussent avec leurs propres clients et leurs voisins, ils s'empressaient de servir le moindre caprice des Soros. Quelle chose merveilleuse c'était d'être un Grand Aîné !

Sur ce point, elle n'était pas sans devoir quelque chose aux humains. En quelques siècles, ils avaient presque remplacé les Tymbrimis dans la fonction d'un spectre à évoquer en présence de clients récalcitrants. Ils symbolisaient tout le mal qu'on pouvait attendre d'une Élévation libérale.

Lorsqu'on aurait finalement rabattu le caquet à la Terre et que les hommes « adoptés » auraient été soumis au statut de client qui leur convenait, il faudrait trouver un autre mauvais exemple dont agiter l'épouvantail.

Krat enfonça la touche d'une de ses lignes privées. L'écran s'alluma sur l'image de la Soro Pritil, la jeune commodore de l'une des nefs de sa flottille-amiral.

— Oui, Mère de la Flotte, fit Pritil dont la révérence, outre qu'elle se fit attendre, se réduisit au minimum. J'écoute.

Les langues de Krat voltigèrent devant l'insolence de la jeune Soro.

— Le vaisseau numéro seize s'est montré lent au cours de la dernière escarmouche, Pritil.

— C'est une opinion, répondit Pritil en examinant son ergot nuptial, puis elle le cura devant l'écran, inconvenance destinée à montrer son peu d'intérêt.

Les jeunes comprenaient rarement qu'une véritable insulte se devait d'être plus subtile et se devait d'exiger un certain temps pour que sa victime la perçût. Krat décida de faire l'éducation de Pritil.

— Vous avez besoin de faire un séjour à l'arrière pour réparations. Sinon, lors du prochain affrontement, le vaisseau numéro seize risquerait fort d'être rapidement hors de combat. Quoi qu'il en soit, une voie s'ouvre pour cette nef de se comporter honorablement et peut-être même d'être celle qui capturera notre proie.

Pritil leva les yeux, piquée dans sa curiosité.

— Oui, Mère de la Flotte ?

— Nous avons capté un signal qui présente toutes les apparences d'un appel au secours ennemi. Toutefois, je suspecte qu'il pourrait s'agir d'autre chose.

Manifestement, ce parfum de mystère fit succomber Pritil.

— Je choisis d'écouter, Mère du Groupe.

Le caractère hautement prévisible de cette réponse arracha un soupir à Krat. Elle savait que les jeunes capitaines de vaisseau ajoutaient secrètement foi aux légendes qui couraient sur son intuition et n'avait jamais douté que Pritil ne mordît à l'hameçon.

Tu as encore beaucoup à apprendre, Pritil, avant de pouvoir me renverser et prendre ma place. Maintes cicatrices de formation devront d'abord déparer ce jeune cuir. Mais, jusqu'à ce jour, ma fille, j'aurai plaisir à être ton professeur.

Gillian et Makanee levèrent les yeux lorsque Takkata-Jim et le professeur Ignacio Metz pénétrèrent dans l'infirmerie escortés par trois robustes *Steno* en harnais de combat et au visage dur.

Wattacéti poussa un couinement d'indignation indéchiffrable et s'élança pour faire un rempart de son corps tandis que les assistantes de Makanee se réfugiaient en pépiant derrière cette dernière.

Gillian échangea un regard avec le médecin de bord. L'heure de la confrontation avait sonné. On allait enfin savoir si Makanee s'était seulement fait des idées. Gillian gardait encore l'espoir que Takkata-Jim et Metz pussent justifier leurs actes et que l'état de Creideiki fût réellement dû à un accident.

Makanee, en revanche, avait dépassé ce stade. Elle attendait toujours le retour à bord du jeune midship calafiain, Akki, et le regard qu'elle rivait sur Takkata-Jim n'aurait pas été différent si elle avait eu affaire à un requin-tigre. L'expression qui se lisait sur le visage du dauphin ne permettait d'ailleurs pratiquement pas de faire mentir une telle comparaison.

Gillian disposait d'une arme secrète mais elle avait juré de ne s'en servir qu'en cas d'extrême nécessité.

Laissons-leur l'initiative, se dit-elle. Qu'ils abattent leur jeu puis, éventuellement, nous sortirons ce dernier as d'atout.

Ce début de partie risquait d'être un peu périlleux. Elle avait à peine eu le temps de passer par son bureau pour faire un brin de conversation avec la Niss avant de se précipiter à l'infirmerie. Elle pouvait se retrouver en position difficile si elle avait mal évalué le degré de régression à bord du *Streaker*. Après tout, peut-être aurait-elle dû garder Keepiru.

— Docteur Baskin ! commença Ignacio Metz qui avait attendu pour s'approcher de pouvoir se tenir à la main courante et d'être précédé par un *Steno* en armes. Nous sommes bien contents de vous revoir mais pourquoi ne nous avez-vous pas annoncé votre retour ?

— Cccertes, docteur, c'est là une grave violation des règles de sécurité, renchérit Takkata-Jim.

C'est donc sur ce terrain qu'ils attaquent, se dit-elle. Et ils vont s'arranger pour monter la chose en épingle de sorte que je me retrouve aux arrêts.

— Enfin, messieurs fin et mel, je ne suis venue que pour assister au conseil de vaisseau comme me l'a demandé le docteur Makanee dans son message. C'est bien dommage que votre personnel de liaison ait égaré ma réponse, mais je me suis laissé dire que, là-haut, c'étaient pour la plupart des nouveaux sans expérience.

Takkata-Jim se renfrogna. Le pire, c'était qu'elle pouvait avoir effectivement appelé pour prévenir de son retour et que, dans la confusion qui régnait sur la passerelle, personne ne lui en eût rien dit.

— Toujours est-il que le message de Makanee, lui, allait à l'encontre de mes ordres ! Et que j'avais donné des instructions spécifiques s'opposant à votre retour !

Gillian affecta de tomber des nues.

— Comment, le docteur ne faisait-elle pas que me transmettre votre convocation pour la réunion du conseil ? Le règlement est pourtant formel. On doit y procéder dans les vingt-quatre heures qui suivent la mort ou l'invalidité du commandant.

— Les préparatifs de cette réunion sont en cours ! Mais je vous rappelle qu'en cas d'urgence l'officier assurant le commandement par intérim peut se passer de l'avis du conseil. Or, en présence d'une désobéissance flagrante à mes ordres, je suis en droit…

Gillian se raidit. La manière dont elle avait prévu de mener les choses ne donnerait rien de bon si Takkata-Jim versait carrément dans l'irrationalité. Il lui fallait se ménager une pause en sautant sur le rang d'autodocs pour, de là, gagner la galerie. Son bureau ne serait plus qu'à quelques pas.

— … d'ordonner que vous soyez détenue jusqu'à votre comparution devant une commission disciplinaire dès que les circonstances le permettront.

Gillian jeta un œil sur les gardes. Accepteraient-ils vraiment de lever la nageoire sur un être humain ? Au vu de leur expression, elle conclut qu'ils en étaient parfaitement capables.

Elle se sentait la bouche sèche mais n'en laissa rien paraître.

— Je crains que vous ne soyez dans l'erreur quant à votre statut légal, lieutenant, répondit-elle prudemment. Peu de fen à bord seraient surpris d'apprendre que…

Et ses mots restèrent bloqués dans sa gorge. Gillian sentit un souffle glacial passer dans son dos tandis que l'air autour d'elle semblait se mettre à onduler et à palpiter. Puis, alors qu'elle s'accrochait à la main courante pour ne pas perdre l'équilibre, un grondement puissant naquit de *l'intérieur* de sa tête.

Les autres la regardaient, perplexes devant son changement d'attitude. Puis, eux aussi commencèrent à sentir.

Takkata-Jim vira sur lui-même et hurla :

— Une arme psionique ! Makanee, passez-moi vite la passerelle ! Nous sommes attaqués !

Surprise par la réaction instantanée de Takkata-Jim, la fine médecin s'écarta pour le laisser se ruer vers le poste. Gillian plaqua les mains sur ses oreilles et vit Metz faire de même alors que le grondement montait dans les aigus, se transformait en un grincement de plus en plus intense. Les gardes étaient complètement désemparés ; ils avaient les pupilles dilatées par la peur et poussaient de petits cris angoissés.

Dois-je en profiter pour leur fausser compagnie ? essaya de se demander Gillian. Mais s'il s'agit d'une attaque, il nous faut oublier nos querelles pour unir nos forces.

— ... incapables ! beuglait Takkata-Jim dans les micros. Qu'est-ce que ça veut dire « pas plus de mille cinq cents kilomètres » ? Je veux l'emplacement exact ! Et en quel honneur les capteurs actifs ne marcheraient-ils pas ?

— Attendez ! s'écria Gillian, puis elle claqua dans ses mains. (Au travers d'un brouillard d'émotion croissant, elle se mit à rire. Hormis Takkata-Jim qui continuait de houspiller son état-major, tout le monde tourna vers elle des yeux étonnés.)

Elle riait, elle soulevait des gerbes d'éclaboussures, elle martelait de ses poings le plus proche autodoc, elle passait le bras autour des flancs tremblants de Wattacéti pour le serrer contre elle. Même Takkata-Jim finit par se retourner et resta captivé par ces transports de joie apparemment psychotiques au point d'en oublier les couinements frénétiques de la passerelle.

— Tom ! cria-t-elle, aussi fort que s'il pouvait l'entendre. Je te l'avais bien dit que tu ne pouvais pas mourir ! Bon sang, je t'aime, espèce de fils de... Et si c'était moi qui étais partie à ta place, il y a longtemps que je serais rentrée !

Les fen la regardaient avec des yeux qui se firent de plus en plus ronds à mesure qu'ils comprirent de quoi elle parlait.

Elle riait, et des larmes roulaient sur ses joues.

— Tom, dit-elle, tout doucement cette fois, ne te l'avais-je pas dit que tu ne pouvais pas mourir ?

Et, indistinctement, elle serra dans ses bras tout ce qui était à sa portée.

Des sons parvinrent à Creideiki alors qu'il dérivait en apesanteur.

C'était comme d'écouter du Beethoven, ou d'essayer de réellement comprendre une baleine à bosse.

On avait maintenu la liaison acoustique entre le caisson et l'extérieur pour le cas où il viendrait à émettre des sons. Personne n'avait pensé que le circuit fonctionnait dans les deux sens. Depuis l'infirmerie, des mots pénétraient dans la petite chambre antigrav.

C'était un supplice de Tantale, comme ces fantômes de sens qui transparaissaient dans les grandes symphonies — indices que le compositeur avait entraperçu quelque chose que les notes ne pouvaient que vaguement traduire et dont jamais les mots ne constitueraient même une approche.

Takkata-Jim bredouillait et marmonnait. Des menaces, c'était clair dans le ton de sa voix. Tout aussi claire, la prudence dans celle de Gillian Baskin. Si seulement il avait pu comprendre ces mots ! Mais, pour lui, l'anglique n'était même plus un souvenir.

Creideiki savait que son vaisseau était en péril, et il n'était rien qu'il pût faire. Les anciens dieux n'en avaient pas fini avec lui, et ils ne consentiraient pas à le laisser partir. Ils avaient encore tant de choses à lui montrer avant qu'il ne fût prêt pour servir leurs desseins.

Il avait fini par se résigner à ces périodiques épisodes de terreur comme de sonder pour livrer bataille à un gigantesque octopus puis de remonter se reposer un moment avant de replonger vers le chaos. Lorsqu'ils venaient pour l'entraîner EN BAS, il se retrouvait chaque fois pris dans un maelström d'idées-glyphes, de rêves lancinants qui s'acharnaient sur son cerveau d'ingénieur en lui présentant avec insistance des impressions autres.

Pareil assaut n'eût jamais été possible si ses centres de la parole n'avaient été détruits. Creideiki était au désespoir d'avoir perdu les mots. Il écoutait ces sons parlés qui lui venaient du monde extérieur et se concentrait de toutes ses forces sur cette insolite et familière musique.

Tout n'a pas disparu, conclut-il au bout d'un moment. Il pouvait encore reconnaître certains mots çà et là. Des mots simples, principalement des noms d'objets ou de gens ou d'actes qui leur étaient associés.

À peu près ce dont ses lointains ancêtres avaient été capables.

Mais il lui était impossible de garder en mémoire plus de trois ou quatre mots d'affilée si bien qu'il n'aurait jamais pu suivre une conversation. Parvenait-il à déchiffrer laborieusement une phrase qu'il l'oubliait entièrement lorsqu'il passait à la suivante. C'en était une torture tant c'était difficile, et il finit par renoncer à ce vain effort.

Ce n'est pas la bonne méthode, décida-t-il.

À la place, pourquoi ne pas essayer la Gestalt ? songea-t-il. Reprendre à son profit les astuces auxquelles les anciens dieux avaient eu recours avec lui. Enveloppement. Imprégnation… comme tenter de ressentir ce que sentait Beethoven en s'absorbant dans le mystère du concerto pour violon.

Des murmures de sophontes en colère grondèrent dans les haut-parleurs. Les bruits rebondirent tout autour du caisson et s'y éparpillèrent en gouttelettes amères. Après la terrible beauté d'EN BAS, ces bruits lui inspiraient une réelle répugnance. Il s'obligea pourtant à écouter, à chercher un moyen — si modeste fût-il — un moyen d'aider son *Streaker*, son équipage.

En lui crût ce besoin à mesure qu'il se concentrait. Il se mit en quête d'un centre, d'un foyer dans ce chaos sonore.

Rancœur
Turbidité
Dans le raz de courant

Ignorer
Les requins !
Lutte où l'on s'extermine...

Inviter
Les requins !
Opportunisme absurde...

Il s'aperçut que, bien malgré lui, il commençait à émettre des clicks. Il voulut s'en empêcher, sachant où ça le menait, mais les clicks émergeaient d'eux-mêmes de son front et, bientôt, furent rejoints par une série de gémissements sourds.

Les rumeurs de la discussion qui lui parvenaient de l'infirmerie dérivèrent dans la distance à mesure que son propre chant fredonné tissait autour de lui une toile de plus en plus dense. Les échos bourdonnants ou crépitants firent s'estomper les cloisons et une nouvelle réalité prit forme aux alentours. Avec lenteur, une sombre présence grandit à ses côtés.

Sans un mot, il lui dit de partir.

: Non : Nous Sommes De Retour : Tu Dois En Apprendre Plus :

Pour ce que j'en sais, vous êtes le fruit de mon délire ! Nul d'entre vous n'a jamais émis le moindre son de lui-même ! Vous ne vous exprimez qu'au travers des réflexions de mon sonar !

: Tes Échos Ont-Ils Jamais Eu Cette Complexité ? :

Qui sait ce que mon inconscient peut faire ? J'ai dans ma mémoire de plus étranges sons qu'aucun autre cétacé vivant n'en a jamais entendus ! J'ai visité des mondes où des nuages vivants sifflent pour dompter des ouragans ! J'ai entendu les détonations-de-fatalité des trous noirs et je suis resté des jours entiers à écouter les chants des étoiles.

: Autant De Raisons D'Être Celui Que Nous Voulons : Celui Dont Nous Avons Besoin :

On a besoin de moi ici !

: Certes.
Viens,
Creideiki ! :

L'ancien dieu, K-K-Kph-kree, se rapprocha. Sa forme soniquement translucide se mit à luire. Ses dents pointues jetèrent des éclairs. Fictif ou pas, le grand être s'ébranla, l'entraînant irrésistiblement comme auparavant.

: EN BAS :

Puis, à l'instant précis où la résignation le submergeait, il perçut un son. Par miracle, ce n'était pas l'un de ceux qu'il émettait et qui se diffractaient contre les murs de son rêve dément. C'était un son venu d'ailleurs, tout de puissance et d'urgence.

: N'Y Prête Pas Garde : Viens ·

L'esprit de Creideiki bondit à la poursuite de ce son comme derrière un banc de mulets, alors même que le bruit s'enflait jusqu'à en devenir assourdissant.

: Tu Es Sensibilisé : Tu As Un Psi Qu'Auparavant Tu Ne Te Connaissais Pas : Tu Ne Sais Pas Encore À Quoi Il Sert : Renonce Aux Récompenses Immédiates : Viens Sur La Voie Difficile... :

Creideiki éclata de rire et s'ouvrit au bruit de l'extérieur qui déferla en lui, dissolvant les ténèbres luisantes de l'immémoriale divinité en particules miroitantes qui, lentement, disparurent.

: Cette Voie T'Est Fermée :
: Creideiki... :

Le dieu au large front n'était plus là. Creideiki redoubla de rire dans sa joie d'avoir échappé à l'illusion cruelle, dans sa reconnaissance envers ce son neuf qui l'avait libéré.

Mais le bruit ne cessait de croître. Le sentiment de triomphe se mua en panique à mesure qu'il s'enflait et devenait une pression insupportable à l'intérieur de sa tête, qu'il pesait contre les parois de son crâne et leur portait des coups de bélier pour sortir. Le monde se fit le tourbillon grinçant d'un appel au secours étranger.

Creideiki s'entendit pousser un trille de désespoir alors qu'il tentait de se maintenir à la surface de ce flux déferlant.

Streaker

Les vagues de pseudo-son diminuaient enfin.

— Creideiki ! s'écria Makanee qui, aussitôt, s'élança vers le caisson du capitaine.

Les autres se retournèrent et prirent conscience de l'agitation qui s'était emparée du dauphin blessé.

— Qu'est-ce qui lui arrive ? demanda Gillian en nageant jusqu'aux côtés de Makanee. (Elle pouvait voir le commandant se débattre faiblement en émettant une série de gémissements de plus en plus sourds.)

— Je n'en sais rien. Personne ne surveillait le caisson lorsque l'effet de la psi-bombe a culminé ! Je viens seulement de m'apercevoir de son état.

La grande silhouette gris sombre paraissait à présent plus calme. Une dernière crispation remonta lentement le long de son dos alors qu'un trille presque imperceptible s'échappait de son évent.

Ignacio Metz rejoignit Gillian.

— Voilà, Gillian… commença-t-il. Je veux que vous sachiez combien je suis heureux que Tom soit encore en vie bien que ce retard soit plutôt de mauvais augure. Je donne toujours ma tête à couper que ce Cheval Marin de Troie est un plan bancal.

— En ce cas, professeur Metz, nous en rediscuterons lors du conseil de vaisseau, d'accord ? lui dit-elle froidement.

Metz s'éclaircit la gorge.

— Je ne suis pas sûr que le commandant en exercice permettra…

Incapable de soutenir le regard de Gillian, il détourna la tête.

Elle jeta un œil sur Takkata-Jim. Que le second prît la moindre décision irréfléchie et cela risquait d'être le coup de grâce pour le moral du *Streaker*. Elle devait absolument lui faire sentir ce qu'il avait à perdre s'il entrait en contestation avec elle. Et il fallait aussi lui laisser une porte de sortie sous peine que continue de planer à bord le risque de la guerre civile.

Takkata-Jim lui rendit son regard avec un mélange de calcul et de pure hostilité. Elle vit la pointe phonosensible de sa mâchoire inférieure osciller d'un fin à l'autre pour jauger leur réaction. La nouvelle que Thomas Orley était toujours vivant allait vraisemblablement être proclamée à son de trompe dans le vaisseau. Déjà, l'un de ces deux gardes *Steno* censés avoir été choisis avec le plus grand soin par le second manifestait un enthousiasme proche de la mutinerie en échangeant des propos pleins d'espoir avec Wattacéti.

Il faut que j'agisse vite, se dit Gillian. Sinon, il va se sentir acculé.

Elle accrocha un sourire sur son visage et nagea vers Takkata-Jim. À son approche, il recula et l'un des *Steno* qui lui étaient restés fidèles foudroya Gillian du regard.

Elle parla doucement afin de n'être pas entendue des autres.

— Ce n'est même pas la peine d'y songer, Takkata-Jim. Les fen qui sont à bord de ce vaisseau ont repris conscience de l'existence de Tom Orley. Si, tout à l'heure, vous avez pensé pouvoir user de violence à mon égard, je sais qu'en ce moment même vous êtes en train de vous raviser. (Les yeux de Takkata-Jim s'écarquillèrent et Gillian sut qu'elle avait tapé dans le mille en misant sur la légende de ses pouvoirs télépathiques.) Par ailleurs, je vais attacher mes brasses à celles d'Ignacio Metz. Certes, il est prêt à tout gober, mais s'il assiste à une tentative de me faire du mal, vous le perdrez. Et vous avez besoin d'un humain qui soit votre garant, n'est-ce pas ? Faute d'en avoir ne serait-ce qu'un seul, même vos *Steno* vous lâcheraient.

Takkata-Jim fit claquer bruyamment ses mâchoires.

— N'essayez pas de m'intimider ! Je n'ai nullement envie de recourir à la violence avec vous. Je représente l'autorité légale à bord de ce vaisseau. Je puis vous faire consigner dans vos quartiers !

Gillian contempla ses ongles.

— En êtes-vous si sûr ?

— Iriez-vous jusqu'à inciter l'équipage à se rebeller contre le commandant légitime du *Streaker* ? (L'exclamation outrée du second semblait jaillir du fond du cœur. Il n'ignorait pas, bien sûr, que bon nombre des *Tursiops*, sinon la grande majorité d'entre eux, se rangeraient derrière elle en dépit de toute considération légale. Mais c'eût été de la mutinerie et les conséquences d'une pareille division eussent été catastrophiques.) J'ai la loi pour moi !

Gillian soupira. Elle allait devoir sortir son atout maître malgré les ravages qui en résulteraient si les dauphins de la Terre venaient à l'apprendre. La mort dans l'âme, elle chuchota ces deux mots qu'elle n'aurait jamais voulu avoir à prononcer :

— Consignes secrètes.

Takkata-Jim la regarda fixement puis poussa un cri perçant. Il se dressa sur sa queue et se rejeta en arrière d'un coup d'ailerons tandis que, dans sa perplexité, le garde à ses côtés clignait furieusement des paupières.

Gillian se retourna et vit que Metz et Wattacéti les regardaient avec des yeux ronds.

— Je ne vous crois pas ! bredouilla Takkata-Jim dans des gerbes d'éclaboussures. Sur la Terre, on nous a juré que le *Streaker* était à nous, rien qu'à nous !

Gillian haussa les épaules.

— Demandez donc à vos fen de la passerelle si les commandes de combat fonctionnent, lui proposa-t-elle. Que quelqu'un tente de sortir par le sas. Essayez un peu d'ouvrir la porte de l'arsenal…

Takkata-Jim vira sur lui-même et se précipita vers l'écran de communication situé à l'autre bout de la salle. Avant de se décider à le suivre, le garde qui restait dans son sillage posa sur Gillian un regard insistant, un regard où se lisait le sentiment d'avoir été trahi.

Gillian savait bien que tout l'équipage ne réagirait pas de cette manière. Que la plupart, même, seraient enchantés que les hommes eussent repris les choses en main. Toutefois, à un niveau plus profond, les implications feraient leur chemin. L'un des objectifs principaux de la mission du *Streaker* avait été de doter les néo-dauphins d'un sentiment d'indépendance et d'affermir leur confiance en eux-mêmes. C'était à présent bien compromis.

Avais-je le choix ? Avais-je un autre moyen de m'en tirer ?

Elle secoua tristement la tête, regrettant l'absence de Tom. Lui aurait sans doute pu tout arranger avec l'une de ses sarcastiques petites chansonnettes en ternaire qui les aurait tous mis sur un pied d'égalité dans la honte.

Oh, Tom, se dit-elle. C'est vraiment moi qui aurais dû y aller.

— Gillian !

La caudale de Makanee brassait l'eau et son harnais tintinnabulait. De l'un de ses bras de métal, elle désignait le dauphin blessé qui flottait dans le caisson anti-grav.

Et Creideiki lui rendait son regard.

— Joshua H. Bar... mais ne nous avez-vous pas dit qu'il avait eu le cortex grillé ? fit Metz, fasciné par ce spectacle.

Une expression de profonde concentration s'installa sur les traits de Creideiki. Son souffle se fit plus pesant puis un cri désespéré jaillit de son évent.

— *Sortir !*

— Mais ccc'est impossssible ! fit Makanee à mi-voix Ses centres de la parole...

Dans l'effort, tout le visage de Creideiki se crispa.

Sortir :

Creideiki !

Nager :

Creideiki !

C'était du ternaire enfantin mais doté d'inflexions étranges et contredit par l'intelligence mûre qui se lisait dans ses yeux sombres. Et il y avait autre chose qui faisait vibrer le sens télempathique de Gillian.

— *Sortir ! :* répéta-t-il en faisant le tour du caisson pour abattre sa caudale sur la vitre épaisse qui résonna bruyamment. Le mot avait beau être anglique, son glissando évoquait une phrase en primal.

— *Sort-t-tir ! :*

— Aidez-le à sortir ! ordonna Makanee à ses assistantes. En douceur mais vite !

Takkata-Jim revenait à grande vitesse de l'autre bout de la salle, le visage tordu par la colère. Il s'immobilisa brusquement devant le caisson et regarda fixement l'œil vif du capitaine.

C'était la goutte qui faisait déborder le vase.

Il resta un moment à tanguer, incapable d'arrêter son

choix sur une posture ou une autre du langage corporel. Puis il se tourna vers Gillian.

— J'ai fait ce que j'ai cru devoir être dans l'intérêt du vaisseau, de son équipage et de sa mission. Je puis prouver ma bonne foi et je n'hésiterai pas à porter plainte lors de notre retour.

Gillian haussa les épaules.

— Espérons que vous en aurez l'occasion.

Takkata-Jim eut un rire sec.

— Très bien. Nous allons donc tenir cette mascarade de conseil de vaisseau. Je vais convoquer tout le monde pour dans une heure. Mais laissez-moi vous avertir, docteur Bassskin, ne poussez pas le bouchon trop loin. J'ai encore un certain pouvoir et le mieux serait que nous trouvions un compromis. Essayez de me clouer au pilori et vous creuserez un fossé au sein de l'équipage. Auquel cas, ajouta-t-il à voix basse, ce serait entre nous la guerre à outrance.

Gillian hocha la tête. Elle était parvenue à ses fins. Même si Takkata-Jim avait réellement commis les forfaits dont Makanee le soupçonnait, il n'existait pas de preuves. La situation se résumait donc à un choix entre un modus vivendi et la guerre civile. Pour éviter cette dernière, il suffisait de laisser une porte de sortie au second.

— Je m'en souviendrai, Takkata-Jim. À dans une heure, donc.

Takkata-Jim fit demi-tour pour quitter l'infirmerie. Sur les trois gardes qui l'avaient escorté en entrant, deux seulement le suivirent.

Gillian remarqua le regard qu'Ignacio Metz fixait sur le lieutenant delphinien.

— La situation vous échappe, n'est-ce pas ? lui dit-elle lorsqu'elle passa près de lui.

Le généticien redressa brusquement la tête.

— Qu'est-ce qu'il y a, Gillian ? Que voulez-vous dire ?

Mais son visage l'avait trahi. Comme tant d'autres, Metz avait tendance à surestimer les pouvoirs de Gillian. À présent, il devait se demander si elle avait réellement pu lire dans ses pensées.

— Qu'importe, fit Gillian avec un sourire pincé. Allons plutôt être témoins de ce miracle.

Elle nagea jusqu'à l'endroit où Makanee, anxieuse, attendait la sortie de Creideiki. Metz l'accompagna un moment d'un regard hésitant puis la suivit.

Thomas Orley

D'une main tremblante, il écarta les lianes qui bouchaient l'entrée de la caverne puis rampa hors de son abri et plissa les yeux dans la brume du petit matin.

Le ciel était couvert de nuages bas et l'on n'y voyait pas encore de vaisseaux extraterrestres ; ce qui n'était pas plus mal. Il avait craint que leur arrivée ne coïncidât avec le moment où, occupé à lutter contre les effets de la psi-bombe, il s'était retrouvé totalement sans défense.

Ça n'avait rien eu d'une partie de plaisir. Dès les toutes premières minutes, la déflagration parapsychique s'était jetée à l'assaut de ses digues hypnotiques et n'avait pas tardé à les franchir, submergeant son cerveau sous les hurlements étrangers. Pendant deux heures — qui lui avaient semblé une éternité —, il s'était vu aux prises avec des images délirantes, des lumières et des sons qui palpitaient directement au niveau de ses synapses. Il en subissait encore les séquelles sous forme de crises de tremblements.

J'espère qu'il y a toujours des Thennanins, là-haut, et qu'ils vont tomber dans le panneau. Je ne voudrais pas avoir vécu ça pour rien.

Selon Gillian, la Niss avait eu la certitude d'avoir trouvé les bons codes dans la Bibliothèque récupérée sur l'épave thennanin. Et si cette faction n'avait pas déjà déserté le système, elle devait au moins tenter de répondre à rappel. On avait dû pouvoir détecter la bombe à des millions de kilomètres dans toutes les directions.

Il racla dans la trouée qui s'ouvrait entre les herbes une grosse poignée de boue nauséabonde qu'il jeta plus loin. Une eau saumâtre mêlée de vase et d'écume monta dans le trou qu'elle remplit presque à ras bord. Il devait y avoir une autre « clairière » similaire, à quelques mètres seulement, derrière le mamelon voisin — ce paysage végétal ne cessait de se modifier, comme animé par une gigantesque respiration — mais ce que voulait Tom, c'était l'accès le plus direct possible à la couche d'eau qui s'étendait sous les herbes.

Il élargit le bassin, l'éclaircit au mieux de sa vase, puis s'essuya les mains et s'installa sur le seuil de son abri pour regarder le ciel. Il prit les psi-bombes restantes et les disposa devant lui.

Fort heureusement, celles-ci ne risquaient pas de déclencher, par leur explosion, le même pandémonium que le signal de détresse thennanin car c'étaient de simples vecteurs de communications pré-enregistrées conçus pour transmettre sur une distance d'environ mille kilomètres un message codé.

N'étant parvenu à sauver que trois de ces sphères messagères lors de l'accident du planeur, l'éventail de faits qu'il était en mesure de communiquer s'était nettement rétréci. Selon les bombes qu'il ferait exploser, Gillian et Creideiki pourraient néanmoins savoir quelle sorte d'extraterrestres était descendue enquêter sur l'appel au secours.

Bien sûr, il pouvait se produire un événement qui n'entrerait dans aucun des scénarios dont ils avaient discuté. En ce cas, il lui faudrait décider soit d'émettre un message ambigu, soit de ne rien faire et d'attendre.

Peut-être aurais-je mieux fait de prendre une radio, se dit-il. Mais n'importe quel croiseur passant dans les parages aurait presque instantanément pu localiser l'origine d'une émission hertzienne et aurait ouvert le feu sur lui avant même qu'il n'eût pu prononcer trois mots. Un message par bombe parvenait à destination en une seconde et quelque et il était nettement plus difficile d'en repérer précisément l'émetteur.

Tom se mit à penser au *Streaker*. Il avait l'impression de l'avoir quitté depuis une éternité. Tout ce dont il éprouvait le désir se trouvait là-bas… de vrais repas, un lit pour dormir, des douches chaudes, sa femme.

Il sourit de l'ordre dans lequel ces priorités lui étaient venues à l'esprit. Bof, Jill aurait compris.

Il risquait de devoir être abandonné sur Kithrup par le *Streaker* si le résultat de son expérience ne laissait au vaisseau qu'un bref délai pour quitter la planète. De toute manière, ce n'aurait rien d'une mort déshonorante.

Il n'avait pas peur de mourir, seulement de n'avoir pas fait tout ce qu'il pouvait, et de n'avoir pas consciencieusement craché dans l'œil de la Camarde lorsqu'elle viendrait le prendre. Cet ultime geste était d'une importance capitale.

Une autre image se présenta, de loin plus déplaisante… celle d'un *Streaker* déjà capturé, d'une bataille de l'espace déjà terminée, d'une totale inutilité de ses efforts.

Tom frissonna. Il était préférable d'imaginer un sacrifice autrement que vain.

Une forte brise poussait les nuages. Ils s'amalgamaient et se séparaient en épaisses traînées gorgées d'humidité. Tom s'abrita les yeux pour les tourner vers la flaque de lumière du ciel oriental. À près d'un radian au sud du soleil matinal voilé de brume, il crut voir bouger quelque chose. Il se replia dans les profondeurs de sa caverne improvisée.

D'un des lambeaux d'ouate qui s'étiraient à l'est, il vit descendre un objet sombre dont la forme et les dimensions restaient difficilement appréciables dans les tourbillons de vapeur qui montaient de cet océan d'herbes qu'il surplombait.

Tom perçut comme un roulement de tambour estompé. Du fond de sa cachette, il plissa les yeux, regrettant d'avoir perdu ses jumelles. Puis les volutes de brume divergèrent un court instant et il vit avec netteté le vaisseau spatial suspendu dans le ciel. On aurait dit quelque monstrueuse libellule dont la nature venimeuse et perverse eût été trahie par la forme exagérément effilée.

Peu de races fouillaient systématiquement les plus obscurs recoins de la Bibliothèque à la recherche de modèles bizarres comme ces maniaques de la singularité qu'étaient les impitoyables Tandus. Cette étroite coque hérissée de saillies constituait une véritable marque de fabrique.

Toutefois, à l'une de ses extrémités, un appendice trapu, une sorte de cône émoussé, tranchait avec cette impression générale de finesse cruelle, comme s'il s'agissait d'une pièce rapportée issue d'un autre plan.

Avant que Tom ne pût se faire la moindre idée sur la nature de l'anomalie, les nuages se refermèrent, dérobant le croiseur à sa vue. Le vrombissement des puissants moteurs se fit néanmoins, quoique avec lenteur, de plus en plus distinct.

Tom se frotta une barbe de cinq jours qui commençait à sérieusement le gratter. Les Tandus constituaient en eux-mêmes de mauvaises nouvelles. S'ils étaient les seuls à se montrer, il n'avait plus qu'à faire exploser sa bombe numéro trois pour dire au *Streaker* de se préparer pour un combat à outrance !

C'était un adversaire avec lequel l'humanité n'avait jamais été en mesure de négocier. Lors de ces accrochages qui se produisaient sur les marches galactiques, les Terriens avaient rarement pu s'emparer de vaisseaux tandus, même lorsque les chances étaient de leur côté. Et, du moment qu'ils pouvaient le faire sans témoins, les Tandus ne résistaient jamais au plaisir de s'offrir une petite bataille. La consigne permanente était de les éviter à tout prix, et ce jusqu'au jour où des conseillers tymbrimis pourraient transmettre aux équipages humains leur don rarissime de battre ces maîtres de l'attaque surprise.

Si nulle autre force n'apparaissait dans le ciel de Kithrup, Tom pourrait aussi se dire qu'il venait vraisemblablement d'assister à son dernier lever de soleil. Car, en lançant sa bombe, il révélerait presque à coup sûr sa position. Les Tandus avaient des clients capables de psi-flairer ne fût-ce qu'une pensée une fois qu'ils étaient lancés sur une piste psychique.

Tu veux que je te dise, Ifni… faut que tu m'en envoies un autre. Je n'insisterai pas pour qu'il soit thennanin. Un planétoïde de combat jophurien suffira. Mais arrange-moi un peu les choses ici et je te promets de dire en rentrant cinq sutras et dix ave plus le kaddisch in extenso. D'accord ? J'irai même jusqu'à glisser quelques crédits dans une machine à sous, si tu y tiens.

Il se représenta une flotte de guerre humano-synthiano-tymbrimie surgissant des nuages pour faire voler en éclats le croiseur tandu sous un tir nourri et débarrasser le ciel de toute trace de fanatiques. C'était une vision charmante quoiqu'il eût parallèlement en tête une bonne douzaine de raisons de la trouver hautement invraisemblable. D'abord, les Synthiains, si favorablement disposés qu'ils fussent envers eux, ne seraient jamais intervenus dans un combat dont l'issue fût incertaine. Quant aux Tymbrimis, s'il était probable de les voir participer à la défense de la Terre elle-même, on ne pouvait compter sur eux pour risquer leur adorable tête humanoïde trop loin dans l'espace à seule fin de sauver une bande de jeunes-loups égarés.

O.K., Ifni, Dame de Fortune et de Hasard. (Il promena les doigts sur la bombe numéro trois.) *Je suis d'accord pour un seul vieux croiseur thennanin promis à la ferraille.*

L'Infinité ne lui donna pas de réponse immédiate. Il ne s'était d'ailleurs pas attendu à en recevoir une.

Le vrombissement parut passer juste au-dessus de sa tête et il sentit ses poils se hérisser alors que le champ de force du vaisseau balayait le secteur. Si modestes que fussent ses facultés métapsychiques, il percevait à présent le crissement des écrans.

Puis, lorsqu'il entendit que le bruit des moteurs allait en diminuant sur sa gauche, il porta ses regards vers l'ouest. La couverture de nuages se déchira juste assez longtemps pour lui permettre de voir le croiseur tandu — un destroyer léger, en fait, plutôt qu'un cuirassé d'escadre — à guère plus de trois kilomètres de l'endroit où il était.

À cet instant précis, l'appendice trapu se détacha de la nef mère et dériva lentement vers le sud. Tom fronça les sourcils. Il n'y reconnaissait pas l'un de ces patrouilleurs tandus dont le modèle lui était pourtant familier. Cet appareil était d'une conception totalement différente. Sa silhouette courtaude, solide, faisait plutôt penser…

De nouveau, frustrants, les nuages se refermèrent sur les deux vaisseaux. Leurs grondements mêlés n'en continuèrent pas moins de couvrir celui du volcan pourtant tout proche.

Soudain, trois brillants traits de lumière verte transpercèrent les nuages derrière lesquels Tom avait aperçu pour la dernière fois la nef tandue, éclaboussant la mer de leur incandescence. Puis éclata le fracas d'un tonnerre supersonique.

Sa première pensée fut que les Tandus ouvraient le feu sur la surface de la planète puis une éblouissante explosion dans les nuages lui démontra que le croiseur lui-même était la cible. Quelque chose d'invisible, très haut dans le ciel, tirait sur les Tandus !

Il fut soudain trop occupé à ramasser en toute hâte ses affaires pour laisser libre cours à sa joie. Comme il n'accordait plus même un regard à ce qui se passait dans le ciel, il évita d'être aveuglé lorsque le destroyer répondit à son assaillant par une salve de rayons actiniques d'antimatière. Il sentit néanmoins que les ondes de chaleur avaient tout de même le temps de lui déshydrater la nuque et le bras gauche pendant qu'il achevait ses préparatifs et fourrait les psi-bombes dans sa ceinture tout en relevant sur son visage le masque de plongée.

Sous un ciel strié de rayons destructeurs d'une intensité thermique comparable au soleil, il saisit son sac et se précipita dans le trou qu'il avait précédemment ménagé au sein de l'enchevêtrement de plantes semi-aquatiques.

Le fracas du tonnerre se fit brusquement plus sourd mais les violents flamboiements de lumière de la bataille poursuivirent Tom dans la pénombre de son boueux refuge sous forme de traits étincelants qui perçaient par les trouées de l'épaisse couche végétale.

Il se surprit à retenir son souffle par pur automatisme. C'était absurde, le masque était conçu pour laisser échapper le minimum d'oxygène tout en permettant l'évacuation du gaz carbonique. Il saisit une épaisse racine pour s'ancrer au fond du marais et s'astreignit à respirer normalement.

Il s'aperçut alors qu'il éprouvait d'énormes difficultés à le faire. Avec toutes les plantes qui l'entouraient, il s'était attendu à trouver un taux élevé d'oxygène dans son bourbier salvateur. Mais, au bord du masque, la minuscule aiguille de l'indicateur affirmait le contraire. Comparée aux riches flots de l'océan kithrupien, cette eau était épuisée. Les ailettes branchiales de l'appareil n'y puisaient que le tiers de l'oxygène nécessaire à sa survie, et encore, à condition qu'il gardât une parfaite immobilité.

D'ici quelques minutes, il allait se sentir pris d'étourdissements et, peu après, c'en serait fini de lui.

La bataille continuait. Il en percevait toujours les détonations assourdies et, en dépit de leur dispersion, les rais de lumière qui filtraient par les imperfections de son toit végétal restaient assez violents pour lui faire mal aux yeux. Juste au-dessus de la surface, il vit des feuilles qui avaient récemment survécu à des retombées de cendres volcaniques se racornir et virer au brun.

Je peux faire mon deuil de ce que je n'ai pas eu le temps de prendre, se dit-il.

Idem de la possibilité de remonter respirer.

Il enroula ses jambes autour de l'épaisse racine et ôta son sac à dos dans lequel il se mit à fouiller à la recherche d'un expédient. Dans l'ombre épaisse qui succédait à chaque éclair, il ne pouvait compter que sur sa mémoire tactile pour en inventorier le contenu.

Là, c'était le radar de poursuite inertiel que lui avait donné Gillian. Là, une pochette contenant ses nutribarres. Puis ses deux gourdes d'eau « douce », des rubans d'amorces pour son pistolet à aiguilles et une trousse à outils.

Le voyant d'air virait vers un orange inquiétant. Tom bloqua le sac entre ses genoux et ouvrit la trousse à outils pour y prendre un petit rouleau de tuyau en caoutchouc de calibre huit. Alors qu'il en taillait une longueur avec son couteau, des taches violacées dansèrent aux limites de son champ de vision.

Puis il en fourra l'un des bouts dans la valve à bouffe du masque. Pour l'étanchéité, pas de problème, mais le contenu du tube se répandit autour de sa bouche et lui donna des haut-le-cœur.

Ce n'était pas le moment de faire le raffiné. Il tira sur la racine jusqu'à pouvoir, sans la lâcher, être à portée de main de la trouée dans les herbes.

Tom pinça le tuyau sous l'autre extrémité mais, de

nouveau, un jet d'eau visqueuse jaillit dans le masque. Cette fois, il en avala. Elle avait un goût infect.

La soupape du masque serait en mesure d'évacuer le liquide, à condition, bien sûr, qu'il n'en rentre pas trop.

Il tendit le bras et fit dépasser le tube à la surface du petit bassin, là où les éclairs de la bataille lançaient de longs traits de lumière jusque dans les profondeurs. Puis, tour à tour, il aspira et recracha pour tenter de nettoyer le tuyau.

Soudain, comme une lumière aveuglante s'abattait par la trouée, sa main gauche, qui tenait le tuyau, fut comme ébouillantée. Il lutta contre la réaction instinctive de la rétracter et de pousser un cri. Il se sentit sur le point de perdre conscience et, avec elle, la volonté de maintenir ses doigts dans la vase brûlante.

Il n'en pompa que plus fort sur le tuyau et fut enfin récompensé par un filet d'air humide. Tom aspira cet air avec l'énergie du désespoir. C'était une vapeur chaude, et qui avait un goût de fumée, mais elle nourrissait ses poumons. Il l'exhala dans le masque, faisant confiance à ce dernier pour en retenir l'oxygène durement gagné.

Dans sa poitrine, la douleur s'atténua et celle de sa main passa sur le devant de la scène. À l'instant même où il se disait qu'il n'allait pas pouvoir la supporter plus longtemps, la fournaise en surface perdit de son intensité jusqu'à n'être plus qu'une lueur vacillante dans le ciel.

À quelques mètres seulement s'ouvrait une autre trouée dans le tapis végétal ; peut-être parviendrait-il à y coincer le tube entre deux racines, évitant ainsi de s'exposer. Tom prit encore quelques inspirations puis pinça le tuyau. Mais avant qu'il n'ait pu poursuivre plus loin l'exécution de son projet, une lumière bleue parut exploser dans l'eau, plus aveuglante que jamais. Elle s'accompagna d'une effroyable détonation et il sentit que la mer commençait à le ballotter comme une poupée de chiffon.

Quelque chose d'énorme venait de s'abattre dans l'océan, soulevant des vagues gigantesques. La racine à laquelle il était encore accroché par les pieds se libéra de son support et Tom fut emporté dans un maelström de lianes qui le fouettaient au passage.

Le tourbillon lui arracha son sac à dos. Il le rattrapa de justesse par une courroie mais quelque chose le frappa violemment derrière la tête, l'assommant à moitié. Le sac lui échappa de nouveau et disparut dans un torrent de vacarme et d'ombres contrastées.

Tom se roula en boule, les avant-bras plaqués sur les bords du masque pour le protéger des plantes cinglantes.

Sa première pensée lorsqu'il reprit ses esprits fut la vague surprise d'être toujours en train de respirer.

Il crut d'abord que la bataille continuait mais finit par s'apercevoir que les secousses qu'il ressentait étaient celles de son propre corps. Que le rugissement qu'il percevait n'existait que dans ses tympans.

Il avait le bras gauche passé sous une épaisse souche horizontale et de l'eau jusqu'au menton. L'écume verdâtre léchait doucement les ailettes de son masque. Ses poumons lui faisaient mal et l'air sentait le renfermé.

Il parvint à maîtriser le tremblement de sa main droite et ôta le masque qu'il laissa pendre autour de son cou. Quoique nul filtre ne s'opposât plus à la puanteur de l'ozone, ce fut avec un sentiment de reconnaissance qu'il fit pénétrer l'air dans ses narines.

Au dernier moment, il devait avoir privilégié l'immolation en surface sur la mort par suffocation. Par chance, la bataille s'était terminée juste avant qu'il ne remontât.

Il dut toutefois résister à la tentation de frotter ses yeux qui le picotaient ; la vase dont il avait les mains enduites n'était sans doute pas le meilleur des collyres. Obéissant d'ailleurs à quelque injonction biorétroactive, ils se remplirent de larmes qui évacuèrent le gros du mucus qui les aveuglait.

Dès qu'il eut retrouvé la vue, il regarda autour de lui.

Au nord, le volcan continuait d'agiter dans un ciel où les nuages s'étaient quelque peu dissipés les bannières torturées et multicolores de ses fumerolles. Juste sous ses yeux, de petites créatures rampantes resurgissaient de la végétation roussie et reprenaient leur train-train : manger ou être mangées. Et dans les hauteurs, on ne décelait plus la moindre trace de ces forteresses volantes qui s'étaient décoché des traits d'une chaleur et d'une brillance comparables au rayonnement d'une nova.

Pour la première fois, Tom fut heureux que ce tapis végétal s'étendant à l'infini fût d'une telle monotonie. Il eut à peine à se soulever au-dessus de la surface pour distinguer les lourdes volutes de fumée que déversaient des épaves qui, lentement, s'enfonçaient dans le marais.

Alors qu'il contemplait ce spectacle, l'un des cadavres de métal explosa dans les lointains. Le son ne lui parvint que plusieurs secondes plus tard sous forme d'une série de toussotements et de bruits secs ponctués de fulgurants éclairs asynchrones. La silhouette imprécise continuait de sombrer. Tom détourna les yeux de l'ultime déflagration et lorsqu'il les ramena sur ce point, il ne vit rien d'autre que des nuages de vapeur accompagnés d'un sifflement qui céda bientôt la place au silence.

D'autres débris flottaient sur cette morne plaine d'herbes. Vaguement impressionné, Tom commença de promener un regard circulaire sur ce paysage de mort. Il y avait assez d'épaves pour témoigner d'une escarmouche de belle envergure.

L'ironie de la situation lui arracha un rire en dépit de la douleur qui lui vrillait les poumons. En se précipitant en masse pour voir à quoi correspondait un appel de détresse — ou plutôt son simulacre —, les Galactiques avaient entraîné leur vendetta meurtrière dans le sillage de ce qu'ils avaient conçu comme une mission de sauvetage. À présent, ils étaient tous morts et lui était vivant.

Plus que l'impartial et hasardeux caprice d'Ifni, on sentait là l'œuvre mystérieuse et retorse de Dieu lui-même.

Dois-je en conclure que je suis de nouveau tout seul ? se demanda-t-il. Ce serait vraiment impayable ! Un tel feu d'artifice et, pour unique survivant, une humble créature humaine ?

Peut-être pas pour longtemps, toutefois. La bataille avait provoqué la perte de presque toutes ces provisions qu'il avait eu tant de mal à sauver. Tom fronça les sourcils. Les bombes à messages ! Il porta la main à sa taille et le monde parut se dérober sous lui. Il n'en restait qu'une ! Les autres avaient dû tomber pendant qu'il se débattait dans le tourbillon.

Lorsque le tremblement de sa main eut cessé, il glissa délicatement les doigts sous sa ceinture pour en extraire la psi-bombe, son ultime lien avec le *Streaker*... avec Gillian.

C'était la confirmation... celle qu'il avait à lancer s'il estimait que le Cheval Marin de Troie devait prendre son envol. À présent il n'avait d'autre choix que de faire exploser cette bombe ou de ne rien faire. De dire oui ou de dire non.

J'aimerais seulement savoir à qui appartenaient ces vaisseaux qui ont tiré sur les Tandus.

Il rangea de nouveau la bombe et reprit son examen panoramique des lieux. Sur l'horizon nord-ouest, il vit une épave évoquant une coquille d'œuf à demi écrasée. Il s'en élevait encore de la fumée mais l'incendie semblait avoir cessé. Plus aucune explosion ne la secouait et elle ne paraissait pas devoir sombrer plus profond.

Très bien, se dit-il. Voilà qui constitue un objectif. Ce vaisseau me semble assez intact pour offrir des possibilités. Peut-être pourrai-je y récupérer du matériel et de la nourriture. En tout cas s'il n'est pas trop radioactif, il me servira d'abri.

L'épave paraissait tout au plus distante d'environ cinq kilomètres mais cette estimation visuelle pouvait se révéler trompeuse. De toute façon, un tel but lui donnait quelque chose à faire, sans compter qu'il avait besoin d'un surcroît d'informations. Peut-être apprendrait-il là-bas ce qu'il voulait savoir.

Il se demanda s'il allait y aller par « voie de terre » en se fiant à ses jambes cotonneuses pour progresser sur ces herbes visqueuses ou tenter de faire ce trajet sous l'eau en nageant de trouée en trouée pour respirer et en affrontant les créatures inconnues qui pouvaient hanter le fond de ce marais.

Soudain, il perçut derrière lui une sorte de plainte continue et, lorsqu'il se retourna, il vit, à un kilomètre environ, un petit véhicule spatial qui se dirigeait lentement vers le nord à quelques mètres seulement au-dessus de la surface de l'océan. Le miroitement de ses champs vacillait parfois au bord de l'extinction et il ne cessait de se cabrer ou de faire des écarts.

Tom remit aussitôt son masque et se préparait à plonger lorsqu'il prit conscience que l'appareil ne venait pas dans sa direction. Il passait largement à l'ouest, environné d'étincelles qui jaillissaient de ses ailerons de stase courtauds. De vilaines traînées noires maculaient sa coque qui, en un point, n'était plus qu'un trou bordé par des cloques de métal fondu.

Tom retint son souffle. Jamais auparavant il ne lui avait été donné de voir un modèle de patrouilleur semblable à celui-ci mais il pouvait penser à plusieurs races dont le style correspondait à la structure d'ensemble.

Le petit vaisseau piqua du nez tandis qu'une quinte de toux semblait s'emparer de ses moteurs moribonds. La plainte aiguë du générateur de gravité se fit de plus en plus faible.

Manifestement, son équipage savait qu'il n'en avait plus pour longtemps. Tom vit l'appareil infléchir sa course vers l'île et ne put s'empêcher d'éprouver un sentiment de sympathie pour le pilote étranger qui allait tenter une manœuvre désespérée. Le patrouilleur zigzaguait à présent au ras des plantes. Bientôt, il disparut derrière la masse du volcan.

Puis le fracas étouffé de son atterrissage domina le sifflement des alizés.

Tom attendit. Au bout de quelques secondes, les champs de stase du vaisseau lâchèrent dans une violente secousse. Des débris incandescents se dispersèrent tout autour sur l'océan, certains se voyant éteints par les flots tandis que d'autres continuaient de couver dans l'enchevêtrement des herbes.

Tom doutait que quiconque eût pu s'en échapper à temps.

Il modifia ses projets. À long terme, il avait toujours pour objectif cet astronef ovoïde qui flottait à quelques milles d'ici mais, auparavant, il désirait passer au crible l'épave de ce patrouilleur. Peut-être y trouverait-il de quoi l'aider à décider s'il lui fallait ou non lancer la psi-bombe. Peut-être y trouverait-il quelque chose à manger.

Il tenta de se hisser sur le tapis végétal mais c'était trop dur. Il continuait à trembler de tous ses membres.

Très bien. Je passerai donc par en dessous. De toute façon, c'est le but en lui-même qui est d'un intérêt discutable.

Je pourrais aussi bien rester ici à jouir du paysage.

Akki

Ce fils de lamproie gorgée de sang ne voulait pas le lâcher !

Akki était exténué. L'acidité métallique de l'eau se mêlait dans sa bouche à l'amertume de remontées biliaires tandis qu'il nageait de toutes ses forces vers le sud-est. Il aurait désespérément voulu se reposer mais il savait qu'il ne pouvait se le permettre sous peine de perdre le peu d'avance qu'il avait sur son poursuivant.

De temps à autre, il entrevoyait K'tha-Jon à guère plus de deux kilomètres derrière lui, et qui comblait le fossé. Le géant à la peau violemment contrastée semblait infatigable. Son souffle jaillissait à la verticale, telles des fusées de brume, du sillon qu'il traçait dans l'eau.

Le souffle d'Akki, en revanche, s'effilochait de plus en plus et la faim accentuait sa faiblesse. Les chapelets de jurons qu'il débitait en anglique n'arrivaient pas à le satisfaire. Il puisait un petit peu plus de cœur au ventre dans l'obscénité qui ne cessait de rouler dans sa tête en delphinien primal.

Il aurait quand même dû être capable de distancer K'tha-Jon mais il y avait quelque chose dans l'eau qui affectait les propriétés hydrodynamiques de sa peau, une substance qui allait même jusqu'à provoquer des réactions allergiques. Son épiderme, en temps ordinaire si lisse et si souple, était à présent rêche et bosselé. Il avait l'impression de nager dans un sirop et non dans de l'eau. Akki se demandait pourquoi personne n'avait jamais fait état de cette particularité des flots kithrupiens. Peut-être les Calafiains étaient-ils les seuls à l'éprouver ?

C'était la dernière en date d'une série de calamités déloyales qui s'étaient abattues sur lui dès sa sortie du vaisseau.

Échapper à K'tha-Jon s'était révélé aussi simple qu'il s'y était attendu. Mais, se dirigeant vers le sud-est, il avait pensé être en mesure de virer ultérieurement à droite ou à gauche pour aller quérir l'aide d'Hikahi et des fen qui travaillaient sur l'épave thennanin ou celle des gens de l'île, or, chaque fois qu'il avait voulu changer de cap, K'tha-Jon avait également obliqué de façon à lui couper la route. Akki ne pouvait plus se permettre de perdre quoi que ce fût de son avance.

Un faisceau d'ondes sonar le balaya et, comme chaque fois, sa première impulsion fut de se rouler en boule. Il n'était pas naturel pour un dauphin d'en fuir un autre aussi longtemps. Certes, dans des temps reculés, il avait pu arriver qu'un petit jeune encourût la colère d'un de ses aînés — en essayant par exemple de copuler avec l'une des femelles du harem d'un grand mâle — et qu'il se vît en conséquence poursuivi. Toutefois, il avait été fort rare qu'on lui en tînt rancune. Akki devait réprimer cette constante impulsion qu'il avait de s'arrêter et de tenter de raisonner le géant.

Car il ne pouvait rien en attendre. K'tha-Jon était, de toute évidence, en proie à la démence.

En raison de cette mystérieuse affection dermique, il ne pouvait compter sur la vitesse pour semer K'tha-Jon. Quant à tenter de parvenir à ce résultat en sondant, c'était également illusoire. Les *Steno Bredanensis* étaient des dauphins pélagiques. K'tha-Jon plongeait probablement plus profond que n'importe qui à bord du *Streaker*.

Il jeta de nouveau un regard derrière lui et s'aperçut que le bosco avait encore grignoté du terrain. Moins d'un kilomètre les séparait à présent. Akki émit un petit soupir tremblotant et redoubla d'efforts.

Presque contre l'horizon, à peut-être quatre ou cinq kilomètres devant lui, s'étendait un chapelet de tertres couronnés de verdure. Il fallait absolument qu'il tînt assez longtemps pour les atteindre.

Moki

Moki conduisait le traîneau cap au sud au maximum de sa vitesse en se faisant précéder par de furieux jets de sonar qui résonnaient comme un clairon.

— ... appelle Haoké, appelle Moki. Ici Heurka-pete. Confirmez réception, sss'il vous plaît !

Moki rejeta nerveusement la tête en arrière. Le vaisseau cherchait de nouveau à le contacter. Il enfonça la touche de l'émetteur et s'efforça de parler clairement.

— Ouais ! Qu'est-ccce que vous voulez ?

Il y eut un silence, puis la voix reprit :

— Moki, pourriez-vous me passer Haoké ?

Moki eut peine à contenir un rire.

— Haoké... il est mort ! J'sssuis à la poursssuite des sssalauds qui l'ont eu ! Dit-tes à Takkata-Jim que j'les aurai !

Son anglique était pratiquement indéchiffrable. Il le savait mais n'osait répondre en ternaire de peur de glisser au primal, ce qu'il n'était pas encore prêt à faire en public.

Cette fois, le silence se prolongea sur la ligne sonarvox. Moki se prit à espérer qu'il fût définitif.

Lorsque lui et Haoké avaient découvert le traîneau de la fem Baskin vide, dérivant lentement vers l'ouest, ses moteurs réglés au minimum, Moki avait senti quelque chose se rompre en lui. Il était entré dans un état trouble mais exalté, une espèce de brouillard d'action, comme un rêve de violence.

Peut-être étaient-ils réellement tombés dans une embuscade ; peut-être n'avait-il fait que se l'imaginer. Toujours fut-il que lorsque était retombée la fièvre du combat, Haoké était mort et Moki n'en éprouvait aucun regret.

Après quoi, son sonar avait repéré un objet qui se dirigeait vers le sud. Un autre traîneau. Sans se donner la peine d'y réfléchir à deux fois, il lui avait donné la chasse.

Le récepteur de transmissions sonar grésilla de nouveau.

— Moki, c'est encore moi, Heurka-Pete. Vous êtes à la limite de portée du saser et nous ne pouvons toujours pas nous servir de la radio. Je vous transmets donc tout de suite deux ordres. Primo, relayez par sonarvox ce message pour K'tha-Jon : Ordre de rentrer ! Mission annulée ! Secundo, dès que c'est fait, rentrez vous aussi au vaisseau ! C'est un ordre formel !

Sur les écrans du traîneau, points et lumières ne présentaient plus grand sens pour Moki. Ce qui importait, c'étaient les schémas sonores que les capteurs lui transmettaient. Ce sens acoustique accru lui donnait l'impression d'être un dieu, de faire partie des Grands Rêveurs. Il s'imaginait dans la peau d'un gigantesque *catodon*, d'un cachalot, seigneur des eaux profondes, à la poursuite d'une proie qui s'enfuyait au moindre indice de son approche.

Plus très loin vers le sud, il percevait le bruit étouffé d'un traîneau, celui qu'il poursuivait depuis déjà quelque temps. Moki avait la certitude de gagner du terrain.

Beaucoup plus loin, et sur sa gauche, c'étaient deux minuscules signaux rythmiques, échos caractéristiques de la nage rapide des cétacés. Il ne pouvait s'agir que de K'tha-Jon et de ce parvenu de Calafiain.

Moki aurait adoré souffler la proie de K'tha-Jon sous le nez du géant, mais cela pouvait attendre. Son principal ennemi n'avait que trop d'avance.

— Moki, est-ce que vous me recevez ? Répondez ! Je viens de vous transmettre les consignes ! Vous devez...

Moki eut un claquement de mâchoires dégoûté. Il coupa la communication sonar au beau milieu des jérémiades d'Heurka-pete. De toute manière, il avait du mal à comprendre l'anglique de ce petit poseur de sous-off qui n'avait jamais rien eu d'un *Steno*, cette espèce de minable toujours fourré avec les *Tursiops* pour étudier le Keneenk et tenter de « s'améliorer ».

Moki résolut de s'occuper du gars dès qu'il aurait réglé leur compte à ses ennemis de l'extérieur du vaisseau.

Keepiru

Keepiru savait qu'il était suivi. Il s'était attendu à ce que l'on lançât quelqu'un derrière lui pour l'empêcher de rejoindre Hikahi.

Mais son poursuivant devait être un imbécile patenté. Rien qu'au gémissement lointain des moteurs, il pouvait deviner que le fin poussait le traîneau bien au-delà de sa vitesse normale. Qu'est-ce qu'il s'imaginait, ce type ? Keepiru avait assez d'avance pour parvenir à portée de sonar de l'épave thennanin bien avant que l'autre ne le rattrapât. Il n'aurait pas besoin de trop faire mordre les gaz dans le rouge.

En plus, ce crétin devait avoir bloqué la touche de son sonar comme pour répandre à son de trompe la nouvelle de son arrivée. Avec un pareil boucan, Keepiru avait beaucoup de mal à distinguer ce qui se passait au sud-est. Il se concentra et tenta de faire mentalement obstruction au bruit qui venait de derrière.

Sur sa gauche, il semblait s'agir de deux dauphins, l'un pratiquement hors d'haleine et l'autre encore plein de vigueur. Ils nageaient tous deux vers une ligne d'ombres sonar que Keepiru estimait être à une cinquantaine de kilomètres de son propre traîneau.

Qu'est-ce qui se passait là-bas ? Qui pourchassait qui ?

Il était si tendu dans l'écoute qu'il dut virer brusquement pour éviter d'entrer en collision avec une butte sous-marine. Il la contourna par l'ouest au plus près de la masse rocheuse qui, temporairement, jeta sur lui son ombre de silence.

Gare aux bas-fonds
Fils de Tursiops *!*

Puis après ce trille d'un poème didactique, il se siffla un petit haïkaï ternaire.

Échos du rivage,
Éparses plumes perdues
Par des pélicans !

C'était une réprimande qu'il se faisait à lui-même. Les dauphins n'étaient-ils pas censés être des pilotes hors pair — ce qui leur avait valu, près d'un siècle auparavant, leur premier poste à bord d'un vaisseau spatial — et n'avait-il pas lui-même la réputation d'être l'un des meilleurs ? Alors, comment se faisait-il qu'il se débrouillât moins bien à quarante nœuds sous l'eau qu'à cinquante fois la vitesse de la lumière le long d'un trou de ver ?

Le traîneau sortit de l'ombre du monticule et retrouva la pleine mer. De l'est-sud-est revint l'image-Gestalt d'une course de cétacés.

Keepiru se concentra. Oui, celui qui poursuivait l'autre était un *Steno*, et un gros. Son sonar de recherche était d'un type séquentiel fort étrange.

Quant à celui qui était devant…

… Ce ne peut être qu'Akki, se dit Keepiru. Ce gosse a des ennuis. De sacrés ennuis.

Soudain, une décharge sonore en provenance du traîneau qui le suivait faillit le laisser pour sourd. L'autre l'avait pris directement dans un étroit pinceau directionnel. Keepiru caqueta un glyphe d'insulte et secoua la tête pour se remettre de l'ordre dans les idées.

Il fut à deux dents de virer de bord pour aller s'occuper de ce petit saligaud mais son devoir l'attendait devant.

Devoir qui n'était déjà que trop source de torture puisque, normalement, il lui imposait d'aller directement porter un message à Hikahi. Or, tout en lui se révoltait contre l'idée d'abandonner le jeune midship dont il percevait avec netteté l'épuisement. Et il était manifeste que le gros *Steno* ne tarderait pas à le rattraper.

Mais s'il obliquait vers l'est, il donnerait à son propre poursuivant une chance de le rattraper...

Toutefois, il pouvait aussi distraire K'tha-Jon, le forcer à dévier de sa course.

Ce n'était pas conforme à ce qu'on attendait d'un officier de la Terragens. Ce n'était pas non plus le reflet d'une réflexion keneenk. Mais il lui était impossible d'asseoir son choix sur des bases logiques.

Il aurait voulu que l'un de ses lointains arrière-petits-enfants fût là pour apporter à son primitif aïeul à peine sorti de l'animalité les conseils d'une génération de fen ayant atteint la pleine maturité logique de l'espèce.

Keepiru soupira.

De toute façon, qu'est-ce qui me fait croire qu'on me laissera jamais avoir des arrière-petits-enfants ?

Il décida d'être honnête avec lui-même et fit virer le traîneau sur la gauche en montant les gaz d'un cran de plus dans le rouge.

Charles Dart

L'un des deux Terriens qui se trouvaient dans la pièce — l'humain — fouillait dans les tiroirs d'une commode pour en tirer divers objets qu'il jetait pêle-mêle dans une valise ouverte sur le lit tout en écoutant ce que disait le chimpanzé.

— ... la sonde a maintenant franchi le seuil des deux kilomètres. La radioactivité ne cesse de croître, et le gradient de température aussi. Je ne suis pas certain que ce robot tienne le coup au-delà des deux ou trois cents prochains mètres, et pourtant, la cheminée descend beaucoup plus bas. De toute façon, je suis maintenant en mesure d'affirmer qu'il y a bien eu enfouissement de déchets par une civilisation technologique, et à date récente ! De l'ordre de quelques siècles en arrière, tout au plus !

— C'est très intéressant, professeur Dart. Oui, vraiment.

Ignacio Metz tentait de ne rien laisser paraître de son exaspération. Il fallait être très patient avec les chimpanzés, tout spécialement avec Charles Dart. C'était néanmoins très difficile de faire ses valises avec un chimp qui n'arrêtait pas de discourir perché sur une chaise de votre cabine.

Indifférent à tout, Dart poursuivit :

— S'il est quelque chose qui me fasse apprécier Toshio, si peu efficace que puisse être ce garçon, c'est d'avoir été contraint de travailler avec ce dauphin linguiste, Sah'ot ! J'avais pourtant réussi à tirer de lui des informations intéressantes jusqu'à ce qu'explose cette foutue bombe de Tom Orley et que ce Sah'ot se mette à débiter des absurdités à propos de « voix » qu'il aurait entendues surgir d'en dessous ! Ce maudit fin…

Metz en était à trier ses affaires.

Bon, maintenant, où ai-je mis mon costume bleu ? Ah, oui, dans cette valise que j'ai bouclée tout à l'heure. Voyons. Les duplicata de mes notes sont déjà chargés. Que peut-il rester ?

— … vous ai-je dit, professeur Metz !

— Hein ? (Il s'empressa de lever les yeux vers Charlie.) Je vous prie de m'excuser, professeur Dart. Ce sont ces changements de programme soudains, et tout et tout. Je suis sûr que vous comprenez. Qu'étiez-vous en train de me dire ?

Dart poussa un grognement exaspéré.

— Je vous disais que je voulais partir avec vous. Vous considérez peut-être ce voyage comme un exil mais, pour moi, ce serait l'occasion de m'échapper d'ici ! Enfin, je pourrais me rendre là où mon travail m'appelle !

Il ponctua cette dernière affirmation en martelant avec vigueur la cloison et en déployant deux superbes rangées de dents jaunâtres.

Metz resta un moment songeur. Un exil ? Peut-être Takkata-Jim envisageait-il ainsi les choses ? Lui et Gillian étaient le jour et la nuit. Elle était déterminée à mener à son terme le plan d'Orley et de Creideiki, le Cheval Marin de Troie. Et, de son côté, Takkata-Jim montrait tout autant de fermeté à le refuser.

Metz était d'accord avec Takkata-Jim, et il avait été fort surpris lorsque le lieutenant avait renoncé à sa fonction de commandant par intérim au profit de Gillian jusqu'au retour d'Hikahi. Il en résultait que le Cheval Marin continuait de galoper à sa perte. Le *Streaker* allait commencer dans quelques heures son voyage sous les flots.

Si cette ruse vouée à l'échec devait réellement être tentée, Metz était tout à fait satisfait de se désolidariser du vaisseau. La chaloupe était spacieuse, offrait un confort acceptable, et ses notes y seraient à l'abri, tout comme lui. Ainsi, le résultat d'expériences capitales pour l'avancement des sciences terriennes ne serait pas perdu lorsque… si le *Streaker* était abattu quand il tenterait de s'échapper.

Par ailleurs, il avait à présent la possibilité de se joindre à Dennie Sudman pour enquêter sur les Kikwis. Il avait peine à contenir son impatience de jeter un œil sur ces pré-cognitifs.

— Si vous désirez nous accompagner, Charlie, répondit-il au chimp en secouant la tête, il vous faut en parler directement à Gillian. Elle nous a déjà permis de prendre votre nouveau robot pour l'emmener sur l'île. Il n'est pas impossible qu'elle vous donne aussi l'autorisation pour ça.

— Mais vous et Takkata-Jim, vous m'aviez promis que si je me montrais coopératif, si je tenais ma langue avec Toshio, si j'acceptais de vous donner ma voix lors du conseil…

Il s'interrompit en voyant l'expression de Metz Les lèvres serrées, il descendit de sa chaise.

— Merci quand même ! grogna-t-il en se dirigeant vers la porte.

— Écoutez, Charlie…

Dart était déjà dans le couloir. Le sifflement de la porte qui se refermait noya les derniers mots de Metz.

Dans la coursive en pente de la roue sèche, le chimp marchait tête baissée, l'air résolu.

— Je sortirai d'ici ! grognait-il. Il doit exister un moyen !

Sah'ot

Lorsque Gillian l'appela pour lui demander de parler à Creideiki, sa première pensée fut de se rebeller contre ce surcroît de travail.

— Je sais bien, lui concéda le minuscule simulacre de l'humaine, mais vous êtes le seul qui me semble avoir les qualifications requises. Non, je m'exprime mal. Vous êtes l'unique personne qui puisse obtenir des résultats. Creideiki est parfaitement conscient, en pleine possession de ses moyens, à cela près qu'il ne peut parler ! Nous avons besoin de quelqu'un qui l'aide à communiquer en usant des parties de son cerveau qui n'ont pas été lésées. Et vous êtes notre spécialiste ès communication.

Sah'ot n'avait jamais vraiment apprécié Creideiki. Et le type d'invalidité dont souffrait le capitaine était de ceux qui lui donnaient la nausée. Toutefois, Gillian chatouillait une corde sensible : sa vanité.

— Et Charles Dart ? Lui qui n'a pas cessé de nous faire marner, Toshio et moi, au point que nous en avons la caudale raplapla ! Je croyais que ses recherches avaient la priorité absolue.

L'extrême fatigue de Gillian était sensible, même dans sa réduction holographique.

— Non, c'est fini tout ça. Takkata-Jim et Metz vont apporter sur l'île un nouveau robot que Dart sera en mesure de contrôler directement par le monocâble. Jusque-là, ses recherches passent au dernier plan. Au dernier ! Compris ?

Sah'ot acquiesça d'un vigoureux claquement de mâchoires. Que c'était bon d'entendre de nouveau des paroles pleines d'autorité. Le fait que la voix qui les prononçait fût celle d'une humaine qu'il respectait n'était d'ailleurs pas négligeable.

— Et cette histoire à propos de Metz et de Takkata-Jim…

— J'ai tout raconté à Toshio en détail, répondit-elle avant qu'il n'ait pu achever sa phrase. Il vous mettra au courant lorsque l'occasion s'en présentera. À présent, votre groupe est sous son entière responsabilité. Vous devez lui obéir avec une extrême diligence. Est-ce bien clair ?

Quelle que fût la pression des circonstances, Gillian n'était jamais à court de vocabulaire, et Sah'ot aimait ça.

— Certes. Éminemment clair. Maintenant, à propos de ces résonances que j'ai perçues dans la croûte planétaire. Que dois-je faire ? À ma connaissance, c'est un phénomène sans précédent ! Pourriez-vous déléguer quelqu'un pour effectuer des recherches à mon profit dans la Bibliothèque ?

Un pli perplexe apparut sur le front de Gillian.

— Vous voulez dire que des résonances d'origine apparemment intelligente montent des profondeurs de Kithrup ?

— Préccisément.

— Ifni ! s'exclama Gillian en levant les yeux au ciel. Même en toute quiétude, explorer ce monde demanderait au moins dix ans de travail à une douzaine de vaisseaux d'exploration ! (Elle secoua la tête.) Pour les recherches, c'est non. Toutefois, au débotté, mon hypothèse est que certaines formations rocheuses du sous-sol pourraient avoir une sensibilité probabiliste et réverbérer des émanations originaires de la bataille qui se déroule là-haut. Quoi qu'il en soit, cela passe après nos autres priorités : la sécurité, les Kikwis et parler avec Creideiki. Vous avez déjà du boulot à ne plus savoir par où le mordre.

Sah'ot se garda de protester. En insistant, il aurait simplement amené Gillian à lui donner explicitement l'ordre de ne plus s'occuper de la sonde. Elle ne l'avait pas encore fait, autant de gagné.

— Maintenant, lui rappela-t-elle, il vous faut réfléchir au choix que vous allez faire. Si le *Streaker* tente sa chance, nous essayerons de sortir le canot et de passer ramasser Tom ainsi que ceux de l'île qui voudront se joindre à nous. Les termes de l'alternative sont donc de risquer avec nous cette évasion ou d'attendre dans la chaloupe avec Metz et Takkata-Jim. Vous informerez Toshio de votre décision.

— Je comprends. J'y réfléchirai.

Par un fait étrange, cette question n'avait plus la même importance pour lui que seulement deux ou trois jours en arrière. Les sons d'en bas commençaient à produire leur effet sur Sah'ot.

— Si je reste, ajouta-t-il, je n'en souhaite pas moins bonne chance à vous tous.

— À vous aussi, melfin, lui répondit Gillian avec un sourire. Vous êtes un drôle de zigoto mais si j'ai la chance de rentrer sur la Terre, je ferai des recommandations pour que vous ayez des tas de petits-enfants.

Son image disparut alors qu'elle coupait la communication.

Sah'ot resta un long moment à fixer l'écran vide. Ce compliment parfaitement inattendu le laissa d'abord abasourdi. Puis quelques Kikwis qui fourrageaient dans les parages eurent la surprise de voir un gros dauphin se dresser sur sa queue et se mettre à danser dans le petit bassin.

Me voir remarqué par
Une baleine à bosse
Me voir
Quand même apprécié
Pour ce que je suis

Dennie et Toshio

— J'ai peur.

Presque sans y penser, Toshio prit Dennie par l'épaule et la serra contre lui pour la rassurer.

— Je ne vois pas ce qui peut vous faire peur.

Dennie leva les yeux des brisants pour voir s'il parlait sérieusement. Lorsqu'elle s'aperçut qu'il la taquinait, elle lui tira la langue.

Toshio humait l'air marin et il était heureux. Non qu'il eût une idée claire de la manière dont allaient évoluer ces nouvelles relations qu'il avait avec Dennie. Ce n'était pas physique, en tout cas. Ils avaient dormi ensemble, la nuit dernière, mais tout habillés. Il avait cru que ce serait frustrant, et ça l'avait été en quelque sorte, mais pas autant qu'il ne l'avait craint.

Ça finirait par porter ses fruits, d'une façon ou d'une autre. Pour l'instant, Dennie avait besoin de sentir quelqu'un près d'elle et Toshio se satisfaisait de combler ce besoin.

Lorsque tout cela serait terminé, peut-être se remettrait-elle à le considérer comme un gamin de quatre ans son cadet. Toutefois, il en doutait. Alors même que l'épisode de la psi-bombe s'estompait dans les mémoires, elle continuait à s'accrocher à son bras ou à le boxer en feignant de se mettre en colère.

— Quand sont-ils censés arriver avec la chaloupe ? lui demanda-t-elle en reportant une fois de plus son regard sur l'océan.

— Demain, en fin de journée, lui répondit-il.

— Takkata-Jim et Metz avaient l'intention de négocier avec les E.T. Qu'est-ce qui pourra les arrêter s'ils décident de passer outre aux ordres et de faire quand même une tentative ?

— Sur les instructions de Gillian, la chaloupe ne dispose que de l'énergie nécessaire pour faire le trajet jusqu'à l'île. Toutefois, ils ont un régénérateur qui leur permettra, dans un mois et quelque, d'envisager une sortie dans l'espace. Mais d'ici là, d'une manière ou d'une autre, le *Streaker* ne sera plus là. (Elle eut un petit frisson et il se maudit d'avoir la langue si prompte à fourcher.) Takkata-Jim, en outre, n'a pas de radio et j'ai ordre de ne pas le laisser se servir de la nôtre jusqu'à ce que le canot vienne nous prendre. D'ailleurs, que pourrait-il offrir aux Galactiques ? Il ne dispose pas même d'une carte où soit porté l'emplacement de la flotte abandonnée. À mon avis, lui et Metz vont attendre que tout le monde soit parti puis s'empresser de retourner sur la Terre avec les bandes de Metz et une chiasse carabinée.

Dennie leva les yeux sur les premières étoiles du long crépuscule kithrupien.

— Et vous, que comptez-vous faire ?

— Le *Streaker* est mon vaisseau. Dieu merci, Creideiki n'est pas mort. Et même s'il n'est plus officiellement le commandant, je dois me comporter comme l'un de ses officiers.

Dennie lui jeta un bref regard, hocha la tête, puis se tourna de nouveau vers la mer.

Elle croit que nous n'avons pas une seule chance, se dit

Toshio. Et il se peut qu'elle n'ait pas tort. En endossant l'apparence d'un char d'assaut thennanin, le *Streaker* va être aussi lourd à la manœuvre qu'un dragueur calafiain. Peut-être même notre ruse a-t-elle été mal choisie ? Car si les Galactiques tiennent à s'emparer de nous vivants, je ne vois pas ce qui les retiendra d'ouvrir le feu sur un ennemi qu'ils croyaient K.-O. et qui se relève pour un nouveau round. Pour que ce plan marche, il y a intérêt à ce qu'il reste des Thennanins là-haut.

Pourtant, nous ne pouvons pas nous contenter d'attendre sans rien faire. Adopterions-nous cette attitude que les Galactiques s'imagineraient que l'on peut impunément marcher sur les pieds des Terriens. Nous ne pouvons nous permettre de laisser quiconque tirer profit d'avoir traqué l'un de nos vaisseaux d'exploration.

Dennie semblait soucieuse. Toshio changea de sujet.

— Comment va votre enquête ?

— À merveille, je crois. Il est clair que les Kikwis sont des pré-cognitifs au plein sens du terme, et ce d'autant qu'ils ont bénéficié d'une jachère particulièrement longue. En fait, certains hérétiques darwinistes pourraient même estimer qu'ils sont mûrs pour nouer eux-mêmes leurs bouts de ficelle.

Des iconoclastes humains continuaient en effet à prétendre qu'une race pré-cognitive était en mesure d'accéder au niveau d'intelligence requis pour le voyage spatial par le simple jeu de l'évolution et sans l'intervention d'une race patronne. La plupart des Galactiques trouvaient évidemment cette idée tout aussi saugrenue qu'absurde mais l'impuissance à découvrir quel avait été le mystérieux bienfaiteur de l'humanité valait à cette théorie quelques adhérents.

— Et les recherches sur le tertre de métal ? demanda Toshio à propos du travail que Dennie avait entrepris sur la requête de Charlie Dart à l'époque où le chimp avait la priorité absolue mais qu'elle poursuivait à présent par simple curiosité scientifique.

— Oh ! fit Dennie en haussant les épaules. C'est sûr, à présent, le tertre est vivant. La biologiste en moi donnerait volontiers son bras gauche pour avoir la possibilité de rester un an sur cette île avec tout le matériel nécessaire pour l'étudier. Le pseudo-corail mangeur de métal, l'arbre foreur, le noyau vivant de cette île, tout cela est en symbiose. En fait, ce ne sont que les organes d'une entité géante. Serais-je en mesure de tout noter par écrit à mon retour que ma célébrité serait assurée... à condition, bien sûr, qu'on me croie.

— On vous croira, lui certifia Toshio. Et vous serez célèbre.

Il fit un geste pour montrer qu'il leur fallait rentrer au camp. Ils arrivaient à l'issue de ce court laps de temps dont ils disposaient pour se promener et pour parler après le second repas. À présent qu'il était le commandant de ce groupe, il se devait de faire respecter les horaires.

Alors qu'ils s'engageaient sur le chemin du retour, Dennie le prit par le bras. Dominant par intermittence l'incessant bruissement du feuillage dans le vent leur parvenaient les couinements des indigènes qui s'éveillaient de leur sieste et se préparaient pour leur chasse nocturne.

En silence, ils remontèrent l'étroit sentier.

Galactiques

Krat se léchait avec lenteur l'ergot nuptial en évitant délibérément de regarder les créatures qui s'empressaient de nettoyer la sanglante bouillie qui souillait un coin de la passerelle.

Sans nul doute, elle venait de s'attirer des ennuis. Le Haut Conseil Pila n'allait pas manquer d'élever une protestation.

Certes, en tant que Grande Amirale, elle était en droit de traiter à sa convenance n'importe quel membre de sa flotte. Toutefois, de telles prérogatives ne s'étendaient traditionnellement pas jusqu'à l'embrochage d'un Bibliothécaire doyen pour la seule raison qu'il était porteur de mauvaises nouvelles.

Je me fais vieille, se dit-elle. Et la fille que j'espérais voir bientôt assez forte pour me renverser est morte à présent. Qui, maintenant, saura me faire honneur avant que l'excentricité ne me gagne et que je ne devienne un péril pour le clan ?

Le petit cadavre velu fut évacué puis un robuste Paha épongea toute trace de sang. Pendant tout ce temps, Krat ne cessa de sentir le regard des autres Pilas posé sur elle.

Qu'ils me regardent… lorsque nous aurons capturé les Terriens, tout cela n'aura plus la moindre importance. Grand sera mon renom et cet incident sera oublié de tous, et surtout des Pilas.

Si nous sommes les premiers à nous présenter devant les Progéniteurs avec une offrande, la Loi tombera en désuétude. Les Pilas cesseront de n'être pour nous que des clients liges adultes et redeviendront entièrement nôtres. De nouveau, nous pourrons nous immiscer dans leurs gènes, les reconcevoir, les remodeler à notre guise.

— Retournez à vos postes ! Tous !

Elle fit claquer son ergot nuptial et la vibration eut pour effet de précipiter les membres de son état-major vers leurs secteurs respectifs. Certains se réattaquèrent aux avaries fumantes qui résultaient du dernier combat contre les Tandus.

À présent, Mère soro, réfléchis bien. Peux-tu réserver des vaisseaux pour une nouvelle mission de reconnaissance à la surface de cette planète ? Vers ce damné volcan où chaque flotte en lice a déjà envoyé un détachement à sa perte ?

Qui aurait pu penser qu'il restait des Gubrus ? Pourtant, un patrouilleur de cette faction était apparu au-dessus du point d'où l'on avait lancé l'appel de détresse. Il avait à présent rejoint dans un cimetière d'épaves fumantes un destroyer tandu, la nef seize de Pritil et deux autres vaisseaux que les ordinateurs de combat de Krat n'avaient pas été en mesure d'identifier. Peut-être l'un d'eux avait-il éte une pointenef des Frères de la Nuit qui avait trouvé refuge sur l'une des lunes de Kithrup.

Entre-temps, ici, la bataille « décisive » contre la blasphématoire alliance tandue s'était soldée par un sanglant match nul. Les Soros conservaient un léger avantage et, de ce fait, les vestiges de la flotte thennanin restaient « fidèles » aux Tandus.

Devait-elle tout risquer dans la prochaine rencontre ? Tout pour éviter l'horreur d'une victoire tandue. Car si le pouvoir venait à tomber entre leurs mandibules, ils détruiraient un nombre incalculable d'espèces susceptibles d'appartenir aux Soros.

Il fallait également tenir compte du fait que, si les choses se réduisaient à un simple problème de choix, les Thennanins changeraient vraisemblablement de bord une fois de plus.

— Section stratégique ! dit-elle, péremptoire.

— Oui, Mère de la Flotte ? répondit un guerrier paha qui s'avança vers elle mais s'immobilisa juste hors de portée de son bras. (Il regarda sa maîtresse avec une expression nettement circonspecte.)

Qu'on lui en donnât l'occasion et elle inscrirait si profondément le respect dans les gènes pahas que plus rien ne pourrait jamais extirper de l'espèce ce trait de caractère.

Pour l'heure, toutefois, le Paha ne put s'empêcher de reculer lorsqu'il la vit déployer son ergot.

— Déterminez quels sont les vaisseaux les plus sacrifiables dans la situation présente et regroupez-les de façon à former une petite escadrille. Nous allons de nouveau examiner cette planète.

Le Paha salua puis repartit promptement vers son poste. Krat se lova plus au fond de son coussin de vletoor.

Il ne sera pas inutile de semer la confusion, se dit-elle. Une nouvelle expédition vers ce volcan risque de rendre nerveux les Thennanins et de laisser croire aux Tandus que nous savons quelque chose.

Évidemment, se remit-elle en tête, les Tandus peuvent très bien savoir ce que nous ne savons pas.

Creideiki

Très loin

Ils Appellent

Les Géants

Les Esprits de l'OCÉAN

Les Léviathans

Creideiki commence à comprendre — oui, oui, commence —

Les anciens dieux sont pour une part imaginaires, pour une part issus de la mémoire ethnique, pour une part des fantômes.. et pour une part quelque chose d'autre… quelque chose qu'un ingénieur n'aurait jamais dû permettre à ses oreilles d'entendre, ou à ses yeux de voir…

Très loin

Ils Appellent

Léviathans..

Pas encore. Pas encore, non. Creideiki a encore un devoir à remplir, a encore un devoir.

N'est plus ingénieur, Creideiki, n'a plus rien d'un ingénieur… mais reste un fin de l'espace. Pas inutile, Creideiki va faire ce qu'il peut, peut faire, peut faire pour aider.

Peut faire pour aider à sauver son équipage, à sauver son vaisseau..

Gillian

Elle aurait voulu se frotter les yeux mais la vitre du masque s'interposait. Et il restait tant à faire.

Les fen allaient et venaient, tournoyaient autour d'elle, la bousculaient presque dans leur hâte de lui faire leur rapport et de repartir ensuite transmettre ses ordres.

J'espère qu'Hikahi va bientôt revenir Je ne crois pas me débrouiller trop mal mais je ne suis pas un officier de l'astronavale. C'est elle qui a la formation nécessaire pour diriger un équipage.

Hikahi ne sait même pas qu'elle est à présent le commandant, songea-t-elle. J'espère qu'ils vont bientôt remettre la ligne en service mais je n'en redoute pas moins le moment où je vais avoir à lui annoncer la nouvelle.

Elle rédigea un bref message pour Emerson d'Anite et le dernier courrier qui passait par l'entrepont repartit comme une flèche vers la salle des machines. Puis elle rebroussa chemin vers le grand sas et Wattacéti l'accompagna en réglant son allure sur la sienne.

Il y avait deux petits attroupements de dauphins dans la salle, l'un à proximité du sabord de sortie et l'autre qui s'activait autour de la chaloupe.

Le nez du petit vaisseau spatial touchait presque l'un des diaphragmes de sortie alors que sa partie postérieure disparaissait dans une gaine de métal ménagée à l'arrière du sas.

Lorsque la chaloupe sera partie, se dit-elle, cet endroit paraîtra joliment vide.

L'un des fen qui travaillaient près du panneau l'aperçut et se précipita vers elle. Il s'arrêta net en arrivant devant elle et resta suspendu dans l'eau au garde-à-vous.

— Éclaireurs et flancs-gardes sont prêts à prendre le départ dès que vous en donnerez l'ordre, Gillian.

— Je vous remercie, Zaa'pht. Ça ne saurait tarder. Avons-nous des nouvelles de l'équipe qui est partie rétablir la ligne ou de Keepiru ?

— Non, commandant. Toutefois, le courrier que vous avez dépêché derrière Keepiru ne doit plus être loin de l'épave.

C'était particulièrement agaçant. Takkata-Jim avait fait couper le câble reliant le vaisseau à l'épave thennanin et on semblait être à présent dans l'impossibilité de retrouver l'emplacement exact du sabotage. Pour une fois, elle ne pouvait que déplorer qu'il fût si simple de dissimuler un monofil.

En l'occurrence, sans qu'ils en eussent rien su, l'endroit où ils avaient l'intention de mener le *Streaker* avait pu devenir le théâtre d'une catastrophe terrible.

Gillian se rassurait en se répétant que les détecteurs n'avaient pas observé le moindre signe de relâchement dans les combats qui, là-haut, déchiraient l'espace. La bataille semblait n'avoir presque rien perdu de sa fureur initiale.

Mais qu'est-ce qui pouvait retenir Tom ? Il était censé faire exploser l'une des bombes à messages dès que les E.T. auraient mordu à l'hameçon. Or, depuis le faux appel de détresse, il ne s'était rien passé.

Par-dessus le marché, cette maudite Niss manifestait le désir de lui parler. Elle n'avait pas été jusqu'à déclencher le signal d'alarme secret du bureau de Gillian pour indiquer à l'humaine qu'il s'agissait d'une urgence mais chaque fois que cette dernière se servait d'un poste de communication, elle percevait un cliquetis étouffé montrant que la machine voulait lui parler.

C'était largement suffisant pour que n'importe quelle

fem eût envie de se réfugier dans son lit pour n'en plus décoller.

Une agitation s'empara soudain du groupe qui se trouvait près de la sortie. D'un haut-parleur jaillit un bref couinement de ternaire négligé immédiatement suivi par un rapport plus long dans un anglique sommaire et suraigu.

— Commandant ! s'écria Zaa'pht, tout excité. Ils disent…

— J'ai entendu. La ligne est rétablie. Félicitez pour moi l'équipe de réparation et faites-les rentrer pour qu'ils prennent une ou deux heures de repos. Puis veuillez avoir l'obligeance de demander à Heurka-pete de contacter immédiatement Hikahi. Qu'il s'assure que tout se passe bien là-bas et qu'il la prévienne que nous comptons appareiller à vingt et une heures zéro zéro sauf objection de sa part. Qu'il lui dise aussi que je la rappellerai.

— Bien, commandant !

Zaa'pht vira sur lui-même et bondit vers l'ascenseur.

Wattacéti attendait sans rien dire, les yeux fixés sur elle.

— Parfait, reprit-elle en se tournant vers lui. Occupons-nous maintenant du départ de Metz et de Takkata-Jim. Avez-vous bien vérifié si l'équipage a déchargé tout ce qui n'était pas porté sur notre liste et si les bagages des exilés ne contenaient rien de prohibé ?

— C'est fait. Ils n'ont ni lance-fusées ni radio et juste la réserve de combustible minimum pour atteindre l'île.

Quelques heures auparavant, alors que Metz et Takkata-Jim étaient encore en train d'empaqueter leurs affaires, Gillian avait fait sa propre inspection de la chaloupe et avait pris quelques précautions supplémentaires sans en informer personne.

— Qui les accompagne ?

— Trois volontaires. Tous des *Steno* « spéciaux ». Et tous des mâles. Nous les avons fouillés, jusqu'à leur étui pénien. Rien à signaler. Ils sont tous à bord, maintenant, prêts pour le départ.

Gillian hocha la tête.

— Bon. Pour le meilleur ou pour le pire, nous allons régler cette affaire et passer à autre chose.

Dans sa tête, elle avait déjà entamé la répétition générale de ce qu'elle allait dire à Hikahi.

Hikahi et Suessi

— Surtout, n'oubliez pas, dit-elle à Tsh't et à Suessi. Quoi qu'il arrive, ne pas se servir de la radio. Et tâchez d'éviter que ces dingues de fen ne viennent à bout des vivres dans les deux ou trois premiers jours.

Tsh't manifesta son accord par un claquement de mâchoires bien que son regard fût lourd de réserves. Suessi prit la parole :

— Êtes-vous certaine de ne pas vouloir que l'un de nous vous accompagne ?

— Certaine. Si c'est un désastre qui m'attend là-bas, je ne tiens pas à ce que d'autres vies soient sacrifiées. Et si je trouve des survivants, j'aurai besoin du maximum de place dans le canot. Par ailleurs, cet appareil fonctionne presque entièrement en pilotage automatique. J'aurai juste à le surveiller.

— Ce sera toutefois suffisant pour vous empêcher de vous battre, lui fit remarquer Suessi.

— Justement, si j'emmenais un canonnier, je serais tentée de me battre tandis que, seule, il me faudra fuir. Si je trouve le *Streaker* détruit ou prisonnier, je dois obligatoirement revenir ici avec le canot, sinon vous serez tous condamnés.

Suessi se renfrogna mais s'aperçut qu'il ne pouvait rien opposer au raisonnement d'Hikahi. Il lui était déjà reconnaissant d'avoir à ce point retardé son départ, leur permettant ainsi de se servir du bloc d'alimentation du canot pour achever l'habitacle à l'intérieur de l'épave.

Nous nous faisons tous du souci pour le *Streaker* et pour le capitaine, songea-t-il, mais ce n'est rien auprès du supplice qu'elle doit endurer.

— Parfait, donc. Au revoir et bonne chance, Hikahi. Que le patron d'Ifni vous protège.

— Qu'il en soit de même pour vous deux, répondit Hikahi en prenant avec délicatesse la main de Suessi entre ses mâchoires.

Puis elle en fit autant avec l'aileron gauche de Tsh't.

Tsh't et Suessi ressortirent du canot par le petit sas et reprirent leur traîneau pour retourner vers l'ouverture béante du croiseur extraterrestre englouti.

Un gémissement sourd rayonna du canot lorsque ses moteurs se mirent à tourner et l'écho leur en fut renvoyé par la gigantesque falaise sous-marine qui dominait le site de l'accident.

Lentement, le petit vaisseau spatial s'ébranla vers l'est puis il prit de la vitesse et, dans l'eau, son sillage se fit plus net. Hikahi avait décidé de faire un grand détour qui la maintiendrait hors de contact pendant deux jours au moins mais qui aurait l'avantage d'interdire à tout ennemi éventuellement aux aguets à bord du *Streaker* de repérer d'où elle était partie.

Ils restèrent les yeux fixés sur le canot jusqu'à ce qu'il eût disparu dans les ténèbres et longtemps après que Suessi eut cessé de percevoir tout bruit, la mâchoire de Tsh't continua d'osciller à l'écoute du gémissement qui allait diminuant.

Deux heures plus tard, alors qu'Hannes allait s'accorder son premier roupillon dans ses nouveaux quartiers secs, la sonnerie de l'interphone bricolé placé près de sa couchette retentit.

Allons donc ! Encore des mauvaises nouvelles ! se dit-il en soupirant.

Étendu dans le noir, il enfonça la touche de l'appareil.

— Quoi ? se borna-t-il à dire.

Il reconnut la voix de Lucky Kaa. Le jeune électronicien qui était également le second pilote du *Streaker* ne semblait pouvoir contenir son excitation.

— Monsieur ! Tsh't vous demande de venir tout de suite ! C'est le vaisseau !

Suessi se redressa sur le coude.

— Le *Streaker* ?

— Oui ! La ligne vient de se rétablir ! Et ils veulent parler à Hikahi !

Sous le coup de la surprise, Suessi eut l'impression que ses bras se vidaient de leurs forces. Son coude se déroba sous son poids et il retomba lourdement sur le dos.

Quelle journée de dingues ! gémit-il en lui-même. À l'heure qu'il est, elle doit être hors de portée du sonarvox !

C'est en des moments pareils que j'aurais envie de pouvoir aussi bien baragouiner le delphinien que Tom Orley. Peut-être le ternaire me permettrait-il d'exprimer avec l'humour et la vulgarité qui conviennent mon sentiment sur la marche de l'univers.

Exilés

La chaloupe franchit en douceur le diaphragme et glissa dans le bleu crépusculaire de l'océan kithrupien.

— Vous vous trompez de chemin, fit remarquer Ignacio Metz lorsque les lamelles se furent refermées derrière eux.

Au lieu d'obliquer vers l'est, l'embarcation remontait en spirale vers la surface.

— Rien qu'un petit détour, professeur Metz, le rassura Takkata-Jim. Sneekah-jo, dites au *Streaker* que j'ajuste la pesée.

Le dauphin qui avait pris place sur la rampe du copilote commença de siffler à l'intention de son homologue à bord du vaisseau. Il n'avait pas terminé que des glapissements furieux surgirent du sonarvox. Le *Streaker*, lui aussi, n'avait pas été sans remarquer le changement de cap.

Metz était assis au-dessus de Takkata-Jim et légèrement en retrait. Il avait de l'eau jusqu'à la taille.

— Mais qu'est-ce que vous faites ? demanda-t-il au fin.

— Rien, je m'habitue seulement aux commandes...

— Ah bon. Mais faites attention ! Vous foncez droit sur les bouées de détection !

Sous le regard éberlué de Metz, l'appareil continua d'accélérer vers l'équipe de fen qui démantelaient les écoutes. Dans un concert de trilles insultants, les ouvriers s'éparpillèrent au plus vite loin de l'alignement de bouées que la chaloupe remontait à présent en les percutant l'une après l'autre systématiquement. Le petit astronef résonna du fracas des plaques de métal déchiquetées qui heurtaient sa coque avant de sombrer dans les ténèbres.

Takkata-Jim ne parut même pas s'en rendre compte. Il vira tranquillement de bord et ramena le vaisseau à une allure modérée pour mettre le cap à l'est et prendre la direction de l'île.

Le sonarvox déversait à présent des torrents de jurons. Metz rougit. Un tel langage était indigne de gensfen bien élevés.

— Racontez-leur qu'il s'agissait d'un accident, dit Takkata-Jim au copilote. Nous n'arrivions pas à équilibrer l'appareil mais, maintenant, le problème est réglé.

Conformément aux instructions, nous allons gagner l'île par voie sous-marine.

La chaloupe s'engagea dans une étroite gorge et laissa derrière elle le vallon brillamment éclairé où reposait le *Streaker.*

— *Accident ! Tiens ! Le scrotum poilu de l'oncle Fred !* (Et cette exclamation fut suivie d'un rire cynique qui, tout comme elle, jaillit du fond de la cabine de pilotage.) Vous savez, Takkata-Jim, je me figurais bien que vous ne partiriez pas d'ici sans avoir auparavant détruit les pièces à conviction.

Lorsqu'il eut triomphé des courroies de sécurité, Metz se retourna et ouvrit des yeux ronds.

— Charles Dart ! Que faites-vous donc ici ?

Juché sur l'étagère d'un placard dont la porte était à présent grande ouverte, un chimpanzé en tenue spatiale lui souriait de toutes ses dents.

— Ma foi, je vous donne un tout petit aperçu de mon esprit d'initiative, professeur Metz ! Maintenant vos hypothèses deviennent des certitudes et vous allez vraisemblablement nous pondre un chapitre entier sur cette anecdote. Mais je tiens à ce que mon nom soit cité dans les remerciements aux collaborateurs.

Sur ce, il éclata d'un rire perçant qui fut amplifié par les micros de la combinaison.

Takkata-Jim se tordit sur sa rampe et posa un long regard sur le chimp avant d'émettre un reniflement de mépris et de retourner à ses commandes.

Charlie prit visiblement son courage à deux mains pour se glisser au bas du placard et se mettre progressivement à l'eau bien que pas une goutte ne pût le mouiller au travers de la tenue spatiale. Il finit par y barboter, immergé jusqu'à la base du casque.

— Mais comment… ? fit Metz en laissant sa question en suspens.

Charlie prit un énorme sac étanche dans le placard et

le traîna jusqu'au fauteuil pour homme voisin de celui de Metz.

— J'ai fait appel à un raisonnement déductif, commença-t-il en grimpant sur le siège. Je me suis dit que les petits gars de Gillian allaient surtout se méfier des agissements de quelques rouspéteurs de *Steno*. Alors, ai-je pensé, pourquoi ne pas gagner la chaloupe par un chemin qu'il ne leur viendrait même pas à l'esprit de surveiller ?

Les yeux de Metz s'écarquillèrent.

— La manche à air ! Vous vous êtes glissé dans l'un des conduits d'entretien scellés qui ont servi lors de la construction du vaisseau sur la Terre puis vous vous êtes frayé un chemin jusqu'aux panneaux d'accès de la chaloupe en passant par les impulseurs.

— Précisément !

Charlie rayonnait de joie en bouclant sa ceinture.

— Et vous avez probablement dû faire sauter quelques plaques sur la paroi de la manche à l'aide d'un cric. Nul dauphin n'aurait eu la possibilité de faire ça dans un espace clos, aussi n'y a-t-on pas pensé.

— Non, on n'y a pas pensé.

Metz promena son regard sur Charlie.

— Vous êtes passé sacrément près des impulseurs. Vous ne vous êtes pas fait griller ?

— Bof ! Si j'en crois le compteur de ma combinaison, il ne doit pas rester grand-chose de moi qui ne soit au moins saignant.

Et, dans un geste ironique, il se souffla sur le bout des doigts.

Le visage de Metz se fendit d'un large sourire.

— À coup sûr, professeur Dart, je vais consigner dans mes notes cette rare démonstration d'ingéniosité ! Et bienvenue à bord. De toute façon, avec le travail qui m'attend sur les Kikwis, je n'aurais pas eu le temps de m'occuper correctement de votre robot. Comme ça, vous allez pouvoir le diriger vous-même.

Dart hocha vigoureusement la tête en signe d'acquiescement.

— C'est exactement pour ça que je suis là.

— Parfait. Peut-être pourrons-nous en profiter pour faire quelques parties d'échecs ?

— Ça ne me déplairait pas.

Ils se carrèrent dans leur fauteuil et contemplèrent le défilé des chaînes sous-marines. Toutes les quelques minutes, l'un des deux se retournait vers l'autre et ils éclataient de rire. Les *Steno*, eux, gardaient un silence morose.

— Qu'est-ce qu'il y a là-dedans ? demanda Metz en désignant le gros sac que Dart tenait sur ses genoux.

Charlie haussa les épaules.

— Quelques affaires, des instruments. Rien que le plus strict, le plus sommaire, le plus spartiate des nécessaires.

Metz hocha la tête et s'absorba de nouveau dans ses pensées. À coup sûr, ce serait bien agréable d'avoir le chimpanzé comme compagnon de voyage. Les dauphins étaient évidemment des gens très bien mais il avait toujours été frappé par la richesse des conversations que l'on pouvait avoir avec l'aînée des races clientes de l'humanité. En outre, les dauphins n'appréciaient guère les échecs.

Ce ne fut qu'une heure plus tard que Metz repensa aux premières paroles prononcées par Charlie lorsqu'il avait révélé sa présence à bord. Qu'avait bien pu vouloir dire le chimp en accusant Takkata-Jim de « détruire les pièces à conviction » ? C'était tout de même bizarre.

Il demanda des éclaircissements à Dart.

— Posez donc la question au lieutenant, lui suggéra ce dernier. Il m'a paru savoir ce dont je parlais. En fait, je vous dirais que nous ne sommes pas dans les meilleurs termes.

— Je vais lui poser cette question, fit Metz en appuyant ses paroles d'un vigoureux hochement de tête.

Oui, sitôt que nous nous serons installés sur l'île, je la lui poserai. C'est sûr.

Tom Orley

Dans le treillis d'ombres que surplombait le tapis de plantes aquatiques, il progressait prudemment de trouée en trouée. Le masque lui servait à tenir plus longtemps sur les profondes inspirations qu'il prenait chaque fois qu'il remontait à l'air libre, ce qui lui fut particulièrement utile lorsque, à l'approche de l'île, il dut chercher une ouverture qui lui permît d'accéder au rivage.

Tom finit par se hisser sur la terre ferme à l'instant même où Kthsemenee, l'orange soleil de ce monde, achevait de se glisser à l'ouest derrière une vaste barrière de nuages. Le long jour kithrupien durerait encore un bon moment mais Tom ne bénéficierait plus directement des chauds rayons de l'astre. Un premier frisson dû au glacial phénomène de l'évaporation le traversa d'ailleurs lorsqu'il s'extirpa de l'eau par une solution de continuité entre les herbes et les rochers de la côte. Puis, à quatre pattes, il grimpa sur un mamelon qui dominait la mer de quelques mètres et s'assit lourdement sur le basalte rugueux avant de tirer le masque sur sa gorge.

L'île semblait animée d'un léger mouvement de bascule, tel un bouchon qui eût flotté sur la mer. Il allait mettre un certain temps à s'habituer à la terre ferme — juste assez de temps, il en prit conscience avec humour, pour venir à bout de ce qu'il avait à faire ici et reprendre sa progression subaquatique.

Il retira les paquets de vase verdâtre qui lui maculaient les épaules et frissonna de nouveau tandis que les gouttelettes dont il était couvert s'évaporaient avec lenteur.

Il y avait aussi la faim… bien sûr !

Il commença par se sortir de l'esprit la sensation de froid et d'humidité. Puis il envisagea d'entamer sa dernière nutribarre mais décida que cela pouvait attendre. À moins de trouver quelque chose dans l'épave E.T., il avait encore un bon millier de kilomètres à faire sans rien d'autre à manger.

De la fumée continuait de monter de l'endroit où le petit patrouilleur s'était écrasé, juste derrière l'épaulement de la montagne. La mince colonne allait rejoindre dans le ciel les traînées cendreuses qui prenaient leur source dans le cratère du volcan. De temps à autre, Tom entendait gronder la montagne.

O.K. Allons-y.

Il ramena les pieds contre ses fesses, fit basculer sur eux le poids de son corps et se dressa.

Le monde vacilla dangereusement autour de lui mais il eut toutefois l'agréable surprise de se retrouver debout sans trop de problèmes.

Jill a peut-être raison, se dit-il. Je dois avoir des réserves sur lesquelles je n'ai jamais puisé auparavant.

Il se tourna sur sa droite, fit un pas, et trébucha presque. Lorsqu'il eut retrouvé son équilibre, il en fit un autre, puis un autre, tous aussi pesants et incertains. Chaque fois qu'il devait s'aider de ses mains pour escalader quelque saillie rocheuse tranchante comme du silex éclaté, il remerciait les gants palmés de sa combinaison de plongée. Peu à peu, il vit se rapprocher la colonne de fumée.

Au sommet d'un petit escarpement, l'épave lui apparut.

Le patrouilleur s'était brisé en trois morceaux. L'arrière avait sombré dans le marais et seule sa section déchiquetée dépassait encore des herbes calcinées. Tom consulta le compteur sur le rebord de son masque. La radioactivité restait assez faible pour qu'il pût la supporter quelques jours, si nécessaire.

La partie antérieure de l'épave s'était fendue sur toute

sa longueur, déversant le contenu de la carlingue le long de la grève rocheuse. Des faisceaux de câblage ultra-fin s'agitaient dans le vent, telles des bannières, au-dessus de cloisons métalliques qui s'étaient vues tordues et déchirées comme de la guimauve.

Il envisagea de sortir son pistolet à aiguilles mais se ravisa. Il était préférable qu'il gardât les deux mains libres pour parer à une chute éventuelle.

La pente n'a pas l'air trop raide, se dit Tom. Je vais donc aller examiner ça de plus près.

Pas à pas, il descendit, et s'en tira sans catastrophe.

Il ne restait pas grand-chose du patrouilleur E.T.

Dans les fragments éparpillés qui jonchaient le sol, il reconnut des pièces appartenant à différentes machines mais aucune d'elles ne lui apprit ce qu'il voulait savoir.

Et il n'y avait pas la moindre trace de nourriture.

On voyait un peu partout de grandes plaques de métal tordues. Tom s'approcha de l'une d'entre elles qui semblait s'être refroidie et tenta de la soulever. Mais elle était trop lourde et tout au plus put-il la faire bouger d'une dizaine de centimètres avant d'être obligé de la relâcher.

Plié en deux, les mains accrochées au bas de ses cuisses, Tom resta un moment haletant, le souffle rauque.

À quelques mètres de là, il vit un gros tas de bois d'épave. Il s'y traîna pour y choisir les plus épaisses de ces tiges de plantes marines desséchées. Bien qu'elles fussent solides, leur flexibilité excluait qu'on pût s'en servir comme levier.

Tom se mit à réfléchir en se grattant la barbe. Son regard embrassa la mer et l'infecte végétation visqueuse qui la couvrait jusqu'à l'horizon. Puis il commença de trier le bois de flottage en en faisant deux tas.

La tombée de la nuit trouva Tom assis près d'un feu qu'il alimentait de souches prélevées sur le premier tas cependant qu'il tressait les lianes du second pour en faire une paire de grands plateaux ronds, des sortes de raquettes de tennis équipées d'une bride sur le côté. Il n'était pas sûr de l'efficacité de son bricolage et avait hâte d'être au lendemain pour l'essayer.

Il s'efforçait d'oublier sa faim en sifflotant une berceuse ternaire dont l'écho assourdi lui était renvoyé par la falaise voisine.

Les mains, le feu ?
Les mains, le feu !
Sers-t'en, sers-t'en
Pour sauter haut !
Rêve ou chanson ?
Rêve ou chanson !
Sers-t'en, sers-t'en
Pour sauter loin !

Il s'interrompit et leva brusquement la tête. Un temps de silence suivit. Puis il dégaina son arme.

Ce son, l'avait-il entendu ? Ou simplement imaginé ?

Il roula sans bruit hors de la clarté des flammes et s'accroupit dans l'ombre. Sondant les ténèbres du regard, il tenta, parallèlement, d'écouter comme un dauphin la forme des choses. Puis, tel un chasseur à l'approche, il passa de couvert à couvert sans se relever et fit lentement le tour de la grève jonchée d'épaves.

— *Barkeemkleph Annatan P'Klenno. V'hoominph ?*

Tom s'aplatit derrière un fragment de coque et, bouche ouverte pour respirer sans bruit, tendit l'oreille.

— *V'hoomin Kent'thoon ph ?*

La voix lui parut amplifiée comme par une caisse de résonance métallique… comme si elle provenait de sous l'un des plus grands morceaux de l'épave. Un survivant ? Qui aurait pu croire ?

— *Birkech'kleph. V'humain ides'k. V'Thennan'kleph ph ?* dit Tom à haute voix.

Il attendit. Puis dès qu'il entendit dans l'ombre la voix lui répondre, il se releva et courut.

— *Idatess. V'Thennan'kleeph...*

De nouveau il se plaqua sur le sol contre une autre cloison de métal et la contourna en rampant sur les coudes. Puis il jeta un bref coup d'œil de l'autre côté de la paroi.

Et braqua son arme droit sur un visage reptiloïde dont un mètre à peine le séparait. Dans la clarté diffuse des étoiles, il vit une grimace tordre ce visage.

Il n'avait rencontré qu'une fois des Thennanins auparavant et n'avait passé qu'une semaine à les étudier à l'université sur Cathrhennin. Toute une partie du corps de la créature disparaissait sous le massif pan de coque qui l'écrasait. En dépit du peu de connaissances qu'il avait sur cette race, Tom devinait que l'expression du spationaute reflétait son intense souffrance. Il avait eu le bras et le dos littéralement broyés par la paroi blindée.

— *V'hoomin t'barrchit pa...* (Tom adapta sa pensée au dialecte que parlait le Thennanin. Il s'agissait d'une variante du Galactique Six.)... Je ne vous tuerai pas, en aurais-je même les moyens. J'aimerais seulement vous convaincre de converser un peu avec moi et de m'occuper l'esprit pour un temps.

Tom rengaina le pistolet à aiguilles et vint s'asseoir en tailleur en face du pilote. La plus élémentaire des politesses exigeait qu'il écoutât la créature et se tînt prêt à mettre un terme à ses misères si elle en exprimait le souhait.

— Je suis sincèrement chagriné d'être dans l'incapacité de vous secourir, répondit Tom en Galactique Six. Quoique vous soyez nos ennemis, je n'ai jamais été homme à considérer les Thennanins comme radicalement mauvais.

Une nouvelle grimace tordit les traits de l'extraterrestre. Par intermittence, sa crête en se dressant allait cogner le métal et il tressaillait à chaque fois.

— Pas plus que nous ne considérons comme totalement désespéré le cas des *hoomin'vlech*, bien qu'ils soient rétifs, sauvages et irrespectueux.

Tom s'inclina, acceptant comme un tout ce demi-compliment.

— Je suis à votre disposition pour vous rendre l'ultime service si tel est votre désir, proposa-t-il au Galactique.

— Vous êtes bien aimable, mais telle n'est pas notre coutume. Je vais attendre tant que la douleur reste encore en balance avec ma vie. Les Grands Esprits apprécieront ma bravoure.

Tom baissa les yeux.

— Puissent-ils apprécier votre bravoure.

Le Thennanin ferma les yeux et son souffle se fit convulsif. Presque sans y penser, Tom porta la main à sa ceinture et tâta la bosse qu'y faisait la bombe à messages.

Sont-ils toujours en train d'attendre, là-bas, à bord du *Streaker* ? Quelle décision Creideiki va-t-il prendre s'il n'entend plus parler de moi ?

Je dois absolument savoir où en est cette bataille là-haut.

— Et si, pour le plaisir de converser et de nous distraire, nous échangions des questions ? proposa-t-il.

Le pilote rouvrit les yeux

— Superbe. Superbe idée. Puisque je suis l'aîné, c'est moi qui vais commencer. J'éviterai de vous poser des questions difficiles afin de ne pas réclamer de vous de trop grands efforts.

Tom haussa les épaules.

Voilà près de trois siècles que nous avons accès à la Bibliothèque, six mille ans que nous pouvons nous targuer de posséder une civilisation complexe, et personne n'accepte encore de croire que les humains puissent être autre chose que des sauvages.

— Lorsque vous vous êtes enfui de Morgran, demanda le pilote, pourquoi n'avez-vous pas cherché à gagner un asile plus sûr ? Certes, vous ne pouviez compter sur l'aide de la Terre, pas plus que sur celle de ces canailles de Tymbrimis qui vous ont entraînés dans des voies scélérates. Mais les Abdicateurs sont puissants. Pourquoi ne vous êtes-vous pas réfugiés dans nos bras ? Nous vous aurions protégés.

À l'entendre, c'était d'une telle simplicité ! Si seulement la réalité pouvait être conforme à la façon dont le Thennanin la présentait ! Si seulement il avait existé une faction assez puissante pour qu'on ait pu songer à trouver asile dans ses rangs, une faction qui n'eût pas en retour exigé du *Streaker* ou de la Terre plus qu'ils ne pouvaient se permettre de payer. Comment expliquer à ce pilote que ses Abdicateurs étaient à peine moins écœurants que la plupart des autres fanatiques ?

— Nous avons pour principe de ne jamais céder devant des manœuvres d'intimidation, lui expliqua Tom. Jamais. Et notre histoire est riche d'enseignements concernant la valeur de cette tradition… plus que ne peuvent l'imaginer ceux qui ont tout appris des annales de la Bibliothèque. Notre découverte, nous ne la communiquerons qu'aux Instituts Galactiques, et ce seront les leaders de notre Conseil de la Terragens qui se chargeront de la leur remettre.

À la mention de cette « découverte », les traits du Thennanin trahirent un indéniable intérêt. Toutefois, il attendit son tour et laissa Tom poser la question suivante.

— Les Thennanins sont-ils victorieux là-haut ? s'enquit Tom sans dissimuler son impatience de connaître la réponse. J'ai vu des Tandus… Qui domine dans cette bataille ?

Dans les évents respiratoires du pilote, l'air se mit à siffler.

— La Gloire nous fuit. Les meurtriers tandus prospèrent, et les païens soros sont partout. Nous harcelons l'ennemi dès que l'occasion s'en présente mais la Gloire nous a fuis. Ce seront les hérétiques qui ramasseront l'enjeu du combat.

Faire une telle remarque alors qu'on était en présence d'un élément dudit « enjeu » témoignait d'un certain manque de tact qui suscita de la part de Tom un chapelet de jurons à voix basse.

Mais que faire ? se demanda-t-il ensuite. Certes, il reste encore des Thennanins mais faudrait-il dire à Creideiki d'aller de l'avant sur cette base ? Doit-il tenter une ruse qui, quand bien même elle réussirait, ne nous apporterait que des alliés trop faibles pour en espérer du bon ?

La respiration du pilote était de plus en plus hachée.

Quoique ce ne fût pas son tour, Tom posa la question suivante.

— Vous avez peut-être froid ? Je vais déplacer mon feu jusqu'ici. Par ailleurs, j'ai un travail à faire et je pourrai le continuer pendant que nous parlons. Si vous y voyez quelque offense, veuillez la pardonner à votre humble cadet en patronat.

Le Thennanin posa sur lui le regard félin de ses yeux irisables.

— Voilà qui est d'une exquise politesse. On nous a toujours dit que vous autres, humains, manquiez de manières. Il se peut que vous soyez seulement mal élevés, encore que bien intentionnés…

Le sifflement réapparut dans la respiration du pilote et des grains de sable s'échappèrent de ses fentes nasales.

Tom eut vite fait de déplacer son camp et, lorsqu'ils furent tous deux baignés dans la clarté dansante des flammes, le Thennanin soupira et reprit :

— Sans doute est-il approprié que, pris au piège et mourant sur un monde primitif, je sois réchauffé par les talents d'astucieux faiseur de feu d'un jeune-loup. Je vais vous demander de me laisser emporter dans l'au-delà quelque chose qui ait trait à votre découverte. Oh, non, pas de secrets, rien qu'une histoire… une histoire sur le miracle du Grand Retour…

Tom fit resurgir un souvenir en lui, un souvenir qui continuait à le faire frémir.

— Imaginez des vaisseaux, commença-t-il. Pensez à des nefs spatiales… immémoriales, rongées par le temps, et vastes comme des lunes…

Lorsqu'il se réveilla près des braises encore chaudes de son feu, l'aube ne faisait que poindre et projetait de longues ombres diffuses sur la grève.

Tom se sentait beaucoup mieux. Dormir lui avait fait le plus grand bien et son estomac semblait s'être résigné au jeûne. Certes, il était encore faible, mais néanmoins d'attaque pour la prochaine étape de sa course au salut.

Il se leva, se débarrassa de toute trace de sable multicolore et porta son regard vers le nord. L'épave ovoïde était toujours là, espoir flottant sur l'horizon.

À sa gauche, sous l'énorme paroi de métal, le pilote thennanin respirait doucement, rendait lentement ses derniers souffles. Il s'était endormi en écoutant l'histoire de Tom, celle des gigantesques vaisseaux suspendus dans les Syrtes telles de brillantes perles et des mystérieux symboles gravés sur leurs flancs. Tom doutait que la créature dût jamais se réveiller.

Il était sur le point de se retourner pour ramasser les sandales qu'il avait tressées la veille au soir lorsqu'il fronça les sourcils et mit sa main en visière pour mieux scruter l'horizon oriental.

Si seulement il avait pu sauver ses jumelles !

Il plissa les yeux et finit par distinguer une file d'ombres qui se déplaçaient avec lenteur contre la pâleur éblouissante du ciel, des silhouettes aux jambes fuselées précédées par une autre, plus trapue, qui avançait d'un pas traînant. Et cet alignement de minuscules traits verticaux se dirigeait vers le nord.

Tom frémit. C'était vers l'épave que marchaient ces ombres et, à moins qu'il ne fît rapidement quelque chose, elles allaient lui interdire d'accéder à sa seule chance de survie.

Car il avait déjà la certitude qu'il s'agissait de Tandus.

SIXIÈME PARTIE

DISPERSION

Et l'on se demande si le léviathan résistera longtemps à une chasse aussi répandue, à un massacre aussi impitoyable... et si l'on ne verra pas le dernier cétacé faire comme le dernier homme, fumer sa dernière pipe et s'évanouir dans l'ultime bouffée.

HERMAN MELVILLE

Creideiki/Sah'ot

Creideiki fixa la holo et se concentra. C'était plus facile de parler que d'écouter. Il pouvait faire remonter les mots un par un ou deux par deux, les articuler lentement, les enfiler comme des perles sur un collier.

— … connexions neurales… réparées… par… Gillian et Makanee… mais… mais… parole… toujours… toujours…

— Toujours impraticable, compléta Sah'ot dont l'image hocha la tête. Toutefois, vous pouvez vous servir d'outils maintenant ?

Creideiki se concentra sur la question pourtant simple de Sah'ot. Toutefois — vous — pouvez — … Chacun de ces mots lui apparaissait d'une clarté limpide, d'un sens évident. Pourtant, leur alignement ne voulait rien dire. C'était frustrant !

Sah'ot passa au ternaire :

Outils qu'on lance ?
Les balles
Les nefs…
Votre mâchoire ?
Joueuse
Pilote…

Creideiki hocha la tête. C'était beaucoup mieux, quoique même le ternaire lui fît à présent l'effet d'une langue étrangère hérissée de difficultés.

Engins marcheurs, marcheurs, marcheurs
Holoparleurs, parleurs, parleurs
Sont mes jouets, sont —

Creideiki évita le regard de Sah'ot. Il était conscient d'avoir eu recours dans cette phrase simple à des éléments de primal, la répétition et le ton suraigu sur lequel il l'avait sifflée. C'était humiliant de savoir qu'en dépit d'un esprit toujours aussi vif et compétent on donnait au monde extérieur l'impression d'être un demeuré.

Et, parallèlement, il se demanda si Sah'ot avait remarqué dans sa façon de s'exprimer l'influence du langage de ses rêves… de la voix des anciens dieux.

En écoutant le capitaine, Sah'ot se sentait avant tout soulagé. Leur première conversation, déjà, n'avait pas trop mal débuté mais, vers la fin, l'attention de Creideiki s'était relâchée, surtout lorsque Sah'ot avait commencé à le soumettre à une batterie de tests linguistiques.

Cette fois, après la dernière intervention chirurgicale pratiquée sur lui par Makanee, ses facultés de concentration semblaient s'être considérablement accrues.

Il décida de vérifier jusqu'à quel point Creideiki pouvait suivre un récit en lui racontant sa découverte. Point par point, il lui expliqua en ternaire comment il avait entendu « chanter » alors qu'il était branché sur ce robot que l'on faisait descendre le long de la cheminée creusée par l'arbre foreur.

Le visage de Creideiki refléta d'abord une extrême perplexité tandis qu'il se concentrait sur l'exposé simplifié de Sah'ot, puis il parut comprendre. En fait, à en juger par son expression, il semblait même considérer qu'il était des plus naturels qu'une planète chantât.

— Branchez... branchez-moi... sss'il... vous plaît... je... je voudrais... entendre... écouter...

Enchanté qu'on s'intéressât à sa découverte, Sah'ot acquiesça d'un claquement de mâchoires. Il ne croyait pourtant pas que Creideiki, avec ses centres du langage brûlés, pût percevoir autre chose que des parasites. Rien que pour y déceler un rythme, il avait fallu à Sah'ot toute la subtilité dont le dotaient sa formation et son expérience. Et hormis cette fois unique où, vraisemblablement sous l'effet de la colère, les voix du dessous avaient hurlé, les sons n'avaient jamais cessé de paraître informels.

Sah'ot frissonnait encore au souvenir de cet exceptionnel moment de netteté.

— D'accord, Creideiki, dit-il en établissant la liaison. Écoutez bien !

Les yeux du capitaine se renfoncèrent dans leurs orbites sous l'effet de la concentration cependant que les parasites crachaient et grésillaient le long de la ligne.

Gillian

— Triple zut ! Nous ne pouvons nous permettre de l'attendre pour partir. Avec le canot, elle risque de mettre deux jours pour faire son détour et, d'ici là, je tiens à ce que le *Streaker* soit en lieu sûr à l'intérieur du Cheval Marin.

Le simulacre de Suessi haussa les épaules.

— Bon, vous pouvez quand même lui laisser un mot.

Gillian se frotta les yeux.

— C'est précisément ce que nous comptons faire. Nous allons dérouler un monocâble à partir de la position actuelle du vaisseau de sorte à pouvoir rester en contact avec l'équipe de l'île. Sur le boîtier de raccordement, je vais coller un message expliquant à Hikahi où nous sommes partis.

— Et pour Toshio et Dennie ?

— J'avais espéré envoyer le canot pour les ramasser, eux et Sah'ot… et peut-être aussi Tom, mais, les choses étant ce qu'elles sont, je préférerais maintenant que Dennie et Sah'ot vous rejoignent directement en traîneau. Ça m'embête mais j'ai besoin que Toshio reste là-bas pour surveiller Takkata-Jim jusqu'au dernier moment avant le décollage du Cheval Marin.

Elle ne mentionnait pas le second motif qu'elle avait de retarder au possible le départ de Toshio mais Suessi n'ignorait pas que si Tom Orley revenait avec le planeur il passerait d'abord par l'île, et il fallait bien que quelqu'un l'y attendît.

— Allons-nous réellement abandonner Metz et Takkata-Jim ? demanda le vieil ingénieur mécanicien, visiblement gêné par cette idée.

— Oui, ainsi que Charlie Dart, selon toute apparence. Il s'est embarqué clandestinement à bord de la chaloupe. Enfin… c'est eux qui ont fait ce choix. Ils espèrent pouvoir rentrer sur la Terre après que les Galactiques nous auront envoyés dans un monde meilleur. En fait, il se pourrait bien que l'avenir leur donne raison. Toutefois, en dernier ressort, c'est Hikahi seule qui décidera lorsqu'elle finira par se montrer et apprendra qu'elle a le commandement du *Streaker*. (Gillian secoua la tête.) En tout cas, Ifni semble être sortie de ses habitudes et prendre un malin plaisir à nous mettre des bâtons dans les roues, vous ne trouvez pas ?

Hannes sourit.

— La Fortune a toujours été capricieuse. Ce ne serait pas une dame sinon.

— Mouais ! (Mais Gillian n'avait plus assez d'énergie pour foudroyer vraiment Suessi du regard. Près du cylindre d'affichage de la holo, un voyant de la console se mit à clignoter.) Ça y est, Hannes. La salle des machines m'avertit qu'ils sont prêts. Je dois y aller, maintenant. Nous allons appareiller

— Bonne chance, Gillian.

Suessi fit un O avec ses doigts et coupa la communication.

Gillian bascula le commutateur qui lui donnait accès à la ligne reliant l'île au vaisseau.

— Sah'ot, Gillian à l'appareil. Je suis désolée de vous interrompre mais auriez-vous l'obligeance de prévenir le capitaine que nous sommes sur le point de prendre le départ ?

C'était la moindre des politesses que Creideiki en fût informé. En un temps, le *Streaker* avait été son vaisseau.

— Tout de sssuite, Gillian.

Gillian perçut alors une série de sifflements répétitifs suraigus dans un ternaire vraiment très proche du primal. Bon nombre de sons grimpaient dans des fréquences inaudibles, même pour son ouïe génétiquement élargie.

— Le capitaine désire y assister de l'extérieur, lui dit Sah'ot. Il promet de ne pas se mettre en travers de la route du vaisseau.

Gillian ne voyait pas de raison valable de refuser cette faveur à Creideiki.

— D'accord. Mais dites-lui de passer d'abord voir Wattacéti, de prendre un traîneau et, surtout, d'être prudent. Nous ne serons pas en mesure d'envoyer quelqu'un à sa recherche s'il se laisse dériver trop loin !

Suivit une nouvelle séquence de sifflements suraigus que Gillian put à peine déchiffrer. Creideiki signalait qu'il avait compris.

— Au fait, Sah'ot, ajouta-t-elle, pouvez-vous dire à Toshio de m'appeler dès l'arrivée de la chaloupe ?

— Oui !

Gillian coupa la communication et se leva pour

s'habiller. Il y avait tant de choses avec lesquelles il lui fallait jongler.

Je me demande si j'ai bien fait de laisser filer Charlie Dart, songea-t-elle. Si son comportement ou celui de Takkata-Jim s'éloigne de ce que j'ai prévu, que vais-je pouvoir faire ?

Sur le coin de sa console, un petit voyant s'alluma. C'était encore la Niss qui voulait lui parler. La lumière restait fixe ; il n'y avait donc pas urgence. Gillian décida de n'y pas faire attention et se dépêcha de sortir pour aller superviser le départ.

Akki

Toujours aussi courbatu, Akki nagea lentement hors de la crevasse dans laquelle il s'était reposé en attendant l'aube.

Il prit plusieurs inspirations profondes puis sonda, dispersant au travers des fûts de lumière matinale diffractée un banc de créatures pisciformes aux écailles rutilantes. Sans même y penser, il se rua sur l'un des plus gros poissons, le saisit entre ses mâchoires et goûta le plaisir de le sentir se débattre. En revanche, il en goûta moins la saveur métallique et s'empressa de le relâcher avant de cracher plusieurs fois pour se rincer la bouche.

Il refit surface alors que de rouges nuages répandaient d'éclatants reflets roses sur le ciel oriental. Entendant son estomac complexe crier famine, il se demanda si ces borborygmes étaient assez sonores pour lui faire courir le risque d'être repéré par celui qui le traquait.

Ce n'est pas juste, se dit-il. Lorsque K'tha-Jon me rattrapera, lui au moins aura quelque chose à se mettre sous la dent.

Puis il se reprit. Quelle idée saugrenue !

Tu commences à perdre la boule, midship. K'tha-Jon n'est pas un cannibale. C'est un… un…

Un quoi ? Akki se remémora comment, la veille, au coucher du soleil, il avait miraculeusement réussi à atteindre le chapelet de tertres de métal avec quelques mètres d'avance sur son poursuivant. Il revoyait cette course infernale qui s'était alors déroulée entre les îlots minuscules dans une confusion de bulles, de gerbes d'écume et de sauvages cris de chasse. Des heures durant, bien après qu'il eut fini par se trouver une cachette, il avait continué d'entendre de violents staccatos de sonar qui lui prouvaient que le *Steno* ne rôdait pas loin.

Rien que de penser au bosco, Akki sentait des frissons lui parcourir l'échine. Quelle sorte de créature était-ce ? Ce n'était pas seulement le caractère irrationnel de cette chasse à outrance qui était effrayant mais quelque chose d'autre qui s'y ajoutait… quelque chose dans la manière même dont K'tha-Jon traquait sa proie. Les balayages sonar du géant donnaient une telle impression de malveillance absolue qu'Akki devait lutter contre l'envie de se rouler en boule lorsqu'il les percevait.

Sans doute les gènes *Steno* n'étaient-ils pas étrangers au tempérament irritable du bosco ainsi qu'à sa taille exceptionnelle mais ils ne pouvaient tout expliquer. Un élément radicalement autre avait dû être greffé en supplément chez K'tha-Jon. Un élément provenant d'une espèce terrible… une espèce à laquelle Akki, élevé sur Calafia, n'avait jamais eu affaire.

Le jeune midshipfin longea au plus près le tertre corallien jusqu'à son extrémité septentrionale au-delà de laquelle il ne fit d'abord dépasser que la pointe phonosensible de sa mâchoire. Comme il ne percevait d'autre bruit que la rumeur naturelle de l'océan kithrupien, il se dressa sur sa queue pour procéder à un examen visuel. Irait-il vers l'ouest ou vers le nord ? Rejoindrait-il Hikahi ou Toshio ?

Le nord était préférable. En longeant l'archipel, il tomberait peut-être assez vite sur l'île où se trouvait le campement. Et il effectuerait l'essentiel de son trajet à couvert.

Il nagea donc de toutes ses forces pour parcourir les quatre kilomètres qui le séparaient du tertre suivant, puis il s'arrêta pour écouter. Rien n'avait changé. Avec une moins grande sensation d'oppression sur la poitrine, il traversa un second détroit, puis un troisième et ainsi de suite, tour à tour aux écoutes ou bondissant presque en surface pour accroître sa vitesse.

Une fois, il entendit sur sa droite un étrange et complexe concert de couinements et de cris rauques. Il s'immobilisa mais ne tarda pas à prendre conscience qu'il ne pouvait s'agir du bosco. Il fit alors un léger détour pour aller voir ce que c'était.

Entre deux eaux, il découvrit une formation dispersée de créatures presque sphériques avec leurs vésicules aériennes distendues encadrant un visage bleu vif. Elles étaient équipées d'instruments primitifs et traînaient derrière elles des filets bondés de poissons. À moins de tenir compte des quelques holos que Dennie Sudman et Sah'ot avaient transmises au vaisseau, c'était la première fois qu'Akki voyait les indigènes de Kithrup, les Kikwis. Il les observa, fasciné, puis nagea vers eux. Il avait cru être encore très au sud de l'île de Toshio mais ce groupe était le même…

À peine les chasseurs sous-marins l'eurent-ils aperçu qu'ils lâchèrent leurs filets en poussant des cris de panique et se précipitèrent vers la paroi couverte de végétation d'une île voisine. Akki comprit alors que cette tribu-là ne pouvait être la bonne puisque, de toute évidence, ses membres n'avaient jamais vu de dauphins.

Toutefois, il était content de les avoir rencontrés. Il attendit de voir disparaître le dernier au sommet de la falaise puis reprit sa route vers le nord.

Mais lorsqu'il doubla l'extrémité septentrionale du tertre suivant, il sentit passer sur lui un pinceau sonore acéré comme le tranchant d'une lame.

Il crut presque en défaillir. Comment était-ce possible ? K'tha-Jon avait-il suivi une logique similaire à la sienne en ce qui concernait cet archipel ? Ou quelque instinct démoniaque lui avait-il dicté où trouver sa proie ?

Encore une fois passa sur lui ce cri quasi surnaturel qui, au cours de la nuit, avait franchi une étape supplémentaire dans l'horreur ; à son attaque perçante succédait à présent un decrescendo sinistre qui secouait Akki de frissons incoercibles.

Le cri retentit de nouveau, plus près, et le midship sut qu'il était inutile de vouloir se cacher. Ce hurlement saurait le débusquer de n'importe quelle faille, de n'importe quelle crevasse, et la panique finirait par s'emparer de lui. Il fallait absolument qu'il lui échappât tant qu'il avait encore un certain contrôle sur lui-même.

Keepiru

Le combat s'était amorcé dans les ténèbres précédant l'aube.

Quelques heures auparavant, Keepiru avait enfin compris que le traîneau de son poursuivant ne montrait en fait pas le moindre signe de fatigue. Le moteur avait beau hurler, il tiendrait le coup. Keepiru avait alors poussé les gaz de son propre engin largement dans le rouge mais trop tard. Peu de temps après, il avait entendu dans son sillage le gémissement d'une torpille à tête chercheuse. Aussitôt, il s'était mis à zigzaguer en lâchant du lest afin de se dissimuler derrière un nuage de bulles bruyantes.

La torpille l'avait dépassé pour se perdre dans l'ombre. Un hurlement de rage et de déception amplifié par les hydrophones avait fait rouler de longs échos par monts et par vaux sous-marins. Keepiru s'était d'ores et déjà parfaitement habitué aux obscénités primales de celui qui le prenait en chasse.

Il avait presque atteint le cordon de tertres de métal derrière lequel, deux ou trois heures plus tôt, les deux autres dauphins avaient disparu, nageant pratiquement l'un derrière l'autre. Dès qu'il avait été à portée de voix, Keepiru avait prêté la mâchoire aux lointains cris de chasse et le lancinant souvenir qu'ils avaient éveillé en lui l'avait fait frémir. Bien qu'il n'eût pu se persuader d'y croire, il avait commencé à redouter le pire pour le jeune midship.

À présent, Keepiru avait ses propres problèmes. Il ne pouvait que souhaiter au Calafiain la chance de tenir le coup jusqu'à ce qu'il n'eût plus lui-même cet imbécile collé à sa caudale.

La couche supérieure des flots commençait à se teinter de lumière. Keepiru franchit le rebord du plateau abyssal, s'y enfonça, réduisit sa vitesse et attendit.

La minuscule torpille s'était refusée à exploser. Moki poussa un juron.

Les dents, les dents sont — sont —
Mieux, mieux que toutes —
Les choses !

Il balança la mâchoire de gauche à droite. Depuis longtemps, il s'était débranché des capteurs du traîneau et pilotait l'engin par pure habitude.

Où s'est-il planqué, ce petit malin ? Qu'il sorte de son trou et qu'on en finisse !

Moki était fatigué, d'une humeur exécrable et, surtout, il s'ennuyait au plus haut point. Jamais il ne se serait imaginé qu'il pût être si fastidieux d'être un Grand Mâle. Il aurait voulu retrouver cette rage, cette ardeur proche de l'orgasme qui l'avait soulevé au début de la poursuite. Il tentait de réveiller en lui la soif de carnage mais ne cessait de penser à des massacres de poissons au lieu de se voir en train de tuer des dauphins.

Si seulement il avait pu rivaliser de sauvagerie avec ce qu'il avait perçu dans le cri de chasse de K'tha-Jon ! Moki n'éprouvait plus la moindre haine pour le terrifiant bosco. Il commençait à voir le géant comme une créature surnaturelle, comme la pure incarnation des forces du mal. Il allait tuer ce petit morveux de *Tursiops* et apporter sa tête à K'tha-Jon pour prouver au maître qu'il ferait un bon disciple. Puis, lui aussi deviendrait un esprit élémental, un spectre terrifiant que nul n'oserait jamais défier.

Au ras du fond pour tirer avantage des ombres soniques, Moki imprima au traîneau une trajectoire circulaire. Le *Tursiops* avait viré sur la gauche à grande vitesse ; sa courbe avait été nécessairement plus large que celle de Moki ; il suffisait donc d'en définir correctement l'arc sécant.

Cette poursuite avait commencé alors que Moki montait la garde auprès du vaisseau et, de ce fait, son engin était équipé de torpilles. Il était certain que le petit malin n'en avait pas, lui, et l'issue évidente de cette chasse fastidieuse lui arrachait des sifflements d'impatience.

Un bruit ! Il prit un virage si brusque qu'il s'en cogna le museau contre le plastique du dôme. Puis il fit bondir le traîneau vers la source du bruit tout en rechargeant le lance-torpilles. Avec celle-ci, c'en serait fini de son adversaire !

Une dénivellation brutale annonçait une large vallée océanique. Moki remplit ses caissons et se laissa sombrer au ras de la paroi. Puis il coupa les gaz et s'arrêta.

Des minutes passèrent, meublées par le vrombissement d'un moteur sur sa gauche, étouffé d'abord puis de plus en plus net. Un traîneau se rapprochait, lui aussi collé contre la falaise, mais plus bas.

Soudain, Moki aperçut l'engin juste au-dessous de lui ! Il aurait pu tirer… mais c'était trop facile ! Non, il fallait que le petit morveux pût entendre sa mort s'abattre sur lui par-derrière, trop près pour qu'il eût la moindre chance d'y échapper ! Il fallait que la panique lui déchirât l'esprit avant que la torpille ne fît la même chose de son corps !

Le traîneau de Moki se ranima et fondit sur la proie. Jamais celle-ci n'aurait le temps de faire demi-tour ! Moki entonna un chant de victoire.

Oui, oui, la bande a — a —
Un Grand Mâle…

L'hymne s'étrangla dans son évent. Pourquoi le petit morveux ne fuyait-il pas ?

Jusqu'alors, Moki s'était entièrement reposé sur des informations provenant de son système acoustique. Pour la première fois, il consentit à jeter un œil sur sa future victime.

Le traîneau était vide ! Il longeait lentement la falaise en pilotage automatique. Mais alors, où… ?

L'ouïe fine d'un chasseur
Peut faire un bon Grand Mâle
Mais l'œil
Et le cerveau
Font seuls un spatiofin

La voix était au-dessus de lui ! Moki poussa un cri et tenta de redresser son traîneau tout en lançant une torpille. Le moteur hurla son désespoir puis se réfugia dans la mort et les soubresauts de son agonie gagnèrent la prise neurale de Moki à l'instant même où celui-ci découvrait à deux mètres au-dessus de lui un *Tursiops* lisse et gris dont les dents blanches accrochaient la lumière de la surface.

Et les idiots
Ne font jamais
Que des cadavres

Un dernier cri jaillit de l'évent de Moki alors que, sur le harnais du pilote, la gueule noire du chalumeau cédait la place à l'éclatante brillance bleue d'un rayon laser.

Tom Orley

Mais d'où sortaient tous ces Galactiques ?

Dissimulé derrière une petite éminence végétale, Tom Orley observait les divers groupes d'extraterrestres qui se détachaient sur l'horizon. Il pouvait en compter au moins trois qui, venus de secteurs différents, convergeaient tous vers l'épave ovoïde.

Près d'un kilomètre et demi le séparait maintenant du volcan qui continuait de gronder. Il avait quitté les débris du patrouilleur thennanin à l'aube en laissant une gamelle de sa précieuse eau douce à portée des lèvres du pilote pour le cas où celui-ci s'éveillerait une dernière fois.

Après avoir vu les Tandus, Tom avait décidé de ne pas attendre une minute de plus pour essayer ses nouvelles sandales sur la surface inégale et glissante du marais. L'évasement de ces sortes de raquettes lui avait permis de marcher — d'un pas mesuré, certes, mais sans trop de problèmes — sur ce tapis d'herbe et de vase.

Tout d'abord, il s'était déplacé beaucoup plus vite que les Tandus mais ces derniers n'avaient pas tardé à changer de technique. Ils avaient cessé de patauger dans la gadoue et progressaient maintenant à vive allure. Tom s'était alors mis à couvert, inquiet de ce qui aurait pu se produire s'ils l'avaient aperçu.

Or, à présent, voilà que d'autres groupes s'en mêlaient, l'un venait d'apparaître au sud-ouest et l'autre à l'ouest. Tom ne pouvait encore les distinguer nettement, ce n'étaient que des points qui avançaient avec lenteur et difficulté dans le moutonnement de l'horizon. Mais, bordel, d'où pouvaient-ils bien venir ?

Les Tandus avaient une nette avance. Ils étaient pour le moins huit ou neuf et marchaient toujours en file indienne. Chaque créature écartait au maximum ses trois paires de jambes. Dans le berceau de leurs bras, ils portaient des instruments luisants qui ne pouvaient être que des armes. Leur allure ne s'était pas ralentie, bien au contraire.

Tom se demandait quelle nouvelle tactique ils avaient bien pu adopter. Il remarqua que le Tandu de tête ne portait pas d'arme mais s'occupait exclusivement de tenir en laisse la créature poilue et avachie qui précédait la colonne. Il se penchait d'ailleurs régulièrement sur elle comme pour l'encourager à poursuivre sa tâche.

Tom risqua plus d'un œil au-dessus du monticule.

— Bon sang !

Le tas de fourrure animé *créait* de la terre ferme — ou du moins quelque chose de solide — sous forme d'une chaussée qui se matérialisait devant lui ! Au point d'attaque et de part et d'autre de ce ruban, on percevait un faible miroitement là où la réalité semblait lutter contre cette pernicieuse intrusion.

Un Épisiarche ! Tom en oublia momentanément sa fâcheuse situation, tout heureux d'assister à un spectacle aussi rare.

Alors qu'il regardait, la digue s'interrompit en un point. Les deux lignes de lumière qui l'encadraient se rejoignirent avec un grand bruit et le Tandu qui était à cet endroit se mit à battre des jambes et des bras tandis qu'il s'effondrait dans les herbes. En se débattant, il ne fit que déchirer le tapis végétal et agrandir le trou dans lequel il finit par sombrer comme une pierre.

Pas un de ses congénères ne parut y prêter garde. Les deux qui suivaient sautèrent par-dessus l'arche de lumière jusqu'au « terrain » solide qui s'étendait toujours au-delà. Le groupe, réduit d'une unité, poursuivit sa progression vers l'épave.

Tom secoua la tête. Il fallait qu'il l'atteigne avant ! Il ne pouvait pas se permettre d'y être précédé par les Tandus.

Pourtant, s'il faisait quoi que ce fût, même reprendre sa marche, ils ne manqueraient pas de le repérer. Aucun humain n'avait jamais survécu longtemps après avoir sous-estimé un Tandu.

À contrecœur, il défit les brides de ses raquettes et les abandonna pour ramper prudemment jusqu'au bord d'un bassin qui s'ouvrait dans les herbes.

Il se mit alors à compter avec lenteur en attendant de pouvoir entendre l'approche des Galactiques. En même temps, il répéta dans sa tête l'enchaînement des mouvements qu'il allait faire.

Puis il prit plusieurs inspirations profondes, remit son masque et s'assura qu'il était en ordre de marche et que la vase n'avait pas obstrué les ailettes. Ensuite, il tira son pistolet du holster et en tint la crosse à deux mains.

Il se cala les pieds sur deux touffes solides et vérifia son équilibre. Le bassin était juste devant lui.

Il ferma les yeux.

Guette
Le bruissement des nageoires
Du requin tigré

Et il focalisa son empathie sur les puissantes émissions métapsychiques de la créature extraterrestre qui, à présent, n'était plus qu'à environ quatre-vingts mètres.

— Gillian… dit-il en un soupir.

Puis, d'un geste tout de souplesse et de soudaineté, il se redressa et tendit l'arme à bout de bras. Ses yeux s'ouvrirent et il tira.

Toshio

Contre l'avis de Toshio, ils avaient hissé la chaloupe au sommet de l'île, vidant du même coup ses batteries. Pourtant, il leur avait proposé d'élargir à coups d'explosifs l'entrée de la caverne située sous le tertre mais Takkata-Jim avait accueilli cette suggestion avec un froid mépris.

Le résultat, c'est que depuis deux heures, lui, Toshio, s'échinait à camoufler l'appareil sous un tas de feuillage sans même être sûr que ce serait efficace si les Galactiques cessaient de se battre et s'intéressaient de plus près à la surface de la planète.

Metz et Dart étaient censés l'aider. Toshio avait commencé par leur donner la tâche de couper des branches mais il s'était bien vite aperçu qu'il fallait tout leur dire et être constamment derrière eux. Dart supportait visiblement très mal d'être commandé par un midship qui, quelques jours auparavant, se pliait encore à ses moindres caprices. Son seul désir était manifestement de retrouver le sac qu'il avait impatiemment déposé au bord du bassin avant de se trouver enrôlé dans les mêmes corvées que tout le monde. Metz avait montré plus de bonne volonté mais il avait une telle envie d'en finir au plus vite afin de pouvoir parler avec Dennie que sa distraction le rendait pire que simplement inefficace.

Tant et si bien que Toshio se débarrassa d'eux et termina seul le travail.

Enfin, le petit astronef fut à couvert et le midship se

laissa tomber au pied d'un arbre à huile au tronc duquel il s'adossa.

Qu'il aille au diable, ce Takkata-Jim ! Toshio et Dennie étaient censés s'assurer de la sécurité du campement et informer Metz de ce qu'ils avaient appris sur les Kikwis avant de grimper sur leur traîneau et de ficher le camp d'ici. Gillian avait prévu leur départ pour dans quelques heures et rien, ou presque, n'était encore fait !

Par-dessus le marché, le *Streaker* ne l'avait pas averti plus d'une heure à l'avance qu'il devait probablement s'attendre à trouver un passager clandestin dans la chaloupe. Gillian avait toutefois décidé de ne pas faire arrêter Charlie pour désobéissance aux ordres bien qu'il parût avoir dérobé du matériel dans une bonne douzaine de laboratoires du vaisseau. Toshio était content que cette corvée supplémentaire lui eût été épargnée. Il ne voyait pas très bien ce qui, sur l'île, aurait pu faire une prison.

Sur sa gauche, il perçut un bruissement de feuilles suivi d'une série de gémissements mécaniques qui s'accompagnèrent d'un bruit de branches brisées. Puis quatre araignées enjambèrent les buissons pour pénétrer dans la petite clairière. Dans la nacelle de chaque appareil, il y avait un *Steno* qui le manœuvrait par l'intermédiaire de sa prise neurale. Toshio se leva à leur approche.

Takkata-Jim passa devant lui et, sans rien dire, le regarda d'un œil froid. Les trois autres araignées traversèrent la clairière dans le sillage de leur chef et s'enfoncèrent de nouveau dans la forêt en se lançant des trilles de ternaire argotique.

— Pour Takkata-Jim, je ne sais pas, mais ces fen qui sont avec lui sont encore plus cinglés que les nicheurs des môles d'Atlast, se dit-il à voix basse en secouant la tête d'un air désabusé.

Il avait connu quelques soi-disant *Steno* sur Calafia. Certains lui étaient apparus pour le moins bizarres, avec un mélange complexe de côtés positifs et négatifs comme c'était le cas pour Sah'ot. Mais aucun n'avait jamais eu cette lueur démente que l'on surprenait dans le regard des fen qui avaient accompagné l'ex-second dans son exil.

Alors que les bruits du cortège mécanique s'estompaient dans les lointains, Toshio se demanda pourquoi Gillian avait laissé partir Takkata-Jim. N'aurait-il pas été plus simple de les jeter, lui et sa clique, à fond de cale et d'en finir avec tout ça ?

D'accord, ce n'était pas une mauvaise idée que de laisser une équipe tenter de fausser compagnie aux Galactiques à bord de la chaloupe pour le cas où le *Streaker* serait abattu en essayant de s'échapper. Et Gillian n'avait probablement pas voulu se séparer des quelques fen de confiance qui étaient restés à bord du vaisseau. Cependant…

Il tourna ses pas vers le village kikwi et continua de réfléchir en marchant.

Bien sûr, dépouillée comme l'était à présent la chaloupe, Takkata-Jim ne serait théoriquement pas en mesure de contacter les Galactiques quand bien même cette idée lui viendrait. Et Toshio ne pouvait imaginer pourquoi le second voudrait faire une telle chose.

Mais que se passerait-il s'il avait une raison de le faire ? Et s'il en trouvait le moyen ?

Il était si profondément absorbé dans ses pensées qu'il faillit se cogner contre un arbre. Il leva les yeux et reprit la bonne route.

Il faut que j'en aie le cœur net, se dit-il. Ce soir même, je dois me débrouiller pour savoir s'il peut être une source d'ennuis.

Ce soir.

Un espace dégagé s'ouvrait au centre du village et les adultes de la tribu s'y étaient accroupis en cercle. Participaient à la conférence, Ignacio Metz et Dennie Sudman assis juste en face de la Mère du Nid dont les vésicules aériennes aux brillantes rayures vertes et rouges étaient gonflées à l'extrême. Les doyens du village l'encadraient, masse ondulante et soufflante qui, sous les rayons du soleil filtrant au travers du feuillage, évoquait un chapelet de ballons bariolés.

Toshio s'immobilisa sur le bord de la clairière et contempla ce conclave multiracial.

La Mère du Nid ne cessait de jacasser en agitant les mains de haut en bas ce qui, selon Dennie, connotait une joyeuse emphase. La vieille Kikwie eût-elle souligné son discours par des gestes en diagonale qu'elle eût ainsi manifesté sa colère. C'était une structure expressive d'une clarté sereine. Le reste de la tribu répétait les sons qu'elle émettait, prenant de temps à autre un peu d'avance sur elle dans les montées ou les descentes de ce chant d'acquiescement.

Ignacio Metz hochait la tête avec enthousiasme, la main plaquée sur l'écouteur qui lui transmettait la traduction simultanée que l'ordinateur faisait de l'hymne. Lorsque ce dernier se termina, il prononça quelques mots dans un micro et une longue série de couinements répétitifs suraigus sortit du haut-parleur de la machine.

Quant à Dennie, son soulagement crevait les yeux. Elle avait redouté cette première rencontre entre l'expert en Élévation et les Kikwis mais, apparemment, Metz n'avait rien fait qui réduisît à néant les patientes négociations qu'elle avait menées avec les pré-cognitifs. La réunion semblait même aboutir à une conclusion des plus satisfaisantes.

Elle s'aperçut de la présence de Toshio et lui lança un large sourire. Sans cérémonie, elle se leva et quitta le cercle. Puis elle se précipita vers l'orée de la forêt où il attendait.

— Comment ça se passe ? lui demanda-t-il.

— À merveille ! Il se trouve qu'il a lu en détail tous les rapports que j'ai fait parvenir au vaisseau ! Il a parfaitement assimilé leur protocole de groupe, il sait distinguer leur âge et leur sexe selon leurs caractéristiques physiques, et il estime que mon analyse de comportement était exemplaire ! Exemplaire ! Tu te rends compte ? (Toshio sourit, heureux de la voir heureuse.) Il parle même de me trouver une place au Centre de l'Élévation !

Elle était si excitée qu'elle ne pouvait s'empêcher de sautiller sur place.

— Et pour le contrat ?

— Ils sont d'accord. Nous en ramènerons une douzaine à bord du *Streaker* si Hikahi passe nous prendre avec le canot et, de toute manière, quelques-uns accompagneront Metz lorsqu'il retournera sur la Terre avec la chaloupe. Nous avons tout arrangé.

Toshio jeta un regard sur la joyeuse assemblée des aborigènes et tenta de ne rien laisser paraître de ses inquiétudes.

Évidemment, c'était pour le bien des Kikwis en tant qu'espèce. Leur sort serait nettement plus enviable s'ils étaient sous le patronage de l'humanité que sous celui de presque toutes les races qui voyageaient dans l'espace. Et il était indispensable que des échantillons vivants fussent soumis à l'examen des généticiens de la Terre avant que toute forme de demande d'adoption ne pût être déposée.

Il ne doutait pas non plus du sérieux avec lequel on veillerait sur la santé de ce premier groupe de pré-cognitifs. Dennie avait consacré la moitié de son enquête à définir les besoins de leur organisme, jusqu'aux éléments qui leur étaient nécessaires à l'état de traces. Il restait cependant peu probable que les membres de ce premier groupe eussent une chance de survivre. Et même si ce miracle devait se produire, Toshio se demandait s'ils avaient quelque notion de l'étrangeté du monde vers lequel ils étaient sur le point de s'embarquer.

Ce ne sont pas encore des cognitifs, se remit-il en tête. Au regard des lois galactiques, ils ne sont pas différents des animaux. Et contrairement à tout un chacun dans les Cinq Galaxies, nous allons pour le moins tenter de leur expliquer ce que nous voulons faire d'eux et leur en demander la permission.

Mais il n'en oubliait pas pour autant cette nuit d'orage où, sous une pluie battante et dans le flamboiement des éclairs, les petits amphibiens s'étaient serrés contre lui et contre sa compagne delphinienne pour les tenir au chaud et leur apporter le réconfort de leur présence.

Il détourna les yeux de la clairière baignée de soleil.

— Donc, plus rien ne te retient ici ? demanda-t-il à Dennie.

Elle fit non de la tête.

— Pourtant, j'aurais aimé rester un petit peu plus longtemps. Maintenant que j'ai terminé mon travail sur les Kikwis, j'aurais pu me consacrer entièrement au problème du tertre de métal. Tu vois, c'est pour ça que j'étais si grognonne il y a quelques jours. En dehors du fait que j'étais crevée d'avoir à mener de front deux boulots d'égale importance, il y avait aussi la frustration. Mais à présent, nous avons encore fait un pas vers la solution du mystère. Est-ce que tu savais que le noyau du tertre de métal est toujours vivant ? C'est…

Toshio dut interrompre ce flot de paroles.

— Dennie ! Cesse une minute de t'emballer sur ce sujet, je te prie, et réponds à ma question. Es-tu prête à partir ?

Elle battit des paupières et ses pensées s'orientèrent dans un autre sens. Il vit un pli soucieux s'inscrire sur son front.

— Le *Streaker* a appelé ? Quelque chose qui ne va pas ?

— Non. Ils m'ont simplement dit qu'ils étaient en route depuis quelques heures. Ce que je veux, c'est que tu rassembles tes notes et tes échantillons puis que tu les ranges à l'abri dans ton traîneau. Toi et Sah'ot, vous partez demain matin.

Elle le regarda comme si les mots qu'il venait de prononcer avaient du mal à pénétrer sa conscience.

— Tu veux dire *toi*, moi et Sah'ot, n'est-ce pas ?

— Non. Je reste encore un jour de plus. Il le faut.

— Mais pourquoi ?

— Écoute, Dennie, je ne puis en dire plus maintenant. Fais simplement ce que je te demande. S'il te plaît.

Alors qu'il s'apprêtait à retourner vers le bassin de l'arbre foreur, elle le retint par le bras. Comme il ne s'arrêtait pas, elle le suivit.

— Mais nous devions partir ensemble. Si tu as des choses à faire ici, je vais rester pour t'attendre !

Il continua de marcher sans répondre, incapable de trouver quelque chose à lui dire. Le fait de gagner enfin son respect et son affection alors qu'il allait la perdre dans quelques heures le remplissait d'amertume.

Si c'est ça, grandir, songea-t-il, qu'ils se le gardent.

Alors qu'ils approchaient du bassin, les échos d'une violente dispute leur parvinrent. Toshio pressa le pas et Dennie courut presque pour rester à sa hauteur jusqu'au moment où ils finirent par déboucher dans la clairière.

Charles Dart braillait en s'accrochant à un cylindre mince sur l'autre extrémité duquel le bras manipulateur de l'araignée de Takkata-Jim avait refermé sa pince. Tandis que Charlie luttait de toutes ses forces contre la traction de la machine, l'ex-second du Streaker arborait un large sourire.

Cette lutte à la jarretière dura encore quelques secondes car les muscles du néo-chimp n'étaient pas dénués de puissance mais, soudain, le cylindre lui échappa des mains. Il tomba à la renverse, roula dans la poussière et s'arrêta de justesse au bord du bassin. Puis il se releva d'un bond et exhala sa colère dans des hurlements perçants.

Les trois autres araignées que conduisaient les *Steno* marchaient à la queue leu leu vers la chaloupe, chacune tenant dans ses pinces un exemplaire de ces longilignes cylindres. Lorsque Toshio fut assez près pour distinguer nettement celui dont Takkata-Jim s'était emparé, il se figea sur place et ses yeux s'écarquillèrent.

— Elles ne présentent plus le moindre danger, lui dit Takkata-Jim sur un ton des plus insouciants. Je les lui ai confisquées et je vais les garder à bord de sorte qu'elles restent inoffensives.

— C'est à moi, voleur ! s'écria Dart en faisant des sauts de carpe. Espèce de criminel ! Vous croyez peut-être que je ne suis pas au courant de cette tentative d'assassinat sur la personne de Creideiki ? Tout le monde le sait ! Et vous avez détruit les bouées afin d'en effacer la preuve ! Et maintenant vous venez me voler mes outils de travail !

— Que vous avez vous-même dérobés dans la soute du *Streaker*, sans nul doute. Mais peut-être préférez-vous que j'appelle le docteur Baskin pour qu'elle confirme que ces « outils » sont bien à vous ?

Charlie gronda en montrant ses deux impressionnantes rangées de dents jaunes puis il tourna le dos au néo-dauphin et alla s'asseoir à même le sol devant un complexe robot de plongée que l'on venait de déballer sur le bord du bassin.

L'araignée de Takkata-Jim amorçait un demi-tour lorsque le fin remarqua le regard que Toshio posait sur lui. L'espace d'un instant, la froide réserve du lieutenant céda sous la féroce détermination qui se lisait dans les yeux du midship. Il détourna la tête puis manœuvra son engin pour faire de nouveau face à Toshio.

— Ne croyez pas tout ce que l'on raconte, jeune humain. Il est des choses que j'ai faites, et que je referais car je suis convaincu d'avoir raison. Mais ce n'est pas moi qui suis responsable de l'accident de Creideiki.

— Avez-vous vraiment détruit les bouées ?

Derrière lui, Toshio sentait la présence silencieuse de Dennie, qui, elle aussi, regardait fixement le grand dauphin.

— Oui, mais ce n'est pas moi qui les ai sabotées. Tout comme Henri II à propos de Thomasss Beckett-t, je puis affirmer que je ne l'ai su qu'après. Dites-le à ceux de la Terre si, par quelque bizarrerie du destin, vous parveniez à vous échapper et qu'il n'en soit pas de même pour moi. Dites-leur qu'un autre a pris l'initiative de précipiter les choses.

— Qui, alors ? fit Toshio, les poings serrés.

Un long soupir s'échappa de l'évent de Takkata-Jim.

— Notre cher professeur Metz a réussi à extorquer de la Haute Autorité l'affectation d'individus qui n'auraient jamais dû participer à ce voyage. Vous comprenez, il était impatient de les tester. Mais quelques-uns de ses *Steno* ont... comment dire ?... un arbre généalogique passablement inhabituel.

— Les *Steno*...

— Quelques *Steno* ! Je ne suis pas une expérience de Metz, moi ! Je suis un officier de l'astronavale. Ma présence à bord de ce vaisseau n'est due qu'à mon seul mérite. (Il avait dit cela sur un ton de défi.) Lorsque la tension s'est accrue jusqu'à son point de rupture, certains d'entre eux se sont tournés vers moi. J'ai cru pouvoir les contrôler. Mais il en est un qui s'est révélé au-delà de mes compétences de meneur de fen. Dites-leur si vous rentrez chez vous, Toshio Iwashika. Dites-leur bien qu'il est possible d'obtenir des monstres en manipulant les gènes delphiniens. Il faut qu'ils en soient avertis.

Puis il resta un long moment le regard posé sur le jeune midship avant de faire pivoter son araignée pour rejoindre son équipage auprès de la chaloupe.

— C'est un menteur ! murmura Dennie une fois qu'il se fut éloigné. Il donne l'impression d'être rationnel et logique mais, rien qu'à l'écouter, j'en ai des frissons.

Toshio suivit des yeux l'araignée jusqu'à ce qu'elle eût disparu au détour du sentier.

— Non, dit-il. C'est un ambitieux et il se peut aussi qu'il soit fou. Il y a de fortes chances pour que ce soit également un traître. Mais, je ne sais pourquoi, j'ai la conviction que tout ce qu'il a dit n'était que la stricte vérité. Peut-être cette franchise ostentatoire est-elle la dernière chose à laquelle il puisse se raccrocher pour garder sa fierté. (Puis il se tourna et secoua tristement la tête.) Ce qui, d'ailleurs, ne le rend pas moins dangereux.

Il s'approcha de Charles Dart qui l'accueillit avec un sourire affable. Puis il s'accroupit près du planétologiste chimp.

— Professeur Dart, quelle était leur puissance ?

— La puissance de quoi, Toshio ? Vous avez vu ce nouveau robot ? Je l'ai fait faire spécialement. Il peut plonger directement au fond du puits et creuser latéralement jusqu'à ces grosses veines de magma que nous avons détectées…

— Quelle était leur puissance, Charlie ? répéta Toshio qui n'avait pas l'air de rigoler et semblait même prêt à étrangler le chimpanzé. Dites-le-moi !

Dart lança au midship un regard furtif avant de paraître s'absorber dans la contemplation des eaux du bassin.

— Juste de l'ordre de la kilotonne, soupira-t-il. À peine assez puissantes pour provoquer des ondes sismiques décentes, croyez-moi. (Et il leva sur Toshio de grands yeux bruns pleins d'innocence.) Sincèrement, ce n'étaient que de toutes petites bombes, de minuscules bombes A.

Hikahi

La nécessité de progresser en silence l'obligeait à conduire le canot à une vitesse à peine supérieure à celle d'un traîneau. C'était rageant.

Coupée de tout contact avec quiconque depuis plus d'une journée, Hikahi examinait le paysage sous-marin qui défilait autour d'elle pour éviter autant que possible de penser au sort du *Streaker* et de Creideiki. Tôt ou tard, elle finirait par savoir ce qui s'était passé. Jusque-là, elle n'avait rien à gagner à se faire du souci.

La lumière matinale commençait de filtrer jusque dans les profondeurs de la vallée qu'elle venait d'emprunter, infléchissant ainsi sa course de l'est vers le nord. Des paquets d'algues dérivaient à l'aplomb du canot tandis que des poissons au dos cuivré faisaient de temps à autre une brève apparition sur ses flancs pour être ensuite engloutis dans les ténèbres de son sillage.

Tout à l'heure, elle avait entr'aperçu quelque chose de long et de sinueux qui s'était vite glissé dans une grotte sous-marine à son approche. Elle n'avait pas eu le temps de s'arrêter mais se félicitait d'avoir eu la présence d'esprit de prendre une photo du monstre au passage.

Que vais-je faire si je ne trouve qu'une épave à la place du *Streaker* ? songea-t-elle en dépit de ses bonnes résolutions.

Je retournerai jusqu'au croiseur thennanin dans un premier temps. On a besoin de moi, là-bas. Mais rester cachés au fond de l'océan ne saurait être une solution à long terme. Surtout pas sur ce monde vénéneux. Or, ce sera moi le commandant, et il faudra bien que je prenne une décision.

Serai-je capable de me forcer à négocier notre reddition ?

Si oui, elle ne laisserait quand même pas les Galactiques s'emparer de sa personne. Elle était en effet l'une des rares à pouvoir, avec les coordonnées correctes, programmer une course retour vers la flotte abandonnée.

Peut-être veillerai-je d'abord à ce que l'équipage soit incarcéré dans des conditions acceptables puis tenterai-je de m'évader avec le canot, se dit-elle. Non que le canot soit en mesure de me ramener à la Terre, quand bien même parviendrait-il à forcer le blocus, mais il faut tout tenter pour informer la Terragens de ce qui se passe ici. Peut-être trouvera-t-on un moyen de punir ces fanatiques… de leur faire payer si cher cette tentative d'intimidation qu'à l'avenir ils y réfléchiront à deux fois avant de marcher sur les plates-bandes des Terriens.

Elle avait néanmoins conscience de se bercer d'illusions. Les humains et leurs clients risquaient d'attendre encore quelques siècles avant d'acquérir — peut-être — un tel pouvoir.

Hikahi se fit tout ouïe. Il y avait un bruit…

Elle monta le son des hydrophones. Des filtres en effaçaient tout bruit de fond tel que le vrombissement des moteurs et l'incessant murmure des flots. Elle perçut les mouvements feutrés des créatures marines.

— Ordinateur ! Filtrage sur la réception cétacé.

Les sons se modifièrent puis le silence parut tomber sur la mer. On continuait cependant de distinguer quelque chose.

— Amplification !

Le niveau sonore augmenta. Par-dessus le sifflement parasite, elle entendit, faibles mais parfaitement reconnaissables, les cris de dauphins qui nageaient ! Certains bruits étaient également ceux d'un combat désespéré.

Captait-elle l'écho de la débandade des quelques survivants d'un désastre ? Que faire ? Elle aurait voulu se précipiter au secours des fen en détresse. Mais qui les poursuivait ?

— Bruits de machines ! ordonna-t-elle. Mais, sur la console de détection, un voyant rouge clignota, révélant leur absence dans le rayon de portée des capteurs.

Ces dauphins n'avaient donc pas de traîneaux.

Déciderait-elle d'aller à leur rescousse qu'elle mettrait en péril le dernier espoir de ceux qu'elle avait laissés au Cheval Marin. Devait-elle contourner les fugitifs et se dépêcher d'atteindre le *Streaker* comme prévu ? C'était un atroce dilemme.

Hikahı réduisit sa vitesse pour faire encore moins de bruit et mit cap plein nord sur la source des cris.

Charles Dart

Il attendit que tout le monde fût parti pour dévisser le dos de son nouveau robot et vérifier son contenu.

Oui, c'était toujours là. Bien à l'abri.

Parfait, se dit-il. J'avais espéré faire une contre-expérience mais une bombe devrait suffire.

Streaker

EXTRAIT DU JOURNAL DE GILLIAN BASKIN

Nous sommes en route. Tout le monde à bord semble soulagé de bouger enfin.

Tard dans la soirée d'hier, ses surcompresseurs tournant à peine au ralenti, le Streaker *a décollé du fond de l'océan. Je suis restée sur la passerelle, un œil sur les indicateurs de contrainte et l'autre sur les écrans où s'affichaient les rapports des fen qui surveillaient les choses de l'extérieur, jusqu'à ce que nous ayons tous eu la certitude que le vaisseau était en parfait état. À vrai dire, il nous a même donné l'impression d'être aussi pressé que nous de partir.*

Emerson et l'équipe de la salle des machines peuvent être fiers du boulot qu'ils ont fait quoique évidemment rien n'eût été possible sans les bobines récupérées par Tom et Tsh't. De toute façon, le Streaker *ronronne de nouveau comme un vrai vaisseau spatial.*

Nous filons plein sud et déroulons dans notre sillage un monofil qui nous permet de rester en contact avec l'île. Nous avons également laissé un message à Hikahi comme prévu.

J'espère qu'elle va se dépêcher de refaire surface. Je n'aurais jamais cru qu'il fût si compliqué d'être commandant. Je suis obligée de vérifier moi-même si tout est fait dans l'ordre et correctement, et ce le plus discrètement possible de sorte que les fen n'aient pas le sentiment d'avoir tout le temps « la vieille » sur le dos. Cela me fait parfois regretter de ne pas avoir bénéficié de cette formation militaire que Tom a eue pendant que je faisais ma médecine.

Dans moins de trente heures, nous aurons atteint l'épave thennanin. Suessi m'a promis qu'on viendrait à notre rencontre. En attendant, j'ai fait sortir des éclaireurs et Wattacéti fait la route au-dessus de nous avec un traîneau de détection. Selon ses instruments, nos fuites sont très faibles et, compte tenu de notre profondeur, nous ne devrions plus rien craindre.

Je donnerais bien une année de salaire pour avoir à mes côtés Hikahi, Tsh't ou même Keepiru. Auparavant, je n'avais jamais vraiment compris pourquoi un capitaine fait tant de cas d'un bon second.

À propos de capitaines, le nôtre est une merveille.

Après avoir quitté l'infirmerie, Creideiki avait paru vivre dans une sorte de brouillard. Mais la longue conversation qu'il a eue avec Sah'ot semble avoir réveillé toutes ses facultés. J'ignore ce que Sah'ot a fait mais je n'aurais jamais imaginé qu'une personne aussi gravement handicapée que Creideiki pût être dotée d'une telle énergie et se montrer si utile.

Lorsque nous avons appareillé, il a demandé la permission de superviser les éclaireurs et les flancs-gardes. Je désespérais justement de trouver un fin de confiance qui pût prendre la responsabilité des opérations extérieures et je me suis dit que ce pourrait être bon pour le moral qu'il fût visible. Et, de fait, même les Steno *étaient tout excités de le savoir avec eux. Leur dernière amertume au sujet de mon « coup d'État » — et de l'exil de Takkata-Jim — semblait s'être dissipée.*

Creideiki est limité dans son expression aux plus élémentaires appels ternaires mais cela semble suffire. Pour l'instant, il est dehors, filant avec son traîneau d'un fin à l'autre pour attirer leur attention sur quelque chose, les bousculer du museau ou leur montrer l'exemple. Quelques heures seulement nous séparent du rendez-vous prévu entre Tsh't et les éclaireurs. Je pourrai alors dire à Creideiki de rentrer.

Depuis que je suis de retour dans mon labo, un petit voyant ne cesse de clignoter sur ma console. C'est cette dingue de Niss. Et j'ai décidé de la laisser poireauter.

Tom ne serait pas d'accord, je le sais. Mais l'énergie d'une fem a ses limites, et il faut que je dorme. De toute manière, si c'était urgent, cette maudite machine aurait déjà trouvé le moyen de parler.

Oh, Tom, nous aurions bien besoin de ton endurance à présent. Es-tu sur le chemin du retour ? Ton petit planeur vole-t-il à l'heure où j'écris ces mots vers l'île de Toshio ?

Qui suis-je en train de vouloir tromper ? Depuis la première psi-bombe, nous n'avons plus rien détecté si ce n'est l'écho des combats, dont certains, hélas, à l'emplacement même de sa dernière position connue. Il n'a pas fait exploser une seule de ses bombes à messages. Donc, soit il n'a pas voulu nous donner un signal ambigu, soit… le pire est à craindre.

Et si Tom reste muet, comment nous résoudre à faire quoi que ce soit une fois que nous nous serons glissés dans le Cheval Marin ? Devrons-nous décoller et tenter notre chance ou rester cachés aussi longtemps que possible dans cette coque évidée ?

C'est cette décision qu'Hikahi devra prendre le moment venu.

Gillian referma le Journal et appliqua l'empreinte de son pouce sur le système d'autodestruction. Puis elle se leva et éteignit la lumière.

En sortant du labo, elle passa devant le cercueil de stase de cet ancien cadavre qui avait exigé un tel prix pour être exhumé des Syrtes. Herbie continua tranquillement de sourire sous son petit spot. Immémoriale énigme. Mystère.

Fauteur de troubles.

Cabossé, marqué par les cicatrices de la bataille, le *Streaker* suivait lentement le fond de la vallée sous-marine dans le doux ronron de ses moteurs à la puissance contenue. Il paraissait porté par la brume écumante de la vase soulevée par ses compresseurs.

Il glissait par-dessus les ténèbres des sillons et des abîmes, longeant le versant des vallées, contournant de temps à autre un monticule. De minuscules traîneaux évoluaient sur ses flancs et le guidaient par sonarvox.

Creideiki contemplait son vaisseau enfin sorti de l'immobilité. Il écoutait les rapports laconiques des éclaireurs et des sentinelles, les réponses que leur donnait le personnel de la passerelle. Il ne pouvait saisir le détail de ces messages, leur jargon technique hautement sophistiqué lui étant à présent inaccessible, mais il en devinait le sens général et comprenait que l'équipage avait les choses bien en main.

Dans cette pénombre diffuse et bleutée, il ne pouvait réellement voir le *Streaker* mais il l'écoutait, le caressant avec douceur de son propre sonar et savourant le grondement assourdi des moteurs tout en s'imaginant à son bord lorsqu'il prendrait son envol.

: Plus Jamais Creideiki : Plus Jamais Tu Ne Seras À Son Bord Lorsqu'Il Prendra Son Essor :

Le spectre, K-K-Kph-kree, se matérialisa progressivement à ses côtés, fantomatique silhouette d'ombres argentées et soniques. La présence du dieu ne causa ni surprise ni même la moindre gêne à Creideiki. Il s'était attendu à le voir apparaître. L'être nageait avec nonchalance, se maintenant sans difficulté à la hauteur du traîneau.

: Tu Nous As Échappé : Toutefois C'est À Dessein Que Maintenant Tu Me Sculptes Hors Du Chant : Est-Ce En Raison Des Voix Anciennes Que Tu As Entendues ? : Les Voix D'En Dessous ? :

: Oui :

Creideiki ne pensait plus en anglique ni en ternaire mais dans cette nouvelle langue qu'il avait apprise.

: Il Est Une Ancienne Colère Au Sein De Ce Monde : J'Ai Entendu Son Chant :

Le vaste front du dieu-songe se constella d'étincelles. Son étroite mâchoire s'abaissa. Ses dents brillèrent.

: Et Que Comptes-Tu Faire ? :

Creideiki sentit que l'être connaissait déjà sa réponse.

: Mon Devoir : Qu'Ai-Je Jamais Pu Faire D'Autre ? :

Des profondeurs du Songe Cétacé, K-K-Kph-kree émit un soupir approbateur.

Creideiki monta le son des hydrophones. On percevait des cris excités à bonne distance en avant du vaisseau — l'éclat lointain de joyeuses retrouvailles.

Creideiki jeta un œil sur l'écran sonar de son traîneau. Un petit groupe de points venait d'apparaître sur ses franges et s'avançait à la rencontre des taches qui représentaient les éclaireurs du *Streaker*. Cet amas ne pouvait être que l'équipe commandée par Tsh't.

Après s'être assuré qu'il n'y avait personne à proximité pour remarquer sa manœuvre, Creideiki engagea son traîneau dans une petite gorge latérale. Puis il se glissa dans l'ombre d'une corniche et coupa son moteur. Il attendit alors et, de son perchoir, vit passer le *Streaker* qui, avec le dernier de ses flancs-gardes, disparut dans un tournant de la longue vallée.

— Au... revoir... (Il se concentrait sur les mots angliques, les formulant un par un.) Au revoir... et... bonne chance...

Lorsqu'il fut certain de n'être plus en vue, il sortit de sa cachette et lança son traîneau vers le nord, vers l'endroit qu'ils avaient quitté une vingtaine d'heures auparavant.

: Viens Avec Moi Si Tu Veux : dit-il à ce dieu, partiellement issu de son imagination et partiellement d'autre chose.

La spectrale silhouette répondit en non-mots qui tiraient leur substance du sonar même de Creideiki.

: Je T'Accompagne : Pour Tout Le Chant Du Monde Je Ne Voudrais Pas Rater Ça :

SEPTIÈME PARTIE

LA CHAÎNE DE PÂTURE

Ah, Maître, je m'émerveille de voir qu'en mer
Les gros mangent les petits comme on fait a terre.

WILLIAM SHAKESPEARE
Richard II

Akki

C'était un cri qui lui glaçait la moelle épinière. Seul un monstre pouvait produire un tel son. C'était presque autant devant ce cri qu'il fuyait que devant la créature qui le proférait.

Vers midi, Akki se rendit compte que la fin approchait.

Son épuisement se manifestait par des palpitations et par une difficulté de plus en plus grande à respirer mais aussi par une douloureuse desquamation de la couche externe de son épiderme. Cette réaction allergique aux flots de Kithrup semblait aggravée par la fatigue. Il avait senti le phénomène s'empirer alors qu'il zigzaguait entre les îlots de l'archipel. Sa peau en un temps si souple, si satinée, si hydrodynamique n'était plus qu'une masse de boursouflures eczémateuses. Il avait encore l'esprit plus agile que le corps.

À plusieurs reprises, il s'était tiré de pièges qui auraient dû faire de lui un cadavre. Une fois, poursuivi par une réflexion sonar, il s'était précipité droit dans la gueule de K'tha-Jon et avait viré de justesse alors que le géant brandissait son fusil-laser et dévoilait ses crocs impressionnants dans un rictus purement démoniaque.

Depuis, Akki savait que, s'il était encore en vie, il ne le devait ni à sa rapidité ni à son intelligence mais au seul fait que son adversaire jouait avec sa proie.

En se dirigeant vers le nord, il avait espéré atteindre l'île de Toshio mais, à force de fuir, il avait perdu tout sens de l'orientation. Peut-être que s'il pouvait attendre le coucher du soleil…

Non. Je ne tiendrai pas jusque-là. Il est temps d'en finir.

De nouveau, le terrifiant cri de chasse retentit. Autour du jeune midship, l'eau parut se coaguler.

L'extrême fatigue d'Akki était due pour une large part à la panique dans laquelle le jetait ce cri. À quel cercle de l'enfer appartenait donc cette créature qui était à ses trousses ?

Peu de temps auparavant, il avait perçu dans le lointain un autre cri dans lequel il avait cru reconnaître l'appel de recherche d'un *Tursiops*. Puis il s'était dit qu'il péchait par excès d'imagination. Quelle que fût la manière dont avaient tourné les choses à bord du *Streaker*, il était peu vraisemblable qu'on eût envoyé quelqu'un à sa recherche et encore moins qu'un hypothétique sauveteur eût été en mesure de retrouver sa trace dans l'immensité de l'océan.

Sa seule consolation était d'avoir rendu service au vaisseau en distrayant K'tha-Jon, détournant ainsi le monstre du lieu où il eût risqué d'être le plus néfaste.

J'espère que Gillian et Hikahi ont pu retourner là-bas et arranger les choses, se dit-il. Oui, je suis sûr qu'elles l'ont fait.

Il reprit silencieusement son souffle dans l'ombre d'une crevasse. Le bosco savait où il était, bien sûr, et tôt ou tard, il allait se lasser de jouer à cache-cache et venir chercher sa proie.

Je suis de plus en plus faible, songea le Calafiain. Je ferais mieux d'en finir pendant que je puis encore y gagner quelque chose... ne serait-ce que l'honneur de choisir moi-même à quel moment je vais mourir.

Il vérifia la batterie de son harnais. La charge serait tout juste suffisante pour deux coups de chalumeau, et encore, à condition qu'ils soient tirés de très près. En revanche, il était pratiquement sûr que K'tha-Jon n'aurait pas les mêmes problèmes avec sa carabine.

Puis, avec ses mains de harnais, Akki replaça l'appareil respiratoire sur son évent. Il lui restait dix minutes d'oxygène. C'était plus qu'assez.

Encore une fois, le cri se répercuta sur les flots, perçant, glacial, sarcastique.

D'accord, monstre. (Il serra les dents pour ne plus frémir.) Retiens tes chevaux. J'arrive.

Keepiru

Keepiru filait vers le nord-est, vers l'endroit d'où, pendant la nuit, lui étaient parvenus des bruits de combat. Il nageait au ras de la surface, courbant et détendant son corps sur un rythme accéléré, repoussant les flots à puissants coups d'ailerons et de caudale, sans cesser de maudire l'entrave que constituait son harnais bien qu'il ne pût songer à s'en débarrasser.

Mais plus encore, il maudissait la malchance qui avait fait mourir d'épuisement son traîneau ainsi que celui de Moki de sorte qu'il avait dû les abandonner.

Alors qu'il s'engageait dans le labyrinthe d'îlots, il entendit pour la première fois le cri de chasse avec netteté.

Jusqu'alors, il avait pu se dire qu'il s'imaginait des choses et que seule la distance ou quelque étrange propriété réfringente de l'eau lui faisait reconnaître quelque chose qui ne pouvait pas exister ici.

Le cri suraigu retentit de nouveau, répercuté par les tertres de métal. Keepiru fit un tour complet sur lui-même. Un instant, ce fut comme s'il avait une meute de chasseurs autour de lui.

Puis il perçut un autre son plus lointain, un héroïque et frêle hymne en ternaire. Keepiru fit osciller sa mâchoire, détermina la direction à prendre et donna toute sa valeur de nageur.

Dans un puissant jeu de muscles, il s'élança au travers du dédale et, lorsqu'une sonorité grinçante l'avertit qu'il n'y avait presque plus d'oxygène dans son appareil, il s'en débarrassa en poussant un juron et continua de bondir presque à fleur d'eau, soufflant chaque fois que son évent crevait la surface.

Il atteignit un carrefour de détroits et resta hésitant.

Quel chenal prendre ? Ce fut alors que, de nouveau, l'horrible cri se fit entendre suivi par un fracas terrifiant. Puis, dans un même couinement se mêlèrent insultes et souffrance tandis que l'on percevait la plainte étouffée d'un harnais en fonctionnement. Et, encore une fois, frêle et opiniâtre, le défi de cet hymne ternaire auquel répondirent un hurlement fébrile et un second bruit d'écrasement.

Keepiru repartit. Il ne pouvait plus être loin ! À cet instant, il entendit les derniers accents de l'hymne provocateur.

Et pour l'honneur
De Calafia…

Puis la voix fut submergée par un sauvage cri de triomphe. Et ce fut le silence.

Il passa encore cinq bonnes minutes à explorer frénétiquement chaque chenal avant de découvrir l'arène où s'était déroulé le combat. Lorsqu'il emprunta enfin le bon détroit, le goût de l'eau lui apprit qu'il arrivait trop tard.

Il se figea net à l'entrée du petit vallon sous-marin que formaient les versants escarpés de trois tertres de métal. Au-dessus de lui, des herbes cuivrées flottaient depuis la surface.

Une écume rosâtre se diffusait depuis le centre de l'étroite cuvette, traversée de ruisselets franchement rouges qui suivaient les courants dominants. Au cœur de cette sinistre teinture des flots, enchevêtré dans les débris d'un harnais, le corps d'un jeune fin *amicus* déjà partiellement déchiqueté dérivait ventre en l'air au gré des poussées et des tractions que lui imprimaient les mâchoires sanguinolentes d'un dauphin géant.

Un dauphin géant ? Comment expliquer que, depuis tout ce temps qu'ils avaient quitté la Terre, il n'eût pas été frappé plus tôt par l'évidence ? Il se réajusta sur l'évent un appareil neuf tiré de son harnais et se mit à respirer par bouffées saccadées tout en observant la meurtrière créature et en l'écoutant.

Ouvre donc un peu les yeux sur cette peau violemment contrastée, se dit-il. Regarde cette gueule évasée au bec pratiquement inexistant, ces grandes dents et cette dorsale effilée.

Et surtout, entends-le !

K'tha-Jon émit un grognement de satisfaction en déchirant un nouveau morceau du flanc d'Akki. Le géant ne paraissait même pas sentir la longue brûlure qu'il portait sur le côté ni l'ecchymose qui s'élargissait lentement à partir du point où le rostre du jeune midship, dans un ultime assaut désespéré, avait atteint sa cible.

Keepiru savait que le monstre était conscient de sa présence. Il le vit avaler nonchalamment le dernier lambeau de chair prélevé sur le cadavre puis remonter vers la surface pour faire de l'air. Lorsque K'tha-Jon redescendit, ses yeux se fixèrent sur Keepiru.

— Alors, pilote ? murmura-t-il d'un ton enjoué.

Bien que l'appareil assourdît les mots, Keepiru lui répondit en anglique.

— Je viens juste de m'occuper d'un monstre, K'tha-Jon, mais il était loin d'avoir atteint ce niveau de dégénérescence qui jette l'opprobre sur notre race entière.

Le bosco manifesta son mépris par une série de reniflements sarcastiques.

— Parce que tu t'imagines que j'ai régressssé comme ce minable *Steno* de Moki peut-être ? Hein, pilote ?

Incapable d'amener son évent à prononcer le nom de la créature dans laquelle s'était transformé le géant, Kee piru se contenta de faire non de la tête.

— Un dauphin dégénéré parlerait-il anglique aussi bien que moi ? reprit K'tha-Jon sur un ton moqueur Ou ssserait-il d'une telle logique ? Peux-tu penser une seule seconde qu'un *Tursiopsss* frappé de régression, ou même un pur *Steno*, puisse donner la chasse à une proie dont la respiration est aérienne avec une telle détermination… un plaisir aussi manifeste ? Il est exact que la crise de ces dernières semaines a exercé sur moi son action… mais c'est ma nature profonde qu'elle a libérée. Peux-tu réellement m'entendre et me traiter ensuite de *dauphin régressif* ?

Keepiru fixa l'écume rosâtre qui flottait autour des mâchoires courtaudes et puissantes du monstre. Puis il reporta son regard sur le corps d'Akki dérivant avec lenteur au gré des courants.

— Je sais ce que tu es, K'tha-Jon, dit-il avant de poursuivre en ternaire :

Les eaux glacées bouillonnent
Quand tu lances ton cri
Quand la faim aux dents rouges
Dans ton rêve surgit
Si jadis les harpons
Massacraient les baleines
Si trop souvent Iki

Nous prenait dans ses sennes
Toi seul nous redoutions
Lorsqu'il se faisait tard
Lorsque la nuit venait
Toi... Orque ou Épaulard

Les mâchoires de K'tha-Jon bèèrent de satisfaction comme s'il venait de se voir décerner un titre honorifique. Il remonta faire de l'air et revint avec un large sourire vers Keepiru en se rapprochant de quelques mètres.

— Cela fait déjà quelque temps que j'ai deviné la vérité. Je suis l'une des expériences clés de notre cher patron, Ignacio Metz. Pour une fois, les grands airs que se donne cet imbécile trouvent leur justification. Bon nombre de ceux qu'il s'est débrouillé pour faire admettre dans l'équipage du *Streaker* ont effectivement régressé — certains même sont devenus fous — mais moi, je suis une incontestable réussite...

— Tu es une calamité ! rugit Keepiru à qui son appareil respiratoire interdisait l'emploi de termes plus crus mais plus appropriés.

Le bosco se laissa dériver encore un peu plus près de Keepiru qui, involontairement, recula. Des clicks d'intense jubilation émanèrent du front du géant.

— C'est ce que tu crois, pilote ! Mais comment un vulgaire mangeur de poisson pourrait-il comprendre ceux qui lui sont supérieurs ? Qui es-tu pour me juger, moi dont les ancêtres étaient au sommet de la chaîne de pâture des océans ? Moi qui, jadis, étais pour tes semblables l'incarnation du destin ?

Keepiru écoutait à peine, tant il était préoccupé par l'inconfortable proximité du monstre.

— Tu t'arroges des privilèges qui ne sauraient t'appartenir. Ce n'est pas parce qu'on t'a greffé quelques gènes...

— Je suis un ORQUE ! hurla K'tha-Jon dont le cri se

répercuta comme une sonnerie de clairon. L'apparence physique n'est rien ! C'est l'esprit et le sang qui comptent. Écoute-moi… et ose nier encore ce que je suis !

K'tha-Jon fit claquer ses mâchoires, et ce fut comme un coup de feu. Puis son cri de chasse déchira les flots, et le pilote, sur lequel la terrifiante émission sonore avait été concentrée, sentit monter des profondeurs de son être instinctif l'envie de se rouler en boule, de se cacher ou de mourir.

Keepiru résista. Il s'astreignit à prendre une posture dominatrice et cracha des paroles de défi.

— Oui, K'tha-Jon, tu représentes une dégénérescence. Pire encore, tu es un mutant dénué de toute hérédité réelle, de tout patrimoine ethnique dont tu puisses t'enorgueillir. Metz s'est planté dans son cocktail de chromosomes. Crois-tu qu'un authentique épaulard aurait fait ce que tu viens de faire ? Certes, sur la Terre, ils continuent de chasser les dauphins naturels, mais jamais lorsqu'ils sont rassasiés ! Le véritable « tueur des mers » ne tue pas gratuitement. (Sur ce, Keepiru déféqua et projeta d'un coup de caudale ses excréments vers le géant.) Tu es une expérience ratée, K'tha-Jon ! Tu prétends pouvoir toujours penser de manière logique, alors profites-en pour comprendre que tu n'as pas d'avenir. Dès que mon rapport atteindra la Terre, on s'empressera de vider ton plasma génétique dans l'égout le plus proche ! Ta lignée s'éteindra comme celle de tous les monstres !

Les yeux de K'tha-Jon lancèrent des éclairs et il balaya Keepiru d'un pinceau de sonar comme s'il prenait les mesures du prochain gibier qu'il allait s'offrir en pâture.

— Et qu'est-ce qui te fait penser que tu pourras jamais faire un rapport ?

Keepiru arborait un large sourire.

— Mais voyons, le simple fait que tu n'es qu'un monstre aussi débile dans ton corps que dans ta tête, avec ton rostre aplati qui ne serait même pas capable d'emboutir un bout de carton et ta virilité tout juste bonne à satisfaire des conduits de vidange vu qu'il n'en sort que de l'eau croupie…

Le géant poussa un nouveau hurlement, de rage cette fois. Et, lorsqu'il chargea, Keepiru vira sur lui-même et s'élança dans un chenal latéral avec les puissantes mâchoires du monstre presque sur sa queue.

Tout en crevant un épais rideau d'algues qui pendaient depuis la surface, Keepiru se félicitait de sa ruse. En provoquant K'tha-Jon sur un sujet aussi intime, il lui avait complètement fait oublier l'existence de son harnais… et du fusil-laser. Le géant avait visiblement l'intention de laver l'injure dans le sang et d'en finir avec le pilote de manière aussi directe qu'avec le midship.

Keepiru n'avait guère qu'une longueur d'avance sur le mutant.

C'est toujours ça, se disait-il tandis que les étincelantes falaises métalliques défilaient de part et d'autre.

Mais il eut d'énormes difficultés à semer son adversaire et, tout le temps qu'il eut derrière lui ces menaçantes mâchoires, il se demanda si, après tout, sa stratégie avait été si judicieuse. La poursuite continua tout au long de cette fin d'après-midi et, lorsque le soleil se coucha, ils y étaient encore.

Dans l'obscurité, ce devint un pur combat de finesse, tant de l'intelligence que de l'ouïe.

Cette nuit-là, saisis d'épouvante, les citoyens de l'archipel abandonnèrent leurs terrains de chasse aux deux monstres étrangers qui sillonnaient le lacis de détroits séparant les îlots en laissant derrière eux des nuages de bulles. Sur leur passage, les deux créatures extrakithrupiennes jonchèrent les abîmes et les bas-fonds de schémas sonores complexes et trompeurs où de fausses images acoustiques se faisaient d'un criant réalisme lorsqu'elles se transformaient en échos. Tous les poissons du coin, même les gros, s'empressèrent de fuir le secteur.

C'était un hallucinant tournoi d'ombres et de simulacres, une partie qui se jouait à coups de surprises et d'illusions.

Keepiru se glissa hors d'un étroit chenal à demi envasé puis écouta. Cela faisait une heure qu'il n'avait pas entendu K'tha-Jon pousser son cri de chasse mais ça ne voulait pas dire que ce dernier fût resté silencieux. Il dressa mentalement une carte des environs à partir des reflets sonores qui lui parvenaient tout en sachant que certaines de ces images n'étaient que des artifices subtilement élaborés. Le géant n'était pas loin et il usait des organes émetteurs exceptionnellement talentueux dont les hasards de la génétique l'avaient gratifié pour superposer un calque mensonger à l'échographie des lieux.

Keepiru aurait aimé se servir de ses yeux mais le ciel nocturne était couvert de nuages qui plongeaient le paysage sous-marin dans d'épaisses ténèbres toutefois ponctuées par les pâles lueurs de plantes phosphorescentes.

Il remonta en surface faire de l'air et contempla les contours légèrement argentés des nuages. Une bruine sinistre dérobait presque entièrement à ses regards le sommet des tertres de métal et leur végétation battue par les vents.

Il prit sept bouffées d'air et replongea. C'était au fond que la bataille décisive allait avoir lieu.

Des fantômes sillonnaient tous les détroits mais, plein nord, dans la direction où Keepiru tentait précisément d'entraîner son poursuivant, un écho semblait indiquer que la voie était libre. Un examen plus attentif de l'image sonore lui permit cependant de conclure qu'il s'agissait d'un leurre.

Un peu plus tôt, une fausse brèche similaire avait failli causer sa perte. Il avait viré en catastrophe, mais trop tard pour ne pas racler dans son élan la falaise couverte de lianes du tertre vers lequel il s'était précipité sur la foi de ses perceptions écholocatrices. À moitié assommé, il ne s'était libéré que de justesse de l'enchevêtrement des plantes pour éviter la charge de K'tha-Jon. Mais si le gigantesque museau du bosco avait raté le pilote de quelques centimètres, il n'en avait pas été de même pour son fusil-laser dont le rayon avait atteint au flanc gauche la proie qui s'échappait. Keepiru sentait toujours la brûlure et elle lui faisait même fichtrement mal.

Cette fois-là, seule la rapidité de ses réactions lui avait permis de s'en tirer et de trouver un endroit où se cacher en attendant que se fussent apaisés les élancements de la douleur.

Avec le temps, il était vraisemblable que Keepiru finît par semer le monstre. Mais, justement, le temps lui était compté. K'tha-Jon, en revanche, s'adonnait à cette chasse rituelle sans accorder la moindre pensée à ce qui suivrait. N'envisageant pas de retourner à la civilisation, il lui suffisait d'empêcher Keepiru de faire son rapport et de se reposer sur Metz pour la défense, là-bas sur la Terre, de l'espèce dont il était le pionnier.

Keepiru, lui, avait une mission à remplir. Et, en outre, le *Streaker* ne l'attendrait pas si l'occasion se présentait de fuir.

Pourtant, se dit-il, je ne fais pas de réels efforts pour fausser compagnie à K'tha-Jon.

Deux heures auparavant, par exemple, il avait eu la quasi-certitude d'avoir semé le bosco. Au lieu d'en profiter pour accroître son avance, il s'était mis à tourner en rond sous un prétexte pseudo-rationnel dont il ne se souvenait même plus, jusqu'au moment où il avait de nouveau relevé la trace sonore du géant. Bien évidemment, l'autre aussi l'avait senti et, quelques instants plus tard, le cri de chasse avait encore une fois ébranlé les flots et la poursuite avait recommencé.

Pourquoi ai-je fait ça ?

Une idée voltigea dans son esprit… la vérité… Mais il dut la mettre de côté. K'tha-Jon arrivait. Ce fut à peine s'il perçut la décharge d'adrénaline qui triomphait de la douleur causée par ses contusions et ses brûlures.

Les illusions se dissipèrent comme un rideau de brume s'effiloche, révélant leur trame de clicks et de murmures. Dans un remous né de ses puissants battements de caudale, le géant pénétra dans le chenal sous le renfoncement où était tapi Keepiru qui vit soudain le ventre blanc du monstre se détacher sur le fond de ténèbres alors que K'tha-Jon remontait faire de l'air. Puis il le vit redescendre et passer devant sa cachette en projetant droit devant lui les pulsations d'un sonar de recherche.

Keepiru attendit qu'il fût passé puis, à son tour, monta vers la surface. Il souffla trois fois tout bas puis, sans remuer ne fût-ce que la pointe d'une nageoire, il se laissa couler.

Dix mètres plus loin, le monstre s'éleva de nouveau vers la surface pour souffler, toujours sans que Keepiru fît le moindre bruit mais, lorsque le *Steno* redescendit, le pilote émit un mince pinceau de clicks qui carambola sur deux tertres de métal de l'autre côté du chenal.

Le demi-orque vira brutalement sur lui-même et se précipita sur la gauche de Keepiru à la poursuite de l'illusion.

Lorsqu'il passa presque sous le pilote, celui-ci, tel un missile en piqué, se laissa tomber rostre en avant vers son ennemi.

Chez le bosco, le sixième sens du chasseur devait être exceptionnellement développé car, en dépit des trésors de silence accumulés par Keepiru, K'tha-Jon dut percevoir quelque chose puisqu'il pivota tel un derviche en se redressant à la verticale, à demi tourné vers son assaillant.

L'angle d'attaque devint soudain déplorable pour une charge percutante et, plus grave encore, Keepiru vit le canon du fusil se tourner vers lui. Eût-il renoncé à son assaut pour battre en retraite qu'il eût à coup sûr provoqué un nouveau tir de laser.

Brusquement, quelque chose se déchira dans sa mémoire, il se rappela une phrase de son instructeur à l'académie militaire, une phrase sur les avantages de la surprise.

« … C'est la seule et unique arme appartenant à notre arsenal de Terriens cognitifs que d'autres ne peuvent reproduire… »

Keepiru accéléra et se redressa juste en face de K'tha-Jon pour venir coller son ventre contre celui de la créature abasourdie. Puis il lui décocha un grand sourire.

Qui saurait repousser
Un soupirant fidèle ?
Allons ! Dansons, ma belle !

Le harnais de Keepiru gémit et ses trois bras manipulateurs se déployèrent pour se refermer sur ceux de K'tha-Jon et les maintenir en place.

Le bosco poussa un hurlement de rage et tenta de mordre le pilote mais, tenu à distance, il ne put l'atteindre. Il essaya ensuite de se débarrasser de son indésirable cavalier en le fouettant de sa puissante caudale mais Keepiru fit mouvoir sa propre queue en parfait synchronisme avec celle de son adversaire.

Puis le *Tursiops* sentit monter une érection et il l'encouragea. Dans les jeux érotiques que les dauphins adolescents pratiquaient entre eux, c'était habituellement le plus fort qui s'attribuait le rôle du mâle. Keepiru pénétra K'tha-Jon et lui arracha un beuglement de consternation.

Le géant se tordit, se secoua, bomba le dos, rua, puis s'élança au hasard et prit de la vitesse en imprégnant l'eau de ses mugissements. Keepiru s'accrocha, se doutant toutefois de ce qu'allait être le prochain mouvement tactique du *Steno*.

Le demi-orque fonçait à présent de biais sur la falaise d'un tertre et le pilote continua de le tenir jusqu'au moment où il allait être écrasé entre la paroi et la gigantesque masse de chair. Alors, il se cambra, puis se rejeta d'un bond sur le côté.

K'tha-Jon était peut-être un géant, mais il n'avait rien d'un véritable épaulard. Le mouvement de bascule de Keepiru suffit à le déséquilibrer. Il donna du flanc droit contre le mur de corail métallique et y abandonna des lambeaux de chair sanguinolente. Puis il s'en écarta, secoua la tête et, semblant perdre tout intérêt pour le reste, remonta faire de l'air dans un sillage de sang.

Moi aussi, je vais avoir bientôt besoin d'air, se dit Keepiru. Mais, pour l'instant, c'est le moment de frapper.

Il essaya de prendre un peu de recul afin de permettre à son chalumeau d'entrer en action. Il n'y parvint pas. Le canon de l'outil était pris dans le râtelier de K'tha-Jon. Il avait beau tirer, le bosco n'en serrait que plus fort les mâchoires préhensiles de son harnais.

— À ton tour, *minus amicus*, lui dit le géant en le regardant d'un œil mauvais. Tu as voulu t'accrocher à moi, parfait. Maintenant, tout ce que j'ai à faire, c'est de te tenir l'évent sous l'eau. Je crois que je vais apprécier de t'entendre mendier de l'air !

Keepiru aurait voulu l'agonir d'insultes mais ce n'était pas le moment de gaspiller ses forces. Il tenta désespérément d'obliger le *Steno* à se retourner sur le dos, de sorte qu'il pût lui-même atteindre la surface dont un mètre à peine le séparait mais le monstre bloquait de sa masse chacun de ses mouvements.

Réfléchis ! s'ordonna Keepiru. Ce qu'il faut, c'est réfléchir. Ah, si j'avais une meilleure connaissance du Keneenk…

Sous la brûlure qui lui ravageait les poumons, il faillit émettre un appel de détresse en primal.

Il se remémora la dernière fois qu'il avait été ainsi tenté de s'exprimer en primal et repassa dans sa mémoire la voix de Toshio, patron-qui-gronde, d'abord, puis patron-qui-rassure. Il se répéta le serment qu'il s'était alors fait de mourir plutôt que de jamais se ravaler au rang de la bête.

Bien sûr ! Je ne suis qu'un imbécile, un poisson surestimé ! Comment n'y ai-je pas pensé plus tôt !

Il commença par donner à son harnais l'ordre neural de larguer le chalumeau — désormais inutile, de toute manière — puis il en fit entrer un des bras en action.

Car tous ceux qui choisissent
Des schémas régressifs
Il faut bien qu'ils se passent
Des outils de l'espace

Et la pince se referma sur le branchement neural du gigantesque *Steno* dont les yeux s'écarquillèrent. Mais avant que ce dernier n'eût pu réagir, le pilote arracha la prise avec un mouvement de torsion de manière à causer le maximum de souffrance et de dégâts. Pendant que son ennemi hurlait de douleur, il tira sur le câble de façon que le harnais fût définitivement hors d'usage.

Les bras manipulateurs qu'il n'avait cessé de sentir palpiter sous les siens s'immobilisèrent. Le gémissement ténu du fusil-laser se tut. K'tha-Jon poussa un cri et commença de se débattre pour lui faire lâcher prise.

Alors que, dans ses ruades, le mutant les faisait brusquement jaillir hors de l'eau, Keepiru aspira convulsivement de l'air et, lorsqu'ils retombèrent dans une gerbe d'éclaboussures, il se transféra sur le dos du monstre, continua de s'accrocher par deux pinces au harnais et brandit la troisième, prêt à lui faire mordre les chairs de son ennemi.

Mais K'tha-Jon se tordit de plus belle et réussit à désarçonner son cavalier qui vola en l'air pour retomber de l'autre côté d'une étroite bande de sables affleurants.

De part et d'autre du haut-fond, ils se regardèrent un moment en soufflant. Puis K'tha-Jon fit claquer ses mâchoires et s'ébranla pour contourner l'obstacle. La chasse était repartie.

Avec la venue de l'aube, le combat perdit toute subtilité. Oubliés les trompe-l'ouïe délicatement agencés, oubliées les savoureuses provocations qui faisaient rager l'adversaire. À présent, Keepiru avait affaire à un K'tha-Jon parfaitement obsessionnel dans sa façon de concevoir la poursuite. Le monstre paraissait inaccessible à la fatigue et le sang qu'il perdait ne semblait avoir d'autre effet que d'alimenter sa rage.

Le pilote nageait de chenal en chenal, tous plus étroits les uns que les autres et dont la profondeur, parfois, n'atteignait pas les cinquante centimètres. Il espérait ainsi exténuer son adversaire blessé avant que lui-même ne s'effondrât. Il ne songeait plus du tout à s'échapper, conscient que ce combat ne pouvait se terminer que par la victoire ou par la mort.

Mais l'endurance du monstre semblait ne pas avoir de limites.

Le cri de chasse roula de nouveau sur les hauts-fonds, apparemment proféré à quelques détroits de distance.

— Pilot-t-te ! Pourquoi tu résist-t-tes ? Tu sais très bien que j'ai pour moi la chaîne de pâture !

Les yeux de Keepiru s'exorbitèrent. Comment K'tha-Jon osait-il mêler la religion à ça ?

Avant l'Élévation, l'idée que la chaîne de pâture constituait le modèle d'une hiérarchie mystique avait été le concept fondamental d'une morale qui se présentait comme l'aspect temporel du Songe Cétacé.

Keepiru répondit par une émission omnidirectionnelle

— Tu es complètement cinglé, K'tha-Jon. Ce n'est pas parce que Metz a fourré dans ton zygote deux ou trois malheureux gènes d'épaulards nains que ça te donne le droit de manger quiconque !

Jadis, les humains s'étaient longtemps demandé pourquoi les dauphins et la plupart des baleines continuaient à manifester des sentiments d'amitié pour l'homme après avoir fait la tragique expérience des massacres dont il était capable à leur endroit. La compréhension avait commencé à se faire jour dans leur esprit lorsqu'ils avaient, pour la première fois, tenté de loger des dauphins et des orques dans des bassins contigus de leurs marinelands. Ils avaient alors constaté, à leur grande surprise, que les dauphins sautaient par-dessus les barrières pour être avec leurs ennemis héréditaires... aussi longtemps que les épaulards n'étaient pas affamés.

En primal, un cétacé n'aurait jamais songé à reprocher à un membre d'une autre race de le tuer du moment que ladite race était située plus haut que la sienne sur la chaîne de pâture. Et, des siècles durant, présumant que l'homme en constituait le maillon supérieur, les cétacés n'avaient guère élevé de vagues protestations que dans les cas où les massacres étaient manifestement commis pour le simple plaisir de tuer.

Lorsque les humains avaient appris l'existence de ce code d'honneur, ils n'en avaient été que plus honteux de leur conduite.

Keepiru se glissa dans le détroit principal afin de changer de position, certain que K'tha-Jon ne perdait rien de ses mouvements.

Cet endroit lui paraissait étrangement familier. Keepiru n'arrivait pas à préciser ce que c'était mais il y avait aussi quelque chose de particulier dans le goût de l'eau. Une saveur qu'il associait à l'idée delphinienne de la mort.

Mangeur — mangé
Croqueur — croqué
Rends à la mer...
Viens me nourrir !

Trop près. Cette voix qui braillait des blasphèmes était beaucoup trop nette, trop proche. Keepiru nagea jusqu'à une faille pour se mettre à couvert. Le relent de cadavre se fit soudain omniprésent.

Il continua de s'enfoncer avec lenteur dans la crevasse et s'immobilisa en découvrant le squelette pris dans les herbes.

— Hist-t ! fit-il en un soupir.

L'astronaute delphinien avait été porté disparu depuis ce jour tout à la fois proche et lointain où le raz-de-marée avait échoué Hikahi et où lui-même s'était comporté comme le dernier des idiots. Les charognards avaient si bien fait leur office que la cause de la mort n'était plus apparente.

Je sais où je suis... se dit Keepiru.

À cet instant, le cri retentit de nouveau. Proche ! Très proche !

Il vira sur lui-même et ressortit comme une flèche dans le détroit. Il vit l'éclair d'un mouvement et sonda pour s'écarter de sa trajectoire mais celle-ci s'infléchit aussitôt ; la forme monstrueuse plongea derrière lui. Puis un énorme coup de caudale l'envoya tourbillonner.

Keepiru retrouva son équilibre et repartit droit devant lui en dépit de la douleur qui lui cisaillait le flanc comme s'il avait une côte cassée. Il cria :

Alors viens, suis-moi — canaille dégénérée
Il est temps, je crois — de te donner à manger.

K'tha-Jon rugit en réponse et chargea.

Tantôt avec une longueur d'avance, tantôt avec deux, tantôt avec à peine la moitié, Keepiru savait que tout devait se jouer en quelques minutes. Les mâchoires béantes du monstre étaient juste derrière lui.

C'est par là, se dit-il. Ça ne peut plus être loin.

Puis il vit une autre crevasse dans la falaise et la reconnut.

K'tha-Jon poussa un cri de victoire en voyant Keepiru acculé contre le tertre.

Tôt, tôt
Tard, tard — viendra l'heure de
Me donner à manger — manger !

— Je vais te donner à manger, grogna Keepiru en plongeant entre les parois étroitement rapprochées de la faille.

De tous côtés, des lianes oscillaient, comme bercées par les flots.

Piégé ! Piégé !
Je vais te…

K'tha-Jon poussa un beuglement de surprise. Keepiru remonta en chandelle vers la surface dans de furieux battements d'ailerons et de caudale pour atteindre le sommet de la crevasse avant que la végétation ne refermât sur lui ses tentacules. Il réussit à émerger et se mit à souffler avec un sifflement rauque, plaqué contre la muraille.

Tout près de lui, l'eau commença de bouillonner et de se couvrir d'écume. Fasciné, Keepiru regardait, écoutait, cependant que K'tha-Jon luttait seul, sans harnais, sans rien, contre l'herbe assassine dont il déchirait à coups de mâchoires les épaisses vrilles à mesure qu'elles s'abattaient sur son grand corps.

Non que Keepiru fût inactif, mais il s'efforçait de rester calme et de se servir au mieux de son harnais. Les puissantes pinces des bras manipulateurs cisaillaient les tiges qui se tendaient vers lui et, pour s'obliger à conserver la structure mentale logique de l'anglique, il se récitait ses tables de multiplication.

Dans son combat désespéré, le demi-épaulard projetait vers le ciel des geysers d'eau saline et de végétaux déchiquetés. Bien vite, les eaux du détroit se couvrirent d'une écume verte et rosâtre. Le cri de chasse continuait de retentir par intermittence, lourd de défi.

Mais les minutes passèrent. Les tentacules qui tentaient d'atteindre Keepiru se firent de plus en plus rares. Le nombre de ceux qui préféraient s'abattre sur le géant s'accrut. Le cri de chasse se faisait encore entendre, de plus en plus faible, toujours plein de défi, mais avec une nuance de désespoir.

Keepiru regardait, écoutait, cependant que diminuaient les remous et les échos du combat. Il se sentit envahi par une étrange tristesse, comme s'il regrettait que ce fût déjà fini.

J'avais promis — de te donner à manger

Fredonna-t-il à l'intention de la créature agonisante.

Sans dire à qui
J'allais te donner à manger…

Hikahi

Depuis la tombée de la nuit, elle ne cessait de chercher ces rescapés. Elle avait commencé sans hâte et avec prudence, puis elle avait vu croître son exaspération. Au bout d'un certain temps, elle en était arrivée à ne plus prendre la moindre précaution et à émettre tous azimuts des signaux de repérage sonar.

Rien ! Il y avait pourtant des fen, là, pas très loin, mais ils ne lui accordaient pas la moindre attention !

Il lui fallut attendre de pénétrer dans le labyrinthe de détroits de l'archipel pour avoir une perception nette des sons. Elle prit alors conscience que l'un des fen était fou à lier et que tous deux se livraient un combat rituel qui, jusqu'à l'avènement d'un vainqueur, les isolerait du monde extérieur.

C'était bien la dernière chose à laquelle elle aurait pu s'attendre. Un combat rituel ? Ici ? Devait-elle y voir quelque rapport avec le silence du *Streaker* ?

Et, non sans malaise, elle prenait à présent conscience qu'il s'agissait d'un duel à mort.

Elle régla le sonar en automatique et laissa le canot se piloter lui-même pendant le temps qu'elle s'accordait pour sommeiller, autorisant l'un de ses hémisphères, puis l'autre, à gagner le stade alpha tandis que le petit astronef glissait de chenal en chenal sans cesser de maintenir le cap au nord-est.

Elle fut tirée de sa torpeur par le vacarme d'un avertisseur. Le canot était à l'arrêt et ses instruments révélaient une présence cétacée juste derrière l'à-pic d'un promontoire métallique. Le dauphin nageait lentement vers l'ouest.

Elle mit les hydrophones à pleine puissance.

— Qui que vous soyez, dit-elle, et sa voix se répercuta dans les flots, sortez tout de suite de votre cachette !

Elle perçut un murmure interrogateur, un sifflement exténué, désorienté.

— Par ici, imbécile ! Repère-toi sur ma voix !

Quelque chose bougea dans le large détroit qui s'ouvrait entre deux groupes d'îles. Elle alluma les phares. Dans l'éblouissant faisceau de lumière, une forme grise se rétracta et plissa les yeux.

— Keepiru ! hoqueta Hikahi.

Le corps du pilote n'était plus qu'une masse d'ecchymoses et son flanc portait la marque noire d'une brûlure au dernier degré. Il réussissait néanmoins à sourire.

Comme une douce pluie
Ah, vous, gente dame, ici
Pour me recueillir…

Son sourire s'effaça comme un feu qu'on étouffe et ses yeux se firent vitreux. Puis, par pur instinct, son corps à demi inconscient monta vers la surface et y dériva jusqu'à ce qu'elle sortît le chercher.

HUITIÈME PARTIE

LE « CHEVAL MARIN DE TROIE »

Des croissants de lune et d'ébène qui s'élèvent
Encore empreints de la pénombre d'un bassin
Pour se coucher, quand ? Sur quelle distante grève ?
Dauphins ? Peut-être oui, peut-être des dauphins ?

HAMISH MACLAREN

Galactiques

Beie Chohooan maudissait la parcimonie de ses supérieurs.

Si le Haut Commandement synthiain avait dépêché une nef-gigogne pour observer la bataille, elle aurait été en mesure de gagner la zone des combats à bord d'un glisseur, embarcation trop petite pour être détectée. En l'occurrence, elle s'était vue contrainte de prendre un vaisseau de taille suffisante pour emprunter les points de transfert et naviguer dans l'hyperespace, une nef trop petite pour pouvoir correctement se défendre et trop grande pour être à même de se glisser inaperçue entre les formations de combat.

Elle fut à deux doigts de tirer sur le globe minuscule qui apparut au détour de l'astéroïde derrière lequel était dissimulé son vaisseau. De justesse, elle reconnut la petite sonde que pilotait l'un de ses Wazoons. Elle enfonça la touche qui commandait l'ouverture d'un sabord mais le Wazoon fit reculer son appareil en émettant une frénétique séquence d'impulsions laser.

— Ils ont repéré votre position, *clignotait-il.* Des missiles ennemis se rapprochent…

Beie proféra son chapelet de jurons des grandes

circonstances. Chaque fois qu'elle s'approchait assez pour transmettre un message aux Terriens au travers du brouhaha de la bataille, il lui fallait immanquablement fuir devant quelque paranoïde pseudopode de la furia galactique.

— Vite, rentre te mettre à quai, tapa-t-elle sur son clavier à l'intention du Wazoon.

Trop de ces fidèles petits clients avaient déjà péri.

— Négatif, Beie. Fuyez. Le Wazoon deux va faire diversion…

Beie grogna devant cet acte d'insubordination. Les trois Wazoons sur l'étagère à sa gauche se firent tout petits en la fixant de leurs grands yeux.

Le petit éclaireur disparut dans la nuit.

Beie referma le sabord et mit à feu ses moteurs. Avec prudence, elle reprit sa progression serpentine entre les blocs de roche primordiale, s'écartant du secteur dangereux.

Trop tard, se dit-elle en jetant un œil sur ses écrans. Ces missiles se rapprochent trop vite.

Derrière, une soudaine brillance lui apprit le sort du petit Wazoon. La lèvre supérieure moustachue de Beie s'ourla tandis qu'elle imaginait les moyens de rendre la pareille aux fanatiques si l'occasion lui en était donnée.

Puis les missiles furent là et elle fut trop occupée pour s'adonner à ces douces mauvaises pensées.

Deux ne tardèrent pas à se volatiliser sous le tir de son canon à particules mais deux autres, en retour, ouvrirent le feu sur le petit vaisseau dont les écrans parurent ne réfracter qu'avec peine les rayons mortels.

Ah, Terriens, vous ne saurez même jamais que j'étais là, songea-t-elle. Dans la pratique, c'est comme si l'univers vous avait complètement oubliés.

Mais que cela ne vous arrête pas, jeunes-loups ! Battez-vous ! Montrez les dents à ceux qui vous traquent ! Et lorsque vous n'aurez plus que ça comme arme, mordez-les jusqu'au sang !

Beie détruisit encore quatre missiles puis il y eut une violente explosion, toute proche, et le petit astronef de reconnaissance en flammes alla tournoyer au sein de la poussière et des ténèbres galactiques.

Toshio

L'humidité régnait en maîtresse sur la nuit à coups d'averses qui s'abattaient en rafales. La végétation oscillait sous les assauts contradictoires d'un vent qui paraissait incapable de se décider pour une direction précise. De temps à autre, lorsque deux des minuscules lunes de Kithrup se montraient entre les nuages, des reflets d'argent s'accrochaient sur le feuillage détrempé des arbres.

À l'extrême sud de l'île, un grossier toit de palmes laissait filtrer la pluie qui s'écoulait en lents filets sur la coque minutieusement piquetée d'un petit astronef. L'eau formait d'abord de petits ménisques sur la crête du cylindre de métal puis courait en ruisselets sur la douce courbe de ses flancs. Au staccato de la pluie sur les palmes se mêlait le murmure continu de minces cascades se déversant dans la mare de boue qui s'élargissait sous l'appareil.

Dans cette symphonie de crépitements et de gargouillis, un nouveau timbre se fit entendre, un sifflement mécanique. La fine rainure qui cernait la porte du sas s'élargit imperceptiblement et les filets d'eau voisins s'engouffrèrent dans le nouveau chenal qui leur était offert. Sous cette partie de l'astronef, la boue se fit plus liquide.

Puis le panneau s'ouvrit un peu plus. Une faille verticale se précisa sur sa droite et, tandis que le ruissellement convergeait vers le haut de cette fente, un véritable torrent jaillit de sa partie inférieure puis cessa aussi brusquement qu'il avait commencé. Il y avait à présent une grande flaque sous la porte blindée qui s'ouvrit complètement dans un soupir étouffé.

Une silhouette casquée se tenait sur le seuil. Indifférente à la pluie qui, à cet instant, redoubla de violence, l'ombre se pencha pour regarder à droite et à gauche puis quitta l'appareil et pataugea dans la mare. Derrière elle, le panneau se referma dans un gémissement suivi d'un petit cliquetis.

Courbée contre le vent, la silhouette se mit à chercher un sentier dans les ténèbres.

Dennie se redressa brusquement en entendant un bruit de pas sur le sol détrempé. La main sur sa gorge, elle murmura :

— Toshio ?

Quelqu'un releva le rabat de la tente et en ouvrit la fermeture éclair. Une forme sombre s'inscrivit dans l'ouverture et, au bout d'un moment, une voix chuchota.

— Oui, c'est moi.

Dennie sentit son cœur reprendre un rythme normal.

— J'avais peur que ce ne fût quelqu'un d'autre.

— À qui t'attendais-tu, Dennie ? À Charlie Dart qui serait sorti sous la pluie pour venir te violer ? Ou, mieux, à un Kikwi ?

Il la taquinait mais on sentait une tension dans sa voix. Il ôta sa combinaison de plongée et son casque qu'il suspendit à un crochet près de l'entrée puis, en sous-vêtements, rampa jusqu'à son sac de couchage et s'y glissa.

— Où étais-tu ?

— Nulle part, Dennie. Rendors-toi.

Elle resta assise à le regarder dans la faible lumière qui pénétrait par l'ouverture. À peine distinguait-elle le blanc de ses yeux fixés sur le vide.

— Je t'en prie, Tosh, dis-le-moi ! Lorsque je me suis

réveillée, tout à l'heure, tu n'étais plus dans ton sac de couchage…

Sa voix mourut lorsqu'il se tourna vers elle. Jamais le changement qui s'était produit en Toshio Iwashika depuis environ une semaine n'avait été aussi sensible que dans le regard de ces yeux rétrécis. Elle l'entendit pousser un soupir.

— D'accord, Dennie. J'ai simplement marché jusqu'à la chaloupe. Je me suis glissé à l'intérieur et j'ai jeté un coup d'œil.

Le cœur de Dennie se remit à cogner dans sa poitrine. Elle ouvrit la bouche pour parler, resta un moment ainsi puis se décida enfin à dire :

— N'était-ce pas dangereux ? Je veux dire… tu ne pouvais pas savoir comment Takkata-Jim risquait de réagir ! Surtout si c'est vraiment un traître.

Toshio haussa les épaules.

— J'avais quelque chose à chercher, là-bas.

— Mais comment as-tu fait pour entrer et sortir sans être remarqué ?

Toshio se redressa sur le coude. Elle entrevit l'éclair blanc d'un petit sourire.

— Un midship connaît parfois des trucs que même un officier du Génie peut ignorer jusqu'en fin de carrière, en particulier lorsqu'il s'agit des endroits où l'on peut se cacher à bord d'un vaisseau. Parce que, chaque fois qu'on n'est plus de service, il y a toujours un pilote ou un lieutenant débordant de propositions fantastiques pour occuper nos loisirs… quelques chapitres d'astronavigation à étudier, par exemple, ou certains points du Protocole à se remettre en mémoire. De ce fait, Akki et moi, nous avions pris l'habitude d'aller piquer un roupillon dans la cale de la chaloupe et c'est ainsi que nous avons appris comment en ouvrir les verrous sans qu'aucun voyant ne s'allume dans le poste de pilotage.

— Je suis contente que tu ne m'aies pas dit où tu allais, après tout, j'aurais été morte d'inquiétude.

Toshio se renfrogna. Voilà que Dennie recommençait à se prendre pour sa mère. En outre, elle n'appréciait pas du tout d'être obligée de partir alors que lui restait, et Toshio espérait qu'elle n'allait pas en profiter pour remettre ça sur le tapis.

Elle se recoucha sur le côté, face à lui, un bras replié sous la tête puis réfléchit un moment avant de chuchoter :

— Et qu'est-ce que tu as trouvé dans la chaloupe ?

Toshio ferma les yeux.

— C'est aussi bien que tu sois au courant. Je voudrais que tu le dises à Gillian si je n'arrive pas à la contacter ce matin. J'ai découvert ce que Takkata-Jim compte faire des bombes qu'il a confisquées à Charlie. Il va les convertir en carburant pour la chaloupe.

— Mais... mais que pouvons-nous faire ?

— Je n'en sais rien ! Je ne suis même pas sûr que nous ayons à faire quelque chose à ce sujet. Après tout, il aurait eu la possibilité de décoller dans deux semaines, de toute manière, une fois que ses accumulateurs auraient été rechargés. Peut-être Gillian s'en fiche-t-elle ? D'un autre côté, il se peut aussi que ce soit d'une importance capitale. Je n'ai pas encore eu le temps de vraiment y réfléchir mais je me demande si je ne vais pas avoir à prendre des mesures draconiennes.

Il n'avait fait que voir les bombes en cours de démontage au travers de l'épaisse vitre de la porte blindée qui donnait accès au laboratoire de la chaloupe. S'en emparer aurait été considérablement plus difficile que de se glisser à l'intérieur du petit astronef.

— Quoi qu'il arrive, reprit-il sur un ton rassurant, je suis sûr que tout se passera très bien. Pour l'heure, l'essentiel est que tes notes soient groupées et empaque tées dans la matinée. Les Kikwis constituent le deuxième acquis de cette folle odyssée ; il est important que les renseignements sur eux arrivent à bon port.

— Certainement, Toshio.

S'abandonnant à la pesanteur, il se recoucha, referma les yeux et se mit à respirer lentement pour feindre de dormir.

— Toshio ?

Le jeune homme soupira.

— Oui, Denn ?

— Euh… c'est à propos de Sah'ot. Tu sais qu'il ne part que parce qu'il m'accompagne. Autrement, tu aurais une mutinerie sur les bras.

— Oui, je sais. Il voudrait rester pour continuer d'écouter ses « voix » souterraines.

Toshio se frotta les yeux en se demandant pourquoi Dennie le tenait éveillé avec toutes ces histoires alors que Sah'ot lui en avait déjà amplement rebattu les oreilles.

— Tu ne devrais pas prendre ces voix à la légère, Tosh. Sah'ot dit qu'il les a fait écouter à Creideiki et qu'il a dû couper la communication pour faire sortir le capitaine de sa transe, tant il est fascinant de les écouter.

— Le capitaine est un infirme au cerveau endommagé, répondit le midship avec amertume. Quant à Sah'ot, c'est un égocentrique, un instable…

— C'est aussi ce que je pensais, le coupa Dennie. Il me faisait même peur avant, mais je me suis aperçue qu'il n'avait pas une once de méchanceté. Toutefois, en admettant même que les deux fen aient eu des hallucinations, il n'en reste pas moins cette découverte que j'ai faite au sujet des tertres de métal.

— Ha… hum, commenta Toshio d'une voix embrumée. Encore du nouveau sur la vie cachée de ces îles ?

Dennie tiqua devant le tour vaguement dépréciateur de la question.

— Oui, et sur la bizarre niche écologique des arbres foreurs. Écoute, Toshio, j'ai soumis le problème à mon petit ordinateur de poche et il n'y a qu'une solution possible ! Les arbres ne constituent qu'une partie du cycle vital d'un organisme unique qui se présente d'abord sous l'apparence d'une simple colonie corallienne avant de tomber par la suite dans le puits que…

— Alors, comme ça, l'interrompit Toshio, il dépenserait des trésors d'énergie et d'adaptation dans le seul but de se creuser sa propre tombe ?

— Non, pas une tombe ! Une voie d'accès ! Le tertre de métal se place au tout début du cycle vital de cette créature… c'est son stade larvaire. Son destin de forme adulte l'attend plus bas, sous la croûte superficielle de la planète, là où des veines de convection du magma lui procurent toute l'énergie dont une forme de vie métallo-organique peut avoir besoin.

Toshio s'efforçait sincèrement de suivre les explications de l'exobiologiste mais ses pensées n'arrêtaient pas de dériver vers d'autres sujets, les bombes, les traîtres, le souci qu'il se faisait pour Akki, son camarade, qui n'avait pas reparu à bord, et aussi pour cet homme, là-bas, loin vers le nord, qui méritait que quelqu'un l'attendît si… quand il reviendrait à l'île d'où il était parti.

— … seule chose qui me tracasse, c'est que je ne vois pas comment cette forme de vie a évolué ! Il n'y a ni trace de formes intermédiaires ni mention d'un précurseur possible dans les vieilles archives de la Bibliothèque ayant trait à Kithrup… alors que cette structure biologique est assez unique pour mériter au moins d'être mentionnée !

— Ha… hum !

Dennie regarda Toshio. Il avait le bras sur les yeux et respirait avec lenteur comme s'il commençait à sombrer dans le sommeil. Mais, sur sa tempe, elle voyait palpiter une petite artère et, de temps à autre, son poing se crispait.

Elle resta ainsi à le regarder dans la pénombre. Elle aurait voulu le secouer, l'obliger à l'écouter !

Pourquoi suis-je en train de le harceler avec tout ça ? se demanda-t-elle soudain. D'accord, c'est un truc important mais ça n'est que purement intellectuel et Toshio, lui, porte sur ses épaules le poids de toute cette partie du monde. Il est si jeune, et ce sont des responsabilités d'adulte aguerri qu'il assume.

Mais qu'est-ce que j'ai ?

Une sensation de nausée lui donna la réponse.

Je le harcèle parce que je veux qu'on fasse attention à moi.

Qu'*il* fasse attention à moi, rectifia-t-elle. Si maladroitement que ce soit, je ne cesse de lui tendre des perches pour…

Non sans nervosité, elle ouvrit les yeux sur sa propre bêtise.

Si moi, la plus âgée, je donne un tour si tarabiscoté à mes propositions, je puis difficilement attendre de lui qu'il saute miraculeusement à la conclusion, finit-elle par comprendre.

Sa main se tendit puis s'arrêta juste avant d'atteindre la chevelure aile-de-corbeau du jeune homme dont les longues mèches encore humides étaient plaquées sur les tempes. Tremblante, elle examina encore une fois ses sentiments et s'aperçut que seule la peur d'être repoussée avait retenu son geste.

Alors, comme de son propre chef, sa main se remit en mouvement pour effleurer la joue duveteuse de Toshio. Le garçon sursauta et tourna vers elle de grands yeux stupéfaits.

— Toshio, dit-elle en avalant sa salive, j'ai froid.

Tom Orley

Lorsque vint un moment de calme relatif, Tom s'inscrivit un conseil en mémoire.

La prochaine fois, se dit-il, rappelle-moi de ne pas donner des coups de pied dans les nids de frelons.

Il tira une bouffée sur son tuba de fortune dont l'extrémité supérieure crevait la surface d'une toute petite trouée dans le paysage végétal. Par bonheur, cette fois, il n'avait pas besoin d'aspirer trop d'air pour compléter celui fourni par son masque. Dans ce secteur, le taux d'oxygène en suspension dans l'eau était beaucoup plus élevé.

Des rayons meurtriers s'étaient remis à grésiller au-dessus de sa tête et il percevait des cris, échos affaiblis de la guerre en miniature qui se déroulait en surface. À deux reprises, l'eau frémit sous le choc d'une explosion proche.

Au moins, cette fois, je n'ai pas à craindre d'être rôti par un tir perdu, se dit-il en guise de consolation. Tout ce qu'ils ont, ces traînards, ce sont des armes de main.

L'ironie de ce « tout ce qu'ils ont » lui arracha un sourire.

Lorsqu'il avait inauguré cette tactique de franc-tireur, Tom avait eu le temps de descendre deux Tandus avant qu'ils n'aient pu lever leur carabine à particules, et surtout, avant de plonger dans la trouée au bord de laquelle il s'était posté, il avait réussi à toucher l'Épisiarche.

Il l'avait néanmoins échappé belle. Sous son pied gauche, il gardait un souvenir cuisant — une brûlure au second degré — d'un coup qui n'était pas passé loin. Dans le quart de seconde qui avait précédé sa disparition sous les herbes, il avait entraperçu l'Épisiarche qui se cabrait sous l'outrage, la tête couronnée de feu par un scintillant nimbe d'irréalité. Tom avait même cru voir des étoiles au travers de cette instable brillance.

Les Tandus s'étaient mis à battre des bras et des jambes pour conserver leur équilibre sur une chaussée qui ondulait sauvagement. Sans doute fallait-il y voir la raison pour laquelle ils avaient fait mentir leur légendaire réputation d'excellents tireurs, la raison pour laquelle Tom était encore en vie.

Conformément à ses espoirs, la traque revancharde des Tandus les avait entraînés vers l'ouest. De temps à autre, il avait fait des apparitions pour ranimer leur intérêt par des salves d'aiguilles.

Puis, alors qu'il nageait entre les trouées du tapis d'herbes, il avait eu l'impression que les chasseurs renonçaient à leur gibier. Il avait perçu des bruits de bataille et compris que ses poursuivants venaient de croiser sur leur route un autre groupe d'extraterrestres.

Tom les avait alors laissés à leurs joyeuses retrouvailles et s'était éloigné sous l'eau en quête de quelque nouvelle mauvaise blague à faire.

Pour l'heure, la rumeur des combats semblait s'estomper dans les lointains. Une heure auparavant, il avait risqué un œil hors de ce trou pour découvrir qu'il était à proximité d'une escarmouche à laquelle participaient une demi-douzaine de Gubrus et trois rovers à pneus ballons dans un état de délabrement avancé. Tom n'aurait su dire si ces chars étaient robotisés ou conduits par un équipage mais il avait tout de suite constaté qu'en dépit de leur puissance de tir ils étaient incapables de s'adapter à un terrain aussi traître.

Il attendit encore une minute puis roula son tube et le rangea dans sa ceinture. Ensuite, il remonta sans bruit en surface et se hissa sur le rebord du petit bassin jusqu'à ce que ses yeux fussent au niveau des boucles enchevêtrées de la végétation.

Tout en passant d'un groupe à l'autre en versant de l'huile sur le feu, Tom s'était rapproché de l'épave ovoïde. Il n'en était plus séparé que par deux ou trois centaines de mètres. Entre elle et lui, deux ruines fumantes lui apprirent quel avait été le sort des machines de guerre pourvues de roues. Sous ses yeux, elles s'enfoncèrent l'une après l'autre avec lenteur et disparurent. Il vit aussi trois Gubrus couverts de vase — les seuls survivants de l'accrochage, apparemment — qui pataugeaient dans le marais et se dirigeaient vers l'épave. Ils avaient les plumes plaquées contre leur maigre corps et paraissaient effroyablement malheureux.

Tom se souleva un peu plus haut et vit les éclairs d'autres combats vers le sud.

Trois heures auparavant, un petit patrouilleur soro était apparu dans le ciel et avait mitraillé indifféremment tout ce qui bougeait jusqu'au moment où un chasseur tandu — un appareil atmosphérique à ailes delta — avait surgi des nuages pour l'intercepter. Ils avaient engagé le combat sous le feu roulant des groupes qui se battaient autour de l'épave. Ils avaient fini par se percuter en vol et les deux masses métalliques enchevêtrées étaient descendues en flammes vers la mer.

Une heure plus tard environ, la même histoire s'était répétée avec pour acteurs un lourd ravitailleur pthaca et une pointenef cabossée des Frères de la Nuit. Leurs deux épaves avaient rejoint les ruines fumantes qui commençaient à joncher le paysage à perte de vue.

Rien à manger, nul endroit où se cacher, et la seule race de fanatiques que j'aie réellement envie de voir est également la seule qui ne soit pas représentée dans ce charnier bourbeux.

Il sentit la bombe à messages sous sa ceinture. Encore une fois, il regretta de ne pas savoir s'il devait ou non l'utiliser.

À l'heure qu'il est, Gillian doit se faire un souci terrible, se dit-il. Dieu merci, elle est en sécurité au moins.

Et là-haut, dans l'espace, la bataille continue. Ça veut dire qu'il est encore temps. Que nous avons toujours une chance.

Oui. Et les dauphins aiment bien faire de longues promenades le long de la plage.

Bon. Voyons si je puis encore jouer les fauteurs de troubles.

Krat, la Soro, débitait des chapelets de jurons devant les relevés du secteur stratégique. Ses clients se tenaient prudemment à l'écart tandis qu'elle exhalait sa colère en arrachant de grands lambeaux de son coussin de vletoor.

Quatre vaisseaux perdus ! Contre un seulement pour les Tandus ! La récente bataille s'était soldée par un désastre !

Et, à la surface de la planète, la situation n'était guère plus brillante. Krat voyait sa petite flottille d'intervention diminuer dangereusement.

Il semblait que toutes les flottes réduites par la défaite à l'état de vestiges réfugiés sur des lunes ou sur des planétoïdes se fussent donné le mot pour penser que les Terriens étaient cachés à proximité de ce volcan dans l'hémisphère nord de Kithrup. Qu'est-ce qui pouvait leur faire croire ça ?

Car, à coup sûr, personne n'irait se battre pour une position dénuée de toute signification. Ces accrochages avaient à présent leur propre rythme indépendant du reste des combats. Qui aurait pu penser que les alliances défaites avaient réussi à conserver une telle puissance de feu en vue d'une dernière tentative désespérée de remporter l'enjeu de la bataille ?

De rage, Krat faisait jouer son ergot nuptial. Elle ne pouvait se permettre d'écarter l'hypothèse que cette concentration autour du volcan fût fondée. Il était effectivement possible que l'appel de détresse eût émané du vaisseau terrien. Personnellement, elle était convaincue qu'il s'agissait d'une manœuvre de diversion de ces démoniaques créatures mais elle ne pouvait risquer de voir les fugitifs lui échapper s'ils étaient réellement cachés là.

— Les Thennanins nous ont-ils appelés ? s'enquit-elle avec brusquerie.

Un Pila du secteur des transmissions s'empressa de s'incliner et répondit :

— Pas encore, Mère de la Flotte, quoiqu'ils se soient déjà détachés des Tandus. Nous pensons que Buoult ne va plus tarder à entrer en contact avec nous.

Krat hocha la tête avec raideur.

— Qu'on m'en informe à la seconde même.

Le Pila fit signe qu'il avait compris et recula vers son poste.

Krat se replongea dans l'examen de ses choix. En définitive, cela revenait à déterminer quels étaient les vaisseaux trop délabrés pour participer à la prochaine bataille mais qu'elle pourrait en revanche dépêcher en reconnaissance vers Kithrup.

Elle avait fugitivement joué avec l'idée d'envoyer là-bas une nef thennanin une fois que serait consommée leur imminente alliance contre la faction qui, pour l'heure, prédominait, les Tandus. Puis elle s'était dit que ce ne serait guère judicieux. Mieux valait garder tous ces culs bénis de Thennanins là-haut, dans l'espace, où elle pourrait surveiller leurs agissements. Elle allait donc choisir pour cette nouvelle mission d'observation l'un de ses propres patrouilleurs. Le plus poussif, de préférence.

Krat se représenta les Terriens, ces humains dégingandés avec leur peau flasque et leur crinière hirsute, ces êtres qui étaient la roublardise incarnée, ainsi que leurs étranges clients sans mains qui ne cessaient de couiner, les dauphins.

Lorsqu'ils seront enfin en mon pouvoir, songea-t-elle, je vais leur faire regretter tous les soucis qu'ils me donnent.

Le Journal de Gillian Baskin

Nous sommes arrivés.

Ces quatre dernières heures, je me suis retrouvée dans la peau d'une directrice d'asile de fous. Le Ciel soit remer-

cié de nous avoir fait retrouver Hannes, Tsh't, Lucky Kaa et tous ces merveilleux fen si compétents qui nous ont tant et si longtemps manqué. En fait, c'est alors seulement que j'ai pris conscience que nous avions vidé le vaisseau de ses meilleurs éléments pour les envoyer préparer notre nouvelle demeure.

Nos retrouvailles ont été placées sous le signe de l'extase. Les fen fusaient dans tous les sens, se bousculaient et faisaient un tel raffût que j'étais sans cesse obligée de me répéter qu'il était matériellement impossible aux Galactiques de nous entendre... Il n'y eut qu'une ombre au tableau, lorsque nous en sommes venus à évoquer les membres absents de notre équipage : les six fen manquants, y compris Hikahi, Akki et Keepiru ; et, bien sûr, Tom.

C'est d'ailleurs peu après que nous avons découvert que Creideiki aussi n'était plus parmi nous.

Après cette fiesta, somme toute fort brève, nous nous sommes immédiatement mis au travail. Lucky Kaa a pris la barre et je suis certaine que Keepiru ne se serait pas mieux débrouillé pour manœuvrer le Streaker *le long des rails de guidage et le faire pénétrer au creux de l'épave thennanin. De gigantesques crampons ont alors surgi des parois pour ceinturer notre vaisseau et en faire presque un élément de la coque. L'ajustage était impeccable. Les techs ont tout de suite commencé à connecter les capteurs et à régler l'impédance des ailerons de stase. Les impulseurs sont déjà en ligne et nous avons discrètement ouvert des sabords dans la carcasse extraterrestre afin d'être en mesure de nous servir de nos armes si nous avons à nous battre.*

Quelle entreprise, quand même ! Je n'aurais jamais cru que ce fût réalisable. Et je ne pense pas que les Galactiques s'attendent à quelque chose de ce genre. Tom a vraiment une imagination débordante.

Si seulement nous pouvions recevoir son signal...

J'ai demandé à Toshio de nous envoyer Dennie et Sah'ot en traîneau. S'ils coupent au plus droit et au maximum de leur vitesse, ils devraient être là dans un petit peu plus d'un jour. De toute façon, il me faudra bien ce temps-là, si ce n'est plus, pour tout mettre au point ici.

Il est d'une importance vitale que nous ayons les notes de Dennie et ses échantillons de plasma. Si Hikahi nous contacte, je vais lui demander de faire un crochet par l'île pour prendre à son bord une délégation de Kikwis. Juste après la nécessité de nous échapper avec les données recueillies dans les Syrtes vient notre devoir envers ces petits amphibiens. Il nous faut les sauver d'un contrat qui les lierait pour cent mille ans à quelque démente race patronne.

Toshio a choisi de rester pour garder un œil sur Takkata-Jim et sur Metz, et aussi pour attendre l'éventuel retour de Tom. Je pense qu'il a rajouté ce dernier motif afin de me forcer la main, pour qu'il me soit impossible de refuser… En fait, je savais qu'il allait me faire cette proposition. J'y comptais même.

Je ne m'en sens que plus mal de me servir ainsi de lui pour surveiller Takkata-Jim. Même si notre ex-second trompe mon attention et se comporte en fin d'honneur, je ne sais pas comment Toshio pourra revenir ici à temps, surtout si nous devons décoller précipitamment.

Je fais l'amère expérience de ce que signifie l'expression : « torture du commandement ».

J'ai dû feindre la surprise lorsque Toshio m'a parlé des mini-bombes dérobées par Charlie Dart que Takkata-Jim avait confisquées. Il m'a proposé de faire une tentative pour les récupérer mais je le lui ai interdit en prétendant que nous ne devions pas prendre ce risque.

Je ne pouvais pas le mettre dans la confidence. Toshio est un jeune homme intelligent mais il n'a rien d'un joueur de poker.

Je crois avoir bien minuté les choses. Si seulement je pouvais en être certaine !

Cette saleté de Niss continue de m'appeler. Cette fois, je vais aller voir ce qu'elle veut.

Oh, Tom, si tu avais été là, aurais-tu commis cette erreur de jugement sur le capitaine ? Comment pourrai-je jamais me pardonner de l'avoir laissé sortir seul ?

Il donnait pourtant l'impression d'aller si bien. Par la crotte d'Ifni, qu'est-ce qui a pu lui arriver ?

Charles Dart

Au petit matin, penché sur la console qu'il avait installée au bord de l'eau, il conversait joyeusement avec son nouveau robot. Ce dernier était déjà descendu de mille mètres en implantant de petits détecteurs dans les parois du puits tout au long du chemin.

Charles Dart grommelait de satisfaction. D'ici quelques heures, la nouvelle sonde aurait rejoint l'ancienne, cette épave exténuée qu'il avait fini par abandonner. Ensuite, lorsqu'il aurait fait quelques expériences pour vérifier ses théories sur les formations locales de la lithosphère, il pourrait s'attaquer aux problèmes réels, tels que celui de savoir à quoi ressemblait Kithrup en tant que planète.

Personne, non, personne à présent ne pourrait l'arrêter.

Il se remémorait les années qu'il avait passées en Californie, au Chili, en Italie, à étudier les séismes sur le terrain en collaboration avec les plus grands cerveaux de la science géophysique. Cette période de sa vie avait été passionnante. Pourtant, il ne lui avait pas fallu plus de quelques années pour commencer à prendre conscience que quelque chose clochait.

Certes, il avait été admis dans les milieux scientifiques qui faisaient autorité, ses articles étaient accueillis soit par des louanges, soit par de violentes prises de position contraires — réactions que tout savant digne de ce nom préfère indifféremment aux bâillements. Et il ne manquait pas d'offres d'emploi prestigieuses.

Toutefois, il avait fini un jour par se demander s'il existait vraiment des étudiants.

Pourquoi ceux qui préparaient une thèse ne venaient-ils jamais lui demander d'être leur maître de recherches ? Il voyait ses collègues littéralement assiégés alors qu'en dépit de ses nombreuses publications et de la grande renommée de ses théories et des controverses qu'elles suscitaient seul le second choix venait à lui, et encore, plus pour réclamer son appui que ses avis. Jamais il ne lui était donné de prendre sous son aile un jeune mel ou une jeune fem pleins d'avenir.

Bien sûr, il y avait eu ces quelques regrettables incidents au cours desquels son mauvais caractère avait eu raison de la meilleure part de lui-même, et les une ou deux fois où ses étudiants étaient partis en claquant la porte, mais cela ne pouvait tout de même expliquer le pot au noir dans lequel se morfondait la part pédagogique de sa carrière.

Peu à peu, il en était venu à se dire qu'il devait y avoir autre chose. Quelque chose comme… comme du racisme.

Dart s'était toujours tenu au-dessus des obsessions que la plupart des chimps entretenaient vis-à-vis de l'Élévation — que ce fût le fastidieux respect que la grande majorité vouait aux humains ou le ressentiment et la grogne d'une minorité restreinte mais bruyante. Deux ans auparavant, toutefois, il avait commencé à s'intéresser à la question et, bien vite, il avait constitué une hypothèse de travail. Les étudiants l'évitaient parce qu'il était un chimpanzé.

Il en avait été sidéré. Pendant trois mois pleins, il avait tout abandonné pour se consacrer à la seule étude de ce problème. Il avait lu le protocole qui régissait le patronat de l'humanité sur ses races clientes et avait été outré de l'autorité absolue que les hommes avaient sur les autres espèces… ce, à vrai dire, jusqu'à ce qu'il se fût renseigné sur la manière dont était pratiquée l'Élévation dans le restant de la galaxie. Il avait alors appris que nul autre patron ne donnait à une race cliente vieille de quatre cents ans des sièges dans ses assemblées planétaires comme le faisaient les humains.

Charles Dart en avait été troublé. Puis il s'était mis à réfléchir sur le terme « donner ».

Il s'était documenté sur les conflits raciaux de l'humanité de l'ancien temps. Se pouvait-il qu'il ne se fût pas écoulé plus d'un demi-millénaire depuis que les hommes avaient cessé de s'attribuer mutuellement des tares imaginaires sur la simple base d'une différence de pigmentation de la peau et de se massacrer par millions pour le simple motif qu'ils croyaient en leurs mensonges ?

Il avait découvert l'existence d'une expression : « politique de coopération symbolique », et cette connaissance l'avait rempli de honte. C'était alors qu'il s'était porté volontaire pour une expédition dans l'extrême-espace, décidé à n'en revenir qu'après avoir établi les preuves de ses compétences académiques — après avoir montré qu'un savant chimp pouvait être l'égal de son homologue humain.

Hélas, il avait été nommé à bord du *Streaker*, un vaisseau rempli de dauphins couineurs et… d'eau. Et pour couronner le tout, ce m'as-tu-vu d'Ignacio Metz s'était immédiatement mis à le traiter comme n'importe lequel de ses croisements expérimentaux inachevés.

Il avait appris à s'y faire. Il avait même fini par supporter les travers de Metz, par tout supporter en fait jusqu'à ce qu'il fût en mesure de publier les résultats de ses découvertes sur Kithrup.

Alors, ils se lèveraient tous à l'apparition de Charles Dart ! Les plus brillants jeunes humains viendraient à lui ! Tous seraient enfin forcés de constater qu'avec lui la coopération n'était pas symbolique !

La profonde méditation de Charlie fut interrompue par des bruits en provenance de la forêt voisine. Il s'empressa de rabattre le couvercle d'une série de contrôles sur le coin de sa console. Il ne voulait pas courir le risque que quiconque eût vent de la part secrète de ses expériences.

Dennie Sudman et Toshio Iwashika émergèrent du sentier du village. Ils portaient de petits ballots et parlaient à voix basse. Charlie s'absorba dans les commandes de son robot tout en jetant des regards subreptices vers les deux humains. Se doutaient-ils de quelque chose ?

Non. Ils étaient beaucoup trop occupés l'un par l'autre, à se toucher, à se caresser, à chuchoter. Charlie émit sous cape un grognement de mépris à l'égard de l'incessante obsession des humains pour le sexe mais lorsqu'ils regardèrent dans sa direction, il leur sourit et agita la main.

Ils n'ont pas le moindre soupçon, se dit-il en les voyant répondre à son salut avant de retourner aussitôt à eux-mêmes. Quelle chance pour moi qu'ils soient amoureux !

— Je continue de vouloir rester. Que se passera-t-il si Gillian se trompe, si Takkata-Jim arrive à convertir les bombes plus tôt que prévu ?

— J'ai toujours quelque chose dont il a besoin, répondit Toshio en haussant les épaules et en jetant un regard sur l'un des deux traîneaux qui étaient au mouillage dans le bassin, celui qui avait appartenu à Tom Orley. Takkata-Jim ne risque pas de partir en oubliant ça.

— Juste ! s'écria Dennie. Il a besoin de cette radio, sinon les E.T. vont le descendre avant qu'il n'ait eu la possibilité de négocier. Mais tu vas être seul ! Et ce fin est dangereux !

— Raison de plus pour que tu partes tout de suite.

— À qui ai-je l'honneur ? Au supermacho ? lui rétorqua Dennie, incapable toutefois de donner du mordant à son sarcasme.

— Non, au commandant militaire de cette mission. Et tu n'as pas à discuter ses ordres. Maintenant, nous allons charger ces derniers échantillons et je vais vous escorter toi et Sah'ot sur quelques milles avant que nous ne nous disions au revoir.

Il se pencha pour ramasser l'un des paquets qu'ils avaient posés mais une main s'appliqua sur ses reins et leur imprima une brusque poussée qui lui fit perdre l'équilibre.

— Dennie ! hurla-t-il en découvrant au cours de sa chute le sourire diabolique qu'elle posait sur lui.

In extremis, il saisit la main de la jeune femme dont le rire se transforma en cri lorsqu'elle se sentit entraînée dans l'eau avec sa victime.

Ils refirent surface entre les traîneaux. Avec un cri de triomphe, Dennie mit aussitôt ses mains sur la tête de Toshio pour la renfoncer sous l'eau mais elle ne put achever son geste car elle sursauta brusquement en sentant qu'on la tripotait par-derrière.

— Toshio ! fit-elle sur un ton accusateur.

— Mais ce n'est pas moi, s'écria-t-il avant d'en profiter pour se mettre hors de portée de la jeune femme. Ce doit être ton deuxième amant.

— Mon quoi ? Oh, non ! Sah'ot ! (Elle vira sur elle-même et chercha le coupable puis poussa encore un cri en se sentant de nouveau tripotée.) Dites, les mâles, ça vous arrive de penser à autre chose ?

La tête d'un dauphin gris pommelé creva la surface du bassin. Seul l'embout de son appareil respiratoire étouffait quelque peu le rire qui jaillissait de son évent.

Bien avant que l'homme
Ne sortît en mer
Qui donc inventa
Le mélange étroit
Du ménage à trois ?

Il posa un regard polisson sur les deux humains et Toshio ne put s'empêcher d'éclater de rire tandis que Dennie rougissait. Furieuse, elle se mit à éclabousser le midship qui nagea jusqu'à elle et lui coinça les bras contre un traîneau. Puis il lui ferma la bouche par un baiser. Sah'ot se coula vers eux pour leur mordiller délicatement les jambes.

— Tu sais, dit Toshio qui avait senti sur les lèvres de la jeune femme la mortelle saveur métallique de Kithrup, nous ne sommes pas censés nous exposer à ce poison lorsque nous pouvons l'éviter. Tu n'aurais pas dû faire ça.

Dennie enfouit son visage au creux de l'épaule du jeune homme.

— À quoi bon s'en soucier… marmonna-t-elle. Nous serons morts bien avant que nos gencives ne virent au bleu.

— Oh, Dennie, c'est idiot…

Il chercha des mots pour la réconforter mais, n'en trouvant pas, il se contenta de la serrer plus fort entre ses bras tandis que le dauphin se lovait autour d'eux.

Une sonnerie se fit entendre. Sah'ot alla prendre la communication sur le traîneau d'Orley qui était toujours relié par monofil à l'ancienne position du *Streaker*. Il écouta une brève série de clicks primitifs puis couina rapidement une réponse avant de se dresser dans l'eau en rejetant d'un souffle l'embout de son appareil respiratoire.

— C'est pour vous, Toshio.

Le jeune homme ne se donna même pas la peine de lui demander si c'était important. Sur cette ligne, il ne pouvait en être autrement. Il s'écarta en douceur de Dennie.

— Charge tes affaires sur le traîneau. Je reviens tout de suite t'aider.

Elle hocha la tête en se frottant les yeux.

— Sah'ot, dit-il en nageant vers le poste, pouvez-vous rester avec elle un petit moment ?

— Ce serait avec plaisir, Toshio. C'est d'ailleurs à mon tour de divertir la demoiselle. Hélas, vous avez besoin que je reste ici pour traduire.

Toshio posa sur le fin un regard d'incompréhension.

— C'est le capitaine, reprit Sah'ot. Il veut nous parler à tous les deux. Ensuite, il désire que nous l'aidions à entrer en contact avec les techno-résidents de ce monde.

— Creideiki ? Mais Gillian dit qu'il a disparu ! (Puis, comme la phrase du fin pénétrait complètement dans son esprit, son front se plissa.) Techno… Il veut parler aux Kikwis ?

Sah'ot sourit.

— Que non, intrépide commandant de section, un tel qualificatif ne saurait s'appliquer à ces derniers. C'est à mes « voix » que notre capitaine désire parler. Il veut avoir un entretien avec ceux qui demeurent en dessous.

Tom Orley

Le Frère des Douze Ombres chantonnait en nageant. Son plaisir se répandait dans les eaux qui l'entouraient, sous le tapis d'herbes. Il s'éloignait du lieu de l'embuscade et, derrière lui, le bruit que faisaient ses victimes en se débattant commençait à s'estomper.

Les ténèbres qui régnaient sous les plantes ne le gênaient pas. L'absence de lumière avait-elle jamais déplu à un Frère de la Nuit ?

— Frère de l'Obscure Pénombre, fit-il d'une voix sifflante, vous réjouissez-vous comme moi ?

De quelque part sur sa gauche, entre les lianes retombantes, jaillit une joyeuse réponse :

— Je me réjouis, Frère Majeur. Ce groupe de soldats pahas ne pliera plus jamais le genou devant des Soros pervers. Qu'en soient remerciés les antiques seigneurs de la guerre.

— Nous leur porterons nous-mêmes nos remerciements, répondit le Frère des Douze Ombres, lorsque nous apprendrons de ces demi-cognitifs de Terrestres l'emplacement de leur flotte. Pour l'heure, contentons-nous de remercier nos feus patrons, les Chasseurs de Nuit, qui ont fait de nous de si terribles guerriers.

— Je remercie leurs esprits, Frère Majeur.

Ils continuèrent de nager, séparés par les soixante longueurs qu'exigeait le dogme de formation subaquatique. Une telle distance n'était guère pratique avec toute cette végétation et dans cette eau qui réverbérait étrangement les sons mais le dogme était le dogme, et il ne pouvait pas plus être remis en question que l'instinct.

Le Frère Majeur resta l'oreille tendue jusqu'à ce qu'il ne perçût plus le moindre écho de la noyade des Pahas À présent, lui et son camarade allaient nager vers une autre épave où, à coup sûr, de nouvelles victimes les attendaient.

C'était comme de cueillir des fruits sur un arbre. Même de redoutables guerriers tels que les Tandus devenaient sur ce traître tapis d'algues des balourds incapables de se défendre. Tous, sauf les Frères de la Nuit ! Adaptables, ils se déplaçaient par-dessous, ne surgissant que pour semer la terreur et la mort.

La haute sensibilité de ses fentes branchiales qui palpitaient en aspirant cette eau à la saveur métallique permit au Frère des Douze Ombres de détecter sur sa droite un endroit où la teneur en oxygène était légèrement plus forte. Il s'écarta donc un peu de sa route pour le traverser. S'attacher au dogme était certes important, mais là, sous l'eau, que pouvait-il leur arriver ?

Soudain, sur sa gauche, il entendit des bruits fracassants, puis un cri bref. Et le silence retomba.

— Frère Mineur, quelle était la cause de ce tumulte ? cria-t-il dans la direction d'où lui était précédemment parvenue la réponse de son camarade. (Sous l'eau, sa voix portait mal. Dans une anxiété croissante, il attendit un moment avant de répéter plus fort :) Frère de l'Obscure Pénombre !

Puis il plongea sous un amas de sargasses pendantes, un lance-fléchettes dans chacune de ses quatre mains-outils.

Qu'est-ce qui avait pu triompher d'un formidable guerrier comme son frère mineur ? Il avait la certitude qu'aucun patron ou client de sa connaissance n'était capable d'une telle prouesse. Et un robot aurait immanquablement déclenché ses détecteurs de métal.

Soudain, il lui vint à l'esprit que ces semi-cognitifs de dauphins qu'ils cherchaient pouvaient présenter un certain danger dans l'eau.

Impossible. Les dauphins avaient besoin d'air pour respirer. En outre, ils étaient gros. Or, il avait beau balayer le secteur, il ne percevait nul écho.

Le Frère Aîné — qui commandait les vestiges de leur flottille depuis la caverne où ils s'étaient réfugiés sur une petite lune — était parvenu à la conclusion que les Terriens ne se trouvaient pas ici dans cette mer septentrionale mais il avait toutefois chargé un petit vaisseau d'observer les lieux et de harceler l'ennemi. Les deux Frères étaient les seuls survivants de cette mission. Tout ce qu'ils avaient vu suggérait que leur proie n'était pas dans les parages.

Le Frère des Douze Ombres contourna au plus vite une trouée dans les herbes. Son jeune Frère s'était-il égaré dans ces eaux à ciel ouvert pour se voir abattu par un piéton du dessus ?

Il perçut un petit bruit et nagea dans sa direction, prêt à tirer.

Sentant devant lui dans les ténèbres un corps massif, il pépia et se concentra sur la réception des échos. Ceux-ci lui révélèrent la proximité d'une seule créature de grande taille, immobile et silencieuse.

Il se jeta sur cet adversaire isolé, referma sur lui son étreinte et, dans la pulsation accélérée de l'eau qui traversait ses fentes branchiales, il s'écria :

Je vais te venger, Frère !
Je vais massacrer dans cette mer tout ce qui pense !
Je vais porter les ténèbres sur tout ce qui espère !
Je vais...

Puis il y eut un grand floc suivi par le petit hoquet de surprise que poussa le Frère en sentant quelque chose de lourd s'abattre d'en *haut* sur son flanc droit et l'envelopper dans de longs membres.

Alors qu'il se débattait pour échapper à son adversaire, il comprit avec stupéfaction qu'il s'agissait d'un humain ! D'un de ces semi-cognitifs à la peau fragile, d'un de ces jeunes-loups d'humains !

— *Avant de faire toutes ces choses, tu vas commencer par en faire une autre*, dit en Galactique Dix une voix grinçante juste derrière ses organes auditifs.

Le Frère des Douze Ombres gémit. Quelque chose d'atrocement pointu lui perçait la gorge près de la corde nerveuse dorsale.

Et il entendit son adversaire achever sur un ton presque compatissant :

— *Tu vas d'abord mourir.*

Gillian

— Tout ce que je puis vous dire, Gillian Baskin, c'est qu'il savait comment me trouver. Il est venu ici monté sur un « marcheur » et il m'a parlé depuis le couloir.

— Creideiki, ici ? Tom et moi, nous avons toujours pensé qu'il pouvait savoir par déduction que nous avions un ordinateur personnel de haut niveau mais, normalement, sa localisation aurait dû être impossible…

— Cela ne m'a pas surprise outre mesure, docteur Baskin, l'interrompit la Niss en voilant son impolitesse par des images abstraites aux formes apaisantes. Il est manifeste que le capitaine connaît bien son vaisseau. Je m'attendais à le voir deviner où je me trouve.

Gillian s'assit près de la porte et se prit la tête dans les mains.

— J'aurais dû venir dès la première fois que tu m'as fait signe. Peut-être aurais-je pu le faire renoncer à cette idée de partir.

— Ce n'est pas votre faute, répondit la machine avec une sensibilité dont elle n'était pas coutumière. Je me serais manifestée avec plus d'insistance si j'avais considéré la situation comme urgente.

— Oh, bien sûr, fit Gillian, franchement sarcastique. Il n'y a pas urgence lorsqu'un officier de valeur succombe à la pression de l'atavisme et choisit d'aller se perdre dans les étendues sauvages d'un monde mortel.

Les motifs abstraits se mirent à danser.

— Vous vous trompez. Le capitaine Creideiki n'est pas tombé sous l'emprise d'une schizophrénie régressive.

— Qu'est-ce que tu en sais ? s'exclama Gillian. Plus d'un tiers de l'équipage en a montré les symptômes depuis l'embuscade de Morgran, et dans ce nombre, il y a la quasi-totalité des fen dotés de gènes *Steno*. Comment peux-tu prétendre que Creideiki n'a pas régressé après tout ce qu'il a subi ? Imagines-tu qu'il puisse pratiquer le Keneenk quand il n'est même pas capable de parler ?

— Il est venu me trouver pour avoir un renseignement précis, répondit la Niss d'une voix calme. Il savait que j'avais accès non seulement à la micro Bibliothèque du *Streaker* mais également à celle plus complète qui a été récupérée sur l'épave thennanin. Il ne pouvait pas m'expliquer par des mots ce qu'il voulait savoir mais nous avons trouvé un moyen de sauter par-dessus la barrière du langage.

— Comment ? demanda Gillian, fascinée, en dépit de ses sentiments qui hésitaient entre colère et culpabilité.

— Grâce à des pictogrammes, des représentations visuelles et sonores d'alternatives que je lui soumettais en succession rapide. Il me répondait au même rythme par des sons affirmatifs ou négatifs afin de m'indiquer si — selon cette expression spécifiquement humaine — je brûlais ou je gelais. Il ne lui a pas fallu longtemps pour que ce fût lui qui en vînt à me guider en associant des faits que je n'avais même jamais songé à mettre en relation.

— Quoi, par exemple ?

Les poussières lumineuses se muèrent en étincelles.

— Par exemple en mettant en évidence la convergence de bon nombre des mystères soulevés par ce monde unique : d'abord sa jachère étrangement prolongée puisqu'elle remonte à l'époque où ses derniers locataires s'y sont installés pour y mourir, ensuite la niche écologique parfaitement anormale des prétendus arbres foreurs et de leurs tertres, puis ces voix bizarres que Sah'ot a entendues monter des profondeurs…

— Les dauphins du genre de Sah'ot entendent toujours des voix, soupira Gillian. Et n'oublie pas que c'est encore un de ces *Steno* expérimentaux ! Je suis sûre que certains d'entre eux ont été enrôlés à bord sans avoir été soumis aux tests évaluant la sensibilité au stress.

La machine laissa planer un court silence puis répondit avec prosaïsme :

— C'est l'évidence même, docteur Baskin. Apparemment, le professeur Ignacio Metz est représentatif d'une tendance impatiente du Centre de l'Élévation…

Gillian se leva.

— L'Élévation ! Qu'elle aille se faire voir ! Je sais très bien ce que Metz a fait. Tu crois que je suis aveugle ? J'ai perdu plusieurs amis chers et des coéquipiers irremplaçables à cause de ses projets déments. D'accord, il voulait tester ses cas spéciaux à chaud, mais quelques-uns de ses nouveaux modèles de fen ont craqué sous une tension pareille ! Cela dit, je ne vois pas le rapport entre l'Élévation et ces voix venues d'en dessous, les tertres à arbre foreur, l'Histoire de Kithrup ou, pendant que nous y sommes, notre cher ami cadavérique, Herbie. Et je me demande en quoi un élément de cette dernière liste pourrait nous permettre de retrouver nos camarades et de décoller d'ici au plus vite.

Elle avait le cœur qui battait à tout rompre et elle s'aperçut qu'elle avait aussi les poings crispés.

— Docteur Baskin, fit la Niss d'une voix suave, c'est exactement la question que j'ai posée à votre capitaine. Mais lorsqu'il m'a montré où placer chaque pièce du puzzle, j'ai compris à mon tour que l'Élévation n'était pas tant que ça hors du sujet. C'est même le problème central. Ici, sur Kithrup, tout le bien et le mal qu'on peut attendre de ce système vieux de plusieurs milliards d'années se trouvent représentés. C'est presque comme si cette planète était un tribunal où le fondement même de la société galactique passerait en jugement. (Devant cette métaphore abstraite, Gillian cligna des paupières.) Quelle ironie, poursuivit la voix désincarnée, que ce problème se soit vu soulevé par vous autres, humains, la première race de sophontes qui, depuis des temps immémoriaux, prétende avoir accédé à l'intelligence par le jeu de l'*évolution*... Car il se peut que de votre découverte dans ce que vous avez nommé les Syrtes résulte une guerre qui embrasera les Cinq Galaxies, comme il se peut que toute cette agitation retombe à l'instar de tant d'autres crises chimériques. Mais ce qui se déroule ici, sur Kithrup, passera immanquablement dans la légende. Tous les éléments générateurs de mythes y sont rassemblés. Et les légendes ont tendance à continuer d'influer sur les événements bien après que le souvenir des guerres s'est estompé.

Gillian resta un long moment les yeux fixés sur l'hologramme. Puis elle secoua la tête.

— Aurais-tu la sacrée foutue bon sang d'obligeance de m'expliquer de quoi tu parles ?

Hikahi/Keepiru

— Nous devons nous dépêcher, insista le pilote.

Keepiru était étendu sur les sangles d'un porta-docs qui le maintenait au-dessus de la surface et dont jaillissait une forêt de tubes et de sondes. La petite pièce était envahie par le vrombissement des moteurs du canot.

— Et vous, vous devez vous détendre, lui répondit avec douceur Hikahi. Nous sommes en pilotage automatique à présent et nous allons aussi vite que cela nous est possible sous l'eau. Nous ne tarderons pas à y être.

Hikahi était toujours quelque peu abasourdie par ce qu'elle avait appris sur Creideiki et franchement sous le choc que lui causait la trahison de Takkata-Jim. Mais, par-dessus tout, elle ne pouvait se convaincre du bien-fondé de cette impatience frénétique que présentait Keepiru. Il était manifestement sous l'empire de sa dévotion à l'égard de Gillian Baskin et ne songeait qu'à retourner vers elle au plus vite pour l'aider. Hikahi voyait les choses sous une autre perspective. Elle avait la quasi-certitude que Gillian avait d'ores et déjà repris la situation en main à bord du *Streaker*. Comparées aux divers désastres qu'elle s'était imaginés ces derniers jours, les nouvelles transmises par le pilote encourageaient presque à l'optimisme. Même l'état de Creideiki ne pouvait rien contre le soulagement qu'elle avait ressenti en apprenant que le vaisseau était intact.

Son harnais gémit. D'un manipulateur, elle effleura une commande pour administrer un léger sédatif à Keepiru.

— Maintenant, je veux que vous dormiez, lui dit-elle. Vous devez reconstituer vos forces. Prenez-le comme un ordre s'il est vrai que je suis, comme vous dites, le commandant en exercice.

Les yeux du pilote commencèrent à se renfoncer dans leurs orbites et ses paupières se firent peu à peu plus lourdes.

— Je suis désolé, commandant. Je… je crois que je ne chuis guère plus logique que Moki. Che chuis continuellement en train de provoquer des hist-toires…

Sa voix devint de plus en plus pâteuse à mesure que la drogue faisait effet. Hikahi vint se placer presque sous le pilote à demi inconscient et soupira une brève et douce berceuse.

Rêve, bon défenseur
Rêve de ceux qui t'aiment
Bénissant ton courage

Gillian

— Tu dis donc que ces… Karrank%… furent les derniers sophontes à bénéficier d'une licence pour la planète Kithrup, il y a de cela une centaine de millions d'années ?

— Exact, répondit la Niss. Ils avaient été sauvagement exploités par leurs patrons qui avaient opéré sur eux des mutations exagérément plus profondes que ne le permettent les codes. Selon la Bibliothèque du croiseur thennanin, il en résulta même un énorme scandale à l'époque. En compensation, les Karrank% furent libérés de leur contrat de clientèle et on leur accorda un monde adapté à leurs besoins, une planète dont le potentiel d'évolution pré-cognitive était particulièrement bas. Les mondes aquatiques font souvent d'excellentes maisons de retraite pour cette raison. Il est fort rare qu'ils voient naître des races de pré-sophontes. Les Kikwis semblent être une exception.

Gillian arpentait le plafond incliné de la pièce sens dessus dessous. De temps à autre, des bruits métalliques, transmis par les parois, l'informaient des derniers travaux d'ajustage destinés à fixer le *Streaker* à l'intérieur du Cheval Marin de Troie.

— Tu ne prétends pas que les Kikwis ont quelque chose à voir avec ces anciens…

— Non. Ils présentent toutes les apparences d'une découverte originale et c'est même l'un des motifs majeurs pour lesquels vous devez vous efforcer d'échapper à ce piège et retourner sur la Terre avec ce que vous avez appris.

Gillian eut un sourire railleur.

— Merci du conseil. Nous ferons de notre mieux. Maintenant, qu'est-ce qu'on leur a fait aux Karr… aux Karrank%… (ce n'était pas vraiment ça en dépit de ses efforts surhumains pour triompher de ce double arrêt glottal)… pour qu'ils en soient venus à se cacher sur Kithrup et à rompre tout contact avec la civilisation galactique ?

— Sous leur forme pré-cognitive, expliqua la Niss, c'étaient des créatures comparables à des taupes qui vivaient sur un monde aussi métallifère que celui-ci. Ils étaient dotés d'un métabolisme oxygéno-carbonique semblable au vôtre mais c'étaient avant tout de remarquables fouisseurs.

— Laisse-moi deviner la suite. On les a élevés pour en faire des mineurs, pour extraire les minerais sur des mondes où le métal était rare. Cela devait revenir moins cher d'importer et d'élever des mineurs karrank% que de fréter d'énormes cargos pour transporter des métaux d'un bout à l'autre de l'espace.

— Très bien, docteur Baskin, vous avez tapé dans le mille. En tant que clients, les Karrank% furent effectivement transformés en mineurs et, au cours de ce processus, on alla jusqu'à modifier leur métabolisme pour leur permettre de puiser leur énergie directement dans la radioactivité. Leurs patrons avaient pensé que cela pourrait constituer un *stimulant*.

Gillian émit un petit sifflement surpris.

— Fichtre ! Une mutation structurelle si radicale n'aurait jamais pu être un succès. Ifni ! Comme ils ont dû souffrir !

— De fait, acquiesça la Niss, c'était une perversion. Et lorsqu'on s'en aperçut, les Karrank% furent affranchis et on leur proposa une indemnité. Mais, après n'avoir passé que quelques millénaires à tenter de s'adapter aux normes de la civilisation interstellaire, ils choisirent de se retirer sur Kithrup. Cette planète leur fut donc concédée jusqu'à l'extinction de leur race. Et personne, alors, ne s'attendait à les voir survivre longtemps. Mais au lieu de mourir, il semble qu'ils aient continué de se modifier, de leur propre chef, cette fois. Et, apparemment, ils ont adopté un style de vie unique dans l'espace connu.

Gillian rassembla les différents fils du début de leur conversation et leur écheveau se présenta sous forme d'une inférence. Ses yeux s'écarquillèrent.

— Tu veux dire que les tertres de métal… ?

— … sont les larves d'une forme de vie intelligente qui demeure dans l'épaisseur de la croûte planétaire. Oui. J'aurais certainement pu émettre cette hypothèse à partir des dernières données transmises par Dennie Sudman, mais Creideiki a directement sauté à cette conclusion, alors qu'à cette époque elle commençait tout juste à travailler sur la question. Et c'est pour cette raison qu'il est venu me voir, pour avoir confirmation de son idée.

— Les voix de Sah'ot… murmura Gillian. Ce sont les Karrank%.

— C'est une déduction préliminaire des plus acceptables, acquiesça la Niss. Ce serait sans doute la découverte du siècle s'il n'y avait ces autres choses sur lesquelles vous êtes tombés au cours de votre expédition. Vous autres, humains, vous avez un vieux proverbe qui s'applique très bien à la situation : « Jamais deux sans trois. »

Gillian n'écoutait plus.

— Les bombes ! s'écria-t-elle en se frappant le front.

— Plaît-il ?

— J'ai laissé Charlie voler des bombes à faible rendement de fission dans la soute aux armes. Je savais que Takkata-Jim les lui prendrait afin d'en faire du carburant pour la chaloupe. C'était une part du plan que j'avais concocté, mais…

— Vous aviez présumé que Takkata-Jim confisquerait toutes les bombes, c'est ça ?

— Oui ! Je comptais même l'appeler pour le mettre sur la voie au cas où il ne s'en serait pas aperçu, mais il s'est révélé d'une efficacité remarquable en les trouvant tout de suite. À ce sujet, j'ai dû mentir à Toshio, mais je ne pouvais faire autrement.

— Puisque tout se passe selon vos plans, je ne vois pas où est le problème.

— Le problème, c'est que Takkata-Jim peut très bien ne pas avoir saisi toutes les bombes ! Il ne m'est évidemment jamais venu à l'esprit que Charlie risquait de porter atteinte à des sophontes vivants s'il arrivait à en garder une ! Mais maintenant… il faut absolument que je contacte Toshio. Tout de suite !

— Cela ne peut-il pas attendre quelques minutes ? Takkata-Jim a probablement tout pris, et il est un autre point dont je désire discuter avec vous.

— Non, tu ne peux pas comprendre. Toshio est sur le point de saboter la liaison entre l'île et le vaisseau. Cela fait partie de mon plan. Quand bien même n'y aurait-il qu'une chance que Charlie eût gardé une bombe, c'est immédiatement qu'il nous faut le savoir.

Les motifs holo trahirent une sorte d'émoi.

— Je vais tout de suite passer l'appel, annonça la Niss. Il ne me faut pas très longtemps pour m'immiscer dans le réseau de communication du *Streaker*. Soyez patiente.

Gillian se remit à faire les cent pas sur le « plancher » en pente en espérant qu'il ne fût pas trop tard.

Toshio

Toshio termina son recâblage et referma le couvercle de l'émetteur sur le traîneau de Thomas Orley. Puis il barbouilla l'endroit d'une couche de boue pour laisser croire qu'il n'avait pas été ouvert depuis longtemps.

Ensuite, il arracha le monofil du poste, noua un petit ruban rouge à son extrémité puis laissa la fibre pratiquement invisible s'enfoncer dans les profondeurs du bassin.

À présent, il n'était même plus en contact avec le *Streaker*. Il se sentait plus seul que jamais — plus seul encore que lorsque Sah'ot et Dennie étaient partis le matin.

Il espérait que Takkata-Jim serait respectueux des ordres et attendrait que le *Streaker* eût décollé. S'il en était ainsi, Gillian appellerait au moment de la mise à feu et lui expliquerait quelles modifications avaient subies la chaloupe et sa radio.

Mais si Takkata-Jim était effectivement un traître ? S'il partait plus tôt que prévu ?

En ce cas, Charles Dart serait fort probablement à bord, ainsi qu'Ignacio Metz, trois *Steno* et, peut-être, trois ou quatre Kikwis. Toshio ne souhaitait du mal à aucun d'eux, et le choix qu'il avait à faire était un vrai supplice.

Il leva les yeux et vit Charlie qui se parlait joyeusement à lui-même tout en manœuvrant son nouveau robot.

Toshio sourit, heureux que le chimp au moins fût content.

Il se glissa dans l'eau et nagea jusqu'à son propre traîneau. Il en avait largué la radio une heure auparavant. Il boucla sa ceinture et mit les moteurs en route.

Il avait encore une petite épissure à faire sous l'île. Le vieux robot, la sonde endommagée que Charles Dart avait délaissée non loin du fond du puits de l'arbre foreur, avait trouvé un dernier amateur. Creideiki, qui rôdait autour de l'ancienne position du *Streaker*, désirait toujours parler aux voix de Sah'ot. Toshio estimait qu'il devait bien ça au capitaine même s'il avait l'impression de satisfaire un caprice illusoire.

Tandis que le traîneau s'enfonçait, Toshio songea au reste des tâches qui l'attendaient... toutes ces choses qu'il lui fallait faire avant d'être en mesure de quitter l'île.

Que Tom Orley soit en train de m'attendre lorsque je remonterai, souhaita-t-il avec ferveur. Cela résoudrait tout. Oui, que monsieur Orley en ait fini avec son boulot là-haut dans le Nord et qu'il atterrisse ici pendant que je serai en bas.

Et pendant que tu y es, Ifni, ajouta mentalement Toshio avec un sourire dubitatif, pourquoi ne pas nous envoyer une gigantesque flotte de bons mels pour débarrasser le ciel de tous ces méchants, hein ?

Puis il descendit dans l'étroite cheminée, dans des ténèbres croissantes.

Gillian

— Bon sang ! Triple zut ! La ligne est morte. Toshio l'a déjà coupée.

— Ne vous inquiétez pas outre mesure, fit la Niss, rassurante. Il est fort probable que Takkata-Jim ait confisqué toutes les bombes. Le midshipman Iwashika n'a-t-il pas dit dans son rapport qu'il en avait vu un certain nombre en cours de démontage conformément à vos prévisions ?

— Oui, et je lui ai justement dit de ne pas se faire de souci à leur sujet. Mais il ne m'est pas venu à l'esprit de lui demander de les compter. J'étais alors complètement absorbée dans les minutieuses manœuvres de l'appareillage et je n'ai pas pensé que Charlie pourrait faire grand mal si, par hasard, il avait réussi à en garder une !

— Maintenant, évidemment, il n'en est pas de même.

Gillian leva les yeux et se demanda si la machine tymbrimie faisait preuve de tact ou d'un humour particulièrement pervers.

— Enfin, dit-elle, ce qui est fait est fait. Quoi qu'il arrive, ce ne peut avoir d'incidence sur notre situation ici. J'espère seulement qu'aux douteux souvenirs que nous allons ramener de ce voyage, nous n'allons pas ajouter celui d'un crime contre une race cognitive. (Elle soupira.) Et si tu me reparlais maintenant de la manière dont tout cela va devenir une sorte de légende ?

Toshio

Il avait fait son raccordement. À présent, Creideiki pouvait écouter de tout son soûl les voix souterraines. Toshio laissa le monofil s'enfoncer dans la vase et largua du lest. Le traîneau prit une trajectoire hélicoïdale pour remonter vers le bassin.

Lorsqu'il fit surface, le midship constata tout de suite que quelque chose avait changé. Le second traîneau, celui avec lequel était venu Tom Orley, avait été hissé sur la rive escarpée. Il reposait à présent sur la prairie au sud du bassin avec un trou dans son tableau de bord et des fils qui en sortaient.

Charles Dart était accroupi au bord de l'eau. Il se pencha vers Toshio, un doigt sur les lèvres.

Le jeune midship coupa le moteur et défit ses sangles. Puis il s'assit sur son engin et promena son regard sur la clairière. Il n'y vit d'autre mouvement que les ondulations du feuillage.

— Je crois que Takkata-Jim et Metz ont l'intention de partir bientôt, dit le chimp dans un chuchotement guttural. Avec ou sans moi, je ne sais.

Dart avait l'air troublé, comme par l'absurdité d'une telle hypothèse.

Toshio conserva un visage inexpressif.

— Qu'est-ce qui vous fait croire ça, professeur Dart ?

— À peine aviez-vous disparu sous la surface que deux des *Steno* de Takkata-Jim sont venus prendre la radio. Pendant que vous étiez en bas, ils ont également fait tourner les moteurs de la chaloupe. Ça crachotait pas mal au début mais ils sont en train de travailler dessus. Je crois qu'à présent ils ne se soucient même plus de savoir si vous allez faire un rapport à Gillian.

Toshio prêta l'oreille et perçut un bruit sourd vers le sud, un vrombissement qui montait et retombait irrégulièrement.

Un frémissement vers le nord attira son regard. Il vit Ignacio Metz qui courait presque sur le sentier reliant le village à la clairière où avait été hissée la chaloupe. Il portait des cartons contenant vraisemblablement des enregistrements et, derrière lui, se pressaient quatre volontaires kikwis. Ils avaient leurs vésicules aériennes gonflées de fierté mais, manifestement, ils n'appréciaient pas trop le bruit des moteurs. Eux aussi portaient des ballots au bout de leurs bras courts.

Dans le feuillage alentour, plusieurs douzaines de paires d'yeux écarquillés observaient cette procession.

Toshio reporta son attention sur le vrombissement et se demanda de combien de temps il disposait. Takkata-Jim avait achevé de recycler les bombes plus tôt que prévu. Peut-être avait-on sous-estimé le lieutenant delphinien. Quels autres bricolages avait-il brillamment réussis pour que la chaloupe fût prête à décoller avec une telle avance ?

Dois-je essayer de retarder leur départ ? Mais si je reste plus longtemps, je n'aurai bientôt plus la moindre chance d'atteindre le *Streaker* à temps.

— Et vous, professeur Dart ? Êtes-vous prêt à sauter à bord dès que Takkata-Jim vous fera signe ou vous reste-t-il un travail à finir ?

Dart jeta un regard sur sa console puis secoua la tête

— J'ai encore besoin de six heures, grogna-t-il. Il semble que nous ayons tous deux intérêt à retarder le décollage de la chaloupe. Vous avez une idée ?

Toshio réfléchit.

Bon. Te voilà au pied du mur. Si tu as vraiment le projet de quitter cette île, décide-toi et fais-le tout de suite.

Il poussa un profond soupir. Bon, d'accord.

— Si je trouve un moyen de les retarder un moment, professeur Dart, m'aiderez-vous à le mettre en œuvre ? Il se peut que ça présente un certain risque.

Dart haussa les épaules.

— Pour l'instant, je ne fais qu'attendre pendant que mon robot creuse dans l'épaisseur de la lithosphère en vue d'y enfouir… un instrument. Jusqu'à ce qu'il ait terminé, je suis libre. Qu'est-ce que je vais avoir à faire ?

Toshio décrocha de son traîneau le rouleau de monofil.

— Pour commencer, je crois que nous allons avoir besoin de quelqu'un pour grimper aux arbres.

Charlie fit la grimace.

— Stéréotypes, marmonna-t-il en aparté. Tout le temps piégé par des stéréotypes !

Elle secoua lentement la tête de gauche à droite. Peut-être était-ce dû à sa fatigue mais elle ne parvenait guère à suivre qu'une partie des explications de la machine. Chaque fois que, sur quelque subtil point de la tradition galactique, elle essayait d'en tirer une simple définition, la Niss insistait pour lui donner des exemples qui ne faisaient qu'embrouiller les choses.

Elle ne se sentait pas différente d'un homme de Cro-Magnon qui eût cherché à comprendre les intrigues de la cour de Louis XIV. L'ordinateur tymbrimi paraissait vouloir dire que les découvertes du *Streaker* auraient des répercussions autrement plus vastes que l'affrontement actuel autour de la flotte abandonnée. Mais le détail de ces conséquences échappait totalement à Gillian.

— Docteur Baskin, reprit la machine pour une nouvelle tentative, chaque époque a son tournant. Il se produit parfois sur le champ de bataille et parfois prend la forme d'un grand pas en avant d'ordre technologique. Il arrive aussi que le pivot soit un événement philosophique si indécelable par nature que les races qui lui sont contemporaines ont à peine conscience d'un changement tant que leur vision du monde ne s'est pas retrouvée radicalement chamboulée. Mais souvent, très souvent, ces grands bouleversements sont précédés par une légende. Je ne vois pas à quel autre mot anglique je pourrais faire appel pour définir une *histoire* dont les images sont présentes dans l'esprit de presque tous les sophontes… une histoire *vraie*, tissée de hauts faits prodigieux, de puissants archétypes, et qui est l'annonce du changement qui va s'instaurer.

— Et tu dis que nous allons peut-être devenir une de ces légendes ?

— Oui, c'est ce que je dis.

Gillian ne se rappelait pas s'être jamais sentie si petite. Elle ne pouvait soutenir le poids de ce que suggérait la machine. Comme si son devoir envers la Terre et les vies de cent cinquante amis et camarades n'était pas déjà un fardeau suffisamment écrasant.

— Tu as parlé d'archétypes mais…

— Le *Streaker* et ses découvertes n'ont-ils pas d'extraordinaires résonances symboliques ? Prenons d'abord comme exemple la flotte abandonnée dont la valeur d'archétype est manifestement à l'origine de l'émoi qu'elle a provoqué dans les Cinq Galaxies. Maintenant, ajoutons-y le fait que cette découverte est due à la plus récente de toutes les races clientes, une espèce dont les patrons sont des jeunes-loups qui, eux-mêmes, prétendent ne jamais avoir eu de patrons. Et là, sur Kithrup où nulle vie pré-cognitive n'était censée être en mesure d'apparaître, voilà qu'ils trouvent une race mûre pour le passage à la sapience et qu'ils prennent des risques prodigieux pour protéger ces innocents d'une civilisation galactique sclérosée…

— Je voudrais juste…

— Et maintenant, ajoutons les Karrank%. Dans l'ensemble des âges récents, nulle race cognitive n'a été traitée avec une telle ignominie, n'a été si honteusement exploitée par le système même qui était censé la protéger. Or, quelles étaient les chances pour que ce vaisseau porteur de symbole en vînt, dans sa fuite, à se poser sur la planète où cette race hautement symbolique avait trouvé son ultime refuge ? Ne voyez-vous pas ce qui sous-tend ce récit, docteur Baskin ? Ce qui en fait un mythe ? Embrassant la chronologie des races depuis les Progéniteurs jusqu'à la plus neuve, il se présente comme un puissant sermon sur le Système de l'Élévation. Quelle que soit l'issue de votre tentative pour vous évader de Kithrup, qu'elle soit un succès ou un échec, les étoiles ne manqueront pas d'élever votre aventure au rang de l'épopée. Une épopée qui, je crois, changera plus de choses que vous ne pouvez l'imaginer.

La Niss avait achevé son discours dans un chuchotement presque respectueux, laissant tournoyer dans le silence les implications de ses ultimes paroles.

Gillian restait plantée sur le plafond incliné de la pièce sens dessus dessous et plongée dans l'ombre hormis les étincelles que projetaient les poussières tourbillonnantes. Le silence s'éternisa. Elle finit par soupirer en secouant la tête :

— Encore une de ces maudites mauvaises blagues tymbrimies, n'est-ce pas ? En me racontant cette histoire de dingues, tu t'es payé ma tête, hein ?

Les particules continuèrent de tournoyer un long moment sans répondre.

— Vous sentiriez-vous vraiment mieux, docteur Baskin, si je vous disais oui ? Et cela changerait-il quoi que ce soit à ce que vous avez à faire si je vous disais non ?

Elle haussa les épaules.

— Je ne crois pas. Et, au moins, tu m'as sortie un moment de mes propres soucis. Toutes ces foutaises philosophiques m'ont quelque peu tourné la tête et je me sens même prête à m'accorder un petit somme.

— Moi, je suis toujours prête à vous être utile.

— Je sais, je sais, répondit Gillian en minaudant avant de grimper sur une caisse pour atteindre la plaque de la porte. (Mais, avant d'y appliquer sa main, elle se retourna vers la machine.) Dis-moi, Niss, une dernière chose. As-tu servi à Creideiki le même plat de conneries qu'à moi ?

— Pas en termes angliques, bien sûr, mais les thèmes que nous avons abordés étaient les mêmes.

— Et il t'a crue ?

— Oui. Je pense qu'il m'a crue. Franchement, j'en étais même un peu surprise. J'ai presque eu l'impression qu'il avait déjà entendu ça auparavant d'une autre source.

La disparition du capitaine se trouvait donc en partie expliquée. Il était également évident qu'on n'y pouvait plus rien.

— En admettant qu'il t'ait vraiment crue, que comptait-il faire au juste en sortant du vaisseau ?

Les poussières colorées tourbillonnèrent quelques secondes.

— Je suppose, docteur Baskin, qu'il est d'abord sorti pour aller chercher des alliés. Et, sur un niveau totalement différent, j'estime qu'il est en train d'essayer d'ajouter quelques remarquables strophes à la légende.

Creideiki

Ils gémissaient. Toujours ils avaient souffert. Sur des ères et des ères, la vie les avait blessés.

: Écoutez :

Il s'efforçait de persuader les Karrank% de lui répondre en les appelant dans la langue des anciens dieux.

: Écoutez : Vous Les Profonds, Les Cachés… Vous Les Tristes, Les Maltraités : Je Vous Appelle Du Dehors : Je Sollicite Une Audience :

La plaintive mélopée s'interrompit. Il sentit une pointe d'irritation. Quelque chose qui était tout à la fois porté par le son et par le psi, un haussement d'épaules pour chasser une puce incommodante.

Puis les lamentations reprirent.

Creideiki avait arrêté son traîneau devant le boîtier de raccordement que le *Streaker* avait laissé derrière lui à son ancienne position et il cherchait à capter l'attention de ces antiques misanthropes en se servant des impulsions électriques d'un lointain robot pour amplifier son faible message.

: J'Appelle Du Dehors : Je Cherche De L'Aide : Vos Anciens Bourreaux Sont Aussi Nos Ennemis :

C'était une légère extrapolation de la vérité, mais pas dans son essence. Il accéléra la sculpture de ses images-sons en percevant que leur attention se tournait enfin vers lui.

: Nous Sommes Vos Frères : Acceptez-Vous De Nous Aider ? :

Le bourdon ronchonneur entra soudain en éruption. Sa part métapsychique respirait la colère et l'altérité. Celle qui était faite de sons grésillait comme des parasites. Sans l'apprentissage par lequel il était passé dans la Mer des Songes, Creideiki sentait bien qu'il n'aurait pu déchiffrer cette réponse :

NE NOUS ENNUIE PAS
NE RESTE PAS ! NOUS
NE NOUS CONNAISSONS
PAS DE FRÈRES
VA-T'EN ! NOUS
REJETONS L'UNIVERS

Ce puissant refus vibra dans la tête de Creideiki. Toutefois, le degré de psi était encourageant.

Ce dont l'équipage du *Streaker* avait toujours eu besoin c'était d'un allié, de n'importe quel allié, de quelqu'un qui les aidât, ne fût-ce qu'en faisant diversion, si l'on voulait que le plan d'Orley eût une chance de réussir. Si radicalement autres et amères que fussent ces créatures souterraines, elles avaient en un temps vécu dans le monde interstellaire. Peut-être pourraient-elles trouver quelque satisfaction à aider d'autres victimes de la civilisation galactique. Il insista.

: Faites Attention À Moi ! : Écoutez-Moi ! : Votre Planète Est Cernée Par Des Manipulateurs De Gènes : Ils Nous Cherchent : Nous Et Les Petits Êtres Qui Partagent Avec Vous Ce Monde : Ils Veulent Nous Modifier : Comme Ils Ont Fait Pour Vous : Ils Vont S'Immiscer Dans L'Intimité De Votre Souffrance :

Il élabora une image sonique représentant de vastes flottes de guerre qu'il agrémenta de gueules béantes et féroces puis il teignit l'ensemble aux couleurs de la perversité maligne.

Son illustration vola en éclats sous une réponse tonitruante.

NOUS NE SOMMES PAS CONCERNÉS !

Creideiki secoua la tête et se concentra.

: Peut-Être Viendront-Ils Vous Chercher, Vous Aussi :

NOUS NE LEUR SOMMES D'AUCUNE UTILITÉ
C'EST VOUS QU'ILS CHERCHENT.
PAS NOUS !

La réponse le laissa perplexe et il se sentit seulement la force de poser une dernière question. Il tenta de demander aux Karrank% ce qu'ils feraient s'ils étaient attaqués.

Il n'eut pas le temps d'achever qu'il reçut en réponse un grincement dont même les glyphes sensoriels des anciens dieux n'auraient pu analyser la structure. C'était plus un mugissement de défi que toute autre chose déchiffrable. Puis, d'un instant à l'autre, les échos sonores et mentaux cessèrent, le laissant dériver dans le silence des eaux glauques avec le crâne tout retentissant des éclats de leur colère. Il avait fait de son mieux. Et maintenant ?

Comme il n'avait rien d'autre à faire, il ferma les yeux et se mit à méditer. Il émit des spirales de clicks sonar et tissa en motifs les échos des chaînes sous-marines qui l'entouraient. Sa déception s'estompa lorsqu'il sentit Nukapaï prendre forme à ses côtés dans le complexe entrelacs de ses propres bruits et de ceux de la mer. Elle parut se frotter contre lui et il crut presque la sentir. Un frisson de jouissance le traversa.

: Ce Ne Sont Pas Des Gens Charmants : fit-elle en commentaire.

Creideiki eut un sourire triste.

: Non, Pas Vraiment Charmants : Mais Ils Souffrent : Si J'Avais Pu Faire Autrement, Je N'Aurais Pas Dérangé De Tels Ermites : (Il soupira.) Le Chant Du Monde Semble Dire Qu'ils Ne Nous Aideront Pas :

Nukapaï accueillit par un sourire cette réflexion pessimiste puis changea de tempo et siffla sur un ton guilleret :

Descends
Écouter le temps qu'il fera demain
Descends
Prescience, prescience...

Creideiki se concentra pour comprendre. Pourquoi parlait-elle en ternaire, une langue presque aussi difficile pour lui maintenant que l'anglique ? Il existait un autre parler, plus subtil, plus puissant, qu'ils pouvaient à présent partager. Pourquoi réveillait-elle le cuisant souvenir de son infirmité ?

Troublé, il secoua la tête. Nukapaï était une fiction née de sa propre conscience... ou du moins restait-elle limitée aux sons que créait sa propre voix. Comment se faisait-il alors qu'elle pût s'exprimer en ternaire ?

Il ne cessait d'y avoir des mystères. Plus il allait profond, plus abondaient les mystères.

Descends
Sondeur en nuit profonde
Descends
Prescience, oh oui, prescience

Il se répéta intérieurement le message. Voulait-elle dire qu'il y avait quelque chose à lire dans l'avenir ?

Qu'un destin inéluctable allait amener les Karrank% à sortir de leur isolement ?

Il s'acharnait encore à résoudre cette énigme lorsqu'il perçut un bruit de moteurs. Il écouta quelques instants et, sans avoir eu besoin de brancher les hydrophones du traîneau, reconnut le rythme de ces moteurs.

Avec d'infinies précautions, d'infinies hésitations, un petit astronef pointa son nez dans le canyon. Un faisceau de sonar balaya lentement ce dernier d'une extrémité à l'autre. Puis un projecteur éclaira le fond marin que le *Streaker* avait quitté quelques jours auparavant. Il se posa tour à tour sur les pièces d'équipement abandonnées puis s'immobilisa sur la boîte de raccordement et sur le traîneau.

Creideiki cligna des yeux dans le pinceau de lumière. Sa bouche s'ouvrit largement dans un sourire de bienvenue. Mais sa voix se figea dans son évent. Pour la première fois depuis plusieurs jours, il se sentait tout intimidé, incapable de parler par peur de buter sur les mots les plus simples et d'avoir l'air d'un imbécile.

Les haut-parleurs du petit vaisseau amplifièrent un joyeux soupir d'une élégante simplicité :

Creideiki

Dans une chaude bouffée de bonheur, il reconnut cette voix et fit redémarrer le traîneau en se libérant du relais. Alors qu'il prenait de la vitesse et se rapprochait du sas du canot, il lança un par un ces mots en anglique :

— Hikahi... que... c'est... bon... d'entendre... de nouveau... ta voix...

Une brume tourbillonnait au-dessus de la mer de plantes. C'était une bonne chose, jusqu'à un certain point. Il était plus facile de s'y déplacer discrètement mais cela rendait hasardeux le repérage des pièges.

Tout en rampant sur l'étendue visqueuse qui le séparait encore de l'épave, Tom inspectait soigneusement chaque endroit avant d'y poser les mains. Il lui était impossible de faire cette dernière partie du trajet par-dessus et il ne doutait pas que ceux qui avaient trouvé refuge dans la carcasse éventrée n'eussent pris leurs précautions contre d'éventuelles visites.

Il découvrit le système d'alarme à quelques mètres seulement de l'ouverture. Un réseau de câbles d'une finesse extrême avait été tendu entre deux petites éminences végétales. Tom examina le dispositif, en mesura l'étendue puis creusa et se glissa par-dessous. Lorsqu'il l'eut franchi, il réémergea et reprit sa reptation jusqu'à la coque piquetée à laquelle il s'adossa.

Les bestioles qui vivaient dans ce vaste marécage s'étaient mises à couvert dès les premiers affrontements ; elles ressortaient à présent que presque tous les combattants étaient morts. Leurs coassements de batraciens, étrangement diffractés, semblaient doter le brouillard d'une épaisseur sonore. Au loin, Tom percevait le roulement du volcan et, tout près, les grondements de son estomac vide. La force avec laquelle se manifestait ce dernier lui paraissait suffisante pour réveiller les Progéniteurs.

Il vérifia le chargeur de son arme. À peine lui restait-il une douzaine d'aiguilles à tirer. Mieux valait qu'il ne se fût pas trompé quant au nombre d'E.T. qui s'étaient abrités dans cette épave.

Mieux vaut d'ailleurs que je ne me sois pas trompé sur un tas de choses, se remémora-t-il. En fait, j'ai tout misé sur la possibilité de trouver ici de la nourriture et les informations dont j'ai besoin.

Il ferma les yeux pour un bref temps de méditation puis se tapit sous la plaie béante et ne se souleva que de ce qui était nécessaire pour hasarder un œil au-delà de sa lèvre déchiquetée.

Sur le pont basculé, maculé de traînées noirâtres, il vit trois Gubrus pelotonnés au sein d'un étalage d'appareils disparates. Un minuscule radiateur parfaitement inadéquat retenait l'attention de deux d'entre eux qui tendaient vers lui leurs bras à la frêle ossature. La troisième créature était installée devant une console portative et pépiait en Galactique Quatre, la langue que parlaient la plupart des espèces aviennes.

— Pas la moindre trace des humains ou de leurs clients, disait l'extraterrestre. Nous sommes dans l'impossibilité d'avoir une certitude car nous ne sommes plus équipés pour le repérage à longue portée. Toutefois, nous n'avons rien décelé. Venez nous chercher !

La radio crachota sa réponse :

— Impossible pour nous de sortir à découvert. Pas question de gaspiller dès maintenant nos dernières forces. Vous devez maintenir votre position, rester cachés et attendre.

— Attendre ? Mais nous nous sommes réfugiés dans une épave dont les vivres sont contaminés par la radioactivité, dans une carcasse éventrée qui ne dispose plus d'une seule pièce d'équipement en état. Pourtant, c'est le meilleur abri que nous ayons pu trouver dans tout ce qui flotte encore. Il faut absolument que vous veniez nous chercher !

Ces nouvelles arrachèrent à Tom un chapelet de jurons silencieux. Adieu l'espoir de manger.

L'opérateur radio continuait de protester. Les deux autres Gubrus l'écoutaient en reportant impatiemment le poids de leur corps d'une patte sur l'autre. Soudain, l'un d'eux martela le plancher de son pied griffu tout en se retournant comme pour dire à l'opérateur de se taire. Son regard balaya la déchirure de la coque. Avant que Tom n'ait pu se raplatir au sol, les yeux de la créature s'écarquillèrent et son bras se tendit.

— Un humain ! Vite...

Tom l'atteignit en plein thorax. Sans prendre la peine d'observer la chute de sa victime, il plongea par l'ouverture et, d'une roulade, s'abrita derrière une console bancale. Puis, de là, il gagna l'autre extrémité de la salle de commande dévastée en tirant coup sur coup trois aiguilles tandis que le second Gubru près du radiateur tentait de riposter. Une mince flamme sortit de son pistolet pour aller ajouter une nouvelle traînée carbonisée à un plafond qui en était déjà amplement pourvu tandis que lui-même poussait un cri et basculait à la renverse.

Le troisième Galactique avait les yeux fixés sur Tom. Il les détourna fugitivement pour regarder sa radio.

— Ce n'est même pas la peine d'y songer, croassa Tom dans un Galactique Quatre à l'accent traînant.

La huppe du E.T. frémit de surprise. Il baissa les mains et s'immobilisa.

Tom se releva sans cesser de tenir en joue le Gubru survivant.

— Jette ton ceinturon puis éloigne-toi de la radio. Sans geste brusque. N'oublie pas que nous autres, humains, nous avons une réputation de jeunes-loups à défendre. Nous sommes des fauves, des carnivores, et nos réactions sont d'une extrême rapidité ! Ne m'oblige pas à te manger.

Sur ce, il lui décocha son plus large sourire de façon à révéler le maximum de dents.

La créature frissonna et fit ce qu'on lui demandait. Tom encouragea cette obéissance par un grondement féroce. Dans certaines situations, il n'était somme toute pas inutile d'être considéré comme un sauvage.

— Très bien, fit-il alors que l'extraterrestre gagnait l'endroit qu'il lui indiquait près du trou dans la coque.

Puis, sans baisser son arme, il s'assit devant la radio d'où jaillissaient des pépiements excités.

Ifni, merci, il en reconnut le modèle et la ferma.

— Étais-tu en train d'émettre lorsque tes copains m'ont repéré ? demanda-t-il à son prisonnier. (Il se demandait si le commandement des forces gubrus, probablement caché sur quelque lune, avait entendu le mot « humain ».)

La huppe du Galactique se dressa et sa réponse fut tellement inattendue que Tom se demanda un moment s'il ne s'était pas complètement trompé en formulant sa question.

— Renonce à cet orgueil, entonna le Gubru en gonflant ses plumes. Tous les jeunes doivent renoncer à l'orgueil. L'orgueil mène à l'erreur. La démesure mène à l'erreur. L'orthodoxie seule est source de salut. Nous pouvons vous sauver…

— Ça suffit ! rugit Tom.

— … vous sauver des hérétiques. Menez-nous vers ceux qui sont de retour. Menez-nous vers les Progéniteurs, vers les anciens maîtres, vers ceux qui instituèrent les lois. Menez-nous vers eux. Eux qui attendent aux frontières du Paradis qu'ils instaurèrent jadis avant de partir, qui attendent de pouvoir y rentrer mais ne le peuvent en présence de créatures telles que les Soros, les Tandus, les Thennanins ou…

— Les Thennanins ! C'est exactement ce que je veux savoir ! Y a-t-il encore des Thennanins parmi les combattants ? Occupent-ils toujours des positions stratégiques ?

— … ou les Frères de la Nuit. Ils vont avoir besoin qu'on les protège, qu'on les ménage, qu'on leur fasse lentement comprendre combien d'atrocités ont été commises en leur nom, qu'on leur apprenne que les schismes ont ravagé l'orthodoxie et que les hérésies abondent. Oui, menez-nous vers eux, aidez-nous à nettoyer l'univers. Grande sera votre récompense. Minimes seront vos modifications. Court votre contrat...

— Arrête !

Tom sentait la fatigue et la tension de ces derniers jours se transformer en rage. Juste après les Soros et les Tandus, les Gubrus comptaient parmi les plus tenaces persécuteurs de l'humanité. Ce qu'il venait d'entendre était plus qu'il n'en pouvait raisonnablement supporter.

— Arrête et réponds à mes questions ! hurla-t-il en tirant sur le plancher juste à côté des pieds de l'extraterrestre.

Ce dernier sursauta, les yeux écarquillés de surprise. Tom tira encore deux fois. Au premier coup de feu, le Gubru dansa pour éviter le projectile qui rebondissait. Au deuxième, il se contenta de tressaillir car le pistolet à aiguilles s'était enrayé.

Alors, le Galactique posa son regard sur Tom et lança un cri de joie. Il déploya ses bras emplumés et sortit ses longues griffes rétractiles. Pour la première fois, il prononça des mots qui s'adressaient vraiment à Tom et qui n'étaient pas du charabia.

— Maintenant, tu vas parler, misérable créature inachevée, parvenu sans maître !

Puis il chargea en poussant un hurlement perçant.

Tom plongea sur le côté pour esquiver la créature avienne mais, ralenti par la faim et par l'épuisement, il ne put éviter une griffe aiguisée comme un rasoir qui s'accrocha au passage dans sa combinaison de plongée et lui déchira le flanc le long d'une côte. Étouffant un cri, il alla s'abattre contre un mur déjà maculé de sang tandis que le Gubru se retournait pour renouveler son assaut.

Ni l'un ni l'autre ne s'intéressait de toute évidence aux pistolets qui traînaient sur le plancher. Qu'elles fussent hors d'usage ou vides, ces armes ne valaient pas le risque qu'on aurait pris en se baissant pour les ramasser.

— Où sont les dauphins ? couina le Gubru en dansant d'arrière en avant. Dis-le-moi ou je vais cesser d'être gentil pour t'inculquer de la manière forte ce qu'est le respect des aînés.

— Apprends d'abord à nager, cervelle d'oiseau, et je t'emmènerai les voir.

Toutes griffes dehors, le Gubru chargea de nouveau avec un grand cri.

Tom fit appel à ses ultimes réserves d'énergie pour bondir et décocher un coup de pied dans la gorge de la créature dont le cri s'étrangla net lorsque les vertèbres craquèrent sous la violence du choc. Le Gubru s'effondra et son corps recroquevillé glissa sur le pont humide avant d'être arrêté par la paroi.

Tom retomba, chancelant, à quelques pas de lui. Ses yeux flottèrent un moment puis, tout en reprenant son souffle les mains posées sur les genoux, il regarda son adversaire.

— Je... t'avais averti... que nous étions... des loups, murmura-t-il.

Dès qu'il en fut capable, il se traîna jusqu'à la plaie ouverte dans le flanc du vaisseau et se pencha par-dessus sa lèvre déchiquetée pour fixer les yeux sur les volutes de brume.

À présent, ses biens se limitaient à son masque, à son appareil de distillation et aux vêtements qu'il portait... et aussi aux armes de main pratiquement hors d'usage des Gubrus.

Sans oublier, bien sûr, la bombe à messages dont il sentait la pression contre son diaphragme.

Je n'ai que trop reporté le moment de prendre cette décision, se dit-il. Certes, tant que durait la bataille, il avait pu prétendre être à la recherche de réponses sûres. Mais peut-être n'avait-il fait que se complaire dans des manœuvres dilatoires vis-à-vis de lui-même.

Je voulais être sûr, je voulais savoir avec certitude si la ruse avait un maximum de chances de marcher. Car, pour ce faire, il est indispensable qu'il y ait encore des Thennanins là-haut.

Mais j'ai rencontré cet éclaireur. Le Gubru a parlé des Thennanins. Ai-je vraiment besoin de voir leur flotte pour savoir qu'ils participent toujours à la bataille ?

Il prit alors conscience d'une autre raison qui lui avait fait remettre à plus tard le lancement de la bombe.

Une fois que je l'aurai fait exploser, Creideiki et Gillian décolleront, et je ne vois pas comment ils pourraient s'arrêter en chemin pour me prendre. J'étais censé rentrer au vaisseau par mes propres moyens… ou accepter de rester en arrière.

En fait, tandis qu'il se débattait dans cette mer de sargasses, il s'était bercé de l'espoir de trouver un vaisseau en état, quelque chose qui lui permît de retourner vers la Terre, mais il n'avait rencontré que des épaves.

Il se laissa tomber lourdement sur le plancher et s'adossa au métal froid de la paroi. Puis il sortit la bombe à messages.

Alors, est-ce que je la lance ?

Le Cheval Marin était son plan. Quelle autre justification aurait-il pu trouver à sa présence ici, loin de Gillian et de ce qui constituait son univers intime, sinon la nécessité de vérifier si ce plan pouvait réussir ?

De l'autre côté du pont maculé de sang du croiseur E.T., son regard tomba sur la radio des Gubrus.

Tiens, tiens, se dit-il. Voilà encore un truc que je peux faire. Même si ça équivaut à me placer au centre d'une cible, je puis ainsi faire connaître à Jill et aux autres tous les renseignements que j'ai recueillis.

Et il se peut également que les répercussions s'en révèlent encore plus positives.

Encore une fois, Tom rassembla toutes ses forces pour se lever.

Au fait, se dit-il tout en chancelant jusqu'à trouver un certain équilibre, je n'ai rien à manger de toute façon. Autant partir en beauté.

NEUVIÈME PARTIE

ASCENSION

Que le soleil couchant et l'étoile du soir
S'unissent en un clair appel vers la lumière
Sans que retentisse la plainte de la barre
Quand viendra le temps pour moi de partir en mer.

A. TENNYSON

Dennie & Sah'ot

— C'est beaucoup plus long par là, Dennie. Es-tu sûre que nous ne devrions pas simplement couper au sud-ouest ?

Sah'ot nageait le long du traîneau sans avoir le moins du monde à forcer pour rester à sa hauteur. Tous les quelques battements de caudale, il remontait souplement souffler en surface pour rejoindre ensuite sur sa lancée sa compagne de voyage.

— Je sais bien que ce serait plus rapide, Sah'ot, lui répondit Dennie sans lever les yeux de ses écrans sonar. Elle veillait à rester à l'écart de tout tertre de métal car c'était dans ce secteur que poussait l'herbe assassine. L'histoire que lui avait racontée Toshio sur sa rencontre avec la plante meurtrière l'avait tellement terrifiée qu'elle était déterminée à faire un large détour pour éviter toute île suspecte.

— Alors, pourquoi retournons-nous jusqu'à l'ancienne position du *Streaker* avant de mettre le cap au sssud ?

— Pour diverses raisons, commença Dennie. D'abord, parce que nous connaissons bien cette route pour l'avoir faite à l'aller et que nous ne risquons toujours pas de nous perdre ensuite puisque le vaisseau et le Cheval Marin étaient sur un même méridien.

Pas du tout convaincu, Sah'ot poussa une sorte de hennissement.

— Et puis ?

— Nous aurons ainsi une chance de tomber sur Hikahi. Je suppose qu'à présent elle doit être en train de tourner autour de l'ancien emplacement du *Streaker*.

— C'est Gillian qui t'a demandé de la chercher ?

— Oui, mentit Dennie. (Elle avait en fait des motifs tout personnels de vouloir retrouver Hikahi.)

Elle se méfiait des intentions de Toshio. Elle craignait qu'il ne voulût prolonger son séjour sur l'île jusqu'au moment où, le *Streaker* ayant achevé ses préparatifs, il serait trop tard pour que Takkata-Jim pût contrecarrer son départ. Mais, bien sûr, il serait également trop tard pour que le jeune midship pût rejoindre le vaisseau en traîneau.

Auquel cas, le canot constituait la seule chance pour Toshio de s'en sortir. Et Dennie devait rejoindre Hikahi avant que cette dernière ne prît contact avec Gillian qui risquait d'envoyer le canot à la recherche de Tom plutôt qu'à celle de Toshio.

Ce faisant, elle avait conscience de voir midi à sa porte et se sentait un peu coupable d'avoir pris cette décision. Mais si elle avait su mentir à un dauphin, elle pourrait encore le faire avec d'autres.

Takkata-Jim & Metz

L'ancien second du *Streaker* jetait furieusement la tête en tous sens et grinçait des dents au spectacle du sabotage.

— Avant longtemps, leurs boyaux vont se balancer

aux branches des arbres, gronda-t-il dans le gémissement des lourds bras manipulateurs de son araignée blindée.

Ignacio Metz avait également les yeux fixés sur l'inextricable lacis de fils presque invisibles qui recouvrait la chaloupe et la maintenait au sol. Il plissa les paupières et tenta de suivre jusque dans la forêt la piste des fibrilles.

— Ne croyez-vous pas que votre réaction soit un peu exagérée, lieutenant ? Il me semble que ce garçon a seulement voulu s'assurer que nous ne décollerions pas avant le moment convenu.

Takkata-Jim foudroya l'humain du regard du haut de sa machine.

— Alors comme ça, vous avez sssubitement changé d'avis, professeur Metz ? Vous allez peut-être me dire que nous devrions laisser cette folle qui contrôle à présent le *Streaker* conduire nos camarades à une mort certaine ?

— Non, bien sûr ! protesta Metz en se faisant tout petit devant la colère de l'officier delphinien. Il nous faut persévérer dans notre projet, d'accord. Nous devons tenter de trouver un compromis avec les Galactiques, mais…

— Mais quoi ?

Metz eut un haussement d'épaules indécis.

— Je pense seulement que vous ne pouvez pas reprocher à Toshio d'avoir fait son devoir…

Les mâchoires de Takkata-Jim claquèrent comme un coup de feu et il fit avancer son araignée droit sur Metz, ne s'arrêtant qu'à moins d'un mètre de l'homme affolé.

— Vous pensez ! Vous PENSEZ ! C'est un comble ! Vous avez eu l'arrogance de croire que vous surpassiez en sagesse les autorités compétentes de la Terre, vous qui avez introduit vos petits monstres favoris dans un équipage qui n'était déjà que trop fragile, vous qui vous êtes menti à vous-même en faisant semblant de croire que tout allait pour le mieux, en refusant de voir les symptômes les plus alarmants au moment où vos clients désespérés avaient le plus grand besoin de votre savoir ! Oui, Ignacio Metz, expliquez-moi un peu la façon dont vous vous y prenez pour penser ! persifla Takkata-Jim.

— Mais… mais… nous étions d'accord, vous et moi, sur pratiquement tout ! Mes fen à gènes *Steno* n'ont-il pas été vos plus fidèles partisans ? Ce sont même les seuls qui vous restent !

— Vos *Steno* n'ont jamais été de vrais *Steno* ! Vos manipulations perverses n'ont donné le jour qu'à des créatures déséquilibrées qui n'avaient pas leur place dans l'effectif de ce vaisseau ! Je me suis servi de ces fen comme je me suis servi de vous ! Mais n'allez pas me mettre dans le même sac que vos monstres, Metz !

Abasourdi, Metz se recroquevilla contre la coque de la chaloupe.

On perçut alors un bruit de machines qui se rapprochaient. Takkata-Jim jeta de nouveau un regard noir sur l'humain pour lui intimer l'ordre de se taire. L'araignée de Sreekah-pol surgit des buissons.

— Les fibres mènent au bassin, annonça le fin dans un anglique beaucoup trop aigu pour que Metz fût en mesure de le suivre. Elles s'enfoncent dans l'eau et sont nouées au tronc de l'arbre foreur.

— Vous les avez coupées ?

— Oui ! fit le néo-dauphin avec une lueur hallucinée dans le regard.

— Professeur Metz, dit Takkata-Jim, veuillez préparer les Kikwis pour le départ. Ils constituent notre seconde monnaie d'échange et je veux qu'ils puissent être appréciés à leur juste valeur par la race avec laquelle nous prendrons contact.

— Qu'est-ce que vous allez faire maintenant ? demanda Metz.

— Quelque chose dont vous ne voulez pas être au courant.

Metz vit la détermination qui se lisait dans le regard de

l'ex-second, et il la mit en relation avec l'éclat dément qui brillait dans les yeux des trois *Steno*.

— Vous leur parlez en primal, s'écria-t-il d'une voix étranglée. J'en suis sûr. Vous encouragez la régression de ces fen ! Pire, vous les incitez à l'homicide !

Takkata-Jim soupira.

— Écoutez, professeur Metz, je me débattrai plus tard avec ma conscience. Dans l'intervalle, je vais faire ce que j'estime indispensable pour le salut du vaisseau et de notre mission. Puisqu'un dauphin dans son état normal est incapable de tuer des êtres humains, j'étais bien obligé d'avoir recours à des dauphins fous.

Les trois *Steno* sourirent à Metz qui posa un regard terrifié sur leurs yeux et perçut avec horreur leurs clicks sauvages.

— Vous êtes un malade, Takkata-Jim, murmura-t-il.

— Non, professeur Metz, lui répondit le lieutenant avec une nuance de pitié dans la voix. Le malade, c'est vous. Tout autant que ces fen. Moi, j'agis seulement comme le ferait tout être humain dévoué à sa tâche et confronté à une situation désespérée. Criminel ou patriote, c'est une question de point de vue, mais je suis pleinement cognitif.

Les yeux de Metz s'écarquillèrent.

— Mais il est impossible que vous retourniez sur la Terre avec quiconque sachant que…

Il pâlit et fit volte-face pour se précipiter vers le sas.

Takkata-Jim n'eut pas même à donner d'ordre. Un jet bleu de lumière actinique jaillit de l'araignée de Sreekah-pol. Metz poussa un soupir et s'effondra dans la boue juste sous l'entrée de la chaloupe. Et il leva vers Sreekah-pol le regard d'un père trahi par son propre fils.

Takkata-Jim se tourna vers ses fen en dissimulant de son mieux la nausée qui lui tordait les entrailles.

Qu'on trouve, qu'on trouve
Qu'on trouve et qu'on tue

Qu'on tue
L'homme à peau douce
Et le singe au poil dru
Moi, j'attends, j'attends
Là
Là j'attends.

Les fen lancèrent un cri d'acquiescement à l'unisson et se renfoncèrent avec un parfait ensemble dans la forêt, les lourds bras manipulateurs de leurs engins écartant les jeunes arbres comme s'il s'agissait de brindilles.

Takkata-Jim entendit gémir l'homme à terre et baissa les yeux vers lui, songeant à mettre fin à ses misères. Il aurait voulu le faire mais ne pouvait se résoudre à commettre lui-même un acte de violence à l'encontre d'une créature humaine.

C'est aussi bien, se dit-il. J'ai encore quelques réparations à faire et il faut que j'aie terminé avant le retour de mes monstres.

Takkata-Jim enjamba délicatement le mourant et fit pénétrer son araignée dans le sas.

— Professeur Metz ! chuchota Toshio qui retourna le blessé sur le côté, lui souleva la tête et lui appliqua sur le cou une ampoule aérosol d'antalgique. Professeur Metz, est-ce que vous pouvez m'entendre ?

Metz leva des yeux troubles sur le jeune homme.

— Ah, Toshio, mon garçon, partez vite d'ici ! Takkata-Jim a envoyé ses…

— Je sais, professeur Metz, j'étais caché dans les buissons lorsqu'ils ont tiré sur vous.

— Alors, vous avez entendu, fit-il en un souffle.

— Oui, monsieur.

— Et vous savez à présent quel imbécile j'ai fait…

— Ce n'est pas le moment de penser à ça, professeur Metz. Il faut que nous vous transportions en lieu sûr. Charlie Dart s'est caché à quelques pas d'ici et je vais aller le chercher pendant que les *Steno* fouillent un autre coin de l'île.

Metz s'accrocha au bras du midship.

— Ils en ont aussi après lui, vous savez.

— Oui, je sais. Et je crois n'avoir jamais vu une telle expression d'étonnement sur le visage d'un chimp. Il s'était réellement figuré qu'ils ne le soupçonneraient jamais de m'avoir aidé ! Je vais passer le prendre et nous vous emmènerons loin d'ici.

Metz se mit à tousser et une écume rouge apparut sur ses lèvres. Il secoua la tête.

— Non. Tout comme Victor Frankenstein, il semble que je meure victime de ma propre démesure. Laissez-moi. Vous devez courir à votre traîneau et quitter l'île au plus vite.

Une grimace tordit le visage de Toshio.

— Ils sont d'abord passés par le bassin, professeur Metz. Je les avais suivis et je les ai vus couler mon traîneau. Ensuite, je me suis arrangé pour les précéder en faisant fuir devant moi les Kikwis. Dennie m'avait appris leur signal de panique et, lorsque je l'ai crié, je les ai vus détaler comme des lemmings et sauter en masse dans l'océan. À présent, eux au moins sont à l'abri des *Steno*…

— Pas *Steno*, rectifia Metz. *Demenso cetus Metzìi*, doit-on dire, je pense. « Dauphins fous de Metz ». vous savez, je crois être la première victime d'un homicide perpétré par un dauphin depuis…

Il porta la main à sa bouche et toussa de nouveau.

Puis il contempla le filet de sang qui maculait sa paume et son regard revint sur Toshio.

— Nous devions livrer les Kikwis aux Galactiques, mon garçon. Ça ne me plaisait guère mais il m'avait convaincu…

— Takkata-Jim ?

— Oui. Il ne pensait pas que les E.T. se contenteraient d'avoir les coordonnées de la flotte abandonnée…

— Les coordonnées de la flotte ? répéta Toshio, sidéré. Il a donc des bandes ? Mais comment… ?

Metz ne l'écoutait plus. La fin semblait proche.

— … en échange de la liberté du *Streaker*, aussi… fut-il décidé que nous leur donnerions en prime les aborigènes. (Le généticien prit faiblement le poignet du midship.) Il faut que vous les sauviez, Toshio. Ne laissez pas les Galactiques s'emparer d'eux. Ils sont si prometteurs. Ils ne s'épanouiront qu'avec des patrons doux. Les Lintens, peut-être, ou les Synthiains… mais nous ne sommes pas qualifiés pour ça… nous n'en… nous n'en ferions que des caricatures de nous-mêmes. Nous…

Metz s'affaissa dans les bras de Toshio.

Attendre, c'était tout ce que le jeune midship pouvait faire pour le vieux généticien. Le contenu de sa petite trousse lui permettait à peine d'aider l'homme à supporter la douleur.

Une minute plus tard, Metz ressortit de sa torpeur. Son regard se posa sur les arbres sans les voir.

— Takkata-Jim, hoqueta-t-il. C'est la première fois que j'y pense. Il représente exactement ce que nous cherchions ! Je n'en avais jamais pris conscience auparavant, mais ce n'est pas un dauphin. C'est un homme… Qui aurait jamais pu penser…

Ses mots furent noyés dans un râle et ses yeux basculèrent.

Toshio lui prit le poignet et ne sentit plus rien. Il reposa le cadavre à terre et retourna dans la forêt.

— Metz est mort, dit-il à Charles Dart lorsqu'il vit la tête du chimp surgir des buissons.

— M-m-mais c'est c'est…

— C'est un homicide, oui.

Toshio comprenait parfaitement ce que ressentait Charles Dart. En matière d'Élévation, la seule norme technique que les hommes avaient reprise des Galactiques sans modification aucune était l'implantation d'une horreur instinctive pour le patronicide chez leurs clients. Une minorité considérait même ce conservatisme comme particulièrement hypocrite compte tenu des records de libéralisme que battait l'humanité sur les autres points. Toutefois…

— Donc, ils n'y réfléchiront pas à deux fois avant de nous descendre, vous et moi !

Toshio se contenta de hausser les épaules.

— Qu'allons-nous faire ?

Charlie avait renoncé à tout comportement professoral et implorait du regard les directives de Toshio.

C'est lui l'adulte et moi le gamin, songeait avec amertume le jeune midship. La situation devrait être inverse.

Non, c'est idiot. L'âge ou le statut patron-client n'ont rien à voir là-dedans. Je suis un militaire. C'est mon boulot d'assurer notre survie.

Il fit de son mieux pour dissimuler sa nervosité.

— On va continuer comme on a commencé, professeur Dart. En les harcelant et en les empêchant de décoller aussi longtemps que possible.

Dart cligna des paupières à plusieurs reprises puis se récria :

— Mais comment partirons-nous d'ici en ce cas ? Est-ce que vous pouvez vous débrouiller pour que le *Streaker* passe nous chercher ?

— Ça ne dépend pas de moi mais, s'il existe une possibilité, croyez bien que Gillian s'arrangera pour le faire. Cependant, vous et moi, nous devons nous considérer comme sacrifiables. Comprenez-moi bien, professeur Dart, nous sommes tous deux des soldats maintenant. On prétend qu'il y a une certaine satisfaction à puiser dans le fait d'offrir sa vie pour sauver celle des autres. Je crois que c'est vrai ; sinon, il n'y aurait jamais eu de légendes.

Le chimpanzé fit un effort visible pour se pénétrer de ce point de vue. Ses mains esquissèrent un geste frémissant.

— S'ils parviennent à rentrer sur la Terre, croyez-vous qu'ils raconteront ce que nous avons fait ?

Toshio sourit.

— Ça, pour sûr !

Charlie resta un moment les yeux fixés à terre. Dans les lointains, on pouvait entendre les *Steno* battre la forêt.

— Dites, Toshio… Il y a quelque chose qu'il faut que vous sachiez.

— Oui, professeur Dart. Qu'est-ce que c'est ?

— Euh… vous vous souvenez de ce truc pour lequel je voulais qu'ils retardent de quelques heures leur décollage ?

— Votre expérience. Oui, je m'en souviens.

— Eh bien, les instruments que j'ai laissés à bord du *Streaker* sont réglés pour en enregistrer les résultats si bien que, même sans moi, ces données parviendront à la Terre.

— C'est merveilleux, ça, professeur Dart ! Je suis content pour vous.

Toshio savait à quel point c'était important pour le chimp de science qu'était Charlie.

— Et puis… reprit Dart avec un piètre sourire, comme il est trop tard pour empêcher qu'elle n'ait lieu, je me suis dit que vous devriez savoir en quoi elle consistait, pour que vous ne soyez pas surpris.

Son ton de voix, les circonlocutions de sa phrase, tout cela mettait Toshio mal à l'aise. Il s'empressa de lui dire :

— Allez, professeur, expliquez-moi !

Charlie consulta sa montre.

— Dans quatre-vingts minutes, le robot sera parvenu à l'endroit voulu. (Il lança vers Toshio un regard furtif.) Alors, ma bombe explosera.

Le midship s'adossa au tronc d'un arbre.

— Fantastique ! C'est exactement ce qu'il nous fallait…

— J'avais l'intention de prévenir Takkata-Jim un petit peu avant de sorte que nous puissions nous mettre en vol stationnaire, expliqua Charlie d'un air penaud. Je ne peux pas dire que j'aie des inquiétudes, d'ailleurs, car j'ai soigneusement étudié la carte que Dennie a dressée du gouffre qui s'ouvre sous l'île. À mon sens, il est peu vraisemblable que le tertre s'effondre, mais vous savez…

Et il écarta les mains en un geste expressif.

Toshio poussa un soupir. De toute façon, ils allaient mourir, et ce dernier tour du destin, au moins, paraissait dénué d'implications cosmiques.

Streaker

— Nous sommes prêts.

Il avait lâché la nouvelle sur un ton parfaitement anodin.

Gillian leva le nez de son écran holo pour découvrir Hannes Suessi qui, appuyé au chambranle de la porte, la saluait en levant deux doigts. La brillante lumière du couloir jetait un trapèze nettement délimité sur le plancher de cette pièce à l'éclairage tamisé.

— Les adaptations d'impédance… ? s'enquit-elle.

— Du cousu main. En fait, lorsque nous serons de retour sur la Terre, je crois bien que je vais suggérer l'achat aux Thennanins d'un lot de leurs vieilles carcasses d'astronefs pour y réajuster tous les Snarks. Nous n'irons pas vite, c'est sûr, et déjà rien qu'à cause de cette flotte qui remplit l'entrepont, mais le *Streaker* décollera, il volera, et il négociera les courbures. Et il va falloir lui en assener un sacré coup pour l'atteindre au travers de la coque externe.

Gillian posa un pied sur son bureau.

— C'est que, là-haut, il y a encore de sacrées occasions de recevoir de sacrés coups, Hannes !

— On volera. Quant au reste… (Il haussa les épaules.)

La seule recommandation que je puisse faire, c'est que vous laissiez le personnel technique une heure et quelque sous machine à sommeil si vous ne voulez pas nous voir nous effondrer au moment du décollage. À part ça, à compter de maintenant, c'est à vous de voir, madame la capitaine. (Il l'arrêta en reprenant aussitôt :) Et ne venez pas non plus nous chercher pour que nous vous donnions des conseils, Gillian. Jusqu'à présent, vous avez fait du boulot superbe et ni Tsh't ni moi ne saurons vous dire autre chose que : « Bien, commandant », en vous obéissant au doigt et à l'œil.

Gillian hocha lentement la tête et murmura :

— D'accord.

Hannes se pencha pour jeter un œil vers le laboratoire de Gillian. Il était au courant de la présence du vieux cadavre pour avoir aidé Tom Orley à l'introduire dans le vaisseau. Il entrevit la silhouette suspendue à l'horizontale dans son cercueil de verre, frissonna et se détourna.

La holo de Gillian montrait une petite balle de ping-pong représentant Kithrup entourée d'un semis de petits BB symbolisant ses satellites. On remarquait également, suspendus dans l'espace, deux amas de points rouges et bleus accompagnés de minuscules lettres de code.

— On n'a pourtant pas l'impression qu'il en reste tant que ça, des affreux, lança Suessi, commentant l'image.

— Ce ne sont que les vaisseaux situés dans le proche espace. La vue générale sur environ un astron cube révèle la présence encore impressionnante de deux escadres de Galactiques. Nous ne pouvons pas réellement identifier les flottes mais l'ordinateur de combat leur assigne des couleurs en fonction des mouvements qu'il observe. Il semble que les renversements d'alliance continuent d'aller bon train là-haut. Et qu'il y ait tout un tas de factions qui se soient réfugiées sur les lunes.

Les lèvres de Suessi s'arrondirent et il faillit poser la question que tout le monde avait en tête mais il la ravala. De toute manière, Gillian y répondit.

— Et nous n'avons toujours pas de nouvelles de Tom. (Elle baissa les yeux sur ses mains.) Jusqu'à présent, il n'était pas vraiment indispensable que nous ayons cette information, mais maintenant...

Elle s'interrompit et Suessi acheva pour elle :

— Maintenant il nous faut savoir si nous ne courons pas au suicide en décollant. (Il remarqua qu'elle s'était replongée dans l'examen de la holo.) Vous essayez de vous en faire une idée par vous-même, n'est-ce pas ?

Gillian haussa les épaules.

— Allez prendre cette heure de sommeil, Suessi. Ou trois ou dix, peut-être. Dites à vos fen de roupiller à leur poste et branchez leur machine sur la passerelle. (Elle plissa le front en contemplant le déplacement des petits points.) Il se peut que je me trompe et que nous finissions par choisir le moindre mal — c'est-à-dire de rester cachés ici et d'attendre que nos gencives virent au bleu ou que nous crevions de faim — mais j'ai bien l'impression, le net pressentiment, qu'on risque plutôt d'avoir à précipiter les choses.

— Et pour Toshio, Hikahi et les autres ?

Gillian ne répondit pas. Ce n'était d'ailleurs pas nécessaire. Au bout d'un moment, Suessi lui tourna le dos et sortit en refermant la porte derrière lui.

Des points. Des capteurs passifs du *Streaker* on ne pouvait rien tirer de plus que des points qui se déplaçaient et, de temps à autre, se rassemblaient en essaims d'étincelles avant de se séparer réduits en nombre. L'ordinateur de combat examinait ces figures mobiles et hasardait des conjectures mais la réponse dont elle avait besoin ne venait jamais.

— Est-ce que les flottes rescapées assisteront avec indifférence à la soudaine réapparition d'un croiseur thennanin descendu dans les premiers temps de la bataille ou joindront-elles leurs forces pour le renvoyer à l'endroit qu'il n'aurait jamais dû quitter ?

Cette question portait en elle un choix. Et devant ce choix, Gillian se sentait seule comme elle n'avait jamais eu à l'être.

— Mais où es-tu, mel ? Tu es vivant, je le sais. Je puis sentir sur mon visage ton souffle lointain. Qu'est-ce que tu peux bien faire en cet instant précis ?

Sur sa gauche, un voyant vert se mit à clignoter.

— Oui, dit-elle en se tournant vers les liaisons internes.

— Docteur Bassskin ! (C'était la voix de Wattacéti qui appelait de la passerelle.) Nous avons Hikahi en ligne ! Elle est au relais ! Et Creideiki est avec elle !

— Passez-la-moi !

Il y eut un sifflement tandis que l'opérateur montait le son.

— Gillian ? C'est toi ?

— Oui, Hikahi. Dieu soit loué ! Est-ce que tu vas bien ? Et Creideiki, est-il toujours au relais ?

— Nous allons bien tous les deux, Clarificatrice du Vital. D'après ce que nous ont dit les fen de la passerelle, il semble que tu n'aies pas du tout besoin de nous là-bas !

— C'est un ramassis de menteurs et de lèche-patron ! Mais je ne troquerais pas un seul d'entre eux contre mon bras gauche. Écoute, il nous manque cinq fen, et il faut que je t'avertisse, deux sont des régressifs extrêmement dangereux.

Il y eut un long sifflement sur la ligne, puis la réponse vint :

— Le compte y est. Quatre d'entre eux sont morts…

— Seigneur… (Gillian se couvrit les yeux.)

— Keepiru est avec nous, entendit-elle en réponse à la question qu'elle n'avait pas posée.

— Pauvre Akki, soupira Gillian.

— Il va falloir préparer un message pour Calafia disant qu'il est mort en faisant son devoir. Selon Keepiru, il est resté brave et cognitif jusqu'au bout.

Il y avait quelque chose que Gillian n'aimait pas dans ce que laissait entendre Hikahi.

— Hikahi, c'est toi le commandant maintenant. Nous avons besoin que tu rentres tout de suite. En cet instant, je procède officiellement à la passation…

— Non, Gillian, l'interrompit la fine de sa voix flûtée. Je t'en prie, pas encore. Il me reste des choses à faire avec le canot. Il faut passer prendre ceux qui sont sur l'île, ainsi que la délégation kikwie.

— Je ne suis pas sûre que nous en aurons le temps, Hikahi, lui répondit Gillian en sentant sur ses lèvres l'amertume de chaque mot tandis que ses pensées s'attardaient sur la brillante jeune femme exagérément modeste qu'était Dennie Sudman, sur l'érudit Sah'ot et sur Toshio, si jeune, si noble.

— Tom aurait-il appelé ? Y aurait-il urgence ?

— Ni l'un ni l'autre, mais…

— Alors quoi ?

Incapable de fournir une explication logique, elle tenta de répondre en ternaire :

C'est que je perçois des bruits déchirants
Le cri des moteurs, l'appel des clairons
Les sanglots d'un amour à l'abandon
Dans si peu de temps

Il y eut un long silence à l'autre bout de la ligne puis, du canot, ce ne fut pas la voix d'Hikahi qui lui parvint mais celle de Creideiki. Dans le ternaire élémentaire et répétitif de sa réponse, Gillian perçut obscurément des nuances profondes et vaguement terrifiantes par leur altérité.

Les bruits, tous les bruits
Sont réponse
Sont réponse
Les faits, tous les faits
Font du bruit
Font du bruit

Le Devoir Seul Appelle
En silence
En silence

Gillian retint sa respiration jusqu'à ce que s'évanouît l'ultime note sifflée par Creideiki. Elle avait le dos parcouru de longs frissons.

— Au revoir, Gillian, dit Hikahi. Fais comme tu penses que tu dois faire. Nous serons de retour au plus vite. Mais ne nous attends pas.

— Hikahi ! s'écria Gillian en tendant la main vers le poste, mais l'onde porteuse s'interrompit avant qu'elle n'ait pu ajouter le moindre mot.

Toshio

— Les deux sas sont verrouillés de l'intérieur, annonça Toshio, hors d'haleine, lorsqu'il eut regrimpé dans leur cachette. Il semble que nous n'ayons plus qu'à essayer votre système.

Charles Dart hocha la tête et précéda le jeune homme jusqu'aux surcompresseurs à l'arrière du petit astronef.

À deux reprises, ils s'étaient réfugiés dans les arbres et avaient vu passer sous eux la patrouille des *Steno*. Pas une seule fois l'idée de chercher en l'air le gibier qu'ils traquaient n'avait paru traverser l'esprit malade des fen mais Toshio ne se faisait pas d'illusions sur le sort qui les attendait, lui et le chimpanzé, si l'on venait à les surprendre à découvert.

Charlie ôta la plaque qui fermait la travée d'entretien ménagée entre les moteurs.

— J'ai donc rampé entre ces circuits d'alimentation, là, au-dessus, pour atteindre le panneau d'accès qui est là-bas, dans cette cloison.

Il désigna l'endroit du doigt et Toshio fouilla du regard le labyrinthe de tuyaux.

— Pas étonnant que personne n'ait pensé à chercher un passager clandestin, dit le midship en ramenant sur Dart des yeux agrandis par la surprise. Et vous avez fait pareil pour vous introduire dans la soute aux armes ? En vous glissant dans des tuyauteries trop étroites pour un humain ?

Le planétologiste fit signe que oui et ajouta :

— Je puis donc en déduire que vous n'allez pas m'accompagner et que je vais devoir me débrouiller seul pour les faire sortir.

Toshio hocha la tête.

— Ils sont dans la cale arrière, je crois. Tenez, voilà le codeur.

Il tendit au chimp la petite machine à traduire qui avait l'apparence d'une grande médaille suspendue à une chaîne. Tous les néo-chimpanzés connaissaient les codeurs puisqu'ils avaient en général des difficultés d'élocution jusqu'à l'âge de trois ans. Charlie se passa le minuscule ordinateur autour du cou et il s'apprêtait à grimper dans l'étroit conduit lorsqu'il interrompit son mouvement et jeta un regard en coin sur le midship.

— Dites, Toshio, imaginez-vous un peu au vingtième siècle, et qu'au lieu d'un astronef ce soit l'un de ces clippers — ou je ne sais quel cargo « zoo » dont ils se servaient alors — quittant l'Afrique avec sa cale bourrée de chimpanzés pré-cognitifs destinés aux cirques ou aux laboratoires. Est-ce que vous vous seriez glissé là-dedans pour aller les sauver ?

— Sincèrement, Charlie, je n'en sais rien, lui répondit le midship en haussant les épaules. J'aimerais pouvoir penser que je l'aurais fait mais, en réalité, je ne sais pas.

Le néo-chimpanzé resta un long moment les yeux rivés à ceux de l'humain puis il grommela :

— Bon, j'y vais. Faites bonne garde à l'arrière.

Toshio fit la courte échelle au chimp qui disparut en

se tortillant dans le dédale mécanique puis il s'accroupit sous les tuyères et prêta l'oreille aux bruits de la forêt. Il avait l'impression qu'au-dessus de sa tête Charlie faisait un énorme raffût en se débattant dans la tuyauterie pour accéder à la cloison intérieure. Puis il n'entendit plus rien.

Il retourna donc dans la forêt pour inspecter les alentours immédiats.

D'un fracas retentissant qui montait dans la direction du village kikwi, il déduisit que les *Steno* s'accordaient un petit intermède de rigolade en cassant tout. Il espéra qu'aucun des petits indigènes n'était encore revenu pour en être témoin ou, pire, pour être pris dans ce tourbillon de violence.

Il retourna vers la chaloupe et consulta sa montre. Il ne restait que dix-sept minutes avant l'explosion de la bombe. Il en passa quelques-unes à tripoter des valves dans la travée d'entretien, déréglant ainsi les impulseurs. Hélas, ces derniers n'étaient pas vraiment nécessaires à Takkata-Jim. S'il avait effectivement refait le plein de carburant grâce aux bombes, il pourrait décoller sur la simple poussée des gravitiques. Quant à ne pas refermer complètement le panneau d'accès pour diminuer la stabilité aérodynamique de l'appareil, il était difficile d'en attendre des miracles car les chaloupes de ce type étaient caractérisées par leur robustesse.

Soudain, il s'interrompit et tendit l'oreille. Dans la forêt, les bruits se rapprochaient. Les fen revenaient.

— Pressez-vous, Charlie !

Instinctivement, ses doigts se posèrent sur la crosse de son pistolet bien qu'il doutât d'être assez bon tireur pour atteindre les fen au travers des rares ouvertures dans le blindage de leurs araignées.

— Allez-y !

Une série de clapotis se fit entendre dans les profondeurs de l'appareil ainsi que des couinements dont les cloisons rapprochées répercutaient l'écho. Puis, au fond de la travée d'entretien, Toshio vit surgir une paire de mains palmées vertes aux doigts largement écartés.

Ces mains furent suivies par le visage incontestablement angoissé d'un Kikwi. L'aborigène franchit l'ouverture dans la cloison interne, rampa dans l'enchevêtrement de tuyaux et sauta dans les bras de Toshio.

Pour recevoir le suivant, il fut obligé de poser à terre le premier Kikwi qui, terrifié, se mit à pousser de petits cris. Enfin, les quatre créatures furent dehors et le midship, jetant un œil à l'intérieur, vit Charles Dart qui tentait de replacer le panneau du fond.

— Ça n'a pas d'importance, souffla Toshio.

— Si, il faut le faire ! Sinon Takkata-Jim risque de remarquer un changement dans la pression de l'air au voisinage du panneau ! Déjà, c'est une chance qu'il ne l'ait pas fait.

— Dépêchons-nous ! Ils... (Il fut interrompu par le gémissement tout proche d'un bras manipulateur suivi d'un bruit de branches broyées.) Ils sont là ! Je vais les entraîner loin de vous. Bonne chance, Charlie !

— Attendez !

Toshio fit quelques mètres en rampant dans les buissons de sorte qu'il leur fût impossible de deviner d'où il venait, puis il se ramassa et bondit.

Là ! Là
Le baleinier !
L'Homme aux filets d'Iki !
Le serviteur des thons !
Là ! Tue ! Tue !

Les couinements rageurs des *Steno* avaient jailli de très près. Toshio plongea derrière un arbre à huile tandis que de mortels traits de lumière bleue sillonnaient la forêt à hauteur d'homme. Les Kikwis s'égaillèrent en poussant des cris.

Toshio redémarra en tâchant de maintenir l'énorme tronc de l'arbre entre lui et ses poursuivants mais, bientôt, il entendit sur sa gauche et sur sa droite les fen qui cherchaient à le prendre en tenaille. Ralenti par sa combinaison de plongée, il redoubla de vitesse afin d'atteindre les falaises du rivage avant que le cercle ne se refermât.

Tom Orley

Il passa un petit moment à écouter la radio mais, bien qu'il lui arrivât de reconnaître certaines races à leur voix, il comprit bien vite qu'il n'apprendrait pas grand-chose par ce moyen car la plupart des liaisons se faisaient d'ordinateur à ordinateur.

Très bien, se dit-il. Mieux vaut que je travaille la rédaction de mes messages. Je n'ai pas trop intérêt à faire des fautes de syntaxe.

Le Canot

Dennie Sudman n'arrivait pas à se dépêtrer de phrases qu'elle n'avait pourtant cessé de peaufiner en venant. Elle allait reformuler différemment ses arguments quand Hikahi l'arrêta.

— Professeur Sudman, ce n'est pas la peine d'insissster ! Nous comptions de toute façon passer par l'île. Nous y prendrons Toshio s'il n'est pas déjà parti. Et peut-être aurons-nous à nous occuper de Takkata-Jim par la même occasion. Nous nous mettrons en route dès que Creideiki aura terminé.

Dennie eut brusquement l'impression d'être libérée d'un grand poids. Les choses ne dépendaient plus d'elle.

Les professionnels allaient s'occuper de tout. Elle pouvait se détendre.

— Dans combien… ?

— Creideiki ne s'attend pas à obtenir plus de résultats que la dernière fois et ça ne devrait pas durer très longtemps. Pourquoi n'allez-vous pas vous reposer, vous et Sah'ot, en attendant ?

Dennie hocha la tête et retourna vers le fond du canot afin de chercher un coin où s'étendre dans la cale.

Sah'ot nageait à ses côtés.

— Dis, Dennie, puisque nous sommes partis pour nous détendre, ça ne te dirait pas que nous nous massions mutuellement le dos ?

Dennie éclata de rire.

— Je ne dis pas non, Sah'ot, mais tâche de ne pas te laisser aller, d'accord ?

Une fois de plus, Creideiki tenta de leur faire entendre raison.

: Nous Sommes Aux Abois : Comme Vous Fûtes Jadis : Nous Offrons Un Espoir Aux Petits Êtres Inachevés Qui Vivent Sur Ce Monde : L'Espoir De Grandir Sans Être Pervertis :

: Nos Ennemis Seront Aussi Les Vôtres, En Temps Voulu :

: Aidez-Nous :

Les parasites palpitèrent en réponse. Il en émanait une impression partiellement métapsychique de fermeture, de pression et de hautes températures. C'était un chant claustrophobe, une ode à la roche brute et aux métaux en fusion.

CESSATION
APAISEMENT
LIBÉRATION
ISOLEMENT

Un brusque silence suivit le cri d'une machine au supplice. Le vieux robot qui avait enduré deux mille mètres de descente dans l'étroit puits de l'arbre foreur venait d'être détruit.

Creideiki cliqueta une expression coutumière en ternaire :

C'est, c'est ainsi

Il était tenté de repénétrer dans le Songe. Mais, à ce niveau du réel, il n'avait pas le temps de le faire. Plus tard, peut-être. Plus tard, il rendrait de nouveau visite à Nukapaï. Peut-être lui révélerait-elle ces indicibles choses qu'elle avait entendues dans les vagues avenues de la prescience.

Il rentra vers le sas du petit astronef. À son approche, Hikahi commença de faire tourner les moteurs.

Tom Orley

— ... repéré un petit groupe de dauphins à quelques centaines de paktaars au nord de cette position ! Ils filaient plein nord à grande vitesse. Il est vraisemblable qu'ils sont venus voir où en sont les combats ! Dépêchez-vous ! C'est le moment de frapper !

Tom coupa l'émission. Il ressortait avec un mal de tête de l'effort de concentration qu'il lui avait fallu faire pour parler vite le Galactique Dix. Non qu'il s'attendît à voir les Frères de la Nuit prendre sa voix pour celle d'un de leurs éclaireurs disparus, d'ailleurs. Ça n'avait pas vraiment d'importance dans son plan ; tout ce qu'il voulait, c'était attirer leur attention avant de porter le coup final.

Il changea de fréquence et arrondit les lèvres pour se préparer à parler en Galactique Douze.

À vrai dire, il trouvait ça très drôle ! Ça lui évitait de penser à la fatigue et à la faim tout en satisfaisant son sens artistique, même si, immanquablement, il allait en résulter sous peu l'arrivée en masse pour venir le chercher de tout un chacun escorté de ses clients.

— … guerriers pahas ! Paha-ab-Kleppko -ab-puber ab-Soro ab-Hul ! Informez la Mère de la Flotte soro que nous avons des nouvelles.

Tom gloussa de rire à la pensée d'un jeu de mots qui n'était possible qu'en Galactique Douze et dont il était néanmoins sûr que les Soros ne saisiraient jamais le sel.

Gillian

Quelque chose était en train de provoquer des mouvements subits dans les flottes. De petites escadrilles se détachaient des vastes armadas pour rejoindre les groupes minuscules qui venaient d'apparaître entre les lunes de Kithrup. À leurs points de rencontre, des tourbillons se formaient et de petites explosions remplaçaient çà et là les infimes points de lumière.

Qu'est-ce qui pouvait bien se passer ? Quoi qu'il en fût, Gillian y sentait une aura d'opportunité.

— Docteur Bassskin ! Gillian ! (C'était la voix de T'sht.) Nous captons de nouveau des émissions radio en provenance de la surface de la planète. Elles semblent émaner d'un poste unique mais elles n'arrêtent pas de passer d'une langue galactique à une autre, mais je vous jure qu'on a vraiment l'impression qu'il s'agit d'une seule et même voix !

Elle se pencha sur sa console pour enfoncer une touche.

— J'arrive, Tsh't. Rappelle à son poste la moitié de

l'effectif qui n'est pas de service. Nous allons laisser les autres se reposer encore un peu.

Puis elle coupa son poste.

Oh, Tom, se dit-elle en se précipitant vers la porte. Pourquoi fais-tu ça ? Tu n'aurais pas pu trouver une manière plus élégante de te manifester ? Quelque chose de moins désespéré ?

Non, bien sûr, il n'a pas pu, se reprocha-t-elle alors qu'elle courait dans le couloir. Allez, Jill. Le moins que tu puisses faire, c'est de ne pas jouer les mégères.

En un rien de temps, elle fut à la passerelle, les écouteurs sur les oreilles.

Toshio

Coincé. Il n'avait même plus le recours de grimper à un arbre. Ils étaient trop près et seraient sur lui dès l'instant où ils percevraient un mouvement de sa part.

Il entendit leur spirale se rapprocher, le nœud coulant se resserrer, et sa main se crispa sur la crosse du pistolet à aiguilles. Le mieux était de prendre l'initiative d'attaquer avant qu'ils ne fussent assez près l'un de l'autre pour se couvrir. Cette arme de main ne ferait certainement pas le poids devant des engins blindés équipés de lasers à haute puissance, d'autant qu'il n'était pas un tireur d'élite comme Tom Orley. En fait, il n'avait jamais tiré sur une créature douée de sapience. Mais il n'en pouvait plus d'attendre.

Il rampa vers la droite, vers le rivage, avec d'infinies précautions pour ne pas faire bruisser le feuillage des arbustes, mais quelques secondes après avoir quitté sa cachette, il effaroucha quelque bestiole qui détala bruyamment dans les broussailles.

Aussitôt, il entendit converger les machines et s'empressa de se glisser sous un épais buisson et n'en ressortit que pour se trouver nez à nez avec l'énorme pied d'une araignée.

Je l'ai ! Je l'ai !

C'était un cri de triomphe. Toshio, levant les yeux, croisa le regard dément de Sreekah-pol. Avec une expression d'intense jubilation, le fin fléchit la jambe correspondante de l'engin.

Toshio roula sur le côté tandis que le pied gigantesque retombait à l'endroit qu'il venait de quitter. Puis il se rejeta en arrière pour éviter un balayage latéral. L'araignée recula, encerclant sous sa masse hérissée de pattes le midship qui ne put que tirer sur le ventre blindé de la machine. Les minuscules aiguilles ricochèrent et se perdirent dans la forêt.

Un pur sifflement de primal jaillit au-dessus de sa tête.

Je l'ai !

Et l'île se mit à trembler.

Le sol se souleva en vagues qui ballottèrent Toshio dont la tête commença de cogner alternativement à gauche et à droite contre les plis de l'humus. L'araignée partit à la renverse et reflua vers la forêt.

Le rythme des secousses s'accéléra. Toshio réussit à se retourner sur le ventre et lutta contre les oscillations pour se mettre à quatre pattes.

Dans un fracas terrible, deux araignées débouchèrent en vacillant dans la clairière. L'un des fen, dans sa panique, passa près de Toshio sans le voir mais un couinement de colère surgit de l'autre.

Toshio leva son arme mais le tremblement de terre était à présent un vrai roulis et le midship s'engagea dans une course de vitesse avec le dauphin fou pour rectifier la visée et tirer le premier.

Puis tous deux titubèrent sous le hurlement qui leur envahit la tête.

MÉCHANTS !
MAUVAIS !
LAISSEZ-
NOUS
TRANQUILLES !

C'était un cri de rejet qui arracha un gémissement à Toshio et le fit crisper les mains sur ses tempes cependant que le pistolet lui échappait et glissait sur la forte pente qu'avait prise le sol.

Le fin, lui, poussa un sifflement suraigu en sentant son engin s'effondrer dans des soubresauts convulsifs puis ce sifflement se mua en lamentation.

Pitié ! Pitié
Pardon, patron
Pardonnez-moi !

Toshio se sentit dévaler sur la clairière basculée. Bien qu'il n'eût guère le loisir de s'attarder sur la conversion schizoïde du fin, il réussit à lui dire au passage :

— Je te pardonne. Viens par là si tu peux.

Et il tenta d'orienter sa démarche zigzagante vers la falaise. Dans sa tête, le vacarme avait l'ampleur d'un tremblement de terre. Miraculeusement, il parvint à rester debout et se retrouva dans la forêt.

Lorsqu'il atteignit le rivage, il découvrit sous ses yeux un bouillonnement d'écume. Il eut beau regarder à droite et à gauche, c'était partout pareil.

À cet instant, un hurlement de moteurs déchira l'air et Toshio se retourna pour découvrir une trombe de végétation déchiquetée à pas plus de cent mètres de l'endroit où il se trouvait. Puis il en vit surgir le fuseau gris sombre de la chaloupe qui s'éleva au-dessus de la forêt inclinée. Un miroitement d'ionisation la nimbait et il sentit ses poils se hérisser lorsque l'île fut balayée par un palpitant champ d'antigravité. Puis le petit astronef bascula lentement et parut hésiter. Enfin, dans un fracas de tonnerre, il bondit dans le ciel oriental.

Toshio se plaqua au sol en s'accrochant à ses vêtements lorsque l'onde de choc l'atteignit.

Il n'y avait plus de temps à perdre. Quel qu'eût été le sort de Charles Dart, il devait quitter l'île. Il rabattit son masque sur son visage, le maintint d'une main et sauta.

Patron d'Ifni… pria-t-il, et il s'enfonça dans les eaux tumultueuses.

Galactiques

Au-dessus de la planète, les petites flottilles de cuirassés délabrés suspendirent soudain leur carnage généralisé.

Elles avaient quitté leurs abris respectifs sur les minuscules lunes de Kithrup en jouant leur va-tout sur la chance que les étranges émissions radio qui provenaient de l'hémisphère nord de la planète fussent bien d'origine humaine. Alors qu'elles convergeaient vers leur objectif, les petites alliances avaient usé de leurs forces faiblissantes pour se canarder avec fureur et ce jusqu'au moment où cet ensemble disparate avait été frappé par un brutal vacarme métapsychique monté de la planète. Telle avait été la puissance de ce raz-de-marée mental inattendu que les écrans-psi s'étaient vus débordés avec pour conséquence une paralysie temporaire des équipages.

Les vaisseaux avaient continué de plonger vers Kithrup mais lorsqu'ils n'étaient pas robotisés, ceux qui étaient à leur bord s'étaient retrouvés dans l'incapacité de piloter ou d'user de leurs armes.

Ce hurlement métapsychique eût-il été le fait d'une bombe qu'il eût nettoyé les astronefs galactiques d'une bonne moitié de leur effectif. En l'occurrence, par la simple réverbération dans leur cerveau de ce cri de colère et de rejet, les moins adaptables des extraterrestres basculèrent dans la démence.

Durant de longues minutes, les croiseurs désemparés dérivèrent hors de leurs formations toujours plus près des couches supérieures de l'atmosphère.

Enfin, le psicri commença de s'estomper. La grinçante colère se fit grondement, roulement, dans un ardent sillage de post-images tandis que, lentement, les équipages abasourdis reprenaient leurs esprits.

Les Xatinnis et leurs clients, qui avaient dérivé loin des autres flottilles, promenèrent autour d'eux leurs regards et s'aperçurent qu'ils avaient perdu tout appétit pour le combat. Ils décidèrent d'accorder à ce phénomène une valeur d'oracle et leurs quatre vaisseaux quittèrent le système de Kthsemenee aussi vite que le leur permettaient leurs moteurs au bout du rouleau.

Les J'8leks furent lents à reprendre conscience. Paralysés par le cri, ils avaient dévié de leur trajectoire et s'étaient égarés au milieu des vaisseaux des Frères de la Nuit. Les Frères s'étaient réveillés plus vite et avaient profité de la cible idéale que constituaient les J'8leks pour faire un petit tir d'exercice.

Des pilotages automatiques hautement sophistiqués amenèrent deux cuirassés jophurs à se poser sur le versant d'un volcan, loin au sud de leur destination d'origine. Les batteries de lance-missiles robotisés firent bonne garde contre un éventuel ennemi tandis que les Jophurs se débattaient dans l'hébétude. Enfin, lorsque le vacarme métapsychique diminua, les équipages reprirent les commandes de leurs vaisseaux et se préparèrent à redécoller pour rejoindre la bagarre plus au nord. Ils en étaient presque à la fin du compte à rebours lorsque la montagne sur laquelle ils avaient atterri se vit décapitée par le geyser de vapeurs surchauffées qui jaillit de ses entrailles.

Streaker

Gillian resta le regard fixe, la mâchoire pendante, jusqu'à ce que enfin les « grincements » en vinssent à diminuer. Elle ravala sa salive, se déboucha les tympans et secoua la tête pour la débarrasser de ses brumes. Elle prit alors conscience que les dauphins avaient les yeux rivés sur elle.

— Ah, c'était atroce ! conclut-elle. Tout le monde va bien ?

Tsh't paraissait soulagée.

— Ça va très bien pour nous, Gillian. Il y a quelques minutes, nous avons détecté une psiplosion d'une extrême puissance et, tout de suite après, nous avons vu qu'elle perçait aisément nos écrans. C'est alors que vous avez paru plonger dans l'hébétude mais nous, hormis une vague et fugitive impression de malaise, nous n'avons pratiquement rien senti.

Gillian se frotta les tempes.

— Ce sont probablement mes facultés métapsychiques qui me rendent vulnérable. Espérons que les Eatees ne vont pas immédiatement renouveler ce genre d'attaque… (Et elle s'interrompit en voyant Tsh't faire non de la tête.)

— Gillian, je ne crois pas qu'il s'agissait des Eatees. Ou bien ce n'était pas nous qu'ils visaient. Selon les instructions, le foyer de l'explosion n'était guère éloigné d'ici et sa charge paraissait réglée presque à la perfection pour *n'être pas* perçue par des dauphins. Votre cerveau est similaire au nôtre, ce qui explique les effets relativement modérés de cet assaut psionique sur votre esprit. Suessi vient de m'informer qu'il n'a pratiquement rien senti. Mais j'imagine que certains Galactiques viennent de passer un mauvais quart d'heure en essuyant ce grain métapsychique.

Gillian secoua de nouveau la tête.

— Je ne comprends pas.

— Nous sommes deux, en ce cas, mais je suppose que nous n'avons pas à comprendre. Tout ce que je puis dire, c'est qu'il s'est produit presque en même temps que cette explosion mentale une intense secousse sismique à moins de deux cents klicks d'ici. Les ondes de choc commencent à peine à nous parvenir.

Gillian nagea jusqu'au poste de Tsh't et le lieutenant delphinien lui désigna de la mâchoire la sphère représentant la planète.

Non loin de la position du *Streaker* sur le globe, un petit amas de symboles s'affichaient en clignotements rouges.

— C'est l'île ! s'exclama Gillian. Charlie avait donc réussi à garder une bombe !

— Excusez-moi ? fit Tsh't avec une expression de totale incompréhension. Mais je croyais que Takkata-Jim avait pris...

— Décollage d'un vaisseau ! annonça un officier de détection. Captons une activité de stase et d'anti-G sur le foyer même du séisssme, à cent cinquante klicks d'ici. Pistage... pistage... Le vaisseau file à présent plein est à mach 2.

Gillian et Tsh't échangèrent un regard porteur de la même pensée : Takkata-Jim.

Gillian répondit à la question qu'elle pouvait lire dans l'œil de la fine.

— Nous allons vite devoir prendre une décision. Suivez son spot pour savoir vers quelle flotte il se dirige. Et je crois que nous ferions mieux de réveiller le reste de l'équipage.

— Bien, commandant. Du moins ceux qui ont continué de dormir envers et contre tout.

Et Tsh't se tourna vers sa console pour transmettre l'ordre.

Quelques minutes plus tard, l'ordinateur de combat se mit à jacasser.

— Qu'est-ce qui se passe encore ? demanda Gillian.

De minuscules brillances jaunes commençaient d'apparaître sur le globe représentant Kithrup ; elles formaient une ligne zigzagante qui partait de l'île.

— Des détonations de nature quelconque, dit Tsh't. L'ordinateur les interprète comme un bombardement mais nous n'avons pas détecté de missiles. Et même, ça ne collerait pas avec un tel schéma de dispersion. Les détonations ne semblent se produire que dans cette étroite bande de longitude !

— Nouvelles perturbations psi ! annonça un opérateur. Très fortes ! Et en provenance de plusieurs foyers, tous situés sur la planète !

Gillian fronça les sourcils.

— Non, ces détonations ne sont pas dues à des bombes. Je me rappelle avoir déjà vu ce dessin auparavant. Oui, c'est celui de la frontière tectonique sur laquelle nous sommes. Ces perturbations doivent être des volcans. Apparemment, c'est comme ça qu'on exprime son mécontentement par ici.

— ?, fit Tsh't, perplexe.

Gillian prit une expression pensive, comme si elle cherchait à distinguer quelque chose de particulièrement éloigné.

— Je crois que je commence à comprendre ce qui se passe. Par exemple, que nous devons remercier Creideiki pour le fait que les explosions métapsychiques n'affectent pas les dauphins.

Tous les fen de la passerelle la fixaient sans comprendre. Gillian sourit et tapota Tsh't sur le flanc.

— Ne vous inquiétez pas, femfine, c'est une longue

histoire mais je vous l'expliquerai si nous en avons le loisir. Je m'attends en revanche à ce que les séismes aient pour nous des conséquences plus sérieuses. Nous devrions bientôt commencer à les sentir. Croyez-vous que nous soyons capables de les supporter à cette profondeur ?

Une ombre passa sur le visage de la fine. La manière dont les humains pouvaient bifurquer d'une idée à une autre resterait toujours au-delà de sa compréhension.

— Oui, Gillian, je pense. Aussi longtemps, du moins, que ça, là-haut, tiendra le coup. (Et elle désigna au travers d'une baie de la passerelle la falaise qui dominait leur vaisseau hybride.)

Gillian se tourna vers le gigantesque repli rocheux qui se profilait dans les fentes de visibilité qu'on avait ménagées dans la coque thennanin.

— Je l'avais complètement oublié. Nous ferions mieux de garder un œil dessus.

Elle reporta son attention sur l'hologramme de la planète et suivit les progrès de la ligne de perturbations.

Allez, Hikahi ! Dépêche-toi de passer prendre Toshio et les autres puis reviens vite ici ! Il va falloir que je me décide vite et tu risques fort d'arriver trop tard !

Les minutes s'égrenèrent. À plusieurs reprises, l'eau parut frémir tandis qu'un long roulement traversait le lit de l'océan.

Gillian observait la petite boule bleue de Kithrup. Le cordon de pointillés jaunes poussait peu à peu ses clignotements vers le nord, telle une plaie déchirant le flanc de la planète. Les petits points lumineux finirent par se confondre avec un groupe d'îlots sur l'octant nord-est.

C'est là où est Tom, se remémora-t-elle.

Soudain, l'opérateur de transmissions se mit a s'agiter dans son poste.

— Commandant ! Je capte une émission radio ! Et en anglique !

Tom Orley

Tom avait du mal à trouver une façon correcte de tenir ce micro conçu pour des mains étrangères. Il se passa la langue sur ses lèvres fendillées. Le temps allait lui manquer pour répéter encore une fois car il n'allait pas tarder à avoir de la compagnie.

Il renfonça la touche émettrice.

— Creideiki ! (Il prenait soin d'articuler.) Écoutez-moi bien ! Enregistrez ce que je vais dire et répétez-le son pour son à Gillian ! Elle se débrouillera pour interpréter !

Il savait qu'à présent tous les vaisseaux du proche espace étaient à l'écoute de ses émissions. Il ne semblait pas douteux que bon nombre d'entre eux fussent déjà en route vers leur source. Et si ses nouveaux bobards étaient bien montés, il pouvait s'attendre à les voir rappliquer en foule.

— Le câble qui me reliait au vaisseau s'est rompu, dit-il. Et cent kilomètres, c'est quand même une sacrée trotte rien que pour porter un message. Je me risque donc à essayer ce nouveau codeur en espérant qu'il a survécu à la bagarre.

Ça, c'était le tissu de mensonges qu'il comptait faire avaler aux Galactiques. Maintenant, dissimulé dans le contexte, il allait communiquer au *Streaker* ce qu'il avait appris.

— Jill ? Notre œuf est éclos, chérie. Et c'est une vraie ménagerie qui se déverse. Une ménagerie de bestioles enragées. Mais, dans la marque que nous cherchions, je ne suis tombé que sur un seul paquet en mauvais état. Il semble qu'il y en ait d'autres en magasin, sur les rayons de dessus, mais je n'ai pas réussi à me faire une certitude. Toi, H et C, vous allez devoir prendre une décision sur cette base. Rappelle-toi la fois où le vieux Jacob Demwa nous a demandé de l'accompagner pour cette mission à la Bibliothèque centrale de Tanith. Rappelle-toi ce qu'il a dit sur les pressentiments. Parles-en à Creideiki. C'est à lui de décider mais quelque chose me dit que nous devrions suivre le conseil de Jacob !

Il sentit une boule se former dans sa gorge. Il lui fallait finir au plus vite. Inutile de laisser les Eatees peaufiner le repérage de leur cible.

— Jill. (Il toussa.) Chérie, je ne suis plus dans la course maintenant. Arrange-toi pour ramener au Conseil, Herbie et les autres informations. Et ces aborigènes aussi. Je préfère penser qu'on a fait tout ça pour quelque chose.

Il ferma les yeux et sa main se crispa sur le micro.

— Quand tu verras le vieux Jacob, offrez-vous un verre à ma santé, enfin, si je puis dire.

Il aurait bien aimé en dire plus mais il prit conscience qu'il devenait de moins en moins ambigu. Il était hors de question de permettre aux ordinateurs E.T. de décrypter ce dont il parlait.

Tom arrondit les lèvres et fit ses adieux dans une langue conçue pour ça.

Des pétales passent
Par ses doigts lorsqu'elle pense
À ce que nous étions

Et l'onde porteuse continua de siffler jusqu'à ce qu'il se décidât à couper le circuit.

Il se leva et sortit de l'épave en emportant la radio. Puis il s'approcha du bord d'une trouée dans les herbes et jeta le poste dans l'eau. Si quelque Eatee s'était bloqué en résonance sur le cristal de l'appareil, il allait faire le grand plongeon.

Tom resta debout près du bassin et contempla les

nuages bas qui roulaient dans le ciel, de sombres nuages, lourds de pluie contenue.

Ils allaient arriver d'un moment à l'autre. Il avait glissé les armes dans sa ceinture. Il avait un tube pour respirer, une gourde presque pleine. Il était prêt.

Alors qu'il attendait en promenant son regard sur le paysage, le volcan fumant sur l'horizon se remit à gronder. Puis il toussa et cracha dans le ciel un violent feu d'artifice.

Sa vision de la passerelle s'était brouillée. Elle se sentait les yeux gonflés de larmes qui se refusaient à perler, à rouler sur ses joues, comme des trésors dont elle n'aurait pu se séparer.

— Devons-nous répondre ? s'enquit à mi-voix Tsh't, juste à côté d'elle.

Gillian secoua la tête. « Non », tenta-t-elle de dire mais ses lèvres seules dessinèrent le mot. Par télempathie, elle sentait à quel point ceux qui l'entouraient étaient de tout cœur avec elle.

Comment puis-je avoir du chagrin, se demanda-t-elle, alors que je puis encore le sentir faiblement ? Il est toujours vivant, là-bas, quelque part.

Comment puis-je succomber au chagrin ?

Elle perçut le souple tourbillon d'un fin qui s'était approché le plus discrètement possible pour faire son rapport à Tsh't sans la déranger.

Gillian crispa encore une fois ses paupières brûlantes. Les larmes jaillirent enfin. Comme elle ne pouvait passer la main sous le masque pour les essuyer, elle les laissa s'accumuler dans les replis du caoutchouc. Et lorsqu'elle rouvrit les yeux, la passerelle était redevenue distincte.

— J'ai entendu de quoi vous parliez, Wattacéti. Vers où se dirige donc Takkata-Jim ?

— Vers les flottilles galactiques, commandant, quoique dans ce secteur la situation paraisse extrêmement chaotique ! Après la confusion qu'a provoquée chez eux l'explosion psionique, ils se sont tombés les uns sur les autres… juste au-dessus du point où se trouve monsieur Thomas Orley.

Gillian hocha la tête.

— Nous allons attendre encore un peu. Passez en état jaune et tenez-moi informée.

L'équipage au grand complet fut rappelé aux postes de manœuvre et, bientôt, Suessi et D'Anite signalèrent que les moteurs avaient suffisamment chauffé.

C'est ta dernière chance, Hikahi, pensa Gillian. Dépêche-toi.

— Gillian ! cria Lucky Kaa en tendant un bras de son harnais vers une baie. La falaise !

Gillian traversa la passerelle pour avoir une meilleure vision de l'endroit que le pilote lui montrait. Toute la masse rocheuse paraissait traversée de frissons et des lézardes commençaient de courir sur la gigantesque paroi surplombant le *Streaker*.

— Paré au décollage ! ordonna-t-elle. Allez-y, Tsh't, faites-nous partir d'ici.

Galactiques

Cullcullabra s'inclina jusqu'à terre devant Krat.

— A-t-on déchiffré ce message radio humain ? aboya-t-elle.

Le massif Pila fit une seconde révérence et en profita pour reculer insensiblement.

— Pas tout à fait, Mère de la Flotte. L'humain s'exprimait dans ces jargons qu'ils nomment « anglique » et « ternaire ». Nous avons, bien sûr, des logiciels de traduction pour les deux mais, à la différence des langues civilisées, ce sont des parlers chaotiques où le sens dépend souvent du contexte…

Le Bibliothécaire tressaillit lorsque Krat lui demanda :

— Serait-ce que vous n'avez rien trouvé ?

— Maîtresse, nous pensons que la dernière partie du message, celle qui est en parler delphinien, doit être la plus importante. Ce doit être un ordre que cet homme a donné à ses clients ou…

Et, cette fois, il s'interrompit lui-même et battit précipitamment en retraite vers son poste en pépiant de terreur tandis que des prunes de bruyère sifflaient autour de lui.

— Hypothèses ! Conjectures ! tempêtait Krat. Même les Tandus bouillent d'impatience et ne cessent d'envoyer expédition sur expédition vers le point de cette planète d'où émanaient les messages. Nous sommes donc forcés de suivre le mouvement, non ?

Elle promena sur la salle de commande un regard que son état-major évita soigneusement de croiser.

— Quelqu'un a-t-il même ne serait-ce qu'une hypothèse sur ces violentes attaques métapsychiques que nous venons juste d'essuyer et qui semblent avoir désorienté tous les sophontes présents dans ce système ? Était-ce encore un tour de passe-passe des Terriens ? Et ces volcans qui envahissent nos instruments de parasites sont-ils aussi une supercherie ?

Manifestement peu désireux de risquer l'ire de la Mère de la Flotte, le personnel de la salle de commande s'efforçait d'avoir tout à la fois l'air absorbé dans ses tâches et attentif à ce que disait l'amirale.

Un guerrier paha jaillit du bureau des détections.

— Maîtresse, annonça-t-il, nous ne l'avions pas remarqué plus tôt en raison de ce réveil brutal de l'activité volcanique, mais un vaisseau a décollé de la surface de la planète.

Krat sentit la joie tourbillonner en elle. Elle n'avait attendu que ça ! Bien qu'elle eût envoyé quelques vaisseaux en reconnaissance sur le site d'où provenaient les émissions radio, elle s'était refusée à disperser sa flotte.

— Diversions ! s'écria-t-elle. Tout cela n'était que des

manœuvres de diversion ! La radio, les assauts psi, et même les volcans !

Elle était tout de même curieuse de savoir comment les Terriens s'y étaient pris pour réussir ces deux dernières manœuvres. Mais la question trouverait bientôt sa réponse lorsque les hommes et leurs clients seraient en son pouvoir et qu'elle les soumettrait à un interrogatoire en règle.

— Ces maudites créatures ont attendu que le gros des combats se soit rapproché de la planète, marmonna-t-elle. Et maintenant, ils tentent de s'évader. C'est tout de suite qu'il faut...

Cullcullabra surgit à ses côtés et s'inclina.

— Maîtresse, j'ai fait des recherches approfondies dans la Bibliothèque et je crois connaître l'origine des explosions métapsychiques et...

Les yeux du Pila s'exorbitèrent tandis que l'ergot nuptial de Krat lui perçait l'abdomen. L'amirale soro se leva, brandit en l'air le cadavre du Bibliothécaire puis le projeta contre une cloison.

Elle resta un moment debout au-dessus du corps, inhalant les puissants effluves de la mort. Cette fois, ce meurtre ne lui attirerait pas le moindre ennui. Le Pila lui avait délibérément coupé la parole ! Personne n'oserait prétendre qu'elle n'avait pas été dans son droit.

Elle rétracta son ergot dans ses chairs. Ça lui avait fait du bien. Pas autant que si elle s'était accouplée avec un mâle de sa race qui, lui, pouvait plus ou moins se défendre, mais il n'y avait pas à se plaindre.

— Dites-m'en plus sur ce vaisseau terrien, susurra-t-elle au Paha, puis elle remarqua qu'il attendait une bonne seconde après la fin de sa question pour se décider à répondre.

— Maîtresse, ce n'est pas leur vaisseau proprement dit. Apparemment, il s'agit d'un patrouilleur de quelque type.

Krat hocha la tête.

— Un émissaire, donc. Je m'étonnais aussi de ne pas les voir négocier une reddition honorable. Qu'on déplace la

flotte pour intercepter cet astronef. Nous devons le faire avant les Tandus. Et placez nos alliés thennanin à l'arrière de la formation. Je tiens à ce qu'ils se mettent bien en tête qu'ils sont des partenaires mineurs dans cette entreprise.

— Maîtresse, les Thennanins ont déjà commencé de faire leurs préparatifs pour nous quitter. Ils semblent désireux de se joindre à la confusion qui règne à la surface de la planète.

Krat poussa un grognement.

— Qu'on les laisse faire. Nous sommes de nouveau à égalité avec les Tandus et, de toute façon, les Thennanins sont presque au bout de leurs forces. Laissez-les partir et, ensuite, nous irons à la rencontre de cet éclaireur.

Elle se réinstalla sur le coussin de vletoor et se mit à fredonner un doux chant de victoire.

Bientôt. Bientôt.

Les maîtres étaient trop exigeants. Comment pouvaient-ils attendre de l'Accepteur des rapports spécifiques alors qu'il se passait tant de choses ?

Et c'était beau ! Tout se produisait en même temps ! Les gerbes d'étincelles des escarmouches aux abords de la planète… la brillance ardente des volcans… et l'énorme rugissement métapsychique de colère qui avait jailli de l'intérieur de ce monde quelque temps auparavant.

Cette colère, il continuait de la sentir bouillonner, écumer. Pourquoi les maîtres s'intéressaient-ils si peu à un phénomène aussi unique que des ondes métapsychiques provenant de sous la surface d'une planète ? L'Accepteur aurait pu leur apprendre tant de choses sur ce cri de colère mais les Tandus n'avaient d'autre objectif que de s'en protéger. Ils n'y voyaient qu'une gêne, un facteur de distraction et de vulnérabilité.

L'Accepteur continua d'assister au déploiement du réel dans de purs transports de jouissance jusqu'au moment où la punition s'abattit de nouveau sur lui. Les maîtres usaient d'un fouet neural et les jambes de l'Accepteur furent prises de soubresauts convulsifs sous l'effet de la déplaisante sensation qui fusait au travers de ses cellules nerveuses.

Cette fois, allait-il laisser la « punition » modifier son comportement ? L'Accepteur réfléchit.

Il prit la décision d'ignorer la « douleur ». Les maîtres purent tour à tour crier et cajoler, l'Accepteur, fasciné, n'eut plus d'attention que pour les voix coléreuses qui bouillonnaient en bas.

Le Canot

— Diable ! Qu'est-ce que… ?

Éjectée de la banquette sèche lorsque le petit astronef commença de chavirer, Dennie se retrouva au centre de la cale, pataugeant dans l'eau près d'un Sah'ot auquel la surprise arrachait des couinements perçants.

Puis à la sensation physique du roulis se surajouta une vague de malaise mental qui déferla dans leur tête. Dennie recracha l'eau qu'elle avait avalée avant de s'accrocher à la main courante en regrettant de ne pouvoir se boucher les oreilles.

— Ça ne va pas recommencer… gémit-elle, s'efforçant aussitôt de mettre en œuvre les techniques que Toshio lui avait enseignées… se concentrant sur les battements de son cœur pour repousser hors de son crâne les parasites grinçants.

— C'est eux ! s'écria Sah'ot, mais ce fut à peine si Dennie l'entendit.

Le fin enfonça de son bec le bouton qui commandait l'ouverture de la porte et se rua dans le couloir.

— Creideiki ! hurla-t-il en débouchant dans la cabine de pilotage, oubliant sur le moment que le capitaine ne pouvait le comprendre. C'est eux. Les voix d'en dessous !

Creideiki lui rendit son regard et Sah'ot s'aperçut que

le capitaine savait déjà. En fait, Creideiki ne paraissait même pas surpris. Il fredonnait un petit chant d'acceptation. Il avait l'air heureux.

La voix de Keepiru monta de la rampe de pilotage.

— Je capte un flux de neutrinos et d'anti-G ! C'est juste devant nous. Un petit astronef qui décolle.

— C'est probablement Takkata-Jim, dit Hikahi. J'espère que Gillian ne se trompe pas lorsqu'elle assure qu'on s'est occupé de lui.

Ils poursuivirent leur progression sous-marine vers l'est et, une demi-heure plus tard environ, Keepiru cria de nouveau :

— Encore de l'anti-G. Un gros vaisseau, cette fois ! Et qui décolle de pas très loin au sud-ouest !

La caudale de Creideiki battait la surface de l'eau.

Monter, monter !
Monter et voir !
Voir ! :

Hikahi fit un signe de tête à Keepiru.

— On remonte.

Le canot fit surface et, quelques instants, de minces pellicules d'eau de mer ruisselèrent sur ses vitres.

Ils s'agglutinèrent contre un hublot donnant au sud et contemplèrent dans la distance une massive pointe de flèche qui crevait les flots sur l'horizon puis s'en arrachait pour grimper peu à peu dans le ciel en prenant de la vitesse. Ils suivirent l'envol du vaisseau vers le sud, l'entendirent franchir le mur du son puis assistèrent à sa disparition derrière de hauts nuages.

Ils restèrent les yeux fixés sur ce point du ciel bien après que la traînée de condensation laissée par le *Streaker* eut commencé de dériver et de se voir avec lenteur déchirée par les vents contraires de Kithrup.

DIXIÈME PARTIE

RAVISSEMENT

Et ces gars-là vivent toujours leur vie vent arrière.

HERMAN MELVILLE

Toshio

Toshio nagea de toutes ses forces contre la houle qui cherchait à le ramener en arrière. Il combattit le courant, lutta pour gagner le large et, juste à l'instant où il sentait ses bras et ses jambes traversés de douleurs refuser tout effort, il atteignit des eaux plus calmes. Les poumons en feu, il se retourna et put voir le tertre de métal, à présent distant d'un peu moins de deux kilomètres, sombrer lentement dans son gouffre.

Cet affaissement n'allait sans doute pas se poursuivre très longtemps, l'arbre foreur ayant été interrompu dans ses activités de sape bien avant de les avoir achevées lorsque Dennie et le jeune midship l'avaient fait exploser. Dès que le puits existant serait comblé, l'île allait probablement se stabiliser.

De toutes parts, il percevait de sourdes détonations. Il se redressa, pédala dans l'eau et promena un regard sur les alentours. Sur les îles voisines, ce n'étaient qu'arbres qui ondulaient, et non sous l'effet du vent. Dans les lointains, il entrevit pour le moins trois lourds nuages de vapeur et de fumée qui montaient d'endroits où la mer bouillonnait. Et, omniprésent, il sentait le grondement des séismes qui traversaient le fond de l'océan.

Et tout ça entraîné par l'explosion d'une malheureuse petite bombe ? En dépit des épreuves par lesquelles il venait de passer, Toshio envisagea calmement diverses explications possibles pour une catastrophe naturelle d'une telle ampleur. De toute façon, au point où il en était, à quoi d'autre aurait-il pu consacrer ses pensées, sinon à déterminer la raison pour laquelle il allait mourir ? Et il en retirait une étrange sensation de liberté.

La bombe n'aurait-elle pas ouvert une brèche dans une veine de magma ? se demanda-t-il. S'il est un lieu propice pour la naissance d'un volcan, c'est bien évidemment la cheminée d'un arbre foreur. Mais en ce cas, l'île joue le rôle d'un bouchon.

Le tertre de métal qui avait été sa demeure pendant deux semaines semblait avoir cessé de s'enfoncer. La cime de quelques arbres oscillait, encore au-dessus des flots.

Toshio s'interrogea sur le sort de Charles Dart. Il ne pouvait imaginer le chimpanzé parcourant une grande distance à la nage. Peut-être était-ce aussi bien. Charlie aurait au moins eu le privilège de ne pas voir sa fin s'éterniser.

Le temps de pause qu'il venait de s'accorder ayant quelque peu calmé ses douleurs, Toshio se reprit à nager vers le large.

Une vingtaine de minutes plus tard, il perçut un nouveau grondement assourdi. Il se retourna juste à temps pour voir dans les lointains l'emplacement du tertre bercé par la poussée d'une terrifiante explosion. Des fragments de roche et de végétation volèrent dans toutes les directions puis la masse même du tertre se souleva au-dessus du niveau de l'océan, se fendit et retomba dans un nuage de vapeur.

— Appelle flotte de guerre ! Appelle flotte de guerre droit devant ! Ici le lieutenant Takkata-Jim de l'Astronavale d'Exploration Terrienne. Je désire négocier ! J'attends votre réponse !

Le récepteur resta muet. Takkata-Jim poussa un juron. La radio aurait dû marcher. Il l'avait prise sur le traîneau de Thomas Orley et cet homme avait la réputation d'entretenir toujours son matériel en parfait état ! Pourquoi les Galactiques ne répondaient-ils pas ?

La chaloupe avait été conçue pour être conduite par plus d'une personne. La catastrophe brutale et inattendue qui avait secoué l'île l'avait contraint à décoller en abandonnant ses *Steno*. De ce fait, n'ayant plus personne pour l'aider, il lui fallait en permanence jongler avec deux ou trois tâches.

Il porta son attention sur les écrans tactiques. Une masse de points jaunes s'avançaient vers lui en secteur galactique nord. Ce n'était plus qu'une misérable flottille en comparaison des vastes armadas qui avaient fait irruption dans le système quelques semaines auparavant, mais sa puissance de feu restait impressionnante. Et elle venait droit sur lui.

Partout ailleurs régnait le chaos. La planète était semée de déflagrations énergétiques, des tornades de vapeur bouillonnaient là où les volcans voyaient la mer se déverser dans leurs cratères et, au-dessus de son hémisphère nord, la bataille continuait de faire rage.

Takkata-Jim accrut la portée de son écran pour découvrir une seconde flotte qui, elle aussi, venait de mettre le cap sur lui.

L'éther vibrait du rugissement des voix qui s'entremêlaient sur l'AM, la FM ou la MCI. Un voile de confusion couvrait les trois cent soixante degrés du cadran. Devait-il y voir le motif pour lequel personne ne semblait l'entendre ?

Non ! Les Galactiques disposaient d'ordinateurs sophistiqués. Le silence ne pouvait venir que de ses propres appareils ; il n'avait pas eu le temps de tout vérifier avant le décollage.

Takkata-Jim examina de nouveau la carte.

Non sans nervosité, il reprit conscience d'évoluer parmi des requins-tigres avec l'espoir de négocier une protection du *Streaker* et son éventuelle remise en liberté. Mais alors, il se remémora l'expression de Gillian Baskin lorsque, une semaine auparavant, il avait suggéré qu'il faudrait livrer aux E.T. tout ce qu'ils convoitaient. À l'époque, il avait eu Metz pour le seconder mais, à présent, le généticien n'était plus là pour l'empêcher de revoir le visage de la fem. Elle avait tourné vers lui un regard de pitié puis elle lui avait dit que les fanatiques ne se conformaient jamais à une telle logique.

— Ils nous prendront tout, avait-elle ajouté. Ils nous remercieront poliment, puis ils nous feront cuire à grande friture.

Takkata-Jim rejeta la tête en arrière.

Je n'y crois pas. Et puis, tout est meilleur que le plan qu'elle avait en tête.

Il réexamina les holos tactiques. Il n'était plus qu'à cent mille klicks de la première flotte. L'ordinateur consentait enfin à lui fournir des renseignements sur ces vaisseaux. C'étaient des cuirassés soros.

Des Soros ! Takkata-Jim sentit dans sa première poche stomacale l'amertume de la bile. Tout ce qu'on lui avait raconté sur cette race lui remonta en tête.

N'allaient-ils pas tirer sans sommations ? Peut-être l'idée de faire des prisonniers ne les intéressait-elle même pas ? Il jeta un bref coup d'œil à ses commandes de combat. La chaloupe n'était guère équipée pour se défendre, toutefois…

Une pince de son harnais se tendit vers le levier qui armait le lance-missiles… rien que pour la sensation rassurante que lui donnait ce contact.

Streaker

— À présent, les deux plus importantes flottes convergent sur Takkata-Jim.

Gillian hocha la tête.

— Parfait, Wattacéti. Tenez-moi au courant de l'évolution des choses dans ce secteur. (Elle se tourna vers Tsh't.) Combien de temps pouvons-nous encore rester à couvert sous ces perturbations tectoniques ?

— Depuis cinq minutes, notre anti-G est théoriquement détectable, Gillian. Je ne crois pas que nous ayons grand-chose à gagner en continuant de voler au ras de ces volcans. Si nous voulons avoir une chance de nous évader, il nous faut prendre de l'altitude.

— Nous sommes sous le faisceau d'un balayage à longue portée, s'écria l'opérateur de détection. Deux des vaisseaux qui se livrent bataille au-dessus de la position d'Orley paraissent curieux de ce qui se passe au sud.

— Nous y voilà, fit Tsh't pour tout commentaire.

Gillian secoua la tête.

— Accordez-moi encore cinq minutes, Tsh't. Je me fiche pas mal de ces traînards qui se bagarrent au-dessus de l'hémisphère nord. L'important, c'est que ces deux grosses flottes continuent encore un moment à ne pas s'apercevoir de notre présence.

Tsh't vira brusquement sur elle-même dans l'oxyeau, suscitant un sillage de bulles.

— Lucky Kaa ! Barre au sud par sud-ouest vers ce volcan qui vient d'apparaître !

Gillian avait les yeux rivés sur la holo. Une minuscule particule bleue y représentait la chaloupe cinglant vers un agglomérat qui comptait pour le moins une trentaine de points beaucoup plus gros.

— Vas-y, Takkata-Jim, murmura Gillian. Je crois avoir compris comment tu fonctionnes. Ne me donne pas tort.

Ils n'avaient pas encore perçu le moindre bruit sur la fréquence du lieutenant renégat. Toshio devait avoir fait son travail en sabotant tous les postes disponibles sur l'île.

L'infime tache bleue pénétra dans le cercle des cent mille kilomètres autour de la position ennemie.

— Captons signal télémétrique ! annonça Wattacéti. Takkata-Jim vient d'armer son lance-missiles !

Gillian hocha la tête.

Je le savais. Ce type est presque humain. Mais il a une personnalité incroyablement plus forte que je ne l'aurais pensé pour ne pas l'avoir fait dès le départ, simplement pour se sentir couvert. Pour inutile que cela puisse paraître, qui négligerait d'ôter le cran de sécurité de son arme avant de courir à la rencontre de l'ennemi ?

Va, maintenant. Rapproche-toi encore un peu…

— Gillian ! hurla l'officier de détection. Je n'arrive pas à y croire ! Takkata-Jim a…

Gillian esquissa un sourire, un petit sourire triste.

— Laissez-moi deviner. Notre brave lieutenant a ouvert le feu sur cette énorme flotte ennemie.

Tsh't et Wattacéti se tournèrent vers elle comme un seul fin, les yeux écarquillés par la surprise. Elle haussa les épaules.

— Allons, en dépit de toutes ses erreurs, qui a jamais pu dire que notre Takkata-Jim n'était pas un brave ?

Elle sourit franchement pour dissimuler ses propres émotions.

— Bon. Tout le monde reste attentif à ses tâches.

Takkata-Jim

Takkata-Jim laissa échapper un cri et bascula désespérément le levier. Rien ne répondait ! Les commandes de mise à feu se déclenchaient sans qu'il en donnât l'ordre.

Toutes les quelques secondes, un frisson traversait le petit astronef alors qu'un engin à tête chercheuse jaillissait de son unique lance-missiles. Sous les yeux du fin, les petits obus d'antimatière se succédèrent hors du nez de la chaloupe, se dirigeant automatiquement vers le plus proche vaisseau ennemi.

Aux innocents sourit la chance ! La nef qui avait pris la tête de la flotte soro s'épanouit telle une fleur de feu. La soudaineté de l'attaque avait triomphé de systèmes défensifs conçus pour soutenir les hautes températures d'une supernova.

Il lâcha une nouvelle bordée de jurons et tenta de passer en surmultiplié. Cette commande aussi resta sans effet.

Alors que la flotte soro commençait de répondre à son tir, Takkata-Jim gémit et engagea son petit vaisseau dans une série de manœuvres d'esquive. Avec le sens tridimensionnel inné d'un dauphin, il se mit à tourbillonner en gravité maximum, serpentant entre des salves qui passaient atrocement près.

Il n'y avait pas trente-six choses à faire, il ne restait qu'une planche de salut. Takkata-Jim précipita la chaloupe droit sur la seconde flotte. Ils devaient avoir assisté à son assaut contre les Soros et ils l'accepteraient peut-être comme un allié s'il survivait assez longtemps pour les atteindre.

Il fila dans l'espace, pris en chasse par une horde de

mastodontes qui virèrent lourdement et se réébranlèrent après lui.

Streaker

— Maintenant, Gillian ?

— Presque, mon chou. Encore une minute.

— C'est ce vaisseau-là, au nord, qui semble avoir pris l'initiative, mais il y en a d'autres qui sont en train de tourner vers nous… Rectification. C'est toute la masse des francs-tireurs qui met cap au sud, vers nous !

Gillian ne pouvait se sentir trop mal de détourner sur elle le feu qui jusqu'alors se concentrait au-dessus de Tom. Elle ne faisait que lui rendre la politesse, après tout.

— O.K. Tu choisis une trajectoire. Je veux que nous partions cap à l'est sur l'écliptique juste au moment où la seconde flotte aura fini de virer vers la chaloupe.

— Bien, commandant, fit Tsh't en un mélodieux soupir d'impatience avant de nager jusqu'à la rampe du pilote et de s'entretenir avec Lucky Kaa.

Tom

Il pointa la tête à la surface du bassin où il avait trouvé refuge.

Où étaient-ils tous partis, subitement ?

Quelques minutes auparavant, le ciel avait brillé de feux d'artifice. Des vaisseaux en flammes s'étaient abattus à gauche et à droite. Et maintenant, c'était à peine s'il apercevait quelques traînards, loin là-haut, vers le sud.

Ça lui prit un moment pour avoir un net soupçon.

Merci, Jill, pensa-t-il. Vas-y, fais-leur en baver de ma part.

Takkata-Jim

Takkata-Jim en bafouillait de rage. Il avait tant de choses à faire à la fois qu'il n'avait pas le temps de travailler sur les commandes de tir. En désespoir de cause, il émit une série d'impulsions pour fermer les mémoires de l'ordinateur par blocs entiers. Pour finir, quelque chose marcha. Le système offensif de la chaloupe s'éteignit.

Puis il vira le vaisseau barre à gauche et appliqua toute la gomme pour échapper au large déploiement de torpilles qui montait vers lui.

Les deux flottes fonçaient à présent l'une vers l'autre avec lui entre les deux.

Takkata-Jim tenta de plonger au cœur de la seconde flotte, de la traverser et de s'arrêter sur ses arrières, montrant ainsi par des actes ce qu'il n'avait pu transmettre par radio, qu'il cherchait leur protection.

Mais les contrôles restèrent sans réponse ! Il ne put se redresser de sa dernière manœuvre d'esquive ! Il devait avoir fermé trop de mémoires.

La chaloupe fila à angle droit des deux flottes convergentes, s'éloignant de l'une comme de l'autre.

Et l'une et l'autre amorcèrent leur virage pour le suivre.

— Maintenant, dit-elle.

Le pilote n'eut pas besoin de se presser. Il avait déjà pris de la vitesse acquise ; il se contenta d'appliquer la pleine puissance. Les moteurs du *Streaker* rugirent et la nef quitta l'atmosphère dans un crépitant sillage d'ionisation. L'accélération fut sensible au travers même du champ de stase et même à l'intérieur de la passerelle inondée.

Le gris de la mer disparut derrière le blanc d'une couverture de nuages. L'horizon s'incurva, se fit arc et le *Streaker* tomba dans un océan d'étoiles.

— Ils nous suivent, tous ceux qui se battaient au-dessus de Kithrup.

— Combien sont-ils ?

— Une vingtaine. (Tsh't s'absorba un moment dans l'écoute de sa connexion neurale.) Ils forment grosso modo une colonne. Hormis un groupe un peu plus important à l'arrière, c'est-à-dire qu'il y en a deux qui semblent être de la même race. Je perçois des tirs. Ils continuent de se battre entre eux tout en nous poursuivant.

— Combien de vaisseaux dans le lot final ?

— Euh… sssix, je crois.

— Bon, voyons ce que ça va donner si nous pressons le pas.

La planète s'enfonça derrière eux alors que Lucky Kaa lançait à vitesse croissante le *Streaker* dans la direction choisie par Gillian.

Par-delà l'horizon de Kithrup, un combat de titans venait de s'amorcer. Durant quelques minutes, la masse de la planète le dissimula aux regards des Terriens puis, cette dernière rétrécissant, ils purent apprécier l'ampleur de la conflagration.

À un million de kilomètres de distance, l'espace s'était rempli de brillantes explosions et de hurlements dont le peu qui pénétrait les écrans métapsychiques suffisait à vous glacer d'horreur.

Ce fut Tsh't qui fit le premier commentaire :

— Les grands garçons se disputent Takkata-Jim. Cela nous laisse même une chance de sortir du système avant que ces deux grosses flottes ne puissent nous rattraper.

Gillian approuva d'un signe de tête. Le sacrifice de Toshio n'avait pas été vain.

— Bon, notre problème, ce sont ces petits mels qui nous filent le train. Il va falloir qu'on s'en débarrasse. On pourrait peut-être essayer de les semer en passant derrière la géante gazeuse. Dans combien de temps y serons-nous ?

— Difficile à dire, Gillian. Une heure, peut-être. Nous ne pouvons passer en surmultiplié à l'intérieur d'un système et nous traînons une masse largement excédentaire. (Elle se reconcentra un moment sur son écoute neurale.) Ceux qui sont à nos trousses ont pour la plupart cessé de se battre. Ils ont vraisemblablement subi des avaries mais je pense qu'au moins deux des vaisseaux de tête seront en mesure de nous rattraper vers le moment où nous croiserons au large de cette planète géante.

Gillian examina le cylindre de la holo. Kithrup avait rétréci aux dimensions d'une bille logée près du cercle inférieur avec, derrière elle, les étincelles d'une bataille. Il en montait un chapelet de petits points, les poursuivants du *Streaker*.

Dans la partie supérieure du caisson, une boule constituée de couches pastel superposées commençait à grossir. Un monde énorme de gaz gelés qui évoquait beaucoup Jupiter et dont la circonférence s'élargissait lentement mais de façon tout à fait perceptible.

Gillian arrondit les lèvres et sifflota.

— Bon, si nous pouvons les distancer un peu, je crois que nous allons pouvoir leur tendre une embuscade.

— Mais, Gillian, s'écria Tsh't en se retournant vers elle, ce sont des cuirassés alors que nous ne sommes qu'un vaisseau d'exploration de type Snark, alourdi de surcroît !

Gillian lui fit un large sourire.

— Justement, ma fille, ce n'est plus un simple Snark ! Cette coque thennanin peut faire autre chose que nous ralentir. J'ai bien l'impression qu'elle va nous permettre de leur jouer un tour auquel ils sont loin de s'attendre.

Elle ne prit pas la peine de préciser que, si l'occasion lui en était donnée, elle préférait s'attarder encore un peu dans le système, au cas où se produirait un miracle.

— Est-ce que tout est bien arrimé dans le vaisseau ?

— Selon la procédure habituelle, lui répondit Tsh't.

— Parfait. Veuillez donner à l'équipage l'ordre d'évacuer l'entrepont. Et que tout le monde se sangle à son poste.

Tsh't répercuta les consignes et revint vers Gillian avec une interrogation peinte sur ses traits.

— Notre lenteur est due à notre surcharge, n'est-ce pas ? commença Gillian. Et ils seront en mesure de nous tirer dessus bien avant que nous n'ayons pu nous mettre à couvert derrière la géante gazeuse et à plus forte raison atteindre les limites du système pour passer en surmultiplié, c'est ça ? Mais dites-moi, Tsh't, qu'est-ce qui nous surcharge ?

— Enfin, la coque thennanin !

— Mais encore ?

Tsh't avait l'air perdue.

Gillian l'aida.

Effleurement vital
Substance où l'on se meut
Comme l'air, on l'oublie
Toujours quand elle abonde

Tsh’t continua de fixer sur elle un regard vide. Puis elle comprit. Ses yeux s’écarquillèrent.

— Ah, c’est très astucieux. Ça peut vraiment marcher. Mais je suis contente que vous me l’ayez dit. L’équipage va vouloir s’habiller en conséquence.

Gillian essaya de claquer des doigts dans l’eau mais sans y réussir.

— Des combinaisons spatiales ! Vous avez raison, Tsh’t ! Qu’est-ce que je deviendrais sans vous !

Galactiques

— La bataille annexe entre les vestiges des flottes d’origine semble se décentrer de la planète, lui annonça un guerrier paha. Ils filent tous à la verticale de Kithrup derrière un vaisseau de grosse taille.

Krat, la Soro, acheva de peler sa prune de bruyère en réprimant la trémulation nerveuse qui lui montait dans le bras gauche.

— Avez-vous identifié celui qu’ils poursuivent ?

— On ne dirait pas que ce soit notre gibier. (Avec tact, le Paha évita de remarquer le soulagement visible de la Mère de la Flotte.) Ses dimensions ne correspondent pas aux normes terriennes. Nous avons posé comme première hypothèse un croiseur thennanin ayant subi de graves avaries bien que…

— Oui ? fit Krat sur un ton malicieux.

Le Paha hésita.

— Il a un comportement bizarre. Il est anormalement pesant et ses moteurs sonnent plutôt comme ceux des Tymbrimis. Mais nous sommes déjà trop loin pour que l’identification puisse être claire.

Krat grogna.

— Quelle est notre situation ?

— Nous suivons une course parallèle à celle des Tandus avec des accrochages entre nos flancs respectifs. Les deux flottes sont à la poursuite du petit astronef terrien et nous avons cessé l'un comme l'autre de tirer sur lui hormis lorsqu'il se rapproche trop de la trajectoire adverse.

Krat gronda.

— Ce vaisseau nous entraîne toujours plus loin de la planète, plus loin de notre véritable gibier. Avez-vous envisagé que ce puisse être précisément le but de ce patrouilleur ?

Le Paha réfléchit un instant puis hocha la tête.

— Oui, Mère de la Flotte. Ce serait une ruse caractéristique des Tymbrimis ou de ces sauvages de Terriens. Que suggérez-vous ?

Krat se sentait les mains liées. Ça ne pouvait qu'être une ruse et, pourtant, il lui était impossible d'abandonner la poursuite sans laisser du même coup la capture du petit astronef aux Tandus. Et plus cette chasse se prolongeait, plus les deux flottes subissaient de pertes.

Elle lança la prune au travers de la salle. Elle s'écrasa en plein centre de la spirale radiée de la Bibliothèque. Un Pila sursauta en poussant un cri de consternation puis eut l'insolence de lui lancer un regard noir.

— Transmettez l'Appel à la Trève Numéro Trois, ordonna Krat d'un air dégoûté. Contactez le Traqueur des Tandus. Nous devons mettre un terme à cette farce et retourner au plus vite vers la planète !

Une fois de plus, le Traqueur demanda au Dresseur :

— Pouvez-vous réveiller l'Accepteur ?

Le Dresseur s'agenouilla devant le Traqueur et lui fit l'offrande de sa tête.

— Je ne puis. Il est entré dans un état orgastique de surstimulation. Les manipulations opératrices n'ont rien donné.

— Donc, nous ne disposons d'aucune technique paraphysique pour examiner cette poursuite derrière nous ?

— Non, nous ne pouvons avoir recours qu'aux méthodes physiques.

Les jambes du Traqueur cliquetèrent :

— C'est bon. Remettez votre tête et usez de votre ultime vouloir pour la placer dans ma vitrine à trophées.

Le Dresseur crépita son accord.

— Puisse la nouvelle qui me poussera mieux vous servir.

— Ainsi soit-il. Mais auparavant, suggéra le Traqueur, ouvrez une ligne d'entretien avec les Soros. Je serai évidemment dans l'obligation de m'amputer la jambe qui m'aura servi à leur parler mais dites-leur ce que nous devons à présent faire.

Buoult s'arracha d'un coup de dents quelques piquants du coude et s'en servit pour lisser les fanons de sa crête. Il avait vu juste en dégageant les six derniers vaisseaux thennanin de la bataille entre Tandus et Soros pour les ramener à temps vers la planète et participer à la poursuite.

Maintenant, il lui fallait remonter cette file d'astronefs délabrés lancés aux trousses d'une proie dont il était encore difficile de se faire une nette idée.

— Plus vite, dit-il. Les autres n'ont aucune coordination entre eux. Pendant que les Tandus et les Soros pourchassent un leurre, nous constituons la seule escadrille de quelque importance dans les parages ! Nous devons les rattraper !

Loin devant les nefs thennanin, un capitaine gubru ébouriffait ses plumes en caquetant :

— Nous les rattrapons ! Nous rattrapons cette espèce de mastodonte clopinant ! Et regardez, maintenant que nous n'en sommes plus loin, regardez à quel point il a l'air humain ! Ils se sont mis une carapace pour voler mais à présent que nous sommes juste derrière eux nous pouvons voir ce qu'il y a dans cette carapace et nous pouvons nous en emparer ! Oui, nous les rattrapons et

ils vont être à nous ! Certes, nous pouvons encore subir un échec, mais la défaite totale n'est plus concevable.

Et si nous ne pouvons pas les attraper vivants, se remit-il en tête, nous pouvons toujours nous assurer que personne d'autre ne les aura.

Streaker

La gazeuse géante dominait à présent le paysage stellaire dans lequel le *Streaker* s'enfonçait péniblement.

— Ils s'attendent à ce que nous plongions droit dessus pour tracer une étroite hyperbole, expliqua Tsh't. C'est une tactique généralement efficace lorsqu'on est poursuivi à l'intérieur d'un système solaire. Une courte poussée au moment où on bascule à proximité de la planète peut se traduire par un changement de cap radical.

Gillian hocha la tête.

— Oui, c'est ce qu'ils attendent, pas ce que nous allons faire.

Elles regardaient les écrans où trois spots prenaient en grossissant forme solide... des vaisseaux dont les hideuses balafres de guerre n'avaient d'égales que la laideur des armes.

Devant, la masse de la planète envahit presque tout l'espace visible tandis que, derrière, la taille des vaisseaux continuait de croître.

— Tous les fen se sont-ils arrimés en lieu sûr ?

— Oui !

— Alors c'est à vous que revient le choix du moment, lieutenant. Vous avez plus l'expérience que moi des combats. Vous avez une claire idée du résultat escompté.

— Parfaitement claire, Gillian, répondit la fine en claquant des mâchoires.

Le *Streaker* piqua vers la planète.

— Bientôt... commença Tsh't en plissant les yeux. Oui... bientôt... ils vont être obligés...

Elle se concentra sur les sons-images qui lui étaient transmis par sa prise neurale. Un profond silence tomba sur la passerelle où l'on ne perçut plus que les cliquetis nerveux du sonar delphinien. Gillian se remémora des situations similaires à bord de vaisseaux humains où une bonne moitié de l'équipage sifflotait entre ses dents sans s'en apercevoir.

— Parez, dit Tsh't par interphone aux équipes des machines.

Les vaisseaux qui étaient à leur poursuite disparurent brièvement derrière la courbure de la planète.

— Allez-y ! cria-t-elle pour être sûre d'être entendue de Suessi. Ouvrez le sas arrière ! Toutes les pompes à plein rendement ! (Elle vira vers le pilote.) Larguez notre sonde-piège ! Accélération latérale extrême ! Appliquez la stase pour compenser le recul de gravité jusqu'à un G ! Je répète, ne laissez qu'un G de gravité dans le vaisseau !

Plus de la moitié des tableaux de bord de la passerelle se couvrirent de clignotements rouges. Averti à l'avance, l'équipage se cramponna dans ses sangles tandis que le contenu de l'entrepont se déversait derrière le *Streaker* dans le vide de l'espace.

Le capitaine gubru avait des problèmes avec ce vaisseau pthaca qui mordait sur la trajectoire du sien et il réfléchissait sérieusement aux manœuvres à faire pour s'en débarrasser lorsque le maître-ordinateur se mit à croasser pour attirer l'attention.

— Ils n'ont quand même pas pu faire ça ! s'étrangla le Gubru en contemplant avec horreur et incrédulité ses écrans. Il n'est pas possible qu'ils aient fait une telle chose ! Ils ne peuvent pas avoir eu l'idée d'un piège si diabolique ! Ils n'ont pas pu...

Il voyait en effet la nef pthaca entrer en collision à une large fraction de la vitesse de la lumière avec un obstacle qui n'était pas là quelques minutes auparavant.

Ce n'était qu'un courant de particules gazeuses qui dérivait en travers de leur chemin mais, pris au dépourvu, le cuirassé pthaca s'était fracassé dessus comme contre un mur de pierre, ce que devenait en fait toute barrière, quelle que fût sa nature, passé un certain pourcentage de la vitesse de la lumière.

— Virez de bord ! commanda le capitaine gubru. Et déchargez toutes nos pièces sur la proie !

Des rayons d'énergie incandescente jaillirent du destroyer gubru mais ils ne frappèrent que l'intangible paroi qui s'interposait à présent entre les Galactiques et les Terriens dont la nef virait à grande vitesse.

— De l'eau ! piailla la créature avienne en déchiffrant l'analyse spectrale qui venait de s'afficher. Une race civilisée n'aurait pas trouvé l'idée d'un tel piège dans la Bibliothèque ! Une race civilisée ne se serait pas ravalée si bas ! Une race civilisée n'aurait pas…

Et il poussa un dernier cri lorsque son vaisseau heurta de plein fouet des nuages de neige.

Avec des mégatonnes en moins, le *Streaker* négocia dans le hurlement de ses moteurs soulagés une courbe autrement plus serrée que celle qu'il aurait pu espérer quelques minutes auparavant. Ses sas se refermèrent et l'air reprit lentement possession du domaine dont il avait été évincé quelques semaines plus tôt. L'antigravité interne réapparut. L'équipage vêtu de combinaisons spatiales quitta les quartiers ménagés à l'intérieur de la coque pour rejoindre ses postes de manœuvre.

Dans la passerelle toujours immergée, Gillian contemplait l'annihilation de leurs deux plus proches poursuivants. Tout l'état-major poussa un unique cri de joie lorsque le troisième croiseur qui avait correctement commencé sa manœuvre d'esquive souffrit d'un incident mécanique qui le précipita contre les franges de la barrière de nuages. Il s'y transforma en boule aplatie de plasma.

— Les autres sont toujours hors de vue derrière la planète géante, dit Gillian. Après nous avoir pris en chasse depuis Kithrup, ils s'imaginent probablement avoir compris ce que nous faisons et n'auront jamais idée que nous puissions modifier brusquement notre cap.

Tsh't n'avait pas l'air aussi convaincue.

— Peut-être. Nous avons effectivement largué un leurre sur notre ancienne trajectoire. Il se peut qu'ils le suivent puisque ses radiations sont similaires aux nôtres. Du moins aimerais-je pouvoir parier qu'ils contournent bien la planète sur une courbe hyperboliqu-que.

— Et que nous n'aurons plus qu'à les cueillir au fur et à mesure qu'ils apparaîtront !

Gillian se sentait quelque peu prise de vertige. Il y avait une chance, juste une chance, qu'ils fussent en mesure de réussir leur coup, et de si bien le réussir qu'ils en tireraient la possibilité d'attendre Hikahi et Creideiki, d'attendre un autre miracle.

Le *Streaker* gémit en luttant pour négocier ce virage lof pour lof.

— Suessi dit que les entretoises de la coque subissent une forte contrainte, rapporta Lucky Kaa. Il demande si vous allez de nouveau couper la stase ou vous lancer dans une de ces… euh… il appelle ça des « ahurissantes manœuvres de bonne femme ». Je ne fais que répéter ses mots, commandant.

Gillian s'abstint d'une réponse que, de toute manière, Suessi n'attendait certainement pas.

Le *Streaker* acheva son demi-tour et reprit de la vitesse en revenant sur ses pas au moment même où deux croiseurs de plus surgissaient de derrière la planète géante.

— Allez, Tsh't, vous vous les faites, dit Gillian à la fine officier, et une fureur qu'elle avait contenue pendant des semaines entières se fit jour dans sa voix.

Ouais, je vous laisse le choix de la tactique à suivre mais vous vous les faites !

— Oui, lui répondit Tsh't qui remarqua les poings serrés de l'humaine. Tout de suite, ajouta-t-elle en sentant monter en elle les mêmes sentiments.

Puis elle vira sur elle-même et s'adressa aux équipes de la passerelle.

Patiemment
Nous avons supporté les injures
Patiemment
Résisté aux manœuvres malignes
À présent
Nous cessons d'avoir cette patience
Nous joignons
Logique et songe en un seul combat !

La passerelle entière retentit de hourras. Et le *Streaker* fondit sur l'ennemi sidéré.

Galactiques

La voix de la matriarche soro grondait dans la toile des communications.

— Donc, nous sommes d'accord pour cesser cette poursuite et joindre nos forces ?

Le Traqueur tandu se promit de s'amputer de deux jambes et non d'une pour la honte d'en venir à cet accord.

— Oui, répondit-il. Si nous continuons comme par le présent, nous ne ferons qu'user nos forces sans aboutir à rien. Vous, Soros, vous avez beau être de la vermine, vous vous battez bien. Unissons-nous et finissons-en.

Krat rendit les choses explicites.

— Nous jurons par le Pacte Numéro Un, le plus ancien,

le plus irrévocable que l'on puisse trouver dans la Bibliothèque, de capturer ensemble les Terriens, de leur arracher ensemble leurs secrets, et de déléguer ensemble des émissaires vers nos ancêtres pour les laisser juges du différend qui nous oppose.

— Convenu, fit le Tandu. À présent, qu'on en finisse ici et qu'on se tourne vers notre proie pour ensemble nous en emparer.

Takkata-Jim

Il comprenait à présent ce que les humains entendaient par « une promenade en traîneau à la mode de Nantucket ».

Il était exténué. Il avait l'impression de fuir depuis des heures. Chaque fois qu'il tentait de dévier la chaloupe à droite ou à gauche pour se rendre à l'une des flottes, l'autre lui opposait la barrière d'un tir nourri qui le forçait à reprendre sa course médiane.

Depuis quelque temps, il détectait un long cordon de vaisseaux qui s'éloignait de Kithrup dans la direction opposée. Il avait vite compris que le *Streaker* s'évadait.

C'est donc la fin, se dit-il. J'ai fait mon devoir comme je l'entendais et j'ai voulu sauver ma vie en même temps Maintenant, la mort est sur moi. Mon plan a échoué.

Je suis perdu. Je ne puis rien espérer d'autre que, peut-être, donner quelques minutes de plus au *Streaker*.

Depuis quelque temps aussi, les deux flottes avaient cessé de se mitrailler mutuellement les flancs en le poursuivant. Il avait également compris qu'ils étaient parvenus à un accord.

Soudain, le code de contact de base en Galactique Un bourdonna dans son récepteur. Le message était simple :

« Arrêtez-vous et offrez votre reddition à la flotte unie soro-tandue. »

Takkata-Jim claqua les mâchoires. Il ne pouvait répondre, faute d'émetteur. Mais s'il freinait à mort et s'immobilisait dans l'espace, ils prendraient certainement ça pour une reddition.

Il les laissa répéter trois fois le message puis commença de décélérer… mais progressivement. Avec une extrême lenteur, en étirant le temps.

Lorsque les Galactiques se furent rapprochés, que leur imminence sonna comme un glas, Takkata-Jim poussa un soupir et ranima les commandes de tir de la chaloupe.

L'embarcation fit une embardée alors que de petits missiles en jaillissaient puis Takkata-Jim appliqua de nouveau la poussée maximum.

Lorsque les deux flottilles déchargèrent simultanément des volées de missiles contre lui, il tenta de s'échapper, bien sûr. Renoncer eût été indigne.

Mais il n'avait plus le cœur à fournir un trop grand effort. Il occupa l'essentiel de son attente à travailler un poème.

Tristesse infinie
Pour un fin — fût-il moi —
Qu'une mort solitaire

Streaker

L'embuscade derrière la géante gazeuse avait le charme de l'imprévu. Lorsque l'ennemi se rapprocha, usant de la forte gravité de la planète pour basculer sur une hyperbole serrée, ıl n'était pas du tout préparé à subir une attaque sur son flanc

Le *Streaker* donnait l'impression d'être immobile

auprès de ces croiseurs qui piquaient à une vitesse vertigineuse. Il tissa sur leur passage un dense réseau d'antimatière et l'un des cuirassés se transforma en boule de feu avant même d'avoir pu être identifié par les ordinateurs terriens. Des semaines de combat ininterrompu avaient probablement endommagé ses écrans.

L'autre croiseur était en meilleur état. Ses écrans s'embrasèrent d'une sinistre luisance violette et de fines traînées de métal en explosion coururent sur sa coque. Mais il passa au travers du piège et décéléra furieusement.

— Pas de chance, il va manquer toutes nos mines, dit Tsh't. Je n'ai pas eu le temps de les disposer à la perfection.

— On ne peut pas tout avoir, lui répondit Gillian. Il va déjà mettre quelque temps à se retourner vers nous.

Tsh't examina ses écrans tout en restant à l'écoute de ses connexions neurales.

— Il risque même d'être très lent à le faire si ses moteurs continuent à le lâcher. Actuellement, il pique en vrille vers la planète !

— Superbe. Laissons-le tranquille et occupons-nous des autres.

La course du *Streaker* l'entraînait à présent toujours plus loin de la planète vers le groupe d'adversaires suivant, cinq vaisseaux qui avaient assisté à une partie de l'embuscade et rectifiaient en conséquence leur plongée.

— C'est maintenant que nous allons vraiment juger de l'effet du Cheval Marin de Troie, dit Gillian. Le premier lot était assez près pour reconnaître nos moteurs à leur bruit et comprendre que nous sommes des Terriens. Mais ces types-là sont encore trop loin. Suessi a-t-il réglé nos échappements d'énergie sur les normes thennanin comme prévu ?

Wattacéti répondit à la question par un sifflement de confirmation.

— C'est fait. Suessi tient seulement à vous rappeler que nos moteurs ne sont quand même pas thennanin.

— Remerciez-le de ma part. Maintenant, nos vies dépendent de ce qu'ils soient aussi peu imaginatifs que Tom les considérait. Portez la puissance des écrans psi au maximum !

— Bien, commandant.

Les voyants des détecteurs d'énergie s'allumèrent alors que les vaisseaux qui fonçaient sur eux les balayaient de rayons sondeurs. L'assortiment disparate de nefs E.T. parut hésiter puis devint un foyer de divergence.

— Les croiseurs un, quatre et cinq accélèrent pour nous éviter ! annonça Tsh't, et la passerelle s'emplit du caquetage des applaudissements delphiniens.

— Et les autres ?

Un bras manipulateur de Tsh't se tendit vers deux des points suspendus dans le caisson cylindrique de la holo.

— Ils freinent et se préparent à combattre ! Nous venons de recevoir un appel radio en Galactique Dix. Un défi rituel ! Ils croient vraiment que nous sommes des Thennanins mais ils sautent simplement sur l'occasion d'en finir avec cette faction.

— Qui sont-ils ?

— Les Frères de la Nuit !

L'écran de grossissement montrait à présent deux énormes cuirassés, noirs et sinistres, qui approchaient avec une lenteur toute apparente.

Que faire ? Gillian ne laissa rien transparaître de ses émotions. Elle savait que tous les fen la regardaient.

Nous ne pouvons songer à les semer. Surtout pas si nous continuons d'imiter le bruit des moteurs thennanin et de traîner ce lourd déguisement. Mais seul un fou tenterait de les affronter en combat direct.

Un fou de génie comme Tom, songea-t-elle avec un sourire intérieur. Ou comme Creideiki. Si l'un d'eux était à ma place aux commandes de ce vaisseau, je me mettrais tout de suite à préparer des messages de condoléances pour les proches de ces Frères de la Nuit.

— Gillian ? fit Tsh't, nerveuse.

Gillian se reprit. Décide. Décide vite !

Elle fixa les monstrueux vaisseaux qui grossissaient sur les écrans.

— On leur passe sous le nez, dit-elle. Cap sur Kithrup.

Galactiques

Nous devons laisser la moitié de notre flotte de coalition aux abords de la planète pour interdire toute retraite aux autres. Il nous faut aussi dépêcher des escadrilles pour nettoyer ce qui pourrait être resté sur les lunes et examiner de plus près ce qui se passe derrière cette géante gazeuse.

Le Traqueur de la Chasse Tandue n'avait plus que quatre jambes sur les six que la Nature accordait à sa race. Krat, l'amirale soro, se demandait quelle sorte d'accident avait pu arriver au chef suprême de ses déplaisants alliés.

Non que cela eût une réelle importance. Krat rêvait en fait du jour où elle pourrait arracher de ses propres mains les membres restants du Traqueur ainsi que tous ses bourgeons de têtes.

— Est-il possible que ce soit notre gibier qui cause un tel émoi dans les environs de cette planète extérieure ? se demanda-t-elle.

Sur l'écran, l'expression du Tandu était parfaitement indéchiffrable.

— Tout est possible, même l'impossible. (Ça sonnait visiblement comme un proverbe tandu.) Mais, quoi qu'il en soit, cette proie ne saurait s'échapper, même des faibles griffes de ces traînards. Si c'est bien notre gibier, et si c'est

eux qui le capturent, ils vont inévitablement se le disputer. Nous n'aurons plus qu'à intervenir pour le leur reprendre.

Krat hocha la tête. La démonstration était élégante.

Bientôt, se dit-elle. Bientôt nous allons pouvoir extorquer aux Terriens ce qu'ils savent ou bien nous le trouverons en fouillant l'épave de leur vaisseau. Et, peu après, nous aurons le privilège d'être en présence de nos ancêtres.

Il faut toutefois que je pense à épargner quelques humains et quelques dauphins une fois qu'ils m'auront livré les coordonnées de la flotte des Progéniteurs. Mes clients n'apprécient pas trop que je me serve d'eux pour mes divertissements. Cela m'éviterait des ennuis si je pouvais m'amuser en dehors de la famille.

Et elle se complut à évoquer avec nostalgie un mâle bien combatif de sa propre espèce tandis qu'un détachement de treize vaisseaux appartenant aux forces alliées soro-tandues s'élançait vers la géante gazeuse.

Streaker

— Ailerons de stase bâbord endommagés ! annonça Wattacéti. Toutes les rampes lance-missiles dans ce secteur sont hors d'usage.

— La coque interne a-t-elle été touchée ? s'enquit avec anxiété Gillian.

— Non. Jusqu'à présent, c'est celle du croiseur thennanin qui encaisse les chocs mais Suessi dit que l'armature de renforcement commence à faiblir.

— Ils vont essayer de concentrer leur feu sur notre flanc bâbord maintenant qu'il est déjà entamé, dit Tsh't. Et ils s'attendent à nous voir esquiver. Batterie de missiles tribord ! Tirez des mines à quarante degrés d'azimut par cent sud ! Ralentissez la poussée. Sourdine sur les fusées

— Mais… il n'y a personne là.

— Ils vont y être ! Feu ! Barre à gauche deux radians/minute puis on stabilise à un/minute !

Le *Streaker* frémit et gémit en virant avec lenteur dans l'espace. Ses écrans jetèrent d'inquiétantes lueurs vacillantes sous l'assaut de rayons dont il n'aurait jamais pu espérer soutenir la violence. Pas un seul coup n'avait encore été porté aux Frères de la Nuit qui n'avaient aucune peine à gratter du terrain sur sa fuite pesante.

De son cône d'ombre s'échappèrent en bouffées nonchalantes six petits missiles qui ne tardèrent pas à couper toute poussée. Le *Streaker* vira lentement pour protéger son flanc blessé, avec légèrement plus de lenteur que ce dont il était capable.

Y sentant l'indice d'une faiblesse fatale, l'ennemi vira de même en continuant d'arroser sous un tir nourri le défaut de ce qu'il pensait être la réelle cuirasse de son adversaire.

Chaque fois que les rayons traversaient les écrans et venaient frapper la carapace thennanin, la secousse se transmettait jusqu'au vaisseau. La stase vacillait, leur donnant à tous une impression de déjà vu. Même à l'intérieur de la passerelle inondée, les claques qu'ils recevaient envoyaient parfois bouler les fen de la passerelle hors de leur poste. Les indicateurs d'avarie braillaient rapport sur rapport où il n'était question que de fumée, de feu, de blindage en fusion et de pans de coque qui cloquaient.

Les deux croiseurs dérivèrent en confiance dans le champ de mines. Les missiles explosèrent.

Blanche comme un linge, Gillian accrocha les mains à une rambarde. Via les capteurs qui n'avaient pas encore été volatilisés, l'ennemi disparut derrière le bouillonnement d'un nuage de gaz.

— Poussée maximum ! Vingt degrés par deux cent soixante-dix ! cria Tsh't. On cesse de rouler, on fonce !

Les moteurs bousculés se débattirent. La charpente

qui maintenait le *Streaker* dans sa carapace de protection gémit sous l'accélération qu'il prenait sur ce nouveau cap.

— Bénie soit cette maudite coque thennanin ! soupira l'un des fen. Ces rayons-là auraient pu faire de nous du pain en tranches !

Gillian scruta l'un des rares caissons holo qui fussent restés opérationnels, tentant de percevoir quelque chose dans le déploiement des volutes de fumée et de débris. Elle finit par distinguer l'ennemi et hurla de joie.

— Touché ! Nettement touché !

L'un des cuirassés avait un trou béant dans son flanc. Le métal en fusion continuait de s'ourler sur les lèvres de la plaie et tout le croiseur frémissait d'explosions secondaires.

L'autre ne paraissait pas avoir subi de dommages mais il était visiblement plus circonspect qu'avant.

Oh, continue d'hésiter comme ça, lui dit-elle en silence. Laisse-nous prendre de l'avance.

— Il y en a déjà d'autres dans les parages ? demanda-t-elle à Tsh't. (Dans la négative, elle était prête à redonner aux moteurs toute leur puissance et à s'en foutre pas mal qu'on les reconnût comme des Terriens !)

Le lieutenant plissa les yeux.

— Oui, Gillian. Six autres. Et qui approchent à grande vitesse. (Tsh't secoua la tête.) Pas moyen de leur échapper, je crois. Désolée, Gillian. Ils seront là trop vite.

— Les Frères se sont décidés. Ils nous poursuivent ! annonça Wattacéti.

Tsh't leva les yeux au ciel. Gillian approuva en silence.

On ne les aura pas deux fois.

— Suessi appelle. Il veut savoir sssi..

Gillian soupira.

— Dites-lui que dans le proche avenir il n'y a pas

d'astuce de bonne femme en perspective. Je suis à court d'idées.

Les deux cuirassés se rapprochaient de la queue du *Streaker*. Ils retenaient encore le tir, se ménageant pour l'assaut final.

Gillian pensa à Tom. Elle ne pouvait s'empêcher de se dire qu'elle avait raté son coup.

C'était un bon plan, chéri. J'aurais seulement préféré que son application bénéficiât de ta compétence.

L'ennemi descendait sur eux, énorme, menaçant.

Puis Lucky Kaa hurla :

— Vecteur modifié ! (La queue du pilote battit furieusement l'eau.) Ils fichent le camp comme des mulets !

— Mais ils nous tenaient ! s'écria Gillian.

— C'est les autres, Gillian ! (Tsh't en bondissait de joie.) Les six vaisseaux qui foncent sur nous !

— Quoi ? Qu'est-ce qu'ils ont ?

Le visage de Tsh't se fendit du plus large sourire que pût avoir une néo-dauphine.

— Ce sont des Thennanins ! Ils ont ouvert le feu. Et ce n'est pas sur nous qu'ils tirent !

Les écrans montraient à présent les deux croiseurs qu'ils avaient eus à leur poursuite en train de fuir non sans décocher des volées de missiles à la mini-flottille qui entrait en lice.

Gillian éclata de rire.

— Wattacéti ! Dites à Suessi qu'on ramène tout au ralenti et qu'on déverse de la fumée. Nous allons jouer le rôle d'un fier soldat gravement blessé.

Le vieil ingénieur prit son temps pour leur répondre

— Il dit que ça ne va pas poser de problèmes, transmit Wattacéti. Pas de problème du tout !

Des vagues d'émotion soulevèrent la crête de Buoult. Le Flamme de Krondor *était là, devant eux, gravement blessé mais fier encore. Il avait toujours cru ce vieux cuirassé perdu depuis le premier jour de la bataille ainsi que son commandant, le baron Ebremsev. Buoult avait hâte de revoir son vieux camarade.*

— N'avons-nous toujours pas de réponse ? demanda-t-il à l'opérateur.

— Non, commandant. Le vaisseau est silencieux. Il est possible qu'ils ne se soient toujours pas remis d'un coup qui... Attendez ! Je capte quelque chose ! Un signal lumineux en langage clair ! Ils le lancent depuis l'une des baies avant.

Buoult se pencha vers l'opérateur.

— Qu'est-ce qu'ils disent ? Ont-ils besoin d'aide ?

— « Armements et liaisons détruits, récita l'opérateur à mesure qu'il déchiffrait le clignotement de lumière. Les systèmes de survie et les commandes auxiliaires sont toujours en service... Terriens droit devant, pourchassés par quelques nefs de la racaille... Sommes astreints à nous replier... Bonne chasse... Flamme de Krondor *terminé. »*

Buoult trouvait ce message étrange. Pourquoi Ebremsev désirait-il renoncer s'il pouvait encore suivre et si, pour le moins, il échappait ainsi au feu de l'ennemi ?

Peut-être ne faisait-il cet ostensible sacrifice que pour ne pas les retarder. Buoult allait insister pour lui envoyer des renforts lorsque l'officier de communication reprit la parole :

— Commandant ! Un escadron vient de surgir de derrière la planète aquatique ! Il compte au moins dix vaisseaux ! Ce sont des Soros et des Tandus mêlés !

Buoult fléchit un court instant la crête.

Ainsi, les hérétiques avaient fini par s'allier.

— Il nous reste une chance ! On se lance immédiatement à la poursuite des fugitifs ! Peut-être même triompherons-nous de ces trois ou quatre ruines au moment où elles auront arraisonné les Terriens et où nous pourrons ainsi partir avant l'arrivée des Tandus et des Soros.

Alors que son vaisseau bondissait vers l'extérieur du système, Buoult adressa un message retour au Flamme de Krondor.

« Puissent les Grands Esprits demeurer à vos côtés ! »

Streaker

— C'est un ordinateur joliment sophistiqué que vous nous avez caché là pendant tout ce temps, constata Tsh't.

Gillian sourit.

— En fait, cette machine est à Tom.

Les fen échangèrent des regards entendus. Voilà qui expliquait tout.

Gillian remercia la Niss pour sa traduction thennanin au pied levé. D'un essaim d'étincelles qui flottait près d'elle et mêlait ses pirouettes aux bulles d'effervescence de l'oxyeau surgit le chuchotement d'une réponse.

— Pouvais-je agir autrement, Gillian Baskin ? Vous autres, ramassis de Terriens égarés au fond de l'espace, vous avez réussi à rassembler plus d'informations en courant de catastrophe en catastrophe que mes maîtres n'ont pu en obtenir de leurs patientes recherches au cours de ces mille dernières années. Rien que le chapitre concernant l'Élévation sera du plus haut intérêt pour les Tymbrimis qui sont toujours friands d'apprendre… même si l'enseignement leur vient de jeunes-loups.

La voix s'évanouit ainsi que les étincelles avant même que Gillian n'eût pu concevoir une réponse appropriée.

— L'équipe du signal est de retour des baies avant, Gillian, lui dit Tsh't. Les Thennanins sont partis à la poursuite de nos ombres. Mais ils vont revenir. Que faisons-nous maintenant ?

Gillian commençait à succomber aux tremblements de la réaction adrénalienne. Elle n'avait rien envisagé au-delà de ce point. Il n'était qu'une chose au monde qu'elle voulût désespérément faire, une seule direction qu'elle voulût prendre à présent.

— Kithrup, dit-elle en un souffle.

Puis elle se reprit.

— Où en est Kithrup ? demanda-t-elle en se tournant vers Tsh't, sachant très bien quelle allait être la réponse mais tendue dans le désir qu'il n'en fût rien.

Tsh't secoua lentement sa tête satinée.

— Trop tard, Gillian. Il y a toute une flottille en orbite autour de Kithrup. Ils ne se battent plus. Ce doit être le vainqueur.

« Et une escadrille monte droit sur nous. Une grosse. Et je n'ai pas envie qu'ils s'approchent assez près pour voir qui nous sommes.

Gillian hocha la tête. Sa voix semblait s'être bloquée mais elle parvint à sortir un mot :

— Nord.

« C'est ça. Cap sur le nord galactique, Tsh't… vers le point de transfert. Pleine vitesse. Lorsque nous en serons assez près, nous larguerons le Cheval Marin et nous quitterons cet endroit maudit d'Ifni avec… avec les cendres que nous lui aurons arrachées.

Les dauphins retournèrent à leur poste. Le vrombissement des moteurs monta en puissance.

Gillian nagea jusqu'à un point où la coupole de cristal donnait sur une meurtrière pratiquée dans la coque thennanin et d'où l'on pouvait voir directement les étoiles.

Le *Streaker* prit de la vitesse.

Galactiques

Le détachement soro-tandu gagnait du terrain sur la colonne étirée des fugitifs.

— Maîtresse, un Thennanin très endommagé s'approche du point de transfert sur une trajectoire de fuite.

Krat se tortilla sur son coussin en feulant :

— Et alors ? Ce n'est pas la première fois qu'un vaisseau quitte l'arène ! Tout le monde s'efforce toujours d'évacuer ses blessés. Pourquoi me dérange-t-on alors que nous les rattrapons presque !

Le petit officier de détection pila détala se réfugier dans son trou tandis que Krat se penchait sur sa première rangée d'écrans.

Et si nous étions dans l'erreur ? se demanda-t-elle. Nous poursuivons des Thennanins qui sont à la poursuite de rescapés d'autres factions qui, eux-mêmes, poursuivent qui ? Ces imbéciles risquent même d'être en train de se donner la chasse l'un l'autre.

Ça n'avait pas d'importance, en fait. L'autre moitié de la flotte soro-tandue orbitait autour de Kithrup. D'une manière ou d'une autre, les Terriens étaient pris.

Quant aux Tandus, songea-t-elle, nous nous en occuperons en temps voulu puis nous irons seuls à la rencontre des grands anciens.

— Maîtresse ! hurla le Pila sur un ton suraigu. Nous captons un communiqué en provenance du point de transfert !

— Que l'on m'interrompe encore une seule fois avec des rapports sans intérêt et… gronda-t-elle en agitant un ergot nuptial menaçant.

Mais le client s'obstinait ! Le Pila osait continuer de l'interrompre !

— Maîtresse ! C'est le vaisseau terrien ! Ils nous ont joués ! Maintenant, ils nous narguent ! Ils…

— Fais voir ! siffla Krat. Ce doit être une ruse ! Fais-moi voir tout de suite !

Le Pila repartit en se dandinant vers sa section. Sur l'écran principal de Krat apparut l'image d'un homme entouré de plusieurs dauphins. D'après les courbes de l'homme, elle devinait que c'était une femme, probablement leur chef.

— … créatures stupides, indignes du nom de « sophontes » ! Indécrottables crétins pré-cognitifs qui ont grandi sous la férule de patrons débiles ! Nous vous avons glissé entre les pattes en dépit de toute votre puissance de feu. Nous vous avons échappé en nous tordant de rire devant votre lourdeur, votre maladresse, car nous n'avons jamais douté de réussir. Et, maintenant que nous avons une réelle longueur d'avance, vous ne pourrez jamais nous rattraper, pitoyables créatures. Quelle meilleure preuve que c'est nous que les Progéniteurs favorisent, nous et pas vous. Que c'est nous…

Et la femme continua de la narguer. Krat l'écouta, en rage, mais aussi en savourant l'art indéniable de l'humaine.

Ils sont meilleurs que je ne le pensais, se dit-elle. Leurs insultes sont certes terre à terre et quelque peu portées à l'outrance, ils n'en ont pas moins du talent. Ils méritent une mort lente et honorable.

— Maîtresse ! Les Tandus qui nous accompagnent viennent de modifier leur cap ! Et l'autre moitié de leur flotte quitte Kithrup en direction du point de transfert !

Krat siffla désespérément :

— On les suit ! On les suit tout de suite ! La chasse ne fait que continuer !

Avec résignation, l'équipage se remit à ses tâches. Le vaisseau terrien était en bonne position pour leur échapper. En mettant les choses au mieux, la poursuite allait être très longue.

Krat se rendit compte qu'elle ne serait jamais rentrée à temps pour les épousailles. Elle allait mourir ici, loin de chez elle.

Sur son écran, la femme continuait de les narguer.

— Bibliothécaire ! appela-t-elle soudain. Je ne comprends pas certains mots de l'humaine. Cherchez ce que l'expression « gna-gna-gna » signifie dans leur langue bestiale de jeunes-loups !

Tom Orley

Assis en tailleur à l'ombre d'une épave sur une natte de joncs tissés, il écoutait les derniers marmonnements d'un volcan qui retournait au silence. Sa méditation sur sa propre faim l'avait amené à prêter l'oreille à la douceur humide des bruits qui montaient de cette plaine végétale s'étendant à l'infini et il avait fini par leur trouver une beauté familière. Les rythmes entremêlés des clapotis formaient un fond sonore qui l'aidait à se concentrer.

En face de lui, posée sur la natte, tel un mandala, la bombe à messages qu'il n'avait jamais lancée. La petite boule brillait dans la clarté de cette première belle journée depuis des semaines dans l'hémisphère nord de Kithrup. La lumière s'accrochait particulièrement aux endroits où le métal avait reçu des chocs. Des reflets couraient aussi sur sa surface granuleuse.

Où es-tu maintenant ?

Dans une transe bercée par les vagues roulant sous le tapis végétal, il dérivait d'un niveau de conscience à l'autre, tel un vieillard qui farfouille dans son grenier, tel un vagabond de jadis regardant sans grande curiosité défiler le paysage entre les planches de ridelle du camion qui le véhicule.

Où es-tu maintenant, mon amour ?

Il se remémora un haïkaï du grand poète japonais du dix-huitième siècle, Yosa Buson.

La balle d'enfant
Que tout un printemps les pluies
Sur le toit trempèrent.

En contemplant les images abstraites que formaient les ponctuations de la bombe sphérique, il écoutait les crissements et les glissements dans la jungle plate — la fuite de ses petites bestioles et le bruissement de ses feuilles couchées dans le vent.

Où est cette part de moi-même qui m'a quitté ?

Il appela en lui la lente pulsation d'un monde océan, contempla les dessins dans le métal, et, au bout d'un certain temps, dans les creux et les bosses de la bombe, des réflexions lui firent naître une image.

Une forme courte et ramassée approcha d'un point qui était un non-point, une brillante noirceur dans l'espace. Il posa son regard sur elle et la vit s'ouvrir Des craquelures se creusèrent dans l'épaisse carapace, comme lorsqu'un œuf éclôt. Les morceaux de coquille s'épanouirent et en leur centre demeura un mince cylindre bosselé qui évoquait un peu une chenille. La chose était baignée dans un nimbe miroitant, une couche de probabilité en prise qui continuait même de durcir sous ses yeux.

Ce n'est pas une illusion, conclut-il. Ça ne peut pas en être une.

Il s'ouvrit à l'image, l'accepta et, de la chenille, une pensée vola vers lui.

Des poiriers en fleur,
une femme au clair de lune
y lit une lettre…

Ses lèvres qui n'en finissaient pas de guérir lui firent mal lorsqu'il sourit. C'était un autre haïkaï de Buson. Son message était aussi peu ambigu que possible, compte tenu des circonstances. Elle avait saisi au vol son poème de transe et lui avait fait une réponse en conséquence.

— Jill… émit-il aussi fort qu'il le put.

La chenille dans son cocon de stase parvint à proximité d'un grand trou dans l'espace. Elle plongea droit vers ce non-lieu, se fit de plus en plus transparente puis disparut.

Tom resta encore longtemps parfaitement immobile à regarder les hautes lumières sur la sphère de métal grené se modifier à mesure que la matinée s'écoulait.

Enfin, il parvint à la conclusion que ni lui ni l'univers n'auraient rien à perdre de ce qu'il commençât de songer à sa survie.

Le canot

— À vous deux, les mels, vous n'avez pas encore été fichus de comprendre ce qu'il dit ?

Keepiru et Sah'ot jetèrent un bref regard sur Hikahi puis retournèrent à leur discussion sans lui répondre, se pressant autour de Creideiki pour tenter d'interpréter ses directives sinueuses.

Hikahi leva les yeux au ciel et se tourna vers Toshio.

— Vous croyez qu'ils songeraient à m'inclure dans leur séance ? Après tout, Creideiki et moi, nous sommes intimes !

Toshio haussa les épaules.

— Le capitaine a besoin de Sah'ot pour ses compétences linguistiques et de Keepiru pour son expérience de pilote. Mais vous n'avez qu'à voir leur visage ; ils sont déjà plus qu'à moitié immergés dans le Songe Cétacé. Tant que vous êtes le commandant, nous ne pouvons pas nous permettre de vous voir plonger vous aussi dans cet état.

— Mouais... fit Hikahi dans un petit bouillonnement d'écume. (Elle n'avait pas l'air très convaincue.) Je suppose que vous avez terminé l'inventaire, Toshio ?

— Oui, commandant. J'ai dressé la liste par écrit. Nous avons assez de vivres en stock pour franchir le premier point de transfert et tenir au moins jusqu'au suivant. Le problème, c'est que nous sommes au milieu de nulle part et qu'il nous faudra faire au minimum cinq bonds de transfert pour approcher de la civilisation. Nos cartes sont tristement peu adaptées à un aussi long voyage auquel nos moteurs risquent en outre de ne pas trop bien résister. Et il est rare que des vaisseaux de notre taille aient même réussi à franchir correctement les tunnels de transfert. À part ça, et l'entassement dans lequel nous allons vivre, tout va bien, je crois.

Hikahi soupira.

— De toute façon, nous n'avons rien à perdre à essayer. Au moins, les Galactiques sont tous partis.

— Ouais, approuva Toshio. Superbe la manière dont Gillian les a nargués depuis le point de transfert. Ça nous a permis de savoir que nous n'avions plus les Eatees sur le dos.

— Ne dites pas « Eatees », Toshio, c'est impoli. Si vous prenez cette habitude, vous risquez un jour d'offenser un brave Kanten ou un Linten.

Toshio ravala sa salive et dodelina de la tête. Où que ce fût, quand que ce fût, avait-on jamais vu un lieutenant lâcher la bride à un middie ?

— Oui, commandant, dit-il.

Hikahi sourit puis éclaboussa le jeune homme d'un petit claquement de mâchoires.

Pense alors au devoir
Toi que les requins craignent
Car nulle récompense
N'a saveur plus sereine

Toshio rougit et hocha la tête.

Le canot redémarra. Keepiru était de nouveau sur la rampe de pilotage alors que Sah'ot et Creideiki continuaient de converser avec passion dans ce rythme semi-primal qui ne cessait de faire courir des frissons dans le dos d'Hikahi. Et Sah'ot qui prétendait que le capitaine avait choisi à dessein cette intonation !

Elle n'avait pas encore fini de s'habituer à l'idée que l'infirmité de Creideiki pouvait lui avoir ouvert des portes au lieu de lui en fermer.

Le canot prit son essor au-dessus de la mer et accéléra vers l'est, conformément aux intuitions de Creideiki.

— Comment va le moral des passagers ? demanda Hikahi à Toshio.

— J'ai l'impression que ça va. Les deux Kikwis sont contents du moment qu'ils sont avec Dennie. Et Dennie est heureuse… enfin, ça va bien pour elle actuellement.

Hikahi était amusée par l'embarras du jeune homme à propos des autres préoccupations de Dennie. Elle était bien contente que les deux jeunes humains fussent liés par des sentiments comparables à ceux qui l'unissaient à Creideiki.

Car, en dépit de ces nouveaux aspects quelque peu étranges de sa personnalité, Creideiki était foncièrement resté le même, ne fût-ce que dans son attitude vis-à-vis de cette nouveauté dont il semblait seulement aborder l'exploration. Il lui était toujours aussi difficile de parler mais il savait exprimer la puissance de son intellect — et sa tendresse — par d'autres moyens.

— Et Charlie ? demanda-t-elle à Toshio.

Le midship poussa un soupir.

— Il est toujours mort de honte.

Un jour après le séisme, ils avaient repêché le chimpanzé en pleine mer, accroché à un tronc d'arbre. Pendant dix heures, il était resté incapable d'articuler un mot et n'avait cessé de grimper aux parois de la minuscule cale du canot.

Il s'était finalement calmé puis avait avoué s'être réfugié au sommet d'un arbre juste avant que l'île ne volât en éclats. Il en avait eu la vie sauve mais le stéréotype continuait de l'accabler.

Toshio et Hikahi vinrent se placer derrière le poste de Keepiru et contemplèrent les vagues qui défilaient rapidement sous le canot. Par moments, l'océan se faisait vert vif tandis qu'ils survolaient des plaines de sargasses enchevêtrées. La petite embarcation filait droit vers le soleil.

Cela faisait près d'une semaine qu'ils cherchaient. Presque depuis que le *Streaker* avait décollé.

Ils avaient d'abord trouvé Toshio qui nageait délibérément vers l'ouest à leur rencontre, décidé à tenir le plus longtemps possible. Dennie les avait alors conduits jusqu'à une autre île où elle savait trouver une tribu de Kikwis et, pendant qu'elle négociait un accord avec eux, ils s'étaient mis en quête de Charles Dart qu'ils avaient donc fini par repêcher au large.

Des *Steno* de Takkata-Jim, en revanche, ils n'avaient trouvé nulle trace.

Ensuite, ils s'étaient lancés dans cette ultime recherche apparemment vaine. Cela faisait déjà plusieurs jours qu'ils ratissaient l'hémisphère nord de la planète.

Hikahi était sur le point de renoncer. Ils ne pouvaient pas continuer ainsi à perdre du temps et à puiser sur leurs réserves. Surtout pas avec le voyage qui les attendait.

Non qu'ils eussent vraiment une chance de réussir, d'ailleurs. Personne ne pensait qu'une telle entreprise eût jamais été tentée. Traverser la galaxie d'un bout à l'autre à bord d'un canot ravalait l'odyssée du capitaine Bligh, abandonné en plein Pacifique à bord de la chaloupe du *Bounty*, au rang de simple promenade en mer par un bel après-midi d'été.

Elle gardait évidemment ses appréhensions pour elle. Creideiki et Keepiru avaient sans doute une idée claire de ce qui les attendait. Toshio semblait déjà en avoir soupçonné une part. Il était inutile d'en informer les autres, du moins pas avant d'avoir été dans l'obligation de procéder à une quatrième diminution des rations.

Elle soupira.

De quoi fit-on
Jamais nos héros
De mels et de fems
Qui comme nous
S'efforcèrent...

Le cri de victoire flûté que poussa Keepiru fut comme une sonnerie de trompette. Il se mit à s'agiter sur sa rampe en couinant. Le canot roula de droite et de gauche comme un ver qui se tortille puis grimpa en chandelle dans un hurlement de moteurs.

— Nom de Dieu de b... ! (Toshio se mordit les lèvres.) Sacré saut de poisson-tortue, Keepiru ! Qu'est-ce qui t'arrive ?

Hikahi s'accrocha de justesse à la main courante par le bras de son harnais et regarda par les hublots. Pour la troisième fois, elle soupira, longuement, profondément.

Momentanément, la fumée de son feu déroba l'astronef à sa vue et la première nouvelle qu'il en reçut fut le boum supersonique qui roula sur lui et renversa presque ses claies de boucanage.

Il faillit plonger pour se mettre à couvert mais, traversé d'un pressentiment, il leva son regard vers le ciel.

Le soleil lui avait plissé le visage autour des yeux, creusant dans leurs coins des pattes-d'oie qu'il n'avait pas quelques semaines auparavant et qui promettaient d'être définitives. Une barbe noire lui rongeait les joues, parsemée de flocons blancs. Elle avait fini par cesser de le démanger et recouvrait presque entièrement la cicatrice qu'il avait récoltée lors de l'accident du planeur.

Il mit sa main en visière et reconnut les manœuvres du

pilote avant même d'avoir pu distinguer les contours du petit vaisseau. Ce dernier, après avoir grimpé haut dans le ciel, piquait de nouveau sur lui.

Il réassura les claies contre les trépidations que l'appareil faisait naître à son approche. Il n'aurait pas voulu laisser perdre de la bonne viande qui lui avait donné du travail pour être récoltée, débitée en lanières et préparée pour le séchage. Ils allaient en avoir besoin pour le long voyage qui les attendait.

Il n'était pas sûr que les fen apprécieraient d'avoir ça au menu bien que ce fût un aliment nutritif... le seul en fait qui, sur cette planète, pouvait être absorbé sans risque par un Terrien.

Une fois réduits en pemmican, Épisiarches, Gubrus et Tandus ne permettraient jamais de faire de la grande cuisine mais on pouvait quand même espérer s'accoutumer à leur goût.

Tom sourit et agita le bras pour saluer Keepiru qui avait fini par poser le canot à proximité.

Comment ai-je pu jamais douter qu'il fût encore en vie ? se demanda Hikahi, folle de joie. Gillian en était si certaine ! Pas un seul Galactique ne pouvait lui faire du mal. Oui, comment l'auraient-ils pu ?

Et comment se fait-il que dans ce vaste univers, je me sois jamais inquiétée de savoir si nous pourrions rentrer chez nous ?

Épilogue

: Repose-Toi : Repose-Toi Puis Écoute :
: Repose-Toi Puis Écoute Puis Apprends, Creideiki :
: Car Montent Les Marées Stellaires :
: Dans Les Courants De L'Ombre :
: Et Nous Avons Attendu Si Longtemps
Pour Ce Qui Doit Être :

Appendice

Les noms des dauphins donnent souvent l'impression d'être d'origine japonaise ou polynésienne. En certains cas, c'est vrai mais, en général, un fin se choisit un nom en fonction d'une sonorité qui lui plaît et c'est d'ordinaire un mot polysyllabique comportant une nette alternance de voyelles et de consonnes.

En anglique, les termes « homme », « hommes » ou « humanité » sont appliqués aux humains sans distinction de sexe. Lorsque ce dernier doit être précisé, une humaine est désignée par le terme « fem » tandis qu'un humain l'est par celui de « mel ».

Les langues delphiniennes sont une invention de l'auteur et n'ont en rien la prétention de correspondre aux moyens de communication dont disposent à ce jour les dauphins et les baleines à l'état naturel. Nous commençons seulement à comprendre la place qu'occupent les cétacés dans notre monde, tout comme nous ne faisons qu'aborder la connaissance de notre propre place.

L'auteur désire remercier tous ceux qui l'ont aidé dans sa tâche par leurs conseils, leurs critiques ou leurs encouragements et, en particulier, Mark Grygier, Anita Everson, Patrick Maher, Rick et Pattie Harper, Ray Feist, Richard Spahl, Tim LaSelle, Ethan Munson et, comme toujours, Dan Brin. Lou Aronica et Tappan King de chez Bantam Books se sont également révélés d'un très grand secours par leurs encouragements à la persévérance lorsque le moral était au plus bas.

L'univers est un jardin aux sentiers qui divergent, tant dans la réalité que dans l'imaginaire. Les personnages de ce roman sont entièrement fictifs mais il se peut qu'un jour nos amis mammifères deviennent également nos associés. Nous devons à cet avenir possible de laisser survivre le potentiel qu'ils représentent.

DAVID BRIN
Août 1982

Glossaire
et liste des personnages

Accepteur . Créature dotée de pouvoirs métapsychiques et membre d'une race cliente des Tandus.

Akki : Midship delphinien natif de Calafia.

Baskin (*Gillian*) : Médecin et agent du Conseil de la Terragens. Issue de la technologie génétique humaine.

Beie Chohooan : Espionne synthiaine.

Bibliothèque : Banque de données assurant la cohésion de la société galactique. Archivage synoptique du savoir accumulé depuis l'époque des Progéniteurs.

Broodika : Métallurgiste delphinien.

Calafia : Colonie planétaire humaine et néo-delphinienne.

Cliente : Espèce qui doit son plein accès à l'intelligence aux techniques d'Élévation génétique d'une race patronne. Une race cliente contractuelle est une espèce qui continue de rembourser sa dette sous forme de services rendus à sa race patronne.

Creideiki : Commandant du vaisseau d'exploration *Streaker*.

D'Anite (*Emerson*) : Technicien humain en poste à bord du *Streaker*.

Dart (*Charles*) : Planétologiste néo-chimpanzé.

Eatees : Orthographe péjorative pour E.T. (extraterrestres). Jeu de mots sur l'anglais : *to eat* (manger).

Élévation : Processus par lequel des races doyennes qui ont maîtrisé le voyage dans l'espace font accéder de nouvelles espèces à la civilisation galactique par des croisements ou des mutations génétiques techniquement provoquées. En paiement de cette faveur qui lui est faite, la race cliente travaille pour sa patronne pendant le temps d'un contrat à durée déterminée.

Épisiarche : Créature dotée de pouvoirs métapsychiques membre d'une race cliente contractuelle des Tandus.

Fem : Terme anglique désignant un être humain de sexe féminin.

Fin : Terme courant pour désigner les néo-dauphins. Jeu de mots sur l'anglais : *fin* (nageoire). (Plur. irr. : fen.).

Flotte Abandonnée : Concentration d'épaves géantes d'une haute antiquité dont l'existence était ignorée jusqu'à sa découverte par le *Streaker*.

Frères de la Nuit : Race patronne galactique.

Galactiques : Terme générique pour désigner plusieurs espèces doyennes appartenant aux Cinq Galaxies et qui ont accédé depuis fort longtemps à la navigation interstellaire. En conformité avec l'antique tradition de l'Élévation, bon nombre d'espèces galactiques sont devenues des races patronnes.

Gubrus : Race galactique pseudo-avienne hostile à la Terre.

Haoké : Néo-dauphin *Tursiops*.

Herbie : Momie d'un voyageur interstellaire antique de race inconnue.

Hikahi : Néo-dauphine. Officier occupant le troisième rang dans la hiérarchie du *Streaker*.

Hiukia : Néo-dauphin *Tursiops*.

Homme : traduction de l'anglique *man*. Terme générique désignant un être humain de l'un ou l'autre sexe.

Ifni : « L'Infinité ». Dame Fortune.

Iki : Île de mort et de destruction selon d'anciennes traditions.

Iwashika (*Toshio*) : Midship humain natif de la colonie de Calafia.

Kantens : L'une des rares espèces galactiques ouvertement favorables aux Terriens.

Karrank% : (Nom imprononçable pour des humains.) Race galactique si profondément modifiée durant son contrat de clientèle qu'elle en est restée frappée de démence atavique.

Keepiru : Premier pilote du *Streaker*. Natif d'Atlast.

Keneenk : Discipline mentale combinant la réflexion logique de type humain avec l'héritage spirituel et poétique du Songe Cétacé.

Kikwis : Indigènes de la planète Kithrup. Espèce amphibie pré-cognitive.

Krat : Amirale de la flotte de guerre soro.

K'tha-Jon : Néo-dauphin issu d'une variante génétique particulière du type *Steno*. Officier subalterne à bord du *Streaker*.

Machine Niss : Ordinateur pseudo-conscient confié à Thomas Orley par des agents tymbrimis.

Makanee : Médecin de bord du *Streaker*. Néo-dauphine.

Mel : Terme anglique pour désigner un être humain de sexe masculin.

Metz (*Ignacio*) : Expert en Élévation détaché à bord du *Streaker*.

Moki : Néo-dauphin *Steno*.

Orley (*Thomas*) : Agent du Conseil de la Terragens. Produit de technologies génétiques douces.

Pilas : Race patronne galactique. Membres du clan des Soros et hostiles à la Terre.

Primal : Langage rudimentaire en usage chez les dauphins non modifiés de la Terre.

Progéniteurs : Première race mythique qui aurait fondé la civilisation galactique et créé la Bibliothèque dans un passé vieux de plusieurs milliards d'années.

Sah'ot : Néo-dauphin *Steno*. Linguiste civil en poste à bord du *Streaker*.

Soros : Race patronne galactique doyenne hostile à la Terre.

Steno : Terme courant pour désigner les néo-dauphins dont les gènes comportent des éléments empruntés aux dauphins naturels de type *Steno Bredanensis*.

Sudman (*Dennie*) : Exobiologiste humaine.

Suessi (*Hannes*) : Mécanicien de bord humain.

Synthiains : L'une des trois races galactiques favorablement disposées envers la Terre.

Syrtes : Amas globulaire inhabité à l'écart des voies interstellaires fréquentées. Le *Streaker* y a découvert la Flotte Abandonnée.

Takkata-Jim : Néo-dauphin *Steno*. Second du *Streaker*.

Tandus : Espèce galactique belliqueuse hostile à la Terre.

Thennanins : Espèce galactique belliqueuse.

Tsh't : (pron. : Tay-chout) Néo-dauphine. Officier occupant le quatrième rang dans la hiérarchie du *Streaker*.

Tursiops : Terme courant pour désigner les néo-dauphins dépourvus de gènes *Steno*.

Tursiops amicus : Néo-dauphin moderne. « Souffleur amical. »

Tursiops truncatus : Dauphins souffleurs naturels de la Terre.

Tymbrimis : Race galactique favorable à la Terre et réputée pour son haut degré d'intelligence.

Wattacéti : Sous-officier delphinien.

DU MÊME AUTEUR

Aux Éditions Gallimard

LE CYCLE DE L'ÉLÉVATION :

JUSQU'AU CŒUR DU SOLEIL (Folio Science-Fiction n° 305)

MARÉE STELLAIRE (Folio Science-Fiction n° 311)

ÉLÉVATION (Folio Science-Fiction n° 254)

Aux Presses de la Cité

LE PEUPLE D'ARGILE

Aux Éditions Robert Laffont

AU CŒUR DE LA COMÈTE (en collaboration avec Gregory Benford)

Aux Éditions Pocket

LE TRIOMPHE DE FONDATION

LA JEUNE FILLE ET LES CLONES

TERRE :

LA CHOSE AU CŒUR DU MONDE

MESSAGE DE L'UNIVERS

Aux Éditions J'ai Lu

LE CYCLE DE RÉDEMPTION .

LE MONDE DE L'EXIL

LE MONDE DE L'OUBLI

LE CHEMIN DES BANNIS

LES RIVES DE L'INFINI

LE GRAND DÉFI

LE FACTEUR

Aux Éditions Imaginaire sans frontières

LES SPHÈRES DE CRISTAL

Dans la même collection

185.	Robert Holdstock	*La forêt des Mythagos*
186.	Robert Holdstock	*Lavondyss* (La forêt des Mythagos, II)
187.	Christopher Priest	*Les Extrêmes*
188.	Thomas Day	*L'Instinct de l'équarrisseur*
189.	Maurice G. Dantec	*Villa Vortex*
190.	Franck M. Robinson	*Le Pouvoir*
191.	Robert Holdstock	*Le Passe-broussaille* (La forêt des Mythagos, III)
192.	Robert Holdstock	*La Porte d'ivoire* (La forêt des Mythagos, IV)
193.	Stanislas Lem	*La Cybériade*
194.	Paul J. Mc Auley	*Les conjurés de Florence*
195.	Roger Zelazny	*Toi l'immortel*
196.	Isaac Asimov	*Au prix du papyrus*
197.	Philip K. Dick	*Immunité*
198.	Stephen R. Donaldson	*Le miroir de ses rêves* (L'appel de Mordant, I)
199.	Robert Charles Wilson	*Les fils du vent*
200.	Greg Bear	*La musique du sang*
201.	Dan Simmons	*Le chant de Kali*
202.	Thierry Di Rollo	*La profondeur des tombes*
203.	Stephen R. Donaldson	*Un cavalier passe* (L'appel de Mordant, II)
204.	Thomas Burnett Swann	*La trilogie du Minotaure*
205.	Jack Vance	*Croisades*
206.	Thomas Day	*L'homme qui voulait tuer l'Empereur*
207.	Robert Heinlein	*L'homme qui vendit la lune* (Histoire du futur, I)
208.	Robert Heinlein	*Les vertes collines de la Terre* (Histoire du futur, II)

209.	Robert Heinlein	*Révolte en 2100* (Histoire du futur, III)
210.	Robert Heinlein	*Les enfants de Mathusalem* (Histoire du futur, IV)
211.	Stephen R. Donaldson	*Le feu de ses passions* (L'appel de Mordant, III)
212.	Roger Zelazny	*L'enfant de nulle part*
213.	Philip K. Dick	*Un vaisseau fabuleux*
214.	John Gregory Betancourt	*Ambre et Chaos*
215.	Ugo Bellagamba	*La Cité du Soleil*
216.	Walter Tevis	*L'oiseau d'Amérique*
217.	Isaac Asimov	*Dangereuse Callisto*
218.	Ray Bradbury	*L'homme illustré*
219.	Douglas Adams	*Le Guide du voyageur galactique*
220.	Philip K. Dick	*Dans le jardin*
221.	Johan Héliot	*Faerie Hackers*
222.	Ian R. MacLeod	*Les Îles du Soleil*
223.	Robert Heinlein	*Marionnettes humaines*
224.	Bernard Simonay	*Phénix* (La trilogie de Phénix, I)
225.	Francis Berthelot	*Bibliothèque de l'Entre-Mondes*
226.	Christopher Priest	*Futur intérieur*
227.	Karl Schroeder	*Ventus*
228.	Jack Vance	*La Planète Géante*
229.	Jack Vance	*Les baladins de la Planète Géante*
230.	Michael Bishop	*Visages volés*
231.	James Blish	*Un cas de conscience*
232.	Serge Brussolo	*L'homme aux yeux de napalm*
233.	Arthur C. Clarke	*Les fontaines du Paradis*
234.	John Gregory Betancourt	*La naissance d'Ambre*

235.	Philippe Curval	*La forteresse de coton*
236.	Bernard Simonay	*Graal*
237.	Philip K. Dick	*Radio Libre Albemuth*
238.	Poul Anderson	*La saga de Hrolf Kraki*
239.	Norman Spinrad	*Rêve de fer*
240.	Robert Charles Wilson	*Le vaisseau des Voyageurs*
241.	Philip K. Dick	*SIVA* (La trilogie divine, I)
242.	Bernard Simonay	*La malédiction de la Licorne*
243.	Roger Zelazny	*Le maître des rêves*
244.	Joe Haldeman	*En mémoire de mes péchés*
245.	Kim Newman	*Hollywood Blues*
246.	Neal Stephenson	*Zodiac*
247.	Andrew Weiner	*Boulevard des disparus*
248.	James Blish	*Semailles humaines*
249.	Philip K. Dick	*L'invasion divine*
250.	Robert Silverberg	*Né avec les morts*
251.	Ray Bradbury	*De la poussière à la chair*
252.	Robert Heinlein	*En route pour la gloire*
253.	Thomas Burnett Swann	*La forêt d'Envers-Monde*
254.	David Brin	*Élévation*
255.	Philip K. Dick	*La transmigration de Timothy Archer* (La trilogie divine, III)
256.	Georges Foveau	*Les Chroniques de l'Empire,* I *La Marche du Nord — Un Port au Sud*
257.	Georges Foveau	*Les Chroniques de l'Empire,* II *Les Falaises de l'Ouest — Les Mines de l'Est*
258.	Tom Piccirilli	*Un chœur d'enfants maudits*

259.	S. P. Somtow	*Vampire Junction*
260.	Christopher Priest	*Le prestige*
261.	Poppy Z. Brite	*Âmes perdues*
262.	Ray Bradbury	*La foire des ténèbres*
263.	Sean Russell	*Le Royaume Unique*
264.	Robert Silverberg	*En un autre pays*
265.	Robert Silverberg	*L'oreille interne*
266.	S. P. Somtow	*Valentine*
267.	John Wyndham	*Le jour des triffides*
268.	Philip José Farmer	*Les amants étrangers*
269.	Garry Kilworth	*La compagnie des fées*
270.	Johan Heliot	*La Lune n'est pas pour nous*
271.	Alain Damasio	*La Horde du Contrevent*
272.	Sean Russell	*L'île de la Bataille*
273.	S. P. Somtow	*Vanitas*
274.	Michael Moorcock	*Mother London*
275.	Jack Williamson	*La Légion de l'Espace* (Ceux de la légion, I)
276.	Barbara Hambly	*Les forces de la nuit* (Le cycle de Darwath, I)
277.	Christopher Priest	*Une femme sans histoires*
278.	Ugo Bellagamba et Thomas Day	*Le double corps du roi*
279.	Melvin Burgess	*Rouge sang*
280.	Fredric Brown	*Lune de miel en enfer*
281.	Robert Silverberg	*Un jeu cruel*
282.	Barbara Hambly	*Les murs des Ténèbres (Le cycle de Darwath, II)*
283.	Serge Brussolo	*La nuit du bombardier*
284.	Francis Berthelot	*Hadès Palace*
285.	Jack Williamson	*Les Cométaires* (Ceux de la légion, II)
286.	Roger Zelazny et Robert Sheckley	*Le concours du Millénaire*
287.	Barbara Hambly	*Les armées du jour* (Le cycle de Darwath, III)

288.	Sean Russell	*Les routes de l'ombre* (La guerre des cygnes, III)
289.	Stefan Wul	*Rayons pour Sidar*
290.	Brian Aldiss	*Croisière sans escale*
291.	Alexander Jablokov	*Sculpteurs de ciel*
292.	Jack Williamson	*Seul contre la Légion* (Ceux de la Légion, III)
293.	Robert Charles Wilson	*Les Chronolithes*
294.	Robert Heinlein	*Double étoile*
295.	Robert Silverberg	*L'homme programmé*
296.	Bernard Simonay	*La porte de bronze*
297.	Karl Schroeder	*Permanence*
298.	Jean-Pierre Andrevon	*Šukran*
299.	Robert Heinlein	*Sixième colonne*
300.	Steven Brust	*Jhereg*
301.	C.S. Lewis	*Au-delà de la planète silencieuse*
302.	Jack Vance	*Les langages de Pao*
303.	Robert Charles Wilson	*Ange mémoire*
304.	Steven Brust	*Yendi*
305.	David Brin	*Jusqu'au cœur du Soleil* (Le cycle de l'Élévation, I)
306.	James A. Hetley	*Le Royaume de l'été*
307.	Thierry Di Rollo	*Meddik*
308.	Cory Doctorow	*Dans la dèche au Royaume Enchanté*
309.	C. S. Lewis	*Perelandra*
310.	Christopher Priest	*La séparation*
311.	David Brin	*Marée stellaire*
312.	Ray Bradbury	*Les machines à bonheur*
313.	Jack Vance	*Emphyrio*
314.	C. S. Lewis	*Cette hideuse puissance*
315.	Frederik Pohl et C.M. Kornbluth	*Planète à gogos*

Composition IGS.
Impression Société Nouvelle Firmin-Didot
à Mesnil-sur-l'Estrée, le 23 mai 2008.
Dépôt légal : juin 2008.
Numéro d'imprimeur : 90503.

ISBN 978-2-034854-1/Imprimé en France.

153753